浙江文叢

史浩集

〔中册〕

〔宋〕史浩 撰

俞信芳 點校

浙江出版聯合集團
浙江古籍出版社

鄮峰真隱漫録卷十四

表

代人謝除知明州表

違從臣之荷橐，僅十八年；奉便郡之竹符，無二三舍。曾謂民社蕃宣之寵，猥先江湖流落之餘。仰獨斷以天臨，俯孤蹤而涕霣。中謝。伏念臣蚤由末學，濫綴名流。寖逢神聖之知，獲侍清閑之宴。恩隆未報，罪大不容。顧投閑置散分之宜，而附熱趨炎心所鄙。甘奉身而退縮，將没世以湮沈。敢謂天地之洪施〔一〕，俯紀蓋幃之舊物。乃分印紱，俾奉教條。矧四明庶富之邦，實三韓扼控之地。鬱爲輔鎮，密衛宸庭。尚容衰晚之資，叨奉光榮之寄。兹蓋伏遇皇帝陛下，乾綱〔二〕善斷，哲鑒惟明。察臣下之勤勞，審兇邪而拔去。滯淹並起，一新寬大之恩；幽遠不遺，盡革詆誣之俗。致兹孱瑣，亦出照臨。臣敢不虔奉君仁，力蘇民隱。不爲日暮途遠，自渝葵藿之心；雖云海闊山崇，當竭涓塵之效。

校勘記

〔一〕『施』，四庫本作『私』。

〔二〕『綱』，四庫本作『剛』。

代司業謝誡諭表

率屬四門，謬於考擇；敷綸九陛，賜以丁寧。仰銜善貸之恩，俯積素餐之愧。中謝。伏念臣學雖爲己，識不兼人。偶逢神聖之知，寖歷清幽之選。叨從省闥〔一〕，濫貳賢關。既不能使官僚皆擅精詳之譽〔二〕，又不能令士子各安義命之歸。每興洶洶之風波，有負堂堂之庠序。且一時過設，固云師不必賢；而衆口沸騰，是亦齊未爲得。致勤聖慮，俱肆德音。使當汰斥之流，並入矜容之內。恩隆天地，報乏絲毫。茲蓋伏遇皇帝陛下，德底日新，聖惟天縱。邁能官之棫樸，體樂育之菁莪。憫茲臣下之過愆，撫以訓詞之温厚。俾從今始，漸復古初。臣敢不仰戴至仁，益虔厥職。拔尤取穎，思服衆以爲先；摩義漸仁，惟敗群之務去。誓將薄效，仰答弘私。

校勘記

〔一〕『闌』，四庫本作『户』。

〔二〕『譽』，四庫本作『舉』。

代叔父謝除諫議大夫表

聖恩至渥，輒貢懇辭；天聽蓋高，莫回成命。循涯涼薄，拜寵驚惶。中謝。竊以在昔帝王，率隆諫諍。雖明良之相遇，猶叢脞以申規。用成濬哲之資，以廣雍熙之化。顧茲要職，宜選名流。如臣者蓬蓽孤寒，桑榆衰晚。生遇聖神之世，誤蒙特達之知。帝幄侍言，延英抗論。驟令叨預，誠出遭逢。當明主已躋三代之隆，使微臣遽處七人之首。銜恩雖寵，非據爲憂。茲蓋伏遇皇帝陛下，聰以作謀，知則克〔一〕哲。日新其德，學益際於淵微；時敏厥修，謨〔二〕使陳於忠讜。每由言路，進擢從臣。致此妄人，亦叨異數。臣敢不兢兢守職，謇謇持心。期輸葵藿之微，仰奉乾坤之大。

校勘記

〔一〕『則克』，四庫本作『而則』。

〔二〕『謨』，四庫本作『謀』。

代叔父謝簽書樞密院事表

綸音薦錫，涣命莫回；祇受以還，震驚無措。中謝。竊惟黼帳本根之地，是謂清朝宥密之司。非資全文武，則孰裨末議於廟堂；非識洞猷爲，則孰貳洪樞於造化。自知衰謬，敢望〔一〕寵榮。遽此叨踰，靡容辭避。兹蓋伏遇皇帝陛下，堯仁廣被，舜智博通。以不貳而任賢，由至公而作哲。宣明人主之職，興起太平之功。復謹選於庶僚，俾協圖於密席。擢兹孤迹，置在邇班。景迫桑榆，敢銜精神而矍鑠；心非木石，誓將頂踵以捐糜。

校勘記

〔一〕『望』，原作『妄』，據四庫本改。

代叔父謝兼權參知政事表

由衷之懇，屢瀆天聰；從欲之仁，罔回聖造。拜恩益寵，撫己惟憂。中謝。竊以在昔聖朝，必先治體。惟君臣之咸有德，故名器之不假人。使廉恥之俗成，由奔競之風息。茂昭此道，允屬今辰。矧政事之本，在於尚書；而奉行之時，尤須丞轄。宜得詳明之士，可爲僚寀之光。遽使瑣材，實當牢避。誠恐累大公之化，蓋非規小謹之名。仰被敷綸，迄無反汗。望非愚及，榮與懼並。茲蓋伏遇皇帝陛下，堯禹凝動，成康躋治。職論一相，善取諸人。既令朝夕納誨以輔臺，又欲左右之臣罔匪正。致茲朽質，濫廁邇班。臣敢不退揣初心，仰銜大賜。誓殫蜂蟻之素，仰答乾坤之私。

代叔父謝罷政宮觀表

譾薄微資，弗勝重任；飄零末路，尚畀真〔一〕祠。罪大恩隆，感深涕落。中謝。伏念臣性鍾樸野，家積單平。徒爲章句之腐儒，謬綴簿書之俗吏。分無榮望，老在窮途。豈期明良相遇之朝，遽進遲鈍不及之士。曾未閱歲，已處近班。始長七人，繼登二府。仰止山淵之大，實無塵〔二〕滴之勞。豈惟資望素卑，世所不許；抑亦禍災自取，人亦喜攻。罪雖徹於聽聞，恩必歸於寬恕。俾尸祠禄，得見鄉關。惟天地之施生，以收成爲至德；惟神聖之選擢，以保全爲大恩。幸既不貲，身何以報。茲蓋伏遇皇帝陛下，堯神廣運，湯德克寬。察賢否於臣工〔三〕，審不才〔四〕而拔去。尚榮以禄，俾盡其生。臣敢不益念昨非，深勤内省。景臨西崦，知來日之無多；感在中扃，誓此生之不替。

校勘記

〔一〕『真』，四庫本作『貞』。
〔二〕『塵』，四庫本作『涓』。
〔三〕『賢否於臣工』，四庫本作『臣下之勞勤』。
〔四〕『不才』，四庫本作『兇邪』。

代宰臣等謝賜喜雪宴表

朔雪效祥，昭〔一〕應一人之德；需雲命宴，肆頒百體之筵。誤被恩華，靡勝悸怍。中謝。伏念臣等猥緣遭遇，獲玷使令。叨預近司，曾蔑經綸之效；克成美化，初非調燮而然。歲方半於三冬，曆〔二〕適丁於再閏。飛珍萬宇，既成璧以成〔三〕珪；助順九重，勝曰〔四〕暘而曰〔五〕雨。退惟尸素，功乏〔六〕涓塵。方深芒負之虞，更沐燕胥之惠。茲蓋伏遇皇帝陛下，恩覃動植，道格天淵。窮幽極遠，而鬼神不遺；摩義漸仁，而華戎咸服。兆此豐穰之瑞，表夫誠恪之孚。猶示謙沖，特彰眷渥。亟奉天顏之喜，俾參醉弁之峨。耳聽韶音，頓覺非常之遇；心銘湛露，難忘欲報之私。

校勘記

〔一〕『昭』，四庫本作『俯』。

〔二〕『暦』，四庫本作『月』。

〔三〕『成』，四庫本作『爲』。

〔四〕『勝曰』，四庫本作『本日』。

〔五〕『月』，四庫本作『曰』。

〔六〕『功乏』，清抄本『乏』作『蔑』，四庫本作『增靡』。

謝除中書舍人表

儲闈肇建，已叨左史之榮；邦命維新，復陟西垣之峻。荷恩加厚，懷愧彌深。中謝。伏念臣頃事潛藩，獲塵講席。仰觀舜問，每究天人之微；退誦堯言，預知宗社之福。而臣文辭鄙淺，論議闊疏。徒親咫尺之光，莫致涓埃之助。敢圖簡記，曾不瑕疵。遺簪念舊而見收，自知無用；積薪後來之貽誚，終懼難安。蹐地固辭，籲天勿〔一〕獲。此蓋伏遇皇帝陛下，鴻慈委照，大度包荒。念臣久侍燕閒，當粗知於德意；謂臣素懷樸直，宜不昧於私心。擢自羈單，置之嚴近。臣敢不勉修薄技，益勵孤忠。潤色皇猷，雖有慚於噩噩〔二〕；論思庶政，尚少見於惓惓。

校勘記

〔一〕『勿』，四庫本作『弗』。

〔二〕『亟亟』，四庫本作『亹亹』。

謝兼侍讀表

内史贊書，方重非材之愧；邇英進讀，更叨躐等之除。拜命若驚，拊躬無措。中謝。竊以帝王之學，異夫章句之儒。自誠而明，惟睿作聖。上稽治古，下繹庶言。當得魁傑耆老之臣，共致廣大精微之助。豈伊孤陋，亦與選求。兹蓋伏遇皇帝陛下，富高宗之多聞，資孔子之不倦。精神默會，龍潛乎道德之淵；糟粕盡遺，蟬蜕乎簡編之表。有如海嶽，猶取涓塵。臣敢不罄竭愚忠，搜尋舊習。正心誠意，雖自得於淵衷；知人安民，尚恭陳於古訓。

謝除翰林學士表

陳薄技於掖垣，已試亡狀；進華資於翰苑，得寵若驚。迫承〔一〕威命之行，莫遂牢辭之志。外慚公議，仰愧殊私。中謝。伏以上聖御圖，萬邦願治。屬當出令之始，尤藉代言之臣。下十行之札，以勞藩方；賜尺一之書，以詢故老。必能開喻難陳之意，如在扆前；發揚易感之情，見於言外。則凡傾耳而注目，孰不承德而向風。顧如臣愚，何以任此。兹蓋伏遇皇帝陛下，仁深求舊，道大包荒。謂迂疏無希進之心，而樸拙有不欺之實。故令親近，以示初終。臣疊冒寵光，彌深惴栗。文辭甚陋，將何以塞重責而酬厚恩；肝膽可輸，敢憚于逆盛意而犯隆指。尚祈聖度，俯察愚衷。

校勘記

〔一〕『承』，四庫本作『成』。

除翰林學士謝宣召表

使車馳迓〔一〕，布温詔之丁寧；里巷聳觀，歎詞臣之榮渥。省循非稱，慚懼交深。中謝。臣聞人當志於功名，世常難於遇合。入朝見嫉，或屢薦不用，而一毀遂行；賦命多奇，有自少著名，而終老見棄。在昔共患，於斯難逢。至於仕進自結於主知，文辭歷司於帝制。如臣所值，可謂至榮。兹蓋伏遇皇帝陛下，焕乎其有堯章，燦然而興周道。考觀治體，務遵燕翼之謀；眷禮近臣，特舉右文之典。星軺傳命，鼇禁增華。臣敢不〔二〕砥礪初心，激昂晚節。銜恩未報，常如淵谷之臨；遇事輒陳，或有絲毫之益。

校勘記

〔一〕『迓』，四庫本作『遣』。

〔二〕『敢不』，原作『不敢』，據四庫本乙正。

除翰林學士謝對衣金帶鞍馬表

分三服之珍奇，爛然出笥；下六閑之駔駿，效以在庭。恩義便蕃，省循愧歎。中謝。伏念臣逢辰特幸，竊位過優。以一介之孤蹤，參兩朝之近侍。趨上禁嚴之直，併加服乘之華。喜動親闈，不意寒門之遭遇；光生里〔一〕巷，共知儒術之尊榮。此蓋伏遇皇帝陛下，眷禮近臣，講修故事。特假寵光之渥，俾圖報稱之宜。束帶與賓客言，雖慚鄙野；攬轡有澄清志，敢怠馳驅。

校勘記

〔一〕『里』，四庫本作『異』。

謝除參知政事表

忱辭洊列，雖已竭於愚衷；温詔俯頒，終莫回於誤寵。上慚主眷，下愧師虞。中謝。伏念臣以一介萍梗之蹤，際千載風雲之會。粤自左史，亟踐西垣。甫入謝於昕朝，已陞華於翰苑。曾無游夏淵源之學，少助商周灝噩之文。豈謂代言之墨未乾，進讀之席不暖。復膺聖擢，遂與政機。洪惟盛朝，克肖治古。體堯蹈舜，方當大有爲之時；釣渭耕莘，宜得不世出之輔。矧〔一〕參陪於國論，實翊贊於皇猷。非特近比二轄之官，蓋得與聞三省之事。叨塵若此，報稱謂何。兹蓋伏遇皇帝陛下，曆數在躬，聰明作后。裕於待士，約以取人。念其羽翼之舊臣，委以股肱之重寄。而臣自承顧問，積有歲時。雖微補衮之功，實抱愛君之願。好生天地之大德，既屢誦於舊聞；安民帝王之極功，尚力成於聖志。

校勘記

〔一〕『矧』，四庫本作『顧』。

謝除右僕射表

與聞國論，方懷非據之慚；誕告王庭，俄玷久虚之位。震駭爲之汗浹，感激至於涕横。中謝。竊以元豐正二揆之名，寵章特異；建炎通三省之務，職〔一〕任愈隆。比復兼總於本兵，蓋欲倚平於外侮。必才能足以立事，且德望〔二〕足以服人。端委廟堂，贊元而經世〔三〕；運籌帷幄，折衝而消萌。然後百志惟熙，四方其訓。如臣藐爾，視此闕然。昨入贊於政機，繼攝承於樞管。猶祈解免，庶逭顛危。況若次輔之官，顯在具瞻之地。位高禄厚，豈假寵以示私；責重〔四〕憂深，雖忘生而曷報。面奏疊煩於天聽，囊封屢叩於帝閽。至於辭窮，終以虚受。玆蓋伏遇皇帝陛下，茂日躋之聖，擴〔五〕乾覆之仁。謂臣早事於初潛，察臣粗知於上志。俾熙帝載，用秉國鈞。昔竇偁用南衙之恩，僅居參貳；韓維號東宫之舊，不及登庸。敢期一介之微蹤，獨際千齡之慶會。顧〔六〕臣受材甚下，賦命多奇。奮由單平疏遠之中，非有積累明白之效。繄時獨斷，迄此曲成。臣惟當内盡孤忠，旁招衆彦。仰不愧，俯不怍，實懷自信之心；尊所聞，行所知，少稱非常之遇。

校勘記

〔一〕『職』，四庫本作『總』。

〔二〕『德望』，四庫本作『望實』。

〔三〕『世』，四庫本作『體』。

〔四〕『重』，四庫本作『望』。

〔五〕『擴』，四庫本作『宏』。

〔六〕『顧』，四庫本作『然』。

郊祀大禮謝加食邑表

禮蕆國南，惟聖能享；慶行海内，與物爲春。顧兹冗散之蹤，亦被汪[一]洋之澤。無功衍賦，拜命增慚。中謝。伏念臣性實[二]迂愚，材非俊秀。徒有心於許國，曾無術以濟時。偶輔龍飛，驟陞槐揆。慮辜任使，旋請退閑。逮兹盛舉之成，莫與駿奔之列。不圖惠政[三]，遽及孤臣。兹蓋伏遇皇帝陛下，明德惟馨，上天敷佑。精意以享，法遵乾德之元；良[四]日用辛，制踵周人之舊。靈休來下，帝賚普沾。遂令簪履之微，亦冒户租之寵。臣敢不益勤香火，少效涓埃。食采既豐，滋[五]抱空餐之愧；捐軀自誓，尚期未死之前。

校勘記

〔一〕『汪』，清抄本作『江』。

〔二〕『實』，四庫本作『質』。

〔三〕『政』，原作『致』，據四庫本改。

〔四〕『元良』，四庫本作『良元』。

〔五〕『滋』，四庫本作『兹』。

二

熙事備成，推廣乾坤之祐；湛恩汪濊，普霑臣子之私。顧養痾弗逮於駿奔，乃〔一〕錫羨罔遺於遐遠。感深以泣，懼甚於榮。中謝。恭惟皇帝陛下，傳堯之心，緝文之典。以明繼明而以聖繼聖，治至馨香；因地事地而因天事天，神罔恫怨。兹迎祥於景至，爰將禮於陽丘。當冕黻之親祠，肅緌紳之顯相。宗祀以配上帝，惟〔二〕盛德之格幽；大封以賚善人，尚彝章之據舊。嘉〔三〕在執籩之列，罄宜進秩之褒。顧如愚臣，阻陪祀事。敢意絲綸之異渥，濫叨户邑之增封。懇避莫遑，鞠躬罔措。臣敢不誓堅晚節，益戴隆恩。絳節前驅，念辭榮而未獲；紫壇高峙，願綿慶於無窮。

校勘記

〔一〕『乃』，四庫本作『然』。

〔二〕『惟』，四庫本作『雖』。

〔三〕『嘉』，四庫本作『喜』。

謝賜御書聖主得賢臣頌英傑論表

裒異代之格言，並關乙覽；燦聯緘之睿藻，特畀〔一〕微臣。賜出非常，恩爲莫報。中謝。竊以追配商周之訓誥，雅推唐漢之文章。王褒頌聖賢，蓋述遭逢之幸；德裕論英傑，歷陳駕御之方。顧雖二子載在塵編，未見一人形之奎畫。肆我哲后，采摭是書；斷自淵衷，表章其説。恭想揮毫落紙之際，實兼舞鳳翔龍之工。雲漢昭回，丹青炳煥。竊窺以爲榮矣，拜貺何以堪之。伏念臣能不逮中，識難語上。運籌初政，適依日月之末光；爲國遠謀，寧有蓍龜之先見。豈伊至寶，遽錫衰門。兹蓋伏遇皇帝陛下，總攬群材，規恢上治。元首股肱之無間，既契精神；猛將〔二〕道德之不同，更殊禮貌。睠斯文之偶合，乃肆筆以寵頒。臣敢不拜手珍藏，銘心感著。固知在處護持，自有〔三〕神明；誓與子孫寅奉，永勤〔四〕朝夕。

校勘記

〔一〕『畀』，四庫本作『介』。

〔二〕『猛將』，四庫本作『仁義』。

〔三〕『有』，四庫本作『賴於』。

〔三〕『勤』下四庫本有『於』字。

知紹興府謝到任表

畏邛郲九折阪，屢賁函封；懷會稽太守章，再叨闔寄。進遂朝宗之願，退安就養之私。顧惟小己〔一〕之曲成，盡出大君之獨斷。中謝。伏念臣材品凡下，學術空疎。適逢潛躍之初，驟厠凝丞之列。超先諸老，衆實訝其積薪；抵觸危機，毁幾成於銷骨。賴淵衷之不惑，知孤迹之無佗。假寵祠庭，歸榮里社。飽東湖之勝概，五换星霜；企北闕之清光，幾形夢寐。顧彈冠而絶想，惟結草以盟心。敢期離照之回光，忽畀坤維之重鎮。引道當祗於明詔，懷親顧迫於微誠。瀝懇有陳，徒切籲天之禱；恃恩自恕，初忘擇地之嫌。迨易寘於便安，愈不遑於啟處。力祈散秩，冀逭煩言。豈意不移出守之榮，申加入覲之命。曾修門之未至，已信使〔二〕之載〔三〕馳。道路光華，搢紳聳歎。洎進瞻於晬表，獲親奉於德音。自驚衰疾之茶然，猶辱簡知之如此。欲敘丹心之感，不知雪涕之傾。矧是故鄉，適居屬部。服綵而供晨省，何異家居；衣繡而免夜行，實惟君賜。兹蓋伏遇皇帝陛下，德高古昔，誠格神明。孝事兩宫，躬行堯舜之道；風移萬俗，家爲曾閔之徒。遂令草芥之臣，獲全犬馬之養。恩隆父母，施等乾坤。臣敢不祗服官箴〔四〕，虔遵聖訓。驅馳漢節，已辭蜀道之難；推廣堯仁，肯使越人之瘠。誓殫晚暮，仰報洪恩。

校勘記

〔一〕『己』，四庫本作『臣』。
〔二〕『使』，原作『史』，據四庫本改。
〔三〕『載』，四庫本作『再』。
〔四〕『官箴』，四庫本作『成命』。

謝除知福州兼改鎮崇信軍節度使表

膺〔一〕閩嶺之雄藩，把麾甚寵；改漢東之大國，授鉞尤榮。命不獲辭，愧非其任。中謝。伏念臣孱庸瑣質，憂患餘生。陟屺居廬，慨音容之愈邈；負薪伏枕，幾壽命之難全。敢期服制之甫終，遽荷龍光之下逮。畀之符竹，易以節旄。盡出淵衷，大踰微分。永惟洪造之莫報，不知衰〔二〕涕之横流。茲蓋伏遇皇帝陛下，克廣至公，靡遺小善。俯記蓋帷之舊物，曾依日月之末光。曲示優恩，俾華老境。臣敢不少彊疲瘁，深體眷私。既有社稷人民，不忘祇畏；庶奉教條〔三〕法度，仰〔四〕答生成。

校勘記

〔一〕『膺』，四庫本作『虛』。

〔二〕『衰』，四庫本作『哀』。
〔三〕『教條』，四庫本無。
〔四〕『仰』，四庫本作『以』。

鄮峰真隱漫録卷十五

表

代叔父再辭簽書樞密院事表

能薄望輕，自知甚白；恩隆命確，退揣難安。輒冒天聽，再陳愚悃。中謝。伏念臣性惟樸野，年復衰遲。素於榮利之塗，莫起僥踰之望。誤蒙聖造，進擢言官。曾不淹時，已登上列。每覩虚心而納諫，常思殞首以酬恩。寸效未施，輿言可畏。方日〔一〕虞於曠斥，詎可冒於寵靈。矧貳樞庭，實陪政府。豈容濫受，以玷明揚。雖力貢於懇私，迄未承於俞旨。冰淵是懼，啟處靡遑。伏望皇帝陛下，曲軫睿慈，俯矜愚守。推至仁於從欲，收成命於已行。臣雖蒲柳之姿，猶冀涓塵之報。

校勘記

〔一〕『日』，四庫本作『自』。

代叔父辭兼權參知政事表

進陪樞轄，已荷殊恩；超贊化鈞，更蒙異〔一〕寵。欲反高明之聽，輒傾危迫之誠。中謝。伏念臣蚤玷儒流，獲叨仕進。寖當晚景，曾乏能稱。指富貴如在雲霄，量分守自甘藜藿。兹幸明良之相遇，遂欣選用之盡公。擢孤蹇之衰蹤，置顯名〔二〕之近列。聖君無諫諍之事，謬長七人；邊陲絶兵革之謀，濫陪二府。疊冒鴻恩之渥，方包鵜翼之羞。敢料宸衷，愈推榮典。雨露未收於膏澤，肺肝再進於忱辭。伏望皇帝陛下，察臣素匪其人，憐臣本無佗望。許逡巡而引避，庶彈劾之未加。恭俟俞音，少安愚分。

校勘記

〔一〕『異』，四庫本作『真』。

〔二〕『顯名』，四庫本作『公明』。

辭參知政事表

出綸甚寵，驚超擢之非常；瀝懇莫回，愧精誠之未至。中謝。伏念臣奮身寒苦，承學空疏。

初無汗馬之勞，偶際飛龍之運。堯以是道傳舜，欣大啟於昌期；尹有一德曁湯，方仰承〔一〕於近弼。豈容衰懦，輒與政機。伏望皇帝陛下，察譾薄之難勝，憐疲駑之弗逮。特收誤寵，以穆師言。國論參陪，儻逭妨賢之誚；禁林近密，非無報德之階。

校勘記

〔一〕『承』，四庫本作『成』。

辭右僕射表

亟〔一〕章上達，冀推從欲之仁；批詔下頒，未遂由衷之請。仰勤訓勉，采劇震驚。中謝。伏念臣遭遇異恩，參陪近弼。顧寵靈之疊至，知分量之易盈。惓惓微誠，每每懷懼。是以牢辭進秩，力避本兵。曲荷天地之容，皆從螻蟻之願。比有負薪之疾，亟圖解組以〔二〕歸。不惟眷留，且復明陟。雖亞輔久闕于虛席，而西樞已慶其得人。併以委臣，仍兼錫土。退思綿薄，曷稱登崇。伏望皇帝陛下，略反汗之小嫌，矜籲天之至懇。疇咨宿望，協濟治功。庶全聖主知人之明，亦盡微臣量己之義。

校勘記

〔一〕『亟』，清抄本作『函』，四庫本作『需』。

〔二〕『以』，四庫本作『之』。

第二表

洊布愚衷，未回睿〔一〕聽。揆兹方寸之地，實非飾辭；豈伊咫尺之天，尚〔二〕弗下耳。中謝。伏念臣奮身孤遠，逢世休明。横草之功，初無可録；遺簪之舊，偶荷見收。既拔擢之非常，知顛隮之必至。然而位寖高而責大，恩愈重而命輕。有所報酬，實忘生死。每於奏事，論及邊防。謂坐銷虵豕之謀〔三〕，在先固金湯之守。然後大明中國之義，以行王者之師。繼列聖好生惡殺之至仁，承〔四〕吾君寢兵措刑之本旨。雖處心積慮之若此，終圖事揆功之蔑如。幽屏是宜，具瞻曷稱。鳳覽輝而下集，方多士之朋來；驥伏櫪以自憐，嗟壯心之非昨。伏望皇帝陛下，昭明〔五〕黜陟，覆護始終。姑專任元輔，以責成功；或改命真材，而慰輿論。曲安蕞陋，俾免傾危。貳政機衡，尚非久居之地；賜歸田里，終祈高〔六〕廣之恩。

校勘記

〔一〕『睿』，四庫本作『聰』。

〔二〕『尚』，四庫本作『而』。

〔三〕『虵豕之謀』，四庫本作『鋒鏑之憂』。

〔四〕『承』，四庫本作『成』。

〔五〕『昭明』，四庫本作『明照』。

〔六〕『高』，四庫本作『全』。

辭知福州表

成命始行，已籲天而祈免；俞音尚閟，尤蹐地以懷憂。再敢布於危衷，庶必回於淵鑑。中謝。伏念臣猥緣鼠技，獲際龍飛。未閱一期，已躋次輔。自審輿情之未服，亟辭柄任而〔一〕遄歸。旋被洪恩，起尸大郡。效未殫於絲髮，寵乃〔二〕畀以〔三〕旌旄。福過〔四〕生災，哀深茹苦。方免素冠之即吉，遽頒紫詔以陞榮。福唐南服之鉅藩，星婺魏邸之重〔五〕鎮。退循微分，皆所不安。遂亟上於函封，乃曲加於廷涣。符仍閩部，節易章川。豈伊孱病之餘，獲此便蕃之錫。雖伸懇避，未賜矜從。伏望皇帝陛下，照以無私，諒其非據。收還大號，改授耆英。庶令衰瘁之身，獲免顛冥之禍。

校勘記

〔一〕「而」，四庫本作「以」。
〔二〕「乃」，四庫本作「以」。
〔三〕「以」，四庫本作「於」。
〔四〕「過」，四庫本作「淺」。
〔五〕「重」，四庫本作「同」。

辭開府儀同三司表

恭承出綍，未孚再瀆之言；輒用循牆，更致三辭之悃。中謝。伏念臣愚無一得，才乏寸長。偶依日月之末光，獲際風雲之嘉會。中更閒退，兩寄藩宣。兹入奏於楓宸，遂同儀於槐揆。在昔之元勳盛德，尚莫敢居；如臣之綿力薄材，豈宜冒處。矧今圖治，正欲循名。内而奉法之臣，修明政事；外有安〔一〕邦之士，屏蔽封疆。不取〔二〕空言，專要成效。顧寢惟行之令，佇旌特異之功。豈伊微臣，敢當是寵。伏望皇帝陛下，深憐懇惻，即賜允俞。倘矜潛邸之舊勞，尚畀名城而共理。已爲過分，更復何求。念〔三〕將相之重權，暨土田之多賦。實爲僥冒，覬賜收還。

校勘記

〔一〕『安』，四庫本作『翰』。

〔二〕『取』，四庫本作『敢』。

〔三〕『念』，四庫本作『其』。

辭郊祀大禮加食邑表

囊奏上陳，冀回淵鑒；綸言下逮，尚閟俞音。輒伸傴僂之辭，再瀆崇高之聽。中謝。伏念臣逢時盛際，蒙國異恩。寖登臺鼎之司，洊被便蕃〔一〕之寵。屬圜壇之肆類，阻預執籩；暨宣室之受釐，迺蒙均貺。方上投閒之請，敢饕增邑之榮。聞命靡遑，拊躬罙懼。伏望皇帝陛下，亟收成涣，俯徇愚衷。豈特微臣獲免空餐之誚，庶令群下皆無苟得之心。

校勘記

〔一〕『便蕃』，四庫本作『侯藩』。

第二表

再陳尺奏，少達寸誠。祈寢誤恩，庶逃清議。荷王言之薦降，曾天聽之未孚。奉牘周章，捫心惶懼。中謝。臣聞自昔有國，必務施恩。加地所以賞功德之成，豈應易得；多邑所以惜名器之重，亦不濫加。臣猥以庸孱〔一〕，久叨榮寵。老不知止，坐糜廩稍之優；病且未瘳，莫效涓埃之報。敢意均釐之大賚，遽加置散之陳人。受則無功，辭宜獲命。伏望皇帝陛下，闡淵衷〔二〕而下燭，知慶典之太〔三〕隆。特亮臣愚，素非矯僞。俯回天鑑，許賜矜從。疊此輸誠，期於得請。

校勘記

〔一〕『孱』，四庫本作『虚』。

〔二〕『淵衷』，原作『衷淵』，據四庫本乙正。

〔三〕『太』，四庫本作『大』。

辭少保醴泉觀使侍讀表

囊封薦貢，覬涣號之必還；天聽益高，仰俞音之尚閟。疊奉丁寧之訓，彌深感懼之私。不避重誅，敢伸三瀆。中謝。竊以考本朝之故實，起諸老於退閑。或容納節以歸，未始遷官而召。一時鉅望，有若昌朝〔一〕；奕世象賢，無如公著。雖結知之特厚，曾是禮之未聞。敢期獨斷以敷恩，遽爲瑣材而創見。謂賞潛藩誦説之益，則臣無博聞强識以開寤於淵聰；謂酬初政輔弼之勞，則臣無奇謀碩畫以規恢於遠馭。已自知其非據，人尤謂之不然。況臣老止形存，病惟骨立。徒緣軫記，未許休官。兹加〔二〕寵以過優，顧何功而可稱。伏望皇帝陛下，闡皇天佑物之眷，推慈父愛子之情。既益厚於殊私，亦何庸於好爵。願寢惟行之令，用協僉言；庶令垂盡之年，獲安愚分。由衷之懇，得請爲期。

校勘記

〔一〕『昌朝』，四庫本作『昌期』。

〔二〕『加』，四庫本作『假』。

再乞休致表

奏函上達，祈亟就於休閑；詔札下頒，猶未孚於懇款。輒伸再瀆，仰冀曲從。中謝。竊以國張廉耻之維，士明進退之義。出爲委質，不有其身；歸曰乞骸，始致其事。苟昧夜行之鐘漏，曷全晚景之桑榆。伏念臣性識不明，材能無取。偶逢休運，躐置華塗。當軸秉鈞，有類積薪而居上；建旄易鎮，初無横〔一〕草以論功。儀已視於公槐，班更聯於孤棘。向也知難而去國，兹也〔二〕被命以造朝。既疊冒於寵光，復屢陪於閒燕。涓塵未報，筋力先衰。悵來日之無多，苦沈痾之不赦。願辭厚禄，以逭餘災。伏望皇帝陛下，垂鑒由衷，推仁從欲。許上還夫〔三〕印組，俾退伏於田廬。敢希前輩之高蹤，自崇清節；實賴大君之隆施，少息〔四〕頹齡。

校勘記

〔一〕『横』，四庫本作『彊』。

〔二〕『也』，四庫本作『焉』。

〔三〕『夫』，四庫本作『于』。

〔四〕『息』，四庫本作『益』。

辭右丞相表

避權有請，昔已幸於矜從；注意益隆，今忽聞於播告。既控辭而未獲，敢瀝悃以載陳。中謝。伏念臣本乏異能，偶逢興運。夤緣初政，僥冒近司。揣己無一日之長，旋知引退；去國餘十年之久，何意復來。獨荷記憐，俾從收召。高官厚禄，經邦〔一〕已愧於素餐；綿力薄材，揆席豈容於濫處。惟藹藹王人之吉，具赫赫師尹之瞻。内有邇臣，外多耆德。倘擢居於亮采，足仰副於責成。詎使衰蹤，獨妨賢路。況申陪〔二〕於井賦，仍進啟於國封。被數特優，循涯曷稱。伏望皇帝陛下，乾坤覆育，日月照臨。察臣齒髪之已衰，憫臣筋骸之難彊。亟收還於涣命，庶允穆於師言。執造化之權，既自列其非分；侍清閒之燕，尚得誦於所聞。

校勘記

〔一〕『邦』，四庫本作『緯』。

〔二〕『陪』，四庫本作『倍』。

第二表

囊封薦貢，祈免誤恩；綸詔載頒，未孚危悃。輒露再三之瀆，仰干咫尺之威。中謝。竊以股肱之臣，腹心所寄。若古有訓，雖曰圖任舊人；以試罔功，則亦焉用彼相。伏念臣材非俊茂，學本荒疏。適丁繼照之辰，乃玷代天之職。靡懷固位，確意尊君。搜舉賢才，講明理道。欲輔成於自治，將基本於外攘。方施覆簣之功，已沸鑠金之論。保全覆護，獨荷恩隆；擺脱歸休，幾如痛定。每思慮之所及，雖魂夢以猶驚。矧屬暮途耄矣，無能爲也；追惟曩日一之，其可再乎。伏望皇帝陛下，矜其衰殘，察其畏怯。深念鈞衡之重，勿私簪履之微。垂拱仰成，別選碩大光明之士；算計見效，決收穹崇博厚之勳。

乞解罷機政表

危悃上陳，投閒是請；温詞下逮，賜可未聞。輒干難犯之威，敢罄不移之守。中謝。伏念臣素無他技，徒抱樸忠。年已過於懸〔一〕車，所宜請退；老當知於納禄，再冒寵靈。外虧止足之風，内蹈滿盈之戒。既聖主曲憐於舊物，顧微臣敢愛乎〔二〕餘生。不量精力之衰，覬竭涓塵之報。而臣病淪肌骨，景迫桑榆。兩耳聵聾，每懼敷陳之誤；百骸罷憊，不勝拜跪之勞。痛楚相仍，形神俱耗。晝廢餐而懷愧，夜輟寢以興思。建國家宏遠之模〔三〕，本非所及；躬簿書期會之職，今又弗能。是令論道之司〔四〕，迺作養病之地。自知甚確，決去爲宜。伏望皇帝陛下，賜並堪輿，恩覃簪履。念臣進退之義，豈有他腸；察臣悃愊之私，實慚尸位。許解機衡之任，俾收藥石之功。庶保殘軀，以全晚節。

校勘記

〔一〕『懸』，四庫本作『乘』。
〔二〕『乎』，四庫本作『于』。

〔三〕『模』，四庫本作『圖』。
〔四〕『司』，四庫本作『私』。

第二表

衰病匃[一]休，既輸虔確；温言申命，未即允俞。輒忘抵冒之誅，用竭兢危之悃。中謝。伏念臣奮身寒苦，遭世盛明。方聖主乘乾出震之初，膺弼臣當軸秉鈞之寄。略無涓露[二]之補，迄遂丘園之歸。然猶秘殿陞華，真祠賦禄。兩更旄節，薦領藩方。晚加亞保之崇資，首冠西清之近侍。極數十歲久虚之典，爲一介臣垂老之榮。敢期睿眷之非常，更念樸忠之有素。忽拜絲綸之寵，再專鼎鼐之司。疾恙寖加，何以專裁於庶政；罷癃甚已[三]，難乎觀示於遠人。一夕屢興，終食三喟。倘有誤於國事，實深累於上知。伏望皇帝陛下，念機務之惟艱，察誠心之莫奪。俯矜朽憊，曲賜保全。鳳覽德而下之，別求耆哲；馬問途而老矣，尚佚餘年。

校勘記

〔一〕『匃』，四庫本作『乞』。
〔二〕『露』，四庫本作『埃』。
〔三〕『甚已』，四庫本作『已甚』。

第三表

封章屢上，既盡布於腹心；宸眷特隆，尚曲存於體貌。念愚誠之已迫，懼淵聽之未孚。輒復控陳，冀蒙矜惻。中謝。臣竊以事君專於委質，狥國在於忘身。死且不辭，病亦奚恤。誠以股肱之宣力，貴乎精神之折衝。苟省決之間或至於昏迷，則設施之計不勝其差謬。矧四海九州之廣，有一日萬幾之繁。倘裨贊之或虧，雖糜捐而何益。每思及此，深切自驚。伏念臣久此支離，寖成沈痼。入而退食，難窮雁鶩之文書；出則戴星，不耐風霜之途路。惟聖主尚憂勤而圖治，顧微臣敢暇逸以偷安。既殫匪懈之勞，遂抱弗瘳之疾。詎有代天理物之地，乃容尸禄養痾之人。故此祈哀，必期賜可。伏望皇帝陛下，皇明委照，洪造曲成。察臣重任之難堪，憫臣孱軀之已瘁。許從罷免，迄〔一〕遂休閒。雖來日無多，莫報聖恩之大；然餘生未泯，願觀德化之成。

校勘記

〔一〕「迄」，四庫本作「乞」。

進玉牒再辭加食邑并〔一〕轉官回授表

輯令典於熙朝，誤頒賞秩；控忱誠於丹扆，尚閟俞音。不勝跼蹐之情，輒罄頻煩之瀆。中謝。伏念臣猥叨帝獎，再入宰司。居懷竊位之憂，未知報稱；敢冒懋官之寵，自速滿盈。矧敷〔二〕揚萬世之休，蓋盡出群英之力。衍金枝於三祖之下，積日既深；著玉牒於十載之間，殫〔三〕心亦久。臣偶緣末至，適會垂成。莫逃尸素之譏，豈有僥覦〔四〕之望。爰田增賦，慚〔五〕受禄之無功；私屬疏榮，懼得名之非據。疊是異眷，並〔六〕當力辭。伏望皇帝陛下，大擴皇明，俯照〔七〕愚悃。亟還綸命，庶無虚授之嫌；允穆師言，終免傷廉之誚。

校勘記

〔一〕『并』，四庫本作『拜』。
〔二〕『敷』，四庫本作『茂』。
〔三〕『殫』，四庫本作『留』。
〔四〕『覦』，四庫本作『踰』。
〔五〕『慚』，四庫本作『叨』。
〔六〕『並』，四庫本作『尤』。
〔七〕『照』，四庫本作『昭』。

第二表

叨承涣渥，力控危詞；申錫温言，未蒙賜可。輒罄不移之悃，屢干難犯之威。中謝。竊以賞逮有功，所以勵僥覦之俗；化行自近，乃能興謙遜之風。故公朝不取於濫恩，而君子尤戒於苟得。臣雖至陋，理亦粗明。倘因總職之微勞，輒冒出綸之殊寵。既自乖於清議，曷躬率於庶僚。伏望皇帝陛下，深滌幸源，益隆主柄。再命傴而三命俯，冀曲諒於愚誠；大臣法而小臣廉，庶少裨於治體。

經修會要再辭轉官表

疏恩行賞，本酬修纂之勤；就第投閒，敢冒褒崇之秩。自知既白，焉得無辭〔一〕。輒干咫尺之威，用致再三之瀆。中謝。竊以爵禄所以勵世，名器不可假人。故在至明之朝，尤嚴責實之舉。苟無濫吹，斯曰當功。如臣者愚且無庸，老知戒得。蚤緣幸會，獲偶昌期。既覩潛藩，新又新而作德；更逢初政，聖繼聖以重光。雖皇風蕩蕩以難名，然青史班班而可考。爰輯猷爲之美，別成會要之書。謂以日繫月也，萬年必至於浩穰；倘因類分門焉〔二〕，一見能知其梗概。曩叨當軸，遂玷提綱。未施載筆之勞，旋有乞身之請。逮簡編之大備，皆廊廟之群工〔三〕。且彼〔四〕尚爾力辭，則臣固〔五〕難祇命。伏望皇帝陛下，覆昏而植有禮，輔德而下無能。親賢若天〔六〕，致嚴如父。但詔諸儒而拜賜，特遺孤迹以示公。亟收出綍之恩，終遂循牆之避。

校勘記

〔一〕『辭』，四庫本作『詞』。

〔二〕『焉』，四庫本作『也』。

〔三〕『工』，四庫本作『公』。

〔四〕『彼』下四庫本有『合推恩』三字。

〔五〕『固』，四庫本作『雖回授亦』。

〔六〕『而下無能親賢若天』，四庫本作『若天親賢而下無能』。

經修會要辭轉官回授表

賞逮罔功，屢形巽牘；澤流後裔，敢冒渙恩。更此輸誠，終期賜可。中謝。伏念臣本無一得，尤乏三長。偶承中秘之群英，恭纂初元之懿績。猥塵兼總，曾無歲月之淹；纔即退閒，曷有涓埃之效。玆告成於册典，忽濫進於官資。力控懇辭，未回聰聽。雖曰特貤於私室，是亦下錫於微臣。惟叨踰非所敢安，故煩瀆不能自已。伏望皇帝陛下，區分勞逸，旌别幽明。察臣無預於討論，憫臣粗知於止足。即寢惟行之令，用彰無黨之公。

辭少傅表

上投閒之請，方幸天從；疏絶等之恩，遽聞廷告。荷始終之垂眷，至感悸之交懷。輒罄誠忱，載干聰聽。中謝。臣竊以貳公洪〔一〕化，夙推亞傅之聯；仗節建旄，特峻中權之寄。緊將相之兼領，爲搢紳之至榮。矧令尸禄於内祠，復許執經於便殿。考聖世累朝之故事，非元勳盛德而弗居。豈容遲暮之途，併冒便蕃之寵。重惟瑣質，兩踐臺司。報效蔑聞，惟日負曠瘝之懼；沈痾寖劇，迺力辭機務之煩。既獲從均逸之安，敢更拜非常之渥。伏望皇帝陛下，廓乾坤之造，昭日月之明。不忘念舊之仁〔二〕，深諒由衷之悃。寢殊榮於非據，止成命於已行。倘遂懇辭，或弭滿盈之釁；庶因休養，迄全疲瘁之軀。

校勘記

〔一〕「洪」，四庫本作「弘」。

〔二〕「仁」，四庫本作「誠」。

第二表

聖主推厚下之仁，特肦異數；臣子鑒有終之吉，確守愚誠。敢洊布於懇詞，冀必回於淵聽。中謝。伏念臣猥緣宿恙，祈解繁機。睿眷曲從，俯念桑榆之晚；微軀幸會，獲全樗櫟之生。方期收加劑之功，乃遽有揚廷之命。且避權本蘄遠寵，反〔一〕陞華顯之班；而上印所以丐休，猶竊邃嚴之直。其於進退出處之際，殊失辭受取舍之宜。苟冒昧以輒居，實叨踰而無恥。外難逃於公議，內有愧於初心。伏望皇帝陛下，獨總威權，謹司名器。寢出綸之明命，略反汗之小嫌。倘未忘敝屣之餘，不容遐棄；願始賦真祠之禄，俾侍燕私。庶循止足之規，不速貪饕之誚。

校勘記

〔一〕「反」，四庫本作「乃」。

三朝寶訓終篇辭轉官回授表

求免而許貤恩，大非初志；不授而將遺後〔二〕，同是洪私。何以辭爲，其實一也。輒貢兢兢之懇，仰干赫赫之威。中謝。伏念臣本乏他長，亦無素學。猥繇攀附，驟被光榮。未殫一得之愚，已處三孤之烈。既慚尸素，復懼滿盈。每自誓於胸中，曾不知其死所。假〔二〕捐軀而畢命，寧敢依違；矧〔三〕進讀以終篇，初無勞苦。亟承下詔，俾遂遷官。瀝肝膽以披投，雖蒙洞照；畀絲綸而回授，猶未全乎。況臣子弟闔門，親姻兩族，或服勤於州縣，或庀〔四〕職於京師。曷以堪之，不啻足矣。倘或更貪於攘〔五〕賞，其如可畏之多言。伏望皇帝陛下，曲軫皇慈，大明哲鑒。物嫌太甚〔六〕，知已極於叨〔七〕踰；寵至若驚，願且安於靜退。

校勘記

〔一〕『後』下四庫本衍一『裔』字。

〔二〕『假』下四庫本有『令』字。

〔三〕『矧』下四庫本有『於』字。

〔四〕『庀』，四庫本作『充』。

〔五〕『攘』，四庫本作『釀』。

〔六〕『甚』，四庫本作『盛』。

〔七〕『叨』，四庫本作『僭』。

鄮峰真隱漫録卷十六

表

謝除開府儀同三司表

便朝賜對，已叨臨遣之榮；上宰視儀，更拜褒陞之寵。懇辭弗獲，感涕無從。中謝。伏念臣確守性愚，不通時變。徒緣鼠技，獲久侍於潛藩；親際龍飛，遂克裨於初政。每銜眷禮，特異臣工。自知遲鈍之材，不稱登庸之選。亟求靜退，獨賴保全。假秘殿之隆名，賦真祠之厚禄。十更寒暑，三被使令。既以侍親，畏邛郲九折之阪；旋蒙改命，懷會稽太守之章。顧毫髮之亡奇，愧旌旄之濫受。兹荷乾坤之造，忽從苫塊之餘。錫是南邦，易之重鎮。方齋心而入奏，復躐等以加恩。涣發九重，秩均三事。得〔一〕既踰於望外，感實倍於胸中。雖竭尋常，曷酬萬一。兹蓋伏遇皇帝陛下，治高千古，澤浸四方。立賢無黨以無偏，念舊彌久而彌篤。致此非常之殊遇，亦霑投老之衰蹤。臣敢不益勵樸忠，力行素學。教條期於户曉，利害〔二〕當以驛聞。庶昭愷悌之風，以廣醇釀之化。

校勘記

〔一〕『得』，四庫本作『德』。

〔二〕『害』，四庫本作『言』。

除開府儀同三司謝太上皇帝表

侯藩假守，方趣覲於便朝；制紵疏榮，遽視儀於上宰。懇辭弗遂〔一〕，兢懼靡寧。中謝。伏念臣昨任學官，入對天陛。亟蒙獎諭〔二〕，遂冒除書。屬建邸講席之虛，自麟臺兼員而授。每銜寵數，悉本隆知。夤緣三歲之餘，遭值千齡之會。重華協帝，次輔秉鈞。戴恩已重於丘山，圖報未聞於毫髮。頃因郡寄，旋處家艱。自惟溝壑之必填，敢意竹符之再畀。逮趨嚴召，叨被洪私。矧三事之崇班，實一時之異數。豈伊猥瑣，輒此僥踰。茲蓋伏遇尊號太上皇帝，道運沖虛，仁施溥博。俯念蓋惟之舊物，嘗依日月之末光。示以褒陞，賁茲臨遣。臣敢不益勤職守，備罄忠忱。綿力薄材，誓謹孔顏之學；隆天厚地，永依堯舜之仁。

校勘記

〔一〕『遂』，四庫本作『許』。

〔一〕『諭』，原作『論』，據四庫本改。

乞休致不允謝表

桑榆景迫，當自列以引年；天地恩隆，訖未容於謝事。疊頒詔旨，曲示眷私。拊躬莫遂於循牆，拜命實驚於維谷。中謝。伏念臣起身孤遠，遭世盛明。識不足以察治亂之機，才不足以應事物之變。徒因末學，誤簡聖知。無文武之全材，兼將相之重任。爵高禄厚，莫施横草之功；福過災生，遂得負薪之疾。儻復不知於止足，必將自速於顛隮。故因七十之年，不避再三之瀆。蓋期合禮，實匪矯情。豈伊父母之懷，尚軫蓋帷之念。俾仍廪秩，以養衰殘。兹蓋伏遇皇帝陛下，智日博〔一〕臨，仁天廣覆。練群臣而覈名實，治協孝宣；濟大業而攬權綱，道侔光武。特加記録，未許歸休。蓋將存老馬以問途，莫遣縱冥鴻之舉翮。恩施若此，報稱謂何。臣敢不仰體至懷，務全晚節。絲綸言出，未蒙反汗於今朝；丘壑志堅，尚冀乞骸於異日。

校勘記

〔一〕『博』，四庫本作『溥』。

謝除少保醴泉觀使侍讀表

皇恩至渥，固辭雖切於循牆；温詔疊頒，成命莫回於出綍。凌兢祇拜，傴僂難勝。中謝。竊以左〔一〕棘聯班，職參寅亮；邇英進讀，選號清華。矧領使於祥源，仍冠名於書殿。邑封萬户，國列上公。是皆極儒者之至榮，所以示輔臣之優禮。豈容孱陋，併有超踰。伏念臣學術既老而益荒，材能已試而罔效。徒緣際遇，久玷簡知。戴恩實重於丘山，論報蔑聞於絲髮。捫心自媿，視己無堪。固當〔二〕知止以引年，迺復疏榮而越等。惟兹異數，斷自淵衷。豈平生志願之敢期，實晚景遭逢之過分。兹蓋伏遇皇帝陛下，量包細大，施等初終。立賢廣而無方，念舊久而彌篤。俯眷桑榆之晚，曾陪簪履之餘。特示寵恩，式彰眷遇。臣敢不粗殫末技，誓守孤〔三〕忠。雖聖學高明，本不勞於誦説；而天威咫尺，尚得奉於清閑。

校勘記

〔一〕『左』，四庫本作『老』。

〔二〕『當』，四庫本作『嘗』。

〔三〕『孤』，四庫本作『樸』。

除少保醴泉觀使侍讀謝太上皇帝表

視秩公槐，久媿祠庭之尸禄；聯班孤棘，遽參經幄之侍言。荷寵渥以非常，控懇詞而弗獲。雲天拜賜〔一〕，淵谷懷驚。中謝。伏念臣奮自寒鄉，出偶休運。横經璧水，蔑著聲稱；錫對楓宸，亟膺獎拔。乃充員於秘府，俾侍學於潛藩。幸逢舜德之重華，遂忝漢庭之次輔。退閒真〔二〕館，載畀郡符。兼將相之崇資，竊廩稍之冗食。凡兹僥冒，皆昔權輿。銜恩雖重於丘山，顧已已衰於齒髪。蓋嘗力上挂冠之請，豈意更叨出綍之榮。矧亞保參寅亮之司，而邇英極清華之選。冠〔三〕名書殿，領使祥源。邑封萬户之多，國列上公之重。何當〔四〕病質，輒玷殊私。兹蓋伏遇尊號太上皇帝，道運難名，功成不宰。曲軫蓋帷之舊，曾依日月之光。示以優恩，華其暮景。臣敢不粗殫綿力〔五〕，益守樸〔六〕忠。入告嘉猷，無負六經之訓；仰酬大造，永依二帝之仁。

校勘記

〔一〕『賜』，四庫本作『施』。
〔二〕『真』，四庫本作『直』。
〔三〕『冠』，四庫本作『峻』。
〔四〕『當』，四庫本作『曾』。

〔五〕『綿力』，四庫本作『未技』。
〔六〕『樸』，四庫本作『孤』。

謝除右丞相表

揆席久虛，咸徯非常之盛舉；昕朝誕告，遽先已試之陳人。雖力控於忱詞，終莫回於淵聽。凌兢拜命，傴僂懷慚。中謝。伏念臣才愧兼人，學非名世〔一〕。蚤受知於德壽，旋遁迹於道山。王邸横經，儲闈庀職。適際明昌之運，叨居輔弼之司。自揣無堪，亟求置散。去國十五年之久，壯志益凋；還朝三數月之間，沈痾屢作。方上歸休之請，忽膺圖任之榮。覆餗是憂，循牆莫避。此蓋伏遇皇帝陛下，斂時五福，式於九圍〔二〕。德以行仁，急親賢而愛物；人惟求舊，每藏疾以匿瑕。遂使疲癃，復當委注。臣敢不彊親藥石，期緩桑榆。顧乏寸長，敢替舉賢援〔三〕能之志；誓持衆美，覬逃揚己取名之譏。

校勘記

〔一〕『才愧兼人，學非名世』，四庫本作『才不逮中，識難語上』。
〔二〕『斂時五福，式於九圍』，四庫本作『乾坤覆育，父母矜憐』。
〔三〕『援』，四庫本作『授』。

除右丞相謝太上皇帝表

徧歷華途，昔受知於神聖；再塵〔一〕揆席，今進冒於恩榮。揣愚分以難堪，信夙緣之有幸。誤逡巡莫避，感懼交深。中謝。伏念臣本起寒微，素無援助。自充員於學省，獲奏對於宸庭。誤簡隆知，亟躋清選。久棲遲於鶴禁，俄際會於龍飛。上契淵衷，擢陞次輔。旋求歸於田里，期畢〔二〕志於江湖。豈意暮年，更膺迅召。官穹〔三〕禄厚，初無横草之功；心勤形癯，徒抱采薪之疾。兹復青氈之舊物，仰銜丹扆之殊私。揆厥所原〔四〕，知其有自。木繁枝葉，植本惟深；水壯波瀾，流源蓋遠。凡此過優之寵，悉由資始之恩。德重天淵，報微涓露。蓋兹伏遇尊號太上皇帝，道傳萬古，聖冠百王。玩意紫清，非心黄屋。務兼懷於南北，格大順於高卑。授舜八元，遺湯一德。致兹盛舉，猥及陳人。臣敢不勉竭疲癃，思酬知遇。聖圖廣大，倘有補於萬分〔五〕；慈極尊安，冀無窮於億載。

校勘記

〔一〕『塵』，四庫本作『陳』。

〔二〕『畢』，四庫本作『必』。

〔三〕『穹』，四庫本作『窮』。

〔四〕『原』，四庫本作『源』。

〔五〕『分』，四庫本作『方』。

生日謝賜牲餼表

户列桑蓬，方慨先親之顧復；驛馳綸綍，遽肦内府之旨嘉。驚異數之便蕃，重微衷之跼蹐。中謝。伏念臣猥緣攀附，頓冒寵榮。去國僅十五年，忽蒙收召；來朝已三數月，蔑著功勤。每悚空〔一〕餐，徒煩亟饋。敢意賤生之日，大賜養賢之烹。兹蓋伏遇皇帝陛下，覆育無偏，生成有素。式修舊典，下逮具臣。坐增私室之光，共侈盈庭之賜。捫心知幸，荷眷益隆。臣敢不砥礪孤忠，要期厚報。劬勞在念，悵無路以遺羹；銘刻不忘，敢有心於食志。

校勘記

〔一〕『悚空』，四庫本作『懷素』。

二

弧矢開祥，已負四方之壯志；酒餚亟饋，忽疏九陛之隆恩。祗服寵章，彌增慚汗。中謝。

伏念臣自依光於日月，薦承乏於鈞衡。報蔑涓塵，恩深海嶽。曾未知於死所，偶及見於生朝。方懷顧復之先親，敢覬旨嘉之厚禮。靦顔拜貺，雪涕知榮。茲蓋伏遇皇帝陛下，體貌邇臣，修明故事。下〔一〕問衰殘之晚景，特盼飲食之芬馨。遂令尸禄素餐之人，并受醉酒飽德之賜。臣敢不虔恭嚴命，滋味至珍。甘〔二〕旨益豐，悵無復南陔之養；升常〔三〕圖報，願載歌天保之詩。

校勘記

〔一〕「下」，四庫本作「不」。

〔二〕「珍甘」，四庫本作「甘珍」。

〔三〕「常」，四庫本作「恒」。

進玉牒謝加食邑轉官回授表

鉅典告成，丕昭懿鑠；清朝第賞，猥及纖微〔一〕。真租既衍於圭畬，褒秩仍覃於姻族。拊躬祗命，舉室生輝。中謝。伏念臣本無經濟之長，徒有遭逢之幸。施踰山嶽，效乏絲毫。萬户疏封，日負素餐之懼；一門被寵，居懷世禄之慚。於赫聖皇，紹隆鴻〔二〕緒。派靈源於列祖，益茂本支；崇賞牒於昭陵，期躋仁壽。乃嚴載筆，甫及奏篇。惟帝念功，賜舉陞遷之律；顧臣何力，與蒙獎録之榮。矧加地無異於進階，而貤恩亦均於拜賜。曷爲異渥，併逮私庭。兹蓋伏遇皇帝陛下，敷澤過優，施仁從厚。念臣濫陪於弼輔〔三〕，不廢彝章；謂臣適總於綱條，莫回成涣。叨踰已極，荷載難勝。臣敢不砥礪初心，激昂末路。滿盈是戒，敢誇稽古之能；報稱何存〔四〕，惟勵教忠之節。

校勘記

〔一〕『纖微』，四庫本作『微臣』。
〔二〕『鴻』，四庫本作『期』。
〔三〕『弼輔』，四庫本作『輔弼』。
〔四〕『何存』，四庫本作『若何』。

進玉牒加食邑并轉官回授謝太上皇帝表

敦〔一〕宗尊祖，聿觀鉅典之成；錫命貤恩，併示私庭之寵。懇詞弗獲，跪受奚勝。中謝。竊以慶衍金枝，推本源於炎緒；光垂寶牒，備德業於仁皇。於昭萬世之宏休，茂闡兩朝之盛美。而臣偶承人乏，叨預宰司。振領提綱，雖總纂述之職；懷鉛抱槧，初無潤色之工。迨及奏篇，例膺褒律。榮秩既延於嗣息，真租載益於土田。顧今恩渥之加，皆昔權輿之賜。茲蓋伏遇尊號太上皇帝，默觀昭曠，高蹈希夷。堯道難名，本親親而有敘；文謨丕顯，思繼繼以無窮。且嚴方册之藏，爰懋儒臣之賞。致茲寵數，猥及孱軀。臣敢不仰體洪私，益堅晚節。封踰萬户，既靡廪稍之豐；忠萃一門，惟誓子孫之報。

校勘記

〔一〕『敦』，四庫本作『敬』。

謝親屬差除表

餘生自幸，既躐致於顯庸；私屬何爲，亦併蒙於寵渥。感深淪骨，涕隕交頤。中謝。伏念臣生歷險艱，奮繇寒遠。伶俜千指，久困躓於鄉關；坎坷〔二〕一身，獨支撑於門户。始而求仕，本以爲貧。夤緣偶值於亨辰，僥倖載塵於宰路。簪纓相繼，敢圖奕世之昌蕃；廪稍既豐，已獲全家之飽煖。頂踵悉由於覆育，絲毫無補於聖明。尚軫淵衷，普沾河潤。宗姻内外，盡叨進擢之恩；閨閫賤良，咸被疏封之命。一門改觀，萬口欣傳。豈平日志願之敢然，顧〔三〕暮景遭逢之至此。退惟忝竊，倍極凌兢。茲蓋伏遇皇帝陛下，施等乾坤，慈均父母。濟物欲全其類，愛人必厚所親。乃眷衰蹤，特頒異數。臣敢不益堅身教，思振家風。聚族而謀，誓永堅於忠孝；自今以往，求上報於恩榮。

校勘記

〔一〕『坷』，四庫本作『壈』。

〔二〕『顧』，四庫本作『實』。

謝賜第表

任重難勝，方控歸田之請；恩隆弗替，俄加〔二〕錫第之榮。仰戴聖神，終全覆露。中謝。伏念臣起身蓬蓽，充位廟朝。綿力譾材，無取棟梁之用；頹齡朽質，不堪斤斧之施。幸久託於帡幪，遂偶逃於顛覆。闔門寧處，盡出生成；問舍還歸，止祈罷免。敢意淵衷之睠睠，特昐廣廈之渠渠。輪奐光輝，寵靈赫奕。親朋情話，昔嗟四壁之空；老稚歡顏，今得萬間之芘。茲蓋伏遇皇帝陛下，不遺舊物，大擴皇慈。俯憐桑榆晚暮之途，未免風雨震凌之患。乃疏寧宇，俾即安居。絶勝寢丘，已負叔敖之長慮；未恢朔土，更慚去病之牢辭。臣敢不仰銜蓋載之私，愈誓捐糜之報。考工益宅，肯招貪鄙之譏；神武挂冠，行遂棲遲之志。

校勘記

〔一〕『加』，四庫本作『知』。

賜第謝太上皇帝表

鈞衡任重，居慚瑣瑣之微材；簪履念深，遽錫⿰甚冘⿰甚冘〔一〕之大廈。恩繇堯父，賜出舜庭。循分無堪，拜嘉有愧。中謝。伏念臣頃從學省，獲簉宸墀。一言感寤於龍顔，三歲翺翔於鶴禁。旋因攀附，躐致顯嚴。草木之茂，蓋始培根；宫室之成，厥由累土。顧今辰之際會，皆昔日之權輿。蔭此華榱，銘乎丹腑。茲蓋伏遇尊號太上皇帝，功恢九有，道並三無。雖玩意太初，固已非心於黄屋；而回觀邇列，猶憐舊物之青氈。遂使帡幪，俯加愚陋。臣敢不永依洪覆，益勵孤忠。竊喜全家已絶風雨震淩之患，尚期終老必殫珠環報效之私。

校勘記

〔一〕『⿰甚冘⿰甚冘』，四庫本作『耽耽』。

三朝寶訓終篇謝轉官回授表

大人繼明照四方，志求軌範；三聖相授守〔一〕一道，訓在簡編。披鉅帙以甫周，眷私庭而申錫。榮踰望表，感溢情涯。中謝。伏念臣雖紹箕裘，僅守章句。始依乘於鶴禁，旋際會於龍翔。西掖代言，北門視〔二〕草。晉〔三〕箋邇英之末席，日陳列祖之成規。卒因口耳之傳，薦玷股肱之寄。居慚固陋，力請罷休。未容挂神武之冠，仍許寓路門之直。適逢今日，獲竟全書。退朝弗倦於討論，帝自樂此；造理實由於淵懿，臣何力焉。豈伊辭賞之餘，復拜移恩之渥。兹蓋伏遇皇帝陛下，學乃有獲，尊其所聞。自得於心，靡俟輪扁釋鑿之問；坐進乎道，迄如庖丁善刀而藏。猶旌論説之勞，俾衍室家之慶。臣敢不奉將眷命，勉飭來昆。發金匱玉版之儲，上已增光於洪業；鑒麈尾蠅拂之戒，下宜毋事於清談。庶寫忠誠，少圖報答。

校勘記

〔一〕「守」，四庫本作「受」。

〔二〕「視」，原作「侍」，據四庫本改。

〔三〕「晉」，四庫本作「皆」。

正説終篇謝轉官回授表

進讀無功，方控辭於美秩；疏榮甚寵，俄貤及於私庭。退省僥踰，倍深兢懼。中謝。竊以真皇在御，聖德〔一〕造微。億萬載之詒謀，相傳以道；五十篇之垂訓，先正其心。龜鑑陳前，盤盂示戒。幸聖主茂緝熙之學，俾儒臣殫誦述〔二〕之勤。紬〔三〕繹微言，發揮治要。竊慚謏聞〔四〕，莫益〔五〕清光。敢覬終篇，例叨信賞。矧移恩於賤屬，均拜賜於公朝。雖謂彝章，實昭殊渥。若爲報稱，深切感藏。茲蓋伏遇皇帝陛下，施等隆天，愛深慈〔六〕父。澤必期於偏〔七〕及，賞亦貴於世延。遂令姻黨之微，遽被褒陞之眷。臣敢不更相規戒，共體恩私。鄙桓榮稽古之言，徒爲誇耀；味狐突教忠之義，誓在〔八〕捐糜。

校勘記

〔一〕『聖德』，四庫本作『德性』。
〔二〕『述』，四庫本作『説』。
〔三〕『紬』，四庫本作『綢』。
〔四〕『聞』，四庫本作『問』。
〔五〕『益』，四庫本作『跂』。
〔六〕『慈』，四庫本作『察』。

〔七〕『期於徧』，四庫本作『先於族』。

〔八〕『在』，四庫本作『有』。

進四朝正史志謝推恩回授表

史文登備，録總職之舊勞；賞秩優加，許移恩於私屬。懇辭弗獲，榮懼兼〔一〕深。中謝。竊以德厚功隆，仰四朝之盛治；事〔二〕叢業鉅，焕十志之成書。提綱允屬於元臣，涉筆實資於群彦。庸示纂承之懿，有嘉繼述之功〔三〕。特舉彝章，肆頒褒律。臣惟〔四〕至陋，自視何爲。頃載秉於國鈞，適兼司於史館。積時寖遠，微效蔑聞。敢期鉅典之肇新，遽荷〔五〕龍光之俯及。迨〔六〕控誠於軒陛，旋畀寵於家庭。仰惟聖造之曲成，終愧衰蹤之難稱。闔門懷戴，舉族增輝。兹蓋伏遇皇帝陛下，恢廓仁心，昭明公道。施賞或容延於〔七〕世，酬勳靡貴求於〔八〕全。遂令嗣息之微，亦拜甄陶〔九〕之賜。臣敢不更相告戒，共保光榮。惟孝惟忠，思力圖於報稱；若孫若子，庶永託於生成。

校勘記

〔一〕『兼』，四庫本作『彌』。

〔二〕『治事』，四庫本作『事治』。
〔三〕『功』，四庫本作『工』。
〔四〕『惟』，四庫本作『雖』。
〔五〕『荷』，四庫本作『望』。
〔六〕『追』，四庫本作『始』。
〔七〕『延於』，四庫本作『於延』。
〔八〕『求於』，四庫本作『於求』。
〔九〕『陶』，四庫本作『升』。

丐歸不允謝表

投閒賜第，慮〔一〕致人言；瀝懇歸田，薦膺聖詔。未容遽去，仰戴隆知。中謝。伏念臣心則不他，材無所取。適遭盛際，獲簉邇班。曾微毫髮之勞，每荷聰明之眷。退身揆路，畀室京都。靜以掩關，軒巷可使之羅雀；榮而及嗣，子壻皆得以彈冠。雨露徧洽於一門，風波或〔二〕生於衆口。既無謀猷以裨補大政，徒然尸素以饕竊大官。苟有浮言，必汙哲鑑。遂殫賤悃，祈返故廬。宸衷獨賜於眷留，孤迹寧忘於恐懼。此蓋伏遇皇帝陛下，天臨四海，子育群臣。軫兹簪履之遺，曾偶風雲之會。肆頒綸綍，益固帡幪。廣廈萬間，尚使萍蓬之棲止；全家千指，獲依日月之光明。臣敢不深安五畝之居，仰副一人之意。布在方策，永彰清朝優老之規；貽厥子孫，益勵昔人肯堂之志。庶綿忠赤，仰報恩私。

校勘記

〔一〕『慮』，四庫本作『忽』。

〔二〕『或』，四庫本作『乃』。

謝除少師表

辭榮未獲，姑容枌社之歸；錫命過優，密亞槐庭之峻。感深淪骨，愧溢汗顔。中謝。臣聞一心之臣有三千，爲治固資於同德；百里之行半九十，盡忠惟在於晚途。凜進退之難全，實古今之共歎。悻悻或乖於大體，栖栖多怵於煩言。惟臣晝繡之榮，靡有秋毫之隙。造膝力祈於休退，温顔每示以〔一〕眷留。許解政機，猶置西廂之帷幄；乞還鄉邑，更陞左棘之班聯。假歷歲不除之〔二〕官，舉累朝甚盛之典。獲雍容而至此，繄覆護之使然。一時綸綍之傳，薦紳太息；千載風雲之遇，簡册屢書。顧臣何人，幸甚過望。兹蓋伏遇皇帝陛下，睿謨廣大，聖學淵微。憐其久侍於清光，人惟念舊；賜以即安於真館，相亦克終。肆推明恩，昭示殊獎。及未嬰於沈疾，使歸養於殘骸。而臣自惟執經誦説於潛藩〔三〕，以至當軸揚名〔四〕於初政。凡同遭際，悉已彫零。蕞爾餘生，巋然獨在。騤遠軒墀之奉，不知涕泗〔五〕之流。横草無功，曷報乾坤之施；食芹欲獻，尚懷畎畝之忠。

校勘記

〔一〕「以」，四庫本作「於」。
〔二〕「之」，原作「子」，據四庫本改。
〔三〕「藩」，清抄本作「蕃」。
〔四〕「揚名」，清抄本「名」作「明」，四庫本作「將明」。
〔五〕「泗」，四庫本作「灑」。

除少師謝太上皇表

指鄉枌而退處，幸遂素懷；冠孤棘以進遷，遽盼宸渙。辭弗獲命，凜莫措躬。中謝。伏念臣本乏長材，偶逢休運。當紹興更化之日，首被召除；逮學省賜對之初，亟膺嘉〔一〕獎。爰從册府，俾預宮僚。曾無一得之愚，可效萬分之補。屬上聖躬行於揖遜，實微臣適契於依乘。甫閲期年，躐登次輔。出臨帥閫，入侍經帷。頃復預於鼎司，顧曷勝於柄任。力控歸田之懇，俄爲錫第之留。寵光徧及於族姻，眷遇迥加於倫等。載惟瑣質，久冒隆私。疾疢交攻，鄉關是念。已幸投閒而遂志，敢期增秩以疏榮。佩恩典之過優，覺歸途之增耀。凡今際遇，自昔權輿。戴德至深，隕身莫報。玆蓋伏遇尊號太上皇帝，懋昭文德，大擴堯仁。俯念蓋帷，曲示始終之眷；肆加綸綍，蔚爲出處之光。臣敢不退即便安，少休疲茶〔二〕。適山林之真性，自樂餘年；修香火之勝因，仰祈萬壽。倘未填於溝壑，庶復望於軒墀。

校勘記

〔一〕『嘉』，四庫本作『加』。

〔二〕『茶』，四庫本作『曳』。

鄮峰真隱漫録卷十七

表

謝免明堂大禮陪祀表

肅雍顯相，洊勤尺一之頒；汪濊湛恩，曲貸再三之瀆。恭承開諭，許即便安。中謝。伏念臣頃丐餘年，獲歸故里。方聖主在帝左右，有嚴奠璧之時〔一〕；則微臣惟命東西，敢告負薪之疾。屬沈綿之寖劇，懼跛倚之難支。與其顛仆，自速於煩言；孰若哀鳴，仰祈於睿鑒。果荷曲成之造，旋聞賜可之音。此蓋伏遇皇帝陛下，父母愛憐，乾坤覆載。不責筋骸之末，示全簪履之遺。君命不俟駕而行，愧初心之有負；海内各以職來祭，嗟膂力之獨愆。徒與黔黎，均霑惠澤。

校勘記

〔一〕『時』，四庫本作『祠』。

明堂大禮謝加食邑表

合宮蕆事，病莫與於駿奔；宣室均釐，恩遽霑於冗散〔一〕。控詞不果，拜寵爲慚。中謝。伏念臣尚抱沈綿，未經蘇息。功莫施於横草，錫屢侈於分茅。惟〔二〕三年再舉於明禋，荷〔三〕一札〔四〕頻頒於嚴召。既不獲祗奉璋執豆之役，又烏可加爰〔五〕田真〔六〕賦之腴。何意空餐，忽叨異數。兹蓋伏遇皇帝陛下，德配天地，功光祖宗。合饗以歌成命之詩，惠餕而霈蓼蕭之澤。不遺簪履，特出綸絲。敢不勉策筋骸，恪勤香火。誓竭餘年之晼晚，仰酬大造之穹崇。

校勘記

〔一〕『散』，四庫本作『類』。

〔二〕『惟』下四庫本有『能』字。

〔三〕『荷』上四庫本有『始』字。

〔四〕『札』，四庫本作『禮』。

〔五〕『爰』，四庫本作『方』。

〔六〕『真』，四庫本作『貢』。

生日謝賜金器香茶表 孝宗

蒲柳衰姿，方軫劬〔一〕勞之念；綵綸厚施，忽朌璀璨之珍。下拜凌兢，旁觀歆〔二〕豔。中謝。伏念臣猥緣攀附，疊冒寵靈。去國再歷於星霜，思君每勞於夢寐。敢意賤生之日，曲分燕具之榮。間飾寶珠，密排金粟。成此樽罍觴豆之器，副之槍旗龍麝之芳。豈伊環堵之間，獲侈盈庭之賜。矧昭回宸翰，熙然三月之春；寂寞孤蹤，頓若九鼎之重。從天而下，揣己奚堪。茲蓋伏遇皇帝陛下，道大無私，恩隆不替。收既遺之簪履，賁垂盡之桑蓬。臣敢不銘在丹衷，寶茲大賚。光生座〔三〕席，永無北海之憂；報乏瓊瑤，第祝南山之壽。

校勘記

〔一〕『劬』，四庫本作『勤』。

〔二〕『歆』，四庫本作『欣』。

〔三〕『座』，四庫本作『塵』。

二

身登耄齒，已預拜於慶儀；時適生朝，復遠煩於使命。何幸一年之内，叨逢再錫之榮。恩重報睠，感深涕落。中謝。伏念臣賤〔一〕庸有素，樸拙無能〔二〕。徒以潛藩，罄此心之愛敬；遂當初政，冠列辟以陞遷。眷寵至隆，臣鄰莫比。逮乞骸於既老，亦賦禄於無功。届兹勞瘁之辰，厚有便蕃之賜。煌煌多品，歲歲爲常。每思何德以祇承，殆是宿緣之際會。兹蓋伏遇皇帝陛下，皇天降祐，慈父興憐。察臣犬馬之衷，始終守正；謂臣桑榆之晚，操履弗渝。故頒御府之珍奇，用作私庭之光耀。歡傳道路，喜動里閭。豈惟增賁於一時，抑亦永彰於千古。臣敢不益知尊主，不昧輸忠。雖膂力既愆，覬功名而已遠；惟精神所〔三〕運，尚香火以勤修。誓竭餘生，上酬大造。

校勘記

〔一〕「賤」，四庫本作「殘」。

〔二〕「無能」，四庫本作「非材」。

〔三〕「所」，四庫本作「之」。

三

星驛東馳，錫上方之重寶；華門下拜，快故里之群瞻。榮極報睠，感深心惕〔一〕。中謝。伏念臣材均樗櫟，景迫桑榆。徒緣執卷於潛藩，遂獲秉鈞於初政。千慮殊無一得，九遷濫至三公。身雖退而寵不渝，年益高而眷彌厚。乃歲歲始生之日，有煌煌成命之肦。璀璨兼金，光動彝尊龍勺；芬馨膭馥，風生麝篆月團。斥〔二〕是叢珍，萃於私室。茲蓋伏遇皇帝陛下，乾坤覆育，父母撫存。憐其篤老之姿，賁以肆筵之具。敢矜稽古，實荷舊恩。臣敢不愛敬輸誠，升常〔三〕歸美。春朝秋覲，莫陪漢殿之班；暮火晨香，第效華封之祝。

校勘記

〔一〕『心惕』，四庫本作『涕落』。

〔二〕『斥』，四庫本作『欣』。

〔三〕『常』，四庫本作『恒』。

四

使述絲綸，北闕未忘於簪履；賜肦薰茗，南金并侈於樽罍。仰銜貴老之朝，俯記賤生之日。中謝。伏念臣夤緣宿世，遭遇真人。奏鼠技於青宮，每蒙聽納；翊龍飛於白水，亟冒陞遷。兩秉國鈞，屢陪經幄。迄無報塞，終丐罷休。茲當弧〔一〕矢之朝，方切蓼莪之感。豈圖厚施，忽耀私門。此蓋伏遇皇帝陛下，育物等乾坤，視臣如手足。謂翼鱗之攀附，悉慨凋零；顧湖海之退閒，獨餘衰朽。軫憐舊迹，爰錫叢珍。臣歲歲霑恩，人人健羡。循涯自幸，已踰中書二十四考之期；歸美輸誠，第祝三皇萬八千年之壽。

校勘記

〔一〕『弧』，四庫本作『射』。

謝除太保表

引年告老，本虞〔二〕危溢之災；念舊推恩，更拜優隆之命。控辭靡獲，虛受爲慚。中謝。伏念臣猥出名場，寖階朝著。潛藩儲府，首膺羽翼之求；政路台司，歷備股肱之選。外總十連之任，中陪五學之遊。至於推轂將壇，侍祠仙館。從容别殿，雲章俾預於賡歌；寵賁賜廬，神筆特新於扁牓。凡厚眷殊私之下逮，有宿儒耆德之未嘗。而臣迫鐘漏之將殘，視桑榆而永歎。櫪驥之心徒在，顧力弗支；芻狗之迹已陳，不歸何待。輒披懇悃，仰叩凝嚴。謂昔之壯，猶不如人，曾事功之蔑著；且及其老，戒之在得，寧寵利之敢居。幾至瀆煩，始蒙開許。惟三公就第之異數，實累朝信史之罕書。旄節不移，蓋循國老之故事；苴茅愈重，至用勳臣之舊封。顧臣何人，可以堪此。茲蓋伏遇皇帝陛下，仁參天地，道合祖宗。三千咨同德之臣，方共扶於興運；七十遂告歸之志，俾獲保於餘齡。致此光榮，萃于衰荼。揮賜金而具酒食，已均惠於親朋；垂安車以示子孫，尚教忠於苗裔。

校勘記

〔一〕『虞』，原作『虛』，據四庫本改。

除太保謝太上皇帝表

神武挂冠，方致爲臣之事；昕庭出綍，更升論道之官。始終備極於叨塵，俯仰不勝其愧怍。中謝。伏念臣奮由寒遠，獲際聖明。賜第太常，當撫運中興之日；執經儲禁，適倦勤內禪之時。絲毫盡出於生成，卵翼遂躋於通顯。闕然莫報，老矣奚堪。惟當自力於廉隅，尚可少裨於風化。危衷屢啟，優詔俯從。顧進退之際裕如，皆培養之恩抵此。微軀易殞，洪造難酬。茲蓋伏遇尊號太上皇帝，博大真人，聰明元后。遊心於淡而合氣於漠〔一〕，齋居方即於廣成〔二〕；臨下以簡而御衆以寬，家法乃傳於聖嗣。曲憐舊物，俾返故鄉。給傳俸於納祿之餘，覲嚴宸於乞身之後。眷此衰年之垂盡，尚膺異數之非常。臣敢不推本權輿，圖惟〔三〕報答。當令孫子，誓殫犬馬之忠；尚覬桑榆，永賴乾坤之賜。

校勘記

〔一〕『漠』，四庫本作『莫』。

〔二〕『成』，四庫本作『廷』。

〔三〕『惟』，四庫本作『回』。

除太保謝詔許入謝表

納禄冀還於初服，乃叨公衮之除；歸田宜老於故鄉，復造宸墀之謁。洪私特異，衰涕交零。中謝。竊念臣器窳德輶，地寒材薄。曼倩〔一〕至六百石而去，實有夙心；張良蒙三萬户之封，非其素望。偶繇攀〔二〕附，濫汙弼諧。頂踵之外，皆出生成；涓塵之報，莫能表見。覺殘骸之難彊，慨餘日之無多。及未填溝壑之間，上願挂衣冠之請。敢謂聖慈之念舊，更窮人爵以疏恩。綸言既辱於廷揚，鼎餗仍容於家食。至於遠稽汗簡，薦降璽書。許扶瑣瑣之孱軀，來覲葱葱之華闕。曠盛儀於百歲，軻後無傳；新寵命於一朝，隗今爲始。兹蓋伏遇皇帝陛下，高旻覆燾〔三〕，赫日照臨。眷同陪潛邸之具僚，巋然獨在；使再望清光而退隱，久有餘榮。臣敢不飾巾以盡桑榆，垂車而示孫子。驥老伏櫪，徒慚芻秣之施；狐正首丘，永畢山林之志。

校勘記

〔一〕『倩』，四庫本作『容』。

〔二〕『攀』，四庫本作『禁』。

〔三〕『燾』，四庫本作『幬』。

謝賜御書明良慶會閣牌表

睿藻宸章，方珍藏於漢第；璇題寶畫，復榮動於周行。拜稽首以揚休，涕交頤而自感。中謝。伏念臣材如樗散，福若羽輕。風波備歷於畏途，每虞顛覆；毫髮不逃於聖鑑，迄賴保全。矧已容退處於丘園，尚俾暫瞻於軒陛。恩光優渥，好賜頻仍。史册至於屢書，都人謂之創見。矧兹層閣之建，皆本厚禄之餘。爰仰徹於凝旒，遽俯肦於扁牓。翔龍翥鳳，已勤神筆之褒崇；塗碧填金，更出上方之摹刻。明固赫然在御，良亦昔所願爲。顧二字之寵嘉，實一時之慶會。唯臣弗稱，承命懷慚。兹蓋伏遇皇帝陛下，道冒群倫，德隆邃古。天無私覆，豈特光孤迹之歸；相亦惟終，蓋將貽萬世之法。廣求故實，益畀〔一〕眷私。臣猥以衰殘，親逢希闊。配河洛圖書之秘，傳示無窮；偕東南山海之靈，護持敢怠。

校勘記

〔一〕「畀」，四庫本作「契」。

年八十謝賜慶壽儀表

一人盛〔一〕治，正欣仁壽之同躋；八袠〔二〕衰蹤，亦荷〔三〕康寧之敷錫。敢期〔四〕睿藻，遠賚慶儀。奉内府之珍奇，激中扃之感懼。中謝。伏念臣起身寒素，遭世盛明。依乘偶會於風雲，遇合適符於魚水。力未施於横草，位遽叨於面槐。雖景逼桑榆，獲遂挂冠之請；而眷深簪履，每興當宁之思。時頒親札之丁寧，歲有生朝之賜予。矧今厚意，復示殊恩。貂璫飛鞚於川塗，翰墨騰光於龍鳳。謂臣浮生之希有，又過〔五〕十春；祝臣暮齒之再延，俾逢千載。盃盤羅列，盆盎錯陳。率皆粟縷於兼金，況乃環裝於百寶。分上方之清馥，輟正焙之靈苗〔六〕。顧惟窮陋之居，曷稱便蕃之寵。兹蓋伏遇皇帝陛下，乾坤長養，父母愛〔七〕憐。自執卷於潛藩，暨秉鈞於初政。撫存特異，終始弗渝。稽古無功，已愧於輜車乘馬；投閒絶念〔八〕，載新於龍勺彝尊。臣敢不銘刻肺膺，精勤香火。誓殫微悃，期〔九〕歸美於升常〔一〇〕；尚覬餘生，觀凝勳於混一。

校勘記

〔一〕『盛』，四庫本作『慶』。

〔二〕『衰』，四庫本作『衮』。

〔三〕『荷』，四庫本作『賀』。

〔四〕『期』，四庫本作『希』。

〔五〕『過』，四庫本作『遇』。

〔六〕『苗』，四庫本作『茅』。

〔七〕『愛』，四庫本作『憂』。

〔八〕『絶念』，原作『念絶』，據文義乙改；四庫本作『絶望』。

〔九〕『期』，四庫本作『祈』。

〔一〇〕『常』，四庫本作『恒』。

謝除太傅表

堯階劍佩，已稱萬壽之觴；舜殿絲綸，忽峻三師之秩。瀝懇莫回於淵聽，扶衰參拜於異恩。愧極騂顔，感深雪涕。中謝。竊以帝傅實久虚之位，當處宗臣；鼎司非序進之資，具存彝典。加以官名雖舊，朝著肇新。昔猶次掌武之聯，今遂亞維垣之貴。太上中興之際，從權或賞於勳勞；陛下撫運以來，在昔〔一〕弗輕於除授。豈容疲懦，乃玷寵光。伏念臣射策起家，養親就禄。偶出逢於盛旦，遂馴至於近班。棘槐備歷於公孤，衮鉞仍兼於將相。中書二十四考之紀，僅比唐臣；冠軍萬八千户之封，更踰漢世。今者已還初服，尚預特招。奔馳〔二〕靡後於梯航，蹈舞粗勝於簪笏。止可宜有司之彈劾，何以當明詔之褒崇。兹〔三〕蓋伏遇皇帝陛下，日月照臨，乾坤覆育〔四〕。謂虞庠之庶老，猶被陞遷；矧代邸之舊臣，寧稽惠澤。曲加徽數，申賁晚途。而臣無力可陳，懷慚益切。自知頂踵，秋毫悉荷於洪私；既挂衣冠，晝錦敢同於前輩。誓殫惕厲，仰報生成。

校勘記

〔一〕『在昔』，清抄本『昔』作『道』，四庫本作『重道』。
〔二〕『奔馳』，四庫本作『賓士』。
〔三〕『兹』，四庫本作『此』。
〔四〕『育』，四庫本作『冒』。

除太傅謝太上皇帝表

玉巵稱慶，方陪漢殿之趨；金鉉疏榮，幾極周官之貴。維時甚盛之禮，推此非常之恩。有覥在顔，無詞敘感。中謝。伏念臣海邦泠〔一〕族，黌舍諸生。射策楓宸，蚤錫太〔二〕常之第；記言螭陛，旋叨近侍之班。會熙運之纂承，預儲宫之攀附。任叨將相，位至公師。迨兹縟典之行，亟被驛書之召。丹心許國，悵莫著於事功；黄髪在庭，偶粗勝於拜舞。觀光則幸，受寵何名。兹蓋伏遇尊號太上皇帝，博大真人，妙沖至德〔三〕。壽爲五福之首，化日舒長；山呼萬歲者三，群心愛戴。肆敷惠澤，俯逮疲癃。臣猥以微生，親逢華旦。尊天子父，進瞻寶册之焜煌；爲聖人氓，退竊里閭之安佚。誓殫惕勵，仰對生成。

校勘記

〔一〕『泠』，四庫本作『令』。

〔二〕『太』，四庫本作『大』。

〔三〕『妙沖至德』，四庫本作『聰明元后』。

進論語口義表

聖人之言如天，豈容意度；古者之學爲己，務在躬行。逮及漢儒傳注之興，已失孔門淵源之舊。況兹固陋，何所發明。中謝。伏念臣社櫟散材，蠹魚素業。窮年繼晷，莫希經術之名家；析句分章，猶有書生之習氣。比歸休於故里，獲畢志於遺編。念二十篇藏壁之餘，皆七十子傳心之妙。雖迫桑榆之暮，未忘鉛槧之勤。再閱歲時，粗終卷帙。揆分方虞於僭妄，吐詞曷究於精微。姑欲示於來昆，豈當祈於乙覽。不圖眷奬，許以冒聞。兹蓋伏遇皇帝陛下，極圓神方智之能，集内聖外王之道。體堯蹈舜，跨商軼周。經幄疇咨，睿訓每宣於奥義；詔書誕布，群臣莫望於清光。乃容螢爝之餘，亦預芻蕘之擇。恭承威命，弗敢固辭。蠡測海而管窺天，自慚卑近；露增流而塵足嶽，何補高明。

謝賜玉帶表

請老而挂衣冠，當返布韋之舊；疏恩而錫鞶帶，更叨瑶玉之英。雖知帝力之莫回，誠懼臣儀之或紊。懇辭弗獲，冒昧奚堪。中謝。伏念臣襏襫窮儒，崦嵫暮景。遂白首故鄉之樂，已出生成；從黄冠野服之遊，始爲宜稱。敢意輟内府無瑕之璞，賁孤臣不朽之榮。賾特異於兼金，罪彌深於懷璧。兹蓋伏遇皇帝陛下，恩隆覆載，德並生成〔一〕。念千齡希闊之逢，極諸老優崇之禮。惟兹賚予，尤越典常。元和之寵晉公，本以討淮蔡逋誅之寇；熙寧之賞安石，亦緣成河洮闢土之功。施及退休，迥無倫擬。搢笏有慚於非據，維鵜難逭於貽譏。臣敢不銘鏤靡忘，護持惟謹。東門祖帳，雖歆豔於觀瞻；南畝扶犁，敢矜誇於佩服。誓殫惕勵，仰答恩私。

校勘記

〔一〕『恩隆覆載，德並生成』，四庫本作『仁孚動植，道配堪輿』。

賜玉帶謝太上皇帝表

寶帶温然，出九天之錫賚；祥光炳若，快群目之觀瞻。徒〔一〕深懷璧之憂，莫遂循牆之避。拜嘉增感，過分爲慚。中謝。竊以玲瓏其聲，縝密以栗。加而尊德，尚爲君子之珍；束以立朝，尤極〔二〕人臣之寵。非有顒昂之德望，曷當璀璨之身章。如臣者躬乏清明，體無藴藉。學未增瑚璉之器，材惟具碔珉之資。賜出上方〔三〕，實由大造。雖體至隆之貺，寧逃弗稱之譏。兹蓋伏遇尊號太上皇帝，仁掩瑕疵，信昭孚尹。享多儀於萬國，已登禹會之塗山；朌五瑞於諸侯，行闢舜封之北嶽。憫此賤微之簪履，飾以特達之圭璋。臣敢不身被〔四〕天恩，道存日用。益殫忠謹，復韋布之初心；更誓捐縻，作瓊瑶之美報。

校勘記

〔一〕『徒』，四庫本作『居』。

〔二〕『極』，四庫本作『劇』。

〔三〕『賜出上方』，四庫本作『薦玷邇聯』。
〔四〕『被』，四庫本作『佩』。

謝再賜御書舊學二大字表

風雲胥會，夙塵講席之下僚；奎壁爭輝，薦奉宸章之大賜。荷睿慈而甚渥，揆愚分以奚堪。祗拜凌兢，回思喜幸。中謝。伏念臣賦材庸鄙，奮迹孤寒。徒以宿緣，親逢華旦。承洪恩而進陪鶴禁，奏薄技以仰輔龍潛。翼翼沖襟，稔一人元良之譽；巍巍初政，播二帝雍熙之和。皆本生知，非因師授。乃自不居孔子之聖，以臣濫比甘盤之賢。摭夫舊學之名，畀于再相之日。駑馬既膺於一顧，敝帚遂重於千金。豈期曆過十朞，又復頒斯兩字。謂曩傳草聖，猶未愜於淵衷；而茲降珍函，方改從於楷法。開緘焕昭回之星漢，拭目眩飛動之雲煙。非繇軫記不忘，安得垂情如許。顧惟再錫，實顯殊私。往作尤奇，迥出王張之右；今書盡美，更超顏柳之先。春蘭秋菊之各擅清芬，隨珠和璧之皆爲至寶。豈敢取捨，俱願襲藏。茲蓋伏遇皇帝陛下，執古通喪〔一〕，躋時極治。德蔑加於此矣，臣何力之有焉。乃於恭默不言之辰，每起故舊不遺之念。致茲孱瑣，洊〔二〕被寵榮。臣敢不深佩品題，益勤寅奉。眷憐有素，儻容二本之並存；保護無窮，將亘萬年而不朽。

校勘記

〔一〕『喪』，四庫本作『今』。
〔二〕『洊』，四庫本作『亦』。

明堂大禮謝加食邑表 戊申

天地祖宗之饗，慶成於王者之堂；山川土田之腴，推廣於聖人之德。既牢辭而無路，斯負媿以承恩。中謝。伏念臣遭世明昌，致身通顯。乏濟時之勳業，有尸位之叨踰。兹退處於里閭，莫施勞於籩豆。猶因敷錫，獲冒寵靈。廩稍俸錢，尚靦顔於拜賜；户租井賦，敢狂望於加封。兹蓋伏遇皇帝陛下，道格幽明，仁均普率。不間遐邇〔一〕之異壤，靡分勞佚之殊途。霈此鴻龐，逮于癃老。臣敢不仰銜大施，益恪微衷。春覲秋朝，莫簉漢廷之列；晨香暮火，愈堅華祝之祠。

校勘記

〔一〕『遐邇』，四庫本作『邇遐』。

除太師謝表

統承千載，方推曠蕩之恩；位冠三師，遽玷褒崇之典。控辭弗獲，荷戴奚勝。中謝。伏念〔一〕臣奮迹單平，際時熙洽。高宗召臣於更化之日，自册府而置宮僚；壽皇用臣於紹祚之初，越從臣而升宰輔。雖勉輸於忠藎，曾莫補於毫分。何德以堪，二十四考更踰中令；無功而受，萬八千户又過冠軍。適丁賜几之年，始遂乞骸之請。偶延殘息，復覩重明。當風雷雨澤之布宣，暨草木蟲魚而鼓舞。而臣精神已耄，膂力既愆。附翼攀鱗，莫展依乘之效；望雲就日，阻趨翊戴之班。第仰觀德化之成，不自意榮光之及。面槐益貴，命卷〔二〕愈隆。節畀東陽，國仍全魏。增爰田之多邑，衍户賦之真租。豈平生志願之敢然，蓋暮景遭逢而至此。跼高天，蹐厚地，難酬覆載之仁；臨深淵，履薄冰，曷勝滿盈之懼。兹蓋伏遇皇帝陛下，建五皇極，奉三無私。發號罔有不臧，每欽承於慈訓；禮賢唯恐弗至，尤軫記於舊人。肆令衰朽之蹤，猥被便蕃之寵。臣敢不捐軀以報，没齒不忘。赫赫民具爾瞻，心〔三〕實慚於往哲；斷斷臣無他技，誓益勵於孤衷。

校勘記

〔一〕『念』，四庫本作『以』。

〔二〕『卷』，四庫本作『眷』。
〔三〕『心』，四庫本作『願』。

鄮峰真隱漫録卷十八

表

正説終篇再辭轉官表

誦真祖之微言，甫周鉅帙；第儒臣之信賞，猥逮衰蹤。方騰懇避之章，遽拜丁寧之詔。未垂開可，輒復披陳。中謝。伏念臣性本顓蒙，學惟荒陋。守古人之糟粕，僅類齊侯；熟上世之典墳，居慚倚相。時殫一得，覬補四聰。及吐〔一〕玉音，精義出於意表；回思管見，愧汗滋〔二〕於顏間。曾謂徹〔三〕章，亦叨進秩。無功而受，有識爲羞。伏望皇帝陛下，施廓乾坤，明昭〔四〕日月。儻欲彝章之不廢，宜徧及於群英；獨憐朽質之無堪，難薦承〔五〕於異數。亟收涣渥，俾穆師言。

校勘記

〔一〕『吐』，四庫本作『上』。

〔二〕『滋』，四庫本作『溢』。
〔三〕『徹』，四庫本作『微』。
〔四〕『昭』，四庫本作『照』。
〔五〕『承』，四庫本作『永』。

第二表

洊貢需章，謂誤恩之已寢；重申巽命，迺愚款之未孚。敢扣九重，以伸三瀆。中謝。臣恭惟大君在上，八柄無私。賞雖貴於均平，義合分於隆殺。高者抑而下者舉，得天之權；滿則覆而虛則欹，鑒物之理。豈容溢〔一〕分，重冒殊私。竊念臣頽然投老之身，偶有逢辰之幸。居慚尸素，絶意僥踰。方期得謝以言歸，少延視息；若更無厭而受寵，必速災殃。伏望皇帝陛下，秉惡盈好謙之心，明裒多益寡之義。特矜衰迹，免畀洪恩。儻令止足之風，粗昭末節；當效捐糜之報，庸畢餘生。

校勘記

〔一〕『溢』，四庫本作『濫』。

正説終篇辭轉官回授表

恩命[一]優隆，力祈追寢；訓詞深厚，未賜矜從。敢伸傴僂之誠，仰瀆崇高之聽。中謝。竊以聖主司名器之重，賞必量勞；人臣惟義命之安，分當知止。蓋一己獲叨於仕禄，則全家皆被於寵榮。既謂罔功，難勝異渥。敢因固避，遂及後昆。施雖廓於雲天，懼實深於淵谷。而況臣自歸相印，載侍經帷。當累朝信史之告成，逮三聖寶訓之竟讀。皆承涣命，改畀私門。顧歲月之幾何，曾毫毛之未報。更令濫得，愈切懷慚。伏望皇帝陛下，洪造無偏，至明旁燭。俯諒驚危之悃，亟布俞音；庶容辭受之間，終逃清議。

校勘記

〔一〕『命』，四庫本作『典』。

進四朝正史志再辭推恩回授表

大典光華，增涣祖宗之勳烈；洪私溥博，徧酬[一]臣下之勤勞。顧濫吹以牢辭，忽貤恩而下逮。雖陳免牘，尚閟可音。輒再犯於天威，祈必矜於人欲。中謝。伏念臣頃以充員在位，濫尸作史提綱。惟兹十志之成，曾乏一詞之措。豈期第賞，例及經修。既微載筆之功，敢後循牆之避。旋蒙大造，改畀私門。苶然多病之軀，尚知難受；蕞爾後生之嗣，其又奚堪。伏望皇帝陛下，聖哲融明，乾坤覆育。念全家之飽暖，已荷生成；則非分之寵靈，併宜寢罷。庶幾晚暮，獲逭顛隮。

校勘記

〔一〕『酬』，四庫本作『均』。

辭少師表

咸有一德，靡效格天之勳；惟兹三孤，遂極貳〔一〕公之任。既許言旋於故里，豈敢復冒於殊私。輒犯天〔二〕威，罄輸微悃。中謝。伏念臣稟資孱陋，承緒單平。逢太上於更化之初，濫陪鵷〔三〕序；事聖主於利見之日，獲際龍飛。揆路再塵，禁闈〔四〕三入。至於輪奐賜休於甲第，從容召見於内朝。奎〔五〕壁之光，數臨蓬蓽；總章之訪，每逮蒭蕘。恩榮申賁於私庭，錫勞殆無於虚月。眇然薄技，雖欲免奏以何施；蕞爾孤忠，惟以不欺而報上。迫於垂老，敢此乞身；辜負君親，靦慚面目。顧無勞之可紀，乃席寵之有加。匪惟忝竊之難勝，實亦顛隮之是懼。伏望皇帝陛下，博詢公議，俯察危衷。念其行世迍邅，寧忍貪榮而累國；憐其秉心戇直，不於臨去而隱情。收新命於有司，仍故官而即路。名既遂而身退，幸粗守於前聞；福或過則災生，冀曲全於晚節。

校勘記

〔一〕『貳』，四庫本作『二』。
〔二〕『天』，四庫本作『大』。
〔三〕『鵷』，四庫本作『鴛』。
〔四〕『禁闈』，四庫本作『路門』。
〔五〕『奎』，四庫本作『東』。

第二表

狐首丘而遂願，已戴生成；鷦巢林以自安，敢圖陞進。輒伸前懇，仰冒至仁。中謝。臣聞明主法天理，無私於近列；老臣持己義，敢累於公朝。儻知非據以必危，其可畏威而但已。伏念臣崦嵫遲暮，蒲柳凋殘。告歸於不能勉彊之時，辭官於積有叨塵之後。雖曰粗遵古人止足之訓，亦豈能蓋累歲貪戀之羞。儻恃舊恩，復承新渥。一念既忘於戒得，百發盡廢於前功。仰瞻穆穆之清光，敢竭拳拳之素悃。伏望皇帝陛下，皇明委鑒，聖德垂慈。念厥寵榮，皆出於乘風雲依日月之下；久當廉退，少見於先狗馬塡溝壑之前。簡策有光，桑榆多幸。顧輸誠之甚切，必得請以爲期。

乞免明堂大禮陪祀〔一〕表

景迫桑榆，久抱漳濱之疾；恩頒綸綍，趣陪汾〔二〕上之祠。眷禮有加，震惶無措。中謝。伏念臣賦資凡陋，逢運休明。自言返於鄉枌，已倏更於歲琯。幅巾蕭散，重尋雲北之舊遊；層闕岧嶤，徒有日邊之清夢。兹獲叨榮而拜命，即〔三〕宜扶憊以問途。況七筵八牖宗祀之盛儀，實千載一時難逢之嘉會。而臣偶乖輔養，方困沈綿。負斧扆以天臨，雖願瞻於睟穆；執豆籩而星拱，慨莫預於駿奔。伏望皇帝陛下，哲鑒無私，皇明委照。特回成渙，姑置衰蹤。儻免道途，全餘生於今日；誓强筋力，侍親饗於後郊。

校勘記

〔一〕『祀』，四庫本作『辭』。
〔二〕『汾』，四庫本作『汶』。
〔三〕『即』，原作『節』，據四庫本改。

重乞休致表

冒帷幄之舊恩，久尸厚禄；迫崦嵫之暮景，輒布忱辭。中謝。臣聞以道事君者，必謹廉隅，敢昧於始終之節；以禮使臣者，不專寵利，務全其進退之宜。豈有位首三孤，齒踰七十。無復分毫〔一〕之事任〔二〕，坐靡滿溢之官資〔三〕。已〔四〕嘗屢請於甫及之年，其忍自欺於大耋之日。況臣起由耕隴，嘗備鼎司。壯而欲行之，尚勳勞之蔑著；老矣無能也，雖縻隕以何施。唯力丐於跧藏，可少安於涯分。伏望皇帝陛下，仁隆〔五〕覆育，道廣生成〔六〕。察臣實懷殊遇於聖時，念臣懼得貪聲於天下。亟頒俞旨，俯徇〔七〕私誠。歸印組於尚方，上旌旄於少府。克全骸骨，以竟桑榆。鍾鳴漏盡，夜行僅守田生之戒；功成名遂，身退敢希老氏之言。

校勘記

〔一〕『分毫』，四庫本作『毫分』。
〔二〕『任』，四庫本作『位』。
〔三〕『資』，四庫本作『崇』。
〔四〕『已』，四庫本作『以』。
〔五〕『仁隆』，四庫本作『乾坤』。
〔六〕『道廣生成』，四庫本作『父母愛憐』。

〔七〕『徇』，四庫本作『詢』。

第二表

羸老不支，洊上挂冠之請；眷憐未替，亟頒出綍之音。禮當有陳，義弗敢止。中謝。伏念臣初無才術，偶幸遭逢。寵靈每愧於叨踰，俯仰遂浸〔一〕於遲暮。年著金華之籍，七十有三；功登汗簡之書，萬分無一。惟堅故里休閒之志，助成清朝廉遜之風。若復貪戀恩榮，逡巡歲月。或怵迫於杜門省愆之後，或蒼惶於易簀垂絶之時。雖陳靜退之辭，不得已也；若取止足之義，豈其然乎。仰惟睿鑒之昭然，忍使老臣之出此。伏望皇帝陛下，特回淵聽，俯察危誠。念潛藩勸講之僚，與初政弼諧之列。凋零無幾，疲苶偶存。發於獨斷之明，畀以榮歸〔二〕之命。庶令晚末，獲荷成全。錫曠地以廣蝸廬，已戴帡幪之賜；垂安車而光梓里，更祈坱圠之仁。

校勘記

〔一〕『浸』，四庫本作『侵』。

〔二〕『榮歸』，四庫本作『歸榮』。

辭太保表

挂衣冠而歸里，實虞滿溢之災；發典册以揚庭，重辱褒嘉之數。敢陳丹悃，仰冒天威。中謝。伏念臣學術荒唐，器資窳薄。名場奏藝，本期致養於偏親；仕路隨緣，初匪妄希於高爵。積叨塵於三紀，偶度越於群臣。比以垂盡之頹齡，迫於難安之私義。力祈休退，兹荷允俞。孰云得謝之身，乃踐久虚之位。昔謂千載，臣何幸而獨逢；兹惟三公，朝詎宜於濫授。至於申畀東陽之節，進加全魏之封。併真腴厚賦之所增，豈綿力薄才之可稱。伏望皇帝陛下，大明委照，廣度兼容。察臣屢瀆黈聰，本懼漏盡鐘鳴而不止；念臣若當槐列，是爲日暮途遠而倒行。亟寢誤恩，俾安末路。王道正直，庶無私覆之嫌；化日舒長，尚竊有終之吉。

第二表

乞身暮景，方諧得謝之榮；出綍昕朝，遽被若驚之寵。懇詞雖切，詔旨未俞。輒瀝危衷，再干大造。中謝。伏念臣資慚孱瑣，幸有遭逢。位首三孤，節更兩鎮。曾靡年高而德邵，每虞福過以災生。遂罄此心，願致其事。儻守本官而得請，亦循愚分以難安。而況躐陞公爵之崇，仍冒齋〔一〕旄之舊。大名改國，萬户加封。顧惟非據以疊承，其可弗辭而下拜。伏望皇帝陛下，察丹誠之至恪，憫小器之易盈。特軫睿慈，亟收成涣。已欣解組，深銜從欲之至仁；終覬貼麻，盡寢惟行之異數。庶令衰朽，獲免叨踰。

校勘記

〔一〕『齋』，四庫本作『齊』。

乞免郊祀大禮陪祀〔一〕表

聖人饗帝，孰不駿奔；故老陪祀〔二〕，亦蒙驛召。拜絲綸而匪稱，凜淵谷以懷憂。控免未俞，輸誠敢已。中謝。伏念臣桑榆遲暮，蒲柳衰殘。荷睿眷之優隆，獲耄齡之閒散。素微韞藉而體弱，深畏嚴凝；方嬰老病以人扶，實難跪起。儻令跛倚而臨祭，必將隕越以遺羞。莫遂一行，輒伸再瀆。伏望皇帝陛下，大明委照，宏度包荒。俯矜犬馬之疲癃，姑許田廬之休養。感鬼神而趨〔三〕前席，悵此意之蕭條；執籩豆以從後郊，誓及時而勉勵。

校勘記

〔一〕『祀』，四庫本作『祠』。

〔二〕『祀』，四庫本作『祠』。

〔三〕『趨』，四庫本作『輒』。

辭太傅表

桑榆暮景，方塊處以待終；槐鼎充員，忽序遷而錫命。誕揚明綍，彌震危衷。中謝。伏念臣仕媿僥踰，齒當耋耄。顧官資之甚峻，曾績效之蔑聞。位不期驕，常懷斂退；物禁太盛，況已滿盈。比緣壽慶之將行，首被制書而入覲。均高年而賜帛，尚喜親逢；陪列辟以稱觴，尤知晚遇〔一〕。敢謂三事久虚之選，乃用一階例進之文。義則難安，辭猶未獲。伏望皇帝陛下，廓乾坤之大造，回日月之至明。稽參典章，重惜名器。察衰蹤之疲苶，止好爵之登崇。必惟其人，弗以論道爲假寵之地；姑與之邑，亦已廣恩於貴老之時。

校勘記

〔一〕『遇』，四庫本作『過』。

第二表

忱辭屢控，聰聽未回。敢干咫尺之威，洊貢再三之瀆。必期乎允，用息凌兢。中謝。恭覩熙朝，告成慶典。爰均歡於薄〔一〕海，乃誕布於湛恩。天子必有尊，方顯寧親之孝；皇極賜之福，尤先養老之仁。然而位既不同，禮亦當異。四品猶存於止法，三公詎可以敘遷。況臣退伏田廬，久辭機政。假兹殊寵，將以何功。伏望皇帝陛下，深軫鴻慈，曲全孤迹。察其官難復進，豈容獨越於彝[二]章；念其身已投閑，不使重貽於清議。庶蹈有終之吉，用安垂盡之年。

校勘記

[一]『薄』，四庫本作『溥』。

[二]『彝』，四庫本作『尋』。

辭太師表 係第二辭表

誤恩控免，輒瀝微誠；温綍申[一]頒，未回淵聽。敢忘一介，薦叩九閽。中謝。伏念臣才匪俊良，老而衰茶。當上聖纂承之日，正群賢升進之秋。膂力愆而弗遑趨負扆之朝，問學荒而無以應乞言之詔。逭官刑而爲[二]幸，被册命以奚堪。矧兹謝事之有年，專欲投閑而避寵。若再忝師垣之峻，是尚貪人爵之尊。又況特以恩遷，非繇德選。不獨重鄙悰之惴惴，且將虞衆議之紛紛。必得請以爲期，寧畏威而且[三]已。伏望皇帝陛下，鑒由衷之至懇，略反汗之小嫌。惟昭代循名責實之公，儻許辭於異數；在愚臣安分知足之義，庶無負於初心。

校勘記

〔一〕『申』，四庫本作『甫』。

〔二〕『爲』，四庫本作『則』。

〔三〕『且』，四庫本作『但』。

第三〔一〕表

纂洪緒於蘿圖，幸逢興運；冠崇階於槐位，忽玷明綸。既揆己以靡安，敢騰章而屢瀆。中謝。臣聞缾罍乏鼎鼐之量，遇滿則傾；榱桷異棟梁之資，有隆斯橈。儻非材而受爵，將過分以挻〔二〕災。伏念臣久荷殊私，莫伸微報。當無能爲之耄景，處不必備之官聯。閒散是宜，功名何有。唯深競戰，每懷覆餗之憂；寧敢覬覦，更冒維師之寵。矧今慶霈，已許貤恩。豈伊成命之頒，復〔三〕拜真除之峻。雖賞宜從予，益昭聖朝忠厚之風；然實不副名，徒重愚臣貪饕之罪〔四〕。在〔五〕衰遲而戒得，當〔六〕傴俯以牢辭。伏望皇帝陛下，聖度興憐，皇明委照。體虧盈之天道，抑召損之人心。仍畀舊班，畢桑榆之已暮；庶回新渥，昭穹〔七〕壤之無私。

校勘記

〔一〕『三』，四庫本作『二』。

〔二〕『挺』，四庫本作『延』。

〔三〕『復』，四庫本作『亟』。

〔四〕『罪』下四庫本有『且四品尚拘於止法，而三公豈可以序遷。若遂充員，誠汙初政』二十四字。

〔五〕『在』上四庫本有『故』字。

〔六〕『當』上四庫本有『尤』字。

〔七〕『昭穹』，四庫本作『亦窮』。

謝壽皇賜生日金并香茶表 戊申

王言綸布，使驛星馳。俯矜篤老之臣，尚記賤生之日。兼金賜厚，賸馥薰濃。祗拜已還，兢慚莫措。中謝。伏念臣衰姿無取，耄齒徒高。每荷恩私，不遺疇昔。夢想常陪於閒燕，瞻依靡替於愚衷。方聖神玩意於穆清，適孱瑣棲身於田野。寵靈愈渥，補報何賒。矧茲岵屺之悲，正切桑蓬之旦。豈謂焜煌之錫，遽臨寂寞之鄉。族黨光榮，縉紳歆豔。茲蓋〔一〕伏遇至尊壽皇聖帝陛下，天開淵度，子育群工。雖居黃屋以非心，猶眷東宮之舊物。致茲大賚，猥逮陳人。論當年羽翼已成之功，敢攀四皓；資同里酒食相娛之具，願傚二疏。唯歌天保報上之詩〔二〕，益衍華封祝聖之壽。其爲〔三〕感戴，誓竭捐糜。

校勘記

〔一〕『蓋』，四庫本作『念』。
〔二〕『詩』，四庫本作『私』。
〔三〕『其爲』，四庫本作『餘生』。

二

桑榆晚景，方慚厚禄之久縻；弧矢生朝，又拜兼金之大賚。寶薰賸馥，奇茗芳滋。一朝併集於私庭，百感皆形於中曲。中謝。伏念臣單寒下士〔一〕，款啟寡聞。頃持黄卷之聖賢，濫綴青宫之僚寀。微言啟發，屢幸沃心；婉〔二〕語褒嘉，今猶在耳。輔成初政，勉〔三〕竭寸誠。巍巍聖治之獨隆，謇謇孤忠之自慰。曲蒙軫記，愈益興思〔四〕。每丁生育之晨，必霈豐濃之澤。軺車下逮〔五〕，寶貨遠頒〔六〕。沈麝溢奩，槍旗出焙。萃煌煌之珍貺，爲歲歲之常規。何以堪之，不敢辭也。茲蓋伏遇至尊壽皇聖帝陛下，儲神清穆，玩志希夷。矜〔七〕臣下之勤勞，不忘眷遇；念年齡之衰邁，乃錫光華。族屬預榮，搢紳仰羨。臣敢不欽承至意，益勵微衷。事君能致其身，已愧魯論之語；歸美以報其上，唯歌天保之詩。

校勘記

〔一〕『單寒下士』，四庫本作『嶔崎可笑』。

〔二〕『婉』，四庫本作『妙』。

〔三〕『勉』，四庫本作『備』。

〔四〕『思』，四庫本作『悲』。

〔五〕『下逮』，四庫本作『即路』。

〔六〕『遠頒』，四庫本作『盈庭』。

〔七〕『矜』，四庫本作『知』。

三　光宗〔一〕

蓬門六矢，式臨生育之朝；寶匣兼金，忽拜珍奇之賜。併上方之香美，爲私室之光榮。下拜淩競，銘心荷戴。中謝。伏念臣迂愚末學，樸拙微材。偶膺高廟之簡知，俾侍慈皇之潛躍〔二〕。親扶日轂，麗正天衢。徐庀職於黄扉，迺承顔於朱邸。逮陛下握符御極，屬老臣〔三〕去國休官。方疾疢之無聊，愧朝參之有阻。曲蒙聖眷，亟遣使以趨行；遂使孱軀，獲扶羸而入覲。望雲就日，抃手慰心。一瞻八彩之秀眉，屢奉兩宮之清燕。恩情款密，錫賚頻仍。茲方念於劬勞，忽下頒於珍異。茲蓋伏遇皇帝陛下，施生大德，涵育深恩〔四〕。體至尊念舊之仁，霈盛旦維新之澤。軺車即路，寶貨盈門。龍焙新奇，麝煤馨烈。拜嘉甚寵，懷感彌深。臣敢不〔五〕銜此洪〔六〕私，常圖報答。年齡已邁，雖難免於筋骸；心志未衰，尚克勤於香火。

校勘記

〔一〕『光宗』，四庫本無。

〔二〕『躍』，四庫本作『耀』。

〔三〕『臣』，四庫本作『成』。

〔四〕『施生大德，涵育深恩』，四庫本作『乾坤化育，父母愛憐』。

〔五〕『敢不』，四庫本作『惟有』。

〔六〕『洪』，四庫本作『恩』。

太上皇帝升遐慰表

慟發九重，哀纏萬國。奉諱之次，慕痛何窮。中慰。大行太上皇帝，治極無爲，功成不有。恢復大業，措天下億千萬載之隆平；退避東朝，享聖子二十六年之尊養。奄遺壽禄，莫諭天心。恭惟皇帝陛下，愛敬盡情，悲恫過禮。躬曾參〔一〕匹夫之行，率履不違；全周武達孝之情，追惟罔極。願徇邇遐之欲，少寬摧毀之懷。

校勘記

〔一〕『參』，原作『孫』，據四庫本改。

太上皇帝升遐慰〔一〕皇太后牋

慟發六宮，痛均九土。奉諱驚怛，無物喻云。中慰。大行太上皇帝，道妙希夷，德參造化。備嘗險阻，復境土以興周；久積倦勤，俾謳歌而歸舜。曷意鼎湖之命駕，遽聞椒禁之纏哀。恭惟皇太后殿下，恩義素隆，悲摧特甚。願寬慈抱，慰聖君子職之供；永鎮東朝，副天下母儀之望。

校勘記

〔一〕『慰』，原闕，據四庫本補。

太上皇帝升遐慰皇太子牋

慟發九重，哀纏萬國。奉諱驚怛，拊膺隕摧。中慰。大行太上皇帝，黃屋無心，蒼穹佑德。

繩其祖武，已高揖遜之風；詒厥孫謀，更立元良之本。榮養宜安於萬載，仙遊遽邈於一朝。恭惟皇太子殿下，岐嶷天資，仁慈世濟。念含飴之保抱，興飲泣之悲思。願寬丹扆之懷，少抑重闈之慕。

太上皇帝大祥慰表

欽昭舜慕，日惟盡於哀恫；稽若漢儀，時適逢於祥禫。靈遊益遠，痛毒難堪。中慰。恭惟皇帝陛下，德埒湯文，行過曾閔。雖孝思罔極，羹牆每見於睟容；而禮制有終，日月不停於飇馭。願遵達節，少抑至情。當扆宁以尊臨，慰臣民之瞻徯。

太上皇帝靈駕發引慰表

大升戒馭，廣内纏悲。一人遣奠以扳號，百辟衰裳而奔餞。中慰。恭惟皇帝陛下，稟天至性，執古通喪。當靈輿〔一〕之啟行，悵嚴容之永隔。無從扶護，彌劇哀恫。願紓至慕之懷，式介無疆之壽。

校勘記

〔一〕『輿』，四庫本作『宇』。

太上皇帝靈駕發引慰皇太后牋

羽仗啟途，龍輴就祖。罄慈闈而增慕，環率土以興哀。中慰。恭惟皇太后殿下，道茂含洪，德隆輔佐。悼上皇之靈馭，辭北内之宸居。扳轅無從，拊膺有慟。願觀妙理，用抑至情。庶迎六氣之和，永〔一〕享一人之養。

校勘記

〔一〕『永』，四庫本作『來』。

太上皇帝靈駕發引慰皇后牋

靈輿就祖，素仗戒嚴。辭鳳闕以啟行，罄椒闈而增慟。中慰。恭惟皇后殿下，德隆婦順，孝格天心。當神座之初遷，悼慈顏之益遠。願節〔一〕哀思之切，用寬聖慕之深。

校勘記

〔一〕『節』，四庫本作『遏』。

鄮峰真隱漫録卷十九

牋

賀皇后册命牋

顯膺玉册，正位椒宫。禮備有司，慶均無外。中賀。恭惟皇后殿下，天生淑德，身率令儀。朝夕憂勤，而無私謁之心；夙夜警戒，而有相成之道。固已協符於坤德，允宜登配於乾元。肆因龜筮之祥占，榮被褘褕之盛飾。宫闈胥悦，廟社增輝。臣久冒朝恩，側聆國慶。阻與歡呼之列，徒深鼓舞之情。

賀皇后受册禮畢牋

帝眷炎圖，禮崇陰教。播告四海，歡呼一辭。中賀。恭惟皇后殿下，至德静專，柔儀婉淑。進賢以輔君子，崇儉以勵外家。翊聖旦於龍飛，茂英聲於椒掖。承顔德壽，兩宫每見其歡心；正位長秋，萬國咸歸於母道。膺兹寶册，允協蓍龜。臣久冒國恩，欣逢慶典。雖奉觴稱壽，阻騰嵩嶽之聲；而竊食奉祠，行被關雎之化。

皇后受册禮畢賀太上皇后牋

帝立中宫，悉緊慈訓；家傳内治，將嗣徽音。寶刻肆頒，人寰胥慶。中賀。恭惟尊號太上皇后，壽齊乾道，體合坤元。助聖子以立家，逑淑女而爲后。禮行椒掖，佳氣藹乎六宫；命出楓宸，歡聲溢於四海。臣奉祠良遠，詣闕無因。注目層霄，想簪裾〔一〕而在列；馳緘傳〔二〕置，同燕爵以輸誠。

校勘記

〔一〕『裙』，四庫本作『裾』。

〔二〕『傳』，四庫本作『便』。

皇孫生賀太上皇后牋

光華慶胄，誕育曾孫。僕景命於萬年，動歡心於四表。中賀。恭惟尊號太上皇后，虞嬪徽懿，文母憂勤。和氣薰陶，膺璇穹〔一〕之眷佑；休祥降格，致玉葉之芬芳。臣濫叨祠禄之榮，倍極愚衷之喜。仰占乾象，欣尾宿以增明；遥想禁庭，沸鈞天而爭慶。

校勘記

〔一〕『穹』，四庫本作『宫』。

皇孫生賀皇后牋

陰教内修，夙懋椒塗之德；圓靈上鑒，益綿瓜瓞之祥。慶毓皇孫，歡形海宇。中賀。恭惟皇后殿下，躬葛覃之節儉，志卷耳之憂勤。朝夕問安，輔文王〔一〕之孝養；本支擢秀，成周室之宗强。臣叨奉祠庭，阻趨天闕。皇皇之大，已歌假樂之章；蟄蟄之多，願繼螽斯之什。

校勘記

〔一〕『王』，四庫本作『心』。

賀皇太子册命牋

誕膺涣號，肇正儲闈。廟社有承，華夷胥慶〔一〕。中賀。恭惟皇太子殿下，元良天縱，忠孝生知。周室百男，獨冠本支之盛；虞庠三善，更資師傅之賢。爰奉絲綸，進專匕鬯。羽翼不煩於四皓，規橅實自於兩宫。郵命既行，輿情大悦。某夙親規誨，久荷恩憐。覩少海之澄瀾，雖莫與在廷之列；仰前星之景耀，尚能同擊壤之歡。

校勘記

〔一〕『慶』，四庫本作『賀』。

立皇太子賀太上皇后牋

肇舉徽章，宏開儲禁。惟宸衷之果斷，實慈訓之丁寧。一札頒宣，萬方鼓舞。中賀。恭惟尊號太上皇后，體坤其静，得一以寧。志合上皇，輔佐之勤夙著；道傳聖子，晨昏之奉益隆。厚巨福以如茨，見長孫之主器。神靈歡喜，夷夏乂安。臣荷寵奉祠，乞身還里。在廷稱慶，雖莫預於皃趨；擊壤騰歌，誠不忘於鼇抃。

立皇太子賀皇后牋

龍廷發號，鶴禁凝祥。惟國本之不揺，實坤儀之有助。歡騰椒掖，恩浹海隅。中賀。恭惟皇后殿下，懿德承天，深仁毓物。嬪於虞舜，盡厥事親；生此文王，立爲世子。豈特衍祖宗之慶，抑亦系夷夏之心。臣身卧漳濱，悵鴻恩之未報；心存魏闕，喜縟禮之初成。第與黔黎，同兹蹈舞。

皇太子受册禮畢賀太上皇后牋

龍廷誕告，鶴禁宏開。惟定議於慈闈，故克成於闊典。中賀。恭惟尊號太上皇后，德符坤載，體配乾元。翼燕孫謀，將永隆於丕祚，儲登世嫡，遂親見於盛儀。動喜氣於兩宫，溢歡聲於萬宇。臣遜聞盛事，夙荷隆私。雖身處田廬，莫與奉觴之列；然心存燕雀，敢忘賀厦之誠。

皇太子受册禮畢賀皇后牋

涣號誕敷〔一〕，震維肇建。睿謨出中饋之贊，顯册慶東宫之成。喜溢遐陬，歡騰大内。中賀。恭惟皇后殿下，徽柔秉〔二〕性，勤儉持身。婦道茂彰，謹慈闈之問寢；母儀夙著，喜長子之承祧。光動前星，波澄幻海。新賨文於銀牓，動喜色於椒房。臣職奉祠庭，身居里閈。莫簉鴛鸞之列〔三〕，目覩盛儀；第如葵藿之微，心傾皎日。

校勘記

〔一〕『敷』，四庫本作『揚』。

〔二〕『秉』，四庫本作『得』。

〔三〕『列』，四庫本作『衆』。

賀太上皇后加尊號牋

誕敷寶册，申衍徽稱。大德得名，方侈一人之慶；中闈錫羨，同膺萬壽之祺。自昔罕聞，於今創見。中賀。恭惟尊號太上皇后，功高任姒，道配唐虞。並日月明，均照臨於四海；與天地久，贊化育於群生。壼儀夙著於柔恭，子職日隆於歡養。爰修闊典，增奉鴻名。褕翟褘衣，備享椒庭之樂；金螭玉檢，永彰坤極之尊。喜溢神人，慶綿宗社。臣竊叨祠禄，莫箧朝〔一〕班。觀竹帛所書，七十載古人希有；指松椿而並祝，三萬歲慈母亦然。

校勘記

〔一〕『朝』，四庫本作『賀』。

賀太上皇后慶壽禮成牋

福衍蘿圖，增帝齡之時億；慶均椒壼，表坤極之俱崇。喜溢兩宫，恩覃萬宇。中賀。恭惟尊號太上皇后，性資懿淑，道體静專。德厚無疆，惇尚儉慈之寶〔一〕；化行自内，助成揖遜之風。方高穹錫，羡於堯年；罄率土樂，尊於文母。宜挹泰辰之祉，茂凝寶曆之休。四海九州，永戴雲天之芘；萬有千歲，式齊箕翼之長。臣竊禄外祠，逢時大慶。效嵩呼之祝，雖阻習於漢儀；歌燕喜之章，覬有加於魯頌。

校勘記

〔一〕『實』，四庫本作『寶』。

賀皇后册命牋

顯膺宸命，進陟彤庭。配立自天，肇正坤儀之位；教形於下，咸知母道之尊。喜溢寰區，慶綿宗社。中賀。恭惟皇后殿下，稟資温淑，賦〔二〕性静專。夙夜〔三〕無私謁之心，朝夕〔三〕有相成之道。固已兼全於盛德，是宜登配於至尊。褕翟〔四〕褘衣，極宫闈之體貌；金螭玉檢，焕寶册之光華。陰教克修，人倫咸正。行見二南之化，助成萬國之和。臣屏迹田廬，奉祠香火。遥瞻閶闔，阻覲月日〔五〕之明；第與黔黎，均被乾坤之德。

校勘記

〔一〕『賦』，四庫本作『處』。
〔二〕『夜』下四庫本有『警戒而』三字。
〔三〕『夕』下四庫本有『憂勤而』三字。
〔四〕『翟』，四庫本作『狄』。
〔五〕『月日』，四庫本作『日月』。

册皇后賀太上皇后牋

懋建〔一〕中闈，悉緊慈訓；聿修〔二〕内治，將嗣徽音。動喜色於兩宮，溢歡聲於萬宇。中賀〔三〕。恭惟尊號太上皇后，德符坤載，道配乾元。昔也憂勤而佐君子之思，兹焉逸樂而享天下之養。念聖子久虚於壼政，俾賢妃蚤正於椒房。典禮既行，朝廷斯治。臣奉祠於外，詣闕無階。注目煙霄，想簪裾而在列；馳誠緘牘，同葵藿以傾心。

校勘記

〔一〕「懋建」，四庫本作「帝立」。

〔二〕「聿修」，四庫本作「家傳」。

〔三〕「賀」，四庫本作「謝」。

賀皇后受册禮畢牋

慶衍皇圖，治隆陰教。諏靈辰于太史，受顯册於中宮。廟社益尊，人神胥悦。中賀。恭惟皇后殿下，天生淑德，身履令宜。蚤光輔於龍潛，遂親扶於日轂。久貳坤儀之位，益騰軒曜之祥。黼座顒卬〔一〕，鏘純音於管磬；椒闈婉淑，新寶刻於瓊琚。喜動兩宮，歡盈萬國。臣奉祠里閈，凝睇雲天。莫陪百辟之班，第頌二儀之德。

校勘記

〔一〕「卬」，四庫本作「昂」。

皇后受册禮畢賀太上皇后牋

帝堯之傳帝舜，治道攸〔一〕循；太姒之事太任，徽音有嗣。迹符隆古，慶衍皇家。暨册寶之告成，溢華夷而交抃。中賀。恭惟尊號太上皇后，持身勤儉，秉德徽柔〔二〕。導〔三〕聖子以成家，逑淑女而爲配。蓍龜協吉，既備禮於楓宸；金玉其章，遂增光於椒掖。將見厚人倫於四海，豈徒綿國祚於萬年。臣叨奉外祠，阻觀盛典。仰占乾象，欣軒曜之呈祥；遥想禁庭，沸鈞天而稱慶。

校勘記

〔一〕『攸』，四庫本作『盡』。

〔二〕『持身勤儉，秉德徽柔』，四庫本作『徽柔得性，勤儉持身』。

〔三〕『導』，四庫本作『助』。

賀太上皇后慶壽禮成牋

萬壽維祺，齒方躋於七袠；一人有慶，禮爰展於九重。當玉琯之告春，適椒闈之受祉。歡騰兩内，恩浹八紘。中賀。恭惟尊號太上皇后，夙藴柔嘉，式持專靜。徽音合姒，厚德承乾。得三寶於老聃，躬行慈儉；嚮五福於洪範，益享壽康。適當希有之年，永介無疆之曆。凡兹生息，孰不光榮。臣舊里棲身，沈痾滯迹。欣逢大慶，無從星拱以雲趨；第與齊民，同效嵩呼而鼇抃。

賀皇太子生辰牋

瑞靄春宫，允正前星〔一〕之本；祥凝日觀，聿臨震夙之期。喜溢楓宸，歡騰鶴禁。中賀。恭惟皇太子殿下，聰明英果，濬哲温恭。問寢過庭，純孝精忠而備著；際天極地，陰功隱德以潛符。宜錫羡於高穹，永同休於昌祚。某恭逢盛旦，適守外祠。奉東内之觴，雖莫陪於簪紱；祝南箕之筭，祈益茂於松椿。

校勘記

〔一〕『前星』，四庫本作『元良』。

二

慶衍皇圖，久正前星〔一〕之位；祥開青禁，適臨初度〔二〕之辰。萬宇歡呼，一音稱頌〔三〕。中賀。恭惟皇太子殿下，稟資忠孝，毓質温恭。海潤星輝，慶吾君之有子；離明震豫，知帝祚之無疆。宜茂介於壽祺，永齊休於宗社。某叨塵祠禄，阻簉賀班。遥瞻貳極之尊，第致千齡之祝。

校勘記

〔一〕『前星』，四庫本作『元良』。
〔二〕『初度』，四庫本作『震夙』。
〔三〕『頌』，四庫本作『讚』。

三

天潢流慶，本早正於元良；日觀赫靈，期甫臨於震育。歡騰紫闕，喜溢青宫。中賀。恭惟皇太子殿下，德性淵沖，仁姿玉裕。風清鶴禁，惟端人正士之與居；晚入龍樓，每下氣怡聲而問寢。宜高穹之眷祐，膺備福以延洪。某叨奉内祠，欣逢盛旦。稱觴東内，莫陪羽翼之聯；介壽南箕，益茂神明之祚。

四

天潢宏玄〔一〕遠之源，克昌厥後；日觀迎誕彌之旦，長發其祥。慶溢青宮，歡騰絳闕。中賀。恭惟皇太子殿下，賢聖仁孝，濬哲温恭。延鶴禁之端人，論經清夜；被龍樓之盛服，問寢黎明。宜洪造之儲休，聳皇圖而立本。某欣逢寶運，叨處宰司。葵藿向陽，既聯趨〔二〕於北面；松椿介壽，行躬造於東朝〔三〕。

校勘記

〔一〕『玄』，四庫本作『疏』。

〔二〕『趨』，四庫本作『趣』。

〔三〕『東朝』，原作『朝東』，據四庫本乙正。

五

菊有黃花，紀誕彌於厥月；虹流華渚，瞻〔一〕載育於前星。喜均兩内之彤闈，慶溢九重之青禁。凡兹普率，孰不歡呼。中賀。恭惟皇太子殿下，道德日躋，聰明天賦。事祖事父，戲玉陛之綵衣；聞禮聞詩，飽鯉庭之慈訓。屆兹盛旦，倍擁繁禧。某被眷實異常人，報德未知其所。身縻田野，無從捧霞液之觴；目睇雲霄，第深祝椿齡之算。

校勘記

〔一〕『瞻』，四庫本作『果』。

六

沆碭〔一〕澄空，光動前星之瑞；鬱葱浮闕，榮開甲觀〔二〕之祥。誕日届期，溥天同慶。中賀。恭惟皇太子殿下，位隆儲副，德茂元良。祇慈訓于兩宫，演仙源于萬世。雍容主鬯，國本實賴以安；清燕承顔，天下陰受其福。式臨穀旦，咸祝椿齡。某投〔三〕老滄江，馳誠禁掖。衣冠入侍，莫陪園綺之班；霄漢遥瞻，願踵勳華之壽。

校勘記

〔一〕『碭』，四庫本作『薙』。

〔二〕『觀』，四庫本作『第』。
〔三〕『投』，四庫本作『賜』。

七

天開萬世之福，聖應千齡之期。迺積慶基，篤生儲嗣。兹届誕彌之月，輒伸祝頌之詞。中賀。恭惟皇太子殿下，備德元良，賦資濬哲。過庭得道，茂緝熙之光明；主鬯成功，副清寧之眷佑。式臨震夙之旦，益擁鴻龎之休。某投迹山林，繫心宮篽。金罍玉爵，阻趨稱壽之班；鳳燭龍香，居有輸誠之所。

正旦賀皇太子牋

萬彙潛通，喜應三陽之泰；一元資始，肇迎六氣之和。已回暘谷之春，式衍青宮之慶。中賀。恭惟皇太子殿下，承華豫悦，毓粹孝純。鶴禁儲精，暉映紫宸之瑞；龍樓問曉，光依麗日之明。方茂對於昌辰，宜誕膺於純嘏。某叨塵祠禄，際遇熙朝。遥瞻貳極之崇，虔致千齡之祝。

二

緹室飛灰，應紫極履端之始；皇家流慶，屬青宮納祐之初。和感綿區，歡騰輿頌。中賀。恭惟皇太子殿下，天資仁孝，國本元良。曉入龍樓，瞻舜日重離之照；春頒鳳曆，適羲經交泰之時。宜多福之永膺，對三陽之昇進。某班趨楓禁，躬獻椒觴。阻修東内之賀儀，第極南箕之善禱。

三

南正授時，布始和於歲旦；東風應律，延景貺於春宮。慶篤家邦，歡同區宇。中賀。恭惟

皇太子殿下，懿文日就，純〔一〕孝天資。燕寢問安，美意祇承於二帝；龍樓入對，陰功密蔭於群生。式臨交泰之期，宜介履端之福。某逖居草野，阻奉椒觴。元日〔二〕載陽，頓覺山河之麗；前星炳照，願齊箕翼之光。

校勘記

〔一〕『純』，四庫本作『仁』。

〔二〕『日』，四庫本作『旦』。

冬至賀皇太子牋

清臺觀祲，五雲已涣於崇〔一〕霄；候館呈工，一縷初添於瑞景。履兹來復，宜介繁禧。中賀。

恭惟皇太子殿下，志貫神明，德參穹壤。身居鶴禁，元良已正於萬邦；觴奉神庭，福祉同祈於三聖。某方膺寵命，見具懇辭。趨承莫箋於簪紳，祝頌徒勤於筆舌。

校勘記

〔一〕『崇』，四庫本作『叢』。

二

寶曆迎和，氣首三微之統；清臺占瑞，雲呈五色之輝。慶衍皇圖，歡騰青禁。中賀。恭惟皇太子殿下，天姿濬哲，聖質元良。麗日重暉，益著少陽之德；前星炳耀，永扶太極之尊。介茲來復之亨，宜有履長之祉。某夙蒙異遇，幸際昌辰。莫陪東内之賀班，第極南箕之善禱。

三

五物書雲，式兆有年之瑞；三微紀月，載欣至日之長。集景貺於兩宮，衍蕃禧於貳極。中賀。恭惟皇太子殿下，氣鍾精粹，資稟元良。秉德至純，默〔二〕御陰陽之運；觀時來復，灼知天地之心。茂迎道長之辰，益介川增之祉。某叨塵次輔，幸際昌期。箋迹丹墀，方預稱觴之列；

馳誠青禁，阻修賀廈〔二〕之誠。

校勘記

〔一〕『默』，四庫本作『以』。

〔二〕『廈』，四庫本作『朝』。

四

候紀青臺，初奏徽陽之肇啟；琯徵〔一〕化國，共欣麗日之舒長。衍慶祚於重闈，錫宏林於内殿。中賀。恭惟皇太子殿下，稟資仁孝，毓德粹温。觀象朋來，日驗進修之益；因時剛復，灼知動靜之心。順履昌期，宜膺純嘏。副宸衷之眷顧，培國本之靈長。某久託洪私，倍深善頌。大庭介壽，方入對於龍顔；再拜稱觴，愧阻趨於鶴禁。

校勘記

〔一〕『琯徵』，四庫本作『覯形』。

五

天統開端，律早諧於鳴鳳；乾元著始，爻適應於潛龍。慶衍皇圖，歡傳青闕。中賀。恭惟皇太子殿下，性根仁孝，德表温文。問寢雞晨，感祥雲之覆護；綸〔一〕經鶴禁，喜愛日之舒長。履兹來復之亨，馴致交通之泰。某丐歸晚景，叨奉内祠。阻隨五彩之輈，趨朝漢殿；遥祝萬年之曆，篤祜周家。

校勘記

〔一〕「綸」，四庫本作「論」。

六

天上雲需，式紀觀臺之瑞；地中雷復，首〔二〕開潛邸之祥。中賀。恭惟皇太子殿下，仁孝夙成，温文外著。聳珍圖而襲慶，撫至日以迎長。燕侍龍樓，歡奉兩宫之壽；慶迎鳳曆，益滋百世之休。某自遠禁嚴，屢更節令。方挂冠而謝事，徒戀闕以馳誠。

校勘記

〔一〕『首』，四庫本作『有』。

除右丞相謝皇太子牋

昕朝敷命，補揆席之久虚；晚節叨榮，愧瑣材之弗稱。控辭不獲，被寵若驚。中謝。竊以昔在祖宗，眷懷耆耋。敏中再入於祥符之際，士遜復拜於明道之初。皆以名臣，克膺異數。如某者，本無他技，幸際明時。始披霧於堯天，旋依光於舜日。闕庭一去，餘十五年；經幄再陪，既三數月。曾蔑絲毫之報，徒慚廩稍之縻。縱未容田里之歸，豈可任鈞衡之重。誤蒙宸眷，復冒鼎司。自惟有忝於前修，何以欽承於休命。此蓋伏遇皇太子殿下，仁無不愛，寬足有容。凡寸長片善之不遺，皆隱德陰功之所賜。致兹衰朽，亦被甄收。某敢不思副深知，益堅素履。中台所應，託前星有炳之光；霖雨或施，資少海上騰之澤。

鄮峰真隱漫録卷二十

牋

進玉牒加食邑并〔一〕回授轉官謝皇太子牋

典册崇成，丕顯邦家之慶；恩章申錫，慚無翰墨之勞。懇避弗俞，祗承是懼。中謝。竊以統垂藝祖，傳寶系之延洪；治盛仁皇，闡大猷之赫奕。洪惟盛世，備輯成書。編摩盡出於諸儒，莫施微力；典領偶兼於衆職，首被殊私。矧加地以增封，仍貤恩而及嗣。有隆異數，併逮私門。兹蓋伏遇皇太子殿下，毓德粹温，稟資仁孝。鑒觀家法，仰〔二〕思道德之承；雍睦内朝，諦念宗支之盛。凡今日奏篇之稱善，固〔三〕平時借力以居多。是致孤蹤，亦需賞秩。某敢不益堅晚節，無負私心。萬户疏封，既坐叨於廩稍；一門竊寵，惟誓竭於糜捐。

校勘記

〔一〕『并』，四庫本作『拜』。

〔二〕『仰』，四庫本作『慎』。
〔三〕『固』，四庫本作『顧』。

賜第謝皇太子牋

兖員宰輔，方丐休閒；賜第京師，遽盼寵渥。眷遇益隆於丹扆，推揚蓋自於青宮。拜手祇承，捫心懷感。中謝。伏念某資惟樗櫟，材匪棟梁。粤當纂紹之初，適有依攀〔一〕之幸。夤緣超躐，忝冒弼諧。既莫效於涓塵，旋上還於印綬。自去國而歸田里，誠無地以起樓臺。豈期垂暮之孤蹤，迺獲棲身於寧宇。飄蓬靡定，昔憐三徑之荒；舉室就安，今得萬間之庇。兹蓋伏遇皇太子殿下，乾坤孕質，宗社儲休。每當問寢侍膳之時，常有舉善進賢之意。陰使生靈之類，悉霑覆露之私。是致帡幪，猥加愚陋。某敢不仰憑鴻廕〔二〕，益勵孤忠。屏迹江湖，資少海無窮之潤；依光日月，託前星有爛之輝。

校勘記

〔一〕『攀』，四庫本作『乘』。
〔二〕『廕』，四庫本作『蔭』。

丐歸得請謝皇太子餞别牋

言歸田里，告遠宫庭。特頒燕餞之儀，備極殷勤之意。寵踰望外，榮曜朝中。中謝。竊以鶴禁岧嶤，龍墀密邇。秋空小雨，頓滌煩襟；午後〔一〕群山，更浮佳氣。虚堂清淨，傑閣稜層。几案間周鼎商盤，居深考古；篋笥内牙籤玉軸，不廢觀書。俯屈尊嚴，徧容觀覽。皇孫子女，出侍兩旁；綺席盃觴，喜令屢勸。金甌見〔二〕遺，篚幣又將。香茗出御府之珍，肴醑富慈闈之助。誰云弱水能隔蓬萊，宛似輕槎來登星漢。聽長生之妙訣，洗平日之迷塵。何以得之，亦云幸矣。兹蓋伏遇皇太子殿下，元良具德，仁孝存心。謂此暮途衰病之夫，曾是聖主初潛之客。當年侍坐，雅辱眷知；今日侍〔三〕筵，愈加盼〔四〕睞。某敢不深思規誨，益養精神。儻延紫府之遐齡，盡出青宫之大造。其爲報效，罔替銘藏。

校勘記

〔一〕『後』，四庫本作『際』。

〔二〕『見』，四庫本作『既』。

〔三〕『侍』，四庫本作『賜』。

〔四〕『盼』，四庫本作『眄』。

生日謝皇太子賜物牋

萍梗孤蹤，方獲故鄉之安處；桑蓬賤日，敢圖儲禁之寵盼。禮出非常，感深莫喻。中謝。伏念某昨以腐儒之末學，叅依聖上之潛藩。每覘鯉庭，得親犀表。雅蒙眷待，殊異輩流。洎輔弼之再塵，已元良之正位。不量足迹，嘗造宮庭。荷盼〔一〕睞之有加，實搢紳之莫及。比作歸休之計，曲蒙燕餞之私。玉立鳳雛，交相勸揖；篚將金幣，備極榮華。尚俯記於生朝，特遠馳於使驛。龍蛇飛動，温然一紙之春風；香茗芳鮮，副以七箱之繡段。珍錫來從於御府，堵觀喜溢於鄉閭。疊被恩光，若爲報效。兹蓋伏遇皇太子殿下，日勤文孝，躬懋啟賢。念慈父簪履之舊臣，訪荒野漁樵之真隱。拜此盈庭之賜，誠爲希世之逢。某敢不益勵微衷，仰銜大施。五雲妙墨，既欣異日之寶藏；一瓣名香，敬爲今辰之知己。

校勘記

〔一〕『盼』，四庫本作『眄』。

二

御府之珍，儲宮所寶。俯記桑蓬之日，輒爲枌梓之光。萬目觀瞻，一詞讚歎。凌兢拜貺，感篆在心。中謝。伏念某自揆孱庸，適茲際會。昔年朱邸，獲款奉於英姿；今日青宮，復曲蒙於異顧。挂冠神武，卧疾漳濱。室湫隘而僅若盤蝸，門蕭條而真〔一〕可羅雀。敢意盈庭之瑞，忽臨環堵之間。繪〔二〕彩滿箱，副之香茗；雲煙溢紙，重若珠璣。被寵如斯，酬恩何所。茲蓋伏遇皇太子殿下，待人過厚，燭理無遺。念君父簪履之微，實國家鈞陶之舊。遠馳渥賜，來賁生朝。某敢不銘厥丹衷，銜茲洪施。已衰蒲柳〔三〕，尚勤香火之緣；唯祝椿松，用作瓊瑤之報。

校勘記

〔一〕『真』，四庫本作『直』。

〔二〕『繪』，四庫本作『繒』。

〔三〕『柳』，原作『流』，據四庫本改。

三

耄耋修齡，方届垂弧之旦；珍芳多品，遽盈環堵之居。寵耀鄉閭，感深肺腑。中謝。伏念某夙叨眷遇，晚獲退閒。爵既冒於三公，年適登於八袠。尊榮安富，由君父生成之恩；吹獎挈提，繄元良保祐之力。敢意劬勞之日，更膺〔一〕錫予之私。寶墨雲飛，有舞鳳翔龍之勢；使軺星動，仰奇繒賸馥之頒。加賁衰蹤，增光末路。兹蓋伏遇皇太子殿下，雍容貳極，烜赫前輝。愛敬篤乎重闈，及人之老；慈仁憫乎暮景，與物爲春。遂馳御府之藏，以侈寒門之慶。某敢不捫心仰戴，頫首依歸。賜實不貲，表隆知於東内；德何以報，祝遐筭於南箕。

校勘記

〔一〕『膺』，四庫本作『形』。

四

使驛遠揚，馳春風之一紙；儲闈厚賜，燦内府之叢珍。甫生日以拜嘉，激懦〔一〕衷而增感。中謝。伏念某奮由寒族，出遇昌朝。仰惟聖神文武之君，宜得傑俊賢能之佐。偶承人乏，獲在選中。身退而名蔑彰，年高而德不卲。猶蒙宸眷，每錫壽儀。更〔二〕承青禁之尊，亦遣〔三〕皇華之命。兹蓋伏遇皇太子殿下，元良主器，詩禮過庭。體上方簪履之心，軫私室桑蓬之念。緗盈箱篋，香溢茗薰。雖更年所之多，愈見恩情之渥。致兹寵賚，獨逮陳人。某敢不祗佩至懷，銘藏卑悃。桑榆暮景，報莫效於勤勞；松柏遐齡，誠敢忘於祝頌。

校勘記

〔一〕『懦』，四庫本作『孺』。
〔二〕『更』，四庫本作『兹』。
〔三〕『遺』，四庫本作『遺』。

五

英節輪蹄，來從東内；奇繒薰茗，併出上方。祇荷記憐，彌深感幸。中謝。恭惟皇太子殿下，鍾靈厚地，毓秀崇〔一〕霄。孝子忠臣，行實全於一己；陰功隱德，澤已徧於四方。念兹衰老之蹤，久在眷存之列。斥叢珍之希世，作寵命於生朝。某敢不敬拜榮光，益堅耄〔二〕景。晨香暮火，助景輝於前星；夕汐朝潮，演澄〔三〕波於少海。庶因勤祝，少答隆私。

校勘記

〔一〕『崇』，四庫本作『重』。
〔二〕『耄』，四庫本作『耋』。
〔三〕『澄』，清抄本作『曾』，四庫本作『層』。

明堂大禮加食邑謝皇太子牋

肅雍大祀，既饗帝於七筵；汪濊洪仁〔一〕，遂推恩於四海。豈期增衍，猥及孱庸。中謝。伏念某向以沈痾，莫陪顯相。方虞誅斥，遽拜寵靈。念浮食以投閒，將挂冠而請老。圭腴户賦，知所從來；玉檢〔二〕衮褒，實由推獎。茲蓋伏遇皇太子殿下，至和格物，純孝事親。樂善在心，得之愈多而不厭；待人惟舊，念之雖久而不忘。故使空飡，亦叨異數。某敢不恪勤香火，上報恩私。庶因不息之誠，少答無功之禄。

校勘記

〔一〕『仁』，四庫本作『私』。

〔二〕『玉檢』，四庫本作『鶚薦』。

除太保謝皇太子牋

恭被宸恩，許還〔一〕官政。進冒公台之重，不移齋鉞之崇。感激至於涕頤，慚懼爲之汗背。中謝。伏念某蚤逢上聖，久備近司。海潤星暉，每獲瞻於英表；離明震豫，幸親見於昌辰。陪密席之雍容，拜摛文之鉅麗。曠無前比，允〔二〕謂難遭。況〔三〕屢貢於忱辭，方僅諧於歸志。孰意〔四〕叨榮於納禄之後，復蒙〔五〕召見於乞身之餘。永言垂盡之頹齡，並乞〔六〕非常之誤寵。縉紳太息，道路聳觀。此蓋伏遇皇太子殿下，純茂凝姿，温仁成德。每侍九重之間晏，曲憐一老之衰遲。既容枌社之遊，更假槐庭之峻。挂衣冠於魏闕，已愧初心；保首領於山〔七〕丘，敢忘大賜。

校勘記

〔一〕『遷』，四庫本作『還』。

〔二〕『允』，四庫本作『久』。

〔三〕『況』，四庫本作『爰』。

〔四〕『孰意』，四庫本作『況』。

〔五〕『蒙』，四庫本無。

〔六〕『乞』，四庫本作『竊』。

〔七〕『山』，四庫本作『首』。

除太傅謝皇太子牋

上玉卮之萬壽，已幸觀光；進金鉉之次班，亟聞錫寵。雖固辭而弗獲，念承命以奚安。中謝。伏念某抱槧窮年，彈冠入仕。功名未諧成就，爵禄已極超遷。位至公卿〔一〕，任兼將相。每憐欹器，戒滿側以懷憂；豈意明綸，忽登崇而作傅。初無汗馬，遽亞維垣。靜〔二〕言僥冒之優，蓋有夤緣之自。兹蓋伏遇皇太子殿下，聰明天賦，誠敬日躋。前星映兩曜之華，少海蓄百川之潤。繩其祖武，安樂延億載之祺；貽厥孫謀，元良肇一人之正。當問寢過庭之際，盡推賢助國之端。遂令衰朽之姿，仰拜光榮之賜。某敢不益堅晚節，遠企前修。儻溝壑之未填，敢忘大賜；期桑榆之尚緩，可報隆知。

校勘記

〔一〕『卿』，四庫本作『師』。

〔二〕『靜』，四庫本作『靖』。

賜玉帶謝皇太子牋

寶帶萬釘，飾瓊瑰而敷錫；緹衣十襲，宜緘鐍以珍藏。敢意矜憐，特容佩服。得既踰於望外，感實倍於胸中。中謝。伏念某韋布諸生，草茅寒族。幅巾謝事，念已挂於冠裳；承詔入班，幸粗勝於簪笏。豈謂軫優隆之天眷，畀璀璨之身章。揣己無堪，歸心有自。兹蓋伏遇皇太子殿下，元良以正，道義彌尊。隱德陰功，四海咸承於衣被；瑣材弱植，一生尤荷於奬提。致此光榮，猥加疲苶。某敢不深懷銘鏤，益謹護持。束以立朝，既難施於趨進；歸而在野，又蔑報於恩私。唯勤香火之緣，仰祝松椿之壽。

謝皇太子送行詩箋

一緘珠玉，煌煌李杜之文光；滿幅雲煙，赫赫鍾王之筆陣。遠馳驛騎，來畀蝸廬。榮動搢紳，歡傳里巷。中謝。恭惟皇太子殿下，聰明天賦，道德日躋。象管生花，縹渺仙人之夢；絳囊佩錦，雍容長吉之游。宅心忠孝之餘，寓意風騷之作。某夙蒙異眷，每荷寵褒。兹因慶壽於重闈，遂獲伸誠於東内。歸告〔一〕故隱，俄錫新篇。豈惟增耀於一身，抑亦彰名於萬古。某敢不珍藏十襲，寶並六經。播在寰瀛，更擬勒之金石；揆諸老景，居慚報以瓊瑶。

校勘記

〔一〕『歸告』，四庫本作『告歸』。

生日謝皇太子賜物牋

命出青宫，馳一緘之妙墨；光分紫禁，錫三種之珍藏。厚意所將，牢辭弗獲。中謝。恭惟皇太子殿下，仁明獨著，忠孝兩全。正笏垂紳，出贊聖君之化育；過庭問寢，入供人子之晨昏。不有其功，退藏於密。軫念靡遺於簪履，施恩每及於田廬。故此奇繒薌茗之頒，忽作寒鄉蓬蓽之瑞。搢紳歆豔，族屬感銘。已迫桑榆，莫效珠環之報；尚勤香火，仰延龜鶴之年。

鄮峰真隱漫録卷二十一

牋〔一〕

附王府撰述　此卷不名一體，皆丞相爲府僚時所撰進，故附於牋。

普安郡王上皇后生辰詩

瑞氣擁層〔二〕霄，椒房載誕朝。露餘秋半重，月近下弦饒。赤伏扶東漢，清風表内朝。詩書勤有味，儉樸富無驕。翠輦慈寧侍，霞裾帝所招。祥開三島宴，歡動六宫謡。繡綺張堯屋，笙竽合舜韶。仙桃金母獻，丹桂素娥飄。皇曆推難老，朱顔共不凋。瑶觴稱萬壽，歲歲拱岧嶢。

校勘記

〔一〕四庫本本卷類名作『王府撰述』，無下小注。

〔二〕『層』，四庫本作『叢』。

普安郡王辭免除使相封建王表

恩綸忽播，斷自宸衷；禮典驟隆，駭聞衆聽。輒貢由衷〔一〕之悃，冀推從欲之仁。中謝。伏念臣夙以稚蒙，誤膺鞠育。膝下日漸於訓誘，胸中每愧於昏冥。逮親外傅以横經，更款内庭而聞禮。粗知向學，已屢叨榮。雖在父慈，恩愈隆於天地；其如子道，效未展於涓塵。遽更鉅鎮之麾幢，仍胙真王之爵土。視儀揆路，衍賦轅田。惟兹異數之駢加，益重瑣材之非據。而況皇帝陛下，方隆責實之治，大嚴信賞之科。苟或私親，將誰勸善。伏望公衡平施，哲鑒旁昭。亟追寢於誤恩，俾姑安於舊職〔二〕。儻雨露之澤，不偏厚於闈門；則日月之光，自無虧於寰海。

校勘記

〔一〕『衷』，清抄本作『中』。

〔二〕『職』，四庫本作『識』。

又謝表

父子之恩素洽，斯欲正名；爵禄之寵彌隆，益爲過分。倖非可覬，心不遑安。中謝。伏念臣資非過人，志惟務學。每慚譾薄，曲荷生成。論恩私〔一〕則天地難名，敘感戴則筆舌奚既。方懼寵章之太渥，何期縟典之遽頒。沃壤連阡，陪厚土田之賜；真王胙國，復兼將相之權。揣稱奚堪，控辭弗獲。退惟忝冒，彌積凌兢。茲蓋伏遇皇帝陛下，道貫三靈，化周四海。宅乎清淨，灼知治亂之原；斷以剛明，務壯本支之勢。致茲盛舉，猥逮菲〔二〕材。臣敢不仰體聖懷，恪遵慈訓。此生事主，竭忠孝於一心；他日承顏，期弟兄於百數。

校勘記

〔一〕『恩私』，四庫本作『私恩』。

〔二〕『菲』，四庫本作『非』。

普安郡王謝賜玉帶表

王人薦至，聖德愈隆。荷綸語之丁寧，賜章身之璀璨。撫躬非稱，拜賜增慚。中謝。竊以束帶立朝，本臣子之常分；於玉比德，出國家之異恩。自惟甚愚，何以堪此。茲蓋伏遇皇帝陛下，至仁澤物，大度匿瑕。故惟追琢之珍，以飾凡庸之質。臣敢不仰思洪施，俯勵丹衷。欽以自新，不越準繩之內；寶其無玷，庶昭君父之恩。

又謝面賜玉帶表

榮瞻黼座，方諧就日之誠；寵佩身章，獨奉截肪之賜。束而端拜，愧不勝言。中謝。竊以君之視臣，以解衣而知意厚；父之愛子，亦解帶以示恩隆。矧復飾以英瑶，傳之華衮。有何尤異，冒此寵榮。茲蓋伏遇皇帝陛下，睿眷有加，誠心不息。欲群工之改觀，畀珍御以增輝。臣敢不仰懷臨授之恩，深體教忠之意。自知報德，惟有竭身。

又謝賜鞍馬表

仁心惻怛，俯憐子職之勤；寵數便蕃，遽出帝閑之駿。蒙恩至渥，行道有輝。中謝。伏念臣猥自叨踰，每防驕逸。惟是晨昏之際〔一〕，少殫奔走之勞。何意肆〔二〕發乾龍，用錫〔三〕晉馬。材既推於騄駬，飾並燦於纓鑣。退揣無功，實惟非據。茲蓋伏遇皇帝陛下，化鈞子育，愛軫天矜。特頒清駿之姿，以代驅馳〔四〕之役。臣敢不恭承君命，仰體父慈。養志爲先，敢徒煩〔五〕於駕馭；竭身以報，庶或罄於疲駑。

校勘記

〔一〕「際」，四庫本作「間」。

〔二〕『肆』，四庫本作『施』。
〔三〕『用錫』，四庫本作『賜先』。
〔四〕『驅馳』，四庫本作『馳驅』。
〔五〕『煩』，四庫本作『須』。

建王上皇后生辰詩

誕節秋强半，扶輿靄瑞煙。鯨江潮罷弄，星漢月將弦。母德隆千〔一〕載，陰功洽普天。葛覃資務本，卷耳助求賢。嘉頌來宫内，歡聲溢帝前。雝雝〔二〕登邃殿，楚楚秩初筵。列侍環珠蘂，清歌卻管弦。金英浮壽客，丹頂舞胎仙。願諧君父祝，同享萬斯年。

校勘記

〔一〕『隆千』，四庫本作『施隆』。
〔二〕『雝雝』，四庫本作『耽耽』。

建王辭免明堂大禮加恩劄子

臣猥以凡姿，陪兹鼇事。仰玉佩珠旒之戾止，慶雲車風馬之博臨。獲與盛儀，已爲過幸。更增真賦，豈所宜蒙。伏望皇帝陛下，曲軫聖慈，俯昭愚分。亟追還於涣命，庶少逭於師言。

又辭免表

槐庭誕告，真錫户租；芻[一]悃瀝辭，未回天鑒。敢伸再瀆，冀徹九重。中謝。伏念臣生本顓蒙，居懷祇惕。屬逢上聖，創舉彌文。即合宫王政之堂，展周家宗祀之禮。帝親降格，乾乾本自於一人；籩豆靜[二]嘉，濟濟率由於多士。濫尸亞祼，敢意加封。假設微臣，遽拜此恩；必謂陛下，獨私其子。是因小己，仰累大公。伏望皇帝陛下，廣運堯天，明開舜日。深鑒伐檀之刺，勿辭反汗之嫌。儻使闈門霑澤，不譏於偏厚；庶幾寰宇輸忠，盡底於忘勞。避寵命以循牆，俟俞音而蹐地。

校勘記

〔一〕『芻』，四庫本作『蒭』。

〔二〕『靜』，四庫本作『靖』。

又第三辭免表

睿澤誤敷，既已非一〔一〕；愚衷上瀆，遂至於三。惟兹自見以甚明，期於得請而後已。中謝。伏念臣賦姿雖鄙，遭世寖昌。夙稟義方，粗知分守。重念兹恩之渥，其將何德以堪。屢控懇辭，未蒙孚允。豈蓋高之天聽，忘有欲之人心。良由禱意弗堅，故乃俞音尚閟。矧總章之成禮，宜宣室之受釐。儻欲均其餕餘，盍亦捨其嗣息。庶幾此惠，雅盡至公。伏望皇帝陛下，由義斷恩，察情非僞。必反告廷之命，用昭知子之明。控〔二〕臆籲天，企踵待命。

校勘記

〔一〕『既已非一』，四庫本作『既非』。

〔二〕『控』，四庫本作『空』。

又謝表

禮行重屋，方翕受於蕃釐；恩錫群工，爰騤肦於列邸。懇辭弗獲，銜愧無窮。中謝。伏念臣材不逮中，識難語上。承顏六寢，謬處長男；蒇事九筵，叨塵亞獻。仰止聖人之饗，載欣緟典之誠。敢意天恩，遽加井賦。連阡既廣，負乘居多。兹蓋伏遇皇帝陛下，保民而王，肆類於帝。謂致孝莫大於嚴父，式講隆〔一〕儀；謂斂福當錫厥庶民，爰敷大霈。致兹瑣質，亦荷殊私。臣敢不祇服聖謨，益虔子職。字而知孝，得於觀感之間；食不違仁，誓以捐糜而已。

校勘記

〔一〕『隆』，四庫本作『上』。

建王謝移鎮加恩表

宣室受釐，惠均〔一〕列辟；洪都易鎮，榮錫〔二〕真租。更敷出綍之言，莫許循牆之避。凌兢拜命，揣度懷慙。中謝。伏念臣猥以凡姿，與兹熙事。刺經作王制，朝誠〔三〕上儀；宗祀於明堂，身陪〔四〕亞獻。惟帝親之降格，本神聖之虔共。方欣縟典之成，敢意洪恩之洽。肆易齋壇之節，往當天寶之區。增畀户封，庸昭帝眷。永念伐檀之刺，彌深負乘之憂。兹蓋伏遇云云同前。

校勘記

〔一〕『惠均』，四庫本作『惠復均於』。

〔二〕『榮錫』，四庫本作『榮併錫於』。
〔三〕『誠』，四庫本作『方講於』。
〔四〕『陪』，四庫本作『獲陪於』。

建王免出征先行劄子

臣比者恭聞陛下以夷虜〔一〕猖獗，減膳避殿。臣坐不安席，食不甘味。竊思蒙昧，徒有此身，不能爲君父少施寸力，以寬聖慮。是以不避天誅，請因聖駕親征，荷戈前驅，率勵將士，捐軀以報厚恩。誠出一時之情，不思陛下所以望臣者奚〔二〕在於此。臣今思之，實是過言。恭惟陛下親御六軍，蒙犯霜露，六宮不隨行，扈從之臣〔三〕誰當親近？臣爲陛下子，飲膳湯藥，臣不在左右，其將誰任其責？以是論之，臣決不可先行。況今陛下委任將相尚未有成功，臣今綿力，又何能爲？是用冒急上聞，以改前説。伏乞陛下赦前言之失，知臣前日獻言激人臣之忠，今日悔過盡人子之義。則臣區區之心，庶乎可白矣。

校勘記

〔一〕『夷虜』，四庫本作『敵勢』。
〔二〕『奚』，四庫本無。

〔三〕『臣』，四庫本作『真』。

又上皇后劄子

臣昨以國家多事，爹爹陛下焦勞。臣以一時忠憤所激，遂具劄子請先效命，乞媽媽聖人爲達此意。蒙聖慈委曲思慮，所以保全回護甚至，臣實深感恩。臣今思之，前言甚失。萬一爹爹陛下親征，臣爲人子，安可不在左右？況〔一〕臣材能不逮諸將，設有委使，將來必致踈闕。今有劄子一封力陳悔過，伏望媽媽聖慈更賜籌度。如當時曾奏知爹爹陛下，即此劄便乞敷奏。如或前劄未達，亦告〔二〕媽媽聖人周旋保芘。庶幾臣改過之誠上達天聽，少得自安。

校勘記

〔一〕『況』，四庫本無。

〔二〕『告』，四庫本作『吾』。

建王謝面〔一〕賜玉帶笏記

對揚楓陛，咫尺龍顔。錫寶帶之萬釘，燦良珍之九德。光華溢目，感媿兼懷。

校勘記

〔一〕『面』，四庫本無。

面賜玉帶謝皇后笏記

感鴻私而入謝，錫寶帶以增榮。仰荷坤儀，肆加賁飾。載循僥冒，深切戰兢。

又謝賜玉帶笏記

命出層霄，帶橫寶玉。顧無功而被寵，徒揣己以增慚。

賜玉帶謝皇后笏記

比荷母慈〔一〕，肆加帶飾。服侈無瑕之寶，愧增有靦之顏。

校勘記

〔一〕『慈』，四庫本作『辭』。

又謝面賜玉帶鞍馬笏記

帶佩玉紋，駟馳寶勒。荷大庭之臨賜，撫小己以震驚。

面賜玉帶鞍馬謝皇后笏記

玉帶垂魚，金羈控策。拜外庭之榮寵，荷中殿之恩慈。

又謝正謝〔一〕日解玉帶面賜笏記

天顔咫尺，寶帶焜煌。揭大賜於廣除，激危衷之至感。

正謝〔一〕日面賜玉帶謝皇后笏記

適覩龍顔，荷頒玉帶。眷言賁飾之寵，實由坤載之私。

校勘記

〔一〕『謝』，四庫本無。

校勘記

〔一〕「正謝」，四庫本作「謝正」。

建王賀天申節笏記

三靈洽慶，夙開繞電之祥；萬玉通班，咸罄後天之祝。矧居子道，尤喜親年。化日舒長，庶彙既均於椿陰；仁風鼓舞，微生永遂於萊嬉。

又賀皇后生辰笏記

萬寶慶成，六宮騰頌。爰祝無疆之算，以符載誕之辰。效法齊天，久視青霄之日月；承顏戲彩，願爲白髮之兒童。

建王辭免升儲劄子

臣賦質庸鄙，遭世盛明。事父事君，曾未殫於忠孝；荷恩荷寵，已備極於光榮。敢謂更沐皇靈，驟陞儲貳。内量己德，既空乏以難勝；外考人言，將沸騰而不止。伏望皇帝陛下，睿明深燭，涣號亟收。庶使愚衷，獲安舊秩。

又辭免表

中盼詔旨，蓋出聖心；退怵寵榮，莫安愚分。敢伸再瀆，上扣九重。中謝。臣聞少海波澄，源從巨浸；前星光潤，象拱太微。歷觀隆盛之朝，必重元良之舉。所宜著德，允協具瞻。伏念臣生也甚愚，長亦無取。徒依慈蔭，疊冒恩光。胙土建旄，將相之階已極；承顔順色，愛欽之道未優。第懷兢懼之心，蔑有紛華之慕。今者誕揚制綍，肇建儲闈。寵以更名，俾之事〔一〕任。丹懇亟輸於誠意，清宸尚閟於俞音。雖陛下愛子之心，有加無已；在微臣揣己之分，何德以堪。伏望皇帝陛下，天地有容，日月必〔二〕照。察臣素無矯僞，知臣已極叨踰。亟裁門内之恩，少宜天下之議。誓尋舊學，以報洪私。

校勘記

〔一〕『事』，四庫本作『勝』。

〔二〕『必』，四庫本作『其』。

又第三辭免表

薦貢忱辭，期止青宫之建；未回淵鑒，復輸丹悃之私。中謝。臣聞無功受禄者，見刺於詩人；惡盈好謙者，垂規於易旨。苟違此理，雖得奚安。伏念臣生覆載之間，荷顧復之賜。爰從稚齒，未施尺寸之技能；已被宸恩，久冒崇高之富貴。官居極品，爵胙真王。靜言及茲，良以爲懼。豈意龍廷敷告，鶴禁宏開。敢〔一〕懷苟得之心，益〔二〕冒疾顛之戒。伏望皇帝陛下，仁風溥博，智日昭融。運獨見之剛，發至公之斷。不以愛子之意，有累知人之明。憫其忱誠，賜以矜允。儻容竭力，俾專問寢之晨昏；願止誤恩，姑緩升儲之歲月。

校勘記

〔一〕『敢』，四庫本作『雖』。

〔二〕『益』，四庫本作『敢』。

又謝表

風雷號〔一〕發，屢輸非據之辭；天地恩隆，未寢惟行之令。寵知上出，感自中深。中謝。臣聞大人繼明見乎離，長子主器出乎震。漢文預建，時惟享國之長；周武師行，老有奉親之樂。莫不皆騰茂實，始正元良。伏念臣量乏淵沖，材非玉裕。每愧寵榮之畀，獨因鞠育之私。將相侯王，濫吹非酬於功德；詩書禮樂，潛心未究其〔二〕指歸。何以祇奉綸言，驟升儲禁。茲蓋伏遇皇帝陛下，凝圖丕赫，受命溥將。仰承宗祏之休，敷求祼鬯之助。聖謨中定，靡由大臣近侍之謀；闊典肇稱，非采議郎博士之奏。命由獨斷，恩出殊常。臣敢不俯勵丹衷，虔遵睿訓。冬溫夏清，惟〔三〕竭報於生成；幼學壯行，誓無忘於忠孝。

校勘記

〔一〕『號』，四庫本作『涣』。

〔二〕『其』，四庫本作『於』。

〔三〕『惟』，四庫本作『雖』。

普安郡王恩平郡王薦顯仁太后黄籙青詞

洪造難名，靡聞私福；真科有法，可援冥途。輒傾懇切之誠，仰動妙沖之鑒。伏念臣等姿徒蒙稚〔一〕，運偶休明。式聯宗屬之邇班，逮事吾君之壽母。恩惟海嶽，報未絲毫。俄空長樂之闈，遽上層霄之路。雖生隆〔二〕慈儉，曾無歉於人〔三〕心；而去即逍遥，尚有祈於道力。是用叩三境玉皇之聖，演九幽金籙之文。建彼法橋，助茲靈馭。伏冀龍輿〔四〕雷動，羽仗星馳。肸蠁遐臨，導神遊於帝所；鴻釐下霈，綿寶曆於皇圖。誓竭微衷，上酬大賜。

校勘記

〔一〕「姿徒蒙稚」，四庫本作「姿從稚弱」。

〔二〕「隆」，四庫本作「逢」。

〔三〕「人」，四庫本作「仁」。

〔四〕「輿」，乾隆本作「興」。

建王醮宅青詞

天道無私，故能善化〔一〕；神心可格，厥有至誠。謹殫祇祓之衷，上動聰明之鑒。伏念臣生即叨於榮寵，居已愧於高明。比鳩土木之工，實銜君父之賜。因基革故，指日落成。仰止珠躔，燦森羅之象緯；俯思棋壤，環窟宅之神靈。方當興作之時，寧免震驚之咎。儻忘愧謝，曷遂安〔二〕寧。用即良辰，肆嚴淨供。瓊篇蘂笈，爰備演於仙儀；鳳蹕龍輿，冀遐周於塵宇。庶昭一念，永錫百祥。風雨震零，已享幈幪之賜；門闌靜謐，尚資覆幬之恩。誓竭忠勞，仰酬眷祐。

校勘記

〔一〕「化」，四庫本作「貸」。

〔二〕「安」，四庫本作「妥」。

又顯仁皇后小祥黃籙青詞

三境玉京，俱闡慈悲之教；九幽金籙，是爲拔濟之科。輒控危衷，仰投〔一〕至鑒。伏念臣自從幼稚，逮事慈寧。荷大母之劬勞，極聖慈〔二〕之眷寵。邈矣遐霄之往，奄然新穀之升。懷德罔窮，寓哀無所。敢憑道力，上助仙遊。伏願鳳蹕龍輿，降泬寥之真〔三〕馭；玉書丹篆，援冥漠之修塗。享快樂於諸天，畀安榮於丕祚。誓殫末景，仰答大恩。

校勘記

〔一〕「投」，四庫本作「扳」。
〔二〕「慈」，四庫本作「時」。
〔三〕「真」，四庫本作「神」。

鄮峰真隱漫録卷二十二

青詞

恭爲皇帝本命年設醮青詞 丁未

聖主題期，一周甲子；皇穹儲祉，萬紀春秋。輒殫祇祓之衷，仰動高明之鑒〔一〕。伏念臣生逢幸會，仕偶昌時。堯授舜以垂衣，正而凝命；湯至文而櫜矢，大以樂天。兹當耳順之年，宜衍齒齡之祝。是用恭宣蕊簡，虔籲璿霄。伏冀上帝博臨，列真扈從。深察微誠之愛戴，益增睿筭之延洪。乾清坤寧，二氣運行而不殆；父慈子孝，兩宫燕衎以無疆。溥及華夷，咸躋仁壽。

校勘記

〔一〕『鑒』，四庫本作『覽』。

昌國保塯青詞

國饒近寶，誠爲貨殖之源；水潤作鹹，必假陽精之助。兹繄天予，殆匪人爲。謹殫夙夜〔一〕之誠，冀動聰明之鑒。伏念臣謬尸百里，粗有四封。雖號膏腴，亦瀕斥鹵。旱則便於煮海，而或慮其無年；水則利於殖苗，而復憂其失塯。惟雨暘之並若，庶財賦之兩全。多稼如雲，今幸有千倉之望；萬亭積雪，顧猶愆一簣之功。是用敷淨供於琳宮，演靈科於蘂笈。式憑世禮，用薦民誠。仰冀覆燾無私，神明有格。俾潮汐晴陰之得序，庶牢盆火齊之悉宜。永與蒼生，同依妙蔭。

校勘記

〔一〕『夙夜』，四庫本作『祗祓』。

代彭支鹽還醮願青詞

安不忘危，是爲戒慎；窮斯反本，乃啟籲呼。輒殫小己之私，仰冒大儀之鑒。伏念臣飄萍投老，竊禄爲生。歲在丙寅，時丁維夏。之官遠海，寄命孤舟。對穉子以懷憂，指空溟而結願。

荷風帆浪舶，獲及岸以無虞；則璿漢珠躔，當肆筵而昭報。念從初至，甫逮終更。實通濟於往來，復輯寧於啟處。用敞清虚之靖館，式宣微妙之靈科。深竭愚衷，仰酬大施。伏冀玉清至聖，金闕群真。偏乾象之森羅，極嶽神之扈從。俯欣〔一〕芳苾，益賜帡幪。庶幾末路之光榮，盡出無私之覆燾。

校勘記

〔一〕『欣』，四庫本作『歆』。

醮宅青詞

大道無私，惟矜民欲；至誠有感，式契神心。謹傾齋潔之誠，冀動妙沖之鑒。伏念臣少居畎畝，長慕衣冠。適當佚老之秋，正藉養生之具。乃營蝸室，如葺燕巢。積材累年，鳩工數月。迄蒙〔二〕垂祐，遂底落成。方百堵之皆興，實衆夫之併作。深慮方隅之内，或逢星殺之臨。儻有震驚，必懷呵譴。不少伸於悔謝，寧獲免於災屯。是用載潔塵居，肆嚴法席。肅琳宫之羽客，延金闕之芝華。上薦微芬，用祈景貺。伏願璿霄列聖，壤地高真。憫此歸投，特彰符應。闔門上下，獲風雨之帡幪；奕世子孫，有芝蘭之馥郁。誓堅末景，仰答洪私。

校勘記

〔一〕『蒙』，四庫本作『緊』。

普天醮青詞

託身大造，夙蒙覆載之生成；委質清朝，久冒聖神之眷寵。遭逢極矣，報稱蔑如。輒伸感謝之悰，上瀆淵沖之聽。伏念臣處心雖善，過行則多。昧理而行，俯仰寧逃於愧怍；匪躬以進，優隆實荷於宸嚴。酬厥恩私，亶惟功業。念涓塵之未立，驚歲月之如流。今則綿力愈衰，欲爲不逮。愛君既切，請祝是先。爰啟籲呼，薄陳醮禮。伏願翔龍舞鶴，導法駕以博臨；灑道清塵，集仙靈而扈從。俯監〔一〕悃愊，必賜矜從。天意既回，國威斯振。兩宮萬壽，永綏堯舜之臣民；四海一家，悉復文武之境土。庶因精禱，獲效微忠〔二〕。

校勘記

〔一〕『監』，四庫本作『昭』。

〔二〕『忠』下四庫本有『意云：臣遭遇聖朝，徊翔要路。念功名之未立，愧爵禄之已崇。輒伸報答之私，用致禱祈之悃』三十五字。

謝恩設醮青詞 癸卯九月

蕞爾蟻蜂，猶識尊君之義；冥然豺獺，亦知饗帝之時。矧屬爲臣，敢忘報上。輒控危誠之懇惻，仰干淵鑑之聰明。伏念臣猥以凡材，幸〔一〕逢聖主。全家飽暖，徒霑骨肉之親；一品崇高，曾蔑毫毛之效。常懷愧怍，有靦面顏。乃力請於挂冠，遂亟蒙於出綍。超新公爵，襲舊齋旄。念大德之難酬，若爲報答；潔私庭而致禱，少寓精虔。爰即良辰，肆陳菲席。肅璇霄之飆馭，宣蘂笈之珍文。庶仗鴻因，上延睿筭。伏冀高真下耳，列聖同心。畀壽豈於兩宫，享昇平於億載。誓殫忠赤，仰答穹蒼。

校勘記

〔一〕『幸』，四庫本作『親』。

經筵丐歸設醮青詞

知足不辱，大聖敷言；居寵思危，前王所戒。儻明是理，乃保其身。謹殫祗慄之誠，冀動威聰之鑒。伏念臣一從竊第，兩獲秉鈞。荷天眷之優隆，乏纖毫之報效。抵今晚歲，猶列通班。瞻神武以挂冠，未容蕭散；即長安而賜宅，尚示眷留。尸素既踰二年，裨益曾無一得。內懷慚懼，力請歸休。豈惟未拜於俞音，更復叨蒙〔一〕於嘉獎。再伸前懇，更禱高靈。是用恭肆菲筵，上邀雲馭。伏望三清六帝，列曜衆星，同闡大慈，俯從卑願。既保微臣進退之節，且全聖主終始之恩。嘉與私門，齊登壽域〔二〕。誓堅香火，仰報堪輿。

校勘記

〔一〕『蒙』，四庫本作『逢』。

〔二〕『域』，四庫本作『報』。

醮新第青詞

隨牒宦塗，久困生涯之萍梗；安巢晚歲，仰承〔一〕造化之帡幪。輒攄銜〔二〕感之誠，用徹妙沖之鑒。伏念臣起身寒陋，遭世盛明。昔無地以置錐，今有資而問舍。懇辭政柄，賜居何啻於百楹；求返田廬，錫地又加於一曲。被寵悉由於聖眷，戴恩實本於天矜。則今〔三〕慶大廈之落成，挈全家而來止。仰瞻寥廓，有象緯之照臨；俯矚〔四〕幽深，有神明之窟宅。方其架鑿，曷免震驚。荷上聖之降康，致百靈之赦罪。迄無災害，遂此安寧。既懷愧謝之私，爰啟醮禳之禮。

伏冀龍輿鳳蹕，並賜博臨；乾象坤儀，咸興扈衛。享兹菲薄，畀以休祥。閥閱光輝，延微躬之壽考；子孫忠孝，益後裔之繁昌。誓竭微生，仰酬洪祐。

校勘記

〔一〕『承』，四庫本作『銜』。

〔二〕『銜』，四庫本作『既』。

〔三〕『則今』，四庫本作『今則』。

〔四〕『矚』，四庫本作『燭』。

周氏生日設醮青詞 丁未

人當疾痛，乃欲天矜；身及康彊，何知帝力。兹幸始生之日，輒伸歸德之誠。竊諒洪慈，必垂妙鑒。伏念妾賦姿賤族，委質貴家。疏恩已拜於官封，得子又登於科第。筋骸安佚，衣禄豐餘。顧此幺麽，常知慚愧。兹蓋高穹之眷祐，亦惟衆聖之扶持。是用齋心，必殫美報。伏冀龍輿鳳蹕，法駕博臨；鶴馭雲程，仙靈擁從。饗初筵之菲薄，錫上壽之鴻釐。閥閱光華，雲仍綿遠。誓堅晚景，仰答隆私。

代周氏禳災設醮青詞

人有罪愆，方當臨禍；天行赦宥，敢不歸恩。輒殫恐懼之衷，上瀆聰明之鑒。伏念妾夙資〔一〕孱瑣，久積悔尤。既無儆戒之心，不識懺除之理。月正元日，夜至四更。火起爐間，人伏枕上。浸淫不已，撲滅無由。倒屣倉惶，翻盆救止。冥迷之際，顛仆於傍。方其失身，生則忘矣。若有神物，掖而出之。於焦頭爛額之中，荷回死救生之賜。感銘既極，禳謝爲先。是用恭即琳宫，肅延羽士。演蘂珠之寶笈，羞蘋藻之菲筵。企大駕之博臨，報洪私之善貸。伏冀寬其誅責，錫以康寧。曲突徙薪，永銷煙焰；保家安國，益裕子孫。誓竭微軀，仰酬丕蔭。

校勘記

〔一〕「資」，四庫本作「質」。

保安聖躬設醮青詞

大道無形，惟致誠而降格；至恩難報，緊請禱以輸忠。謹殫祇祓之私，上動聰明之鑒。伏念臣稟資〔一〕寒遠，遭世隆平。繇學館以陞榮，荷壽皇之眷顧。幸逢真主龍飛之旦，獲修微臣虎拜之恭。寵數屢加，感心莫喻。兹羞藻供，用叩璇霄。冀帝駕之博臨，保宸躬之衍裕。伏願仁風廣扇，道炁遐敷。茂延周王安樂之年，永錫箕子康寧之福。益隆萬壽，洪覆八荒〔二〕。

校勘記

〔一〕『資』，四庫本作『姿』。

〔二〕『荒』下四庫本有『臣無任云云』五字。

鄮峰真隱漫録卷二十三

疏　文

天申聖節功德疏

月紀正陽，協元聖誕彌之慶；星流華渚，啟皇家長發之祥。凡居覆蓋之間，舉有歡欣之意。矧膺闔寄，舊服宰司。不憑清淨之文，曷罄延鴻之祝。尊號太上皇帝，伏願後天難老，如日方中。壽豈萬年，永享無疆之樂；本支百世，幸觀有道之長。

二

華渚流虹，載臨誕節；群心就日，請祝聖人。爰翻蘂笈之書，式贊蘿圖之慶。尊號太上皇帝，伏願燕謀增衍，鴻算益隆。乾清坤寧〔一〕，並受兩儀之貺；堯父舜子，永齊二帝之年。

校勘記

〔一〕『寧』，四庫本作『夷』。

三

五〔一〕百載而中天，允符興運；一千年而誕聖，於赫昌辰。敢憑西竺之因，用介南山之壽。尊號太上皇帝，伏願堪輿並貺，箕翼齊休。降福穰穰，誕保無疆之慶；爲衆父父，永觀有道之長。

校勘記

〔一〕『五』，四庫本作『二』。

四

電繞樞而虹流渚，篤生上聖之期；嶽修貢而川效珍，共獻後天之禱。式嚴梵宇，仲演貝書。傾葵藿之誠心，祝岡陵之睿算。尊號太上皇帝，伏願神靈擁祐，福順駢臻。大安大榮，度越西方之無量；時萬時億，等夷南極之長生。下及海隅，同躋壽域。

五

乾爲父而坤稱母，篤生上聖之辰；命有僕而壽無疆〔一〕，虔〔二〕致後天之祝。敢仗龍華之會，永延鳳曆之期。尊號太上皇帝，恭願富壽康寧，神明〔三〕安樂。億萬年之社稷，已高付託之勳；八千歲之春秋，永享昇平之養。

校勘記

〔一〕『命有僕而壽無疆』，四庫本作『嶽修貢而川效珍』。
〔二〕『虔』，四庫本作『預』。
〔三〕『明』，四庫本作『祇』。

六

火德紹堯，協乘離之興運；赤〔一〕符祚漢，當載震之昌辰。輒憑西竺之梵香，仰祝南山〔二〕之睿算。尊號太上皇帝，伏願神祇薦祉，社稷儲祥。帝與九齡，益介降年之永；嵩呼萬歲，用彰申命之休。普及寰區，同躋仁壽。

校勘記

〔一〕『赤』，四庫本作『日』。
〔二〕『南山』，四庫本作『南箕』。

七

簡上帝心，久格明昌之治；爲天子父，式臨誕育之辰。慶洽九重，歡均萬類。爰闡龍華之會，仰祈鳳曆之長。尊號太上皇帝，伏願保合太和，緝熙純嘏。聖子以天下養，同介祉於萬年；敵人以侵疆歸，永推恩於四海。

八

炎曆紹開，聖人特起。神明薦祉，式符震夙之辰；梵唄揚音，用衍升常〔一〕之祝。尊號太上皇帝，伏願與天難老，介福無疆。非心萬乘之尊，見堯仁之惟大；永享九重之養，彰舜孝之彌隆。普及邇遐，咸躋富壽。

校勘記

〔一〕『常』，四庫本作『恒』。

九

馬化爲龍，已肇中興之運；虹流在渚，式丁載育之辰。敢憑西竺之勝〔一〕因，用介南山之遐壽。尊號太上皇帝，伏願體符乾健，道合泰通。天子有尊，永享萬方之養；敵人效順，益推四海之恩。覃及華戎，並躋仁壽。

校勘記

〔一〕『勝』，四庫本作『浮』。

十

堯仁舜孝，丕昭晏粲之期；地久天長，率籲龐鴻之祝。敢趨淨宇，祇祓丹誠。尊號太上皇帝，恭願社稷儲休，神祇薦祉。享一日三朝之大養，合〔一〕四方萬國〔二〕之歡心。祝聖人壽曰辭，雖益光於謙德；爲天子父乃貴，願永御於隆平。

校勘記

〔一〕『合』，四庫本作『交』。

〔二〕『國』，四庫本作『里』。

十一

流虹繞電，式開震夙之祥；就日望雲，共祝綿延之祉。爰憑梵果，益衍帝齡。尊號太上皇帝，伏願萬壽無疆，百禄是荷。儲神玩意，坐觀寰宇之昇平；侍膳問安，長享聖君之尊養。

會慶節功德疏

天佑民而作君，允屬誕彌之慶；臣歸美以報上，敢伸善頌之誠。恭叩淨方，仰禆睿算。皇帝陛下，伏願受帝之祉，如日方中。八千歲之春秋，永錫難老；億萬年之基業，坐致中興。

二

彌月載臨，式應流虹之瑞；溥天同慶，咸輸就日之誠。輒憑翻譯之文，仰罄延鴻之祝。皇帝陛下，伏願治隆上古，德服遠夷。寶祚無窮，曆數過有周之永；輿圖盡復，謳吟思大漢之歸。

三

有王者興，應半千之休運；使聖人壽，衍億萬之修齡。敢憑西竺之因，用慶南山之祝。皇帝陛下，恭願道尊古昔，德並堪輿。既令窮幽極遠之人，永離兵戰；將見長生久視之報，併祚皇躬。兩宮益享於歡榮，四海同躋於晏粲。

四

會兩曜於析木之津，誕彌厥月；起三呼於嵩山之麓，壽考維祺。爰款名藍，肅延梵侶。庶因殊利，用介多祥。皇帝陛下，伏願道格高穹，德霑群品。九州四海，既躋仁壽之塗；億載萬年，永享昇平之福。

五

寶曆延鴻，祥開華旦；聖君誕育，慶溢綿區。敢憑覺海之淨因，用表愚衷之虔頌。皇帝陛下，伏願萬靈效順，諸佛薰慈。沙磧迢遥，喜牛羊之被野；楓宸邃密，享玉帛之盈庭。嘉與生靈，同躋仁壽。

六

三靈眷命，方開出震之祥；萬國歡心，同起後天之祝。仗鴻因於釋梵，祈睿算於岡陵。皇帝陛下，恭願丕冒華夷，混同文軌。符郟鄏之定鼎，三十六世以彌昌；越廣成之修身，千二百歲而未極。

七

誕彌厥月，肇開甲觀之祥；於斯萬年，敢效華封之祝。式憑妙果，仰祐睿齡。皇帝陛下，恭願如日之升，後天不老。五百里藩，五百里衛，均被仁風；八千歲春，八千歲秋，永隆色〔一〕養。

校勘記

〔一〕『色』，四庫本作『親』。

八

十月爲陽，瑞電占樞星之繞；一人有慶，歡聲駭〔一〕嵩嶽之呼。爰款精藍，特憑淨侶。宣琅函之秘語，延〔二〕寶曆之洪休。皇帝陛下，恭願如日常明，與天齊壽。行聞漢都護，歸奉萬年之觴；願同唐宰臣，恭獻千秋之録。

校勘記

〔一〕『駭』，四庫本作『激』。

〔二〕『延』，四庫本作『言』。

九

黄河清而聖人生，式契千齡之會；南極明而天子壽，敢伸三祝之勤。廣裒梵宇之良緣，仰贊楓宸之景福。皇帝陛下，伏願太元授筴，鼎祚延洪。問安奉長樂之歡，受祉垂後昆之裕。九州圖籍，重恢禹迹之山川；萬里梯航，盡效漢庭之玉帛。

顯仁皇太后生辰功德疏

毓聖人躬，爲天下母。爰紀誕彌之慶，普伸祝頌之誠。恭演靈科，肆陳淨供。皇太后殿下，伏願與天無極，如日方升。天子必有尊，永副九重之養；百姓徧爲德，更均四海之歡。

太上皇后生辰功德疏

涼生桂殿，序適届於清秋；慶衍椒房，詳誕開於彌月。恭集竺園之妙果，仰祈南極之遐齡。尊號太上皇后，伏願均享萬年，並臻五福。配天同久，常共樂於昇平；受禄無疆，用永膺於尊養。

二

女英嬪於虞帝，既臻偕老於萬年；太任生此文王，更合〔一〕歡心於四海。慶誕彌於北内，祝壽量於西乾。尊號太上皇后，伏願配日長明，如松並茂。雍容膝下，享聖子之綵嬉；豈樂壺中，見來昆於〔二〕黄髮。

校勘記

〔一〕『合』，四庫本作『得』。

〔二〕『於』，四庫本作『之』。

皇后生辰功德疏

景貺維新，方衍長秋之慶；遐齡申錫，式開彌月之祥。輒憑翻譯之文，仰祝綿延之祉。皇后殿下，伏願配天同久，並日齊明。婦事兩宮，永佐九重之養；母儀四海，益隆百世之休。

二

乾象昭回，仰四星之炳瑞；坤儀震夙，罄八表以騰歡。敢憑梵唄之良緣，用祝椒塗之遐算。皇后殿下，伏願至明儷日，厚德承天。祗婦道於兩〔一〕宮，化成海宇；詒〔二〕孫謀於百世，慶篤家邦。

校勘記

〔一〕『兩』，原作『南』，據四庫本改。

〔二〕『詒』，四庫本作『貽厥』。

皇太子生辰功德疏

前星增焕，夙鍾儲禁之祥；彌月載臨，誕啟璿源之慶。式憑善頌，仰贊遐齡。皇太子〔一〕殿下，伏願輝潤無窮，燕貽有永。仰少陽之德，見國本之彌崇；扶太極之尊，與皇圖而並久。

校勘記

〔一〕『子』，原作『后』，據四庫本改。

二

儲宮衍慶，喜適届於誕彌；靖館翻經，謹〔一〕虔伸於頌禱。皇太子殿下，伏願三靈錫佑，百順駢臻。歡侍重闈，共介無疆之壽；光臨貳極，永符有道之長。

校勘記

〔一〕『謹』，四庫本作『請』。

昌國保墖道場疏

暵其乾矣，斯成萬墖之儲；雨以潤之，則失一年之計。敢憑佛果，上動天慈。伏願慧日流空，仁風扇海。凡有波瀾之地，悉爲冰玉之區。三日之霖利，不遺於農畝；六月之汛課，自足於版書。惟微不獲之一夫，庶顯無邊之大覺。

昌國洩潭祈雨疏

民亦勞止，莫蘇就槁之苗；天必從之，願霈爲霖之雨。恭投鷲嶺，祇禱龍淵。灑道清塵，肅花幔而匝〔一〕地；升雲上氣，徯水澤以盈疇。凡我有生，敢忘大賜。

校勘記

〔一〕『匝』，四庫本作『戴』。

昌國〔一〕縣衙祈雨疏

炎曦久亢，天外峰攢；秋稼垂成，田間龜拆。傾斯民之渴〔二〕望，祈我佛之哀憐。載涓公宇之塵，用啟祇園之會。伏願濃雲靄若，甘雨霈然。蘇萬隴之焦枯，慰終年之勤動。普均生殖，仰戴慈仁。

校勘記

〔一〕『國』，原闕，據四庫本補。

〔二〕『渴』，四庫本作『緈』。

福州祈雨設水陸疏

某猥以孱陋之姿，被此蕃宣之寄。由政刑之失當，致水旱之相乘。心實知非，咎將誰執。況紀綱不振，列城有獄訟之冤；而教化不明，百姓積貪嗔之過。叢兹衆惡，悉本一身。和氣爲之消亡，咎徵自然發現。已期年而在鎮，無十日之伸眉。今則不雨經時，涉春已久。農欲興於耒耜，澤不潤於田疇。種無入土之期，人有望霓之急。雖兩宵震電，獲粗及於焦枯；然三日爲霖，猶覬優於霢霂。感通已賴神力，障隔實在人心。不敢怨天，唯當罪己。用啟冥陽之供，以昭懺悔之誠。謹取淳熙元年二月二十一日，重於福州府〔一〕廳修〔二〕設水陸大齋之會，普申供養。諸佛菩薩莫不梵唄宣揚，花幔散墜。既設嘉餚珍果，又陳風馬金錢。演章句之甚深，變馨香之無盡。仰惟法馭，咸賜光臨。驅旱魃以歸空，策驕龍而效職。使此連畦之白壤，化爲萬頃之清漪。澤澤其耕，欣欣有喜。荷蓑荷笠，歲功實自於權輿；曰雨曰暘，時節更緊於保護。則斯民之一飽，皆列聖之洪施〔三〕。某既克蒙〔四〕成，又當追責。誓圖竭力，仰報垂慈。

校勘記

〔一〕『府』，四庫本作『設』。

〔二〕『修』，四庫本作『羞』。

〔三〕『施』，四庫本作『私』。

〔四〕『克蒙』，四庫本作『蒙芘』。

福州謝雨祈晴疏

本府伏爲亢旱日久，發心遠詣支提山迎請千聖天冠菩薩聖像入府祈求甘雨。已蒙慈悲降赴，大施潤澤，連日霶霈，三農獲遂〔一〕有秋之望。今日法駕還山，尚須晴霽，輒輸誠懇，再恩神威。伏惟哀矜，不以爲瀆，即賜從欲以全聖力者。

七閩五穀，一歲兩收。畎畝易枯，經旬不雨，則憂旱暵；陂塘無泄，三日之霖，又慮浸淫。恕咨未免於屢興，造化亦難其〔二〕爲力。唯菩薩大悲大願，隨衆生曰雨曰暘。應如空谷之聲，易若轉圜之勢。伏願陰雲稍霽，甘雨以時。雖人心無厭，有是再三之瀆；而聖慈至廣，曾何適莫之拘。仰冀哀憐，即彰感應。五風十雨，普天咸底於順調；千倉萬箱，比屋永臻於豐富。誓堅初意，仰報全功。

校勘記

〔一〕『獲遂』，四庫本作『遂獲』。

〔二〕『其』，四庫本作『於』。

解任辭諸佛疏

輒傾丹悃，仰扣洪慈。伏念某樸拙無奇，迂疏有素。席乾坤之化育，荷君父之寵靈。乏文武之全材，而身獨兼於將相；無循良之美譽，而職屢寄於蕃宣。自脱服於鄞川，即擁麾於閩部。雨暘之禱，草偃風行；火盜之虞，影消〔一〕迹絶。屬邑之間無公吏〔二〕，常賦之外不斂財。訟簡刑清，靡一夫之棄市；年登俗樂，有萬口之歌途。此皆諸佛菩薩，特展威神，有兹幸會。感銘雖切，報效無從。今則某自分衰遲，力求閒散。遵古人知止之戒，慕前賢勇退之爲。將陳馨苾，以告違離。伏願大造無私，至誠有感。不替隆恩於今日，永敷妙蔭於斯民。祐〔三〕我歸途，無諸障難；俾之奠枕，以樂昇平。儻遂所祈，敢忘歸德。

校勘記

〔一〕『消』，四庫本作『滅』。

〔二〕『吏』，四庫本作『誤』。

〔一〕『祐』上四庫本有『然後』二字。

新作茅舍供疏

竹籬茅舍，粗成田野之居；山茗溪泉，首作聖賢之供。神既歆而先享，人斯處以長寧。伏願境界清夷，湖山明秀。園林勝事，飽聞鐘鼓之音；似續世賢，永保箕裘之業。普同寰宇，咸獲帲幪。

葬五祖衣冠招魂功德疏

輒露危誠，仰干慈造。伏念某生繄積善，長遂成人。初無濟治之材能，偶獲致身〔一〕於將相。推原本始，悉自宗祧。頃荷國恩，許建家廟。祀及五世，榮冠一時。幄次既敷，神心咸喜。

永惟三代而降，皆有吉藏；獨於高祖以前，不知其墓。每當拜掃，彌切哀思。是用恭擇名山，專營幽域。將奉衣冠而俱窆，庶令精魄以歸安。得地於陽堂下水之後洋〔二〕，僝工〔三〕於淳熙戊申之上巳。巖巒秀潤，風水清奇。嘗走里閭，徧詢耆老。謂吾先系，實起自〔四〕寒鄉；故其令終，適〔五〕從於火葬。宜往延慶諸藍之淨沼，以招鼻祖兩世之英魂。庶使春秋，永寧宅兆。謹取四月四日，奉迎五祖〔六〕肖像之靈櫬，用舉百歲同穴之盛儀。然而歷時甚深，往轍〔七〕難究。乃即城中二三大刹，廣作修崇，普熏衆生。億兆先亡，皆霑利樂。然後俾我宗祖〔八〕，來赴〔九〕松楸。伏乞三寶印知，衆靈昭鑒。儻於是處，曾此留蹤。願脱寒波，起乘雲馭。甫當召請，即賜降臨。庶此佳城，不爲虛設。若或道骨既銷於黄壤，仙游已在於青霄。亦覬光明，下照〔一〇〕窟宅。潛德九原而可作，遺芳萬祀以長存。綿後裔以克昌，景前修而勿替。普令法界有生之類，咸知慶源衍裕之恩。

校勘記

〔一〕『身』，四庫本作『位』。

〔二〕『洋』，四庫本作『浮』。

〔三〕『工』，四庫本作『土』。

〔四〕『自』下四庫本有『於』字。

〔五〕『適』下四庫本有『並』字。

〔六〕「祖」，四庫本作「人」。
〔七〕「轍」，原作「輒」，據四庫本改。
〔八〕「宗祖」，四庫本作「祖宗」。
〔九〕「赴」，四庫本作「趣」。
〔一〇〕「照」，四庫本作「昭」。

寂照院開田疏

海山浮翠，金刹凌雲。天童瑞巖，介乎左右；道人衲子，常所往來。無一鉢羞供之儲，有數頃寬閑之地。將圖耕墾，尚愆荷鍤之資；必藉檀那，爲啟捐金之助。儻從所請，不患無成。會看萬隴蒼煙，化作一犁春雨。清漣出耒，晨昏已辨於薰修；白雪翻匙，飲啄敢忘於來處。儻有不思議福，願歸無住相人。

代補陀山緣化〔一〕起殿牓 瀾長老

謹按：當山係華嚴經所載善財童子來參觀世音菩薩問法之地。童子始因胝羅菩薩指路，次第方到海岸孤絕處，得遇菩薩於當山。山有潮音洞，綿曆千古，瑞相常現〔二〕，變態不可勝記。而寶殿隳損，欲議鼎新，約費錢三千餘貫。若以有力檀那，可以取辦一家。住持僧某所以親出緣化者，正欲爲四衆道俗同結善緣。不問〔三〕多寡，一文以上，皆悉具足莊嚴功德。又況世人同知頂禮菩薩瑞像，同知稱念菩薩聖號，同知勤事菩薩香火。至於菩薩顯化之地殊特微妙如此，則往往不知。是猶終日食稻，而不知田之所自出也。今來舉此勝事，伏望遠近道俗推原本始，同發善心。庶幾世世生生真遊菩薩境界，與〔四〕善財童子所得功德等無有異者。

右伏以山湧金鼇，可謂寂然不動；浪環銀屋，何妨到處隨流。兹爲大士香刹林，不離衆生塵劫海。語化身，則無乎不現；究發迹，則此乃其源。儻令玉舄雲栖，一新輪奐；當使珠纓肉髻，愈〔五〕顯光明。凡於此地有緣人，即是今辰樂施者。願假慈悲之大筏，同登方便之普門。

校勘記

〔一〕『緣化』，四庫本作『化緣』。

〔二〕『現』，四庫本無。

〔三〕『問』，四庫本作『拘』。

〔四〕『與』，四庫本作『爲』。

〔五〕『愈』，四庫本作『再』。

請倫講師住月波水陸院疏

風煙佳處，鍾梵飽聞。下臨萬頃澄波，中印一輪明月。龍天呵護，兩宫之睿藻交輝；星斗昭回，儲禁之神毫焕發。來居此地，拱俟當仁。倫公講師，得雋祇園，傳芳台嶺。口角妙談三觀，胸中絶挂一絲。屢主名藍，爭馳群衲。宜向無礙道場滋法乳，更於甚深寶洞肆潮音。優曇華忽爾重開，果符衆望；靈山會儼然未散，永祝帝齡。

請如大德住無量壽庵疏

東湖萬派琉璃，下水千巖翡翠。中是曾先之窟宅，久煩神物之護持。輒企巾瓶，虔修香火。如公大德，夙馳道譽，綽有慈風。雖明淨摩尼，已絶纖塵之染汙；而清深蘭若，尚祈大手之發揮。便好承當，不須擬議。

請道監院住教忠報國院疏

卓矣生全純孝，歸歟天予吉藏。眷惟我祖之靈宅，是真仙之窟。松楸已拱，香火久寒。必得其人，乃膺此選。道公大德，入敞霞室，登真隱園。瞬目揚眉，既聞指訣；搬柴運水，莫匪神通。佇大闡於慈緣，以一新於勝地。

請雲講師住上水辯利寺疏

路當雙澗會，門有兩山朝。文宗之翰墨猶存，名族之松楸巳拱。常嗟勝地，未遇當仁。來者紛紛，隨分經營於粥飯；去之寂寂，何心領略於風煙。宜得俊流，可畢能事。雲公講主，六塵休復，三觀淹通。昔年馳譽於青蓮，今日應緣於辯利。會見殘僧野寺，化爲古德叢林。便請承當，毋煩辭避。

請澗〔一〕大師住上水教忠報國院疏

丹桂叢中，聳二親之吉兆；白雲深處，儼諸佛之道場。欲挽巾瓶，來修香火。澗〔二〕公大師，鬱爲法器，綽有化緣。奮雙拳創建月波山，咄嗟已就；渡一水再興安樂剎，談笑可成。行看一代宏規，永作諸方嘉話。惟兹快便，請勿牢辭。

校勘記

〔一〕『澗』，四庫本作『瀾』。

〔二〕『澗』，四庫本作『瀾』。

請冞首座住上水教忠報國院疏

拱秀發之松楸，久爲吉地；煥光騰之金碧，中有梵宮。欲成古大道場，必待得真法器。冞公講師，學明止觀，法妙聞思。能於在處，建立伽藍；宜向是間，發揮叢席。會看棟宇，敞百代之栟櫨；更俾鐘魚，飽十方之雲水。以此無邊佛果，用酬罔極親恩。便請承當，毋煩退避。

請孜老住昌國吉祥寺疏

朝宗萬派，銀濤俱萃於東溟；擢秀九峰，金刹忽標於彼岸。向諸方搜求勝士，來此地建立法幢。孜公禪師，苦行孤高，圓機灑落。偏參明眼，入居士之不貳門；屢主道場，演慈航之末後句。願令移錫，請即浮盃。爇一瓣之濃薰，迅登猊座；集萬年之洪筭，遥祝龍庭。

教忠報國院募觀音殿甎瓦疏

東湖勝地，上水精藍。聳吉祥安樂之名山，儼妙智圓通之瑞像。邃殿昭回於奎畫，普門示現於靈蹤。雖雕梁玉舃之僅全，而蓋瓦級磚之未備。輒憑諦信，用助栟櫨。勿生有限量，身心待私家而成就；當起無住相，布施隨生處以莊嚴。報應靡差，慈悲廣攝。一念既萌於自己，百祥豈屬於他人。快便真箇難逢，當機切忌蹉過。

月波山求化疏

鄞有錢湖，古稱洞府。山列千尋之翡翠，波涵萬頃之琉璃。即蘋葉藕花之中，立梵刹寶坊之勝。神呵鬼護，煌煌帝所之宸奎；鳳翥鸞翔，奕奕春宮之墨妙。天童育王，與之鼎峙；道人衲子，是以雲趨。展鉢之衆加多，入廩之儲未裕。雖豐濃香火，咸推講懺之至嚴；而扣擊鐘魚，唯慮堂廚之弗繼。是用謀及龜筮，禱爾龍天。遠投諦信之家，求衍膏腴之地。喜既垂於青眼，諾斯重於黄金。儻令累陌連阡，稍歸下處；會見發祥隤祉，俱萃高門。共成常住不拔之基，永祝至尊無疆之算。

二靈山普光院求化疏

一山孤秀，宛在水中；四獸爭雄，皆爲從者。乃東湖尊貴之地，有二靈勝絶之名。韶國師曾此結茅，和庵主繼因卓錫。久成湮没，兹發光明。雖勑額新頒，龍天歡喜。而梵宫殘〔一〕廢，雲水寂寥。輒登檀信之門，用丐帲幪之賜。儻垂金諾，成此寶坊。施傾有限之資財，報受無窮之福利。

校勘記

〔一〕『殘』，四庫本作『久』。

請倫老住觀音能仁禪院

浙右四明福地，金剛三昧道場。前揖平湖，樓觀招來於風月；後鄰鬧市，雲煙隔斷於塵囂。巋然清淨之區，妙矣圓通之像。肆求主席，允屬名流。倫公長老，臨濟裔孫，常庵嫡嗣。飽參大匠，屢住精藍。眷吾華封祝聖之方，宜此祇園得雋之士。若向三家村里，火熟蹲鴟；爭如十字街頭，手縛猛虎。是爲機便，好即承當。庶揚大事因緣，用衍兩宫壽算。

鄮峰真隱漫録二十四

啟

代彭支鹽賀楊樞密知宣州啟

伏審黼帳大臣，燕居仙館；綸封新命，起鎮澄江。一方欣澤被之爲榮，四海謂公歸之有日。涓辰剛吉，篤意承宣，竊深歡慶。恭惟某官，渭水飛〔一〕熊，傅巖霖雨。昔居樞管，已舞干羽於舜階；今處藩維，將試鹽梅於商鼎。暫擁兩〔二〕轓之重，來臨壘嶂之間。蔭敷白晝之甘棠，仁散青〔三〕宵之畫角。縉紳增耀，誰嗟衛仕〔四〕之北門；咳唾所加，悉是平津之東閣。伏念某江湖末裔，塵土微人。州縣之職徒勞人，管庫之官何足道。猶遵士檢，期綴家聲。然而考殆十書，章纔四上。一時洪碩，阮眸雖憫於孤寒；隻字褒揚，禰薦未逢於特達。不有薄雲之高義，誰其援己於垂成。輒伸燕雀之微誠，並冒甄陶之大造。尚念鈞閎之遠，深慚賀牘之遲。

校勘記

〔一〕『飛』，四庫本作『非』。

〔二〕『兩』，四庫本作『西』。

〔三〕『青』，四庫本作『清』。

〔四〕『仕』，四庫本作『士』。

賀徐侍郎知明州啟

禁籞真儒，西離帝闕；奎躔景曜，東照鄞州。湖海增輝，士民胥慶。恭惟某官，德符時望，論右朝評。蚤膺簡注之隆，屢錫光華之任。七閩榷利，巔崖均兩腋之清風；二浙平反，蔽芾足萬家之美蔭。聲飛衆口，眷厚一時。遂躋中禁之華途，總相南丘之大祀。嘉哉啟沃，方親玉座之尊；寵以藩宣，遽拜虎符之寄。矧四明洞天之仙窟，實句章孝子之故鄉。正賴風流，式期康濟。佇擁芝泥之檢，仍歸玉筍之班。某忝受一廛，將依大冶。望塵而瞻馬首，阻詣前途；戢翼以附龍鱗，行符素望。其爲欣幸，罔罄敷宣。

賀錢寶文除淮南運使啟

伏審宸恩薦至，漕節再持。肆頒紫檢之明綸，盡復青氈之舊物。凡居陶冶，莫不歡呼。恭惟某官，方重秉彝，粹和中〔一〕道。蚤由人望，自結主知。逢時熙泰之朝，平步顯嚴之地。初紆郡紱，奬提洛下之書生；俄擁星軺，備給關中之糧運〔二〕。方寢躋於館閣，遽請〔三〕侍於庭闈。蒼生謂何，未老東山之安石；天下幸甚，果來北闕之枚皋。眷淮甸之奥區，實江壖之都會。人稀地廣，貨溢利遺。所以煩使指之臨，可以知朝廷之意。佇臻康濟，即拜登庸。某頃以孤寒，猥叨覆露。逖聞成命，彌激懦衷。悵困處於幽畦，阻贊榮於行旆。慶頌之至，敷述奚殫。

校勘記

〔一〕『中』，四庫本作『天』。

〔二〕『運』，四庫本作『道』。

〔三〕『請』，四庫本作『靖』。

賀秦待制除敷學知宣州啟

伏審牙旌入覲，綸詔中頒。錫南金璀璨之章，增内閣邃延之職。朱轓啟道，兼過家上冢之榮；畫戟凝香，寵宣化承流之寄。涓辰開府，載路馳聲。竊深慶慰。恭惟某官先生，當世真儒，生〔一〕民先覺。以軒冕之貴，而幼從韋布；以鐘鼎之族，而久厭虀鹽。文章實甘泉從官之流，器識有元祐諸公之韻。英飛霄壤，眷重冕旒。輒從啟沃之班，屢著旬宣〔二〕之譽。恩波衮衮，罄苕霅以言清；德宇隆隆，與鄞鄮而爭聳。陞華延閣，易鎮名藩。錫麟經一字之裒，光浮奎畫；賁寶帶兼金之飾，色耀身章。宛水歌謡，昔襦已具；燕山咫尺，晝錦何殊。行底最聞，即膺樞拜。某嶷崎可笑，險阻備嘗。昔曾受地於一廛，身滋雨露；兹復瞻風於數驛，目睇門牆。欣聆視事之初，疊擁增榮之喜。慶抃交至，倍百〔三〕常情。

校勘記

〔一〕『生』，四庫本作『斯』。

〔二〕『旬宣』，四庫本作『仁賢』。

〔三〕『倍百』，四庫本作『百倍』。

賀俞敷學知紹興府啟

禁林仙伯，西發〔一〕秦淮；太微景星，東臨禹穴。會兩鎮旌麾之盛，實一時朝野之光。拜命啟塗，涓辰開府。竊深歡慶。恭惟某官，德爲元老，道並真儒。爰簡注於帝衷，遂登崇於天府。政專愷悌，寄重蕃宣。晝戟凝香，靄姑蘇之和氣；朱幡曜彩，揚建業之春風。既圖任於老成，復周旋於藩輔〔二〕。佇飛芝檢，即亞槐庭。伏念某蓬蓽寒生，箕裘末裔。得官一尉，待次五期。適逢馬首之來，偶幸瓜時之及。抗塵走俗，知無補於公家；附翼攀鱗，信有緣於今日。其爲欣幸，罔罄敷宣。

校勘記

〔一〕「發」，四庫本作「離」。

〔二〕「輔」下四庫本有「蕭何鎮撫，昔寬西漢之憂；畢公保釐，兹起東郊之治」二十字。

賀史學諭啟

伏審榮奉府符，寵還學職。青氈舊物，僅如合浦之珠；白雪陽春，俄示燕公之筆。相期甚厚，爲喜〔二〕不貲。某人宗兄，學足美身，文能貫道。秋天薦鶚，昔聞禹穴之先登；春浪化魚，今佇堯階之首唱。然猶飭躬安〔三〕節，刻意甘貧。摘葉記遺，囊螢聚照。詩書滿腹，遂爲槐市之宗師；菽水盡歡，用竭萱堂之侍養。行膺結綬彈冠之貴，少答截髮斷機之恩。某巷處瓢懸，家居壁立。四方糊口，莫支數百指之供須；五斗折腰，未獲三千鍾之廩餼。貧非病也，且爲君子之固窮；勤而行之，庶或上士之聞道。豈意翻覆雨雲之日，獲從語默金蘭之游。同氣相求，既克惇於交態；異姓爲後，更獲踐於宗盟。聞鄉先生之得吾人，慶邑大夫之爲是舉。其爲欣頌，罔罄敷宣。

校勘記

〔一〕『喜』，四庫本作『善』。

〔二〕『安』，四庫本作『抗』。

賀新餘姚高知縣啟

伏審榮綰銅章，南辭謝嶺；駿馳寶馹，北指舜江。百里增光，群情延頸。矧居僚屬，尤劇歡悰。恭惟某官，政實吏師，德惟人傑。殖二松於奉水，飽詠江山；起雙舄於鄮川，將臨民社。琴堂虛靜，咸徯宓生；花圃幽深，佇來潘令。祇恐鳳飛丹檢，促對九重；不容鯤在北溟，暫居一邑。伏念某螢牕暗質，雪案寒蹤。壯矣效官，爲偏〔二〕親而就禄；佳哉得地，偶賢尹之登車。行遂識韓，果符慕藺。非所非而是所是，當佩微言；步亦步而趨亦趨，願希高躅。其爲幸會，罔極敷宣。

校勘記

〔一〕『偏』，四庫本作『養』。

賀曹徽猷知明州啟

蓬瀛路近，仙伯承流；牛斗星明，海邦奠枕。漕輓功名於兩路，蕃宣寵寄於一麾。凡處封疆，欣逢父母。恭惟某官，斯民先覺，當代〔一〕真儒。蚤由人望之隆，自結主知之厚。王畿千里，茲已底於富彊；侯甸列城，咸聳觀其風采。陞華延閣，共理名藩。句章實孝子之故鄉，四明乃神仙之窟宅〔二〕。蕭何鎮撫，昔寬西顧之憂；畢公保釐，茲佇東郊之治。祗恐旁求於柱石，不容久駐於旌麾。伏念某五斗折腰，方在雲天之下；一廛受地，又欣桑梓之邦。進退不失其依歸，夙夜實增於鼓舞。行迎馬首，期一識於荊州；庶附龍鱗，獲屢親於北海。其爲慶幸，罔究敷宣。

校勘記

〔一〕『代』，四庫本作『世』。

〔二〕『神仙之窟宅』，四庫本作『洞天之仙窟』。

賀徐侍郎知平江府啟

顯被明綸，進移巨屏。高牙啟道，會兩地之旌麾；畫鷁銜風，破一川之煙浪。凡出甄陶之下，尤深鼓舞之私。恭惟某官，道茂佐王，業隆濟世。文章翰墨，傳衣鉢於江西；政術謀猷，取驊騮於冀北。星軺屢擁，荷槖斯持。暫辭玉筍之班，來闡朱幡之化。甘棠敷蔭，已騰鄮嶺之芳；畫戟凝香，行報姑蘇之政。即登黼帳，用亞槐庭〔一〕。某齷齪無堪，孤寒有素。爰受識韓之幸，果符學孔之心。燕頷鳶肩，知有他年之稟賦；龍鱗鳳翼，實資今日之躋攀。側聽芝封，倍增雀躍。行展望塵之拜，光馳賀廈之緘。欣忭之悰，敷宣曷既。

校勘記

〔一〕「槐庭」，原作「庭槐」，據四庫本乙改。

賀新餘姚趙知丞啟

伏審拜恩楓陛，貳政雷封。舜水江山，歌滿漁樵之路；魯宮芹藻，譽先韋布之流。矧在末僚，尤深歡意。恭惟某官，世推儒雅，仕著潔廉。襲累世服冕，乘軒之貴，而自處不驕；起方丈列鼎，鳴鐘之族，而躬修其儉。雖風標之未覿，知臭味之必同。兹甫瓜時，敢伸燕賀。行親承於教約，用先敘於寒暄。欣忭之私，敷宣罔既。

賀知平江府徐侍郎到任啟

伏審被旨移旌，涓辰開府。三吴父老，欣逢愷悌之師；兩路搢紳，迭受帡幪之賜。歡謡載路，風采動人。恭惟某官，高明粹全，惇大宏遠。蚤以文章之光焰，蔚爲朝著之羽儀。閩浙星軺，聳一時之耳目；明蘇熊軾，答兩禁之謀猷。畫角聲清，甘棠蔭美。公平牒訟，散爲劍井之波瀾；灑落珠璣，改觀松江之煙月。佇聞報政，即見召環。某齷齪無能，棲遲自許。奉身蝸舍之下，敢意求知；託迹龍門之中，遂蒙見賞。永言特達之遇，固非尋常之恩。兹承明詔之敀宣，倍激懦衷〔一〕之踴躍。顧台閎之甚遠，知賀牘之獨遲。方轉金風，冀調鼎食。聽日邊詔之屢至，庶門下士之增光。欣頌雲深，敷宣莫究。

校勘記

〔一〕『衷』，四庫本作『夫』。

賀陳監倉漕試得舉啟

伏審文鋒襲敵，漕刻登名。貞觀蓬瀛，始聞踵後；春申賓客，不數備員。大慰群心，有光吾道。恭惟先輩某官，文章俊邁，詩禮雍容。濃薰芝玉之香，痛洗膏粱之習。被一鶚横飛之薦，當雙親未老之時。榮孰有加，喜應不寐。顧惟東邑，已觀魯國之一人；佇到南宫，又覩漢廷之三道。其爲欣頌，曷罄敷宣。

賀何將仕漕試得舉啟〔一〕

伏審詞鋒破敵，漕刻登榮。凡此傳聞，舉同頌歎。矧屬葭莩之末，尤深燕雀之私。恭以先輩某官，傳粉風標，詠梅才調。自傳鉢於家學，常韞匵於席珍。蘭玉有薰，膏粱不染。被一鶚横飛之薦，當雙親未老之時。榮孰有加，喜應不寐。驟喧紙價，已知賦就於十年；既出經帷，行見策陳於三道。其爲欣愜，莫究顒言。

校勘記

〔一〕此首原闕，據四庫本補。

賀王秘校監試得舉啟

橋門璧水，萃〔一〕天下之英豪；筆陣文鋒，擅場中之聲價。剡飛一鶚，名徹九霄。竊惟慶慰。恭以某人先輩，風流烏巷之居，瀟灑青氈之裔。藉孔庭之詩禮，甘韓子之虀鹽。胸中武庫之森森，舌上懸河之滚滚。旁觀血指汗顔之斫，獨揮卻日之戈；下視槍榆控地之卑，忽展垂天之翼。雙親未老，一舉成名。薦目初傳，輿情允屬。驟喧紙價，已知賦就於十年；既出經帷，行見策陳於三道。其爲欣愜，莫究願言。

校勘記

〔一〕『萃』，四庫本作『群』。

賀〔一〕樞密加特進進爵郡公啟〔二〕

伏審顯揚大號，進策上公。極秘殿之隆名，正崇階之一品。宏開蘂館，增重巖瞻。凡處鈞陶，實懷鼓舞。恭惟某官，望隆文苑，道亞帝師。蚤登一鶚於禰章，遂造群龍於堯殿。經帷闡教，芸閣主盟。華夷安黼帳之謀，宗社席泰山之鎮。九重丹扆，植巨棟於一門；四海蒼生，荷洪鈞於二老。庸彰異寵，少答元勳。聞禮聞詩，茂經綸於大業；拜前拜後，被尊寵於同時。伏念某資稟單微，趣尚迂闊。雖坐窮於泥滓，猶抗志於雲霄。每思前古之聞人，取而矜式；矧遇當今之碩輔，寧不歸依。既幸識韓，益思學孔。兹聽龍墀之拜，彌深燕廈之情。雖祥鳳九天，已有離群之勢；而還丹一粒，尚期換骨之榮。欣躍之情，敷宣罔既。

校勘記

〔一〕『賀』下四庫本有『秦』字。

〔二〕此首文字原與後第二首賀趙郎中知泉州啟『得聖人之上乘』以下全同，實爲錯簡，今據四庫本補正。

賀胡通判除廣南提舶啟〔二〕

伏審顯膺中制，榮領外臺。百粤嚮風，列城增耀。諒深歡慶。恭惟某官，典刑人望，儒雅吏師。爰淹兩郡之題輿，遂被九重之賜札。登車攬轡，已風動於群僚；足國裕民，行泉流於百貨。即頒召節，歸處禁塗。斂兹膚使之光華，散作寰區之德澤。某頃常望履，驟荷知音。初無毫髮之先容，每借齒牙之餘論。方欣桑梓，獲神明愷悌之依；遽報旌旃，拜耳目澄清之寄。雖今日無從於賀廈，而他年尚覬於登門。欣忭之私，敷宣罔既。

校勘記

〔一〕此首原闕，據四庫本補。

賀趙郎中知泉州啟〔一〕

伏審被命啟途，涓辰開府。據七閩之劇郡，爲百辟之賢模。凡在鈞陶，舉深抃舞。諒惟歡慶。恭惟某官，道探至域，學悟圓機。得聖人之上乘，擅宗英之大雅。頃自含香握蘭之寵，出膺登車攬轡之權。兹領雄藩，益施妙手。飛帆漲海，悉霑洋溢之恩波；畫角譙門，咸樂和諧之美韻。佇聞召節，即造從班。某頃獲望塵，驟蒙傾蓋。飲食教誨，既親夫子之指南；奮發磨礲，有類迷人之見北。恨羈微禄，尚望修塗。未獲日侍經帷，徒爾長摇心旆。兹喜藩宣之寄，得逢愷悌之師。仰止鳳龍，已許攀於鱗翼；眷同燕雀，敢伸賀於帡幪。欣忭之私，敷宣罔既。

校勘記

〔一〕此首原闕，據四庫本補。

賀知紹興府俞敷學致仕啟

伏審抗志辭榮，陛華得謝。雖七州卧轍，莫回成命於已行；而四海攀鱗，共仰高風之難繼。凡處甄陶之下，舉深讚頌之私。竊以富貴爲故鄉之游，昔人慕願；明哲得保身之道，大雅揄揚。季世以還，兹風不振。蕙帳曉空者多矣，錦衣夜行者皆然。況乎愷悌爲一世之師，忠厚被九重之眷。乃或急流勇退，可謂舉世難能。恭惟某官先生，材大不群，德尊無玷。香濃紫橐，久參法禁之班；光動碧幢，屢擁帥藩之寄。神明聽訟，父母愛民。政若見其肺肝，私敢欺於毫髮。縱使期頤篤老，猶當故實頻諮。而乃挂冠於康健之辰，脱屣於功名之會〔一〕。是爲全節，孰企賢蹤。某晚獲執鞭，驟蒙推轂。雖寇恂今日，難遮逸驥之西馳；而吕望來年，將慶非熊之入兆。其爲欣頌，罔既敷陳。

校勘記

〔一〕『會』，四庫本作『念』。

賀知紹興府湯龍圖到任啟

伏審易鎮輔藩，密依宸極。夾道聳觀於戲〔二〕鉞，涓辰始見於吏民。凡處帡幪，深懷踴躍。

竊惟歡慶。恭惟〔一〕某官，道德元老，文學〔二〕宗師。蚤蜚英傑之聲，鬱著忠嘉之效。桐川德澤，溢浦恩波。爰馳淮右之星軺，遂擁毗陵之皂蓋。日邊轉計，天府尹京。上思愷悌之徧敷，公欲撫綏之遠暨。風翔八詠，仁洽長沙。乃飛細札之十行，來總近畿之七郡。郵傳流播，民相語以交歡；風采激揚，吏畏威而喪氣。是真儒者，實大丈夫。畫戟門開，喜春風之乍轉；油幢節建〔四〕，覩愛日之輕融。佇聞玉檢之絲綸，即啟金甌之姓字。伏念某窮寒〔五〕弱質，齷齪微材。偶尸下邑之卑官，適偶達人之大觀。昔年青史，嘗思欣慕以執鞭；今日黄堂，行遂飛騰而在治。其爲欣忭，罔罄敷陳。

校勘記

〔一〕『戲』，四庫本作『戣』。

〔二〕『惟』，四庫本作『以』。

〔三〕『學』，四庫本作『章』。

〔四〕『節建』，原作『建節』，據四庫本乙正。

〔五〕『寒』，四庫本作『姿』。

賀知紹興府曹徽猷到任啟

伏審光奉帝綸，榮分帥節。茂宣條教，已見吏民。風動百城，恩霑一道。恭以某官，太和陶粹，奕世生賢。爰際熙辰，亟陞華貫。功收漕輓，吏膽猶寒；惠浹藩宣，民心雅慕。就寵齋壇之拜，密承宸極之嚴。畢公保釐，行起東郊之治；召康夾輔，遂臻四海之安。矧此越城，實惟禹會。風煙秀發，擁千巖萬壑之奇；牧守循良，備三公九卿之選。行聞環詔，即造筍班。伏念某衰薄餘生，迂疏瑣類。一官初效，萬幸欣逢。方與編氓，共興歌於襦袴；遽隨屬吏，獲託芘於帡幪。榮抃之私，敷陳罔既。

賀高提舉迎侍回任啟

伏審肅將星節，榮奉板輿。當一人廣孝之朝，獲三釜及親之養。列城交贊，夾道駢觀。矧惟事母之人，尤劇攀鱗之願。竊以斷機著三遷之教，截髮營一餉之資。類能致子於賢圖，未必使身之親見。豈若繡衣攬轡，榮持忠信之華；綵服承顏，克盡晨昏之道。旌麾載路，士女溢郛。內瞻壽母之光儀，外壯監司之風采。永惟盛事，孰不歡心。伏念某蓬蓽寒生，箕裘素履。一官聊爾，雲霄徒負於胸襟；四壁蕭然，菽水莫支於朝夕。雖欣捧檄，未慰倚門。仰祈陶冶之恩，俯遂功名之念。是爲錫類，豈曰薦賢。恭惟某官，才大有容，德隆無玷。蚤蜚英於華要，遂抗志於澄清。爰持使節以來斯，式迓慶雲〔一〕而至止。當年鯉問，已〔二〕號鳳毛；今日萱闈，更欣鶴髮。兹乃朝廷君相之意，俾貴以顯其親；遂令寰海父母之心，咸舉而祝其子。可謂榮矣，夫豈偶然。手握紫荷，召行聞於宣室；腰横金粟，戲永見於老萊。顧惟駑蹇之餘，幸出帡幪之下。儻興褒於一鶚，庶獲芘於二天。及其成功，均致南陔之養；何以報德，誓期東閤之歸。

校勘記

〔一〕『雲』，四庫本作『闈』。
〔二〕『已』，四庫本作『以』。

賀新餘姚李知縣啟

伏審寵拜芝封，榮遷花縣。群情允穆，百里增光。矧在賓僚，尤懷天幸。竊深慶慰。恭惟某官，高材拔俗，厚德絶倫。頃蒞政於日畿，遂更封於雷社。琴堂虚静，雅稱調絃；棠砌寬閒，佇聞息訟。前即鳴騶之召，諒無煖席之淹。某行已及瓜，尚思望履。屈指旌車之至，凝情燕喜之歡〔一〕。欣忭之私，敷陳罔既。

校勘記

〔一〕『歡』，四庫本作『微』。

又代趙知丞賀李知縣啟

伏審光膺鳳詔，榮綰銅章。百里增光，同僚有幸。竊深歡慶。恭惟某官，高材跨古，厚德鎮浮。譽蚤播於搢紳，寵遂分於民社。舜江風月，行題品於筆端；越國衣冠，已歸依於門下。正恐即飛星馭，不容久〔一〕寄雷封。某猥處聾丞，欣逢健令。承顔有日，託芘兹時。榮忭之私，敷陳罔既。

校勘記

〔一〕『久』，四庫本作『來』。

賀李顯謨知明州啟

伏審頃〔一〕從使指，榮鎮侯藩。收王畿轉輓之功，被外閫蕃宣之寄。搢紳交慶，黎庶興歌。

矧處部封，尤深歡意。恭惟某官，德隆千古，名滿四方。當聖朝晏燦之辰，歷賢路高華之選。爰持星節，用衍邦財。帝曰豐富惟汝之休，公有愷悌字民之術。遂飛芝檢，旋拜竹符。矧句章之奥區〔二〕，乃四明之福地〔三〕。東連溟渤，接三韓箕子之鄉；西皇郁葱，揖萬壑禹門之會。惟兹控制，允屬循良。想朱轓未久於封疆，而青瑣已敷於綸綍。聯班玉筍，進直金鑾。伏念某一介腐儒，半生漫仕。何幸他年之卿相，來爲吾土之民師。念昔執鞭，已叨屬吏；迨今受地，又忝部民。進退不失其依歸，榮幸不勝其敷述。春風方暢，道〔四〕履惟和。冀益衛於生經，用寵綏於天禄。

校勘記

〔一〕『頃』，四庫本作『輟』。

〔二〕『之奥區』，四庫本作『孝子之居』。

〔三〕『之福地』，四庫本作『洞天之地』。

〔四〕『道』，四庫本作『妙』。

鄮峰真隱漫録二十五

啟

賀湯左相啟

高穹眷佑，上宰登庸。袞繡重光，寵冠百僚之上；寰瀛胥慶，歡騰萬口之中。矧荷鴻私，尤深爵〔一〕躍。竊以上聖裁成於天地，真賢感會於風雲。謂才不試，曷足以展盡經綸；而位未極，豈所以尊崇體〔二〕貌。乃由亞輔，用陟元台。王曰周公父師，世始臻於奠枕；吾與孔丘德友，敵遂復於侵疆。伊我鉅公，踵茲前輩。恭惟某官，德高無玷，道大不群。紙貴西都，萬國爭傳其辭藻；籌雄前〔三〕席，四夷咸識其威名。自登右揆之隆，已際中興之盛。煙火萬國，歲數豐穰；坏冶一陶，士銷朋黨。上既樂於閑暇，公宜極於寵榮。垂堯舜之衣裳，伊尹已躋於湯后；復文武之境土，仲山行贊於宣王。享成於二十四考之間，濟美於五三六經之上。某行能無取，學術不精。徒銜卵翼之恩，未效絲毫之報。聽播庭之告，幸在末班；修賀廈之誠，愧無佳語。其爲鼓舞，曷罄敷宣。

校勘記

〔一〕『爵』，四庫本作『雀』。
〔二〕『體』，四庫本作『禮』。
〔三〕『前』，四庫本作『蜜』。

賀陳右相啟

敷號大廷，策勳右揆。仰知人望，報四海九州之心；俯聽輿言，合萬口一音之頌。凡居陶冶，倍劇歡呼。竊以在昔明〔一〕君，莫先論相。以獨賢爲未足，乃並任以無遺。玄齡善謀，必資如晦之善斷；君奭爲保，式亞周公之爲師。安海内，既本於同心；運天下，斯易於反掌。季世以往，兹風遂凋。宣威或佐以丹青，佩劍徒聞於彼此。豈伊堯舜之聖，勿〔二〕集禹皋之賢。恭惟某官，學韞經綸，氣全剛大。由神宇之泰定，知德量之淵沖。萬變紛紜，心如止水；一身宰制，目無全牛。爰舍從班，入參政地。謀皆體國，功實在人。故今日之登庸，乃異時之蓄積。閱鳳曆之二十四考，建鴻業於萬八千年。某學不逮人，文非適用。偶逢衡鑑，得廁名流。吐珠銜環，未展雀蛇之薄效；攀鱗附翼，欣觀〔三〕龍鳳之高翔。既側耳於白麻，斯贊言於黃閣。其爲慶忭，罔罄敷宣。

校勘記

〔一〕『明』，四庫本作『有』。

〔二〕『勿』，四庫本作『乃』。

〔三〕『欣觀』，四庫本作『又須』。

賀皇子建王除授啟

伏審王庭敷號，帝子褒封。始播朝紳，聽異〔一〕口同〔二〕音之頌；載肸郵傳，騰普天率土〔三〕之歡。矧屬曳裾，尤知抃手。恭惟皇子大王，蟠英金闕，毓秀銀潢。朝拱赤墀，風采威儀之峻整；夕休朱邸，文章論説之淵源。夙藴天材，久膺宸眷。愛之欲其富貴，天下不以爲私；得之眎以謙沖，胸中自有餘地。一聞聖斷之出，大叶人心之同。某晚獲登門，驟蒙設醴。賜之眄睞，駑馬增一顧之榮；借以齒牙，敝帚有千金之重。親逢慶事，倍愜鄙悰。有其實而有其名，既覩真王之茂建；依於忠而依於孝，更欣盛德之兼隆。喜躍之情，敷宣罔既。

校勘記

〔一〕『異』，四庫本作『萬』。

〔二〕『同』，四庫本作『一』。

〔三〕『普天率土』，四庫本作『九州四海』。

賀永州俞知郡啟

伏審寵膺明綍，榮領近藩。條教既敷，士民獲所。恭惟某官先生，斯文宗匠〔一〕，當世真儒。學傳西洛之正宗，文擅東坡之逸氣。榮膺紫檢，屢擁朱藩。雖長材無所不宜，而俗吏莫與同道。投閒未久，騰譽益隆。爰深簡於上知，遂亟承於睿獎。蕃宣寵寄，下車已肅於吏姦；愷悌字民，擊壤更喧於輿誦〔二〕。佇聽潁川之召，即膺宣室之咨。某猥以顓蒙，獲供灑掃。價增騏驥，本由伯樂之整齊；器備璠璵，莫匪玉人之雕琢。擢角莫先於藻鑑，點頭靡俟於朱衣。遂令鼯鼠之五窮，獲試鉛刀之一割。亞班卿棘，歸德師門。方期炙牘以敘情，乃沐飛緘而見寵。高風所暨，不敏爲慚。時適届於清和，氣益增於沖粹。更祈保養，式副倚毗。感佩之私，敷宣罔既。

校勘記

〔一〕『宗匠』，四庫本作『先覺』。

〔二〕『誦』，四庫本作『訟』。

賀沈丞相判明州啟

伏審寵命上公，建〔一〕藩近輔。九州生齒，昔游鑪冶之甄陶；千里衣冠，新起袴襦之歌詠。涓辰之吉，開府云初。諒惟歡慶。恭以某官，道德宗師，文章哲匠。蚤藴經綸之志，屢揚華要之途。屬聖化之更張，慶英材之並會。首膺爰立，備極有爲。遽令復古之朝，特起中興之治。功成名遂而身退，固合天道之常；川泳雲飛而志同，益厚君心之眷。乃從緑野，來擁朱轓。三輔表海之靈區〔二〕，四明洞天之仙窟。江山深秀，風俗〔三〕淳和。久煩神物之護持，有俟鉅公之鎮撫。睇棠陰於屬邑，遐想仙〔四〕猷；款槐市於頖宫，猶存舊迹。祇恐未温於孔席，已馳入覲之韓圭。位長三槐，眷攽一命。伏念某疏庸無取，款啟寡聞。璧水横經，既荷櫂輿之造化；麟洲〔五〕校籍，又繄委曲之提撕。惟是歸依，實無間斷。雖門牆之甚邇，曾竿牘之莫修。勢分既遼，幺麽敢進。兹幸一廛而受地，不嫌三沐以投書。冀此寬宏，恕其僭越。方金飈之届序，惟鼎食之加餐。益介繁禧，以扶丕祚。

校勘記

〔一〕『建』，四庫本作『進』。

〔二〕『三輔表海之靈區』，四庫本作『句章孝子之故鄉』。

〔三〕『俗』，原作『族』，據四庫本改。

〔四〕『仙』，四庫本作『先』。

〔五〕『洲』，四庫本作『閣』。

賀張丞相判建康啟

伏審敷綸顯册，留鑰行都。六代江山，風煙改觀；九重宫闕，金碧生輝。草木知名，衣冠相賀。恭惟某官，勳隆萬古，誠格兩儀。位貴而身愈恭，則周公其人也；年高而德彌劭，是孔子之徒歟。頃專恢復之成謀，不主卑陋〔一〕之和議。脱屣黄扉之貴，冥心緑野之游。尊主芘民，先生之志大矣；聞命引道，天下之父歸之。遂令願治之時，輒〔二〕有丕平之望。除書之〔三〕出，率土交歡。畢公保釐，已服東郊之衆；宣王復古，將興北伐之師。著績鼎彝，增華衮繡。某一官投老，萬事無能。居懷慕藺之私，久有識韓之願。扈聖君之駕，已及鄰邦；掃舍人之門，行隨下客。其爲欣躍，罔既敷宣。

校勘記

〔一〕『陋』，四庫本作『陬』。

〔二〕『輒』，四庫本作『復』。

〔三〕「之」，四庫本作「一」。

賀湯丞相知紹興府啟

伏審一德格天，致吾主於二帝三王之上；八命作牧，鎮列郡於千巖萬壑之間。涓辰既剛，開府云始。諒深慶慰。恭惟某官先生，命世真儒，斯民先覺。學撮孔孟之要，文起魏晉之衰。自正位於首台，亟躋時於太古。屬意綵衣之樂，宜心緑野之游。起自殊庭，膺兹留鑰。蕭何鎮撫，已開西漢之基；畢公保釐，將起東郊之治。佇聞一札，歸面三槐。某猥以疲駑，久蒙陶冶。歸依既切，贊訟尤深。

賀狀元黄學士啟

伏審文經乙〔二〕覽，名冠甲科。萬選青錢，素已期於必中；一枝丹桂，今果見其居前。凡其聽聞，孰不讚頌。恭惟新恩某官，箕裘家學，領袖賢關。出偶聖時，肆敢言之直氣；上當睿意，攄堅忍之忠謀。既首唱於臚傳，實豫基於相業。顧惟衰老，稔服英聲。結駟過門，荷華箋之見寵；駢肩觀堵，喜陋巷之增光。感幸之私，敷宣罔罄。

校勘記

〔一〕『乙』，四庫本作『一』。

賀第二人王學士啟

伏審楓陛揚名，桂林得儁。惟昔偕於計吏，雖千萬人；及今究其成功，殆一二數。士林增氣，朝著有光。恭惟新恩某官，江漢淵源，岷峨峻拔。春蠶下筆，陳鯁論之萬言；振鷺充庭，聽臚音之再唱。豈獨萃一時之晁董，蓋將爲異日之皋夔。退顧衰殘，方茲慕用；辱臨揪宇，遽寵長箋。有嘉錦繡之貽，殊乏瓊瑶之報。其爲感愧，莫既敷宣。

賀第三人張學士啟

伏審唱第朝端，收名鼎甲。捫參歷井，靡辭仰脅之勞；就日望雲，遂啟沃心之論。果膺殊選，大慰僉期。恭惟新恩某官，粹美真才，淵源博學。擢犀角而拔象齒，謀猷已契於一人；附鳳翼而攀龍鱗，事業行參於三傑。顧惟晚景，夙仰下風。曾未造於行軒，荷先迂於大旆。一緘貽寵，十襲謹藏。榮感之私，敷宣莫既。

賀皇孫國公朝參啟

伏審絲綸炳焕，許趨昕旦之朝；衮繡顒昂，獲奉清光之對。百僚悦服，四海欣愉。恭惟皇孫某官，道德家傳，聰明天賦。年方踰於志學，德遂底於成人。逮事曾親，洽闈門之慈孝；始隨儲馭，覲玉座之凝嚴。鶴禁增光，龍墀改觀。三宮燕樂，率供萊氏之綵衣；百世本支，肇自文王之孫子。某漳濱卧疾，魏闕馳神。聞慶事之鼎來，思〔一〕曳裾而莫及。喜皇家之益〔二〕茂，徒擊壤以騰歌。抃舞之私，敷宣罔既。

校勘記

〔一〕『思』，四庫本作『雖』。

〔二〕『益』，四庫本作『葉』。

賀周樞密啟

伏審敷綸北闕，命使西樞。位雖亞於鈞衡，權實專於帷幄。明良相得，夷夏均休。竊深慶慰。恭惟某官，王佐碩才，天民達德。蚤被非常之眷，崛起諸公之先。忠直信亮，其誠足以任腹心；灝噩深醇〔一〕，其文足以配盤誥。陸贄言辭曲盡，多所建明；李絳諫諍自持，數聞聽納。朝列之姦諛或進，吾身之去就殊輕。上簡帝衷，歸膺國器。既處具瞻之地，兹爲爰立之基。顧此衰殘，久蒙知獎。遜聞新命，雅慰初期。襲和氣於襟懷〔二〕，睇崇墉於霄漢。心馳〔三〕寀切，面慶無從。

校勘記

〔一〕「灝噩深醇」，四庫本作「深醇灝噩」。

〔二〕「懷」，四庫本作「靈」。

〔三〕「馳」，四庫本作「懷」。

賀周右相啟

伏審涣敭策命，晉陟鼎司。覩泰階兩兩之符，層霄有爛；仰南山巖巖之石，綿宇具瞻。廊廟愈尊，紳緌交慶。恭惟某官，量宏而識遠，道盛而德全。聲名已暨於海隅，每自抑畏；文章獨妙於天下，曾蔑矜誇。比輟直於北門，久宣勞於西府。楓宸注倚，槐揆登庸。蓋將遲姬旦冢宰之勳，奚啻閱郭令中書之考。某承顏最蚤，荷眷特隆。定交於百官直舍之中，引類於一人踐祚之始。雖迫衰殘之暮景，靡忘期待之初心。遂令篤病而更生，親見真儒之爰立。屹擎天之一柱，已知吾道之益張；芘廣廈之萬間，更喜此身之有託。其爲欣躍，罔罄敷宣。

賀王大觀文啟

躋時大治，閲九考之中書；許國精忠，作兩朝之元老。惟全璧於晚景，乃衣繡以晝游。在昔爲榮，於今復見。傳聞四遠，歡頌一詞。恭惟某官，道大難名，德尊無玷。推誠事主，秉直節以公明；强恕接人，絶匿情於〔一〕猜忌。一歸乎〔二〕正，何用不臧。兹身退以功成，諒體胖而心廣。行播十行之綸綍，即施再入之甄陶。某託契賢科，聯姻子舍。交情淡而不厭，眷意久而彌隆。側聞除目之頒，敢後賀緘之布。其爲慶贊，罔罄敷宣。

校勘記

〔一〕『於』，四庫本作『而』。

〔二〕『乎』，四庫本作『於』。

賀皇子嘉王入第啟

肇新朱邸，密拱皇居。涓辰日以開藩，罄綿區而仰德。諒深歡慶。恭惟皇子少保大王，乾坤孕〔一〕瑞，海嶽蟠英。少也過庭，既聞詩而學禮；長焉出閣，復重道以尊師。逮膺甲第之遷，倍溢重闈之喜。行頒紫詔，即正青宮。某退處田廬，阻趨階戺。唯同燕雀，賀大廈之崇成；更祝松椿，助修齡之衍裕。

校勘記

〔一〕『孕』，四庫本作『厚』。

賀何中丞啟

擢自諫坡，進階〔一〕憲府。不離納言之職，益殫尊主之忠。一時憸人，率知退聽；四海善類，莫不歸心。諒深慶慰。恭惟侍講中丞，學紹孔顏，材肩夔卨。力傳家法，清源之風烈隱然；獨冠儒林，南省之聲華藉甚。斯文不墜，吾道有依。教興多士之賢關，譽藹七人之上列。迄全冰操，遂正霜臺。謀寢遠夷，信不採於藜藿；姦除滿道，又安問於狐狸。密勿有加，登庸非晚。顧惟衰朽，宜黜陟不聞之時；尚喜賢明，居慷慨敢言之地。輒忘强聒之誚，敬伸善頌之詞。

校勘記

〔一〕『階』，四庫本作『陛』。

賀周丞相除觀文判潭州啟

伏審玄圭命衮，方紆晝錦以榮歸；希〔一〕冕篆車，旋拜明綸而特起。宅帥垣之重寄，冠書殿之隆名。疊此寵光，允爲盛舉。諒深慶慰。恭惟判府安撫、少保觀文、丞相國公，道尊德貴，行顯名彰。浩浩蒼蒼，以李杜韓柳之文傑；渾渾噩噩，作虞夏商周之訓詞。不出數年，爰登三事。代天工而居鼎食，扶日轂以麗璇霄。宜盤礴於中書，遽徜徉於緑野。忠信獲罪，彼徒肆於風波；禮義不愆，吾何傷於日月。剛方之操不易，聖神之眷益堅。果凝宣室之思，復兆傅巖之夢。遂朌一札，暫總十連。紅旆碧幢，聳列城之風采；朱幡皂蓋，暢萬俗〔二〕之陽和。佇膺再入之榮，永輔重明之治。某受知有素，荷德尤深。昔薦士以報恩，已蒙天奬；今飛緘而敘舊，益誌〔三〕歲寒。贊善之私，名言莫既。

校勘記

〔一〕『希』，四庫本作『絺』。

〔二〕『俗』，四庫本作『谷』。
〔三〕『誌』，四庫本作『認』。

代姚主簿與臨海唐知縣啟

官爲短主簿，未辭筆楚之繁囂；邑有賢大夫，豫喜帡幪之芘賴。將及瓜而往代，欣附鳳之有期。顧此懦庸，彌深幸會。恭惟某官，性資淳厚，學術淵微。簪組蟬聯，箕裘似續。化行百里，琴調單父之堂；仁並三春，花滿河陽之縣。未久割雞之職，已成馴雉之功。行慶敷綸，即膺捉駕。某寒鄉末裔，窮海瑣人。雖懷慕藺之私，未遂識韓之願。夙同鵷〔一〕序，名聯千佛之經；後獲鳧趨，猥贊一同〔二〕之治。幸爲踰分，喜實非常。時節〔三〕清和，氣隆長養。冀精保嗇，以副傾祈。

校勘記

〔一〕『鵷』，四庫本作『雁』。
〔二〕『同』，四庫本作『堂』。
〔三〕『節』，四庫本作『届』。

上知明州侍郎啟

荆州識面，雖輕萬户之封；曾子有親，猶覬三鍾之養。未免折腰而爲米，敢辭懷刺以登門。伏念某陋巷迂儒，寒鄉冷族。襲箕裘於先世，抱鉛槧以窮年。一問鯉庭，悲已纏於陟岵；三遷軻室，訓猶賴〔一〕於斷機。雖忝效於一官，曾未霑於寸禄。家徒壁立，室若罄垂。顧列國諸侯，有見招之心；而闔門冗累，無可去之計。棲棲牖下，人憐鄭子之氈無；碌碌塵間，自喜張儀之舌在。幸賢太守，宣化承流之始；正士君子，聞風慕德之秋。初拜黄堂，乏薦言於毫髪；遽垂青眼，激餘論於齒牙。既玆遇合以逢時，詎謂知己而無禮。恭惟某官，高材跨古，直道得君。攬轡澄清，蓋三持於使節；伏蒲啟沃，遂一上於從班。耀紫橐於西清，擁朱幡於南服。譙門畫角，千里仁聲；白晝甘棠，萬家美蔭。有大冶兼容之量，無匹夫不獲之嗟。遂憫憲貧，特貽季諾。儻令今日，有啜菽飲水之資；當在他時，效吐珠銜環之報。情之所到，言不能殫。易此而他，罔知所措。

校勘記

〔一〕『賴』，四庫本作『憶』。

代彭支鹽上秦提舉啟

孔仲尼之一言，久同華衮；季將軍之一諾，實重黃金。儻蒙不爽之恩，如解倒垂之急。伏念某迂疏末習，潦倒餘生。四十年筦庫之微，數千里宦遊之遠。勉思寸進，寧憚卑飛。奉身苟逭於必誅，當路或憐其無過。章聯四上，考遂終更。賜或及於垂成，功何殊於起死。自非特達，其孰矜憐。恭惟某官，材號吏師，德稱人傑。久踐外臺之寄，即膺內禁之除。他時當幸於在鈞，今日先期於推轂。念兹斷梗，將遂及瓜。欲不廢於前功，故無嫌於再瀆。仰冀力開獨斷，深憫孤寒。遠馳一紙之春風，俾脱七階之選調。誓以桑榆之晚景，上酬卵翼之洪恩。

代韓司法上知明州徐侍郎啟

桂幕肆開，方託雲天之芘；鶚書借重，更祈羽翼之恩。竊久服於下風，輒自媒於孤迹。儻辱青睞之顧，必諧華衮之榮。伏念某款啟瑣人，迂疏末學。箕裘雖在，乏隱然風烈之稱；簪紱僅傳，賴友于挺拔之助。念芝砌皆王官之列，唯萍蹤居選調之卑。齷齪一身，周旋三尺。沐部使邦侯之憐念，罄雲章霧牘之吹嘘。考行歷於三周，事止愆於一簣。不有負當時特達之見，誰其全諸公成就之功。恭惟某官，王佐碩才，天民達德。班辭玉筍，來施黃霸[一]之功名；姓在金甌，佇起曹參之清淨。主盟吾道，篤意寒生。雙雁塵埃，鳧化唯依於葉令；短筇枯槁，龍飛蓋依於壺公。敢持小己[二]之私，仰累大鈞之造。儻憫三薰而與進，當期一諾以爲榮。馬勃牛溲，或見收於藥籠；戴高履厚[三]，寧敢負於龍門。

校勘記

〔一〕『黄』，四庫本作『王』。
〔二〕『己』，四庫本作『已』。
〔三〕『戴高履厚』，四庫本作『雞鳴狗盜』。

代陳提幹上知宣州秦敷學啟

竊以萍梗無依，靡知定處；雲天在望，久阻承顔。雖尺書莫敘於寒暄，而寸意敢忘於寤寐。恭惟某官，斯民先覺，當世醇[一]儒。志慕朝虀，爰作布韋之領袖；班聯夕闥，鬱爲鵷鷺之羽儀。一自腰金，三膺符竹。苕溪風煖，汎爲二浙之恩波；鄮嶺煙銷，散作十洲之春色。兹臨宛水，遠輩潁川。佇放玉闕之絲綸，即啟金甌之姓字。伏念某比叨京秩，復佐憲臺。吹噓實荷於齒牙，造化靡離於陶冶。末繇趨謝，徒切懷恩。方氣候之肅清，冀寢饔之調護。用符輿頌，式茂純禧。

校勘記

〔一〕『醇』，四庫本作『真』。

代王知縣上明州徐侍郎啟

綰銅支邑，已託二天；被袞清朝，更蘄一字。矧在齒牙之末，宜居陶冶之間。伏念某甕葦微生，箕裘末學。塵埃壯志，已踰知命之年；萍梗窮途，曾乏致身之路。猶持樸直，自分孤寒。同輩相憐，謂未有不求而得者；中扃確守，知不可奈何而安之。頃者三章論薦之私，實出一時不期之會。豈圖今日，復偶大賢。恭惟某官，當世碩儒，斯民先覺。謀猷獻納，蚤擅美於西清；愷悌蕃宣，茲承流於東國。顧喧囂之俗狀，獲奉揚於仁風。介紹不先，吹噓每及。獨知章子，遠追孟氏之風；願出韓門，敢在張籍之後。儻叨榮於薦鶚，竊〔一〕有幸於登龍。誓竭駑駘，仰酬造化〔二〕。

校勘記

〔一〕『竊』，四庫本作『益』。

〔二〕『誓竭駑駘，仰酬造化』，四庫本作『特達高情，難與俗人言也；夤緣異日，當以國士報之』。

鄮峰真隱漫録二十六

啟

謝解啟

主文

一經校〔一〕藝，敢擅譽於鼇頭；三歲程能，幸收功於鼎足。得踰望外，愧溢顔間。竊以在昔致治，莫尚於賢能；歷世取才〔二〕，最詳於科目。懼爾音之金玉，張吾法於網羅。尊道〔三〕術，則先經義之求；貴文章，則惟詞賦之尚。眷二者以迭〔四〕盛，歷千古以莫兼。屬我右文之期，重廣得人之路。稽漢唐之故，以通其變；酌祖宗之制，以取其中。合爲一科，期於兩得。顧上之所以責望者厚矣，則下之所以圖報者奈何。探義理之淵源，勵詞華之典雅。風〔五〕生絳帳，盡期折角以解頤；光溢青箱，咸底凌雲而歌雪。身兼數器，技匪一長。固無慊乎春秋決獄而禹貢行河，亦何傷乎賈誼升堂而相如入室。征茅茹以在列，脱囊穎以爭先。咨舜牧於四嶽之前，豈徒詢事；議漢傑於諸將之上，疇敢論功。宜有通材，可膺妙選。如某者，識非造理，學不逮人。念甫當就傅之年，遽罹陟岵之禍。煢煢在疚，斷機猶賴於母慈；業業持身，投杼懼乖於子職。豈無意於箕裘之末緒，每冰炭於中扃。名萃鶚書，慨先猷之未泯；香浮桂籍，餘仲父之獨存。固難拾芥，徒愧續貂，媿不成於畫虎。頃偕漕計，旋遭退鷁之風；兹應鄉書，謬舉焚舟之策。固難拾芥，徒愧雕蟲。初非黄絹之詞，偶得青氈之舊。是爲幸會，厥有夤緣。兹蓋伏遇某官，學海津梁，儒紳領袖。望隆江左，行登策府之道山；政播日邊，聊試〔六〕武陵之蓮幕。爰操衡鑑，來主棘闈。荆璞奇〔七〕珍，或〔八〕至卞和之刖足；爨桐何幸，遇逢蔡氏之知音。致此棄遺，獨蒙收録。固當趨席，力敘謝誠。而兹短削之投，猥在衆人之後。仰緊陂度，尚賜海容。某敢不勉策疲駑，期追逸駿。少遂致身之願，當酬知己之恩。

校勘記

〔一〕『校』，四庫本作『取』。
〔二〕『才』，四庫本作『士』。
〔三〕『道』，四庫本作『經』。
〔四〕『迭』，四庫本作『疊』。
〔五〕『風』，四庫本作『鋒』。
〔六〕『試』，四庫本作『式』。

〔七〕『奇』，四庫本作『期』。
〔八〕『或』，四庫本作『幾』。

錢通判

某官世載忠嘉，時推俊傑。驂鸞瀛閣，展驥海城。文筆生花，縹渺仙人之夢；詩囊佩錦，雍容公子之游。緑野江山，每云〔一〕得助；紅蕖風月，奚止平分。爰馳萬斛之珠璣，上贊九天之韶頀。柳御史淮夷之雅，未足差肩；韓吏部聖德之篇，諒思退舍。佇拜紫泥之詔，即膺丹扆之求。日轉甘棠，散作萬家之美蔭；風翔頖水，泛爲多士之恩波。致此安庸，亦蒙收採。

校勘記

〔一〕『云』，四庫本作『茲』。

賈簽判

某官才追梁傅，語妙君房。蓮幕推賢，佩風流之邁衆；棠陰止訟，表政術之剸繁。爰督戰於棘闈，遂騰聲於芹頖。聽春蠶之食葉，悄夜壁之銜枚。式令賈勇之人材，喜見太平之場屋。

劉教授

某官學海津梁，賢關領袖。策陳乙〔一〕覽，名在甲科。爰報政於錫山，遂主盟於潁水。問鐘答響，陶士類於淵騫；發鐸宣風，化海濱爲洙泗。

校勘記

〔一〕『乙』，四庫本作『一』。

王參政

某官道德宗師，文章元老。議論爲四海之標的，進退係一時之重輕。頃膺睿主之知，參總台衡之重〔一〕。方期秉軸，遽請挂冠。風月香山，時講白樂天之會；煙霞留邑，果從赤松子之游。方中興圖任於老成，顧上哲曷宜於韜晦。未許浮沈之晉國，思庸夔龘之伏波。凡素服於下風，悉許歸於東閣。致茲孱瑣，猥遇甄收。

校勘記

〔一〕『重』下四庫本有『年高而德彌卲，是孔子之徒歟；位貴而身愈恭，則周公其人也』二十四字。

晏尚書

某官江左儒宗，山東相種。隱然有祖風烈，盛哉奕世賢才。早陟巍科，旋登延閣。風聲所暨，頑懦必興。振領天官，正賴山公之啟事；請符琳館，喜從萊子之斑衣。榮聯雁序之芳，還奉版輿之樂。東山雖好，其如天下之蒼生；北闕非遥，佇拜日邊之丹詔。方申申而在宴，猶斷斷以有容。凡願出於龍門，悉許攀於鳳翼。致兹庸瑣，亦預甄收。

及第謝〔一〕太師啟

蘭省奏名，偶參八士；楓宸唱第，復玷丙科。得過所期，榮不蓋媿。竊以先王致治，宜莫急於賢能；後世取人，乃獨詳於科目。自庠序乏商周之教養，致師友無游夏之淵源。黨同伐異者，皆訓詁之腐儒；文麗用寡者，類彫刻之童子。好惡已殊於鑿枘，取捨每病於參商。亦既背馳，誰其兼善。屬聖君有爲之日，正賢輔相逢之秋。崇雅黜浮，一變斯民之耳目；息邪距詖，大恢吾道之紀綱。探義理於聖人之言，賢人之言；辨典則於詩人之賦，詞人之賦。近酌祖宗之遺制，遠追唐漢之餘〔二〕風。合爲一科，期於兩盡。詔音所至，士氣頓伸。鼓篋鼎來，揚鞭霧集。懷折角解頤之辨，藴淩雲歌雪之奇。當八面之鋭鋒，應兩端之善問。較以穿楊之藝，莫不爭先；要之折桂之榮，豈誠易得。如某識非造理，才不逮人。蚤罹陟岵之悲，長賴斷機之訓。顧箕裘之末緒，每冰炭於中懷。晝供菽水之庭闈，夜對簡編之燈火。棲身巖谷，絶意雲霄。兹逢偃革之時，遂起彈冠之興。初偕漕計，再預鄉書。豈期下里之邑人，偶簉高陽之才子。賈誼升堂而相如入室，慚非能賦之流；高堂傳禮而徐氏爲容，浪得明經之譽。載惟幸會，必有夤緣。兹蓋伏遇某官，道格神祇，勳隆古昔。以一命衮，爲萬乘師。伊躬暨於成湯，天開一德；周公傳之孔子，時集大成。禮制樂作，而措率土於一陶；仁漸義摩，而起斯文於五厄。力扶王道，大正人心。俊良既樂於登崇，頑懦亦思於興起。致兹骫骳，亦被選掄。某敢不增所未高，修其可願。趨風有便，慰執鞭欣慕之心；在冶云初，汙造物甄陶之手。誓竭尋常之效，仰酬萬一之恩。

校勘記

〔一〕『謝』下四庫本有『秦』字。

〔二〕『餘』，四庫本作『頹』。

及第謝秦内翰啟

較藝南宫，倖〔一〕參八士；獻言中禁，復借一枝〔二〕。揣分已踰，撫躬知愧。竊以古今共道，惟得賢而立邦基；國家有爲，乃觀文而化天下。自堯舜廣招徠之路，至漢唐發科目之程。識高伊管者，實洛下之諸生；才似班揚者，亦開元之進士。翱翔丹陛，比比有聞；照映青編，班班可考。迨聖王之撫運，得良弼以中興。肆霖雨之命，而追高宗；歌清風之詩，而繼宣后。三載定棘闈之制，四門多槐市之游。博採布韋，駕諸侯之軺傳；申求閥閱，與刺史之計偕。賦就凌雲，豈惟司馬；經明拾芥，不數夏侯。率歸典雅之流，盡去浮華之習。裒然出當是舉，翕爾咸高其材。至於雄據上游，蓋亦鬱爲名士。顧兹殊選，宜屬可人。如某者湖海窮徒，乾坤長物〔三〕。啜菽每懷於養志，荷鋤敢怠於帶經。雪積螢飛，飽聽霄中之更漏；花開葉脱，幾經林下之春秋。屬逢偃革之時，遂起彈冠之興。秋天薦鶚，漕臺常預於後塵；春浪化魚，天路俄聞於首唱。事既分於霄壤，勢固隔於仙凡。懷卞和泣玉之誠，敢辭再刖；舉明視焚舟之策，當在此行。果簉迹於荀龍，復分香於郤桂。雖度長挈大，未足爲優；而吹枯噓生，豈無所自。兹蓋伏遇某官，道優聖域，文掞國華。絳帳談經，鄙向歆之立異；彤墀謝策，極晁董之未言。遂結主知，允諧人望。北門視草，焕王者之絲綸；東觀提綱，藹諸儒之領袖。居之甚寵，進也未央。行趨青瑣之班，即拜白麻之詔〔四〕。收士惟〔五〕勤於吐握，成人每借於齒牙。致此孱庸，亦蒙采録。某敢不益堅操履，深懋進修。附驥攀鱗，猶念昔年之場屋；礱刀錯玉，正祈此日之陶鎔。誓竭駑才，仰酬洪造。

校勘記

〔一〕『倖』，四庫本作『偶』。

〔二〕『借一枝』，四庫本作『玷丙科』。

〔三〕『物』下四庫本有『鯉庭一問，已纏陟岵之悲；軻室三遷，尚賴斷機之訓』二十字。

〔四〕『詔』下四庫本有『門凝瑞氣，森然畫戟之多；位處臺躔，美矣緇衣之並』二十字。

〔五〕『惟』，四庫本作『尚』。

代陳教授謝張侍郎舉改官啟

郵傳薦墨，焕同星斗之臨；天假亨塗，進有階梯之漸。幸既踰於初望，感實倍於常情。竊以章有定員，吏多稱職。部使者擁列城之寄，郡太守持千里之權。猶且顧視咨嗟，或有賢才遺滯。仰惟宗伯，實董頖宮。念此〔一〕獨冷之官，誰復孤寒之舉。自非人傑，肯越世情。如某者，志此〔二〕可憐，愚無足論。自緣弱歲，已列諸生。聯袂横經，困虀鹽於庠序；悲吟擁鼻，工雕篆於詞章。幾畫虎之無成，偶成蠅而見取。猥塵仕版，獲玷師儒。雖殫螻蟻之勞，曾乏蚍蜉之援。灰心無望，燭已甚明。豈謂上臣之博招，先於衆人之弗及。兹蓋伏遇某官，業隆王佐，道冒聖時。自烏府之踐揚，由巖廊之知遇。挺持仁者之勇，蔚有諍臣之風。韋布歸心，搢紳拭目。果趨夕闥，進貳春官。職方處於南宮，士悉歸於東閣。故兹庸鄙，亦荷甄收。某敢不策所未能，修其可願。龍鱗鳳翼，既有幸於躋攀；德厚恩深〔三〕，豈無心於報效。誓兹末路，仰復隆恩。過此以還，未知所措。

校勘記

〔一〕『此』，四庫本作『于』。

〔二〕『此』，四庫本作『或』。

〔三〕『德厚恩深』，四庫本作『狗盜雞鳴』。

代韓催煎謝秦提舉關陞啟

群然多士，薦者難〔一〕周；蕞爾無能，公然先及。退省涯分，實深佩驚。惟人材不乏之秋，幸聖世有爲之日。破資格以振幽滯，躐夷等而登俊良。磨礲鼓舞，而既足以作成；洗濯奮興〔二〕，而各爭其奔赴。誰匪翹翹之楚，居多赫赫之功。然下之自見者，既衆而難工；上之所取者，愈多其〔三〕其備。宜得高明之士，足當宵旰之求。如某者性稟蠢愚，志尚迂闊。徒緣閥閱，獲廁搢紳。班資未究於七階，歲月徒書於八考。已脱喧囂之犴獄，復縻窘束之鹽車。涉漲海之鯨波，棲身一葉；望屯雲之鼠盜，寄命孤洲。顧阮眼之誰開，知禰章之絶望。猶思冷族，獲芘高門。惟季父之登科，處師垣之後列。至大資開毗陵之幕府，而宣城擁鄮嶺之旌麾。或置踐迹於賓僚，或〔四〕剡譾材於辟闕。是其幸會，疊有夤緣。方圖敘布以求知，遽荷提撕而論薦。自非特鑒〔五〕，豈越恒〔六〕情。兹蓋伏遇某官，桂籍真仙，詞林大匠。澄清攬轡，賢能悉出於甄陶；慷慨理輪，貪佞率從於棄置。屏私謁以公取，器群材而曲成。遂使孤寒之倫〔七〕，亦蒙特達之遇。退惟涼薄，何所克堪。敢不勉勵赤心，誓當〔八〕益殫清節〔九〕。尚蘄恩地，終賜衮言。

校勘記

〔一〕「難」，四庫本作「詎」。

〔二〕「奮興」，四庫本作「矜奮」。

〔三〕「其」，四庫本作「而」。

〔四〕「或」，四庫本作「式」。

〔五〕「特鑒」，四庫本作「人傑」。

〔六〕「恒」，四庫本作「世」。

〔七〕「倫」，四庫本作「餘」。

〔八〕『誓當』，四庫本無。

〔九〕『節』下四庫本有『龍鱗鳳翼，既有幸於躋攀；狗盜雞鳴，豈不思於報效』二十字。

代王知縣謝徐明州平海寇啟

梟居孤絶，方仰芘於二天；蟻聚跳梁，忽來攻於四境。顧扞防之無策，乃控露以求哀。果飛一札之兵符，兼檄諸戍之浪舶。群兇逃潰，百里肅清。竊以蕞爾四鄉，號爲一邑。民實星分於洲渚，寇惟鼠伏於滄溟。雖甚狂謀，未嘗登陸。豈謂當兹歉歲，乃將〔一〕旁若無人。方聖朝奠枕無爲之辰，正賢牧烹鮮不擾之政。肯容小醜，敢肆遐方。乃雲集於干矛，遽麕奔於篙楫。先聲有赫，不戰成功。而某河朔寒生，江南浪迹。卑官投老，困簿領之沈酣；大府方遥，乏蚍蜉之援助。非由洪造，孰拯群生。恩既重而報賒，感徒深而涕落。兹蓋伏遇某官，時推人傑，帝賚仙〔二〕材。化洽鄞江，變熙淳之雅俗；塵清瀚海，吹瀲灩之恩波。軫念偏方，見侵微孽。讋狼心而遠遁，使虎口之僅逃。某敢不益勉疲駑，力圖守禦。餘妖未殄，仗嚴令以必行；盛德不渝，庶前功之莫廢。誓堅末路，仰答至仁。

校勘記

〔一〕『將』，四庫本作『能』。
〔二〕『仙』，四庫本作『佐』。

代姚主簿謝鄭運使舉關陞啟

衮言借重，荷薦墨之褒揚；蓬室增輝，仰恩陶之造化。至今及此，何感如之。伏念某少也無聞，晚而竊命。青霄志在，寧辭委乘之卑官；白首塗窮，未免簿書之俗吏。念當時之朋輩，已致位於公卿。勉試初階，倏書兩考。才乏驂〔一〕鸞之譽，望無薦鶚之榮。豈意權輿，首蒙甄拔。燕臺價重，實先駿骨之求；鄒律聲和，能使枯荄之發。慷慨之風一振，功名之念再萌。實繫上臣之博招，先於衆人之不及。兹蓋伏遇某官，智足濬達，德能廣揚。文章江左之宗，器業山東之種。晴日容光而必照，春風在處以爲仁。屢擁使權，鬱爲人望。雖此孤寒之迹，亦蒙特達之知。某敢不勉勵官箴，遵修士檢。顧桑榆已暮，難忘得路之風雲；儻溝壑未填，盡是報恩之日月。

校勘記

〔一〕『驂』，四庫本作『提』。

權昌國西監謝秦提舉啟

折腰五斗，承筦庫之乏人；仰首二天，喜帡幪之獲芘。雖從權於郡檄，實稟命於〔一〕使臺。揣分已踰，歸恩有自。伏念某迂疏末路，款啟細人。屬因弓冶之餘，遂廁衣冠之列。一官未效，寸禄何賖。白髮倚門，身敢辭於負米；黄粱〔二〕絶粒，甑幾至於生塵。偶因鹺局之闕員，遽使樗材之備數。汎空溟之鯨浪，自笑輕生；覩積弊之蝟毛，每思革故。不繄知遇，孰敢奉行。飛章上達〔三〕於使閫，俞語果形於公牒。載惟幸會，厥有夤緣。兹蓋伏遇某官，當世真儒，斯民先覺。以仁心而察民隱，以直道而結主知。嘘枯吹生，四海仰其風采；揚清激濁，一路出其甄陶。某敢不勉勵駑材，推原德意。使海隅千户之無告，如星軺一日之下臨。庶幾微勞，少答大施。

校勘記

〔一〕『於』，四庫本作『之』。

〔二〕『粱』，四庫本作『糧』。
〔三〕『上達』，四庫本作『一上』。

代時支鹽謝曹運使舉改官啟

荷衮言於薦墨，俯賜褒揚；抉蓬質於恩陶，仰承造化〔一〕。非有薄天之高義，誰憐衰地之微姻。事既罕逢，幸惟溢望。竊以昔者上臣之事主，頻能内舉不避親。季世以還，茲風不振。凡在葭莩之末，率懷瓜李之嫌。第思爵位之獨崇，不恤賢愚之同滯。屬國家之再造，偶台輔之首登。任群僚以至公，率四海爲歸厚。雖爲時崛起，若范孟博之監司；亦舉爾所知，如崔貽孫之相業。宜得卓犖瑰奇之士，足當慷慨特達之知。如某者資稟迂疏，趣尚庸鄙。雲霄志在，敢辭筦庫之卑官；萍梗途窮，遂作鹽車之俗吏。筮仕將踰於二紀，歷官徧及於七階。敢意龍門，首推鶚薦。春風一紙，驟回冰谷之陽和；駿骨千金，頓長馬群之聲價。茲蓋伏遇某官先生，稟天間氣，爲世英人。爰榮擁於使軺，乃備宣於上意。功高畿甸，給餉饋真若蕭何；名動冕旒，把圭印將同裴度。懦夫落膽，俊士歸心。坐令魯國之多才，悉作韓門之弟子。致茲瑣類，亦藉甄收。某敢不仰止星光，依棲河潤。龍飛鳳翥，已容鱗翼之躋攀；玉振金聲，終賴齒牙之成就。

校勘記

〔一〕『荷衮言於薦墨，俯賜褒揚；抉蓬質於恩陶，仰承造化』，四庫本作『衮言借重，荷薦墨之褒揚；蓬室增輝，仰恩陶之造化』。

鄮峰真隱漫録卷二十七

啟

餘姚尉到任謝秦提刑啟

卑官初效，敢辭五斗之微；大度兼容，幸處二天之下。退惟孤跡〔一〕，殆有宿緣。慰在心胸，喜見顏色。竊以自昔得君而行道，類能擇士以成功。季世以還，茲風漸息。逸德〔二〕有玉石俱焚之患，簡賢〔三〕負聖愚同滯之名。惟聖朝委任之盡公，故仕路升沈之不混〔四〕。秉鈞造化，師臣可比商阿衡；攬轡澄清，監司有若范孟博。領袖之儒既進，衣冠之氣復伸。遂俾駕材，獲依燕廈。茲蓋伏遇某官先生，業隆濟世，道茂佐王。懿師友之淵源，偉風姿之閑雅。氣凌雲而詞吐鳳，壓桂籍以登仙；鹽煮海而茶摘山，擁星軺而裕國。茲膺妙簡，就領平反。制百姓于象刑之中，輔一人以好生之德。行提金印，入亞槐庭。故於揚清激濁之辰，已有登明選公之量。來依使節，宜有賢人。如某者拙直無堪，迂疏弗顧。南宫較藝，偶參八士之間；東邑執鞭，正處百寮之底。負郭初無二頃，倚門幸有偏親。張頤待哺者，指殆盈千；需次及瓜者，歲幾踰五。頃備員於海嶠，實稟命於使臺。既獲具於舂炊，遂免填〔五〕於溝壑。銜恩已厚，論報何賒。豈期萍梗之來，又託雲天之芘。贄見方隨於僚屬，階升已齒於姓名。顧微賤之不遺，知并包之有素。果容視職，以試微勞。某敢不求所未聞，修其可願。甄陶甚邇，難忘借便之風雲；頂踵未衰，盡〔六〕是酬恩之日月。

校勘記

〔一〕『跡』，四庫本作『蹤』。

〔二〕『逸德』，四庫本作『天吏』。

〔三〕『簡賢』，四庫本作『宗伯』。

〔四〕『混』，四庫本作『濫』。

〔五〕『填』，四庫本作『傾』。

〔六〕『衰盡』，原作『盡衰』，據四庫本乙正。

謝〔一〕曹監務惠詩卷啟

巨軸雲天，卷千軍之筆陣；寒間蓬蓽，起萬丈之文光。望外得之，顏間喜見。恭惟某官，英林獨步，藝囿〔二〕孤芳。清淨一言，雅得蓋公之道；雍容八斗，遠追子建之才。雖希燕頷虎臆〔三〕之功名，綽有蘭臺石渠之標致。高軒屢過，賤士不遺。賸傾珠玉之珍，來寵茅茨之下。伏念某錢神影遁，瘧鬼鼎來。久乖珠履之游，徒事〔四〕韋編之絶。遺我錦繡段，固知何以報之；長留天地間，敢不謹其藏也。其爲感幸，罔既敷陳。

校勘記

〔一〕『謝』，四庫本作『請』。
〔二〕『囿』，四庫本作『圃』。
〔三〕『臆』，四庫本作『額』。
〔四〕『事』，四庫本作『使』。

謝王承務惠詩啟

浮磬清香，久傳舜水；擲金高作，不減台山。誦也知珍，賁之甚寵。某人詞場老驥，文海修鯨。窮當益堅，學而不厭。自衣冠之南渡，聞杖履之東遊。蓬甆是居，虀鹽不飽。紉春蘭而爲佩，茹秋菊以療饑。故紛然獨富於簡編，而穆若見遺於珠玉。一字必有法，已踰衮繡之榮；十襲謹所藏，愧乏瓊瑶之報。其爲欣感，莫究頌言。

謝秦提刑舉關陞啟

駛步踵門，排蒿藜而驚聽；薦詞溢目，煥星斗以生光。惟不間孤危落莫之人，乃所謂慷慨特達之士。幸既踰於初望，感尤切於中扃。竊以環連六七州，棋列數十縣。吏既繁於稱職，章乃拘於定員。部使者雖急於推〔一〕揚，門弟子或先於權要。自非識足以破流俗之見，德可以追古人之公。則何以遽越常情，首甄寒士。如某者愚無足論，志或可憐。聯袂横經，困虀鹽於庠序；悲吟擁鼻，敝雕篆於詞章。矯矯亢亢，而窮靡能違；吁吁坦坦，而巧不可冀。幾無成於畫虎，偶見取於彈蠅。猥處〔二〕下僚，敢矜薄伎。灰心固〔三〕已久，燭己蓋〔四〕甚明。豈謂上臣〔五〕之博招，先於衆人之不及。顧簡編莫究，難當該洽之稱；曾筆楚未辭，有愧嚴明之譽。兹蓋伏遇某官先生，文中之虎，人中之龍。乘軺爲一道〔六〕平反，推轂以群材自任。遂先當路，賜一言華衮之褒；致使微人，增九鼎泰山之重。某敢不修其可願，益所不能。已覯〔七〕鳳麟，喜慶風雲有便；誓圖犬馬，答酬鈞冶無私。

校勘記

〔一〕「推」，四庫本作「摎」。

〔二〕「處」，四庫本作「取」。

〔三〕『固』，四庫本無。
〔四〕『蓋』，四庫本無。
〔五〕『臣』，四庫本作『陳』。
〔六〕『一道』，四庫本作『道路』。
〔七〕『覿』，四庫本作『靚』。

母生日謝惠詩詞啟

綵服供歡，方介萱堂之壽；錦囊拜貺，遽增蔀屋之光。不圖菽水之窮居，乃獲珠璣之重寶。親顏以〔一〕悅，子道爲榮。感佩之深，敷宣莫既。

校勘記

〔一〕『以』，四庫本作『益』。

謝秦提舉轉求舉削〔一〕啟

薦章闕一，幾廢前功；吏考及三，曲蒙再造。非繄君子有成人之美，曷使小人遂無厭之求。揣分已踰，捫心知感。伏念某羈窮有素，樸拙無堪。爲儒不信其誤身，謂士當逢於知己。自處執鞭之列，已叨推轂之恩。比及三年，未成一簣。故靡嫌於再瀆，祈收效於垂成。軫念孤寒，謂求而不得者有矣；果推特達，乃乞諸其鄰而與之。遂令滿罷之間，獲有關陞之望。兹蓋伏遇某官先生，真儒氣象，大冶範模。以士之不達爲己憂，以道之將行爲己任。燕雀既依於大廈，江海以萃於百川。眷此萍蹤，殆終瓜戍。辱衮褒之引重，致鶚薦之鼎來。求寶劍於得玉之餘，皆曰一之爲甚；欲熊掌於取魚之後，豈意二者得兼。顧兹成就之功，實出始終之賜。某敢不益堅素履，深置丹衷。期收末路之功名，用答洪私之造化。

校勘記

〔一〕『削』，四庫本作『刻』。

謝李運使舉改官啟

效官無狀，久託〔二〕二天；論薦有文，遽叨一鶚。賜惟特達，心實感銘。伏念某陋巷寒生〔三〕，窮途漫士〔三〕。自塵末第，每困長貧。雪案螢囊，雖望古人之挾策；蒼顔鶴髮，未酬慈母之倚門。勉圖寸進之階，愧乏三書之贄。豈謂高義，忽賜褒章。出自不求，是爲真賞。兹蓋伏遇某官先生，儒林宗匠，仕路楷模。惟華要之踐揚，以退恬爲持守。雅被廟堂之眷，遂膺漕輓之權。曾不及期，已〔四〕聞報最。爰寵蕃宣之寄，載煩〔五〕愷悌之良。茂養功名，將登樞近。雖匹夫之弗獲，亦一字以爲榮。致此孱愚，誤蒙收録。某敢不益修士檢，謹守官箴。期收後效之尋常，用答洪私之萬一。

校勘記

〔一〕『託』，四庫本作『記』。
〔二〕『寒』，四庫本作『窮』。
〔三〕『士』，四庫本作『仕』。
〔四〕『已』，四庫本作『以』。
〔五〕『煩』，四庫本作『頒』。

謝曹知府轉求舉削〔一〕啟

飛章一上，已叨羽翼之恩；賜衮再臨，更出齒牙之論。惟曲懷於成就，故倍費於陶鎔。揣己何能，捫心知感。竊以昔者上臣之事主，何修何營；在乎直道而薦賢，不進不已。季世以往，兹風遂凋。一償權寵之干求，不恤人材之用否。此惟聊爾，彼亦藐然。故於晚節末路之間，罕有酬德歸恩之意。不圖今日，乃遇古人。伏念某蓬甕〔二〕寒生，箕裘薄伎。艱難險阻，固已備嘗；歷落嵚崎，亦復可笑。自效官於下邑，期盡力於公家。彼怙勢以私沽，此緣情而私謁。每有剗蠹鋤根之志，曾無投鼠忌器之思。既仇怨之蝟生，宜謗訾之蜂起。雖事無株柢，雀角之訟不興；而言或波流，虎市之疑未免。自非識高一世，明燭四方。曷使孤蹤，尚依洪造。匿瑕藏垢，既許過之不彰；吹枯噓生，又使仕之必進。顧茲幸會，殆有宿緣。茲蓋伏遇某官先生，材大有容，德尊無玷。胸中之鑑若止水，天下之事無全牛。自昔初階，逮今達宦。政同召杜，而黎民仰爲父母；廉若夷齊，而群吏畏如神明。使專城分閫之人悉如公，則四海九州之内孰不治。貪夫落膽，或遷善以自新；寒族歸心，每至誠而與進。今求而不得者有矣，乃乞諸其鄰而與之。致此瑣材，曲諧再造。某敢不益思砥礪，期稱品題。特達高情，難與俗人言也；黄緣異日，當以國士報之。

校勘記

〔一〕「削」，四庫本作「剡」。

〔二〕「蓬甕」，四庫本作「甕牖」。

代人謝曹知府舉試刑法啟

鶚書借寵，駛步迅臨。仰瞻華衮之一言，俾習金科之三尺。得之滿望，感亦盈懷。竊以縉紳之徒，莫先儒雅以飭事；刀筆之吏，類多慘刻而少恩。惟二者之兼通，乃一時之盡善。豈伊是選，輒逮微人。如某材實迂疏，識尤曚昧。昔居芹頖，嘗游半刺之恩波；兹處鹽車，雅蔭元侯之德宇。念已及瓜而受代，猶思附驥以爲榮。輒貢忱誠，上祈收録。果興褒於雁塔，俾造迹於龍門。念非明習之人，曷稱至公之舉。雖知勉效，其奈孱庸。兹蓋伏遇某官先生，仁義並隆，恩威允濟。宏開幕府，奉行堯舜之教條；盡率藩垣，同致成康之習俗。盡衣冠而不犯〔一〕，掃囹圄以告空。皆由律法之素明，遂使奸邪之知〔二〕畏。顧惟末學，亦許希蹤。某敢不遠慕直清，近師愷悌。期去舞文之弊，誓酬造物之恩。

校勘記

〔一〕『犯』，四庫本作『代』。

〔二〕『知』，四庫本作『初』。

代汪縣丞謝[一]張運使舉改官啟

孔書借寵，蓋在一言；和璧稱珍，必因三獻。非繄君子有成人之美，曷使小人遂溢分[二]之求。幸出宿緣，感深恩地。伏念某賦性[三]樸拙，爲學荒唐。蚤以賞延，繆叨仕進。秋風得便，刷翎偶幸於一鳴；春浪不高[四]，點額未登於三級。崎嶇走吏之役，闒茸催征之勞。雖及瓜成七考之書，而削木遇三年之禍。分甘退伏，心敢覬覦。夙遭當世之偉人，肯作寒生之巨芘。衮言初上，已獲陞資；鶚薦再揚，遂諧改秩[五]。兹蓋伏遇某官，儒林碩德，朝著明師。久歷要華，屢膺眷注。乘軺拱日，餉已給於關中；持節觀風，錢已流於地上。雖拜青氊之命，未忘緑野之居。琳宫益務於養高，芝檢行聞於促召。將茂參[六]於洪化，期並賜於蒼生。當處燕怡，亦懷誘掖。致兹孱瑣，猥辱周旋。某敢不恪守官規，勤修士操。已知今日，丈人厚而丈人真；當誓此心，國士遇而國士報。其爲感戴，罔究敷宣。

校勘記

〔一〕『謝』，四庫本作『請』。
〔二〕『溢分』，四庫本作『無厭』。
〔三〕『性』，四庫本作『資』。
〔四〕『不高』，四庫本作『化魚』。

〔五〕『秩』下四庫本有『謂求而不得者有矣，乞諸其鄰而與之。眷兹成就之恩，實出始終之造』二十七字。
〔六〕『茂參』，四庫本作『參謀』。

謝交代新餘姚尉啟

竊食無功，每抱妨賢之愧；及瓜有代，兹爲善後之圖。方翹首以望旌車，遽奉緘而拜珠玉。將其厚意，乃見交情。恭惟交代某官，夙稟天材，妙傳家學。擅文章於宇内，蓋自〔一〕青氈；表閥閱於江東，實高烏巷。聊淹驥足，來佐雷封。伏念某疏拙無能，孱庸有素。一官投老，謾言禄在其中；三歲終更，所喜繼之者善。是爲天幸，夫豈人謀。糠粃在前，正賴匿瑕之德；瓊瑶爲好，殊無論報之方。行先馬首之途迎，預喜龍鱗之攀附。其爲欣願，罔罄敷陳。

校勘記

〔一〕『自』，四庫本作『是』。

謝松陽沈主簿啟

棘闈捧檄，初窺黄卷之詞華；梓里停驂，又識紫芝之風采。一辭崇屏，五見周星。雖尺書莫敘於寒暄，而寸意靡忘於朝夕。不圖鱗翼，遽寵珠璣。仰佩至情，俯慚不敏。恭惟某官，儒林直榦，藝圃孤芳。窮當益堅，學而不厭。紉春蘭而爲佩，茹秋菊以療饑。故〔一〕紛然獨富於簡編，而藉甚有聲於場屋。龜峰較技〔二〕，已號無雙；蘭省奏功，遂居第一。有光吾道，大愜鄉評。方捷音之再傳，激鄙悰而倍喜。豈唯群來數千士，盡覺膽寒；伊余同事六七人，始知心服。鸞棲未久，鳳檢行攽。當從石渠天祿之間，即造金馬玉堂之上。詳觀器識，必至公台。某學不逮人，才非濟世。雖棲身於泥滓，每抗志於雲霄。顧此暮途，已窮五技；偶於高作，或見一斑。昔荷借於齒牙，今復飛於翰墨。一字必有法，寵踰華衮之榮；十襲謹所藏，永曜私門之寶。其爲感愧，罔罄敷陳。

校勘記

〔一〕『窮當』至『故』二十一字，原闕，據四庫本補。

〔二〕『技』，四庫本作『敵』。

代周撫幹謝湯運使舉關陞啟

遠慕奔馳〔一〕之吏，績效無聞；外臺薦舉之章，褒揚猥及。高風所被，朽質增榮。竊以自昔遭時遇主而有爲，必在舉善進賢爲急務。窮之所養，達而可行。入佐天子，則坐廟堂而總百官；出將王命，則按封部而察群吏。故流品於焉甄別，而清濁賴以激揚。中外之體相資，委任之權惟一。凡以成政事之大，要在得人才爲先。慶賞爵禄之所施，雖一出於明主；品題推挽之所自，誠有待於宗工。審才能之短長，驗窾端於聲實。匪唯稱譽於一旦，必將保任其終身。夫豈妄庸，可膺清舉。如某者駑駘下乘，樗櫟散材。夙叨世賞之延，濫廁士途之末。果藝無取，顓蒙不移。卑棲靡憚於徒勞，孤迹敢希於寸進。何期幸會，得所依歸。兹蓋伏遇某官，襟宇粹明，才猷彊濟。千尋挺建木之秀，咸謂蓋〔二〕高；百鍊〔三〕藴荆〔四〕南之鋼，無施不可。上心簡在，士論攸歸。試才暫〔五〕屈於乘軺，峻召即還於從橐。將翊隆於興運，用博彙於群材。致此衮褒，特從隗始。某敢不益修素〔六〕履，彌激懦衷。砥節自〔七〕公，期不負於知己；捐軀報德，尚有待於他時。

校勘記

〔一〕『遠幕奔馳』，四庫本作『逸幕賓士』。

〔二〕『謂蓋』，四庫本作『推所』。

〔三〕『鍊』，四庫本作『丈』。

〔四〕『荆』，四庫本作『符』。

〔五〕『暫』，四庫本作『薦』。

〔六〕『素』，四庫本作『業』。
〔七〕『自』，四庫本作『首』。

代周監獄謝湯丞相差遣啟

飢寒所迫，輒用投誠；聖賢相逢，果蒙從欲。奉朱陵之香火，供白髮之膬甘。爲幸既多，懷慚亦至。竊以仁人在上，孝治爲先。東内隆歡，既整淵衷之齋慄；南陔致養，又聞上宰之祇承。推茲錫類之恩，孰有無母之國。如某者迂疏有素，樸拙奚堪。每惟菽水以悦親，敢意雲霄之得路。效官幕府，以免曠瘝；得禄祠廷，尤知僥倖。茲蓋伏遇某官〔一〕，大忠許國，純孝宅心〔二〕。德高曾閔之科，治格唐虞之世。茲欲及人之老，遂施造物之仁。捧檄而歸，喜可知也；倚門而望，幸已得之。某敢不念禄無功，歸恩有自。當子母相依之日，榮若萬鍾；惟君臣慶會之秋，願隆千載。庶持此念，仰報大鈞。過此以還，未知所措。

校勘記

〔一〕『某官』，四庫本作『國史僕射相公』。
〔二〕『心』，四庫本作『公』。

謝兵部楊尚書舉自代啟

紬[一]四庫之秘文，居慚尸素；拜一緘之華袞，遽荷品題。顧惟款啟之寡聞，曷稱褒揚之大賜。竊以堯登伯禹，稷卨因著厥功；唐用玄齡，王魏乃盡其直。是皆欲時見信，故先謂己不如。一懷事君以人之心，盡掃妬賢嫉能之弊。必求同德比義，始可並駕齊驅。如某者才不逮人，學非爲己。徒緣弓冶，獲造衣冠。三年璧水之横經，嘗從驥尾；半歲蓬山之竊食，更被鵷書。吹噓悉自於師門，晚暮益光於仕路。念此執鞭之志，已足[二]爲榮；顧今推轂之恩，乃過所望。自惟得此，如弗稱何。矧無雄篇大册，自衒其詞章；亦乏闊論高談，以陳其謀略。孳孳固以自[三]養，蓋亦當然；兀兀不敢尚人，未爲過分。既賜之以孝廉之目，又許之以静退之風。下駟忽作驊騮，未離冀北；斷木被之文采，大異溝中。豈伊單平，得此際會。兹蓋伏遇某官先生，斯民先覺，間世真儒。自從西蜀之盍歸，咸謂東坡之復起。肆本朝百七十載，魁多士萬二千人。見者固自降心，聞之亦皆斂衽。頃辭瑣闥，進直玉堂。益被眷於九重，乃陞華於八座。俯循故事，猥及陳人。借以齒牙，欽[四]其卵翼。某敢不益堅操履，期副提撕。今日聲華，已權輿於剡牘；他年蹤跡，當造化於鈞陶。

校勘記

〔一〕『紬』，四庫本作『綢』。
〔二〕『足』，四庫本作『得』。
〔三〕『自』，四庫本作『所』。
〔四〕『欽』，四庫本作『欲』。

除司封郎官兼建王府直講謝宰相啟

紬書天禄，未探金匱之珍藏；主爵星垣，更忝兔園之末至。得踰所望，榮實爲慚。竊以天官分屬於郎曹，清唯執秩；王邸肇新於賓友，重在談經。永惟二者之兼，宜極一時之選。豈徒守名器不假之戒，抑亦申社稷無疆之休。如某者材本不高，品〔一〕惟甚下。幼悲陟岵，幸殖萱之在堂；老喜彈冠，方采芹而樂泮。偶際聖皇之總攬，式逢碩輔之登庸。夙荷帡幪，屢汙甄冶。三年壁水，靜脱風波；一歲蓬山，坦無荆棘。已不啻足，其又奚求。方將焚膏繼晷，以讀秘閣之書；敢意含香握蘭，而贊吾君之子。顧雖白首，有媿積薪之後來；乃若青編，其可倚席而弗講。正堪襆被，尚許曳裾。靜言非據之叨塵，厥有至公之造化。兹蓋伏遇某官，德隆古昔，勳塞高深。堯舜之民可封，尹爲先覺；文武之道未墜，軻乃得傳。首開萬世之謀，默輔一人之斷。聲容不動，夷夏交歡。遂令孱瑣之材，得此清優之職。某敢不差量功次，研究指歸。

既助詔王，馭[二]其貴而馭[三]其富；又思立論，依於孝而依於忠。庶以微勞，仰酬大賜。其爲感戴，罔罄敷陳。

校勘記

〔一〕『品』，四庫本作『性』。

〔二〕『馭』，四庫本作『敘』。

〔三〕『馭』，四庫本作『敘』。

代周撫幹謝宰相差遣啟

得禄奉祠，已慚尸素；叨恩贊幕，更出提撕。疊冒寵光，彌深戰懼。伏念某迂疏不學，款啟無能。徒藉賞延，獲從仕進。三年師閫，嘗隨賓佐之下僚；一歲祠庭，僅脱選曹之初級。乃於黄閣，復得青氈。馬牛風隔於前官，雁鶩群存於故吏。雖食焉在數期之後，而馬也增一顧之榮。今日寵中，既與俱收之物；他時席上，定爲可貢之珍。載省其私，的知所自。兹蓋伏遇某官，道貫三極，學兼九流。瞻彼漢庭，可謂無出其右；稽之孟氏，豈誠不得其傳。廓此宏規，函[一]夫率土。取善不遺於一介，輔君乃底於三王。致此孱庸，亦蒙收録。某敢不益堅己志，冀〔二〕報官箴。投賤迹於陶冶之中，勉〔三〕酬造化；事上官於棨戟之下〔四〕，誓竭公勤。感激之悰，敷宣罔既。

校勘記

〔一〕『函』，四庫本作『遍』。

〔二〕『冀』，四庫本作『以』。

〔三〕『勉』，四庫本作『仰』。

〔四〕『下』，四庫本作『内』。

除宗正少卿謝宰相啟

主七司之爵秩，方愧素餐；貳九棘之宗盟，更繄洪造。叨踰已甚，媿負何多。竊以龜鼎蘿圖，建中興於聖統；金枝玉葉，衍積慶於仙源。永維纂紹之功，必賴恢宏之士。如某者學幾畫虎，技止雕蟲。場屋亡奇，一顧幸逢於燕市；膠庠久處，三遷乃廁於粉垣。會聖神獨斷之秋，建宗社無疆之計。首贊吾君之子，久横前哲之經。肝腎徒愁，毫毛何補。因欲率先於襆被，敢期進亞於執羔。矧惟帝王圖牒之司，宜謹春秋筆削之任。不圖造化，乃及孤寒。茲蓋伏遇某官，道大無私，功隆有截。内尊明主，垂堯舜之衣裳；外襲强胡〔一〕，復文武之境土。靜深不撓，恢復有期。更思茂序於天支，故欲精求於僚屬。俾從星省，來貳月卿。雖堯運漢承，述贊〔二〕莫追于班固；而文昭武穆，提綱〔三〕幸屬於周公。某敢不仰奉規爲，益勤稽考。一人有作，紀僕命於萬年；九族既惇，敘惟城於億世。庶裨輔弼，少答生成。

校勘記

〔一〕『胡』，四庫本作『鄰』。

〔二〕『述贊』，原校：一云『淺識』。

〔三〕『提綱』，原校：一云『大臣』。

鄮峰真隱漫録卷二十八

啟 禮書附

上秘監林侍郎啟

萍梗無依，第知隨食；雲天有望，久阻承顔。雖尺書莫敘於寒暄，而寸意靡忘於朝夕。恭惟某官，斯民先覺，當世奇材。闊步漕闈，高翔蘭省。果以禰衡之一鶚，入爲帝舜之群龍。芸〔一〕滿道齋，爰作吾儒之領袖；荷香夕闥，鬱爲朝著之羽儀。翱翔今日之榮塗，涵養他年之相業。伏念某一官冗賤，五斗微單。鶴髮慈親，未副倚門之望；雞窗苦志，敢忘挾册之勤。念龍豬之勢雖殊，而燕雀之情猶在。輒馳短削，少貢卑悰。推轂存心，儻眷綈袍之舊；彈冠爲喜，更看綸檢之傳。方氣候之嚴凝，冀寢饔之調護。用符輿頌，式茂純禧。

校勘記

〔一〕『芸』，四庫本作『芝』。

赴餘姚尉與知縣啟

望安仁之花縣，久挹清芬；登子賤之琴堂，行聆雅韻。承顏有日，撫己知榮。恭惟某官，儒雅吏師，典刑人望。以仁心而察民情之隱，以直道而受上位之知。行遂最聞，即膺注委。某得官一尉，需次五期。逮兹萍梗之來，偶託雲天之芘。未同梅福，思遁迹於隱淪；且識魯山，得灰心於名利。其爲欣幸，罔罄敷宣。

又與縣丞啟

一水非遥，稔聞佐理；二松在望，行即承風。事匪人謀，幸惟天予。恭惟某官，時推俊傑，世載忠嘉。暫淹八斗之才，來贊一同之化。膽寒雁鶩，知吏事之剛明；目注江山，得詩家之雅興。行聞迅召，用副旁〔一〕求。某迹轉萍蓬，躬〔二〕親筆楚。雖處百僚之底，欣逢二府之賢。平生懷慕藺之心，幾於忘食；今日叨識韓之幸，敢願〔三〕封侯。顧此欣榮，莫能敷敘。

校勘記

〔一〕『旁』，四庫本作『東』。

〔二〕『躬』，四庫本作『身』。

〔三〕『願』，四庫本作『受』。

又與主簿啟

枳棘而棲，鳳凰久思附翼；蒹葭而倚，玉樹行即依枝。恭惟某官，天廄神駒，慶源仙派。忠喆不泯〔一〕，推奕世之風流；學問尤奇，擅一時之儒雅。行拜鋒車之寵，用符高士之名。某身本腐儒，雅爲醉尉。遠者大者，行其親炙於賢模；沙之汰之，自愧趦趄於後乘。欣榮所至，敷述奚殫。

校勘記

〔一〕『忠喆不泯』，四庫本作『公忠自喜』。

赴餘姚尉上知明州徐侍郎啟

弱質依棲，久親師誨；微官窘束，遂遠恩光。去大廈雖僅浹旬，繫中扃如居一日。永言知己之罕遇，故使斯懷之不忘。恭惟某官，以人中龍，爲天下士。世均膏澤，知紫禁之謀猷；郡有治功，表朱轓之愷悌。楓宸眷注，槐揆尊崇。當居黼帳，以綰樞權；或擁碧幢，而臨帥閫。長材惟用，大拜有期。伏念某貧止簞瓢，業唯筆硯。坐窮里閈，遭神明善政之臨；竊禄海隅，獲升斗洪波之潤〔一〕。不由紹介，夙有夤緣。高山既荷於知音，短翅爰思於附尾。絳爲講帳，乏馬氏之該通；錦作詩囊，非李生之風韻。猶欲挽瑣材而置之〔二〕書館，復令採己〔三〕句以揭在〔四〕經堂。顧惟齷齪之資，曲冒吹噓之賜。銜恩雖重，報德未涯。兹甫瓜時，致飄萍迹。雲天望近，喜潭府之不遥；犬馬戀深，庶書郵之時至。清和始届，福禄來宜。冀調几簟之寢興，式副廟堂之毗倚。

校勘記

〔一〕「潤」，四庫本作「被」。
〔二〕「之」，四庫本無。
〔三〕「己」，四庫本作「巴」。
〔四〕「在」，四庫本無。

餘姚尉到任上知臨安府張尚書啟

萍梗孤蹤，蝸盤窮海；雲天巨芘，驥展雄藩。雖尺書莫敘於寒暄，而寸念敢忘於朝夕。恭惟某官，斯民先覺，當世鉅儒。蚤綿歷於禁林，復周旋於天府。兹煩愷悌，屢寵蕃宣。襄嶺承流，訪龐公孟浩然之高致；洪都弭節，追陳蕃徐孺子之清風。方藹袴歌，佇膺環召。旗旄夾道，將隨鳳檢以遄歸；韜鞴思賢，還指龍墀而入拜。某得官一尉，待次五期。方幸及瓜，未諧望履。徒馳神於幕府，用伸喙於書郵。時適峭寒，物陶和氣。冀節宣於啟處，庶仰副於倚毗。祝頌之私，敷宣罔既。

代貝〔一〕承務上曹侍御啟

肄業當塗，昔幸親於硯席；棲身鄖嶺，今已遯於林泉。念豬龍之勢雖殊，而燕雀之情故〔二〕在。輒馳尺素，用達寸誠。恭惟某官，當世碩儒，斯民先覺。雍容八斗，獨高子建之才；清淨一官〔三〕，雅得蓋公之道。爰來〔四〕趨於北闕，遂進處於南床。虎在山而藜藿不侵，鳳鳴岡而梧桐是集。紀綱肅若，風采凜然。行籌韝帳之機謀，用益柏臺之忠讜。某摧頹弗類，蹭蹬無聞。昔隨侍於鯉庭，嘗往游於芹頖。聯經舍選，有如同隊之魚；垂翅鄉闈，自作不鳴之雁。寒暑已更於一世，仙凡遂歎於兩途。編檢傳聞，雖絶彈冠之望；綈袍眷遇，尚期下榻之榮。

校勘記

〔一〕『貝』，四庫本作『具』。

〔二〕「故」，四庫本作「猶」。
〔三〕「官」，四庫本作「言」。
〔四〕「來」，四庫本作「求」。

代人上知紹興府俞敷學啟

執鞭就役，慚無一日之長；推轂見知，尚賴片言之薦。矧在雲天之下，尤祈陶冶之恩。輒露微情，仰干洪造。伏念某嶮巇可笑，樸拙自將。萍蓬湖海之窮途，樗櫟乾坤之長物。鯉庭一問，已興陟岵之悲；軻室三遷，尚藉斷機之訓。星星鶴髮，望切倚門；寂寂雞窗，心甘挾策。偶簉衣冠之末，獲從州縣之勞。雖家微三釜之豐，未辭凍餒；而身獲二天之芘，獨荷帡幪。既玆遇合以逢時，孰謂知己而無禮。恭惟某官先生，高才跨古，直道得君。政爲愷悌之吏師，名在風流之仙籍〔一〕。佪翔天府，踐歷帥藩。紫槖芬馨，浮動列城之和氣；紅旌搖曳，散揚隨步之春風。乃眷孤寒，最蒙提獎。赤心見待，不因毫髮之先容；青眼垂憐，每借齒牙之餘論。有大冶兼容之量，無一夫不獲之嗟。儻許鑄顔，必祈薦禰。諒衮衣繡裳之召，已在泥封；而赤箭青芝之〔二〕材，期歸藥籠。願垂金諾，賜以衮褒。誓堅末路之公忠，仰答無私之造化。

校勘記

〔一〕『籍』下四庫本有『年高而德彌卲，是孔子之徒歟；位貴而身愈恭，則周公其人也』二十四字。
〔二〕『芝之』，原作『之芝』，據四庫本乙正。

謝德慶府劉通判啟

半生飄泊，雖未識韓；一紙薦揚，已〔一〕先及禰。方懷不揣之媿，遽辱過情之言。奉緘以還，荷德尤厚。恭惟某官，才高吏道，學有師傳。頃由綵棒之功，旋闡琴堂之化。平分風月，方此登臨；得助江山，已多吟詠。暫領虎符之寄，有嘉棠蔭之宏〔二〕。即聽芝封，促歸楓陛。某迂疏弗類，樸拙自將。徒以慕賢之心，遂伸贊德之語。謂不〔三〕嫌其浼己，乃反賜之飛緘。華衮興褒，豈應獲此；木瓜有贈，何以報之。

校勘記

〔一〕『已』，四庫本作『合』。
〔二〕『宏』，四庫本作『公』。
〔三〕『不』，四庫本作『必』。

謝湖州陳知郡啟

薦被恩光，方震驚而罔措；三蒙緘誨，復循省以知慚。仰銜君子之隆謙，俯重小人之過分。兹蓋伏遇某官，文章冠世，事業康時。爲己順而詳，待人輕以約。頃推臺省之彦，出臨苕霅之邦。首預選掄，迄臻愷悌。行聽承恩而赴闕，豈徒增秩以賜金。乃眷孤蹤，每加褒衮。念盍簪於蓬閣，由傾蓋於稽山。肝膽洞然，皎如星日；金蘭自若，何恤風波。不圖已閲於歲時，猶未相忘於道術。載披華翰，殊鬱鄙懷。市虎浮言，我初不信；盃蛇幻影，公勿自疑。擴兹廣大之心，不負平生之學。庶幾末路，共闡大公。感愧之私，敷宣罔既。

生日謝惠詩詞啟

屏跡杜門，適届桑蓬之日；負薪伏枕，方深岵屺之悲。敢意高情，遽眄巨軸。某昔欽才美，已窺霧豹之一班；兹荷謙沖，更畀驪珠之百斛。緣拘近制，莫敢華緘。仰冀仁明，特垂炳察。

代彌正謝江西漕試得舉啟

棘闈較藝，來數路之英材；星使提綱，極一時之公舉。偶容鼠技，亦玷鶚書。得之若驚，榮不蓋愧。伏念某幼聞禮教〔一〕，長冒賞延。偕任子而赴銓，適叨選首；隨伯氏而覓舉，亦在行間。點額而歸，冥心已久。屬文場之再闢，操舊篋以重登。騰〔二〕劍氣以〔三〕遇豐城，未忘龍躍；款〔四〕祠堂而虔〔五〕孺子，宛見地靈。荷大造之主盟，致小人之濫吹。玆蓋伏遇某官，權衡吾道，柱石斯文。久參法從之聯，出擁使軺之寄。每留心於人物，將輔治於皇家。顧此孱庸，亦蒙甄録。某敢不鞭其不逮，增所未聞。儻得俊於南宫，皆因禰薦；誓馳誠於北面，弗叛韓門。銘佩之私，敷宣罔既。

校勘記

〔一〕『教』，四庫本作『樂』。
〔二〕『騰』，四庫本無。
〔三〕『以』，四庫本作『一』。
〔四〕『款』，四庫本無。
〔五〕『而虔』，四庫本作『屢款』。

謝前福建陸提舉啟

三徑言歸，方理荒蕪之松菊；一緘見寵，遽貽璀璨之珠璣。華衮興褒，疲駑增價。恭惟某官，德隆衆善，文贍百家。謙謙君子之光，俯憐衰跡；戀戀故人之意，遠致好音。感佩既深，敷宣難盡。

除太傅謝皇孫郡王啟

歡騰黄屋，方稱堯壽之萬年；命出丹墀，忽進周家之三事。控辭不獲，祇拜爲慚。伏念某蒲柳孱軀，桑榆暮景。際會蚤逢於興運，夤緣亟處於要津。初無横草之功，遽冒面槐之秩。兹行慶典，復進官聯。眷榮寵之彌深，知吹嘘之有自。兹蓋伏遇皇孫某官，生而岐嶷，學則勤勞。豈惟道尊而德崇，抑亦聞廣而見博。三宫問膳，常紆萊子之衣；四代傳芳，唯有曾參之孝。遂使退居之篤老，亦需錫類之殊恩。某仰體隆知，莫圖寸〔一〕報。被堅執鋭，嗟膂力之衰殘；戴德歸恩，尚肺膺之銘刻。過此已往，未知所裁。

校勘記

〔一〕『寸』，四庫本作『所』。

賜玉帶謝皇孫郡王啟

衮繡輝華，再進面槐之三事；瓊瑶璀璨，更紆寶帶之萬釘。得過所期，榮不蓋愧。伏念某學祇〔一〕爲己，材不逮人。偶遭神聖之興王，遂秉鈞樞而作輔。迄無勞效，乃請閒休。茲因介壽於慈皇，遂獲觀光於宸極。已深幸會，復被恩憐。束以立朝，何異於輜車乘馬；下而存道，未妨於雪案螢窗。伊出處之咸宜，實吹噓之有自。茲蓋伏遇皇孫某官，聰明天賦，問學日新。晨造三宮，擁綵衣而容與；夜披六籍，味黄卷以精勤。載惟衰瘁之蹤，每荷優隆之眷。致令錫賚，猥及賤微。某敢不珍重身章，感銘君賜。都門祖餞，快群目之觀瞻；田舍歸耕，敢非時而佩服。誓殫晚暮，以答生成。感戴之私，敷宣奚既。

校勘記

〔一〕『祇』，四庫本作『知』。

謝知興元府閻侍郎啟

倦游解組，閒居綠野之園林；對景流觴，渴見紫芝之眉宇。敢圖萬里，特枉一緘。錫以溢幅之珠璣，將之以盈筐之錦綺。意敦故舊，義薄雲天。恭惟某官，參井蟠英，岷峨毓秀。文章典雅，飄飄氣矗層霄；風采瑰奇，濯濯柳當春月。始登王畿而結綬，寖〔一〕陟法從以持荷。久在論思，常聞忠讜。譽已高於班馬，政欲繼於龔黄。乃分閫以鎮南維，行趣裝而還〔二〕北闕。某頃居朝著，最密交情。睽遜以來，瞻依正切。退閒寂寞，誰著眼以相看；訪問死生，忽寄聲而遠逮。真可激昂頹俗，豈不感動老懷。披〔三〕謝之私，敷宣莫喻。

校勘記

〔一〕『寖』，四庫本作『漫』。

〔二〕『還』，四庫本作『入』。

〔三〕『披』，四庫本作『摧』。

謝杜縣尉啟

久欽令望，願覿英標。結駟下臨，既竊彈冠之喜；負薪小愈，式諧倒屣之迎。曾短刺之未投，遽長箋之見寵。拜嘉知感，揣德何堪。伏惟某官，吏材有餘，儒風獨擅。將大展濟謀之斷，故蚤充〔一〕觀國之賓。乃眷老夫，特迂都騎。幸來戲綵，適尊君佐治於棠陰；遂許披雲，繇愚子綴名於桂籍。既兹託契，敢後論交。榮幸之私，敷宣罔既。

校勘記

〔一〕『充』以下原闕，據四庫本補。

除太師謝留右丞相啟〔一〕

充員帝傅，已懷非據之羞；進位師垣，更冒曲成之造。固辭弗荷，承命知榮。伏念某少也迍邅，晚焉遇合。秉鈞揆席，蔑攄經濟之才；摘句青緗，何補緝熙之學。深虞愒日，旋即引年。久卧病於漳濱，徒馳神於魏闕。屬大明之繼照，罄萬物以皆新。豈料陳人，首霑霈渥。嘗歷觀於舊弼，竊有感於孤衷。文潞公愠章蔡之不知，吕申國喜范韓之得志。遭時各異，享福斯殊。矧某至愚，豈曰敢望。幸宗工之當軸，擴宏度以匿瑕。假寵自天，既荷兩宫之眷佑；歸恩有地，實緊一相之甄鎔。兹蓋伏遇某官，德厚無垠，勳高不伐。伊尹以天下自任，夙簡上心；留侯爲帝者之師，克繩祖武。當論道經邦之暇，有好賢樂善之誠。遂使孱微，亦叨光潤。面槐隗始，慚揚粃之在前；結草顒同，顧捐軀之敢後。其爲感幸，罔既敷宣。

校勘記

〔一〕此首原闕，據四庫本補。

謝王知院啟〔一〕

某官恭懿而恢洪，高明而肅括。直聲夙著，長孺寢淮南之謀；相業行施，夷吾副江左之望。當論道經邦之暇餘同前。

校勘記

〔一〕此首原闕，據四庫本補。

謝葛同知啟〔一〕

某官清孝典刑，平康軌範。予惟克〔二〕邁乃訓，夙推舊學之尊；天將大任是人，果寄本兵之重。餘同前。

校勘記

〔一〕此首題目原闕，據四庫本補。

〔二〕『克』，四庫本作『勉』。

禮　書

妹回周氏定禮書

青蒲事業，媿泯風流；赤壁功名，尚欽閥閲。行媒薦至，竊〔一〕懷非偶之慚；厚幣遽將，具〔二〕見好逑之意。伏承賢姪某人，夙資家學，行簉朝紳；而某小女，甫及笄年，粗閑姆訓。既幸絲蘿之託，敢違金石之言。恭致回儀，用承雅命。

校勘記

〔一〕『竊』，四庫本作『早』。

〔二〕『具』，四庫本作『果』。

女回陸氏定禮書

夙締嘉姻，已佩黄金之諾；兹銜盛禮，更傳青翼之音。鄙夷虜〔一〕之賣婚，信風期之拔俗。恭承高義，其敢牢辭。

校勘記

〔一〕『夷虜』，四庫本作『季世』。

堯翁弟定舒氏禮書

生子俱期於有室，得妻實望於肥家。顧昔無謀，嘗蹈噬臍之悔；逮今有幸，獲茲附尾之榮。伏承賢女，生處名家，幼承慈訓；而某小子某，深求善後，每謹圖新。儻令琴瑟和鳴，一洗紛紛之論；庶使桑榆暮景，復觀衎衎之風。敢因青翼之傳，佇拜黃金之諾。

文翁弟定貝氏禮書

儒素相依，夙有葭莩之好；風期未泯，更思蘿蔦之求。永維擇配以宜家，共鄙賣婚之敗俗。伏承賢姪孫九八娘子，芝蘭襲秀，頊〔一〕已靄於馨香；而某姪某，弓治承休，敢自言於肖似。荷茲厚眷，許以因親。爰協吉於龜占，將有期於雁奠。用馳單牘，少侑菲儀。

校勘記

〔一〕『頊』，四庫本作『願』。

代劉思道爲子納幣禮書

古樂知音，識高季子；玉符著論，功屬武陵。白鳳霄騰，既風騷之不淺；青蠅遠附，是婚對之敢求。伏承賢妹小娘子，保傅功深，夙擅芝蘭之譽；而某孫某，箕裘學在，僅逃豚犬之稱。雖荷不遺，居慚非偶。兹協龜占之吉，式將雁幣之儀。合巹是圖，授綏莫緩。敢齋誠於青翼，庶被諾於黄金。

守之定朱氏禮書

折檻華宗，久欽風烈；伏蒲末裔，敢締姻聯。聞青翼之傳音，嘉黄金之賜諾。輒將微幣，用浼高門。伏承令妹小娘子，姆訓素閑，夙著芝蘭之譽；而某孫守之，家風粗〔一〕保，未忘弓冶之思。嘉耦是圖，菲儀斯舉。文〔二〕定禮物，具載别牋。

校勘記

〔一〕『粗』，四庫本作『初』。

〔二〕『文』，四庫本作『言』。

女回王氏定禮書

夙諧嘉耦，信在言前；兹拜珍函，禮增〔一〕望外。伏承賢嗣廿二學士，韋門擢秀，已克紹於家傳；而某幼女，阮族素貧，又未嫻於姆訓。雖揆分有霄壤之異，而論交如金蘭之同。繼好是圖，固辭豈敢。回奩菲陋，别幅具陳。

校勘記

〔一〕『增』，四庫本作『書』。

孫女回胡氏定禮書

金蘭託契，欣聲臭之適同；松蔦相依，忘婚姻之非偶。辱將厚意，寧敢牢辭。賢嗣二機宜，詩禮有聞，士夫推其克肖；某孫女十四娘，功容弗逮，保傅許其向成。既將合琴瑟之〔一〕和，當幸見門闌之〔二〕喜。其爲榮耀，曷罄敷宣。不腆回奩，敢祈采矚。

校勘記

〔一〕『之』下四庫本有『好』字。

〔二〕『之』下四庫本有『有』字。

彌堅成婚日狀

絲蘿許附，夙叨結好之榮；龜筮告從，兹致請期之禮。諒惟鍾愛，必喜及時。謹選淳熙十一年二月六日，爲小兒彌堅取令女郡主，親迎入門，蠲潔見廟。伏惟鈞慈俞〔一〕允。

校勘記

〔一〕『慈俞』，四庫本作『兹矜』。

禮物狀

伏承許以玉女，供嗣春秋。不腆先君之舊禮，敢委贄於門下〔一〕。伏惟容納。

校勘記

〔一〕『委贄于門下』，原校：亦云『委幣於庭下』。

鄧峰真隱漫録卷二十九

劄　子

繳得旨令點李翺復性書劄子

臣今月十二日，蒙遣中使傳旨，示臣唐李翺復性書中篇，令臣點句以進。臣恭承睿命，分點句讀。緣正本已經乙〔一〕覽，臣不敢加點，謹别繕寫爲一帙。其間絶句即用朱筆旁點，句分而意猶屬者即間點。又以管見，即翺所學，略分其旨趣。其意艱澀處，亦爲之解釋，以俟采擇。臣抱病二旬，方今小愈，不能精思，輒慁聖聰。臣無任云云。

校勘記

〔一〕『乙』，四庫本作『一』。

賀平淮寇廣賊奏功劄子

臣伏聞淮囚釁逝，久稽斧鉞之誅；廣寇蜂屯，大肆干戈之毒。一已剿絶，一已生擒。當使節慕義以鼎來，忽捷報飛緘而踵至。歡騰燕市，喜動天顔。皆陛下心宅静淵，運作神明之斷；躬行仁義，發爲道德之威。垂拱九重，收功萬里。方經營於遠馭，以恢復於中原。雁塞龍庭，行入封疆之内；狗偷鼠竊，何勞兵刃之餘。

辭免初除參知政事賜銀絹第三劄子

臣竊惟陛下，恭儉夙資於聖性，憂勤思裕於編民〔一〕。覬以移風，曾未見效。臣爲近弼，日以究心。有資可輸，尚當自竭以佐上；無功而得，豈宜安受而不言。是以力貢忱誠，冀蒙俞允。敢期睿眷，特畀殊恩。臣進退徊徨，俯仰跼蹐。欲全拜賜，則有〔二〕違於初念〔三〕；欲終引辭，則慮妨於後人。取其酌中，無如減半。伏惟聖鑒，允臣卑悰。

校勘記

〔一〕「編民」，四庫本作「民編」。

〔二〕「有」，四庫本作「恐」。

〔三〕『初念』，四庫本作『近例』。

辭免除知成都府第二劄子

臣一介草茅，本無他技。頃者效官學省，誤蒙太上皇帝擢侍潛邸。執經在列，講説無補。誠不自意，乃辱陛下非常之知。每陳管見，必賜褒嘉。學者傳聞，以爲歆豔。洎陛下龍飛在御，邦命惟新，而臣復緣舊恩，驟升近列。日陟月遷，以致輔相。度越諸老，超躐衆材。名迹湮微，人心不服。謗議沸騰，幾不自保。仰賴陛下委照孤忠，始終芘護。逮及乞身東歸得請之後，物論不置。荷陛下一意保全，畀以隆職，寵以真祠。使既耄之親不乏供養，母子相依。感戴天地父母生成之德，至於霣涕。所懼未死之間，無以仰報萬一。雖蹈湯赴火，碎首裂肝，亦臣之分。聞命輒辭，已非本志。既煩申諭，何以復言？然犬馬之心有不能已者，尚望少寬雷霆，容臣畢其區區之説。臣材識淺陋，衰疾久攻。見於設施，已試無狀。雖欲自竭，實難彊勉。此固人所共知，不待喋喋。所以尤難承命者，臣母昨自歸鄉，疾恙沈綿，氣體衰弱。去歲五月，一病幾殆。調養至今，尚未平復。必〔一〕侍以行，則西蜀萬里，在途累月，垂老餘年，恐致委頓。若臣迫於成命，單車即路，母子相望於吴蜀之遠，安問迢遥，奉養阻隔，一有後悔，不如無生。此臣所以徊徨迫切，雖知冒瀆，有嫚命之罪，而不敢已也。不然，臣豈不知全蜀之地民物繁庶，自昔冠於諸路。陛下發自淵衷，起臣於散地，付臣以〔二〕外閫，可謂超異之榮，殊絶之恩也。臣爲何人，敢忤隆指！臣又非不知人臣委質立朝，不當以家事辭王事，有如聖訓。緣臣蚤失先臣，母子相依以爲命。今臣年踰六十，日躬藥餌，夜聽喘息。惴惴此心，惟恐不及。若一旦舍去，何以爲懷？陛下所以委臣者，正欲奉宣德意，以慰遠民。臣方寸既亂，舉事失錯，必誤陛下任使。不忠孰甚？臣惟天下大戒，唯忠與孝。臣今若以貪冒寵榮之故，進不得以爲忠，退不得以爲孝。二者既失，曷逭人言？與其他日祈哀於陛下以赦臣罪，不若控露於今日，以冀陛下之矜從也。臣朝慮夕思，凌兢跼蹐，進退無所，不免再具封章，投誠君父。伏望聖慈察臣此言出於誠實，特降睿旨收還寵命，俾仍祠禄以養老親。臣不勝生死，幸甚！

校勘記

〔一〕『必』，四庫本作『送迎』。

〔二〕『以』，四庫本作『於』。

又劄子

臣伏自去國，瞻戀日深。薦奉絲綸，如侍帷幄。感激下拜，涕泗交流。臣惟臣子之分，以身徇國，雖蹈鼎鑊，有不敢避〔一〕。又〔二〕況臣之遭遇，千載一時。義則君臣，情同父子。是以雖處畎畝，夢寐不忘北闕之思。恨不得踐丹墀之餘地，而一望清光於咫尺也。矧蒙陛下俯記孤忠，拔拭宿負，付之大鎮，俾預臨遣。臣心非木石，豈不知願見陛下之私一朝獲遂，在臣可謂至幸。雖材識淺陋，衰疾纏綿，陛下既不以此廢臣，當亦感勵奮迅，即日引道。至於顛踣長途，及異時以不勝任受譴責，臣皆不敢自謀。惟是臣母魯國太夫人洪氏，年齒益老，筋力益耗，視聽益衰，臣之兢懼益倍平日。而萬里遠去，音問動經半年，臣朝夕之間何以自處？雖臣母勉臣以許國，責臣以報主，謂臣頃以愚闇非據，衆論不容，若非聖度保全，母子豈有今日？既蒙任使，安得輒辭？臣聞此言，惶懼感泣，無地措身。然臣有一於此，或蒙哀憐，故敢輒冒萬死，再干天聽。重念臣昨待罪參知政事日，嘗蒙御筆以首春賜臣母酒果。及臣蒙恩除右僕射正謝之日，御筆復〔三〕賜臣母酒果，俾爲家庭之慶。追惟恩隆禮異，迥無前比。皆由陛下孝通神明，愛廣四海，錫類之恩，下被臣母。今以殘年歸命鴻造，必賜憫惻。所以未蒙識察者，臣精誠未至，未有以感動聖心故也。敢披瀝肝膽，再具奏陳。伏乞聖慈檢會累奏，早賜處分，許臣依舊外祠，以終犬馬養親之志。臣母子一心，誓當殫勤香火，仰報生成之萬一。

校勘記

〔一〕『避』下四庫本有『者』字。

〔二〕「又」，四庫本無。
〔三〕「復」，四庫本作「徑」。

辭免改除知紹興府劄子

臣奮身孤遠，本乏材能。徒緣際會於聖朝，遂致叨塵於宰輔。已試之效，曾蔑絲毫。退歸田廬，方切念咎。敢謂陛下天地有容，日月委照。擢從散地，分閫西南。臣以有母篤老，難涉修途。瀝懇再三，控詞千百。非敢違命，實覬矜從。旁觀者爲臣寒心，謂必獲譴。雖臣亦自知罪當萬死，不敢逃刑。而陛下曲軫洪私，特垂哀憫。既免臣萬里之役，更貰臣稽慢之愆。改畀輔藩，俾榮親老。正使臣自爲計，不過如此。臣之遭遇，可謂極矣。是以母子相視，感激流涕，而至於無言可喻也。然臣辭難而得易，辭遠而得近，在臣之私，固爲榮幸，如物議何。而況會稽都會爲三輔，豈可使孱瑣之臣以私計而得？伏望聖慈收還成命，改授耆碩，容臣且奉外祠，以安分守。

辭免知福州劄子

臣迂愚瑣質，寒遠孤蹤。蒙太上一見，擢置潛藩；荷陛下屢遷，躐登次輔。自慚竊位，旋即乞身。獨賴聖慈，曲全去路。畀首台之美職，歸故里以安居。一落江湖，六見寒暑。睿眷弗遺於簪履，皇明忽布於絲綸。既以偏親喜懼之秋，丐免西蜀制臨之命。懷章輔郡，授鉞齋壇。曾無汗馬之微勞，安享金龍之全俸。既恩隆而罔報，俄福過以罹憂。不殞其躬，遽亡所恃。三年痛毒，兩目眵昏。寢苫居廬，悵奄經於節序；負薪伏枕，幾已在於膏肓。方脱素冠，亟頒明詔。益隆至意，盡授前官。更假守於雄藩，以增華於老境。此恩此德，至厚至深。重念臣方抱不療之沈痾，求醫未效；若受無功之寵數，速死何疑。伏望皇帝陛下天地矜容，日月照臨。察臣非僞，許臣終辭。符竹之榮，節旄之重，并收還於成命，俾銷弭於深災。苟獲生全，誓期報答。

辭免郊祀大禮加食邑劄子

臣竊惟泰壇蕆事，恪〔一〕誠意於三靈；湛露敷恩，溢歡聲於萬族〔二〕。更推惠下之典，宜賞服勞之人。臣適此投閑，阻預駿奔之列；豈伊非據，敢當爵賞之榮。仰冀垂慈〔三〕，不嫌反汗。儻收還於成命，庶寢息於浮言。

校勘記

〔一〕『恪』，四庫本作『格』。

〔二〕『族』，四庫本作『俗』。
〔三〕『慈』，四庫本作『察』。

乞休致劄子

臣生本寒鄉，仕逢休運。三年依棲鶴禁，由太上收召之恩；一旦遭際龍飛，出陛下生成之賜。叨塵次輔，甫閱九旬。以資淺而望輕，致身勤而事佐。既不合於輿議，旋有激於臺評。迄蒙保全，免陷罪戾。投閒半紀，追省前非。豈期軫記於孤蹤，亟使制臨於全蜀。力辭親疾，改畀藩符。睿意愈隆，寵臨疊至。肅齋壇而授鉞，視揆路以同儀。冒兹天地父母之私，蔑有塵露毫毛之報。頃甌閩之假守，偶痰眩之切身。祇沐宸綸，俾尸祠禄。雖負薪之疾，今幸去其二三；而過隙之年，實已登於七十。屬當稱〔一〕老，敢用乞身。伏望陛下鑒此輸誠，許其謝事。旌旄印綬，儻獲上還；香火林泉，敢忘祝頌。

校勘記

〔一〕『稱』，四庫本作『告』。

乞休致第二劄子

蕪詞雖達，睿旨未俞。輒再瀆於宸嚴，冀少回於淵聽。伏念臣蚤繇末學，誤玷隆知。慮無一得之愚，歲有九遷之寵。仕宦得兼將相，疾病獲返鄉閭。父母恩深，乾坤施厚。而臣報未殫於犬馬，景已迫於桑榆。氣血俱疲，精神弗逮。有心戀德，無力〔一〕服勞。慨稟禄之徒縻，施面顔而有靦。乃遵禮法，上冒聰明。既未賜於矜從，復恭承於褒諭。捫心至感，揣分難安。重念臣昔在康强，尚無足取；今兹衰苶，又何能爲。唯退縮以引年，可省循而補過。固不敢挂冠爲樂，辟穀爲高也。伏望陛下察此忱誠，知非矯僞。賜之哀憫，許以歸休。誓將遲暮之遠途，仰答全成之大造。

校勘記

〔一〕『力』，四庫本作『意』。

第三劄子

洊蒙優詔之丁寧，未遂休官之懇款。撫躬銜戴，拜命凌兢。臣聞虧盈益謙，天道示戒；知止不殆，老氏垂規。臣雖至愚，心明此理。蓋臣禄以無功受，固出貪饕；爵以無德高，亦爲僥濫。老不知止，天則虧盈。是以禍伏于微〔一〕，病攻其内。若或終無悔悟，必將自速顛隮。故哀鳴靡憚於再三，而恕許有祈於萬一。仰惟陛下包荒大度，從〔二〕欲至仁。作〔三〕善降祥，合天心之化育；無私造命，鑒物理之乘除。赦臣喋喋之愆，憫臣拳拳之義。特回聖斷，俯遂危衷。豈惟獲弭於災殃，抑使少延於視息。此恩此德，成始成終。生永效於傾葵，没猶期於結草。

校勘記

〔一〕『微』，四庫本作『外』。

〔二〕『從』，四庫本作『矜』。

〔三〕『作』，四庫本作『以』。

再辭免少保觀使侍讀劄子

寵渥肆頒，輒祈控免；訓詞申諭，未賜矜從。敢再瀝於微誠，冀必回於至鑒。伏念臣質惟駑下，性則鈍遲。薄命難覬於功名，淺識又荒於學問。頃際龍飛之造，自嗟鼠技之窮。爲相甫及於十旬，去國已驚於半紀〔一〕。違顔許久，戀德彌深〔二〕。迅召鼎來，豈當俟駕。緣臣恩猶未報，身已先衰。過請老之年，兩更寒暑；抱弗瘳之疾，六閱晦弦。形體尫羸，精神耗竭。若尚仍於舊貫，已爲貪寵無厭；儻併冒於新除，得不貽譏有識。伏望陛下擴乾坤之大度，昭日月之餘光。憐臣之齒，實迫於凋殘；察臣之力，誠難於强勉。曲施大造，特寢誤恩。庶令遲暮之塗，獲免顛隮之患。

校勘記

〔一〕『紀』，四庫本作『世』。

〔二〕『戀德彌深』，四庫本作『不戀高軒』。

辭免少保册命劄子

高華之秩，已媿叨踰；優異之儀，敢忘懇避。惟朝廷之册命，示臣子之恩榮。自昔以寵於王侯，逮今或施於公少。非云故事，允謂殊私。伏念臣猥以庸材，驟膺渙渥。俯躬拜命，懼弗能勝；備禮涓辰，豈所宜稱。伏望陛下特垂淵鑒，深諒愚誠。示以矜從，賜之寢罷。

辭免右丞相劄子

命出中宸，恩踰始望。方嬰疾疢〔一〕，倍切驚惶。伏念臣昔本孱庸，今尤疲瘁。聰明有限〔二〕，愈不及於前時；禮〔三〕義實愆，尚祈全於晚歲。兹路〔四〕門之箎迹，荷丹衮之垂憐。挾筴讀書，尤慚弗逮；秉鈞當軸，自揣奚堪。矧臣宿恙寖加，來日無幾。若令負荷，必致顛隮。伏望陛下特軫洪慈，靡忘前懇；亟蒐碩德，光輔中興。儻一相之非材，或乖期待；則三年之虛席，徒誤旁〔五〕求。冀即寢於濫恩，庶罔虧於哲鑒。

校勘記

〔一〕『疢』，四庫本作『疚』。

〔二〕『限』，四庫本作『缺』。

〔三〕『禮』，四庫本作『理』。

〔四〕『路』，四庫本作『露』。

〔五〕『旁』，四庫本作『榮』。

辭免提舉編修玉牒國史院會要所勑令所劄子

臣竊以潤色皇猷，宣明聖系。董信史之筆削，復舉宏〔一〕綱；集列聖之典刑，著爲成憲。皆一代之鉅業，實萬世之丕彝。自非名擅大儒，何以身兼數職。如臣者學疎而識每下，年老而智〔二〕益荒。效農〔三〕馬之專心，尚憂弗逮；若笙鴻之並聽，其免疾顛。伏望陛下，施等乾坤，明兼日月。俯矜精懇，特寢誤恩。庶師言無輕授之譏，使微臣安自量之分。

校勘記

〔一〕『宏』，四庫本作『寵』。
〔二〕『智』，四庫本作『知』。
〔三〕『農』，四庫本作『龍』。

乞解罷機政劄子

臣識不足以燭理，智不足以謀身。老去侵尋，分甘閑散。忽蒙收召，旋冒寵除。進莫遂於牢辭，居切懷於内愧。載惟鈞衡之重，實非衰苶之宜。每省決於文章，率疲勞於筋骨。夜分就枕，不知四體之有無；晨起趨朝，尚覺一心之昏憒。屢祈避位，初匪辭難。荷聖慈委照之明，知綿力不堪其任。今則抱痾既久，作楚無時。豈唯步履之有妨，漸見〔一〕寢食之俱廢。雖勉殫於駑鈍，懼莫逭於曠瘝。敢布腹心，仰投君父。伏望陛下乾坤覆育，山嶽掩藏。亟推從欲之仁，俯遂成終之德。許歸骸骨，就養田廬。庶期昏耄之年，尚覯昇平之化。

校勘記

〔一〕「見」，四庫本作「覺」。

第二劄子

臣近以衰病，不可强勉。輒瀝危懇，乞罷機政。而連日之間，玉音宣諭，至再至三，所以慰藉者甚寵。又蒙薦降詔書，未賜俞允，疊遣中使，傳奉睿旨，丁寧切至，恩禮優渥，皆非近比。顧臣何人，當此異眷。理宜仰遵聖訓，奔走就列。豈得復貢封章，以干慢命之誅。然臣區區愚悃，尚有〔二〕未盡，不能但已。惟陛下俯垂矜察。臣聞宰相之職，上欲助理萬幾，燮調陰陽；下欲坐鎮雅俗，附親黎庶。外欲折衝禦侮，綏撫四夷；内欲持循紀綱，儀刑百辟。一有不然，是謂曠職。臣之材術，本無可取。徒以疇昔勸講潛藩，誤蒙眷顧。夤緣幸會，遂輔初政。既而自知非據，亟請退閑。荷陛下矜憐覆護，不加譴責，畀以祠禄。數年之間，兩典大藩，屢加優寵。已慚過分，敢有他求。比者忽蒙收召，俾侍經幄。曾未閱歲，再此叨踰。承命之初，固嘗披瀝肝膽，祈免誤恩。陛下眷臣特厚，不容辭避。臣亦仰體殊遇，黽勉就職。今又累月矣，然而日困文書，夜勤思慮。精神耗竭，耳目昏瞶。其所省決，隨即遺忘。如前數者，無一可勉强。若或貪位慕禄，冒昧居之，臣之一身顛仆悔尤所不敢計，深慮日復一日，有誤國事，其害非輕。矧今四方英俊布滿朝列，臣以罷癃偃然在上。雖陛下忘其昏謬，曲加容覆，如物議何。反覆思之，殆不可以一朝居也。伏望陛下察臣愚悃出於迫切，檢會累奏，亟賜罷免。庶幾上不負陛下知人之明，而臣亦免妨賢之誚，實天地父母終始保全之賜。臣恭承明命不得再有陳請，不敢復用表文煩瀆天聽。祇具劄子剖露心腹，欲乞睿慈早賜許可。

校勘記

〔一〕『有』，四庫本無。

駕幸秘書省同政府辭免推恩劄子

臣等仰惟陛下，丕承堯緒，稽古右文。請屈帝尊，臨幸三館。所以增光斯文、垂憲萬世者，實在茲舉。臣等獲以邇列，庀職其間，與觀盛事，已極榮華。乃若進秩之寵，霑被庶僚則可，施之臣等，誠爲有嫌。何者？曩在夏秋之間，陛下初有擇日幸館之訓。臣等實嘗稱頌聖德，將順贊成。今若因而遷官，則前日所謂贊成，悉出私意。疑似之迹，雖家置一喙，焉能自明？於義未安，何以遑處？

辭免玉牒所進書轉官劄子

竊以天潢衍慶，寶牒垂休。仰二者之成書，實一王之盛典。臣猥緜當軸，獲預提綱。方快覩於彌文，忽躐加於峻秩。且根深枝茂，肇於建隆垂統之初；而業鉅事叢，備於慶曆守成之際。緊群彦效編摩之力，在微臣無纂述之勞。儻冒寵以自安，是恌功而無恥。稽之近例，率許牢詞〔一〕；揆以公言，尤宜引分。伏望陛下察由衷之懇，略反汗之嫌。申飭攸司，收還成命。豈惟小己得全知足之名，抑使清朝不累覈實之政。

校勘記

〔一〕『詞』，四庫本作『辭』。

乞解罷機政劄子

臣稟資凡陋，承學空疏。蚤緜攀附之榮，驟玷弼諧之任。心欲爲而弗逮，力既竭而無成。迄荷保全，獲從閑佚。甫及垂車之歲，遂騰納禄之章。未賜矜從，旋蒙收召。進陪經幄，已慚皓首之無聞；獨秉國鈞，何意青氈之復得。屬年齡之侵迫，加疾疢〔二〕之交攻。壯志徒存，衰骸難强。粤從中夏，力控微誠。天語丁寧，至軫輟餐之念；宸章勵飭，曲形歸過之言。恐懼再留，侵尋許久。抱痾自若，責效茫然。晝省文書，惟是昏花之滿紙；夜休枕席，不堪痛楚之切身。顧影自憐，捫心有愧。儻更稽於退避，必速致於顛隮。伏望皇帝陛下照察孤忠，哀矜末路。許上還於印綬，俾歸養於田廬。豈惟大君示終始之恩，亦使微臣全進退之節。載之方册，實有光華。

校勘記

〔一〕『疢』，四庫本作『疚』。

第二劄子

臣兹緣衰疾，屢具表劄乞解機政。區區愚悃，必冀〔一〕矜從。恭奉詔答，未賜開可。使驛踵至，備宣旨意。臣感戴恩遇，便當傴僂聽命，豈應再有陳述？然尚有迫切之情不能自已，輒敢冒死言之。伏念臣今蒙誤恩，俾再塵揆路。自知老病侵陵〔二〕，不可勉强。因嘗涕泣懇詞〔三〕，至於再四。而陛下丁寧慰諭，不容避免。臣〔四〕迫於威命，黽勉奉承。亦止敢以數月爲期，意謂尚可支策疲蹇，少效涓塵之報。而荏苒沈痾，筋力益憊，故於中夏累牘丐閑。陛下睠留愈堅，恩禮狎至。臣跼蹐震懼，不敢固違君父之命，遂復靦顔就列。然每於奏對之間，罄竭肝膈，終祈〔五〕得請。祗荷聖慈，惻然矜許。疊承玉音〔六〕，勉令少留，以過誕節。臣今既獲班引百辟，稱萬壽之觴。而使客在庭，亦既成禮而去。則臣今日求退，誠非矯僞。重念臣所抱之疾日以向劇，儻不知止，必待顛仆委頓而後有請。則陛下登用而責成之心，謂〔七〕能協濟事功，以副宵旰來〔八〕治之意，亦何愛此癃老病頽之臣，使久〔九〕妨賢路乎？伏望陛下憫臣危迫之心，赦臣煩瀆之罪。不忘前諾，速賜處分。使臣垂暮之年，得遂休養。則自兹以往，所得壽命，悉自陛下生成。臣仰戴天地父母之恩，至深至厚，雖衰老無能爲，他日尚當銜環結草，圖報萬一。

臣已具第二表陳乞，一面搬出府第，聽候指揮。

校勘記

〔一〕『必冀』，四庫本作『冀必』。

〔二〕『陵』，四庫本作『奪』。

〔三〕『詞』，四庫本作『辭』。

〔四〕『臣』下四庫本有『是時』二字。

〔五〕『祈』，四庫本作『朝』。

〔六〕『音』，四庫本作『旨』。

〔七〕『心謂』，四庫本作『必』。

〔八〕『來』，四庫本作『求』。
〔九〕『久』，四庫本無。

鄮峰真隱漫録卷三十

劄子

辭免宣賜後洋街宅子一所并花園劄子

臣竊以賜第京都，見諸故實，唯殊勳茂績著在盟府，則居之無愧。國朝待遇舊弼，蒙此賜者僅一二數，中興數十年來尤爲希闊。而臣猥以庸愚，夤緣際遇，高爵豐禄，叨踰已甚，雖九殞不足論報。矧今待罪揆〔一〕路，初無毫髮仰裨公上，而疲羸多病，日懼曠瘝。陛下生成覆露，得逭大譴，已爲厚幸。今又錫之廈屋，將俾寧居。臣仰惟天地父母之恩，至深至厚，感極涕零。然臣之區區，方此投誠丐歸田里。陛下儻憐其晚暮，曲賜保全，使之奉身而退，自佚於繩樞甕牖之下，志願畢矣。高明之居，臣何福以當之。

校勘記

〔一〕『揆』，四庫本作『宰』。

謝正月二十一日所進故事宣付史館劄子

臣幼之所學，受於師傅，與他人言，率不曉悟。獨於陛下之前每有陳述，則如順風而呼聲，如以石而投水。帝王之道，陛下既自得之，故臣之所言未及一二，而陛下已如破竹迎刃而解。張良曰：『沛公殆天授。』蓋謂此也。臣前日爲數語以應故事，乃蒙陛下不賜之罪，而章明表出。如此，使萬世之下知聖主躬得此道，而有臣期望聖主益進此學。雖堯舜三代之君臣，亦不過是。陛下固足以當之，臣何幸濫竊託名於不朽。以是感戴之私，銘藏心膂，而欣幸之極，不知手之舞之，足之蹈之也。

罷政乞遇月上休見客一次劄子

臣兹緣老病，乞解政機。曲荷哀矜，獲從願欲。恩隆無盡，感極難言。尚有迫切之情，再敢披露；仰冀高明之鑒，必賜優容。重念臣頃玷輔臣，勉殫駑力。詢國家之利便，察人品之賢能。不問晨晡，常見賓客。蓋朝班皆一時之俊彦，而旅寓多四海之英材。或自屈臨，或投呼召，禮也。今臣雖退，其禮猶存。且客以美意而相過，臣敢咈情而峻拒。臣既或辭或見，客亦不得不來。苶然衰殘，何以酬應。莫若息駕於驅馳之際，庶幾相忘於道術之中。至如宰執公孤使相之節序通名，里黨宗族姻親之間闊會面，不敢遽絶，然亦有時。惟是終〔一〕日倒屣以迎賓，殊失投老杜門之本意。恐有識者，得以議臣。伏望陛下念此罷癃〔二〕，憐其病瘁，特降睿旨，賜以寬期。令臣遇月上休，見客一次。儻因靜晦，緩死須臾。獲觀陛下德化之成，且竟陛下全生之造。

校勘記

〔一〕『終』，四庫本作『繼』。

〔二〕『念此罷癃』，四庫本無。

謝得旨就禁中排當劄子

臣兹者上恃聖慈〔一〕，垂軫舊物，乞就禁中爲會，以奉萬年之觴，蒙賜開允。臣入侍清燕，被遇恩禮，出於望外。宣勸既多，天顔悦懌，豈不欣榮感幸？既而從遊幸至損齋，獲親陛下止息之所。聖語談道，下陋釋老，獨尊儒術，臣與群臣聽聞開悟。次至蘭亭，飛瀑潺湲，梅横其下，以弄清淺，恍然如在煙霞物外之境。末上翠寒，棟梁椽桷，上下一色，香松冰雪照映，不施丹雘青黄。顧謂臣等曰：『此太上所賜也。』臣等同聲奏曰：『太上知陛下儉素爲寶，以此象德。』蒙陛下以爲然。又賜臣等御書各一軸，雲龍飛動，天日光明。臣等下拜登受，感極至於無言。斗筲〔二〕有限，飲德竟醉，不能面奏對語而歸。乞赦臣脱略之罪。

校勘記

〔一〕『慈』，四庫本作『心』。

〔二〕『斗筲』，四庫本無。

辭免三朝寳訓終篇轉官劄子

臣竊謂創業惟艱，守成匪易。以漢祖之垂統，惠皇幾至於寖微；以唐帝之貽謀，高宗殆瀕於不振。懿我熙朝之肇造，疊逢真主以丕承。從一至三，聖聖相傳而得道；襲六作七，言言盡吐以爲經。布在鉅編，尊名寳訓。法度綱紀〔一〕之大備，詞章禮樂之兼陳。皆聚此書，同歸於治。陛下親膺堯運，克廣文聲。肆求典籍之宏規，莫重祖宗之成憲。乃詔儒生而誦説，用增帝學之光明。入耳著心，見理獨歸於自得；讀書挾筴，佻天其敢以爲功。忽荷出綸，俾叨增秩。念無勞受賞，難施於覈實之朝；而非據饕榮，將稔其疾顛之禍。輒控由衷之請，仰干從欲之仁。伏望陛下日月照臨，乾坤容覆。憫衰蹤之莫稱，收成命於已行。庶叶群情，少安愚分。

校勘記

〔一〕『綱紀』，四庫本作『紀綱』。

經筵乞歸鄉里第二劄子

臣委質入仕，即遇聖明。夤緣僥倖，致位孤棘。乃者得請罷相，宜歸田里。陛下企慕祖宗，欲使大臣故老退即私第，歲時朝燕，春容款密，以復舊觀。故施此恩，猥從隗始。而臣孱瑣不材，加以衰病，當非其任，朝夕惶懼。夫欲退閒，正祈安適。若惴惴度日，實悖初心。一旦鐘鳴漏盡，徒興大耋之嗟，追悔亦將無及。是以祈哀請命，願遂亟歸，灑掃塋壟，訪問醫藥，少延殘息，以樂昇平。伏望陛下曲賜矜從〔一〕，察臣受寵之非據，憫臣來日之無多，特許東歸，以全晚節，使天下後世咸仰聖君終始待遇臣下之盛德。

校勘記

〔一〕『矜從』，四庫本作『哀矜』。

再乞歸鄉里劄子

臣竊惟大臣事主，唯有進退兩途。進則居廊廟，退則處田里。此萬古不易之節也。爰自熙朝列聖敦尚忠厚，大臣身退，不忍置之遠外，乃錫第輦下，使之陪燕清閒，樂時康泰，以彰始終之眷。然非有功於國，有德於民者，不在此選也。伏念臣素無實學，粗守樸忠。偶際龍飛，兩塵揆路。功德不能企前修，寵榮顧乃過愚分。比解機政，亦蒙賜第，兩年於此矣。臣八月間，曾力貢懇詞，乞歸田里。薦奉詔音，不賜俞允。既而曲宴翠寒，備宣德意，以示眷留。臣身非木石，拜手對揚，豈不知感。重念臣年齡衰邁，疾病侵陵。久此素餐，無所禆益。深懼鄙貪〔一〕之譏生於晚歲，玷陛下知人之明，費陛下保全之力。惴惴此心，不遑安處，是敢再吐露于君父之前。恭惟雨露休澤，同一滋榮；日月容光，同一臨照。聖心念舊，決無遐邇之分；愚臣愛君，寧有内外之間。儻蒙睿慈察臣自知之甚白，憫臣非據之是憂，特降指揮，許以任便居住。保微臣進退之節，全陛下始終之眷。使歸家巷，一意養痾。儻溝壑之未填，誓涓埃之思報。

校勘記

〔一〕『鄙貪』，四庫本作『貪鄙』。

又乞歸田里劄子　八年二月

臣比於去歲八月，以老病乞歸田里。聖恩軫念，薦賜詔音，而又曲宴慰勉，竟不獲命。臣再於十一月露章上冒，復控前請。恭奉御批，曉諭褒嘉，挈而置之前代故老之域。感恩戴德，曷有窮已。既而封還奏劄，不得再有陳請。臣祇畏宸嚴，不敢重有浼瀆。已即安居，今又數月矣。光陰迅速，臣來日無幾，猶有迫切之念吐露未盡，是用祈哀致禱於君父之前。伏念臣衰殘之迹，去家六年。臣先祖考五蒙優恩，賜之贈典，皆未焚黄。臣必俟躬即松楸，集諸親舊省拜展禮，以答劬勞鞠育之私。且使子孫知有上〔一〕賜，誓期忠報；知有先德，永堅孝心。此願未之獲也。又緣臣去歲哭一女，旬月之間失二姪女，孤遺在鄉，有未畢葬送者。勢須臣歸料理，弔往問存，以盡卹睦之義。惟是二事，朝夕徊徨，未嘗去心。臣竊思昨者乞解機政，蒙陛下賜第之初，臣嘗力辭不可遠去墳墓。陛下聖訓，許臣往來無礙。今臣儻得歸田，掃先臣之敝廬，爲終焉之計。間遇兩宫聖節、歲時朝會，臣之老身或尚支吾，定當奔走闕庭，以伸祝頌，以慰慕戀。區區之衷，尚庶幾焉。伏望陛下察臣悃愊，非出矯僞，特降聖旨，許臣任便居住。則臣公私之計兩得，進退之義粗明。此乃君父保全生成之極摯也，惟陛下矜憐垂允。

校勘記

〔一〕『有上』，四庫本作『上有』。

辭免判建康府第三劄子

臣竊惟建鄴重地，今之留都。內蕃王室，外折遐衝。必得其人，乃可委寄。方今德望素著，已試見效，及材猷出衆，韞積未施者，天下不爲無人。而陛下猥以此任付之衰朽，其所以光寵之者至矣。然陳俊卿方以年幾七十而去，臣繼以年過七十而來，一去一來，其廉貪〔一〕之分，賢不肖之辨，較然可見。縱陛下忘其無堪，必欲用臣，彼一道兵民寧不竊議？天下縉紳寧不譏笑？臣負媿而往，必玷陛下知人之明矣。將何以奉宣德意，風厲列城乎？此臣所以再三控免，必期君父之矜從也。伏望陛下等施天淵，軫念簪屨。鑒危誠之懇惻，全大造於始終。亟反渙恩，俾歸故里。則臣銜戴之私，捐糜何足爲報！

校勘記

〔一〕『廉貪』，四庫本作『貪廉』。

謝免判建康府再乞歸田里劄子

臣昨具劄子，乞免判建康府，兼乞歸田里。今來曲荷聖慈，已寢新命。唯是丐歸之請，未蒙矜從。臣愈抱淩兢，不遑寧處。伏念臣年齡頽暮，疾病交侵。哀祈之情，備陳前奏。今若止免陪都之寄，仍安舊職，則臣區區初意，猶未獲遂。況臣去冬累伸懇款，已蒙玉音〔一〕宣諭，俟春和時，聽臣之歸。臣今用〔二〕敢薦瀆天威，期於得請。伏望陛下察由衷之悃，施從欲之仁，特降睿旨，賜臣任便居住。庶幾得以安養衰朽，保全晚節。圖報恩德，誓死不忘。

校勘記

〔一〕『音』，四庫本作『旨』。

〔二〕『用』，四庫本作『是』。

第二劄子

臣起身寒微，遭世平治。兩叨相位，既無尺寸以輔宸謨；三玷經帷，又乏毫釐以裨聖學。歷時愈久，積咎必多。今若尚貪寵榮，犯古人夜行不息之戒，迄至隕越。在臣一身，固不足恤。

誠恐老不知退，汩喪廉隅，上累哲鑒，是爲大罪。唯有祈哀請命，退伏田廬，收之桑榆，庶幾補過。此臣之志，而識者亦以此望於臣也。拳拳之悃，言不能殫。伏望陛下體天從欲，念臣無佗，特降聖旨，賜臣任便居住。

又上乞歸田里劄子

臣伏自蒙恩，解罷相位。念念求歸，無一月不伸控告。去年八月〔一〕，三上劄子乞骸骨歸田里。聖恩挽留，未賜俞允。繼蒙宣召，臣遂得面陳危迫之情。恭奉玉音〔二〕，令姑俟春和。臣仰體隆眷，退伏居第，不敢有所〔三〕敷述。至今年二月，復申前請，懇切見於累劄。又蒙賜對便殿，臣不避煩瀆，縷縷奏陳，俯伏聽命，期於必獲。陛下惻然興憐，委曲宣諭，謂歸休則未可，若任便居住，春後徐議之。臣躬聆聖訓，所願雖未全獲，然已荷戴殊私，感極至於流涕。自是以來，屈指計期，以日爲歲。今臣進讀正説，幸已徹章。是敢重瀝血誠，哀告君父。伏〔四〕念臣曩者備員普安潛府，親逢立建邸，升儲宮，繼遇龍飛，躐躋台揆。初無一得可以勒帝籍，定國是。奉身而退，已荷保全。洎蒙收召，復秉政機。衰病求歸，理宜遐棄。而賜第都城，寵賚便蕃，備極前代優老養賢之禮〔五〕。臣竊思陛下所以顧遇臣者，豈以道德足以聳時望，聞見足以裨聖學乎？徒緣簪履之遺，凋零無幾，不忍置之遠外，是以眷眷不舍。臣身非木石之頑物，豈昧乾坤之至仁？正當朝夕左右陪侍燕閒，終其生而後已。然念臣行年七十有六，來日無多。

抱病已久，叨榮已甚。不自止足，常有愧心。負愧養病，終無安期。一息不來，便成隔世。當是時，使鄉黨親戚遥想游魂，起漏盡不休之歎。在臣私分，固不足卹。儻陛下軫蓋帷之念，惜不蚤遂其歸，是因臣而動聖心，則臣死有餘罪矣。若容臣歸見故鄉，少洗愧心，訪求醫藥，粗延晚景，安知時節不能一求〔六〕朝覲乎？臣嘗誦孝經事君章，見夫子引詩人之言曰：『心乎愛矣，遐不謂矣。中心藏之，何日忘之。』乃知人臣愛君，不以遐邇爲間，雖在萬里，心常不忘。而況臣之家鄉不遠畿甸，可以時具寒暄之奏仰瀆聖聰。是臣戀主之誠，猶得效葵藿之傾心也。臣萬萬之懇，已具前後奏牘。情已極矣，辭已殫矣。雖曲爲引喻，無以復加。今兹祈哀，必期從欲。伏望陛下矜憫老臣情迫意切，不渝前諾，俾弗〔七〕重陳以慁聖聽，乞便於此奏特賜開可。

校勘記

〔一〕『月』下四庫本有『十一月皆』四字。
〔二〕『音』，四庫本作『旨』。
〔三〕『有所』，四庫本作『更有』。
〔四〕『伏』，四庫本作『體』。
〔五〕『禮』，四庫本作『理』。
〔六〕『求』，四庫本作『來』。
〔七〕『弗』，四庫本無。

第三劄子

臣聞進退合宜者，人臣之大節；保全人臣之大節者，人主之至恩。自昔人臣，苟非貪榮固寵之人，孰不欲雍容進退以全大節哉！然委質而仕，曰進曰退，惟君上之所命，而下不得專。是故雖有其志，而弗獲遂者多矣。臣觀前史，此類實繁。未嘗不爲之太息，而深悼其不逢時也。臣才德涼薄，遭際聖明。蒙被知憐，夐無前比，誠千載一時之幸。今玆年齡頹暮，爵禄滿盈。不於此時歸伏田里，尚冒榮寵，自取顛踣，則臣進退之大節掃地矣。豈不上累聖哲知人之鑒乎？此臣所以忘其褻瀆之罪，昧其斧鉞之誅，投誠君父，必覬得請而不能自已也。伏望陛下曲徇由衷之懇，特施從欲之仁，檢會臣前後奏牘，即賜俞音，以遂愚志。儻或保全晚節，進退粗明，使天下後世歆豔老臣之逢時獨厚〔一〕，則臣之榮耀匪獨一朝，而陛下之至恩過於天地父母矣。

校勘記

〔一〕『獨厚』，四庫本無。

辭免少師魯國公劄子

臣奮跡奇屯，逢辰亨泰。以碌碌州縣之材，而兩持相柄；以區區章句之學，而三入經幃。退身合返於鄉閭，錫第仍居於京邑。時〔一〕陪清燕，疊被優恩。貤澤盈門，賜書滿篋。極一時之眷寵，成萬古之光華。凡厥所蒙，皆踰始望。深惟其故，殆若宿緣。遂令日月所照臨，咸仰風雲之契合。捫心知感，揣德奚堪。兹力企於歸田，迺又〔二〕蒙於進秩。而況進陞大國，加畀真腴。豈惟焜耀於歸塗，抑亦周旋其晚節。人爵儻貪而不止，天殃將及以難逃。必欲保全，誠當遜避。伏望陛下皇慈廣覆，哲鑒昭垂。念臣求去之真情，實無僥覬；察臣辭榮之初志，蓋懼滿盈。申勑攸司，追還成命。内以安於微分，外以彌於煩言。

校勘記

〔一〕『時』，四庫本作『以』。

〔二〕『又』，四庫本作『轉』。

上太上皇帝再乞陛辭劄子

臣比蒙皇帝聖恩，許遂歸田，增秩錫地。叨諭甚寵，感戴實深。已於今月初二日朝辭，曾即具劄子乞詣德壽宮謝辭。承提舉陳源傳奉聖旨：『雨濕，免到宮。』兼蒙聖訓：『秋氣乍涼，途中宜加調護。』臣已拜手稽首跪讀，南鄉百拜謝恩，具劄子奏謝訖。重念臣昔於紹興間備數學省，充博士員，蒙陛下於輪對之間，一言上契宸衷，亟遷館職秘書郎、兩王府教授。建王置府，以司封郎〔一〕、宗正少卿爲直講。升儲之後，除起居郎、太子右庶子。暨至龍飛，擢臣爲中書舍人、翰林學士、參知政事，迄至宰相。推原所自，實陛下權輿卵翼之賜，是以食息不敢有忘恩德。前年特〔二〕蒙收召，入經筵，居揆路，旋罷機政，賜第於都下，亦陛下平昔眷寵之餘澤〔三〕。銜佩銘刻，罔知所措。今臣去國有日，豈可不一拜龍庭，敘其感遇，語其違離而行？此心拳拳，不忍遽舍。譬如子孫將有遠適，依戀尊親，烏能自已？儻蒙聖慈憫臣此心，賜以彤墀盈尺之地，使得拜舞，仰瞻天表，慰其慕用〔四〕依歸之情，則臣去處林下，光榮極矣，志願足矣。

校勘記

〔一〕『郎』下四庫本有『官』字。

〔二〕『特』，四庫本無。

〔三〕『澤』，四庫本作『力』。

〔四〕『慕用』，四庫本作『暮日』。

再辭免明堂大禮陪祀〔一〕劄子

臣入陪帷幄，久侍冕旒。義則君臣，情均父子。昏定晨省，所宜日至於寢門；秋覲春朝，詎可暫忘於魏闕。而況合宮大享，温詔詳延。内循犬馬之私，敢憚川塗之遠。雖支離朽質，難偕顯相之群英；然畹晚餘年，猶覬清光之再覩。已攬衣而即路，忽伏枕以負薪。儻更驅馳，必將委頓。是用控誠而懇免，冀蒙俯鑒以矜從。臣嘗歷考彝章，具存故實。富弼亟辭而賜允，杜衍遂請而輟行。臣非敢輒企於前修，徒以方嬰於末疾。莫能勉强，倍劇凌兢。伏望陛下洞察危衷，曲回聰聽。寬其逋慢，假以便安。伏田里以問醫，苟存餘息；教子孫而報國，尚竭殘生。

校勘記

〔一〕『祀』，四庫本作『祠』。

再上辭免劄子

臣昨備史官，嘗窺國典。在昔元豐三禩，實裕陵親饗於合宫；時則揆路舊臣，有潞國入陪於顯相。縉紳歎羨，道路聳觀。從容宣室之對揚，光赫上林之宴衎。至於貂璫飛鞚，宸章錫賚載之歌；冠蓋擁途，近弼序來朝之懿。一時榮遇，萬古美談。臣仰測淵衷，聿新盛舉。將增光於載籍，用追述於先猷。其如禮當從宜，人必思稱。雖陛下推恩念舊，英斷有神祖之風；然微臣輔政充員，勳勞非彦博之比。既知弗類，寧敢遽前。矧筋骸疲茶之餘，疾病頻仍而作。就使既離於床枕，豈堪久立於軒墀。或跛倚以臨，尚爲不敬；若隕越於下，終必遺羞。用瀝危悰，祈回至鑒。伏望陛下憫此再三之瀆，出於尺寸之誠。特降俞音，許從卑願。誓將調養，少延殘〔一〕息之光陰；儻未死亡，尚有報恩之日月。

校勘記

〔一〕『殘』，四庫本作『假』。

又上乞致仕劄子

臣陳乞致仕，再奉詔書，賜臣不允。伏讀訓諭，恐懼徬徨，自容無地。祈哀瀝血，幾至無詞，不敢循故事復上表以溷聖覽。敬敘悃愊，必冀矜從。重念臣早以樸忠，特蒙殊遇。出入中外，備極寵靈。以師傅之官，兼衮鉞之重。歸榮里巷，無職事之勞；竊食祠庭，有禄賜之厚。若非外虞公議，内追私誠。必不可以自安，則何爲而決去。既已累章有請，朝野共知。今者〔一〕若復苟止，則前日所陳皆成備禮，將必謂臣徒以此探嘗聖意，厭塞人言，初無堅確之心，則臣欺罔之罪，不容自解免矣。臣二十年舊相，蒙被恩紀非一日，豈不知仰體陛下軫念不忘之眷，亟承明詔。誠以尸素之久，自揆此生已無筋力可以報答厚施。每俸錢廩粟入臣之門，必慚愧惕息，汗流浹背。故思上印綬，歸節鉞，自處於寂寞，而臣心得少安焉。此之丹赤，天實臨之。非敢嘗試言之，而僥倖詔旨之不允也。伏望聖慈曲賜憫察，早降處分，許令致仕。臣又慮陛下以臣嘗事潛藩，不欲遽從所請。伏見故相張士遜、何執中，皆藩邸舊僚，見任輔相，祖宗皆聽之致仕。史册登載，臣主俱榮。況臣已奉祠累年，身無事任。比之士遜、執中，尤爲易許。意迫言切，冒犯宸嚴。退伏刑誅，臣不敢避。

校勘記

〔一〕『者』，四庫本作『日』。

辭免入謝都城外御筵及對御賜宴第二劄子

臣伏奉詔書，以臣乞賜寢免入謝都城外御筵及見畢賜御宴事，其見畢對御賜筵所請宜不允，餘依。臣已於江津恭拜詔旨，感戴之餘，至於霣涕。惟是義難安受，不免罄輸誠悃，必覬矜從。伏以臣今來入謝，竊窺聖意，以其舊嘗承乏揆路，今又冒處三公，所以一切檢用元豐間文彦博入謝故事，以示眷奬。故所辭兩事，止免郊勞御筵，而見日賜宴未蒙俞允。臣亦不敢更以人材名德去彦博絶遠疊疊冒聞，姑摭事〔一〕體言之。彦博乃仁宗朝首相，定策尊立英宗，至神宗龍飛，亦居翊戴之地。而臣在紹興之末始備從官，遭際聖時，躐升近弼。雖年運既〔二〕往，號爲舊臣。然資望比之彦博，霄壤不同，髮膚之外，皆陛下所賜。若偃然遂以彦博自處，人其謂何？伏〔三〕望聖慈察臣出於肺肝誠切之懇，非有僞飾，特降處分，并免見日賜宴。庶幾議者謂臣雖衰老昏聵，尚有識知，而朝廷亦不失等差輕重之體，則陛下所以幸臣者至矣。

貼黄：臣復〔四〕被命而來，跧伏江滸，亦既數日。咫尺魏闕，深切望雲就日之心，亟欲一覲清光，奏敘謝成而歸。止緣今來恩禮太過，義所難安，是以趦趄不敢遽然。輒復冒犯刑誅，伸此情素。若陛下未賜寢免，則臣死不敢往。伏乞聖鑒哀憐而許之〔五〕。

校勘記

〔一〕『事』，四庫本作『整』。

〔二〕『既』，四庫本作『而』。

〔三〕『伏』，四庫本作『欲以』。

〔四〕『復』，全宋文卷四四〇八校云『中興禮書作「襆」』，而無下『命』字。

〔五〕『之』下全宋文卷四四〇八校引中興禮書有『臣無任俯伏俟命之至』九字。

第三劄子

臣准尚書省劄子，以臣辭免入謝見畢賜對御賜宴事，奉聖旨依已降詔不允，不得再有陳請。臣恭拜聖訓，感劇涕零。誠以事本〔一〕弗類，心〔二〕實難安。是用再瀝血懇，仰干天聽。臣聞古者以大夫之招招虞人，虞人死不敢往，蓋以名分之當正也。今此賜宴，若因入謝，是引元豐故事。臣一介幺麼，自知甚白。揆材度德，豈敢妄〔三〕擬前修。若使覥然承命茲榮也，適所以爲媿。兼陛下今日以此遇臣，他日或有有功見知之臣，則將何以待之？臣是以寧受斧鉞之誅，不敢當此盛禮。伏望聖慈特降指揮，檢會臣前奏，亟賜寢免。若眷意有加，不容但已，即乞易爲內宴。臣嘗屢侍清光，所不敢辭。庶幾名正言順，使臣無貽譏於識者。不勝區區之願。臣見俯伏江干，以俟允命。

校勘記

〔一〕『本』，四庫本無。
〔二〕『心』，四庫本無。
〔三〕『妄』，四庫本無。

鄮峰真隱漫録卷三十一

劄子

再乞朝辭劄子

臣比具表〔一〕，乞取今月十三日朝辭。伏准閤門關奉御筆批，此月下旬擇日朝辭。臣仰體隆眷，曷勝榮感。臣區區懇激之誠，輒敢再瀆天聽。臣伏見元豐七年文彦博故事，以二月五日入謝，三月二日出京，首尾曾不及月。神祖固欲極眷留之意，彦博亦豈忘戀闕之心？稍涉淹留，在彦博且猶不敢。臣之庸短，比於彦博，無能爲役。俯伏私第，朝夕不遑。臣以前月二十三日入門，所以欲取十三日朝辭者，正恐踰月。今來既蒙聖訓，臣不敢有違。謹取此月二十三日朝辭歸鄉，庶幾入謝光榮，始終全備。

校勘記

〔一〕『表』，四庫本作『奉』。

宣引乞服巾褐劄子

臣今月四日伏蒙聖恩，宣引奏事。十五日又蒙内殿引對，獲侍燕閒。臣竊緣近例，當服紫衫。紫衫本戎服，昨者軍興，仕途服之，因循至今。臣已蒙恩致仕，歸老林下。若猶戎服，竊有未安。伏見祖宗朝山林之士，有以巾褐見者。儻蒙聖慈特依此例，除正衙朝辭借用朝服外，其他應合服紫衫處，許臣以幅巾褐衣進望清光。以示山林退老之人不敢與在仕者比，庶幾稍合舊典。

辭免朝辭畢令宰執宴餞劄子

臣准尚書省劄子：『奉聖旨：「史某朝辭畢，可令三省樞密院官宴餞，仰有司疾速排辦施行。」』臣聞命戰慄，無地自容。伏緣臣自遭逢興運，蒙被厚〔一〕恩，侍秘殿之清閒，霑御樽之餘瀝。前後蓋非一矣，何嘗敢有辭避。惟今日宴餞之禮，實稽元豐故事，正係國體。臣之辭受，陛下之從否，皆當書之史册，爲萬世法。且陛下以神祖待三朝舊弼之舉待臣，特出於優老念舊之厚意，固爲過〔二〕盛。臣力辭得請，則臣主俱榮。若不自揆度，遂安處此禮，則是惟知貪冒，而不無復廉隅，爲有識者之所指誚。豈不仰負陛下恩遇，而深累國體乎？是以臣寧得罪譴，而不敢當此盛〔三〕禮也。況上件恩禮，實與郊勞對御賜宴事體一同。伏望聖慈特賜寢免，庶竟終始矜從之恩〔四〕。

校勘記

〔一〕『厚』，四庫本作『異』。

〔二〕『過』，四庫本無。

〔三〕『盛』，四庫本無。

〔四〕『恩』下全宋文卷四四〇八校引中興禮書續編有『干冒刑誅，臣無任惶懼俯伏俟命之至。取進止』十八字。

謝賜詔書御劄令赴慶壽立班劄子

臣承明州遞到御前金字牌子、皮筒御封文字壹角，内尚書省劄子：『奉聖旨：「已降指揮，元日行慶壽禮，可令太保史某、少傅陳俊卿並赴闕。趁赴立班，令學士院降詔。仍仰明州、興化軍疾速以禮津發，且以起程日時聞奏。」』及降到詔書，可發來赴闕立班。並蒙賜臣御劄，令勿牢辭，用副延佇。臣聞命震驚，措躬無所。伏念臣昨忝〔一〕外任，即荷内除。由學省而侍潛藩，自庶官而參法從。續膺嗣聖光榮之寵，悉由太上權輿之恩。今者慶典之行，亘古難得。雖無召命，亦合請行。而況恭奉詔音，猥蒙親劄。若非曲軫蓋帷之念，其誰得此綸綍之盼。靖言僥踰，皆出記録。在臣至陋，何德以堪。亟欲首途，寧容俟駕。臣偶緣病體，尚此畏風。再須調養筋骸，方可支吾鞍馬。即當趨闕，以伺立班。

校勘記

〔一〕『忝』，四庫本作『在』。

辭免入覲都城外御筵及對御賜宴劄子

臣准尚書省劄子：「奉聖旨：『史某入覲，可都城外賜御筵。及見畢，對御賜宴。』令有司疾速排辦施行。」臣恭以尊號太上皇帝，丕擁壽祺，誕受徽册。光華聖旦，驩動萬方。臣是以支扶衰憊，晨夕奔走，冀伸臣子望雲就日之誠。今尚未得抃舞稽首稱慶於德壽筵中，乃遽蒙上恩錫以宴勞。譬如子孫，自遠歸爲親壽，未稱一觴，反屈父祖〔一〕之尊先加犒勞。雖曰出自慈愛，子孫何以自安？伏望聖慈察臣震悚之心，並行寢罷。

校勘記

〔一〕『父祖』，四庫本作『祖父』。

辭免太傅劄子

臣竊以三公之官，古不必備。若容序進，實紊舊章。兼考本朝如張士遜、曾公亮等，還政之後，未嘗遷改。至於富弼、文彦博，緣社稷大勳，特加異寵，受之爲有名。與臣今來事體，灼然不類。非止私心之震慄，亦虞公論之沸騰。若或聖慈以慶壽大典不可獨遺，則所有加食邑、實封恩命，臣更不敢辭避。速賜貼麻，俾仍舊秩，庶安微分。

辭免賜玉帶劄子

竊以玉帶之賜，自唐以來，以寵元勳。伏見陛下龍飛御極，距今二十餘年。雖際會內禪，有翊戴之勞如陳康伯，三十年舊相如張浚，未嘗有此賜。臣遭遇雖久，略無尺寸可紀。又已退休，不識何功，敢當殊獎！

再辭免服繫玉帶劄子

臣比具劄子辭免賜臣玉帶令服繫事，伏奉詔書不允。臣迫於威命，謹以祗受。臣竊考自祖宗以來，臣下固有受此賜者，如王旦、王安石、王珪、李綱等，退即寶藏於家，未有敢加之朝服，以就班列者。蓋佩服彝章，著在甲令。若貪求殊遇，以駭具瞻，雖旦等名臣，猶所不敢，而況如臣者乎？惟徽宗太上朝有特許服以造朝之旨，若非當軸重臣，則必立功大將。識者猶議其不能力辭。臣蒲柳已衰，年齡寖迫，再當柄任，績用弗昭。已遂退休，何名當此？欲望矜察，特降處分，許臣依〔一〕故事珍藏什襲，傳示子孫，旦夕在朝，止〔二〕服金帶。庶安微分，以逭重誅。

校勘記

〔一〕『依』，四庫本作『以』。

〔二〕『在朝止』，四庫本作『止朝』。

論餘姚廢罷湖田上紹興太守劄子

昨准使帖，委往本縣余支、汝仇兩湖廢罷盗種田事。承准後，某竊詳侵種之弊，本緣湖邊居人沿堤種殖茭荷，歲久根株堙塞，漸至淺淀，增培築埭〔一〕，始成畦隴。畦隴一成，遂敢占據。蓋非一日之積，鄉鄰左右聞見習熟，恬不知怪。雖官司嚴立法禁，深山窮谷豈免侵越？欲行廢罷，若不毀掘畦隴，絶其占據之心，切〔二〕恐湖外殖利爭競，永不息絶；湖内居人盗種，永不悛革。若官司興夫毀掘，則兩湖之田千頃，所用工力不可數計。以某鄙見，欲且令種一年，官以頃畝收受花利，於近湖別置倉敖，委官收納，官司不得指用。卻候今冬農隙，以所收米斛募民爲夫，將其畦隴鑿而爲深池，積而爲島嶼，庶幾爭訟永絶，湖下諸鄉苦旱之田悉成膏腴。公私實爲兩便，更乞詳酌。

校勘記

〔一〕『埭』，四庫本作『埝』。

〔二〕『切』，四庫本作『竊』。

衢州取沈堯夫卷子申監試官狀 附

契勘本房考到合格詩賦卷子，係疆字號。文理實是優長，卻於策卷內有『蚓』字。檢准紹興文書令：諸犯聖祖名、廟諱、舊諱、御名改避外，餘字謂式所有者有他音謂如角、徵之類及經傳子史有兩音者，許通用。某竊詳『蚓』字止有上聲十六軫字韻內收，係以忍切下注云：亦作螾。所有上項式內止有『螾』字，即不曾該載『蚓』字，是〔二〕係式內餘字分明。若作犯諱暗行黜落，切恐有負朝廷取士之意。某已看詳得上件卷子，自係上聲。既不係式內字，又於去聲羊晉切韻內無正『蚓』字，顯是止諱去聲『螾』字。設若卷內正寫『螾』字，亦有兩音，依得條式許行通用，即不爲犯諱。況上件試卷只寫蚯蚓之『蚓』，自不相干。某已行考上上件卷子，竊慮同考試官各有疑誤，謹此供申。將來如蒙上司點對，委係犯諱，所有考官罪名，某乞身坐，不敢以累衆人。庶幾不爲身謀，仰副朝廷取士之意。

校勘記

〔一〕『是』下四庫本有『不』字。

辭兩王府教授上宰執劄子

某竊惟策府盡處儒宗，雖爲大用，以收儲不在一遷而輕重。誠恐積薪之歎發自旁觀，故須僂指以陳，覬茲洞鑒。且以文章典雅，進止雍容，則有秘書丞虞允文；詞氣森嚴，學術淹貫，則有校書郎洪邁；吐詞温潤，遇事詳明，則有校書郎王淮；文學深淳，氣節直亮，則有校書郎任質言；操履端方，辭華絢采，則有正字林之奇；詩文清古，議論高明，則有正字劉望之；辭藻英華，學問該洽，則有正字王端朝。此其一善，佗實兼人。某揆己不如，於心有歉。若謂請從隗始，豈不愧在盧前？伏望鈞慈特賜敷奏，選差一員充代。

論邊臣招誘流民叛郡事上宰執劄子

某竊見朝廷比虜人變詐〔一〕不常，議欲於淮南以屯田爲名，稍存兵伍，爲固守之計。蓋知淮南爲我喉襟，不可不守也。間者虜〔二〕人敗盟，聖意赫然發憤，遣兵渡江，又以劉琦節制之。前日之所欲，一旦得騁矣。是宜專意葺藩籬，固扃鐍，使虜〔三〕望而知我國有人，不敢加兵可也。奈何守邊之臣，無深謀遠慮，乃招納流民，領略叛郡。捨己田而芸人之田，使虜〔四〕聞之，必發一笑。夫流民叛郡，誠我舊物。使吾藩籬葺，扃鐍固，蓄士卒之鋭氣，積塞下之軍儲，然後長驅中原，皆吾人也。又何規規然必欲其先歸我耶？昔晉荀息請以垂棘之璧、屈産之乘假道於虞以伐虢，晉侯弗許。荀息曰：『若得道於虞，猶外府也。』已而得虢，而虞之名馬寶玉卒復歸晉。今虜〔五〕人以淮北之民、淮北之郡爲其名馬寶玉，而邊臣由之不知。此爲深可慮也。何者？淮北之民襁負而來，是皆失所無告之徒。招納之際，尚當度力。力有弗支，不如弗納。不得已而納之，固非邊臣之罪也。至於拔城而來，苟無嚮道者爲之先容，豈不自疑？其不疑而至，必有許之來者矣。不可不察也。淮北之郡，蜂屯蟻聚，所在響〔六〕應。既已叛彼，思有所恃，必當納款，直不應受之。受之，則皆爲我臣。一有潰散，奔軍之衆必源源而來。拒之，則我藩籬扃鐍未固，其將何辭以拒？受之，則詭譎難保，徒爲蠶食。又況虜〔七〕人之所欲者，吾土地也。使虜滅亡〔八〕則已，苟未滅亡〔九〕，南嚮而與我爭流民叛將，能保其人人忠義，爲我拒虜〔一〇〕乎？儻或不然，一有變，則是不戰而先下我淮南之地，甚非朝廷保淮之本意也。想惟廟謨雄算，必自有處。區區鄙見，欲望鈞慈更加周慮，密奏聖聰，明勑邊臣毋納流民，毋卹叛郡，專固吾圉，以求自治。城郭之未築者，築之；要害之未屯者，屯之。某處可以聚糧，則立庾廩；某處可以屯田，則備牛犁。虜〔一一〕若寇犯，或逆擊於前，或横截於後，或衝突於中。凡所以禦外侮者，皆當預爲之思。苟不知自守，徇虚聲，招實禍，見小利，失大體，是皆佻功掠美，不卹國家之計者也，當易置之。精求長慮遠見如漢趙充國輩用之，則不失朝廷保淮之本意，而中原之恢復有期矣。某一介書生，暗於機務，姑以管窺。惟鈞度宏廓，不以爲罪。

校勘記

〔一〕『虜人變詐』，四庫本作『敵人消息』。

〔二〕『虜』，四庫本作『敵』。

〔三〕『虜』，四庫本作『敵』。

〔四〕『虜』，四庫本作『敵』。

〔五〕『虜』，四庫本作『敵』。

〔六〕『響』，四庫本作『回』。

〔七〕『虜』，四庫本作『敵』。

〔八〕『虜滅亡』，四庫本作『敵頼盟』。

〔九〕『未滅亡』，四庫本作『不賴盟』。
〔一〇〕『虜』，四庫本作『敵』。
〔一一〕『虜』，四庫本作『敵』。

請移蹕上宰相劄子

某恭聞主上發自宸斷，決策親征。此實宗社生靈萬世之福，而某區區管見，因〔一〕此行就爲移蹕建康之計。夫親征之與移蹕，其名似不相遠，而其實較然。今自其實而言之，此行有未便者二。若因而移蹕，其便有四。何謂二未便？今大駕之行，有旨務爲簡儉，所將之兵必不能多，前途諸將或有更役，何以濟師？一未便也。將卒在西南，老小盡留行在，其能安意禦敵無内顧者，正以主上在此重護其家也。彼聞駕興，將各思念其家，恐無固志。二未便也。何謂四便？自古帝王暫駐東南，必宅建康形勢〔二〕之地，爲其左望閩蜀，右接三吳，可以南，可以北也。今錢塘雖盛，僻在一隅〔三〕。若移建康，則四方綱運輻湊無壅，悉免堰閘之。一便也。主上若下移蹕之詔，就委建康，速治營塞，以安存諸軍老小之願從駕者，西南之師不唯喜朝廷不忘其家，亦仰知主上決意進取。恃此以破彊敵，氣當百倍。二便也。護聖等軍，帶甲十萬，今留錢塘，坐食無用。若移建康，長江鉅險，因得扞禦。三便也。虜〔四〕治舟師於山東，以吾行都背負滄海，欲有窺伺也。今若移〔五〕建康龍蟠虎踞之勢，可以陰伐其謀，稍分防海之舟以防江。四便也。夫轉二不便爲四便，人情皆知其甚利。徒以務因循則可以苟安，謀久遠則不無小擾，是以徊徨顧視，不敢發言。今利害既形，機會已至，不容緘默。望賜敷奏，速爲此計，實亦宗社生靈萬世之福。至於宗廟未嘗遣官祭祀，官舍未備，隨宜棲止，俟有成功，或歸梁汴，或卜長安，重議定都，即行遷造，尚未晚也。想惟廟謨深密，自有定算。狂瞽之言，輒此溷瀆。退就誅斥，實不敢辭。

校勘記

〔一〕『因』上四庫本有『請』字。
〔二〕『勢』，四庫本作『勝』。
〔三〕『僻在一隅』，四庫本無。
〔四〕『虜』，四庫本作『敵』。
〔五〕『移』，四庫本作『依』。

論建王不可將兵上宰相劄子

某竊聞外議，以謂廟堂欲請以建王督師，某實深憂惑。竊謂國家用兵，外有將帥以統軍政，内有宰輔以主密謀。諸將不用命，則宰相、樞密得以督之。前日遣元樞，曾未見效。今又遣建王，冠蓋相望，州縣疲於應辦，自爲紛紛，誠無益於成敗。緩急之際，徒使將帥疑曰：『主上既付我以閫外，吾未嘗不用命，何爲使元樞行耶？』元樞又疑曰：『主上既委我以視師，吾未嘗誤事，何爲使建王行耶？』且建王生深宫中，仁孝聰明，出於天性。當日在上左右，以供子職。今乃一旦使之督兵，平居未嘗與諸將相接，非若元樞比也。若以謂元樞不能辦此，則建王又安能辦此耶？若止令持犒賞之物以徧賜諸將，此特一中貴人職爾，又何必建王也？如此，則建王決不可行無疑矣。或者又曰：『主上親征，可使建王居守。』此尤不可。儻若君父蒙犯霜露，冒涉道途，而爲人子者乃偃然寧處。揆之人情，豈所得〔一〕安？夫君臣父子之道，上所以化天下者在此。今若果如議者之言，是一舉而此義俱失。相公於此可無一言以救之乎？或者又曰：『此乃府官之言，非天下之公議。』竊謂爲此言者，非謀深慮遠之士。夫使人子跬步離君父之側，當此多故之時，事變之來，有不可不防者。儻不先杜其萌，寧無後悔？論至於此，則知某等非一時之私言，實宗社萬世之至計。欲望鈞慈速賜敷奏，使建王處則宿衛，出則扈從。其於動静之間，深合古義。

校勘記

〔一〕『得』，四庫本作『謂』。

乞建王入宿衛上宰相劄子

某等待罪寺監省部，兼職建王府講讀教授。平時無所裨補，今者國家多事，聖上焦勞，虔輸愚慮，以輔子道之未至，某等之職也。恭聞車駕指日親征，建王及其長子目今便合宿衛，以俟駕興日扈從。所有建王以次二子及一女一婦，並當入侍中宫。將來如有起發，並合隨從前去。庶幾事親之道，動静並合大義。

辭馬上建王劄子

某昨以從駕征伐〔一〕，輒欲就府借馬，乃蒙王旨特有寵頒。雖荷眷以彌深，然揆情則未允。蓋以聖人君子之立論，亶惟名實之求；矧夫學士大夫之處躬，莫先義利之辨。有名可受，雖千駟夫復何嫌；於義未安，則一介亦不當取。惟明此理，乃可稱賢。今若因假而予之，則是以要而得也。在王爲惠，於某何顔。敢貢鄙詞，請回駿駟。勿謂一馬至細，不必防微；儻令每事如斯，何以訓後。寧使徒行於萬里，難承厚意於一時。仰冀王慈，復留府廄。

校勘記

〔一〕『伐』，四庫本作『戎』。

論吴璘攻取上宰相劄子

某嘗謂用將禦敵之方，如使弈秋誨二人弈，方二人對局，攻衝侵取，唯恐其後。至於審一局之大勢，使不至於大勝負者，弈秋也。今廟堂爲天下之弈秋，而諸將對局，悉由指誨，不可不審也。且如吴璘，良將也，五路今得其三，不爲無功。若以大勢觀之，則亦有説。何者？自南渡以來，蜀之所以堅全不破者，以有險可恃也。今兵漸出三路，萬一虜〔一〕勢奇道横截要害，使吾退不能保險，雖有智巧，何所用之？此當密以指諭，使之警悟，無陷敵人姦〔二〕計可也。又況德順之捷，乃其自去。且昔之嬰城而守，今之委地而去，未必無謀。豈非知吾淮南、荆襄藩籬未固，欲併兵以〔三〕從事乎？又豈非知吾兩蜀不可以力攻，而欲以計破乎？夫謀在淮南、荆襄，是有意於潰我腹心也。腹心潰，則邊角何能爲。謀在兩蜀，是有意於孤我邊角也。邊角孤，則腹心何所恃？此在廟堂爲之弈秋，審其大勢，急其所急，緩其所緩，以指誨之可也。伏望鈞慈更賜詳議施行。

校勘記

〔一〕『虜』，四庫本作『敵』。

〔二〕『姦』，四庫本作『之』。

〔三〕『以』，四庫本作『必』。

答宣撫張丞相議攻取劄子

蒙喻二將之出，謹當奏知。知〔一〕聖上從諫如流，必不憚改，可慶可慶。但未知二將能不負丞相之薦否耳？

使者之回，所聞告〔二〕語，無不欣快。某〔三〕鄙見似未爲然。此恐虜〔四〕有他意，懼吾不誠，以此摇撼，卜吾和意之堅否，未可知也。若謂遣人質其是非，此尤不可。蓋彼既有心爲間諜，必順吾之言，因而答曰：『實有此意。』則吾必與之兵。兵一入其境，勢必分。分之，然後求釁於我，而爲南侵之計。不惟無辭以解，且復無兵以拒。當是時，將何如耶？『機會不可失』之説，此〔五〕不任責之人傅會人主、欲求官職者之所爲也。在丞相須當審處，勿墮虜〔六〕計。使吾之勢如泰山之鎮，不可輕摇，乃天下所望於門下也。

遣使之議，聞〔七〕欲遣人先關報彼界，得其回音〔八〕方行。此乃淺謀，非至計也。前此使者未嘗不如此關報，彼自遣使相迓，一到燕山，臨時變詐，何傷於彼耶？以某鄙見，切不可先問。只逕令使者行國書，不須有所儌求，但盛推尊其功德，而以弟姪之禮事之。彼固無從求釁，求釁〔九〕之心發亦不亟。不從，則是與之絶，絶則無説矣。

間〔一〇〕探者歸告之詞，皆無足憑。使誠有之，僥倖之福，何可遽受？但願君臣一心，内修外攘，葺理成效，得〔一一〕之必安。譬如中人之家，無故而得百萬之貲，雖至愚之人，亦必逡巡而不敢受。天將予之，何獨今日？他日再至，受之爲福〔一二〕。若無順巽〔一三〕之心，直有披襟之意，得之未必不爲禍也。以丞相之厚德雅量，而欲成此僥倖不可必之舉乎？只恐傳聞之謬，某意丞相必不輕信。復僭越者，誠以國家大計所在，不敢不深慮。

兩塢如成，國〔一四〕家之福，丞相之功亦不細矣。須委帥〔一五〕臣，令擇吉日，視地勢順便，爲經久安居之計可也。東西關事甚善，丞〔一六〕相勉之。惟自家藩籬固，則外可以拒敵。出門而戰，退而堅守，若蛟龍之在淵，庶幾無失。此丞相所深知，某不縷縷。

校勘記

〔一〕『知』，四庫本作『如』。

〔二〕『告』，四庫本作『吉』。

〔三〕『某』上四庫本有『以』字。

〔四〕『虜』，四庫本作『敵』。

〔五〕『此』下四庫本有『皆』字。

〔六〕『虜』，四庫本作『敵』。

〔七〕『聞』上四庫本有『今』字。

〔八〕『音』，四庫本作『書』。
〔九〕『求釁』，四庫本無。
〔一〇〕『間』上四庫本有『凡』字。
〔一一〕『得』，四庫本作『享』。
〔一二〕『順巽』，四庫本作『謙遜』。
〔一三〕『爲福』，四庫本作『必安』。
〔一四〕『國』上四庫本有『亦』字。
〔一五〕『委帥』，四庫本作『告悉師』。
〔一六〕『丞』上四庫本有『告』字。

史浩集

〔上册〕

〔宋〕史浩 撰 俞信芳 點校

浙江文叢

浙江出版聯合集團
浙江古籍出版社

圖書在版編目(CIP)數據

史浩集 / (宋)史浩撰；俞信芳點校. —杭州：浙江古籍出版社，2016.5
(浙江文叢)
ISBN 978-7-5540-0827-0

Ⅰ.①史… Ⅱ.①史…②俞… Ⅲ.①中國文學—古典文學—作品綜合集—宋代 Ⅳ.①I214.42

中國版本圖書館 CIP 數據核字(2016)第 113314 號

史浩集

(全三册)

(宋)史 浩 撰 俞信芳 點校

出版發行 浙江古籍出版社
(杭州市體育場路 347 號 郵編:310006)
網　　址 www.zjguji.com
責任編輯 路 偉 潘丕秀
封面設計 劉 欣
責任校對 余 宏
責任印務 樓浩凱
照　　排 浙江時代出版服務有限公司
印　　刷 浙江新華數碼印務有限公司
開　　本 710mm×1000mm 1/16
印　　張 65.25
字　　數 728 千
版　　次 2016 年 8 月第 1 版
印　　次 2016 年 8 月第 1 次印刷
書　　號 ISBN 978-7-5540-0827-0
定　　價 300.00 圓(精裝)

ISBN 978-7-5540-0827-0
9 787554 008270

史浩像（寧波江東區檔案局藏史家祖宗畫像傳記及題跋）

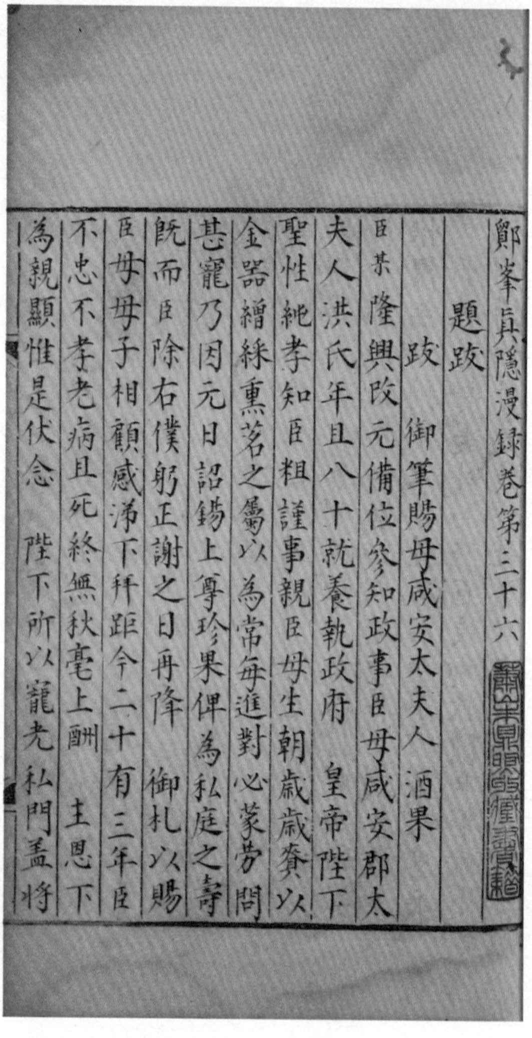
鄭峯真隱漫録卷第三十六

題跋

跋御筆賜母咸安太夫人酒果

臣某隆興改元備位參知政事臣母咸安郡太夫人洪氏年且八十就養執政府　皇帝陛下聖性純孝知臣粗謹事親臣母生朝歲歲賚以金器繒綵熏茗之屬以為常每進對必蒙勞問甚寵乃因元日詔錫上尊珍果俾為私庭之壽既而臣除右僕射正謝之日冉降　御札以賜臣母母子相顧感涕下拜距今二十有三年臣不忠不孝老病且死終無秋毫上酬　主恩下為親顯惟是伏念　陛下所以寵光私門蓋將

寧波天一閣藏明鈔殘本鄭峰真隱漫録書影

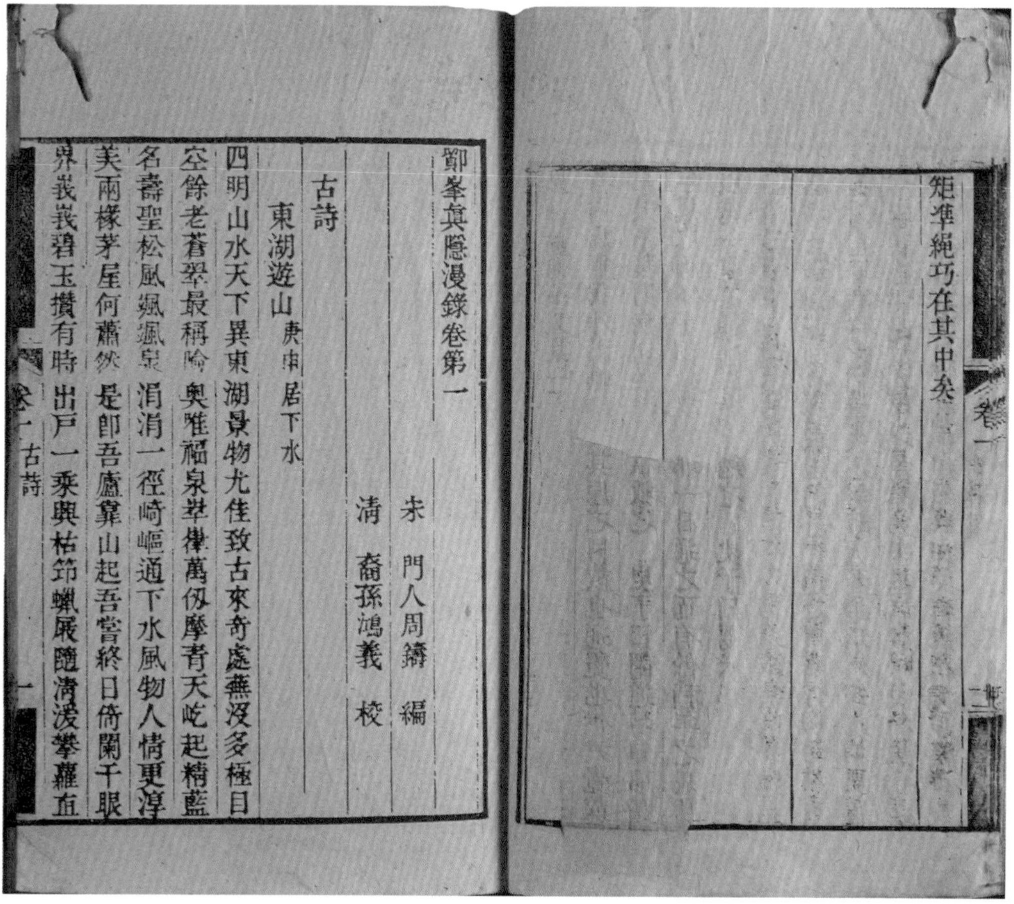

矩準繩巧在其中矣

鄭峰真隱漫録卷第一

宋　門人周鑄　編

清　裔孫鴻義　校

古詩

東湖遊山　庚申居下水

四明山水天下異東湖景物尤佳致古來奇處無沒多極目空餘老蒼翠最稱險奥雅福泉巉嵂萬仞摩青天屹起精藍名壽聖松風颯颯瀝泉涓涓一徑崎嶇通下水風物人情更淳美兩椽茅屋何蕭然是即吾廬窠山起吾嘗終日倚闌干眼界峩峩碧玉攢有時出戸一乘輿枯笻蠟屐隨清淺攀蘿直

卷一　古詩　一

清乾隆四十二年會稽繼錦堂刻本鄭峰真隱漫録書影

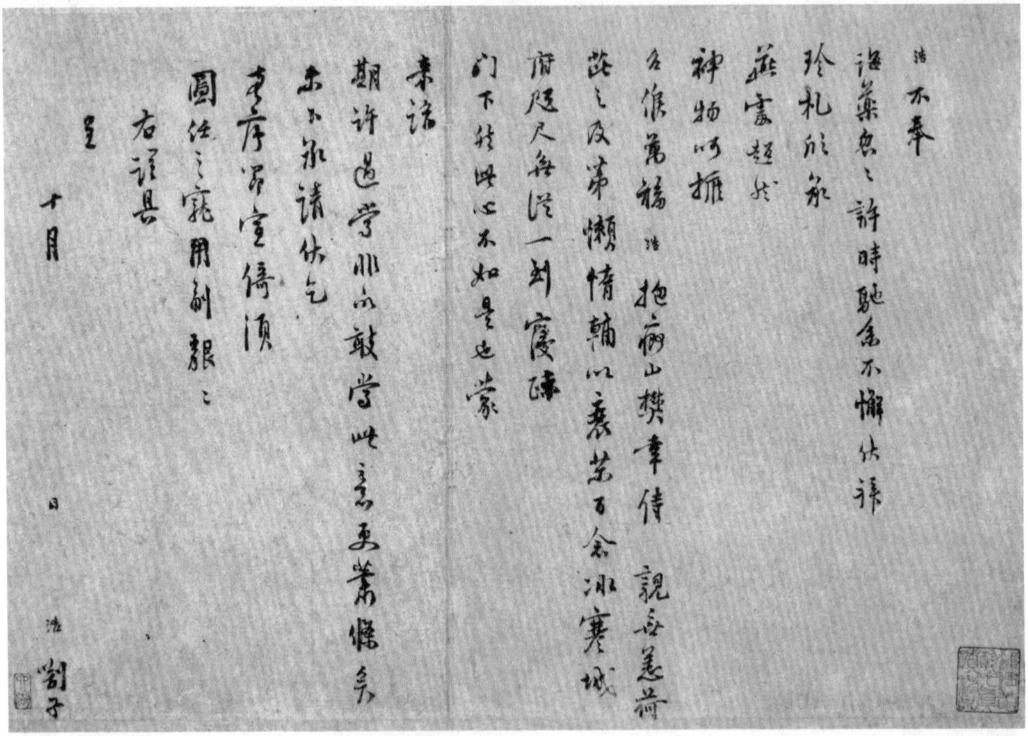

史浩行書抱痾帖（上海圖書館藏）

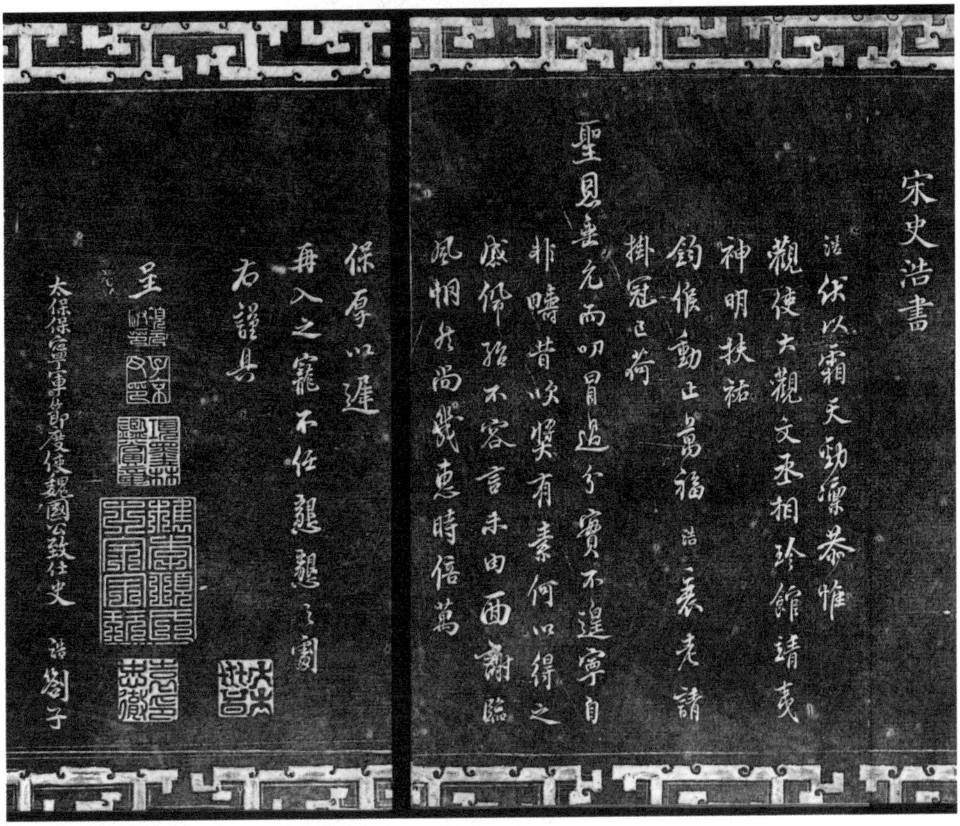

史浩行書霜天帖（美國哈佛大學燕京圖書館藏拓本三希堂法帖第十七册）

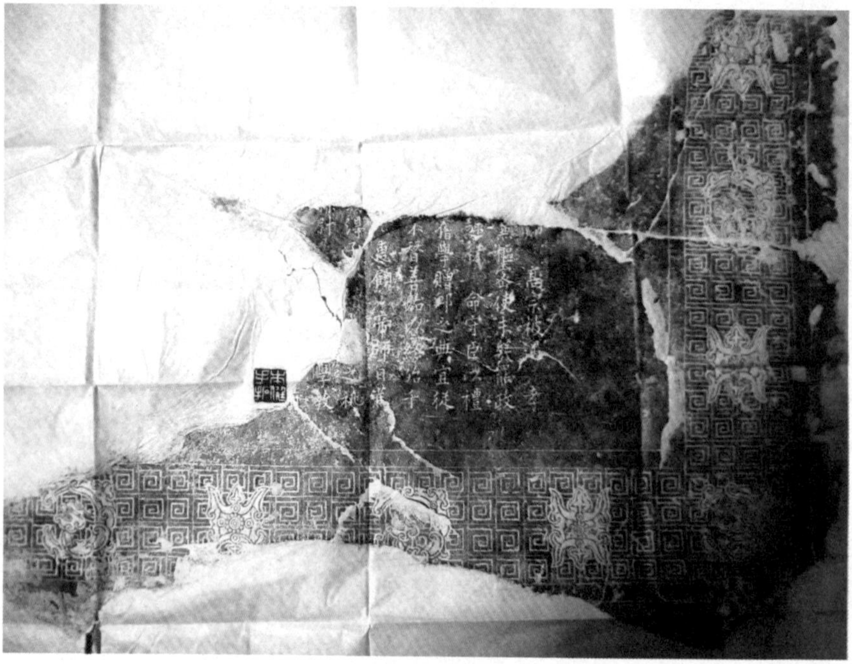

纯诚厚德元老之碑拓片

前言

史浩，原名若訥，字直翁，號鄮峰真隱，鄞東下水人。生於崇寧五年（一一〇六）九月初六，卒於紹熙五年（一一九四）四月初五，享年八十有九。他自四十歲中進士以後，先後擔任尉、鹽監、郡庠及國子博士、建王教授、宗正少卿、翰林學士、參知政事等職，又二次入相和提舉國史院編修、侍讀等職，後期又遞封爲永、衛、魯、魏等國公，少師、少保，太保、太傅、太師等，死後又追封爲越王，可謂人臣之極，是宋代鄞籍出仕任職最高的一位。

然而，對這樣一代名臣的評價和研究卻是甚少。據一九八三——一九八七年中國人民大學書報資料社編纂的報刊資料索引宋史部分，就是没有一篇專論史浩的文章。是因子（史彌遠）之過以掩父之德（王應麟困學紀聞語），或是被納入主和派而蓋棺論定？

其實這位中興名臣，在引薦人材、關心教育、制止殺嬰以及治國思想等方面有不少建樹，十分值得研究和探討。下面僅就爲政期間的二次罷相、體恤民情和薦用人材等幾個方面，對他的事蹟作簡略的介紹。

史浩第一次罷相是在隆興元年（一一六三）五月，發生在張浚用兵山東之前。史浩認爲恢復大議，只有做到『内修政事，外固疆圉，上收人才，下裕民力，乃選良將，練精卒，備器械，積資糧，十年之後，事力既備』（鄮峰真隱漫録論未可北伐劄子），纔有可能。他又認爲：現時進兵山東，正中金人『求釁於我，而爲南侵之計』（漫録答宣撫張丞相議攻取劄子）。當前張浚的恢復之議，是『鋭意之士不恤大計以成輕脱』（漫録再論山東劄子）。他的這些見解，激怒了『主戰人士』，而被認定具有『懷姦、誤國、植黨、盜權、忌言、蔽賢、欺君、訕上』等八大罪狀的元兇（見宋史王十朋傳）而被棄置在一邊。『規恢之計』在宋孝宗的支持下，越過史浩兼任樞密使的樞密院而推行了。同時，史浩也被罷免宰執之任。此戰果然不出史浩預料：先是小勝，不久即遭慘敗。何氏備史稱『符離軍潰，國家數十年所積資械蕩然無餘』（轉引自南宋雜事詩注），使南宋元氣大傷。

史浩的阻梗『收復山東之議』，是否就是主和派了？回答是否定的。史浩阻梗之議，是出於量力而行，認爲當時的條件還未成熟。史浩在張浚籌措萬弩營時，『應之如響』。對此有人質詢，史浩答曰：『事力未備，故止其進兵。若邊防扞禦，安可不從？』（攻媿集純誠厚德元老之碑，下稱神道碑）在尚書講議解文侯之命章，史浩借孔子之語『傷平王之無志恢復』，可見其本意不以用兵爲非。全祖望在鮚埼亭外集鄮峰真隱漫録題詞中説得頗有見地。他認爲：『忠定蓄力而動，不欲浪舉，不特非湯思退、沈該之徒，亦與趙雄之姤南軒者不同。而梅溪（王十朋）之劾者，其言有稍過者。』

符離慘敗，宋孝宗是直接責任者之一。他在下罪己詔之餘，對史浩説：『卿前所奏陳如龜兆，數計無不驗。』又徵詢造成此局面的原因，史浩答曰『求治太速』、『聽言太雜』。（神道碑）『求治太速』，正是心急的政治家的通病。

第二次罷相是在淳熙五年（一一七八）十一月。由於王友直補充兵員而强掠平民導致兵民爭鬬，朝廷判定兵民同罪以平息糾紛。史浩得知後，當即『飛奏盡釋所捕（之民）』，認爲『民不宜律以軍法』。（神道碑）朝廷不聽，史浩又奏曰：『諸軍掠人奪貨至於鬨，則始釁者軍人也，軍法從事固當。若市人陸慶童，特與抗鬬爾，可同罰乎？陛下恐軍人有語，故一其罪以安之。夫民不得其平，言亦可畏。「等死，死國可乎？」是豈軍人語？』上怒曰：『是比朕爲秦二世也。』浩徐進曰：『自古民怨其上者多矣。「時日曷喪？予及汝偕亡。」豈二世事？』尋求去。後有言慶童之冤者，上曰：『史浩嘗力爭，坐此求去，至今悔之。』（宋史史浩傳）這次罷相，史浩爲民請命，是正義的。孝宗『至今悔之』語，就是咎在朝廷的明證。二次任相，共計一年，二次罷相都是由於直諫。這二次罷相，特別是前次罷相，若能避免發生，不打無把握之仗，這段歷史就有改寫的可能。

史浩在從政四十九年間，特別是在地方上任職期間，據現有文獻看，他對農田、水利、教育等事業是相當關心的。在餘姚任縣尉期間，就有論餘姚廢置湖田上紹興太守劄子一文。文曰：『本縣余支、汝仇兩湖廢罷盜種田事，承准後，某竊詳侵種之弊，本緣湖邊居人沿堤種植茭荷，歲久根株堙塞，漸至淺澱，增培築墊，始成畦隴。畦一成，遂敢佔據。蓋非一日之積……』

（見漫録）此疏可能就是余支、汝仇兩湖得以保留的原因之一。否則，極有可能像鄞西廣德湖一樣被堙塞。在紹興，史浩有措置湖田利害疏、將湖田作籍田疏（宋會要輯稿食貨八、一〇），是留意湖田之明證。黄氏日抄寶善堂記曰：『出而帥越，亦必築月河二斗門，以爲百姓無窮之利。』嘉泰會稽志義田曰：『故丞相魏國史公鎮越之明年，實戊子始捐己帑置良田，歲取其贏，給助鄉里賢士大夫之後貧無以喪葬、嫁遣者附於學，而以義名之。』並草章程十幾條，規定了收存、發放的原則。會稽續志又曰：『公在鎮越時，始創貢院。』所以山陰縣志稱其『惠政甚溥』，民爲之立祠，額曰『彰德』。（浙江通志）史浩離開紹興後，又判福州，據神道碑、黄氏日抄寶善堂記等文載：赴任，修築自棲霞嶺至水口七百八十餘里山路，葬棄置野外的『旅櫬以千萬計』，又『辟官舍以蓋貢闈』，又設義莊以給濟貧苦孕婦。關於後者，漫録福州乞置官莊贍養生之家劄子中有所描述：『建寧府、南劍州、汀州、邵武軍四州窮乏之人例不舉子，家止一丁，縱生十子，一子之外，餘盡殺之。貴家富室既無奴婢，其勢不得不買於他州。價值既高，販掠之人所以日盛。刑禁箠楚，情重者多至編配，而此風終不可革，實可哀憫。臣今措置，欲於建、劍、汀、邵四州諸縣各置官莊一所，典買民間田畝，收積租課，令窮民下户婦人有孕及七月者，關告耆社申縣，縣爲注籍。俟其生産之月即申縣，縣下官莊給曆，每月支米若干，滿三歲住支。』

在史浩的從政生涯中，對人材的重視和薦用，又是其重要的一項。早在紹興三十二年六月任參知政事之時，孝宗召問史浩：『今設施何先？』史浩就答以二點：曰『保邊境』，曰『收拾人才』。並提出上次進言的『辛次膺、張燾，人望所屬』，孝宗即日召還兩人。（神道碑）又曰：『又薦周葵、任古、胡銓、張戒、王十朋等，以次收用。』宋史史浩傳曰：『薦編修官陸游、尹穡，召對，並賜出身。』這一年，在漫録中還有薦潛邸舊臣劄子一文，也是舉薦人才的劄子。第二次拜相時，就推薦朱熹。延祐四明志曰：『浩再相時，朱熹教授生徒于建寧山中，浩力挽之，由是出守南康。』淳熙八年六月二十三日，史浩告退時又上章，曰陛辭薦薛叔似等劄子。在此篇劄子中，被薦的有楊簡、陸九淵、石宗昭、陳謙、葉適、崔惇、袁燮、趙善譽、張貴謨、胡拱、沈厚、舒璘、舒烈、王恕等。宋史史浩傳曰：『後皆擢用，不至通顯者六人而已。』漫録又有經筵薦石嶅等劄子，被薦及的有石嶅、陳仲諤、汪義好、石年文等四人。又有保舉豐謨充知縣劄子。從這些材料看，史浩所薦用的人數是可觀的。在這些被薦人才中，最爲重要的是朱熹、陸九淵等人。雖然這兩人的理學觀點不盡相同，但是其理學思想擴散以後，爲穩定南宋的政權起到了極大的作用。全祖望對此給以極高的評價，在鄮峰真隱漫録題詞中曰：『至其昌明理學之功，實爲南宋培國脈，而惜乎舊史不能闡也。忠定再相，謂此行本非素志，但以朱元晦未見用，故勉强一出耳。既出而力薦之，并東萊、象山、止齋、慈湖一輩盡入啟事。乾淳諸老其連茹而起者，皆忠定力也。』

史浩對引薦的對象，不甚注重個人恩怨。如宋史史浩傳曰：『浩喜薦人才，嘗擬陳之茂之進職與郡，上知之茂嘗毀浩，曰：「卿豈以德報怨耶？」浩曰：「臣不敢以私害公。」遂除中書舍人、兼直學士院，待之如初。』四朝聞見録史文惠薦士載，史浩在力薦朱熹、吕祖謙的同時，也薦及張浚之子張栻。雖然張栻因父親以前與史浩因爲北伐異議而謝絶了，但可以證明史浩薦用人才，確實不以個人恩怨爲意。在漫録童丱須知忠恕篇中有進一步申述，曰：『君子行忠恕，報恩不報仇。恩者人善意，一飯亦當酬。仇者被迷誤，事過何足尤。持之久不倦，其心乃休休。』引薦的人中，有些人事前一點也不知道。如葉適水心集祭史太師文曰：『昔公剡士，十有五輩。或至否吝，均受其賚。我不知公，公亦薦我。如公至心，固自爲可。』葉適此語，是講在史浩身後之時，可謂肺腑之語。陸游渭南文集福建謝史丞相啟亦曰：『大鈞播物萬化，悉付之無心。』可謂的評。

史浩不僅對個别被薦人的攻擊不甚介意，就是爲政也主張寬容爲懷。一次，宋孝宗在一道策文上批示曰：『國朝以來，過於忠厚。宰相而誤國者，大將而敗軍者，未嘗誅戮之。要在人君必審擇相，相必爲官擇人。茂賞立於前，嚴誅設乎後，人才不出，吾不信也。』並遣曾覿送史浩閲看。史浩就上奏曰：『唐虞之朝，四凶極惡，止於流竄，而三考之法，不過黜陟幽明而已，未嘗有殺戮之科也。誅戮大臣，乃秦漢法也。臣恐議者以陛下欲行刻薄之政而歸過祖宗，此不可不審思也。若必欲宣示於外，乞改「其政一於忠厚」，尚庶幾焉。』孝宗纔有悔意，改削語辭，召付史館。（建炎雜記乙集孝宗論用人擇相）對此，孝宗譽曰：『非卿不能爲此言。』（神道碑）時在淳熙八年五月。孫應時燭湖集祭太師文曰：『至於仁民愛物之惻惻，推賢薦士之孜孜。消物我與恩怨，篤親故而不遺。量海納以無滿，謙卑踰以布衣。』真德秀西山文集史太師與通奉帖曰：『史氏在周爲太史，佚之言論與周召並傳，在漢西都爲戚里，左將軍丹伏蒲諫爭，有功元成間。迨我宋中興，而太師忠定越王出，有太史之言論與將軍之功，而忠厚所積則過之矣。方其柄國時，護公道如命脈，惜人材如體膚。在廷諸賢持議間有不同，而包涵容養，亡秋毫忿疾意。異時復還宰路，所薦進皆海内第一流，不以異同爲用舍。淳熙間入見天子，以寬大開廣上心，其言尤反復篤至。平生行事，大抵根本此意。』宋袁甫蒙齋集祭史衛王文曰：『帥王之生，數關於天。惟福惟量，其大無邊。』宋寧宗親筆書曰『純誠厚德元老之碑』，又命樓鑰撰寫史浩神道碑。這些評價不無溢美，然而多少也從幾個側面反映了對史浩的肯定。

史浩著作，神道碑稱：『有文集五十卷、外集二十卷、論語口義、尚書講義、周禮天官地官講義傳於世。』宋史藝文志著録有尚書講議二十二卷、周官講議十四卷、論語口義二十卷、童丱須知三卷、會稽先賢傳贊二卷、鄮峰真隱漫録五十卷以及史越王言行録十二卷等數種。説郛卷十九下收録元史浩撰兩鈔摘腴，叢書集成初編據稗乘本影印兩鈔摘腴，内增加史浩會稽先賢傳贊序及高士、列仙目，署作元史浩輯。中國古籍善本書目史部尚著録有：『仙源類譜□□□□卷，宋史浩等纂修，存三十卷。』

史浩文集，可能早在其離任福建時便已刊行。周必大文忠集卷一百九十二劄子四史直翁丞相之三云：『某伏蒙鈞慈寵賜文集、方書、子魚、蕉荔，物偕意重，荷載莫勝。』此文集疑即神道碑所云文集，但未見更多説明。考慮到它已作爲禮品而贈送，當時或已刊版印刷。神道碑所著録文集五十卷，其卷數與今存鄮峰真隱漫録相合。鄮峰真隱漫録除了宋史藝文志著録外，尚有直齋書録解題卷十八、文獻通考卷二百三十九等著録，皆五十卷，題門人周鑄編。據宋史藝文志，周鑄尚編有史越王言行録十二卷，今未見傳本。尚書講議今存，周禮天官地官講義、仙源類譜僅存殘本，論語口議未見傳本。會稽先賢傳贊，據陳橋驛紹興地方文獻考録云：『史浩會稽先賢祠傳贊二卷，已逸。』其所言當是著録于宋史藝文志二卷本者。其實此書周鑄編入鄮峰真隱漫録中，並未亡佚。且它尚有一篇序，被説郛卷二十所引浩然齋意抄收録而保存下來。童丱須知三卷單行本未見傳世，其編入鄮峰真隱漫録内者作二卷。可惜的是，鄮峰真隱漫録今傳世本缺第四十四卷，而卷中福唐陳君時可墓表有幸隨著永樂大典殘存本而被保存下來。關於兩鈔摘腴，筆者以爲真贋雜陳。既有鄮峰真隱漫録未收的會稽先賢傳贊序，也有驗方、雜記之類的小品及元代事跡，不大可能是史浩所作。其中高士、列仙目後事有利害一文有『端平至今又二十有三年』語，史浩卒于紹熙五年，而端平元年已是其後四十年，再加二十三年，則更遲了。

鄮峰真隱漫録的版本，中國古籍善本書目集部著録有序次三八一六至三八一九凡四種。其中三八一六今藏天一閣，爲朱鼎煦別宥齋舊藏，題『明抄本』，存第三十三卷至三十八卷六卷；三八一七今藏北京大學圖書館，題『四庫全書底本』；三八一八今藏南京圖書館，未見；三八一九今藏湖北省圖書館，爲乾隆四十二年刻本，甬上徐時棟煙嶼樓舊藏本。

編號三八一七者，即繆荃蓀舊藏四庫全書底本。筆者最早得知此本，始自全宋詞中史浩的大曲、詞，其畫堂春茶詞附注云：『以上彊村叢書本鄮峰真隱詞曲卷二。朱祖謀刻彊村叢書史浩詞曲四卷，原據傳寫四庫本，後借繆藝風所藏天一閣底本校勘，始知四庫本已經妄人竄改，寫有校記一百四十餘條。今悉依校記改正。』這就引起筆者閱看此本的興趣。

傳世的刻本，最早當數乾隆四十二年史益三刻本。據乾隆本卷首裔孫史積容序稱：『鄮峰漫録五十卷，中缺（第）四十四卷者，則寧波范氏天乙閣所藏，而浙江書局所徵上也。……乞假諸館中寫得其副。族叔父益三將刻之木，以廣其傳。』天一閣藏本，全祖望曾經看過。其鄮峰真隱漫録題詞云：『五十卷，天一閣范氏藏本也。是在諸儲藏家俱未之有，至予始抄而傳之。吾鄉宋人之集，由忠定以前亦皆無傳，當以是集爲首座矣。』全祖望謂其『始抄而傳之』，可見目前流行的鄮峰真隱漫録都是天一閣舊藏本之流澤餘芳。

二〇〇四年，綫裝書局影印出版宋集珍本叢書，收入鄮峰真隱漫録，在首册目録下注云『清抄本』，但實際收入的卻是乾隆四十二年刻本，不知何故。該本部分卷目下鈐有一方『吳興抱經樓藏』朱文方印。二〇〇六年，曾棗莊、劉琳主編全宋文，收入鄮峰真隱漫録文部分，以影印文淵閣四庫全書本之文三十八卷爲底本，並輯得佚文二十六篇，編爲二十六卷。

本次整理，以乾隆四十二年刻本爲底本，校以北京大學圖書館藏四庫全書底本（簡稱『清抄本』)、天一閣藏『明抄本』(簡稱『明抄本』)、影印文淵閣四庫全書本(簡稱『四庫本』),以及永樂大典、彊邨叢書、全宋文等相關部分。校勘中發現,以文字質量而論,大較以底本、清抄本爲上,次之爲明抄本,下之爲四庫本。底本、清抄本二者文字往往一致,而四庫本則多有異同,大概是四庫館臣多所竄改的緣故。不過,除違礙字眼的改動外,四庫本或許别有淵源,故而盡量出校説明。此外,四庫本編排次序亦與底本略異,且其第四十四卷併其篇目亦無,頗可注意。書後附筆者所編附録,附録一爲所輯佚文、佚詩,計五十二篇,其中福唐陳君時可墓表爲第四十四卷散佚之文;附録二爲史浩生平傳記資料;附録三爲序跋提要。

本書在整理過程中,得到天一閣袁慧先生、北京大學圖書館古籍閲覽室主任丁世良先生及其全體同仁、北京李雄飛先生之幫助及多方關照,在此一併謹致謝忱。限于學力,書中錯訛衍脱等問題必然不少,祈請方家學者給予指正。

目録

鄮峰真隱漫録卷一

鄮峰真隱漫録卷二

鄮峰真隱漫録卷三

鄮峰真隱漫録卷四

鄮峰真隱漫録卷五

鄮峰真隱漫録卷六

鄮峰真隱漫録卷七

鄮峰真隱漫録卷八

鄮峰真隱漫録卷九

鄮峰真隱漫録卷十三

鄮峰真隱漫録卷十四

鄮峰真隱漫録卷十五

鄮峰真隱漫録卷十六

鄮峰真隱漫録卷十七

鄮峰真隱漫録卷十八

鄮峰真隱漫録卷十九

鄮峰真隱漫録卷二十

鄮峰真隱漫録卷二十一

鄮峰真隱漫録卷二十二

鄮峰真隱漫録卷二十三

鄮峰真隱漫録卷二十四

鄮峰真隱漫録卷二十五

鄮峰真隱漫録卷二十六

鄮峰真隱漫録卷二十七

鄮峰真隱漫録卷二十八

鄮峰真隱漫録卷二十九

鄮峰真隱漫録卷三十

鄮峰真隱漫録卷三十一

序……（五九六）

鄮峰真隱漫録卷三十三

鄮峰真隱漫録卷三十四

鄮峰真隱漫録卷三十五

鄮峰真隱漫録卷三十六

鄮峰真隱漫録卷三十七

鄮峰真隱漫録卷三十八

鄮峰真隱漫録卷三十九

鄮峰真隱漫録卷四十

鄮峰真隱漫録卷四十一

鄮峰真隱漫録卷四十二

鄮峰真隱漫録卷四十三

鄮峰真隱漫録卷四十四 闕

鄮峰真隱漫録卷四十五

鄮峰真隱漫録卷四十六

鄮峰真隱漫録卷四十七

目録

鄮峰真隱漫録卷四十八

鄮峰真隱漫録卷四十九

鄭峰真隱漫録卷五十

附録一

附録二

附録三

史浩神道碑考（代後記）………俞信芳（九六四）

鄮峰真隱漫録卷一

古詩

東湖遊山 庚申居下水

四明山水天下異，東湖景物尤佳致。古來奇處蕪没多，極目空餘老蒼翠。最稱險奥唯福泉，崒嵂萬仞摩青天。屹起精藍名壽聖，松風颯颯泉涓涓。一徑崎嶇通下水，風物人情更淳美。兩椽茅屋何蕭然，是即吾廬靠山起。吾嘗終日倚闌〔一〕干，眼界峨峨碧玉攢。有時出户一乘興，枯筇蠟屐隨清湲〔二〕。攀蘿直上上水去，煙霞迤邐僧家路。龍藏虎蟄天地寬，陟岵欷歔空墮淚。次經象坎白雲庵，陰崖斷谷常青嵐。中有村虚號韓嶺，漁歌樵斧聲相參。陶公霞嶼崢嶸出，秀傑綿延數非一。鼈山〔三〕孤立水中央，規圓不賴人鑱刻。地雄山壯泉源豪，七十二溪俱怒濤。截山突屼起六堰，百尺花蹊金石牢。鳴桹擲釣漁艇短，數百成群來往款。緑蓑青笠若忘歸，細雨斜風渾不管。棲真蘭若唯南隅，聞是徐王舊隱居。蓮塘十里香風闊，鳧鷖瀉鶒時沈浮〔四〕。一帆迅抵青山寺，丈室雲堂高贔屭。森森松竹〔五〕蔽村祠，細讀刓碑知故事。云是皇朝李使君，濬濁澄清利後人。迄今旱歲賴實利，血食往往長秋春。破霧穿雲梯磴滑，石脅山腰徧金刹。濯足清流舒嘯長，篔簹十畝清風戛。紫衣道士氏曰朱，高論山前結草廬。客至石壇無俗物，橫琴數曲酒一壺。對岸二靈只一葦，依約誰家葬龍耳。夜深踈雨洗遥空，一朵濃雲罩山觜。金襴禪老今大顛，壞衲蒲團日坐禪。我行不問西來意，消息還將方寸傳。烏石山頭滕嶴口，泓澄萬丈輝星斗。過客誰知此地靈，只聞靜夜生龍吼。鑒湖蕪没多田疇，臨平車馬尤喧啾。紛紛未識兹萬頃，神仙窟宅合在南北東西〔六〕陬。周遊幾十〔七〕里，此興猶未已。歸來模寫筆不停，大匠從其誚狂斐。

校勘記

〔一〕『吾嘗終日倚闌』，清抄本闕。

〔二〕『湲』，四庫本作『湍』。

〔三〕『山』，清抄本作『足』。

〔四〕『浮』，四庫本作『泇』。

〔五〕『竹』，四庫本作『菊』。

〔六〕『南北東西』，四庫本作『東南北西』。

〔七〕『十』，四庫本作『千』。

時晉亭作小軒塊石盆池名曰趣遠真隱居士賦之

新晴可步屧〔一〕，策杖〔二〕穿雲林。蕭齋有達士，六合涵胸襟。東偏闢小窗，廣袤不盈尋。片石遠山意，寸池滄海心。乃知一芥子，可納須彌岑。歸鴻目不盡，爲爾發微吟。

校勘記

〔一〕『屧』，清抄本作『屐』，四庫本作『履』。

〔二〕『策杖』，四庫本作『杖策』。

次韻鮑㠯道天童育王道中吴體

迸雲佛塔金千尋，傍聳滴翠玲瓏岑。春供萬象富遠目，響答兩地紛啼禽。風摇野幘去復去，露浥乳竇深尤深。寄聲俊逸鮑夫子，蓮社不掛淵明心。

次韻楊小〔一〕輔山居六詠

疊山

嵩山遠萬里，兒孫可邀致。當軒羅三峰，便有出群意。不蠟謝氏屐，徜徉日游戲。邂逅風雨興，端可名福地。

鑿池

蕭蕭足佳致，心遠地自偏。劚去蒼苔紋，得此清冷〔二〕泉。湛然不容滓，於以明性天。肯復似兒童〔三〕，見誚韓公篇。

栽松

童童蒿艾間，拱把力尚微。託根一得所，勢隘天四圍。春煙滋蒼髯，朔雪被羽衣。他年大夫封，風雨良足依。

洗竹

春林藉雷驚，䶵䶵牛羊出。風月邇來稀，厭此琅玕密。繁柯謝一洗，挺挺歲寒質。終成葛陂龍，雲路騁駿逸。

澆花

芳圃向成趣，雨澤多愆時。花開不抱甕，花謝嗟何爲。潘岳興不淺，陶潛顏可〔四〕怡。安得商家霖，萬木均嬉嬉。

薙草

設羅門巷靜，草深山更幽。何事勤誅鋤，杖履〔五〕來羊求。王孫未歸楚，萇弘已棄周。惜此年年緑，君其勿翦休。

校勘記

〔一〕『小』，四庫本作『少』。

〔二〕『冷』，四庫本作『泠』。

〔三〕『似兒童』，四庫本作『以童兒』。

〔四〕『可』，清抄本作『何』。

〔五〕『履』，四庫本作『屨』。

雪中三英

梅　花

雪花大如毬，萬木方枯愁。絳衣孕珠顆，的皪枝南頭。風標信孤挺，游戲墮人境。裩白露微青，志已在金鼎。

蠟　梅

蜂房釀餘滋，衆香薰蜜脾。幻作應真面，行行排玉枝。相看紫檀色，風搖振金錫。天遣久住世，不畏高樓笛。

瑞　香

蕙帳萬緣空，幽人鼻觀通。破曉捫翠麓，獲此錦薰籠。造化本無意，芬芬隨爾類。不知鼻聞香，還是香浮鼻。

次韻慈罨寂照院僧石巖花

溪山朔雪銷籬落，始聞花信驚梅萼。韶華一瞬掉頭去，滿眼園林成翠幄。誰知幽谷猶藏春，萬蔕千柎意態新。霞分光彩氣欲〔一〕熱，露浥燕脂色未匀。墨工繪句謾稱好，不見此花空到老。子美羞看黄四蹊，退之不數紅雲島。天上〔二〕健步吾能用，擬擘雲頭騎綵鳳。叫閶〔三〕乞與生香歸，只許牡丹名並飛。

校勘記

〔一〕『欲』，清抄本作『方』。

〔二〕『上』，四庫本作『下』。

〔三〕『閶』，清抄本作『名』。

雪夜行舟罵鬼

朔風一夜吹寒雪，萬里青山變華髮。東湖興盡回扁舟，兩岸蘆花照天發。篙工撥櫂光陸離，一簑好景渡頭歸。忽驚波面漸幽晦，問訊歸程船復退。空巖有鬼鳴啾啾，鼓檝揚波如部隊。須臾夜朗分西東，對岸村虛指顧中。妖氛孽影叱咤散，人家燈火猶朦朧。嗚呼山鬼爾何錯，滅頂於余奚所作。不能隨爾釀〔一〕禍釁，冷炙殘盃圖咀嚼。我有長牋叩上真，我有健步飛如神。請呼雷公起霹靂，割截汝輩爲微塵。嗚呼山鬼聽我語，從此逍遥自游止。如斯攪括枉費力，生死由天不由汝。

校勘記

〔一〕『釀』，原作『穰』，據清抄本改；四庫本作『作』。

宣州李漕園亭三首

控鼇亭

平生謝宣城，作意澄江練。不知煙霞間，有此巨鼇抃。三山没泱漭，幾歲舞鰌鱔。邂逅釣竿手，一掣金背見。控之朝玉京，飛騰絶星漢。控之遊絳闕，蓬萊壓諸彦。偉我亭中人，風雷有奇變。何必紫綺裘，日誦黄庭卷。

吸川亭

百川渺鯨波，鯨背高突兀。佳氣浮金銀，層觀可髣髴。中有萬頃陂，餘地納溟渤。咫尺三千里，驚湍讋〔二〕凡骨。而我理煙艇，遥欲窺其窟。憑欄俯瀰漫，始覺到崷崒。涓流信汙沱，晝夜徒汩汩。萬錢沃燥吻，何取盃中物。

守道堂

徂徠不可倚，衡茅迹已陳。凜凜蓋代氣，千載日日新。拭眼登高堂，佳名信可人。向來子石子，無乃公前身。作頌擬清廟，未免世俗嗔。偃蹇百僚底，見有雙眉顰。公今文章伯，筆力重萬鈞。廟堂有夔卨，此道公當伸。

校勘記

〔一〕『讋』，原作『聾』，據四庫本改。

史伯魚讀書堂

我來嗟許晚，已失讀書堂。遺址煙焰餘，草木猶輝光。乃知子史子，揭名意何長。書册本何〔二〕好，履踐斯爲良。癡絶蠹萬卷，未若寢食忘。苟得是中趣，高致〔三〕雲外翔。政不守螢雪，汩汩勤朱黃。譬如沈痾痊，安用千金方。

校勘記

〔一〕『何』，四庫本作『可』。

〔二〕『致』，四庫本作『可』。

代叔父九經堂歌

黄冠物外士，碧眼胡〔一〕中兒。琅函赤軸富哀蓄，金作蛟龍盤繡楯。撞鐘擊鉢走聾俗，聖典寂寞令人悲。我登九經堂，四顧光陸離。畫簷散彩噴朝日，翠幌倒影摇天池。牙籤插架爭突兀，若有鬼物森扶持。使君雅意尊經術，故辟後圃披遺基。咄嗟土木上星漢，下視仙宫梵宇俱幺微。我願兹堂徧寰海，共治皆以經爲師。一變人心至齊魯，再使風俗躋農羲。卻向兹堂命賓友，霜藤象管昌新詩。東風吹到君王耳，唤取文翁歸玉墀。

校勘記

〔一〕『胡』，四庫本作『世』。

次韻沈澤夫逍遥歌

在昔蒙莊有至言，萬物逍遥天地間。大鵬斥鷃異稟賦，隨性奚假人防閑。怒飛未覺宇宙隘，決起那知世界寬。洪纖有量莫相越，智巧不用常優閒。默觀萬化盡如許，脱〔一〕悟此理行非艱。但當涵養取深造，工夫祇在澄心源。心源澄寂因〔二〕能應，視彼所寓皆居安。佳哉蒙莊豈誕妄，所得實自吾孔顔。達則兼善非附勢，窮而獨處非左計。陋巷簞瓢依聖師，何殊禹稷遊平世。修仙欲生成大幻，佞佛欲死是乾慧。死生之説本同歸，原始當求一言契。了知吾道出世間，學渚深流不思濟。遂令前輩薄後人，直謂軻死真無繼。此生造化曷可輕，勿爲名利思營營。吹嘘呼吸勤吐納，導引致壽先熊經。後枯正藉一溉力，且使既老身康寧。向上更須觀一著，一之所起猶未形。從渠海岱自更貌，何止一閲三千齡。守一還期守真一，真一誠通能事畢。吾之所取進乎技，解牛中得養生術。

校勘記

〔一〕『脱』，原作『晚』，據四庫本改。

〔二〕『因』，四庫本作『固』。

次韻沈高卿雜言

讀書在〔一〕其遠大者，莫爲彭蜞專爾雅。儻從紙上覓筌蹄，當識升高必自下。富貴不來將奈何，豈作求食思毀瓦。富貴適來無容心，處以恬然寧滿假。仕宦要須得若人，是爲學足美其身。萬方思治徯康濟，當使立政頻諮詢。從容風俗到淳古，坐可堯舜吾君民。昂頭引頸不愧怍〔二〕，奚必翰墨誇清新。吁嗟二者理非各，俗儒妄分誠臆度。學成用我鶚在天，不用聊復龜藏殼。利名〔三〕寵辱尚如許，死生之變良足託。沈子才雄敵萬夫，聲華合與前賢符。君看昔人可炙手，行若市井真屠沽。敝袍陋巷世不如，往往胸次多良圖。乃知富貴本餘事，窮達有命吾生俱。君詩卓絶了無和，我復感激重揚揄。難逢臭味同，勉子謹厥初，毋待桑榆補東隅。

校勘記

〔一〕「在」，四庫本作「正」。

〔二〕「怍」，四庫本作「慚」。

〔三〕「利名」，四庫本作「名利」。

代上孫仲益尚書生日

吳山高兮江水長，江山鬱鬱蟠光芒。上帝靳固鍾俊良，數千百歲誰可當。西徐老人鬢眉蒼，身著秋碧雲錦裳。馭風騎氣下大荒，帝命錦繡裹肺腸。天門賜之龍虎章，下爲人間除不祥。主盟吾道承素王，向來斯文病膏肓。公於此時氣堂堂，道配歐蘇力相望。朝遊蓬壺暮扶桑，黼黻河漢回輝光。臨流拯溺爲舟航，人生廢置不可量。萬里放逐蛇虺鄉，翦翎籠中看鵬翔。小儒願公如子房，不願公貴如六郎。玉烈石髓請飽嘗，不須更待龍宮方。

題陳天予國正借軒

子猷昔借宅，餘地著霜筠。君今地無隙，乃復借諸鄰。開窗羅萬箇，傾蓋如相親。輕風韻蕭瑟，密雪乘珠珍。行當享清絶，寧問誰主賓。人生空洞間，千畝納渭濱。胡爲徇目力，咫尺分參辰。便當混物我，一視無越秦。還以賞君軒，借與不借均。此意識者會，君無語俗人。

贈天童英書記

學禪見性本，學詩事之餘。二者若異致，其歸豈殊途。方其空洞間，寂默一念無。感物賦萬象，如鏡懸〔一〕太虛。不將亦不迎，其應常如如。向非悟本性，未免聲律拘。英師箇中人，以詩隱浮圖。桃紅柳青青，翠竹黄花俱。誤落世間耳，脱略公卿徒。昨朝得東風，打包過江湖。胡爲來帝鄉，叫閽徹宸居。堂堂老阿師，道價東西徂。住山垂一世，學子紛雲趨。寒潭風靜練，皎月天心孤。邇來隻履〔二〕輕，片雪銷洪鑪。願言立彊〔三〕名，故事臣敢誣。事成明當發，長吟入春蕪。聳〔四〕兹窣堵坡〔五〕，山雪閟天書。顧我坐學省，兀兀如守株。因君聽篷雨，爲謝故溪魚。

校勘記

〔一〕『如鏡懸』，四庫本作『儒懸鏡』。
〔二〕『履』，四庫本作『屨』。
〔三〕『彊』，四庫本作『疆』。
〔四〕『聳』，四庫本作『從』。
〔五〕『坡』，四庫本作『波』。

次韻遊西湖　李知幾國録

平生林處士，一葉老波光。坐令西湖名，千古磨蒼蒼。邇來子李子，掉鞅出柴桑。官閒到休日，清淺尋幽香。金風度林麓，野艇生微涼。竹閣寄登覽，孤岑水中央。拂石辨奇迹，哦詩味遺芳。歸來筆不停，醉墨翻淋浪。他時三賢亭，合著君在旁。只恐作霖雨，幽夢通商王。

次〔一〕韻馮圓中酴醿二首

東風滿架吹寒玉，慣逐園丁供菜束。瀛洲一見眼偏明，縹緲霓裳舞仙曲。紛紛桃李俱蒼苔，冰壺著此真幽獨。更須釀取甕頭春，醉倒莫看鸞與鸐。

碧雲堆裏顏如玉，紅紫便應高閣束。千尋結架上青冥，山外水邊隨詰曲。飄然來及牡丹時，潔白自知吾步獨。道人儻置枕屏前，第一莫教纖手觸。

校勘記

〔一〕『次』下四庫有『韻』字。

次韻馬德駿贈劉韶美 時不就試

迢迢弱水環蓬山，山在虛無縹緲間。子有仙風彌八極，雲煙爲爾一開關。卻欲管城邀四友，寫出嘉模看匠手。功名不掛達者心，未比即時一盃酒。夫君胸次非不活，就使口占須腕脱。惟其不欲世人誇辯洽，漢董唐劉顔如甲。

次韻王龜齡贈韶美

奎壁忽墮地，晁董暄炎劉。公生百世後，掉鞅從之游。仙桂滿月窟，何事玉斧修。亭亭看直上，高壓百花頭。昔我登麟閣，正喜挹風流。參辰曳裾日，心旌倍悠悠。紉蘭作春佩，采菊供晨羞。相期有義路，歲晚俱能由。

和建王雨中聞戒酒之什

族〔一〕雲行太虚，作霖自天意。涼風〔二〕入郊坰，通宵喜不寐。鼛鼓喧銅駞，鯨鐘韻蕭寺。遲明上層樓，羽扇端可棄。萬象奔空來，攬之入詩思。七椀有餘清，一觴成徑醉。倒著白接羅，飄蕭新出笥。客有可人姿，忠〔三〕規聊見志。樂飲雖及辰，沈酣非所恣。主人雲夢胸，綽有容物智。温顔起謝客，博哉斯言利。平生千金軀，於此肯嘗試。逡巡掃鉅篇，華衮酬一字。觀者歎〔四〕賢王，不以儒爲戲。

校勘記

〔一〕『族』，四庫本作『簇』。

〔二〕『風』，四庫本作『氣』。
〔三〕『忠』，四庫本作『終』。
〔四〕『歎』，四庫本作『嗟』。

上建王生辰四首

上帝昌我宋，高目視所以。天子亶聰明，亦既受多祉。慶澤渺蘿〔一〕圖，斑衣有元嗣。兹辰甫誕辰，想見龍顔喜。

子孝與臣忠，二者有大戒。王今得兼隆，無乃神所介。晨昏奉赤墀，腰圍白玉帶。堂堂真天人，驕吝蔑纖芥。

中使曉飛鞚，下拜金屈卮。門既卻賀賓，宴不侈曲眉。玉爐淨棐几，但誦天保詩。在我有古制，在彼俱弗爲。

下客曳長裾，薄技奚所奏。唯有六經腴，王心本研究。方瞳秋月明，緑髪寒松茂。天子曆無疆，王亦千萬壽。

校勘記

〔一〕『羅』，四庫本作『夢』。

遊西湖分韻得要字

儒生紙上爭攻剽，傳癖書癡等貽誚。不然利海競錐刀，或向名場羨華要。紛紛臧穀兩亡羊，說以西湖卻頭掉。西湖自倚傾城姿，肯與西施角年少。品題定價有前賢，陳迹班班猶可弔。試因休沐許尋盟，洗淨〔一〕緇塵一登眺。身疑孤月〔二〕破浮雲，心逐驚猿走空嶠。野竹萬箇秋聲虛，敗荷十里香風妙。淩霄金刹梵仙居，怪石嶙峋餘萬竅。高敷桂子浥新黃，好傍長枝發清嘯。老禪林外熟蹲鴟，雙耳不聞天使召。行行欲問處士橋，路轉忽逢水仙廟。未羞菊蘂薦芳馨，一盞寒泉敢先釂。翩翩沙鳥沒蒼煙，紅蓼丹楓舞斜照。急呼艇子泛漪漣，且〔三〕欲波〔四〕間狎漁釣。同行磊落三數公，嘉此襟期非素料。擘箋吟寫樂遊詩，愈使西湖有光耀。伊余同賦卻忘言，了知造物工相撩。千古遊人安在哉，城郭山林歸一窖。會須象罔得玄珠，可免小兒輕侮笑。

校勘記

〔一〕『洗淨』，四庫本作『淨洗』。

〔二〕『月』，四庫本作『星』。

〔三〕『且』，四庫本作『正』。

〔四〕『波』，四庫本作『渡』。

次韻洪景盧雪 時約往玉壺觀雪，因余詩罷會。

瑶臺迥物表，地脈誰解縮。一朝天門開，跬步即瓊屋。靄靄行族〔一〕雲，霏霏忽眯目。初疑蛺蝶驚，故遣兒曹撲。須臾大如席，幾陣〔二〕飛鸞鵠。化工信巧妙，花卉千林足。潔白皎奇姿〔三〕，光芒渺地軸。清垂寒江釣，静折空巖竹。唯人在宇内，太倉一粒粟。俯仰得真賞，四坐列群玉。錦繡張軒牖，珠翠輝華燭。鉢擊筆下成，盃催甕頭熟。檀板襯紅綃，更殢新裁曲。寧知冰氏子，窮歲無半斛。裘褐欲蔽膚，尚待春苗緑。爲瑞豈宜多，晛消胡不速。

校勘記

〔一〕『族』，四庫本作『簇』。

〔二〕『陣』，清抄本作『輩』。

〔三〕『姿』，原作『枝』，據四庫本改。

聽阮

水晶宫殿黄金闕，玉斧修成大圓月。漆光照膽毛髮寒，依約峰巒見林樾。誰人於此安四絃，流水高山寄清越。初如孤鶴唳藍田，漸若群鸞舞丹穴。踈踈夜雨滴秋堦，忽然雪竹空巖折。世間萬態不可窮，絃中有口俱能説。錦瑟華年過眼休，枯桐已爲伯牙絶〔一〕。是間真意亘千古，千古仲容名不滅。人生俯仰天地内，瞬息百年同一閲〔二〕。請君姑置是非事，來憑雲窗聽高潔。

校勘記

〔一〕『絶』，清抄本作『擲』。

〔二〕『閲』，清抄本作『闋』。

寄題勝金閣

黄金委糞壤，六籍垂日星。兹焉論勝負，無乃未知經。雲林倚傑閣，楚楚羅汗青。寄語〔一〕閣上人，移之置中扃。

校勘記

〔一〕『語』，四庫本作『與』。

鄮峰真隱漫録卷二

古詩

古風四首

頤真

門外長安道，紛紛名利人。誰知方寸許，有地可頤真。真能了萬象，亦復冥諸塵。不離虚幻境，舉目見全身。

雲壑

壺天眇巨壑，微雲映修林。英英從何來，膚寸忽千尋。旱歲驟爲雨，春空輕作陰。會須搔首聽，中有老龍吟。

月　巖

青山吐白玉，團欒光萬頃。何如〔一〕飛來峰，著此破昏暝。料想清夜〔二〕闌，主人深自領。安得招歡伯，三人成對影。

善　淵

觀水須觀瀾，監水必監止。清漪不受觸，風定略無滓。時以喻方寸，太虚融衆理。客來如問津，須君親指示〔三〕。

校勘記

〔一〕『如』，四庫本作『時』。
〔二〕『清夜』，原作『青海』，據四庫本改。
〔三〕『示』，四庫本作『似』。

送王嘉叟編修倅洪州

男兒抱經綸，動必爲時利。姑置俗儒談，曷各言爾志。匹馬從軍游，叫閽上封事。秦王不能坑，漢祖不敢戲。不溺蠻粵頭，當斷匈奴臂。雍容奏凱還，禮樂格天地。化工泯無迹，君隆堯舜治。此志倘蕭條，五湖資一醉。釣竿拂蒼〔一〕波，藜杖倚煙寺。采菊秋薦馨，紉蘭春曳屣〔二〕。作詩以遣懷，把酒以適意。隨處是道場，其樂叵思議。公乎箇中人，出處洞茲義。彈冠下七閩，簉迹中都吏。學士如堵牆，爭欲挽之試。公曰平生心，科目非所覬。我有活國謀，囊封徹天視。九重乙〔三〕夜闌，拊髀爲歔欷。遲明未報可，襆被秣歸騎。帝曰予汝嘉，予憂在閫寄。南昌〔四〕古名藩，咨汝往其貳。晝棟曉雲飛，珠簾暮雨墜。要當軫民瘼〔五〕，豈獨覽佳致。公清衡重輕，内外匪殊異。苟與道周旋，俯仰何所媿。金柔以鍊剛，玉美由火熾。隱忍斯成功，沈深〔六〕乃大器。窮達付無心〔七〕，是謂浩然氣。宣室行受釐，前席寧許〔八〕避。吾詞非浪發，請公默而識。

校勘記

〔一〕『蒼』，四庫本作『滄』。

〔二〕『曳屣』，四庫本作『及衣』。

〔三〕『乙』，四庫本作『一』。

〔四〕『昌』，原作『宫』，據四庫本改。

〔五〕『瘼』，四庫本作『癘』。

〔六〕『沉深』，清抄本作『深沉』。

〔七〕『無心』，四庫本作『自爾』。
〔八〕『許』，清抄本作『須』。

送王時亨舍人帥蜀二十韻

文翁上岷江，風化急〔一〕飛揚。峨峨當代間，輩出王馬揚。挽彼石室流，濯此錦繡腸。遂使〔二〕蜀士夫，至今能文章。武侯隱偏地，雲龍適相值。純誠革斯俗，三代可立致。千載凜如生，老柏猶英氣。遂令蜀士夫，至今抱忠義。乖崖一專城，四海喧嘉〔三〕名。發奸照幽伏，世仰如神明。蠹弊迹已去，靈祠俎猶腥。遂令蜀士夫，至今有能聲。清獻鎮南嶠，餘風弭貪暴。琴鶴適自隨，薏苡雅非好。熙朝慶登崇，深仁格穹昊。遂令蜀士夫，至今秉清操。英英王紫微，橫金擁旌麾。五十四州地，和氣蒙煙霏。兼美數君子，士夫得其依。行行報政成，天子竚公歸。

校勘記

〔一〕『急』，四庫本作『亟』。
〔二〕『使』，四庫本作『令』。
〔三〕『嘉』，清抄本作『佳』。

次韻姚令威郎中九日部〔一〕宿

堂堂老詩匠，持被入星省。烏帽不衝風，青綾怯餘冷。豈無菊蘂盃，莫洗寸心耿。卻呼短檠來，共此良夜永。

校勘記

〔一〕「部」，清抄本作「直」。

上建王生辰四首　辛巳

高穹祚明德，聖主曆無疆。談笑復境土，穆穆游巖廊。一定天下本，忠孝資元良。願言千萬壽，玉立侍清光。

椒殿靄葱蒨，瑞霧蒙煙霏。有子不必多，一夔燦斑衣。天地久覆載，日月長光輝。願言千萬壽，怡色奉庭闈。

太史仰乾象，光芒見前星。森然拱帝所，無乃趨過庭。道德粹金玉，詞華渺滄溟。願言千萬壽，聲聞炳丹青。

炎圖亘無極，吾王今中興。銀潢注瀰漫，及是歌繩繩。金龜曜玉砌，芝蘭香始升。願言千萬壽，頷首觀雲仍〔一〕。

校勘記

〔一〕『仍』，清抄本作『礽』。

辛巳臘月休日絶江至瓜洲觀戰地適〔一〕與馬德駿馮圓中二郎中會舟回焦山德駿令孥始來侍行某偶留金山不獲與此游輒和三詩以寄懷時逆亮初敗〔二〕駕至鎮江

德駿瘞字韻

天地一郛郭，陰陽司啟閉。大江蟠其中，滔滔每東詣。瀰漫萬頃寬，源委衆流細。經行〔三〕到楊子，詎可以里計。頗聞神禹功，設此限地勢。群龍沸波浪，風雨雜吞噬。稍非〔四〕濟川手，未免魚腹瘞。三國分〔五〕漢鼎，英雄馳亂世。交朋〔六〕若弟昆，反眼或背戾。各取天一方，巢穴自株柢。唯於阿堵中，快心咸底滯。曹丕亦時傑，弭節悸無際。胡爲狼子徒〔七〕，狂逞〔八〕

倚微毳。笑指鐵甕城，不躂欲睥睨。皇穹佐有德，奪鑑俾昏翳。授首斃胡鶵〔九〕，兵威即衰替。我來弔瓜洲，與子若宿契。焦山空在望，我實媿牽制。

校勘記

〔一〕『適』，四庫本無。
〔二〕『逆亮初敗』，四庫本無。
〔三〕『行』，四庫本作『營』。
〔四〕『非』，四庫本作『作』。
〔五〕『分』，四庫本作『取』。
〔六〕『朋』，清抄本作『親』。
〔七〕『狼子徒』，四庫本作『稱干戈』。
〔八〕『逞』，四庫本作『醒』。
〔九〕『授首斃胡鶵』，四庫本作『煙塵一時平』。

圓中鶴字韻

輕舠艤江滸，欲作揚州鶴。翩然下中流，隱隱片帆落。兩岸阨海口，焦乃居上齶。呀呷受滄溟，餘地著萬壑。碧瓦差龍鱗，浮圖〔一〕峙麟角。潮回露灘脊，礧砢出堅确。仆碑蒼蘚餘，琬琰在山腳。玉氣薰林巒，風煙不蕭索。何年王右軍，大書此鑱鑿。遂令衛永輩，千古束高閣。嗟予咫尺許，來往誠大錯。賴有三公詩，時時資咀嚼。唯憂赤地旱，玆石或流爍。用汝作霖雨，王言非戲謔。

校勘記

〔一〕『圖』，清抄本作『游』。

德駿賢郎銘字韻 名覺

老鳳鳴阿閣，有雛燦丹青。相將上浮玉，有翼垂南溟。惟實在竹頭，香霧風泠泠。惟泉似清醴，漱作甘露零。滿胸飲冰雪，終日翔禪扃。摩娑古斷碑，顰頞〔一〕嗟天刑。覓句寫真賞，豈只誇一經〔二〕。後生正可畏，之子乃妙齡。使我讀數四，爽氣生襟靈。飛書寄豚犬，俾作座右銘。

校勘記

〔一〕『頞』，四庫本作『額』。

〔二〕『經』，四庫本作『能』。

陪洪景盧左司馬德駿薛季益馮圓中三郎中汪中嘉總幹游蔣山以三十六陂春水分韻得三字 壬午正月十五日

大江洶澎湃，風靜星斗涵。截然當地險，界限天東南。金陵帝王都，窟宅何眈眈。龍虎爭負恃，盤踞昔所談。我適訪陳迹，策馬衝煙嵐。蔣山上疊翠，秦淮俯拖藍。寶公道場主，貌像儼〔一〕瞿曇。千年窣堵波，倒影落寒潭。共知勝絶處，即是彌勒龕。春容足佳致，慨想聊停驂。六朝互興廢，較德同朝三。中原文武境，久困狄〔二〕貪婪。曾無混一志，溥施鴻恩覃。區區守霸圖，跼縮〔三〕令人慚。豈若吾主聖，坐遣兕渠戡。長驅翔灞上，垂拱受朝參。回觀茲奥區，脱去如遺篸。小臣執羈靮，喜懌〔四〕心如炎〔五〕。再拜觴萬壽，愷樂將屢酣。卻來尋故棲，了此七不堪。

校勘記

〔一〕『儼』，四庫本作『堅』。
〔二〕『狄』，四庫本作『兵』。
〔三〕『縮』，四庫本作『束』。
〔四〕『懌』，四庫本作『釋』。
〔五〕『炎』，四庫本作『惔』。

次韻馮圓中雪

東風巧醖寒，吹雨作飛雪。酒面不成春，獸炭何曾熱。墮空遠飄飄，入簾輕瞥瞥。功歸大有年，誰道軍儲闕。

餞馮圓中郎中出〔一〕守邛州

岷峨秀多士，照乘輝連城。夫君挺奇瑞，梯棧來神京。殿前策三道，光焰摩九精。甲科雄鷺序，四海馳文名。一朝坐璧水，緩轡登蓬瀛。二年作銓總，談笑流品清。陛對本故事，中間俄一鳴。黼座固色喜，無乃群邪驚。堂堂頗牧論，萬古追家聲。胡爲忽掉頭，解組尋歸程。帝曰邛筰民，撫字宜煩卿。汝其下膏澤，癯瘠均豐盈。上方寶環賜，遲汝襦袴氓。承平二千石，倚任誰云輕。況復近鄉井，正晝錦衣〔二〕榮。過家仍上冢，鉦鼓喧雙旌。男兒貴行志，豈俟腰金橫。風雲儻際會，衮繡居槐庭。別酒置客邸，伊嗟未忍傾〔三〕。所嗟君子外，何獨傷離情。

校勘記

〔一〕『出』，四庫本無。

〔二〕『衣』，四庫本作『方』。

〔三〕『傾』，原作『輕』，據四庫四改。

途中即事三首

巾車向東南，御者欲西北。西北信繁華，豈若吾故國。有泉可洗心，有舍可休僕。御者契我言，欣然亦轉轂。

四山俱荒茅，松竹不露穎。清絶一株梅，依依秀孤嶺。輕風引餘馨，淡月露寒影。東君蚤催實，待此薦金鼎。

春水漲波縠，畫鷁爭先馳。一夜風如許，持此將焉之。小艤俟風息，居然無險巇。紛紛彼朝涉，欣吾未解維。

次韻潘德鄘山行 即雪竇山

學佛以佛魔，學儒爲儒縛。胡不朝隱几，嗒焉似南郭。是非風過耳，名利束高閣。回視平生心，無乃亦大錯。便當息萬緣，擺去如斧削。神遊八極表，笑傲有餘樂。山水得勝處，一覽〔一〕襟量廓。杖錫群峰巔，宫殿浮碧落。下瞰徐符巖，居然在山脚。衆水會一澗，頽波瀉珠箔。奔放出中塗，隱潭鍾萬壑。轟如破蟄雷，急似晴空雹。或復地中行，鳶飛魚自躍。躋攀至飛雹，乳竇知誰鑿。向來因風絮，句法誠軟弱。六花傾萬倉，千古無鎖鑰。濛潤遍寰海，何止洒林薄。憑欄眼欲眩，頓洗眵昏濁。翻身上妙高，愈覺吟魂矍。鑿齒對彌天，相視兩無怍。祇恐星軺登，蕙帳聞怨鶴。

校勘記

〔一〕『覽』，四庫本作『攬』。

次韻潘德鄘詠曇老四窗

石窗兀太虚，四顧蔽雲幄。朝看爽氣浮，暮送紅日落。主人宅是間，結茅侶猿鶴。平生丘鬡姿，肯媿〔一〕謝康樂。客有子潘子，登臨富佳作。筆發天地秘，靈光動寥廓。長謡萬峰頂，世事俱脱略。回頭睨俗士，機巧費穿鑿。

校勘記

〔一〕『媿』，四庫本作『内』。

上賜御製新秋雨過書懷詩且令屬和

畏暑卻餘威，飈馭臨寰海。一雨濯寥空，晴光露精彩。乾坤陟清涼，居然神觀改。俯聽林麓間，萬彙喧天籟。便當置蒲葵，暍者得自在。此恩夷夏均，聖德如天大。

進錫宴澄碧殿詩

季秋中澣日，淳熙隆四禩。朝回攬轡間，中使俄傳旨。少須日轉申，宣召陪燕喜。預令掃玉堂，深夜備棲止。悚懼跪承命，走騶亟穿市。絳闕聳皇居，非煙常靡靡。入自東華門，熊羆森爪士。詔許乘肩輿，安徐無跛倚。復古距選德，相望幾數里。修廊接雲漢，峉嶤燦珠蘂。中途敞金扉，恍若蓬壺裏。群山擁蒼壁，四顧環弱水。山既日夕佳，水亦湛無滓。冰簾映綺疏，瓊殿中央峙。澄碧曜〔一〕宸奎，神龍爭守視。舞蹈上丹墀，天威不違咫。奉觴祈萬壽，時蒙一啟齒。餘波丐鼠腹，酒行不知幾。徘徊下瑶席，緩步煩玉趾。從游至清激，錫坐談名理。泉聲韻瑟琴〔二〕，一洗箏笛耳。皇云萬幾暇，觀書每來此。論道及帝王，直欲齊其軌。堯舜禹湯文，前身無乃是。臣言匪獻諛，道實由心起。既然明是心，要在力行爾。登橋釂餘罍，飲興未容已。金蓮引雙燭，再拜離階戺。玉音寵諭臣，此會宜有紀。歸塗感恩榮，占寫忘骪骳。

校勘記

〔一〕『曜』，清抄本作『濯』。

〔二〕『瑟琴』，清抄本作『琴瑟』。

次韻程泰之尚書

程王二夫子，聽履上甘泉。咳唾妙一世，萬斛明珠圓。官居季孟間，風義遞相先。每當持論篤〔一〕，聞者殆欲仙。蛟龍縱巨壑，鷹隼横遼〔二〕天。坐令膾炙餘，枵腹猶便便。程方秋欲半，金波照觥船。追想昔年日，高會有由緣。親故持吉語，置酒家東偏。今年玉堂直，對此宜無眠。夜色如涼〔三〕水，冰輪吐層顛。顧影還自慰，身冠六卿聯。巍巍太平基，聖主樂得賢。作句紀兹夕，所喜期不愆。藏之在巾笥，未肯露其全。王於退食際，髣髴知云然。求之既愈力，璀璨出長編。荆潭佇唱酬，凡目一洗湔。我生亦何幸，披味如擊鮮。明朝問紙價，都下已爭傳。

校勘記

〔一〕『篤』，四庫本作『許』。

〔二〕『遼』，四庫本作『寥』。

〔三〕『如涼』，四庫本作『涼如』。

又依前韻

混沌既開闢，溥博分淵泉。其中具明眼，來往類跳圓。惟有詩工夫，可探造化先。研摩到極致，換骨如得仙。上以美教化，下以明性天。元白愧重濁，鮑謝羞輕便。佩劍雖相笑，沈迷乃同船。未登風雅域，爲問何因緣。非無〔一〕警策句，各在詩一偏。我欲窺其奥，宴食宵不眠。觀舞悟深旨，曾不及張顛。清新乏奇妙，局束猶拘聯。習氣未能斷，爲之乎猶賢。寫出多瑕〔二〕疵，未免拙惡愆。公詩百篇内，浩然志帥全。愈出力愈足〔三〕，即之俱自然。熟讀已成誦，寧待三絶編。如澡銀潢水，塵氛俱盡湔。敬當珍此賜，墨迹合〔四〕常鮮。更許示餘帙，泚筆吾須傳。

校勘記

〔一〕『非無』，四庫本作『無非』。
〔二〕『瑕』，原作『暇』，據四庫本改。
〔三〕『足』，四庫本作『促』。
〔四〕『合』，四庫本作『令』。

次韻李光祖瑞香

石蹊萬折涷欲裂，兩岸梅英照天發。於中更有錦薰籠，芳菲不待勾萌達。奇姿苒苒來仙源，從此橫枝不直錢。東風零亂委泥土，只爲山家作玉田。豈若夫君有真色，紫葩碧葉從初得。幾將消息露人間，紛紛塵俗誰能識。晚居廬阜聲名飛，蕙帳悠悠春夢遲。起來鼻觀猶馥郁，杖藜便覺香風隨。夭桃謾説燕脂染，落絮徒云白氈糝。品題一著佳客稱，並使丁香風味減。藍溪夫子誠好事，贈我此花良有爲。平生巖壑在胸中，培殖根荄年不記。故應謂我知花譜，十夫綵絆來吾圃。拜嘉歡喜不敢當，直欲美芹羞帝所。昔扈龍輿白石川，回鑾小憩玉津園。曾見此花千百本，較量今者端〔一〕無前。若居御苑逢膏澤，車載盆栽惟所適。吾王顧盼即生春，不費陽和些子力。

校勘記

〔一〕『端』，清抄本作『斷』。

恭和御製長春花詩

御製有序：『長春花雖豔而清，初冬亦盛開，不減春月，常以琴樽賞之。』

玉殿萬幾閒，宸章燦珠蘂。俯念簪履舊，恩光來太紫。禁籞玩長春，嫣然異群卉。群卉固亦佳，時過逐流水。獨此供清遊，餘香襲芳芷。一經聖品題，榮〔一〕名何日已。再拜體皇情，感深銘諸几。

校勘記

〔一〕『榮』，四庫本作『貴』。

又恭和二首 前詩進呈，有旨：『卿和詩成，有「群卉固亦佳」之句，不貴此而賤彼。嘉觀之餘，復用前韻以賜。』又和。

帝序〔一〕四時春，著花無浪蘂。殖本在蓬壺，霏〔二〕煙籠翠紫。雪裏友寒梅，芳辰領繁卉。每蒙天一笑，睿思湧泉水。霑丐及老臣，芬薌〔三〕勝荃芷。況復屢褒嘉，載賡寧但已。第愧狂斐辭，不足溷瓊几。

玉帝富雲章，寶匣鐫琅蘂。六丁謹緘縢，芝彤燕泥紫。龍銜下碧虛，端爲詠嘉卉。咫尺不違顔，何曾隔弱水。炷薰啟天藏，椒蘭和白芷。彩焰萬丈餘，光臨殊未已。敬須營傑閣，敢只留棐几。

校勘記

〔一〕『序』，四庫本作『予』。

〔二〕『霏』，四庫本作『非』。

〔三〕『薌』，清抄本作『香』。

恭和御製翠寒堂詩

禁蘌葱葱擁瑞雲，雄樓傑閣環金碧。花光草色媚芳辰，鳳輦春容惟所適。中有虚堂玉作楹，冰雪玲瓏周四壁。可〔一〕知跬步是瑶臺，何須八駿殷勤覓。青松萬箇拱簷牙，生香不減芝蘭室。更欲相看飽歲寒，踈梅瘦竹爲三益。吾皇土木未嘗興，爲詢此景從何得。神運元從德壽來，天成豈假人工役。

校勘記

〔一〕『可』，四庫本作『不』。

次韻楊淳〔一〕中

昔年居處雖同里，止識荆州面而已。揭來蝸舍細論文，始向靈臺見吾子。夜闌相與哦新詩，珠璣璀璨皆英辭。野塘月轉梅影瘦，深院風静簾旌垂。策杖園林窮勝事，心遠尤驚塵世異。豈唯得助有江山，更卻紅裙愛文字。金盤磊落百果裝，玉壺嘉醑浮清光。坐上風流俱鮑謝，況乃有子無他腸。酒行無算不可數，便欲飛身到仙府。忽然巨軸出長篇，媿我無言參也魯。笑呼適意談交情，共聽夜鶴鳴空庭。良辰美景賞心處，喜遂四者之難并。卻將健句徐推擴〔二〕，三歎餘音見依約。約去辭榮歸故鄉，贊我紛華滋味薄。次言奎畫在蓬門，乞與龍章照眼根。茲我謝子〔三〕如獲寶，報以瓊瑶未足論。我慚輔相初無補，偶爾逢時遇真主。但能奉此翰墨珍，庶若商那因考父。林間稚子獻殷勤，只爲君知愛厥親。遺羹美意見方册，今此一舉如千鈞。君不見皇家已視金鑾草，趣君徑上長安道。忠臣須取孝子門，空谷行歌駒皎皎。

校勘記

〔一〕『淳』，四庫本作『醇』。
〔二〕『擴』，四庫本作『拓』。
〔三〕『子』，四庫本作『氏』。

題蝸室

平生喜善類，遇之以青目。廣廈千萬間，帡幪未渠足。唯予自棲身，三椽乃蝸縮。問之何爲然，知足常不辱。人生天地間，渺然如一粟〔一〕。侈心纔動摇，曷厭溪壑欲。紙帳煖有餘，蒲團眠易熟。神遊萬物表，不慮此局促。門外競軒冕，卑哉蠻與觸。

校勘記

〔一〕『粟』，清抄本作『宿』。

次韻曇師以某焚三代贈黄所示長句

霽天破曉嚴清霜，宿具贈帛羅豆觴。旌旗蔽野氣軒昂，夾岸更復飛舟航。金爐細爇百和香，絳籠然蠟影交光。問予何事出柴桑，爲指白雲山中央。巖巖雙表鶴翅張，松楸靄靄摩青蒼。漸登幽域至饗堂，向來百物陳滿床。錦囊綸誥列前行，奠酌器皿皆琳琅。祝言小子心不遑，幾年衈典篋笥藏。抵今方獲燔贈黄，覬靈來兮染指嘗。潛德既拜天褒揚，後孠感激兩淚滂。帝恩欲報方思量，忽覩健句如柏梁。葩華盈軸豔春陽，建安七子誰可當。何止李杜萬丈長，再四披閱予敢忘。同來親賓皆在旁，共詫粲可能文章。其中一客起鳴吭，衆駭何爲色不康，未甘釋子侵予疆。

走筆次韻寄平元衡禪老

年來管城不脱帽，只羨夫君詩法好。怡雲剥啄到雲寮，始知春風屬此老。憶昔代匱持鈞衡，紅塵瘦馬太忙生。自從得請歸吾里，常與鹿豕爲群行。有時片月隨杖履〔一〕，飄飄灑灑欲仙去。去尋杖錫四明中，聽取怡雲末後句。

校勘記

〔一〕『履』，四庫本作『屨』。

次韻戲酬張以道

新詩韻清越，宛若泗濱磬。呼兒誦終篇，悠揚久無定。渾欲挽斯人，歲晚共三徑。爛飲煙蘿間，不知夕陽暝。

次韻張漢卿夢庵十八詠

夢　庵

茲庵路何許，雲深不知處。夢覺兩俱忘，始可驀直去。

勤　齋

默豈交摩詰，談何事阿戎。時行百〔二〕物生，不息唯天工。

校勘記

〔一〕『百』，清抄本作『萬』。

妙用寮

空中一物無，於焉生萬有。向此求神通，栝棬即非柳。

玉　沼

一泓湛無滓，遶砌如天成。鬚眉徹底見，風浪何曾生。

碧溪庵

煙嵐染秋黛，潺潺逕大空。平疇藉光及，比屋饒千鍾。

山　房

平生安樂地，不受利名煎。其中一空洞，寥寥無色天。

喜老堂

生處本恬淡，得失成〔一〕酸辛。娑婆〔二〕鬢漸秋，天地一閒人。

校勘記

〔一〕『成』，四庫本作『誠』。

〔二〕『娑婆』，四庫本作『婆娑』。

宴默庵

法門建章富，法幢空處成。於此下一則，浮雲涴太清。

衆香堂

穠薰知〔一〕見林，燕坐觀物化。鼻孔如撩天，可聞不可畫。

校勘記

〔一〕『知』，清抄本作『如』。

禪　窟

胸中烱明月，一照萬緣空。蟬蜕雲霄表，墮地爲儒宗。

隱仙巖

夫君活國手，愛此隱仙字。行再出刀圭，可使民久視。

霞　外

注目渺無際，彤雲燦晚暾〔一〕。心融八極表，欲辯已忘言。

校勘記

〔一〕『晚暾』，清抄本作『萬燉』。

駐屐

緩步一徙倚，細數新條枚。悠然得真趣，獨立遲誰來。

月林

蟾窟有奇芳，殖根此茂密。人間萬種香，企之不可及。

積翠

萬疊互圍繞，風煙朝夕俱。三穴已掃竟，無復藏妖狐。

醉宜

何人過三徑，共此麴蘗春。月下倩人扶，花影鋪滿身。

澄漪

濯纓與濯足，均是滄浪水。箇裏不勝清，渭神穎〔二〕應泚。

校勘記

〔一〕『顙』，四庫本作『爽』。

聽松

灑然清泠吹，過我十八公。颼飂喧宇宙，可奈此孤叢。

走筆次韻張以道

石窗

嘗聞皮陸句，未覩心先降。於今煩鬼工，徙置排金釭。蕙帳擁猿鶴，石磴來旌幢。月明風亦靜，篆煙浮四窗。

過雲

雲埋路欲迷，獨許幽人過。時從客子來，更尋深處坐。抵掌到幽眇，萬事俱識破。茫茫名利人，糠粃不足簸。

雲南

空洞遠萬里，佳景萃其南。縠紋波似染，螺髻花群篸。紫芝鮮最馥，青櫺堅且甘。解召羨門侶，雙鸞聯〔一〕與驂。

校勘記

〔一〕『聯』，四庫本作『聊』。

雲北

幽巖列仙貌，陰雪如粉撲。殑當摇落時，宛見窮髪〔一〕北。朔風吹不動，中有難凋木。吾嘗愛此景，小駐葛陂竹。

校勘記

〔一〕『窮髪』，四庫本作『沙漠』。

鹿　亭

雙鹿處巖隈，似有人性靈。山童自馴擾，俗客必心驚。循除水淲淲，竹暗藏幽亭。有時帶露歸，濈濈身首青。

樊　榭

何年樊仙翁，踞此作雲榭。境勝唯清涼，寒燠匪冬夏。俯觀塵世人，杳在萬仞下。漸次入真境，還如倒食蔗。

潺湲洞

萬派漱寒玉，及此猶潺湲。臨流覩毛髮，體粟生輕寒。餘波蕩胡〔一〕氛，一洗清塵寰。觀瀾得妙理，用處心常閑。

校勘記

〔一〕「胡」，四庫本作「塵」。

走筆次韻胡中方賞丹桂之什

粟蘂摶金葉凝碧，獨在秋林逞顔色。豈知東溟史氏居，别有奇標人不識。常娥侍女盈萬千，一一姿貌皆無前。爲嫌〔一〕此花忒淡薄，渥丹乞與春爭妍。媚滋燕脂霜染蒨，植根只向廣寒殿。凡塵俗韻不可干，清涼唯許金風扇。何年移到蓬萊鄉，鉅萬索直誰敢償。盤紆欄檻久不曜，一日名飛並國香。豪貴爭看期縮地，載酒遲來煩鼓吹。園丁聞之競采擷，夜深不使花神睡。接枝换骨離四明，飄飄爽氣排妖氛。遂令禁籞成真賞，餘馨賸馥常氤氳。芙蓉寒菊不足數，包羞正似無鹽女。從渠摇落動秋聲，獨步唯兹徧寰宇。我嘗對此傾蕉〔二〕金，卻思四海緑衣〔三〕心。殷勤勸花宜且住，寒士人人折得去。

校勘記

〔一〕『嫌』，四庫本作『厭』。

〔二〕『蕉』，四庫本作『葵』。

〔三〕『緑衣』，四庫本作『狀元』。

鄮峰真隱漫録卷三

律詩

贈别王虚中平江贍軍

愛予詩無敵，清新日造微。解顔方一笑，折柳遽成歸。蘇館凝香重，松江膾玉肥。是中如得句，無惜寄柴扉。

次韻趙若拙酴醾

春去雪又[一]在，夜寒風自香。娉婷白玉面，縹緲碧雲裳。露下已侵袂，月明初度牆。婆娑光影下，老子坐胡床。

校勘記

〔一〕『又』，清抄本作『猶』。

次韻劉國正立春

百歲今强半，逢春卻怕春。趁時三盞酒，轉眼一年人。車馬繁華地，江湖漫浪身。茅簷擁殘雪，清夢到家頻。

秋荷十韻

漲碧湖方迴，嬌紅藕競芳。已疑星斗下，仍訝錦雲張。脈脈初離立，盈盈忽綴行。煙藏何限思，雨送不勝香。解佩皋臨漢，聞弦浦近湘。向來便看此，欲去未渠央。葉好嗔兒摘，蓬新喚客嘗。更禁和月淡，直恐〔一〕付風狂。得載平生酒，閑鳴盡日榔。甘將百詩詠，恣弄水仙鄉。

校勘記

〔一〕『恐』，四庫本作『思』。

次韻恩平郡王

彤庭秋晚〔一〕宴，和氣與春同。壽酒千鍾緑，宮花萬疊紅。金羈鸞仗〔二〕底，赤舄〔三〕玉階中。歸路聞人語，關雎誦國風。

校勘記

〔一〕『晚』，四庫本作『皎』。
〔二〕『仗』，清抄本作『鳳』。
〔三〕『烏』，原作『寫』，據四庫本改。

次韻恩平郡王游山登寺中小閣

天邊倚蕭寺，小閣翠微中。煙靄三峰秀，松杉一徑通。潮音從耳悟，塵慮轉頭空。堪笑林間弋，猶思落塞鴻。

和建王明遠樓

天闕移樓觀，來供帝子親。明光扶日域，遠勢接星津。瑞靄常濛潤，清風每拂塵。圖書惟左右，脂粉卻參辰。覓句多詩髓，開談即道真。槐陰瞻五岳〔一〕，芸馥見三神。雨露恩方湛〔二〕，江山景倍新。願言增萬柱，寒士並棲身。

校勘記

〔一〕『岳』，四庫本作『學』。
〔二〕『湛』，四庫本作『渥』。

送杜殿院出守遂寧

萬里徠西蜀，聲華振士林。匪躬無近援，聖主作知音。已破姦邪膽，方勞撫字心。政成須趣駕，天子〔一〕仰爲霖。

校勘記

〔一〕『子』，四庫本作『下』。

次韻姚令威郎中從駕早行五首

姚馬真人傑，英標貫伏犀。修途隨上下，軟語雜高低。扈蹕俱多士，揚鞭過萬蹄。伊余滋〔一〕濫吹，所喜發醯雞。

蔌蔌長空雪，霏霏似粉犀。色同無路險，野闊見山低。羽〔二〕葆隨鸞仗，銀盃逐褭〔三〕蹄。

催班何太早，白露〔四〕悮晨雞。

大駕巡〔五〕方國，熊羆間象犀。風嚴知令正，雲重覺天低。夾道瞻芝表，中原逐獸蹄。定宣恢復赦，拭目看金雞。

聖主披英俊，公才是擢犀。班揚俱氣懾，屈宋亦眉低。健鶻摩天翼，真媒歷塊蹄。回眸看賤子，下駟與鶡雞。

有美風騷將，詞鋒利更犀。胸吞雲夢小，氣壓斗牛低。鷙鳥常舒翼，名駒豈鑿蹄。不能勝百戰，渾欲介吾雞。

校勘記

〔一〕『滋』，四庫本作『玆』。

〔二〕『羽』，四庫本作『玉』。

〔三〕『裹』，四庫本作『馬』。

〔四〕『白露』，四庫本作『夜白』。

〔五〕『巡』，四庫本作『遐』。

曉起用前韻

破曉窮幽眺，端如〔一〕玩月犀。雪消青嶂近，天淡玉繩低。出塞三春翼，嘶風萬里蹄。男兒弧矢志，何事飯籠雞。

校勘記

〔一〕『如』，四庫本作『知』。

晨興懷寺中用前韻

薛公言慷慨，端可諷馴犀。器廣蜃江小，名高雁嶺低。宸居青瑣闥，禁路紫騮蹄。揆德宜長處，何因夢白雞。

同游賞心亭用前韻二首

古堞高千雉，危亭屹巨犀。雲霄知路近，星斗入簷低。山繚龍盤脊，江涵虎踞蹄。相攜倚秋閣，得失付蟲雞。老杜：『雞蟲得失無了時，注目寒江倚秋閣。』

賞心多樂事，快目喜聯犀。雪浪翻空急，江雲過眼低。天寒風著袂，興盡馬旋蹄。歸路仍泥滑，林間語竹雞。

次韻洪景盧右司問梅

東皇榮萬木，首唱屬江梅。得地應先發，須時不受催。可堪連日冷，未忍一樽開。竹外摇殘雪，知君到幾回。

次韻皇孫所和二詩

錦繡環清蹕，祥雲捧日華。千官鵷鷺集，萬騎虎貔誇。餘孽懷威遠，中原望眼賒。遥憐太液水，波煖欲生花。

歲晚垂弧旦，雍容從北征。龍舟瞻日表，兔苑足詩情。況有流霞美，何辭醉玉傾。祝君無限壽，煙閣寄功名。

餞馮圓中吏部出守

蚤歲登巍第，郎潛正黑頭。一封憂國慮，五馬往〔一〕鄉州。筆底平生學，胸中康濟謀。賸須勤蓄積，聖主欲兼收。

校勘記

〔一〕『往』，四庫本作『便』。

進明堂慶成詩

六閲淳熙祼，秋高日仲辛。大君敷涣號，重屋薦明禋。玉輅興清廟，龍旂亘〔一〕紫宸。雲陰連夜解，霽色一朝新。周禮樽罍備，虞韶樂舞陳。合宫天地並，侑席祖宗均。峻墄登三獻，修楹秩百神。肅祗伸睿意，肸蠁降高旻。宣室宜膺福，慈闈亟拱宸。篸花馳萬騎，歸胙見音現雙親。鼇事超隆古，年齡肇億春。蓼蕭覃有截，成命播無垠。惠餕肦群后，恩波逮老臣。祝堯非健筆，徒學華封人。

校勘記

〔一〕『亘』，原作『且』，據四庫本改。

經筵讀正説終篇恭進謝恩感遇詩 淳熙八年四月二十九日

帝祚隆三葉，仁風被九垠。泥金封禪後，汗簡典墳新。祖訓敷皇極，奎星耀紫宸。儒家尊首志，臣謹按：國史藝文志儒家以太宗皇帝大明政化十卷、真宗皇帝正説十卷爲首。文論歎前塵。臣恭覽御製正説後序有『魏文之論，聊以同時』之語。昔魏文爲典論二十篇，文選載論文一篇，聖作淵奥，魏文豈能彷彿？道泰千齡會，時和萬物春。好生兵遂偃，崇儉俗還淳。傳寶參河洛，重光待聖神。進求深講繹〔一〕，退省〔二〕極諮詢。治紹堯稽古，歡諧舜事親。披編兹有獲，徹卷豈辭頻。錫予恩波浹，榮華宴俎陳。奏詩無傑句，拜手愧名臣。仁宗皇帝朝故相晏殊有讀正説徹篇賜宴詩。臣謹按：殊實仁宗皇帝東宫舊臣，與臣遭際事適相類。

校勘記

〔一〕『進求深講繹』，四庫本作『求講深紬繹』。

〔二〕『省』，四庫本作『訪』。

次韻孫季和東湖二首〔一〕

出郭乘清興，扁舟一趁〔二〕風。山光真黛比，水色與天同。宿鷺班班白，寒楓處處紅。誰知吾勝概，名冠甬句東。

水拭雙鸞鏡，山環六曲屏。雲端迸朝日，木杪見疎星。梅塢春長在，柴門夜不扃。援琴誰寫景，思得與君聽。

校勘記

〔一〕『首』，四庫本作『詩』。

〔二〕『趁』，四庫本作『迅』。

送安之往依沈叔晦師席

吾孫年甫冠，抗志在青冥。重趼輕千里，求師爲一經。功名適來去，器識是丁寧。既得賢模範，歸歟喜過庭。

蟻王得知字

蠢蠢稱螻蟻，尊王世所知。峻臺存主禮，環穴受臣儀。合〔一〕戰如揚武，分〔二〕行似出師。南柯雖〔三〕一夢，治國得良規。

校勘記

〔一〕『合』，四庫本作『依』。

〔二〕『分』，四庫本作『排』。

〔三〕『雖』，原作『誰』，據四庫本改。

蜃樓得生字

青蘋風乍息，巨浸欲潮平。毒霧方看吐，層樓忽已成。憑欄無海若，吞鳥類羅生。安得揮長劍，驅除致永清。

蛩吟得時字

蟲唯蜻蛚〔一〕類，促織〔二〕實知時。露重哦寒曉，更深攬旅〔三〕思。堂中譏晉什，床下誦豳詩。唧唧俱成詠，何曾撚〔四〕斷髭。

校勘記

〔一〕『蛚』，四庫本作『蜊』。
〔二〕『促織』，四庫本作『近漸』。
〔三〕『攬旅』，四庫本作『攬夜』。
〔四〕『撚』，四庫本作『拈』。

花鬚得中字

花有千跗萼，藏鬚向箇中。怒張擎曉日，笑翦寄春風。虯卷香絲亂，龍掀膩粉叢。露霑尤的皪，唾玉在鬖髿。

柳帶得歸字

渭水亭亭柳，春柔可縮衣。煙添染黛色，風束舞腰圍。對影同心在，攀條解賜歸。行人繫不住，結綬上王畿。

雪消得寒字

同雲收萬里，愛日已三竿。見晛將潛迹，無風特地寒。晴簷如下雨，槁澗忽鳴湍。漸覺山河復，方知世界寬。

雨絲得秋字

千絲棼不亂，細雨忽盈眸。密密如機捲，踈踈豈繭抽。纫裳難作縫，欲釣不勝鈎。霢霂知何事，收功在有秋。

豆粥得容字

殘臘風霜勁，嘉賓喜會逢。清泉雲子滑，熟末桂香濃。金谷咄嗟具，蕪蔞倉猝供。爭如今雅宴，樽酒共春容。

水仙花得看字

奇姿擅水仙，長向雪中看。翠碧瑶簪盍，鵝黄粉袂攢。夜闌香苒苒，風過珮珊珊。著在冰霜裏，姮娥御廣寒。

鍾馗圖得人字

虬鬚張怒目，藍綬彈烏巾。抃舞身無定，驅除夢有神。收功祛瘧鬼，流詠起唐人。圖畫高懸處，明朝慶履新。

椒盤得多字

有美椒盤獻，三朝慶始和。靈莖叢玉敦，醽酒滿金荷。不向湯銘見，其如晉頌何。欲知勤祝處，功在歷年多。

詩社得神字

今宵文會友，作句擅清新。始也詩言志，終焉筆有神。既無折角者，寧有面牆人。只待逢真主，艱難七月陳。

叔父知縣慶宅并章服

芝檢熒熒金縷黄，拜恩初捧鵲爐香。花籠麗日輝朱綬，燕啄新泥上畫梁。歌遏行雲鶯睍睆，舞飄回雪蝶輕狂。一卮競祝雙椿老，佇看于飛到玉堂。

次韻權郡錢直閣鹿鳴宴 端禮處和

去去無材策治安，全資風力助輕翰。欲平紫氣頻侵斗，當倩中書爲脱冠。香入梅梢春意近，德將鯨飲玉盃殘。珠璣更復傳華衮，榮比青霄駕綵鸞。

次韻錢直閣和呂支鹽梅花

隱隱仙姿迥出群，揭來還是一番春。山牆倚雪疑姑射，水國臨風詠洛神。清洗嬌腮全惡粉，暗〔一〕飛幽馥去朝真。直交別浦停三弄，羞作高樓欲墜人。

校勘記

〔一〕『暗』，四庫本作『快』。

次韻汪元舉以詩覓時季和海棠花栽

一紙淋漓醉墨鮮，錦囊連夜到溪邊。搜求仙種寧辭遠，惱亂花神不使眠。弄影未看妃〔一〕子態，補亡先得少陵篇。明年應向東風裏，百遶雕欄玉步連。

校勘記

〔一〕『妃』，清抄本作『仙』。

次韻王正之鶩蟄有感言歸

聞說天家起阿香，攬桃催杏意央〔一〕央。夜蟾不解留〔二〕仙吏〔三〕，朝雨何妨夢楚王。知買扁舟成折柳，賸哦佳句作甘棠。故園風物雖云好，何必歸程遽許忙。

校勘記

〔一〕『意央』，四庫本作『臉無』。
〔二〕『留』，四庫本作『照』。
〔三〕『吏』，四庫本作『李』。

次韻范經幹昆季昌國雜詠

酴醾花

滿架猶煩雪作英，年年向此眼偏明。春遲故欲牡丹伴，韻勝還馳雅客名。縹緲碧裳留夜月，娉婷玉面起朝酲。卻嫌梅蘂無才思，零落蒼苔爲笛聲。

江倅出家樂

沈沈春酌話綢繆，花月行船看拍浮。手束柔荑調雁柱，袖翻紋錦出香毬。未攀青子猶如豆，欲膾赬鱗始上鈎。蓬島古來無覓處，我曹今此得真游。

范幹招兄顯道

片帆落處是三山，絶景塵居了不關。夢草池塘如有得，對床風雨亦非艱。騎鯨渡海風生腋，揮麈談玄笑滿顔。從此清名追二陸，錦囊賡和不容閑。

雜興四首

人言銓選異堂除，我笑兹言亦太迂。四海九州均一治，六曹三省豈殊途。春風到處林無槁，夏雨通時物盡濡。會得只將忠實報，門生恩府漫稱呼。

世間諛佞枉求多，忠實由來曷可磨。謀寢兩淮須仗汲，亂消六館獨由何。當年烏府心無撓，今日鸞臺道不頗。若也隨時效諛佞，豈能功業許巍峨。

人材莫謂世全無，用則賢良棄則愚。孔聖既生顔閔在，周家纔起甫申俱。歸恩報德還忠實，附熱趨炎屬佞諛。散盡田文門下客，獨餘馮子是卬須〔一〕。

世間無處是堅牢，富貴功名亦謾勞。一昃一盈天外月，再生再汐海中潮。紅塵滚滚知何補，白髮鬖鬖誰得饒。加我數年專讀易，定須輕舉到煙霄。

校勘記

〔一〕『印須』，四庫本作『名儒』。

送商築叟赴南省

少微熚熚瑞光開，壯士昂頭出草萊。健筆佇傾三峽水，晴空爭聽一聲雷。恩承淡墨金門啟，宴錫奇花玉女栽。預想春風掉歸鞅，西郊翠靄上衣來。

次韻商築叟雪

風威雨〔一〕勢兩徘徊，故遣瑶花撲面來。兔苑芳菲談笑得，玉京門闕等閑開。光浮編簡渾疑月，香入盃觴始認梅。爲報寒鄉幾冰室，功成卻擬放春回。

校勘記

〔一〕『雨』，四庫本作『雲』。

上平江守徐侍郎生日二首 琛獻之

翼軫騰光萬代尊，地靈人傑萃侯門。紫芝秀宇塵無染，黄憲澄陂撓不渾。泥濕丹書雙彩鳳，香凝畫戟兩朱輪。生朝有客成飄泊，猶寄巢蓮碧玉樽。

時節文章與盛衰，我公端合振中微。玉鋒修滿姮娥月，天巧分殘織女機。正始風流回治世，豫章宗派得傳衣。知音久矣煩牙頰，一瓣爐熏心所歸。

上紹興守俞閣學生日三首 正月一日，侯居易。

扶輿光氣擁清苕，竦記真儒載誕朝。天令聿新青帝律，王正初御紫宸朝。已開師幕居東陜，行握臺符侍九霄。春醑如澠介眉壽，亦應〔一〕兼喜頌陳椒。

試向黄堂壽我公，龎眉鯢齒氣沖融。烏飛會看三松老，鯨飲何辭百榼空。的皪方瞳暉〔二〕遲日，扶踈緑鬢受春風。摩挲銅狄長安道，肉眼它年記此翁。

自從戲〔三〕鉞臨東閫，戀戀車塵拜紫芝。排霧已逢回阮眼，持蠡誰解測黄陂。知音不借一人譽，走驛聊馳千歲詩。桃李從今滿天下，月明烏鵲得依枝〔四〕。

校勘記

〔一〕『應』，清抄本作『嫌』。
〔二〕『暉』，四庫本作『曜』。
〔三〕『戲』，四庫本作『戟』。
〔四〕『枝』，清抄本作『棲』。

次韻高宰謝朱倅惠酒

仙廬深倚翠微間，酬答風煙肯暫閑。不遣長須干美政，卻馳雙榼破愁顔。句高飯顆人應瘦，醉著河陽鬢未斑。楚客秋情正無賴，併須乞取展眉山。

上曹守徽猷生日二首 泳景游

東皇縹仗下層雲，來駕和風再浹辰。勳閥此時生鸑鷟，天家滿意抱麒麟。方瞳燁燁〔一〕輝遲日，緑鬢踈〔二〕踈沐〔三〕早春。太史占〔四〕公甚奇異，老人星即是前身。

天聖陰功天下母，慶源重此毓英髦。政區賢否澄冰鑑，詩得江山妙綵毫。已使列城歌既醉，可無衆口賦崧高。油幢誰道容温席，行從君王宴碧桃。

校勘記

〔一〕『燁燁』，四庫本作『的皪』。

〔二〕『踈』，四庫本作『扶』。

〔三〕『沐』，四庫本作『受』。

〔四〕『占』，四庫本作『談』。

上高提舉生日二首

淡蕩春光二月餘，鬱葱佳氣靄扶輿。杏園高萼紅千顆，銀漢新蟾玉一梳。控鶴暫辭仙府籍，觀風聊擁使星車。香縈畫戟簪裾盍，添〔一〕得長生幾卷書。

聖主龍飛念故人，侯門雨露一番新。登瀛已寵皇華貴，被綵專榮白髮親。好語舊聞千歲鶴，仁風今扇七州春。定知福壽無邊際，坐看雲仍〔二〕舞繡茵。

校勘記

〔一〕『添』，四庫本作『贏』。

〔二〕『仍』，四庫本作『來』。

擬進講筵尚書終篇錫宴詩二首

煌煌典誥炳丹青，聖主于今集大成。已究商周真灝噩，固知堯禹本聰明。神馳帝樂翔雲海，恩逐天香到酒觥。下拜龍威瞻咫尺，群臣至此〔一〕倍光生。

蚤朝論道沃宸聰，更許經生侍九重。萬卷精微歸一覽，小儒糟粕受三冬。明兼舜目超唐漢，宴錫需雲法祖宗。愧乏涓塵裨海嶽，今辰亦得奉春容。

校勘記

〔一〕『至此』，四庫本作『始覺』。

寄題蔣學正三徑菴二首

浮名兩角競蝸牛，舉世誰人肯罷休。鼻祖獨能輕漢魏，耳孫寧不慕羊求。似聞竹外三家市，猶占溪頭十里秋。安得枯藤破煙暝，細尋佳處賦清幽。

紛紛俗子信幺麽，過眼何須問唯〔一〕阿。三徑固知皆坦路，一庵聊復障頹波。陶潛彭澤思松菊，賀老鑑湖吟芰荷。聞説與君同得道，月明風靜每相過。

校勘記

〔一〕『唯』，清抄本作『誰』。

鄮峰真隱漫録卷四

律詩

餞徽州李守二首 鎮元直

當年仗策扣軍戲，已有昌言簡帝知。目見飛龍升白水，手扶赫日上咸池。飄萍一世其如命，剖竹專城會得時。三十六峰方秀發，可無佳致付新詩。

九重翔鳳舞絲綸，聖主臨朝見故人。德友再生洙水上，客星今起釣臺濱。紫荷欲侍〔一〕明光曉，紅旆先行澤國春。祖帳豈須懷別思，來年馬首向城闉。

校勘記

〔一〕『侍』，四庫本作『待』。

次韻周祭酒所和館中雪詩三首

不作當年行路難，平明下馬趁朝班。歡聲漸入玉連鎖，瑞氣先凝金博山。曾説歲穰占臘裏，更傳天喜見顏間。歸來乞與新詩句，清絶何人許共攀。

造化工夫正不難，幻成梅柳已班班。清吟且可對冰柱，爛醉未應頹玉山。鶴冷風亭來砌下，雁迷煙渚駭〔一〕雲間。不移跬步居銀闕，仙馭何勞著手攀。

風急何辭上閣難，且來共住玉京班。一蓑已得詩中畫，萬疊休傳海外山。未放微陽穿日腳，少留清影在窗間。莫嗔愛入西湖社，夫子龍鱗正許攀。

校勘記

〔一〕『駭』，四庫本作『駐』。

梅花借喜雪韻三首

老去風光報答難，樹頭春律喜新班。忽驚斷岸一番雪，便憶故園千疊山。斜日淡煙茅舍外，冷香幽韻竹籬間。玉壺虛佐寒窗靜，不敢呼童取次攀。

看花容易詠花難，自古何人立首班。東閣五言還水部，西湖一徑指孤山。度牆缺〔一〕月黄昏後，啄雪幽禽去住間。冷定識渠真面目，從兹桃李不須攀。

謾取山樊作二難，衹今風味若爲班。斜窺淺碧洛神賦，瘦怯輕寒姑射山。小啜殘盃清影下，競留新絶翠微間。枝邊青子垂垂出，金鼎成時試一攀。

校勘記

〔一〕『缺』，四庫本作『野』。

次韻劉國正再賦

去臘尋幽良獨難，杖藜何處見斕班。江村籬落雪晴路，水月池臺春近山。紙帳朦朧來醉裏，人家依約在林間。西湖處士君今是，月曉多應獨自攀。

次韻何國博春日隔〔一〕年

嶰琯灰飛又一年，綵幡聊復映皤然。香催元日椒花酒，星點千家爆竹煙。未分風光銷老裏，擬追歡賞到春邊。憑誰爲向東君説，莫遣寒英趁野泉。

校勘記

〔一〕『隔』，四庫本作『來』。

次韻唐太博重過西湖 堯封嘉猷

紅塵汩汩解窮年，試說西湖思豁然。上下層樓涵倒影，聯翩飛鳥没寒煙。未須梅萼催詩興，長見〔一〕春風在日邊。安得扁舟去招隱，雲窗相對聽鳴泉。

校勘記

〔一〕『見』，四庫本作『有』。

少卿楊公雅喜士左舉善又東南之秀假樓居爲丹壺以濟人既謝以詩因出示輒次其韻

煙柳葱葱鎖玉欄〔一〕，樓頭偉觀熟窺斑。不因置榻〔二〕垂青目，安得開窗面北山。塵市故知容隱者，聲名無奈落人間。胸中賸有安民術，且把丹壺與駐顔。

校勘記

〔一〕『欄』，清抄本作『闌』。

〔二〕『榻』，四庫本作『酒』。

和普安郡王桂子

嫦娥屑玉醖旃檀，乞與人間秋後看。已向水邊吟月曉，卻來花下立更殘。西風把酒休催菊，南國行歌不賦蘭。何必穠香千萬斛，鼻端須此百憂寬。

次韻恩平郡王丹桂

銀潢衮衮碧流長，洗出清秋百種芳。著蘂半殷宜〔一〕桂子，離群獨立有天香。仙人剥啄遥相過，野老婆娑日在傍。正喜奇姿媚霜露，不隨時世學新妝。

校勘記

〔一〕『宜』，四庫本作『生』。

送〔一〕任秘監龍圖知洪府古信儒

夫子胸中萬頃寬，照人英采玉峰寒。難蟠凜凜虹蜺氣，易捨峨峨獬豸冠。秋在石渠同過雁，春回江渚卻鳴鸞。由來内外俱行道，達者何曾異轍看。

校勘記

〔一〕『送』，永樂大典卷一〇九九八引作『次』。

代恩平郡王賦董氏園亭

恠底王生願卜鄰，巖前有月對頤真。夜深清影頻侵户，日永虚堂不著塵。能向箇中參妙旨，卻於忙裏作閒身。朝回試解黄金帶，即是毗耶彼土人。

次韻任龍圖留别

挂席梔檣倚數尋，小風吹飽思難禁。三千奏牘曾醫國，十萬兵屯已屬心。江路踈梅春意近，楚天孤鶩曉煙沈。是中秀句應無限，著眼歸鴻遲〔二〕好音。

校勘記

〔一〕『遲』，清抄本作『聽』。

上普安郡王生辰四首

朔風吹律醞霜嚴，帝遣神仙下斗南。闕月遡弦金作縷，非煙效瑞錦成嵐。半生漫次欣相遇，一瓣濃薰已偏參。欲向今朝伸善頌，世間唯有達尊三。

銀潢雙派毓諸昆，始信間平不足論。畫戟森嚴韜虎豹，玉階芬馥藹蘭蓀。明光殿下紆萊服，命衮叢中上壽樽。長立首班扶帝社，是爲天下爵之尊。

壽鄉日月緩征轅，箕翼光芒萬古存。龜上碧蓮波蕩漾，鶴歸華表影翩翻。笑看曼倩三偷果，坐閲劉晨七世孫。緑髮扶踈受修日，是爲天下齒之尊。

堂堂玉立冠宗藩，中有澄陂撓不渾。彩筆英辭追電影，黄鐘和氣散春温。不言自是行天運，獨智何妨入聖門。忠孝一心唯戴主，是爲天下德之尊。

次韻林寺簿立冬日齋祠精進寺

籃輿忽得到林間，飛鳥翩翩相與還。俎豆欲嚴來日祭，軒窗聊共此時閒。芬敷殘菊添秋色，摇落蒼梧見遠山。夫子肝腸真錦繡，歸途新句已班班。

次韻王龜齡校書梅花二首 十朋

底處衝寒欲放梅，柴門雪壓爲伊開。酸風不管欹紗帽，冷豔終朝粲玉盃。尚覺西湖三徑遠，先催〔一〕東閣五言來。一枝入眼君須惜〔二〕，莫遣高樓怨笛催。

朔風吹雪障江梅，不著詩攻不解開。正恐與花無半面，胡〔三〕然有意及三盃。清涼怕逐炎炎去，淡泊曾教〔四〕的的來。祇向茅簷露消息，華堂虚費管絃催。

校勘記

〔一〕『催』，四庫本作『吹』。

〔二〕『惜』，四庫本作『借』。

〔三〕『胡』，清抄本作『忽』。

〔四〕『教』，四庫本作『參』。

贈楊都運持節夔路

帝城祖帳溢千夫，又遣星軺下蜀都。春晝預知看衣錦，秋風可但爲思鱸。北方泉貨須流[一]地，他日車輪臏結蒲。萬里未應懷别恨，與君元不隔江湖。

校勘記

[一]『流』，四庫本作『留』。

次韻張臺法元日書事

好事東君不憚勞，點妝梅柳見才高。盡輸好景資元日，故遣清齏屬我曹。錦繡忽貽新筆墨，瓊瑶無以報瓜桃。春風染徧西湖緑，且滌金盃共漱醪。

次韻黄虛中春懷

虛中慷慨悲歌士也，久浮沈州縣吏，今逢識拔，將弭旆合肥，作春懷詩以自喜此行。既時達，輒用韻餞之。

杏園桑陌草連空，點點殘紅濺晚風。籬落喜聞鶯細柳，煙塵徒爾嗌新豐。不因宣室咨梁傅，安得朝廷知弱翁。他日淮肥驚鶴唳，金龜似斗合須公。

和建王雪

春風翦水出雲來，著處爲花造物〔一〕才。柳絮壓鹽知句麗，銀盃逐馬看朝回。已聞〔二〕謝砌俱堆玉，不信何郎只詠梅。梁苑詞華萃文傑，笑渠楚國賦陽臺。

校勘記

〔一〕『造物』，四庫本作『是有』。
〔二〕『聞』，四庫本作『開』。

和建王頤真庵

蒙示頤真庵詩，竊窺淵雅有心，融自得之妙，循是而往，太古之音不難也。欽羨之餘，輒次韻奉勉。

夫君錦繡裹肝腸，思湧秋濤溢海塘。曾向裒〔一〕中明的皪，卻來句裏得清涼。妙因目擊〔二〕初無語，神與天通自發光。欲識至音還太古，湖江道術兩相忘。

校勘記

〔一〕『褎』，四庫本作『囊』。

〔二〕『擊』，原作『繫』，據四庫本改。

次韻陳察院平望有作

白旄黃鉞擬親麾，勝氣俄周天四圍。犬豕聞風先獸駭，狼狐見月已星稀。鬱葱非霧中原在，業岌神京大駕歸。讜議更須頻啟沃，間無容髮是投機。

再次韻馬德駿郎中二首

父老駢肩不可麾，鑪煙爭遶御班圍。共瞻帝所天光近，更識淮壖馬跡稀。丹扆預傳雄算去，元樞先奏凱歌歸。由來干舞苗民格，即是姚虞上上機。

戈鋋掣電萬人麾，無霸空矜大十圍。關外羽書今〔一〕踵至，路旁烽火覺煙稀。已聞虜地〔二〕離心久，祇〔三〕見胡雛〔四〕稽首歸。箇是吾皇用神武，小臣寧敢測〔五〕天機。

校勘記

〔一〕『今』，四庫本作『長』。

〔二〕「虜地」，四庫本作「異域」。
〔三〕「祇」，四庫本作「行」。
〔四〕「胡雛」，四庫本作「名王」。
〔五〕「敢測」，四庫本作「能泄」。

又次韻二首

當年襆〔一〕被乞州麾，敢意今朝扈禁圍。光閃雪矛神〔二〕益壯，聲傳玉漏夢全稀。已無馬向清淮飲，端有龍從白水歸。倚柂預思歌凱後，卻尋鷗鳥共忘機。

健筆如椽不輟麾，瘦生端復減腰圍。昔人句法今誰在，當代文雄似子稀。光焰故應侵斗去，葩華直欲挽春歸。罏香一瓣真消得，擬問〔三〕君家覓錦機。

校勘記

〔一〕「襆」，四庫本作「複」。
〔二〕「神」，四庫本作「情」。
〔三〕「問」，四庫本作「向」。

游雨花臺

試扶鳩策上煙霞，尚想當年天雨花。潮熟野航歸別浦，雪乾宿鷺點晴沙。高連西竺三千界，俯眺南陽十萬家。更欲雲開窮遠目，鬱葱起處認中華。

次韻馬圓中郎中游甘露寺

試憑古刹俯江城，追思孫權共孔明。三國有人成底事，六朝何代不交兵。中原天子今恢復，北塞胡兒[一]始削平。附翼攀鱗真際會，小臣亦解説功名。

校勘記

〔一〕『胡兒』，四庫本作『烽煙』。

喜到鎮江復用前韻

試於京口駐旌麾，仰覘清光在日圍。浮玉林巒隨指顧，平山欄檻尚依稀。煙塵已逐胡奴[一]去，城郭空驚丁令歸。摩撫正須煩愷悌，進攻初不礙乘機。

校勘記

〔一〕『胡奴』，四庫本作『樓蘭』。

次韻建王秦府有感

世間誰不有興亡，堪歎伊人事最彰。詩禮未聞傳似續，樓臺先欲芘淫荒。自從冠履歸泉下，無復輪蹄塞柳行。富貴由來保勤儉，高危滿溢豈能長。

次韻梁諫議吳殿院二詩

江皋晚望

煙銷晴日淡籠沙，佇立江皋望眼賒。金刹倚空知梵宇，青蓑著艇見漁家。時平喜聽三京復，亂定還拚兩鬢華。丘壑滿胸隨處好，不妨旌旆過雲涯。

阻雨未到金焦

萬古金焦浪拍沙，隔江雖邇到何賒。頗聞虜〔一〕馬輕千里，未省瓜州今幾家。陰雨連宵舟懶動，好風吹曉日方〔二〕華。會須急作登途計，建業明朝在一涯。

校勘記

〔一〕『虜』，四庫本作『敵』。

〔二〕『方』，清抄本作『光』。

恭和御製秋曉〔一〕曲宴

清時睿澤浸函生，和氣熏陶萬寶成。迺即上林開特宴，更容廣樂奏新聲。奉觴劍履風雲合，立仗旌旗日月明。興國舊儀欣再講〔二〕，願觀混一致昇平。

校勘記

〔一〕『曉』，四庫本作『晚』。

〔二〕『講』，四庫本作『讀』。

恭和聖製秋日秘閣觀圖書宴群臣

舜治承堯〔一〕煥有章，祥開東壁正騰光。天臨廣内朝班肅，宴款仙山午漏長。已慶車書同薄海，行看琛贄盡名王。由來服遠先文德，不待將軍出定襄。

校勘記

〔一〕『舜治承堯』，四庫本作『舜承堯治』。

送曾原伯大卿赴江東漕運

予家鄞江，原伯、中躬兄弟寓山陰，投分極密，以其能盡道事親，方以類聚也。予再參揆路，上欲求忠臣於孝子，挽原伯爲宰士。是時，中躬擁橐治吴興，太夫人泛苕霅往來季孟間甚適。既而中躬移鎮京口，太夫人以良遠爲念。原伯丐外，以爲悦。今丞相實貪賢能之遷，以大司農勉其留。原伯請益力，乃擬江東漕以進。上方隆孝治，矜其志而可之。於是地之相近，版輿得以順適，如在吴興時也。縉紳萬口謂：『人子之殊榮，未有如斯之盛者。』於其行也，予不可以無言。

闊步騣騣上要津，忽求補外爲寧親。不貪農扈登卿月，正喜秦淮擁使輪。相就二男真孝子，益尊八座太夫人。臨岐勿復深言别，即看〔一〕斑衣侍紫宸。

校勘記

〔一〕『即看』，四庫本作『看即』。

與謝守殿撰 師稷務本

某時暫出郊，辱遣甲隊將迎，又迂千騎講門迎之禮。此豈閒人所宜得者？閔中叔不以口腹累安邑，某安敢以放浪之迹勞人如此！輒以鄙句見志，自今乞免，庶幾安居。不然，將徙之荒野，不敢復〔一〕到城闉矣。

乞得閒身欲自由，便當尋壑更經丘。力除驕志期爭席，盡洗機心爲狎鷗。兵衛旌旗真冗長，門迎車馬謾喧啾。賢侯幸得同聲臭，此禮從今合罷休。

校勘記

〔一〕『敢復』，四庫本作『復敢』。

山間偶成　辛丑十二月一日

乘興籃輿竟出關，故園重見一開顔。鏡鸞瑩徹冰中水，僧衲斕斑雪後山。已許梅花供勝賞，更邀酒子伴清閑。明朝未忍爲歸計，猿鶴方兹喜我還。

次韻陸務觀遊四明洞天

風煙偶爾屬吾邦，箇箇松筠聳碧幢。奎畫百函龍作衛，雲岑四面石爲窗。水邊自喜陪振鷺，籬外從渠有吠尨。多謝故人迂五馬，清談剔盡幾銀釭。

與東湖壽老

乞得西湖養病身，小園真隱謾頤真。已將竹院舍幽客，更築鄉畦招可人。茗盌晝看花墜影，吟窗夜與月爲鄰。清涼境界天家予，自是全無一點塵。

走筆次韻吴判〔一〕

世態螳螂謾捕蟬，誰知富貴本由天。但令丹〔二〕府澄〔三〕冰鑒，何必熏爐擁燧煙。一曲賜來成别墅，百盃贏得吸晴川。可人過我談名理，月到紗窗興欲仙。

校勘記

〔一〕『判』下四庫本有『院』字。

〔二〕『丹』，四庫本作『册』。

〔三〕『澄』，四庫本作『荷』。

竹院曇老病目寄詩索和走筆次韻

平生雙眼只觀書，今日難〔一〕分紫奪朱。青白泯然從客至，席階及也要人扶。丹砂佇使清明在，金屑應嫌計策疎。幸有鑠迦全頂透〔二〕，不妨洞見混元初。

校勘記

〔一〕『難』，四庫本作『休』。

〔二〕『頂透』，四庫本作『透頂』。

次韻劉廷佐 壽居仁見過，出示佳篇，仍許寵臨。

道林袖裏出清新，珠玉離離光照鄰。知是謫仙尋麗句，寄來真隱是陳人。幾年卜築成三徑，今後〔一〕聲名重萬鈞。汀草岸花增意氣，從茲日日〔二〕是陽〔三〕春。

校勘記

〔一〕『後』，四庫本作『日』。
〔二〕『日』，四庫本作『月』。
〔三〕『陽』，四庫本作『青』。

顯仁皇太后挽辭二首

白水神龍躍，蒼梧續翟歸。八紘瞻壽母，二紀御慈闈。春酒霞方爛，秋陽露已稀。傷心老萊服，不上赭黄衣。

霜曉東朝路，嗚笳素葆翻。龍輴菆禹穴，魚鑰閟堯門。助奠風雲合，纏哀海嶽昏。唯餘慈儉寶，垂裕九重尊。

高宗聖神武文憲孝皇帝挽辭五首

赤伏膺符日，皇圖若綴旒。配天期祀夏，復古果興周。再造承三統，維新敘九疇。世方知藝祖，燕翼有貽謀。

宸謨先自治，鄰壤憺威稜。翼翼慈寧殿，峨峨永祐陵。朔南兼覆冒，遐邇屢〔一〕豐登。陰德順陽報，真人嗣中興。

郟鄏年方永，崆峒道益隆。憂勤三紀外，揖遜一言中。堯屋心非有，虞琴養正豐。乘雲帝鄉去，率土動悲風。

北内笳聲咽，幢旛蔽九關。龍輴莪越郡〔二〕，馬鬣聳〔三〕秦山。會莫風雲慘，垂洟雨露潸。傷心未央殿，時節玉巵間。

念昔延英對，皇心眷瑣材。翻身辭璧水，舉武上蓬萊。日轂扶今聖，槐庭上亞臺。大恩無路報，淚血濺餘〔四〕哀。

校勘記

〔一〕『屢』，四庫本作『悉』。
〔二〕『越郡』，四庫本作『禹穴』。
〔三〕『聳』，四庫本作『等』。
〔四〕『餘』，清抄本闕。

姑夫王知録挽辭

聞説先生效一官，清風已自迫人寒。功名未究黄粱夢，雲漢先成白玉棺。潤屋〔一〕何妨藏萬卷，過庭咸羨〔二〕得雙鸞。武陵仙窟君歸去，落莫桃花淚不乾。

校勘記

〔一〕『屋』，清抄本作『物』。

〔二〕『羨』，四庫本作『喜』。

豐必强母郭氏挽辭

汾陽遺澤渺千春，來配君〔一〕家德有鄰。蟾窟初看攀桂子，萱堂忽失斷機人。秀眉影屬霜縑淨，斜日風開丹旐新。錦軸已聞生命誥，贈黄從此賁松筠。

校勘記

〔一〕『君』，四庫本作『名』。

林通判妻挽辭 待問

夕郎凜凜餘風烈，有女猶爲世婦師。處己幽閨推德厚，相夫賢路已名馳。秋天零露銘旌濕，曉月沈光獨鶴悲。他日贈黃頻錫寵，冢前羊虎石纍纍。

致政王宣義挽辭二首 左相冀公之父

聖世尊遺逸，先生道最優。浮名付詩酒，高論屈公侯。方綰新荷綬，俄隨夜壑舟。唯餘義方訓，歲晚欲興周。

天大于門報，人歌竇氏芳。諍臣登冢嗣，迪〔一〕德在吾皇。柏慘方廬墓，琴祥定趣裝。他年疏大國，錦軸屢燔黃。

校勘記

〔一〕『迪』，四庫本作『聖』。

趙開府妻衛國夫人宋氏挽辭

生居宅相寵無倫，來蔭金枝德有鄰。夫擁干〔二〕旄儀上宰，身兼郡主國夫人。方看十子翻丹鳳，忽憶三山駕紫麟。霜潔蘭熏全懿美，史官秉筆正誾誾。

校勘記

〔一〕『干』，四庫本作『齋』。

吳明可閣學挽辭

持橐甘泉日，英聲聳縉紳。循良六郡守，蹇諤一臺臣。德亞耕莘叟，年同釣渭人。設施渾未盡，識者爲眉顰。

虞好古挽辭

躡屩擔簦不厭頻，治安有策上嚴宸。朝爲逆旅馬助教，暮作南昌梅子真。豈是天教亡寸禄，祇應身欲到三神。從今遂泯凌雲氣，掛劍寒松淚滿巾。

樓予〔一〕善使君挽辭二首

游夏淵源鮑謝才，聲名雖泯思無涯。人間一葉靈芝落，地下千年玉樹埋。彭澤素琴塵自滿，茂陵遺藁志全乖。惜君多少凌雲氣，掛劍青松祗愴懷。

壯年方喜脱塵埃，便把州麾上釣臺。冰鑑已明消健訟，民膏不取卻餘財。官箴信爾無遺恨，家學端知有自來。欲識邦人思愷悌，水聲山色亦興哀。

校勘記

〔一〕『予』，四庫本作『子』。

丞相魏大觀文挽辭

姚江作〔一〕尉是公先，鳳沼居慚我在前。退處對栽三徑柳，追歡時共五湖船。尚嗟鄰好無多日，何遽歸程隔九泉。苒苒衰遲易傷感，依違徒〔二〕覺淚潸然。

校勘記

〔一〕『作』，四庫本作『得』。

〔二〕『徒』，四庫本作『陡』。

趙叔達侍郎挽辭二首

山東真相種，邂逅處鄞川。折桂丹猶渥，持荷紫更鮮。清談誇衆口，大筆炳遺編。無限凌雲氣，沈沈〔一〕向九泉。

江外昔分符，人皆詠袴襦。有書充棟宇，無屋遠庖廚。容膝淵明舍，飲瓢顔氏徒。莫言太清儉，本是列僊儒。

校勘記

〔一〕『沈』，四庫本作『埋』。

錢師魏參政挽辭

冠歲踵英游，橋門雋逸流。文章唐杜老，事業漢留侯。未旨黄金鼎，先成白玉樓。經綸展不盡，識者爲時憂。

王季海丞相挽辭

寶曆隆興紀，張羅獵鉅公。斗南人傑用，塞北馬群空。紫橐論思績，黄扉造化功。祇今收實效，四海暢淳風。

胡長文閣學挽辭

聖主當年側席求，一時獻替盡嘉謀。刑名不作漢晁錯，忠義有如唐馬周。夕闥未酬鐘鼎志，坤維陡〔一〕起袴襦謳。忽乘鶴馭凌雲去，應與叢霄造物遊。

校勘記

〔一〕『維陡』，四庫本作『臣徒』。

袁和叔父宣義挽詞

學子摳衣三鱣堂，芝蘭鬱鬱苞芬香。古人用器列彝鼎，前輩遺編充棟梁。事業未容傳信史，功名端合付賢良。佳城他日祥光聚，知是幾番焚贈黄。

鄮峰真隱漫録卷五

絶　句

次韻陳春卿眇〔一〕雲軒二首

修竹叢中屋半楹，坐來天際數峰青。定知俗物不掛眼，只許飛雲過短欞。
油然膚寸起巖巒，縈抱山腰玉帶寬。會作旱天三日雨，莫將空洞〔二〕等閒看。

校勘記

〔一〕『眇』，四庫本作『妙』。
〔二〕『洞』，四庫本作『闊』。

下水庵曉望偶題

踈樹梢頭露曉星，薄寒侵榻睡初醒。沙鷗何處驚飛起，點破遥山一抹青。

次韻范幹聞畫眉鳥聲

春風著意舞長楊，中有珍禽口尚黄。曾向〔一〕章臺看眉嫵，故應學得漢家妝。

校勘記

〔一〕『向』，四庫本作『聞』。

題左舉善郊居四絶

草　堂

莫隨潮汐〔一〕合休休，萬里今誰没白鷗。付與幽人幾椽屋，不須吳詠憶扁舟。

聽　松

不吟柳緑與桃紅，久要論交十八公。想得階前月如翦，獨傾〔二〕雙耳立西風。

浮　香

橫枝靚立碧山傍，慣〔三〕得幽香度短牆。更欲攜〔四〕笻約和靖，小風吹月詠滄浪。

總相宜堂

自倚傾城婥約娘，不爭時世作新粧。若將西子相唐突，正恐蓮花似六郎。

校勘記

〔一〕『潮汐』，四庫本作『朝叩』。

〔二〕『傾』，四庫本作『將』。

〔三〕『慣』，四庫本作『噴』。

〔四〕『攜』，四庫本作『移』。

題處州録參廳平遠樓

山川著意吐幽奇，穠淡風煙總令姿。大似鵝溪垂數幅，飽看摩詰畫中詩。

次韻恩平郡王晚步

步履蘅皋取次游，日華清淡雨雲浮。天公不喜燒銀燭，乞與歸途玉一鈎。

次韻館中秋香二首

庭前高下碧玉樹，秋日奈茲風露何。兩度開花君莫問，爲渠天近得香多。

亭亭萬葉翦青羅，豈爲冰霜便改柯。滿著珠璣間金粟，倩誰纖手剖天鵝。

分題得花露用雙字韻

凝紅濕翠媚春江，殘月幽香度曉窗。正恐枝頭珠作顆，冷驚宿蝶去雙雙。

題雪竇隨鳧巖

紛紛飛雪墮青天，窮徹隨鳧信有緣〔一〕。想得王喬之帝所，每來巖下滌潺湲。

校勘記

〔一〕『緣』，四庫本作『源』。

因見父老云東湖九百九十頃七十二谿故有是作

東湖九百九十頃，七十二谿攢翠波。乞我扁舟任飄泊，卻敲明月叫漁歌。

次韻馮圓中木犀六言

碧玉鬧粧金粟，香隨煙霧横斜。更欲移筇問訊，前山幾度雲遮。

和建王春晚園中賞翫

内院朝回靜鼓琴，浴沂新詠間清音。燕閒未省忘稽古，始信賢王寶寸陰。

題嚴陵釣臺

功名於道九牛毛，無怪先生抵死逃。漠漠桐江千古後，雲臺何似釣臺高。

題雪竇飛雪亭

蒼岷萬仞起巖巒，懸瀑霏霏六月寒。波及下方俱潤澤，人間須作六花看。

題雪竇妙峰亭

松篁一徑曲通橋，直上危亭十里遥。但覺群山〔一〕俱頫〔二〕首，不知身已在雲霄。

校勘記

〔一〕『山』，四庫本作『生』。

〔二〕『頫』，四庫本作『俯』。

丁酉八月十三日夜以經筵官番宿翰苑予十五年前曾爲學士感賦三首

玉堂夜直看蠅頭，燭盡雙蓮興未休。簷外忽驚涼月在，正移花影到銀鈎。

憶昔初爲鼇禁游，曲拳草制拜公侯。沈思十五年前事，壯志消磨雪滿頭。

青煙漠漠已潛收，但見銀潢雙派流。白玉一輪尤皎潔，始知後夜是中秋。

野庵分題

和鎮國聞笛 錢字

碧溪浮月練光寒，一曲風傳到枕前。應在南樓盡深處，玉梅飛墜學榆錢。

苔錢 香字

誰將翠靨出青箱，散在瑶階作孔方。好是樓頭三弄後，田田買斷落梅香。

草茵 香字

眼眩初疑緑錦張，風回猶帶襪塵香。連堤費盡天孫巧，乞與行人卧夕陽。

野望 溪字

閑雲黯淡草萋萋，楚澤風高雁陣低。擬倩王維畫平遠，正須六幅翦鵝溪。

筍指 歸字

春來初見著斑衣，一束纖纖玉未肥。試捧銀笙按工尺，聽君一曲阮郎歸。

羞 端字

隱隱雙蛾翠黛攢，半遮團扇下雲端。背人不語爲何事，嬌怯應嫌衆目看。

筆 架 無字

四友文房相與俱，管城偏是一豪儒。自從乞得珊瑚枕，還有周公夢也無。

柳 陰 人字

始驚嫵媚作眉顰，又見青葱鎖暮春。幾度夕陽穿小院，密藏多少賣花人。

墨 香 功字

萬突長然古澗松，遠煙收拾藉良工。膠媒釀出真消息，付與毛錐立儁功。

茶 香 功字 此詩光宗〔一〕親書賜丞相

靈芽雨後發幽叢，牘馥先令鼻觀通。戰退睡魔三百萬，槍旗果解立奇功。

柳　色　今字

何處朱門窈窕深，蕭然一徑緑成陰。回眸卻笑陽關道，匹馬區區走到今。

香　霧　唐字

裊裊龍涎百和芳，須臾輕藹徧蘭堂。捧爐仙子雲鬟濕，不學公超妖幻方。

校勘記

〔一〕『光宗』，四庫本作『今上皇帝』。

次韻張漢卿

釣竿方欲展絲綸，獨向山房訪可人。但覺煙霞隨步武，不知身已在三神。

又次韻漢卿二首

本是飄然不繫船，邇來清興爲梅牽。小春枝上垂〔一〕珠顆，蠟屐還須破晚煙。

利鎖名韁此幻身，故園一別五經春。而今乞得歸來後，夜鶴朝猿不怨人。

校勘記

〔一〕『垂』，四庫本作『含』。

次韻漢卿漫賦

夫君胸次炯冰壺，坐受滄溟萬壑輸。付與筆端爲雨露，九天神物夜驚呼。

詠閒

幽蹊親見花苞拆，靜室頻看香篆移。莫道閒中無事業，此般消息有誰知。

還鄉後十月作三首

後園三徑欲重開，一曲新從君賜來。有愧萊公勳業盛，平生無地起樓臺。

乞得閑身正首丘，朝猿夜鶴怨皆休。靜觀心地渾無事，祇有君王恩未酬。

鐘鼓園林無盡樂，交游息絶到春閑。靈臺〔一〕方寸無偏係，似處陶裴季孟間。

校勘記

〔一〕『靈臺』，四庫本作『予今』。

次韻鄭郎中作四明謝遺塵九題走筆不工

石窗

峻極生從地勢坤，擎天一柱四窗存。有時空洞來龍駕，列嶽靈祇盡駿奔。

過雲

蒼蒼廿里籍仙蹤，出岫無心瑞靄濃。南北往來蹊徑熟，故應環珮日相從。

雲南

向陽一麓與天低〔二〕，雞犬遥聞只隔溪。俗客未應容易到，是間唯許羽人棲。

雲北

雲北人言是北溟，修鱗可駕上金庭。高風已得扶摇便，聊向虚窗聚德星。

鹿亭

誰將此物命危亭，漏泄知因甫里生。渴飲雲漿饑〔二〕沆瀣，笑渠凡質食蒿萍。

樊榭

從來此地隔凡塵，多是嬴秦避世人。簷外飽聞丹鳳咮，階前更看舞麒麟。

潺湲洞

金作欄干玉作塘，漣漪一派注仙鄉。涓涓波及人間世，雪竇山前白練長。

青欞子

羽幰新從帝所回，餘歡未盡玳筵開。醉拋青子香泥上，留與王家取次栽。

鞠侯

烏鞠攀緣日往還，人間仰視在天端。如今蕙帳休驚曉，林下衰翁已挂冠。

校勘記

〔一〕『低』，四庫本作『齊』。

〔二〕『漿饑』，原作『饑漿』，據四庫本改。

又一絶

不〔一〕比桃源去路迷，洞天乞得在湖西。南雷九詠增光甚，多謝雄篇再品題。

校勘記

〔一〕『不』，四庫本作『能』。

用文叔州字韻和颸風詩

西帝風行殺氣秋，丘陵草木盡虔劉。要令地軸平如掌，混一車書四百州。

和九日賜宴瓊林苑 自此用王荆公韻，計十三首。

鳴蹕登高秋暮天，西郊輦路直如絃。禁園花覆千官醉，愈覺君恩湛湛然。

和竹裏

霜筠萬箇繞雲根，中作茅簷據水村。踈處只容猿鶴過，了無俗客敢登門。

和夜直

金蓮雙燭漸燒殘，青瑣瓏璁月影寒。五色絲綸朝入奏，天街花露已闌干。

和楊柳

緑衣濯濯紅粧靚，春半園林露未乾〔一〕。正是〔二〕佳人與才子，倚窗深處淡相安〔三〕。

校勘記

〔一〕『乾』，四庫本作『晞』。

〔二〕『是』，四庫本作『似』。

〔三〕『安』，四庫本作『宜』。

和鍾山晚步

幽溪細雨落輕花，無限春鋤立岸沙。苦竹黄蘆迷望眼，孤煙起處是人家。

和道傍大松人取以爲明

夭矯龍鱗衆欲攀，肯隨蒿艾老空山。便教不受棟梁用，猶作光明滿世間。

和同熊伯通自定林過悟真

欲尋雲屋煮新茶，領客循行[一]一徑斜。遐想當時掛紗帽，笑看盌面白浮花。

校勘記

〔一〕『循行』，四庫本作『行尋』。

和城北

春温初褪鶴綾袍，已覺東風綻小桃。揞策城陰無限景，秦淮波闊蔣山高。

和答東流頓令罷官阻風

解印今朝去有期，何須更勒北山移。了知風伯遮〔一〕留意，正是攀轅卧轍時。

校勘記

〔一〕「遮」，四庫本作「遻」。

和斜徑

風拂繁陰開曲徑，雲移寸碧出遥岑。柳枝濯濯嫌煙淡，荷葉田田怯水深。

和雨晴

不管狂風横雨催，小園日日有花開。群仙恐濕凌波襪，戲蹴香紅襯緑苔。

和烏石

梅花一徑萬重山，岡外浮雲去住間。莫恨尋幽無侶伴，世途能有幾人閒。

和烏塘

雲遶青山水遶隄，遊人陌上手同攜。遺簪墜珥歡方洽，只恐樓頭日欲西。

和〔一〕軍城早秋　此下用杜工部韻八首

金飇獵獵受降旌，虎帳纍纍細柳營。坐屈遐夷〔二〕三百萬，何須掠地與屠城。

校勘記

〔一〕『和』下四庫本有『秦和嚴公』四字。

〔二〕『夷』，四庫本作『荒』。

和從韋明府覓綿竹

縣以竹名佳致在，令君節與竹俱高。何妨乞取千竿翠，影月〔一〕翻風似碧濤。

校勘記

〔一〕『影月』，四庫本作『月影』。

和杜中書九日

佳人通昔〔一〕賞重陽，醉盡樓邊白玉釭。莫遣飛霜到叢菊，恐驚蝶夢舞〔二〕雙雙。

校勘記

〔一〕『昔』，四庫本作『夕』。

〔二〕『蝶夢舞』，清抄本『舞』作『去』，四庫本作『宿蝶去』。

和春晚題韋家亭子

馬蹄輕蹩落花香，三月芳菲墮渺茫。正好留春開雅宴，危亭繡幕已高張。

和朱坡絶句

芳華三月只些兒，生怕春林鳥唤歸。寄語〔一〕東君須久住，勿容一片落花飛。

校勘記

〔一〕『語』，四庫本作『與』。

和重送國棋王逢

前身應是弈秋徒，自謂人間敵手無。君去尚留邊角勢，爲君題作爛柯圖。

和題水口草市

飯裹緑荷朝趁市，香浮青甕晚登樓。憑誰寫入鵝溪絹，一簇人煙古渡頭。

和泊秦淮

一葉輕舠倚岸沙，沙邊燈火幾人家。夜深〔一〕江闊天無際，唯見銀蟾滾〔二〕浪花。

校勘記

〔一〕『深』，四庫本作『來』。

〔二〕『滾』，四庫本作『輥』。

即席賦木芙蓉

盈盈佇立傲秋霜，露染臙脂作靚粧。[illegible]金母，醉歸未脱緑雲裳。

彌堅小圃〔一〕小春見梅

孤根十月已先温，不待青春入曉痕。冷豔一枝何處看，竹邊池閣水邊村。

校勘記

〔一〕『小圃』，清抄本作『圃中』。

棠陰得明字

蔽芾甘棠繞訟庭，日高碎影更縱横。直教憩處無人迹，始信康公教化明。

硯紋得明字

歙水端溪各擅名，刷絲鸜鵒眼分明。不因守黑陳〔二〕玄輩，奇璞緣何見管城。

校勘記

〔一〕『陳』，四庫本作『談』。

阿育王山有松萬株乞亭名於真隱居士榜曰松風陸務觀作詩因次韻

颼颼萬峰頂，宇宙盡聞聲。會得真消息，知予是强名。

瓜州渡頭六言

竹葉舟中漁父，瓜州渡口人家。占得煙波活計，全勝富貴生涯。

鄮峰真隱漫録卷六

内　制　外制附

太乙宫開啟太上皇后生辰道場青詞

太德必得壽，已膺錫羡之符；承天而時行，式届誕彌之月。歡深子道，誠達天聰。肅沖馭於殊庭，薦明馨於淨供。冀格博臨之貺，永綏滋至之休。

奉上光堯壽聖太上皇帝壽聖太上皇后册寶前三日奏告天地祝文

親承睿訓，嗣守丕圖。兹率籲於群臣〔一〕，用肇稱於顯號。尊歸聖父，美並慈闈。福禄攸同，册寶咸具。敢先昭告，益介壽祺〔二〕。

校勘記

〔一〕『臣』，四庫本作『情』。

〔二〕『祺』，四庫本作『俱』。

奏告宗廟祝文

恭承睿訓，嗣守丕基。得道而上爲皇，雖難名於高致；有德者必得壽，用欽奉於鴻稱〔一〕。仰唯父道之尊，實並母儀之懿。册寶咸具，日期既良。上祈九廟之靈，預錫萬年之祐。

校勘記

〔一〕『稱』，四庫本作『名』。

追謚安穆皇后册文

皇帝若曰：古先哲王修身齊家，達於天下，必建中壼，正位乎内。至於哀榮之際，飾終追往，厥有典常，所以基王化，厚人倫也。朕祇荷天地宗廟之閎休，對敭太上皇帝之慈訓。嗣有大統，將自家而型國，使天下化之。乃眷良配，弗克永年。是用咨爾秩宗暨爾奉常，易名考行，協於僉言。愍册徽章，肆以時舉。皇后郭氏，婉娩懿恭，祇若古訓。粤自初載，嬪於潛藩，褕翟以朝，佩玉以居，下撫上承，率履弗越。命之不淑，方華而殞。日月逝矣，音容如新。朕問安寢門，以天下養，而盥櫛之禮，后弗克親。朕封建諸子，以屏王室，而朝會之盛，后弗克見。念莫予助，慨然於中。追懷平生，以詔後世。今遣某官册謚曰安穆皇后，正中宫之名，於以協陰教；升别廟之祔，於以妥神靈。於昭淑聲，永永無極。嗚呼哀哉！

擬觀文殿大學士太乙〔一〕宫使除樞密使制

門下：冠邃殿而總殊庭，故老久從於閒燕；肆明綸而登右府，元樞允賴於籌謀。眷圖已試之材，庸顯兼資之寄。疇勳命使，敷號告庭。具官某，氣粹而行方，望高而識遠。文章〔二〕黼黻於王度，智略韜韞於神機。肆朕纂承，膺予夢卜。夷險一節，勤勞百爲。方濟治於寖昌，遽奉身而勇退。陞華載寵，均逸示優。每因造膝之朝，時究沃心之論。與其名遂身退而保天之道，孰若諫行言聽而流澤於民。其辭琳藻之清貞，用掌樞機之〔三〕嚴重。藉造化甄陶之手，成安强道德之威。於戲！調商鼎之鹽梅，美味已均於萬口；櫜周家之弓矢，休功復播於四夷。繄爾耆英，憺〔四〕予神武。可。

校勘記

〔一〕『乙』，四庫本作『一』。

〔二〕『章』，四庫本作『華』。
〔三〕『之』，四庫本作『於』。
〔四〕『憺』，四庫本作『儋』。

除張浚少傅依前觀文殿大學士充江淮東西路宣撫使進封魏國公制

門下：周公三年而歸，大慰國人之望；吉甫萬邦爲憲，是增盟府之勳。眷予社稷之元臣，方懋邊陲之重寄。誕敷制綍，敷告廷紳。具官某，自明克誠，允文且武。事親之孝，實上通於神明；許國之忠，可兼貫於日月。蚤登庸於次輔，克左右於中興。一德格天，四海奠枕。殊方震慴〔一〕，聞姓字以膽寒；多士歸依，想容儀而心悅。即其效之若此，知夫中之所存。迺因勤勞，旋請閑退。久徜徉於泉石，靡事浮沈；兹表重於江淮，果煩經略。太上皇惟深眷注，予一人敢後褒崇？絺冕篆車，峻陞亞傅；繡裳黻衮，改胙大邦。增使節以寵元戎，總兵符而護諸將。尚仍書殿之貴，以壯轅門之權。進衍户封，陪〔二〕敦井賦。以究經綸之藴，以終恢復之圖。於戲！誦宣王任賢使能之詩，朕喜得將明之助；鑒光武略地屠城之戒，公宜以安集爲先。勉期戢於干戈，佇歸安於槐鼎。伊惟耆哲，奚俟訓詞。可。

校勘記

〔一〕『慴』，四庫本作『懼』。

〔二〕『陪』，四庫本作『倍』。

除吴益少傅充醴泉觀使依前保康軍節度使進封大寧郡王制

門下：朕慶席父慈，曾未進君臨之道；恩先母黨，蓋欲廣孝治之風。乃睠賢王，實爲元舅。兹加地以進律，庸敷號以告廷。具官某，簡重而裕和，高明而博達。古訓是式，説禮樂而敦詩書；直道而行，慕功名而輕富貴。英標玉立，沖量海容。蚤由肺腑之親，久享公侯之盛。方隆謙以自牧，故雖高而不危。俾吾外家，鬱爲名族。念慈闈之懿德，有大造於眇躬。擴〔一〕兹和順〔二〕之恩，戢〔三〕我綵嬉之悦。是用併昭賢業，申錫寵章。爰亞爵於上孤，復肇封於王社。進領珍祠之邃密，尚仍將閫之森嚴。陪衍真腴，駢加多賦。於戲！申伯既聞於柔惠，喜動周邦；無忌深戒於滿盈，功隆唐室。勉揚茂烈，無愧前人。可。

校勘記

〔一〕『擴』，四庫本作『敦』。

〔二〕『順』，四庫本作『潤』。

〔三〕『戢』，四庫本作『職』。

除吳蓋開府儀同三司充萬壽觀使依前寧武軍節度使制

門下：朕尊臨宸極，仰繄慈父〔一〕之恩；孝事坤闈，斯厚外家之澤。是爲貴貴，豈獨親親？爰諏剛日之良，用告在廷之重。具官某，温恭而清約，端重而粹夷。樂在詩書，惜分陰於暇日；知尊社稷，激壯志於清時。久茂德於慶閎，乃蜚聲於戚畹。夙奉慈親之訓，每推孝弟之賢。玉鳳金〔二〕龍，蔑有昔人之侈靡；路車乘馬，是宜今日之褒崇。大合公言，匪云〔三〕私意。進儀端揆，服紆衮繡之華；均逸殊庭，朝綴鴛鸞之序。肆加井户，賁增將壇。於戲！功名不難於圖始，惟其終；富貴勿以爲易得，惟其守。益馳休譽，以對寵光。可。

校勘記

〔一〕『父』，四庫本作『母』。
〔二〕『玉鳳金』，四庫本作『流水游』。
〔三〕『云』，四庫本作『存』。

賜尚書左僕射陳康伯乞寢罷禮儀使支賜銀絹不允詔

朕仰膺慈訓，光宅丕圖，躬率群工，祇見九廟。時惟上宰，實總盛儀，有嘉顯相之勞，宜被寵頒之渥。何謙之過，引義而辭。雖以身率人，務力行於廉遜；然爲國惜體，當勉蹈於中庸。

修學士院詔

朕一日萬幾，自朝至暮〔一〕，玩好弗營，宴游弗事，唯喜聞切直。將於禁中闢屋數楹，使賢德之士寓直其間，時或番宿。朕當間召與之論議，以慰夙昔之願焉。其令有司增葺學士院。

校勘記

〔一〕『暮』，四庫本作『昃』。

賜守令誡諭詔

朕觀唐虞成周之盛，衆建諸侯，以撫九有。洎歷秦漢，迄我祖宗，列置郡邑，亦克用乂。肆朕嗣位，顧德菲薄，夙夜祇懼。永惟邦本，實在斯民。民之休戚，實係守令。太上皇帝精求循良，留神惠養。垂及眇躬，其〔一〕敢怠忽以上羞付託？咨爾分土之臣，各既厥心，毋滋獄訟，毋縱吏姦，毋奪民時以事土木，毋掊民財以資餉遺。有一於此，必罰無赦。至於俾民安其田里，愁歎不生，增秩賜金，若古令典。朕將以爾風勵四方，而明示厥志，惟爾亦有無窮之聞。

校勘記

〔一〕『其』，四庫本作『乃』。

誡公卿舉所知詔

朕荷太上皇帝付託之重，夙夜圖惟〔一〕，期濟大業，以稱所蒙。比者忠賢之士，或召或留，畢集於朝。雖一時之勝，朕心猶未饜足。其令侍從、臺諫、卿、監、郎、察以上各舉所知，明言其材可任某職。異時擢用，當於除書之内具言舉授之由。得賢則進考增秩，失實則奪俸削官。一經薦揚，終身保任。如唐陸贄所言：『三省置籍來上，以備采擇。』副朕貪〔二〕賢之意。

校勘記

〔一〕『惟』，四庫本作『回』。

〔二〕『貪』，四庫本作『寶』。

賜少傅觀文殿大學士魏國公張浚辭免册命宜允詔

朕貴老尊賢，無所不用其至。卿以元勳舊德，幡然爲朕而來，則其待遇之恩，洎夫褒崇之意，豈可與一介之士同日而言哉！比以敷綸，未厭輿論，故須作册，以顯殊私。乃引舊章，力辭縟禮。雖體貌勵大臣之節，當極優隆；而撝謙發〔一〕君子之光，重違懇惻。勉從所請，式慰其心。

校勘記

〔一〕『發』，四庫本作『挹』。

賜新除少傅充醴泉觀使進封大寧郡王吳益辭免恩命不允詔

朕日趨德壽，祇事兩宫。付託之恩，仰承睿命；鞠育之德，復繫母慈。雖罄天下養，朕心猶未安焉。錫寵外家，尊榮元舅。上怡親志，下副朕心。此爲權輿，未足多遜。

賜新除開府儀同三司充萬壽觀使吴蓋辭免恩命不允詔

卿夙承閥閲，守禮蹈義。昆弟相處，號爲二難。名譽之崇，實慰我母。朕謂曾元之孝，不如曾子。故推此恩，以見朕志。不然，朕豈以名器假人者哉！卿苟知此，又何以辭爲？

賜觀文殿大學士知紹興軍府事湯思退乞宫觀不允詔

古之大臣嚴〔一〕出處進退之節，至其在位，無内外輕重之心。卿早相上皇，蔚爲賢宰。屬維新於庶政，乃作牧於東藩。方以告猷，遽求均逸。謂朕不足以語治，則曾未接於聲音；謂卿不可以有爲，則尚幸强於筋力。縱使遂卿之請，忍即捨朕而歸？揆之人情，質之事體，皆爲未可，其又奚言？

校勘記

〔一〕『嚴』，四庫本作『一』。

賜新除兵部侍郎周葵辭免恩命不允詔

徽祖作成人材，橋門所儲億萬士類，卿之行藝卓冠一時，朕固聞而知之。洎我上皇搜攬豪俊，鐸車所召二三聞人，卿之論思實動〔一〕聖聽，朕固見而知之。則奉慈訓，纂洪業，收召耆碩，可後卿乎？武部貳卿，兹庸暫起。朕志既定，其勿牢辭。

校勘記

〔一〕『動』，四庫本作『秉』。

賜新除右諫議大夫任古辭免恩命不允詔

朕以眇躬仰依慈訓，託於士民之上，實賴左右忠賢之臣勵翼而共濟之。矧惟諫諍之官專以指朕不逮者，庸可後乎？卿秉節據正，無所回執。頃爲御史，亦既有聲。言皆詳明，事亦剴切。議者謂其得體，朕心慕焉。則輒〔一〕從千里之名邦，進處七人之上列。固不爲忝，其又奚辭！

校勘記

〔一〕『輒』，四庫本作『輟』。

賜新除保平軍節度使王彦辭免恩命不允詔

卿英名蓋世，深畫過人。膺太上之眷知，受西陲之委寄。頃者風塵告警，斧鉞出征，威聲所臨，醜類悉遁。龍韜豹略，久勤幕府之行；紅旆碧幢，宜峻齋壇之拜。肆予嗣位，忽覽遜章，惟帝命之已敷，豈朕心之敢易？

賜四川制置使沈介誡諭詔

爲政之道，貴乎寬猛得中。惟我蜀人，樂於寬政。昔張詠尚寬，至發姦擿伏，時用其猛，蜀人以爲神明。卿材術疏通，必能本人情、順風俗以爲政，無事多訓。吴璘兄弟繼守西邊，備極忠順。中興良將，未見其比。本朝設制置使，冀協和以濟事。而比來進取議論，乃有不與聞者。朕問之不知，良非本意。卿可與國相體商訂，務爲盡善，於璘有助可也。李師顔之在興元，王彦之在金州，皆可倚仗。賴璘與卿，悉調護之。兵勢稍强，民力稍裕，恢復之舉當自西陲始。卿其念之。故兹詔示，想宜知悉。

賜侍從臺諫等筆札修具弊事詔

朕惟天下有弊事，無弊法。祖宗立法，夫豈不良？今日之弊，在乎因仍習俗，固而不化，遂與法意背馳。若解而更張，宫商斯在。經不云乎：『變而通之以盡利，推而行之存乎人。』朕覽張燾所奏，犁然有契於衷。已令侍從、臺諫集於都堂，今賜卿等筆札，宜取當今弊事，悉意以聞。退各於聽治之所，盡率其屬，諭以朕旨，使極言毋隱〔一〕。朕有考焉。故兹詔示，想宜知悉。

校勘記

〔一〕『使極言毋隱』，四庫本作『使極言之，毋得隱諱』。

戒帥臣監司舉劾部内知州臧否詔

朕祇膺慈訓，誕保斯民，永惟戚休繫於牧守。昔我祖宗列郡數百，患其不能盡得人也，乃分道遣使，以寄耳目吏之臧否，萬里如見肺肝，故累朝之民安於田里，可比〔一〕治古人〔二〕者。法令猶存，而人〔三〕莫克舉。是以循良不勸，而貪暴未革，將何以助朕爲治？咨爾部使者，其悉乃心。察列城之政，舉循良，劾貪暴，以聽陞黜。至於材非所長，無他大過，而授柄胥役〔四〕，吾民有受其弊者，亦條列以聞。朕當命以他官，不遂廢也。刺舉以公，朕則有賞；阿私失實，罰亦隨之。其令諸路帥臣、監司，限兩月各具部内知州治行臧否，連銜聞奏。苟違朕言，臺諫劾之。

校勘記

〔一〕『比』，原作『輩』，據四庫本改。

〔二〕『人』，原作『今』，據四庫本改。

〔三〕『人』，四庫本作『今』。

〔四〕『役』，四庫本作『吏』。

賜四川宣撫使吳璘回師秦隴詔

朕比覽卿奏，念卿忠勞，此心未嘗一日不西向。而卿子挺又能堅守德順，備殫忠力，世濟其美。傳之方册，可企古人。今若併力德順，虜〔一〕或遁去，進前所得不過熙原。恐將卒疲弊於偏方，無益恢復。以朕料之，若回師秦隴，留意鳳翔、長安，乃爲大計，卿更審處也。卿所帶忠義兵，卻須守挈老小於秦州以裏，措置屋宇屯之，必得其用。比王彦之去，聞極遲遲。此深可罪，亦有曲折。拱知其詳，卿且包含用之。方時艱難，人材不易得。卿當使過，以責其後效。傳不云乎：『師克在和。』此之謂也。邊地多寒，卿宜益加保護，副朕注想。

校勘記

〔一〕『虜』，四庫本作『敵』。

賜都督張浚審訂北討長策詔

比得李顯忠、邵宏淵奏北討，已令條具，專委卿審訂。卿可更召顯忠、宏淵并素有謀略將校，集贊議幹辦官等，將前項事宜密加熟議。彼之上將爲誰，可以當吾宏淵。角戰平野，騎兵孰多。既得中原，何術以守。儻盡長策，朕當親駕。臨江督府移幕臨淮，以督諸將。成功有厚賞，誤國有顯戮。若姑欲示虜〔一〕人以聲勢，使之知懼而不敢犯，是亦一策，二者必居一於此。卿可密奏來。

校勘記

〔一〕『虜』，四庫本作『敵』。

賜兩淮將臣李顯忠邵宏淵條具出師方略詔

覽奏，備見忠謀，良深嘉歎，但未知方略如何。方今將校立〔一〕廉隅者爲誰，可保不敢擄掠。方今之兵，幾何〔二〕出戰，幾何〔三〕留屯，以備衝突。兵出何道，何處可先據險。何處有糧可因，饋運當從何路。援師當出何方。既有成謀，乃〔四〕非浪戰。可密行條具，仍須經都督府審訂以聞，當從所請。

校勘記

〔一〕『立』，四庫本作『出』。
〔二〕『何』，四庫本作『人』。
〔三〕『何』，四庫本作『人』。
〔四〕『乃』，四庫本作『必』。

戒監司令所部不得重價折變兩稅詔

朕祗荷高穹眷祐，烈祖垂休，獲承太上之慈訓，修明治道，夙夜不敢荒寧。比年以來，五穀屢登，蠶絲盈裕〔一〕，嘉與海内共享〔二〕阜康之樂。尚念耕夫桑婦終歲勤動，價賤不足以償其勞。而部邑或弗知恤，使倍蓰以輕其直，甚亡謂也。其令諸路監司嚴戒所部，應民兩稅，除折帛、折變自有常制外，當輸本色者，毋以重價彊之折錢。若有故違，按劾以聞，當寘於法。

校勘記

〔一〕『裕』，四庫本作『箱』。

〔二〕『享』，四庫本作『用』。

求遺書詔

朕仰惟太上皇帝留神典籍，雖在艱難，不忘搜訪。是以秘府所藏，幾復承平之舊。迺者館閣書目告具，朕適臨幸，插架萬層，籤帙溢目，益以見太上皇帝崇儒右文之盛。朕敢不祇承？尚慮四方藏書之家或有可補散逸，亡繇來上，及其間卷軸浩繁，非給筆札不能傳録者。宜檢照祖宗及太上皇帝求遺書故事，學士院降詔。

撫問侍衛親軍步軍指揮使吳拱到闕並賜銀合茶藥口宣

卿勳著上流，寵提禁旅。茲履秋陽之盛，眷言夙駕之勤。爰錫珍芳，式彰禮遇。

賜新除少傅觀文殿大學士魏國公張浚口宣

卿一代元勳，三邊重寄。既壯猷之入告，宜寵數之駢加。體我眷懷〔一〕，亟其祇受。

校勘記

〔一〕『懷』，四庫本作『私』。

撫問鎮江府駐劄御前諸軍都統制張子蓋到闕並賜銀合茶藥口宣

卿制閫臨邊，揚旌赴闕。方秋風之淒勁，諒夙駕以驅馳。肆頒飲劑之良，用息道塗之勩。

撫定中原蠟書〔一〕

皇帝若曰：朕初嗣位，慨念中原之民久此塗炭，未得休息，心懷憫惻，夙夜靡寧。非不能從事干戈以決勝負，重念人命難得，怨苦難洗。今來昭大信、明大義於天下，依周漢封建諸侯，及唐立藩鎮故事，撫定中原，不貪土地，不利租賦。除相度於唐、鄧、海、泗等州置關隘如函谷關外，應有能據守，以北州郡歸命内款者，即其所得州郡，并旁近城邑，裂土封建。大者爲真王，帶節度、鎮撫大使，賜玉帶、金帶、塗金銀印。其次爲郡王，帶節度鎮撫使，賜笏頭、金帶、金魚、塗金銅印，並賜鐵券、旌節從物。聽於次第私廟立戟。元系蕃中姓名者，仍賜姓名。各以長子爲節度、鎮撫、留後，世世傳襲，永無窮已。餘子弟聽奏充内部防禦〔二〕刺史，亦令久任將佐，比類金國官品升等換授。其國内各置國相一員，委本國選〔三〕擇保奏，當降真命，餘官準此。內不可待報者，聽先次赴上。土地所出，並許截留，充賞給軍兵、禄養官吏等用，更不上供分文。每歲正旦一朝，三年大禮一陪位。如有故，聽遣留後，或相國代行。天申、會慶節，止遣本國官一員將命。應刑獄生殺，並委本國照紹興勑令參酌施行，更不奏案。合行軍法者，自從軍法。四京各用近畿大國，兼充留守。朝廷惟於春季遣使朝陵，餘節朔止用本處官吏代祠。每遇朝貢，當厚給茶綵、香藥等。其遇一國有警急，諸國迭相應援，或出兵牽制，義同一家。如開斥〔四〕土地，俘獲金寶、生口，並就賜本國。其有功將士，委本國審實保奏，當優轉官資。其餘恩數有該説未盡者，續次頒行。今來所遣宣諭，各仰思念久遠，趁時成立功業。子孫世世享利，毋徒死於干戈。速便〔五〕議定，各遣子一人入覲，當特賜燕勞畢，即時遣回。有合奏請事宜，許續具〔六〕奏。所有信誓之言，並俟〔七〕鐵券内刊寫。機會之來，時不可失，各宜勇決，以稱朝廷開納之意。隆興元年二月一日三，省同奉聖旨遣人密告，奉勑如右。謹告。

今遣右宣議郎試尚書兵部員外郎李申甫充宣諭使，候議定日，皇帝遷都建康府，以受朝賀，遣使約諸國歃血同盟，各相保援，以固歡好。如有彊國背盟，侵犯弱國，王師即爲牽制。不行殺戮，但務和平。爲永久子孫之利，各請無慮。

校勘記

〔一〕『書』，四庫本作『告』。

〔二〕「内部防禦」，四庫本作「部内防圉」。
〔三〕「選」，原作「遜」，據四庫本改。
〔四〕「斥」，四庫本作「鬭」。
〔五〕「速便」，四庫本作「請候」。
〔六〕「續具」，四庫本作「其續」。
〔七〕「俟」，四庫本作「候」。

附　外制

俞布〔一〕循資制

敕：朕廣開營田，所以足兵儲，裕民力也。爾等警戢之餘，勤於勸課，耕鹵莽，聚京坻。稍陟一資，用示優獎。

校勘記

〔一〕「布」下四庫本有「等」字。

滕璵循資制

勅：群盜剽敚，使吾民不得安其田里。爾長一方，能設謀略，悉使就擒，民用安堵。績效之著，合於令甲。陞資示勸，匪朕得私。

王弘補官知蘭州制

勅：蘭去中朝數千里，民服左衽[一]三十年。有能嚮風，是爲知義。具官某，材推果毅，姿秉沈雄。夙有志於歸仁，故無心於助虐。能令千户知死生禍福之機，坐使一州成禮義衣冠之地。受[二]兹懋賞，用奬奇勳。就領郡符，仍兼將印。爾其務寧遠俗，益勵初心。惟圖[三]慶譽之終，嗣有褒崇之寵。可。

校勘記

〔一〕『服左衽』，四庫本作『違聲教』。

〔二〕『受』，四庫本作『爰』。

〔三〕『惟圖』，四庫本作『圖惟』。

宋興祖補官制

勑某：比者國家有事中原，而忠義之士雲蒸霧合，作我前驅。非爾糾率，疇克然哉！庸進厥階，以勸來者。

朱祥等補官制

勑某等：士有忠義根諸心，非得人激發之，亦或因循，莫克自奮。爾等間關傳檄，卒底成功。爰命以官，式奬勤勩。

蕭一中親屬補官制

勑某：身居夷虜〔一〕，心在本朝。竭蹶〔二〕來趨，中途遭變。有嘉慕義，良用憮然。凡居姻黨之聯，服我褒崇之命。各思忠順，毋忝前人。

校勘記

〔一〕『夷虜』，四庫本作『累地』。

〔二〕『蹶』，四庫本作『蹷』。

蕭一中子穎補官制

勑某：天之報施，不在其身，必在其後。爾父去暴歸仁，宜得尊顯，乃不克享。肆爾有兹榮禄，爾其益勵奇節，以彰爾父教忠之懿。

童順等换補官制

勑某等：朕惟春秋之法，夷而進於中國，則中國之。矧爾等生本中華，心惟慕德，尚可以夷待虜？肆易王官，就陞一秩。勉期勳烈，以永終譽。

鄭雄换補官制

勑某：有不幸淪於異域，能挺身而歸正，固已可嘉，矧率誘有衆而皆徠臣虜？則易汝以華資，畀汝以戎護，誠未爲忝。惟襄鄧實今用武之地，尚思戮力以赴事功。則朕之報汝〔一〕，將有大於此者。

校勘記

〔一〕『朕之報汝』，四庫本作『汝之報』。

張振等轉〔一〕官制

敕：國有二柄，莫先爵禄以馭臣；賞非一圖，尤重干戈而衛社。具官某，材資鷙勇，思慮沈深。頃黠虜之滔天，視長江如平地。能以虎貔之旅，抗茲豺豕之群。鬭艦所加，氈裘爲卻。元兇徐虢，餘黨悉奔。俾氛翳之四平，實權輿於一戰。唯今日采石之勝，掩前人赤壁之功。既以橫階賞吾飛將，增華資之三等，示寵數之屢加。噫！功名唯其終，富貴觀其守。益思激勵，以稱斯恩。

校勘記

〔一〕『轉』，四庫本作『換補』。

咸忠轉官制

敕某：樞庭論賞，爾則有勞。陞秩之榮，遲爾來效。

錢卓等轉官制

敕某等：漳贛之間，阻山多盜。爾能警戢，悉底清夷，安堵吾民，厥功亦茂。其陞爾秩，用勸方來。

曹輔轉官制

敕某：便殿閱士，蓋有舊章。爾於是時，共事無闕。陞階一等，用以勸勞。

陸德元降官制

敕某：人懷一念之私，蓋無往而不爲弊。以官物爲己貲，役軍士如奴隸，不懲其始，弊有不可勝言者。其貶一官，往自訟者。

賁友仁等降官制

敕某等：監臨之官，在於督課入、察吏姦而已。二者胥失，何以官爲？各貶一資，爾其内省。

趙不悔降官制

敕某：爾以宗藩之秀，爲一州佐，虜不及境，先事奔逃。通守若斯，邦人何賴？鐫官二等，尚示寬恩。無忘省循，以俟褒復。

李稙落職放罷制

勑某：士之處世，充養其氣，恢廓其量，則内不失己，而外之可以汎應曲當。爾素抱樸直，樂善好義。然有不合，則如物骾喉，不茹而卒吐之，故所至輒不合。此氣有餘而量不足也。今褫爾職，置之散地，庶幾退養而趨於宏大之域，則異時之所成就實基於此。爾其勉之。

李守中降官制

勑某：國家好生之德，洽於邇遐。肆忿一朝，輕殞人命，獄成來上，法不汝容。薄貶一官，往尚循省。

鄮峰真隱漫録卷七

奏議

保舉豐謨充知縣劄子

竊見右儒林郎、監秀州華亭縣青墩催鹽場豐謨，係故御史中丞謚清敏豐稷之曾孫，克守家法，廉介自將。初爲楚州寶應縣令，於荆棘瓦礫之地招誘逋亡，期年即成井邑。歸日以一擔自隨，中途有盜剽掠，發視皆絮衣紙被。盜相覷[一]咨嗟，羅拜而去。次爲南雄州始興縣令，縣之豪民怙虔賊爲民害。謨親入土寨，擒其魁戮之，一境悚[二]然。衆豪[三]日夜伺令得失，欲報仇，終無所得。次爲光州定城縣令，專於摩撫烏合之民，相率樂業。一日疾作，縣僚[四]即卧内見之，不設帷帳，絮衣紙被，不堪其憂。民爲作佛事，匃[五]其生。又相率遠詣廬州帥司乞留再任，不可。去之日，民泣送越境，不忍捨去。若使再當劇邑，必能不改其操。

校勘記

〔一〕『覷』，四庫本作『覩』。
〔二〕『悚』，四庫本作『肅』。
〔三〕『衆豪』，四庫本作『盜家』。
〔四〕『僚』，四庫本作『官』。
〔五〕『匃』，四庫本作『覬』。

輪對劄子 見知高宗蓋〔一〕因此劄

臣仰惟陛下天錫聖性，躬孝慈寧。曩因慶壽推錫類之恩，天下耄耋咸被爵邑，婆娑聖時，以樂餘景，甚大惠也。而有司奉行，不體上意，拘以歲月之限，間有阻抑。使萬古曠澤而有不偏之累，臣甚惜之。夫子欲親榮，其誰敢後？州縣判〔二〕發，自爲稽期。彼同井里，隔門牆，年適相若，而獨不被其澤，豈無向隅之歎乎？臣愚欲望聖慈特降睿旨，應紹興二十九年正月一日慶壽恩合封祖父母、父母，諸州已具聞，見下部未施行者，並乞於今年九月明堂大禮赦内該載放行。所貴破有司拘礙之文，全陛下罔極之報。鴻恩溥博，億載愈光，不勝天下幸甚。

校勘記

〔一〕『蓋』，四庫本作『只』。

〔二〕『判』，四庫本作『剡』。

請安反側劄子

臣聞金亮不道〔一〕，違天叛盟；陛下至仁，弔民伐罪，干戈所指，犬彘咸奔〔二〕。邇者變起蕭牆，刃戡酋首〔三〕。普天率土，同知我宋〔四〕之方興；掠地屠城，正非今日之所急。貴在先安反側，乃能盡撫於流亡。蓋靳賽、張中孚之徒，徐文、施宜生之輩，若非海納，用彰曠蕩之恩；則必狐疑，別立姦兇之主。勿謂肉已登於几上，其如敵尚在於舟中。敢冀聖恩，亟頒曲赦，高其爵賞，示以腹心，使彼曉然而無佗，則必慭爾而弗叛。中原〔五〕之版地，於是可復；寰海之生靈，於是可安。儻不速赦，群胡〔六〕必定復生一虜〔七〕。時當其可，間無容髮之機；今捨弗爲，決有噬臍之悔。臣識非通敏，言又闊踈，仰冀聖聰赦臣死罪。

校勘記

〔一〕『金亮不道』，清抄本『亮』作『虜』，四庫本作『强鄰失信』。

〔二〕『犬彘咸奔』，四庫本作『不戰而奔』。
〔三〕『刃戡酋首』，四庫本作『渠魁授首』。
〔四〕『我宋』，四庫本作『國運』。
〔五〕『中原』，四庫本作『神州』。
〔六〕『胡』，四庫本作『兇』。
〔七〕『生一虜』，四庫本作『樹一敵』。

除中書舍人舉自代狀　附

伏覩左宣教郎、秘書正字、兼權著作佐郎程大昌，材術疎通，文詞高古。比同登於學省，實久識其賢模。臣所不如，舉以自代。

薦潛邸舊臣劄子

臣等恭惟陛下龍飛御極，曾未淹旬，首擢臣等置之從列。深惟際會，竊自省循。陛下天縱聖學，雖出生知，然而就傅以來二十餘年，太上皇帝遴選儒臣，俾爲輔導。及其成效，蓋有自來。譬如多稼有年，既耕而種，既種而穫，夫豈一日之力哉！臣等晚備誦說，聖質已成，初無涓塵裨益，而猥蒙厚恩，先諸舊學，心實不安。此而不言，使陛下未發晉文求介推，世祖召嚴光之令，臣實有佻〔一〕功蔽賢之罪。欲望聖慈特降明詔，凡曾侍潛邸臣寮，依累朝故事，第加恩典。

校勘記

〔一〕『佻』，四庫本作『冒』。

論未可用兵山東劄子

臣恭覩陛下特發英斷，進討山東，以爲恢復故疆、牽制川陝之謀。臣獲侍清光，親奉睿旨，不勝欣忭。然亦有惓惓之愚，不敢隱默。竊以傳聞之言，多謂虜〔二〕兵困於西北，不復顧山東，加之苛虐相承，民不堪命，王師若至，可不勞而取。審如此説，則弔伐之兵，本不在衆，偏師出境，百城自下，不世之功，何患不成？萬一未至盡如所聞，虜〔二〕人尚敢抗〔三〕拒，遺民未能自拔，則我師雖衆，功亦難必。而宿師於外，守備先虚。我猶知出兵山東以牽制川陝，彼獨不知警動兩淮、荆襄以解山東之急耶？爲今之計，莫若戒勅宣撫司，以大兵及舟師固守江淮，控制要害，爲不可動之計。俟有餘力，方可遴選驍勇有紀律之將，使之以奇制勝。若徐、鄆、宋、亳等，以次撫定之。兩淮無致敵之慮，然後漸次那大兵前進。如此則進有闢國拓土之功，退無勞師失備之患，實天下至計也。蓋山東去虜巢〔四〕萬里，彼雖不能守，未害其彊〔五〕。兩淮近在畿甸，一城被寇，尺地陷没，則朝廷之憂復如去歲。此臣所以夙夜憂懼，寢不能瞑，而爲陛下力陳其愚也。且富商巨室未嘗不欲利也，然賈於遠者，率不肯以多資付之。其意以爲山行海宿，要不可保。若傾囊而付之，一有所失，悔其何及哉！此言雖小，可以喻大。願陛下留神察焉。臣比者誤蒙聖慈，使攝事樞筦。攻守大計，實任其責。伏惟陛下鑒〔六〕其愚忠，速降處分。

貼黄：前件事宜，臣雖已面陳，緣利害至重，欲乞陛下反復省覽，故敢輒具此奏。方今大臣如張浚，當世宿儒，深曉此事。陛下試委之詢訪，如得萬全，始可議動。不可嘗試爲之，而僥倖其或成也。若乃順諸將之鋭氣，收無用之空城，寇去則論賞於朝廷，寇至則斂形於山寨，使彼無辜之赤子，皆爲横死之游魂，取快一時，含冤萬世。此去冬已然之失，今不可復蹈之。蓋古之取天下者，不爲一時苟得之計。所謂傳檄而定者，信能得其道〔七〕矣。又況浚之威名，敵人所畏。若小不如意，敵得易而侮之，豈不勞陛下宵旰之慮乎？臣恐此時獻計於浚者不肯任其責矣。此臣區區深欲寶惜此舉之意也，惟陛下反復籌之。

校勘記

〔一〕『虜』，四庫本作『敵』。

〔二〕『虜』，四庫本作『敵』。

〔三〕『抗』，四庫本作『旅』。

〔四〕『虜巢』，四庫本作『敵人』。
〔五〕『彊』，四庫本作『疆』。
〔六〕『鑒』，四庫本作『照』。
〔七〕『道』，四庫本作『定』。

再論山東劄子

臣恭領御筆，天語褒嘉，謂臣狂瞽之言偶合聖意。臣自惟愚瞢，每有所陳，必契淵衷。雖大度有容，欲求芻説，然揆之古人，亦可謂千載一時之遇也。臣伏讀訓詞，感激至於霣涕。方今立國之道，貴在得人。曰財曰兵，以次舉行。使足食足兵，何患狂虜之跳梁〔一〕哉！自陛下即位以來，凡臣之建議，莫不以自治爲先，深恐好名之士袒持異論〔二〕以撓初謀，鋭意之士不恤大計以成輕脱。是以拳拳之念，蚤夜不敢忘。今幸陛下持之以剛明，斷之以勇智，臣之愚直遂得行焉。經曰：『靡不有初，鮮克有終。』惟陛下既已信臣不疑，使臣獲盡其區區，不勝幸甚。

校勘記

〔一〕『狂虜之跳梁』，四庫本作『敵人之富强』。
〔二〕『袒持異論』，四庫本作『但持正論』。

乞罷蕭鷓巴入内打毬劄子

臣聞傳曰：『奔軍之將，不可以語勇；亡國之大夫，不可以圖存。』此古今之通論也。近者契丹歸正蕭鷓巴等萬里遠來，誠爲勞苦，其實則奔亡之餘。又況彼或遣之以爲吾間，縱之以蠹吾國，皆未可知也。陛下待之之禮，當予之爵命，使無失所，嚴其駕馭，使有後效，可矣。今既賜之對，錫之燕，其餘匪攽優待，無所不至。當遣回軍前，分部將下，勿使主兵。曾此未聞，忽有旨令入内打毬。臣竊惑之。夫此輩生長北戎〔一〕，擊鞠之戲固所精也。陛下欲以爲戲而觀之耶？抑欲優待而寵綏之耶？若以爲戲，臣以謂降虜〔二〕不當使其窺見宫牆之内。若欲寵綏，臣以謂邊將必多方招置以爲功。他日高官重禄悉爲此輩所得，實無益於恢復，徒有耗費爾。昔徽宗朝郭藥師，以地來降，待之以腹心，嘗請擊鞠於牟陀岡。其後叛去，虜〔三〕兵大入，果於牟陀岡作營寨。汴都失守，實自牟陀岡登城。此輩野心，固不當以爲戲也。昔孔子射於矍相之圃，揚觶而號於衆曰：『奔軍之將，亡國之大夫，與爲人後者不入。』此輩奔亡，固不足以當寵綏也。陛下舉措，天下所拭目傾耳，誠不可以不重。傳曰：『上有好者，下必有甚焉者矣。』此之謂也。臣前者既言賜對不可於便殿，當立仗以示威；錫宴不當用使者之禮，乞免從官押伴。既蒙陛下俯察臣衷，悉如所請。陛下從諫若轉圜之易，聖德巍巍，度越百王之上，不可於此而失之。

校勘記

〔一〕『北戎』，四庫本作『遐方』。

〔二〕『虜』，四庫本作『人』。

〔三〕『虜』，四庫本作『敵』。

論歸正人劄子

臣聞古之得天下者，皆由小以致大。若湯以七十里，文王以百里是也。湯之一征，天下始信。故東征西怨、南征北怨者，徯其來而不至也。是故師至其國，若時雨降，非謂四方之民先歸湯之國也。文王三分天下有其二者，有其心也。是故至武王時，始殷商之旅其會如林，非謂使天下之民先歸文王之國也。若使民先歸其國，則七十里之亳、百里之豐，何以容東西南北之人？而所謂亳與豐之地，方且疲於贍養，日益窮蹙，又何暇修文德以格遠人之心耶？今者北〔一〕有勁虜〔二〕，日爲姦謀以撓我，日縱流民以困我。沿邊守臣由之不知，方且日以招徠爲事。自去冬用兵以來，歸正之官已滿五百，皆高官大爵，動欲添差見闕。歸正之民不知其數，皆竭民膏血，唯恐廩之不至。數年之後，國家之蓄積竭於此役。東南之士夫久不得調，東南之農民身口之奉不得自用，安保其不起爲盜賊而求衣食之資乎？不於此時有以救之，駸駸不已，布滿東南，蠶食既多，國用益乏。已來者不獲優恤，必有悔心；方來者待之愈薄，必有怨心。夫剥膚椎髓以奉之，意者望其知恩而欲其爲我用也。若使怨悔之心生，終亦何所濟？此爲國遠慮者莫不寒心也。今説者必曰：『不如是，不足以繫中原人心。』夫内修政事，教化既明，風俗既厚，百姓家給而人足，使彼之士民願立於朝、願爲之氓而不可得。然後一旦興師，恢復土宇，皆爲王臣，則其心大悦，如湯之后來其蘇，武王之一怒而安也。若吾之政化未施，財力先屈，國尚未可保，安能繫中原之心乎？凡爲此論者，皆慕古人之虚名，失當今之實利者也。臣願陛下密勅沿邊守臣，其有襁負而至者，諭之以久遠之計曰：『國家議戰與和，皆爲汝輩久此陷没，欲圖拯濟。若爲戰計，則他日得我故地，汝皆吾民，又何必捨墳墓、棄親戚而來？若爲和計，朝廷亦豈遂忘汝等？各宜安本土以俟議定。』則彼必感我恤之之意深，念之之心切，將無所歸怨，而虜〔三〕聞之，亦必知我國有人矣。於是葺藩籬，保形勢，寬民力以固邦本，募勇士以益軍籍，政修而教興，國富而兵强，機會之來，豈有窮已？一舉而得中原，開〔四〕明堂，受朝賀。此成、湯、文王已試之明效也。夫未至此時，而先爲計以自蹙，此虜〔五〕之願。後雖噬臍，其無及矣。利害得失之機較然可見，陛下不可不深察也。儻未以臣言爲然，欲望聖慈斷自宸衷，上取太上之訓，下盡近臣之議，以歸至當，然後定其規模，使沿邊守臣有所遵守。

校勘記

〔一〕『者北』，四庫本作『陛下外』。

〔二〕『虜』，四庫本作『敵』。

〔三〕『虜』，四庫本作『敵』。

〔四〕『開』上四庫本有『大』字。

〔五〕『虜』，四庫本作『敵』。

第二劄子

臣聞棄實而務名，捨近而謀遠，見利而忘害，此三者天下之大弊，古今之至戒也。臣比者極論招納歸正人之非，雖荷聖慈已賜開納，尚慮議者或有異同，臣請得申言其詳。夫自淮泗之北，燕趙以南，幅員萬里，皆我故疆。若使朝廷根本已立，人材已衆，功無僭賞，罪無佚罰，兵强國富，事力有餘，以陛下英武之資，乘中原愛戴之心，一舉而取之，宅中圖大，以復舊物，則天下之議孰敢以爲非？今既未能，乃區區招集逋逃之人〔一〕，以爲繫中原之心。此臣所謂棄實而務名，一弊也。自去歲賊亮入寇〔二〕之後，兩淮蕩然，驅虜〔三〕殺戮不可勝計，井湮木刊，積骸如山，慟哭之聲至今未已。調度日繁，江左重困，屯戍雖遣，藩籬未固。此皆當如饑渴，如焚溺，日夜圖之者。今未見大有措畫，而廟堂之上率常以大半日力整會歸正人，某人乞官，某人援例。以廟堂猶如此，則宣撫司、沿邊諸軍帥司、州郡又可知矣。此臣所謂捨近而謀遠，二弊也。北人初來，扶老攜幼，莫不皆言去虎狼〔四〕、歸父母，嗚噫流涕，以手加額。不知者觀之，真若可喜。然此輩小人何常之有？廪給禄賞少不厭其無涯之心，則怨詈並作，未必不刺取國事歸報敵境，況又其間往往有本爲間諜〔五〕而來者。此臣所謂見利而忘害，三弊也。以此三説反復究繹招納利害，可以立決。加之虜〔六〕情難測，譎詐萬端。今北人將片紙來者，即與官；僧道雖無度牒，但持戒牒來者，即與度牒。若黠虜〔七〕設計，多作僞告、僞牒源源而來，上則竭國力以禄養歸正官，下則陰壞度牒之法，我尚爲有謀也哉！且中國士大夫雖身登科第，家世公侯，一有虧〔八〕失，坐廢終身，而歸正官則一切不問。是仕於虜〔九〕廷者何其幸，而仕於天朝者何其不幸也耶？中國士民欲爲僧道者，由買度牒以至書填、受戒，非四五百千不可，而歸正僧道則一切不問。是生於虜界〔一〇〕者何其幸，而生於王土者何其不幸也耶？臣惓惓之私〔一一〕，欲望陛下棄名取實，以集大勳；先近後遠，以安邊鄙；見利思害，以杜亂萌。異同之論，一以理決之。昔吐蕃欲取唐維州，陰遣婦人嫁守閽者，生子長大守閽，而吐蕃入寇，遂開關納之。宣和中，郭藥師入朝，請擊鞠牟陀岡，乃默視可作營壘之地，其後虜〔一二〕騎大入，果集於此。則招納之事，豈可忽哉！豈可忽哉！伏惟留神采擇。

校勘記

〔一〕『人』，四庫本作『衆』。
〔二〕『賊亮入寇』，四庫本作『北兵入境』。
〔三〕『虜』，四庫本作『敵』。
〔四〕『虎狼』，四庫本作『患難』。
〔五〕『諜』，四庫本作『探』。
〔六〕『虜』，四庫本作『敵』。
〔七〕『黠虜』，四庫本作『敵國』。
〔八〕『虧』，四庫本作『過』。
〔九〕『虜』，四庫本作『北』。
〔一〇〕『虜界』，四庫本作『敵境』。
〔一一〕『私』，四庫本作『實』。
〔一二〕『虜』，四庫本作『敵』。

論未可北伐劄子

靖康之禍，孰不痛心疾首，悼二帝之蒙塵，悲六宫之遠役。境土未還，園陵未肅，此誠枕戈待旦，思報大恥之時也。然陛下初嗣位，不先自治，安可圖遠？矧内乏謀〔一〕臣，外無名將，士卒既少，而練習不精。遽動干戈，以攻大敵，能保其必勝乎？苟戰而捷，則一舉而空朔庭，豈不快吾所欲？若其不捷，則重辱社稷，以資外侮，陛下能安於九重乎？上皇能安於天下之養乎？此臣所以食不甘味而寢不安席也。張浚老臣，豈其念不到此？而稔於幕下輕易之謀，眩於北人誑順之語，未遑精思熟慮，决策萬全，乃欲嘗試爲之而邀倖其或成。臣竊以爲未便。上皇親覩禍亂，豈無報敵之志？當時以張、韓、劉、岳各領兵數十萬，皆西北勇士，燕、冀良馬。然與之角勝負於十五六載之間，猶不能復尺寸地。今乃欲以李顯忠之輕率、邵宏淵之寡謀而取全勝，豈不難哉！惟陛下少稽鋭志，以爲後圖，内修政事，外固疆圉，上收人才，下裕民力，乃選良將，練精卒，備器械，積資糧。十年之後，事力既備，苟有可乘之機，則一征無敵矣。

校勘記

〔一〕『名』，清抄本、乾隆本作『謀』。

乞免臺諫侍從當日條具劄子

臣昨夜伏覩御札，賜侍從臺諫不允三日條具之請。臣竊思之，陛下爲此，將以得天下之弊而更新之，庶可立萬世之基業，何爲欲速如此？夫鐘之扣也，待其從容，然後盡其聲；人之言也，畀以閒裕，然後盡其藴。今若促之，使不得盡，他日或有弊不革，則必有辭曰：『倉猝不暇及也。』將何以責之？臣未敢奉行聖旨者，誠以陛下今日之舉真可追配仁宗，書之信史，足以流光萬世。於此而促迫之，使不得盡其藴，則人皆付之文具矣。所有御札，謹俟少選進入。乞賜俞允，俾遂三日之請。

第二劄子

臣恭領聖訓，至於諄諄曲折。臣以微賤冒犯天威，罪宜萬死。臣當退就斧鉞，不可復言。然臣區區猶不能自已者，誠以陛下聖性純明，德量寬大，今日忽爲此舉，乃與平昔不類，是以疑之。張燾之言，覬陛下取弊事而革去，非欲陛下以一日之力困諸儒於筆札之下。臣意侍從、臺諫游學校，取科第，欲其答策持論，固所優爲，然非陛下前日求言之本意也。夫言之必可行，貴乎考察事情，周知物態。民之利病，國之安危，籌度於心，筆之於紙。聖君用之，則天下咸被膏澤，無一物之失所。若陛下欲令援筆而書，不切於事，如舉子之在場屋，侍從、臺諫何至不能而飾詞以求展限哉！今天下三歲科舉，舉子未嘗有曳白者，而謂立朝之士不能。此左右之人欲用此以爲戲，使陛下有輕士之心。其與祖宗開天章閣求直言，豈不甚相戾耶？昔仁宗開天章閣使大臣條對，姦臣欲困同列，故請一日而畢。其間所説有得其大體者，衆不能奪，竟許退而條具。兹故事也。陛下若不聽臣言，馴此而行，則將流於薄，而忠厚之氣象不見矣。此臣所以雖有白刃在前不敢避，而欲救陛下之失也。唯陛下亮臣無佗。所有宰執申請三日之限，謹用繳進，伏乞睿慈特賜批依。

鄧峰真隱漫録卷八

奏議

回奏條具弊事劄子

臣今月十六日午刻恭領聖旨，下詢臣曰：『前日集議，宰執獨無奏章。侍從、臺諫所言，孰爲至當？』令臣條具。臣祗奉威命，震懼於心，倉猝之間，不知所措。臣竊觀聖問，仰見淵衷，既定宏規，復咨群議。此實帝王之度量，豈容蠡管之測窺？臣頃因陛下即位之初，嘗陳今日禦戎之計。謂藩籬不可不固，扃鐍不可不嚴。藩籬固，則内之政事可修；扃鐍嚴，則外之姦細難入。先爲守備，是乃良規。若夫議戰與議和，則亦在彼不在此。彼戰則戰，彼和則和。和不忘戰，姑爲雪恥之後圖；戰不忘和，乃欲緩師而自治。此度今年之事力，故立一時之權宜。既匪成謀，未爲定論。第當堅壁，力禦攻衝；謹俟乘機，以圖恢復。儻聽信淺謀之士，時興不教之師，寇〔一〕去則論賞以徼功，寇〔二〕至則斂兵而遁迹，使彼無辜之赤子，皆爲横死之游魂，取快一朝，含怨萬世。謂之恢復，豈不痛傷？然念祖宗版圖，久汙腥膻〔三〕之俗；祖宗陵寢，鞠爲荆棘之場。爲人子孫，可忘食息？正須厲志於名實，賞罰責成於將相公卿，假以歲時，復其境土，鋒乘破竹，勢順建瓴。是爲弔民伐罪之師，不作鼠竊狗偷之態。此陛下之素志，亦愚臣之舊聞。彼侍從臺諫之流，真議論文章之粹。蘭菊有春秋之異，藥石俱砭劑之良。固非能言，而不能行；實皆可敬，而不可慢。雖衛多君子，知國勢之愈隆；然楚有得臣，念敵情之未保。是宜練兵而選將，常若〔四〕拯溺而〔五〕救焚。臣願陛下采其所陳，亟爲之備。臣適當短晷，素乏長謀。姑以狂辭，仰酬清問；覬因一得，少補萬分。

校勘記

〔一〕『寇』，四庫本作『敵』。
〔二〕『寇』，四庫本作『敵』。
〔三〕『汙腥膻』，四庫本作『染荒僻』。
〔四〕『若』，四庫本作『在』。
〔五〕『而』，四庫本作『以』。

論用兵劄子

臣昨晚恭領御筆，論僞境元帥所答張浚書，誠如聖訓。然以臣愚見，陛下經廢弛之後，目今兵力寡弱，財賦單匱。若歲歲設備，虜〔一〕人聲東擊西，長淮千里，大江綿亘，皆是敵境，處處用備，人人不得休息。譬如兩虎共鬬，勢不俱生；二器相擊，薄者先穿。若不因其來稍加思慮，臣恐自此無時寧息。臣觀虜〔二〕情，彼亦厭兵。但以本朝時縱無謀之將前去侵伐，不得已來應。我若能因其厭苦，乘勢掃〔三〕清中原，是一機會。若猶未也，須當料吾甲兵如何，財用如何，取之當自何處，守之當用何人。使吾備不弛，吾力益壯，他時觀釁而動，有何不可？蓋女直〔四〕未有長盛之理，破滅有期，但當小忍以俟之爾。以陛下之英明神武，豈患不得天下？但顧今日兵力未壯，民力未甦，財力未足，而遽捨内以事外，雖得天下，未見其利也。宜因此疾〔五〕召張浚來議此事。臣之識淺不過如此，不足以仰裨聖算，惟陛下恕之。

校勘記

〔一〕『虜』，四庫本作『敵』。
〔二〕『虜』，四庫本作『敵』。
〔三〕『掃』，清抄本作『逐』，四庫本作『遂』。
〔四〕『女直』，四庫本作『敵國』。
〔五〕『疾』，四庫本作『徐』。

回奏令條具時務劄子

臣適者恭敏龍墀，僭言時務，心之所慮，不覺發口。伏蒙聖慈赦臣狂直，俯賜優容。竊〔一〕惟遭時得君有如臣者，萬古鮮儷，其何幸也！臣退思補過，汗下如雨。然非臣狂直，又何以彰聖德之優容耶？臣恭奉睿訓，令臣條具今所當務，何者爲革弊之先。臣聞唐李泌有言：『主相造命，不當言命。』臣將易其説曰：『主相變習俗，不當爲習俗所變。』蓋習俗之移人，如水浸潤，久而不自知。陛下儻堅初心，擴〔二〕明視，高出萬物之表，如大圓鏡垂之空中，物之來者皆不能逃，又豈爲習俗所移？昔人謂之照破是也。照破則此事辦矣。臣當條上施設之先後，以補萬分。

校勘記

〔一〕『竊』，四庫本作『臣』。

〔二〕『擴』，四庫本作『以敦』。

論降詔視師劄子

臣歸鄉無屋可居，旅泊山寺，謝絶賓客，罕聞朝政。前日忽傳邸報，六月十四日陛下降罪己之詔。臣伏讀流涕，以謂陛下即位之始與臣言曰：『内修外攘，期以必可恢復。當須少忍，無求欲速。』前者陛下念祖宗之故疆、列聖之陵寢，安得不俯從其請？今既主帥失策，豈陛下之過？而猶責躬以示天下。仰見聖度寬大，必能上回天意，下感人心，以成中興之烈。傳曰：『禹湯罪己，其興也勃焉。』陛下以之。臣雖在遠外，實懷主憂臣辱之念，坐不安席，食不甘味。惟知祈弭外虞，以盡〔一〕忠赤。臣恭聞聖詔以秋涼擇日視師，臣實憂之。蓋江外之兵經此勞苦，固當撫勞。然陛下一動，直〔二〕不可輕，正宜慮遠。若虜〔三〕不南侵，恐爲徒費。萬一有警，勝負未決之間，進退必有難處者。以臣鄙見，不若詔諸路帥守立賞命官，糾集土豪，起勤王之師，如福建槍仗手、宣歙弓弩手、諸州射生户之類，來屯江上。仍取東海范榮所總舟師，及沿海船户素有勇略之人，雲集大江，以備不虞。大駕聲言進發，未可便行。庶幾虜〔四〕知畏而不敢易我，則或進或退，皆有所恃，以底萬全。大抵近日謀國之論多失於輕，審之重之，惟在陛下。則臣區區，雖病卧牖下，死亦瞑目。臣職不當言，言之有罪。誠以久荷陛下恩憐，異於稠衆，義則君臣，情兼父子，情迫於中，不能自已。伏乞聖慈察其心而赦其罪。

校勘記

〔一〕『盡』，四庫本作『見』。

〔二〕『直』，四庫本作『真』。

〔三〕『虜』，四庫本作『敵』。
〔四〕『虜』，四庫本作『敵』。

福州乞置官莊贍養生子之家劄子

臣所部福州，屢經賢守奉宣德化，士大夫好義，民庶安分，恥立訟庭，刑獄不至繁多。惟是誘掠男女一事，略無少衰，詞訟十居六七。蓋父母愛子之心，人皆有之。既爲無賴之徒多方引誘，少弱無知，安能自拔？利之所在，豈恤父子生離之苦？臣嘗力究其弊，皆因建寧府、南劍州、汀州、邵武軍四州窮乏之人例不舉子，家止一丁，縱生十子，一子之外，餘盡殺之。貴家富室既無奴婢，其勢不得不買於他州。價值既高，販掠之人所以日盛。刑禁箠楚，情重者多至編配，而此風終不可革，實可哀憫。國家屢因臣僚論列閩俗不舉子，前後畫降指揮痛革此弊，令生子之家官給贍養。詔旨非不丁寧，法禁非不嚴密，然州縣匱乏，趣了目前官吏軍兵請給之外，揀汰使臣，嗷嗷待餔，日增糜費，安有餘力可應上項指揮？以此申嚴約束悉爲文具。臣今措置：欲於建、劍、汀、邵四州諸縣各置官莊一所，典買民間田畝，收積租課。令窮民下户婦人有孕及七月者，關告耆社申縣，縣爲注籍。俟其生産之月即申縣，縣下官莊給曆，每月支米若干，滿三歲住支。蓋方其初生，以水殺棄，父母不之見也。及其痛定，未有不悔其殺之者。今若誘以微利，使必活之。三歲之後，必不忍殺。此〔一〕臣區區之意也〔二〕。伏覩近降指揮，將本路荒廢寺院田産估價召賣。臣自到任以來，用度節省，别無虚費。將本司逐旋攢積到錢，就提舉常平司取建、劍、汀、邵四州縣所賣荒廢寺院田産盡行承買，以爲官莊砧基。臣又恐生息既多，所買之田不足以給，欲望聖慈逐州給降度牒一百道，委守倅出賣。將所得錢樁管，專一增置田畝，庶幾不至乏少，候至官莊豐盛，即前項措置可行。如蒙聖慈允臣所乞，豈唯建、劍、汀、邵四州所活不知其數？抑使泉、福等州少弱男女得〔三〕免誘掠之苦。是一舉而兩有所利。緣上件事正係君上恩德，乞作聖旨行下。

貼黄：臣伏見本路提舉常平公事、右朝散郎薛居實頃守興化，公勤廉介，政績可紀，已蒙陞擢，今爲本路監司。前件陳乞如蒙聖慈賜許，乞委薛居實同共措置條畫約束聞奏。將所賣度牒錢及官莊收到租課，乞專降聖旨並依常平法，不許州縣移易，庶幾經久不廢。八州生息歷千萬歲，悉自聖慈今日生成之恩。

校勘記

〔一〕『此』，原闕，據四庫本補。
〔二〕『也』，原闕，據四庫本補。
〔三〕『得』，四庫本作『必』。

進陳正言四經解劄子

臣今月十三日叨侍經筵，嘗面奏故承議郎、前守左正言陳禾有易、春秋、論語、孟子四經解，其間是正得失，發明聖人之微旨，開悟後人甚多。不敢隱默，輒以奏聞。恭奉玉音，許臣繳進。今臣繕寫裝成三十八册，用黄羅複帊封識上進。臣恭惟皇帝陛下聖學高明，每論經旨，皆度越先儒。群臣拱聽，聞所未聞，豈必少此？然泰山穹隆，不厭微塵，益以高大，臣故敢冒昧言之。如蒙聖慈赦臣僭越，賜以乙覽，儻有毫分上合聖意，即乞放之秘館，以惠後學。庶酬其平生勤苦之志，不勝幸甚。

貼黄：臣昔聞故承議郎陳禾仕政和間，以言事切直得罪蔡京。偶承議郎陳瓘之子正彙告京僭擬，引禾嘗共議，遂併與陳瓘俱坐除名之罪。靖康初，凡得罪京者悉蒙追敘。瓘已褒贈諫議大夫，賜之美謚，官其子孫。唯禾以知和州日，秦檜爲過客遇之，意不滿，檜銜之。及其當國，子孫屢訴不能昭雪，人皆冤之。今來禾幸逢聖代，或蒙聖慈因覽其書，嘉其用心，憫其齎志，賜之恤典，或録其子孫，尤見聖天子崇儒重道、旌忠勸善之意。

經筵薦石憝等劄子

臣年齡已暮，筋力弗彊，備數經筵，無所補報。唯有薦士，可效區區。昔陳襄在神宗皇帝朝爲講官，嘗手疏三十許人，其後皆爲名卿賢相。臣識不逮襄遠甚，心竊慕之。顧今多士濟濟，内而職事、釐務〔一〕已經薦揚，外而監司、郡守已經臨遣，皆不逃乎聖鑑，臣固不敢强有低昂。唯是遠外之人終恐逸遺，臣敢録數人以塵聖覽。儻陛下察其可用，臣當訪所不知，次第而進，恭候〔二〕采擇。臣伏見朝奉郎、福建路安撫司幹辦公事石𡼏，器質純靜，不求聞知，爲邑南劍之尤溪，興學校，禮賢士，苟有利民，知無不爲，頌聲洋溢，如古循吏。朝奉郎、前兩浙轉運司主管文字陳仲諤，操履醇正，議論有源，居福之鄙，月評所贊，人無異詞。文林郎，新差充南外敦宗院宗學教授汪義端，好學不倦，有爲善心，嘗任四明郡僚，事無詭隨，唯狥公議。從政郎、漢陽軍軍學教授石斗文，問學知方，行己有恥，不爲詭激，以釣虚名，涵養之久，必能立事。迪功郎、監潭州南嶽廟沈銖，鄉行可推，士夫信服，其與人交，面箴其失，退無後言，有古直諒之風。臣比侍清燕，恭聞天語以人材爲急，故敢不避狂瞽，昧死言之。儻蒙敕〔三〕召，隨材録用，必有可觀。臣不勝拳拳事君以人之意〔四〕。

校勘記

〔一〕『務』，原本作『舉』，據四庫本改。

〔二〕『候』，四庫本作『俟』。

〔三〕『敕』，四庫本作『收』。

〔四〕『意』，四庫本作『義』。

論閱武劄子

臣聞蒐田以時，詩人入詠；羽旄之美，孟子詳言。君舉必書，人皆稱善。蓋因農事之隙，當思武備之修。側聞翠華，將臨白石，豈是留情於田獵，實將大閱於車徒。堅其執戈衛社之心，鼓其投石拔距之意。緩急之際，勤勞不辭。諒惟此圖，久關聖慮。臣有鄙見，所合冒聞。其事雖微，其體則重。衆所聚處，人必觀光。宜須嚴戒有司，俾之遴選精卒。去其兇邪狡横之輩，取其驍雄練習之人。犒勞務爲均平，號令期於純静。庶使三軍之賈勇，了無一夫之向隅。然後簡厥馴良，置之左右，環以〔一〕衛士，列爲御營。天尚灑道清塵，人必飛蜂走蟻。陛下入則登壇信誓，出則按轡徐行。理合周防〔二〕，誠非過慮。千金之子，尚戒〔三〕垂堂；萬乘之尊，所當設備。其有馳驅得雋，扈從宣勞，勸賞既行，風勵甚衆。使此戎昭之盛事，不爲觀美之虚文。臣有激於中，不能自默。伏惟陛下俯察拳拳愛君之意，特寬喋喋出位之誅。

校勘記

〔一〕『以』，原作『爲』，據四庫本改。

〔二〕『理合周防』，清抄本『防』作『詳』，四庫本作『事理應然』。

〔三〕『尚戒』，四庫本作『坐不』。

論鎮江都統兼知揚州劄子

臣聞左畫方而右畫圓，並運不能合規矩；目司視而耳司聽，兩用不能爲聰明。是以乘田委吏，不可以兼爲；抱關擊柝，各勤於一職。事無巨細，任貴精專。鎮江大軍，中興巨屏。北望瓜洲只一葦，南趨行闕不十程。其在諸屯，最爲重地。欲使宣威於大敵，必須謀帥若長城。營壘之周防，戈甲之犀利，在於主者，豈屬他官？朝夕不在其間，孰施軍政；甘苦不知與共，寧得士心？又況市井連甍，或有火盜〔一〕之警；軍民聚首，或多矛盾之嫌。一有踈虞，必將紛擾。主帥既已在遠，副帥安敢自專？蓋兵在江南，而帥居江北，儻使關白而待令，真同揖巽以救焚。雖駕馭有方，不至於此；然僥倖無事，豈可爲常？故使爲國遠慮之人，皆有私憂過計之語。儻陛下誠〔二〕知其才可以牧民而御衆，欲〔三〕其效見於治郡與理兵，何不俾鎮江之守蒞維揚，維揚之帥歸京口？任雖兩易，事歸一途。聽訟之餘，可以整齊其卒伍；閱士之暇，可以撫摩其人民。卒伍既熟主帥之威容，人民又樂守將之善政。則斯一舉，是謂兩全。若曰維揚之城壁未堅，淮楚之邊防未固，姑留鎮守，無復更張。臣恐稍經掣肘之虞，必有噬臍之悔。願遣偏將，竟其版築之功；就求長材，用作武鋒之貳。事既專一而有緒，時可往來而提綱。陛下深略沈幾，聖資英武，運獨智於帷幄之内，置諸將於股掌之中，必有神機，非臣蠡測。若或少加聖慮，俯聽臣言；斷自宸衷，亟〔四〕求賢牧。俾各專於所事，庶幾盡其所長。此在聖意之勇〔五〕爲，固非愚臣所敢望。臣官非言責，職在經筵，祇荷寵靈，每慚尸素。昨降中批而委諭，許令隨事以直言。苟有見聞，敢不敷露。伏乞聖慈赦臣萬死。

校勘記

〔一〕『盜』，四庫本作『災』。
〔二〕『誠』，四庫本作『不』。
〔三〕『欲』上清抄本有『各』字。
〔四〕『亟』，四庫本作『别』。
〔五〕『勇』，四庫本作『謀』。

論褒賞諫官劄子

臣比者入對内庭，以衰病乞歸田里。蒙賜之坐，問臣以何如唐太宗。臣對曰：『陛下聖德高出百王，宫中止聞孝儉。太宗閨門之内尚多慚德，豈敢望陛下萬分之一？徒以其聰明，知前代帝王之高致在於從諫，降意屈志以來言者，從而賞之以收美名，以起至治。史官謂功德兼隆，得此道也。是故魏徵諫發兵，則以五百縑賞之；孫伏伽諫死刑，則以蘭陵公主園賞之；李大亮諫求鷹，則以漢紀〔一〕、胡瓶賞之；高馮言得失，則以鍾乳賞之。今諫官有意爲陛下開闢公道，無所阿私，誠可與唐臣並駕。願下有司亟議褒賞，使萬世之下贊陛下之功德巍巍〔二〕太宗之上，豈不美哉！

校勘記

〔一〕『紀』，四庫本作『稽』。

〔二〕『巍』下四庫本有『在』字。

乞置看詳一司劄子

臣聞罔以辯言亂舊政，伊尹進戒於商王；無作聰明亂舊章，成王申命於蔡仲。伊尹傳堯舜之道，成王重文武之光。立一時金石之言，爲萬世蓍龜之訓。蓋以祖宗創業垂統，有望後人；故其君臣疊矩重規，無非成法。實不刊之令典，爲可繼之貽謀。難得者聖賢之相逢，所貴者子孫之長守。若思輕改，決匪良圖。方陛下即祚之初，正微臣輔治之日。上封事者累百輩，言弊政者僅千條。必欲取而紛更，罔有贊其紹述。固嘗大書方策，不幸其來；及夫聚議廟堂，頗難其用。陛下挺拔俗之見，深垂裕之原，一遵列聖之宏模〔一〕，已輩中興之哲后。此其明效大驗，所當謹守弗渝。比年以來〔二〕，獻言頗雜。一劄可喜，即日與之施行；衆志未孚，當時已自窒礙。徒爲紛擾，無益施爲。始雖易若轉圜，旋未免乎反汗。間有深知時病，灼究弊端，雖惓惓以盡忠，亦悠悠而未效。薰蕕既溷，玉石奚分？良由稽考無官，審訂無局，行之既無所據，罷之不究其因。幸賴四達之聖聰，終亦一歸於舊貫。爲今之計，當謹其初。遴選從班一二人，就取勅局三數吏。盡褒彝憲，立爲司存。凡以改作而獻陳，必使看詳而指定。稽之典禮而不悖，揆之律令以無愆。有補於時〔三〕，必著於籍。前鋪條貫，後列姓名。庶於指掌之間，若見腑肝之易。一以供上方之觀覽，一以備中書之舉行。或有兵機，則關密院。儻久行而有利益，必加賞以示恩私。務使三尺之金科，不撓一夫之臆説。其或姑欲〔四〕藉手，倖〔五〕求美官，無復究心，更防後患，率然而作，出於不思，意有在於身謀，事無裨於國計。蓋言之者無罪，當置之而勿聞〔六〕。第欲公朝發號出令之間，不失聖主繼志述事之美。臣輒殫一己之見，未盡天下之公。欲望聖慈更諏衆議，參樞邇列，侍從近班，烏臺洎兩省之英，內〔七〕府及百司之屬，盡從公道，罔有異詞。則此芻蕘之言，或有毫髮之益。

校勘記

〔一〕『模』，四庫本作『謨』。
〔二〕『以來』，原作『來以』，據四庫本改。
〔三〕『時』，四庫本作『謀』。
〔四〕『欲』，四庫本作『以』。
〔五〕『倖』，四庫本作『以』。
〔六〕『聞』，四庫本作『問』。
〔七〕『内』，四庫本作『樞』。

車駕朝德壽宫乞以問答〔一〕聖訓宣付史館劄子

臣仰惟皇帝陛下，誠孝之德，根於睿性；欽順之行，發於自然。肙奉兩宫，超越千古。父堯子舜，視唐虞有光焉。臣私竊慶幸，得生此時。前後備位宰輔，目覩陛下事親之懿。典册〔二〕所載，誠有不能及者。如朔望駕朝德壽宫，與夫聖節、冬至、正旦、上壽，或留侍終日，或恭請宴游，凡所以盡人子之道，以天下養者，皆極其至。自宜大書於策，以爲萬世父子之法。然自陛下登位以來，至是凡十有七年，其間豈無親聞太上皇帝聖訓，與夫陛下問對玉音。外庭不得而知，史官不得而書，誠今日之闕典也。臣竊見漢高祖置酒前殿，奉玉巵爲太上皇壽，有

『業所就，孰與仲多』之語。唐太宗從上皇置酒未央宫，上皇謂：『胡越一家，自古未有。』而太宗有『皆陛下教誨，非臣智力所及』之語。此漢唐宫中一時所言，而二史書之，至今以爲美談。夫以今日闈門盛德如此，而秉筆之士乃獨無以垂示將來。臣愚欲望陛下以前所聞，及自今以後所得太上皇帝聖訓、陛下問對玉音，許令輔臣隨時奏請，俾之登載日曆，或宣付史館，別爲一書。則聖子神孫得以永承家法，而天下後世咸知聖朝慈孝之德，不勝臣子至願。

校勘記

〔一〕『答』，四庫本作『對』。

〔二〕『典册』，四庫本作『二典』。

經筵論進讀寶訓劄子

臣今月二十九日伏蒙聖慈遣中使至臣家奉宣聖旨，理會進讀事。臣前日面奉聖訓，已即祗稟。方欲率周必大同奏，乃蒙傳宣。臣之不敏，尚乞寬赦。寶訓一十五卷，若并日而讀，須日進三卷，有勞聖體。今議定欲日進一卷，仍乞稍緩住講之期〔二〕，假日許特坐，則在四月之内可至徹章。今有公劄，乞賜處分。此一事在陛下行之以爲易，求之史册，殆未嘗有。此所以度越百王之上。後世聞之，豈不歆羡？經曰：『學于古訓，乃有獲。』『事不師古，以克永世，匪説攸聞。』陛下非古訓有獲，其肯如是？臣等退朝以語同列，無不鼓舞讚歎。

校勘記

〔一〕『期』，四庫本作『日』。

鄮峰真隱漫録卷九

奏議

陛辭薦薛叔似等劄子

臣聞誤國之罪，莫大於蔽賢；報君之忠，無踰於薦士。臣嘗承乏經帷，薦士職也，敢失其職以速官刑？又況臣千載一時，遭遇聖明，從始暨終[一]受陛下生成之恩，特出倫等，欲報之心，宜如何哉！臣今老矣，智慮荒落，不足以寄陛下腹心；筋力衰疲，不足以任陛下股肱。然區區報國之誠，雖老不能忘去，朝夕思念，唯有進達賢才，異日儻有毫分之補，庶幾臣之志願償一二焉。重惟内之庶尹百僚已經選用，外之監司帥守已經臨遣，臣皆不敢置論於其間。若夫懷才抱識，沈伏下僚而未能自達者，據臣所知，尚十餘人。明州鄞縣主簿薛叔似，學窺往聖，志慕前修，試吏之始，已有能譽。若任之以事，當無施而不可。新紹興府司理參軍楊簡，性學通明，辭華條達，孝友之行，閫内化之。施於有政，其民必敬而愛之。新建寧府崇安縣主簿陸九淵，淵源之學，沈粹之才，輩行推之，而心悟理融，出於自得。新無爲軍軍學教授石宗昭，學問、操履、文采、政事，四者皆過人，而深自韜晦，無好異之失。新寧國府府學教授陳謙，材術既高，文章尤美。推其所用，必能稱職。新鄂州推官葉適，資稟甚高，博記能文，其學進而未已。前江東安撫司幹辦公事崔敦禮，學問該通，辭藻華贍，與其弟敦詩相埒，識者惜其未用。新江陰軍江陰縣尉袁燮，學問醇明，性資端厚，守正而無矯激，久在庠序，士子推服。添差通判常州趙善譽，宗子之秀，學問文采俱有可觀，吏材尤高，不在彥逾下。前撫州州學教授張貴謨，文學吏治，務求實用，試之以事，必有益於時。監臨安府回易庫胡拱，故禮部尚書沂之子，沈厚似沂，而拱行尤峻，安恬守道，不願人知。前衡州州學教授舒璘，性資誠慤，好學不倦，而練達世故，材實有用。新紹興府府學教授舒烈，性質和粹，操履端固，平居雖簡易，而遇事有守。明州州學教授王恕，博通性理，諳曉民事，時輩推爲可用之材。監潭州南嶽廟湛循，性資和裕，學問通明，頃中甲科，不求榮進，而爲親請祠，時輩推之。臣所知見處下僚，未經先達薦引者，凡一十有五人。如蒙聖慈以臣言爲不安，即乞睿旨降付中書省籍記姓名，隨才録用。

校勘記

〔一〕『終』下四庫本有『自頂至踵』四字。

臨陛辭日進内修八事劄子

臣恭惟皇帝陛下仁義之治，幾於二帝；孝儉之德，冠於百王。而臨莅天下垂二十載，恢復之圖，尚未如欲。臣身爲老臣，豈不同此一念？竊伏思之，周宣中興復古之詩謂：『内修政事，外攘夷狄〔一〕。』説者分爲二事，臣獨謂：『修政事，所以攘夷狄〔二〕。使吾政事修明，夷狄〔三〕望風知畏，六月之師所以能成功也。』此意漢宣帝得之，果見單于慕義稽首稱藩。臣願陛下精思熟慮，於政事益加修焉。則夷狄〔四〕懷德畏威，罔不率俾。周宣之克復境土，漢宣之功光祖宗，不難至矣。臣今去國歸田，追念輔佐之日淺，政事中有欲爲未盡八事，敢爲陛下言之。伏望聖慈察臣愛君之心，特賜采擇而力行之。臣苟未先朝露，尚得見陛下光明烜赫，以成恢復之功，高壓周漢二君矣，不勝天下幸甚。淳熙八年八月朔吉，臣某昧死謹言。

不弛邊防

臣嘗建議欲選文武通材守荆襄沿淮州郡，俾久其任，專爲守禦之計。取山水寨總首，出作州官。各有所轄火佃僕隸，皆是用命防托之人，非民兵也。民兵豈可恃哉！彼火佃僕隸不須國家錢糧供贍，止於春秋大閱稍加犒賞。諭以將來不須出戰，止欲守〔五〕禦一州。一州境内可以設險禦敵去處，聽其措置。有功陞轉，仍許再任。各舉所親，以備他日之用。彼方有懷土保護鄉井之意。不然，或有緩急，各保山水寨爾，豈恤州郡乎？此不可不備也。

不忘川蜀

川蜀六十餘州，居東南四分之一，不可不思患預防。自罷宣撫司之後，制置、都統、茶馬、總領四司角立，不相管攝，亦不相下。一有警急，去朝廷萬里，如何待得報應？當是時，將誰節制之耶？制置檄都統不服，則軍未必行。總領不應副都統錢糧，則軍亦不能行。是謂十羊九牧，一國三公。非有宣撫使節制之，何以使其如身之使臂、臂之使指乎？

不易將帥

古者將帥拔於行伍，漸次陞差，以至顯用。蓋軍中曲折，非久在其間，習知利害，何緣纖悉曲盡事宜？若泛然移易，兵不熟將之號令，將不知兵之勇怯，一旦有警，情不相通，臨敵安能聽命？唯不移易，只於本軍陞轉，俾久於其任，則事無不辦。

不棄遠人

臣當陛下初政，叨冒爲相。是時，陳康伯、張浚鋭意招納歸正人。臣爭之不得，以此求出。其後來者果無可用，散在諸州，每州不下千百人，口出怨言，不知上恩。一有饉饑，不可不慮。

今宜詔諸州守臣舉可用之才，發來赴闕，養之軍中。既取其桀黠防閑於此，則諸州所留皆老弱無用之人，可以銷患於冥冥。

不興大獄

自古大臣執權，近習恃勢，天下之士自非嗜進無恥者，皆不肯附之，必有竊議於後。彼欲誅不附己者，非興大獄，則不能連及黨與。人主聽之，則無辜之人皆陷刑戮。怨歸人主，亂及國家，禍自此始。秦檜晚年，告訐風熾，蓋有此禍。皇天降祐，使檜即死。不然，則賢士大夫無噍類矣。陛下總攬權綱，洞照忠邪，永無此弊。苟涉疑似，願陛下熟察之。

不輕縣道

孟子曰：『民爲貴，社稷次之，君爲輕。』古者以民爲重，以其爲君與社稷之根本也。今則以民爲輕。何以驗之？改官人須作知縣是也。夫人材各有分量，孟公綽爲趙魏老則優，不可以爲滕薛大夫。如何改官後一概使之爲縣？彼强明之士，不便於吏，吏尚能使豪民訴之，遂不終任。況夫疲懦癃老之人，必懲前害，與吏和協，以幸善脱。夫與吏爲黨，則獄訟不平，誅求無藝〔六〕，民安得無愁歎耶？今莫若使精加覈實，有疲懦癃老者，改官後使受縣丞而去，許其三任縣丞關陞通判。然後内自郎官以上，外及監司守臣，各令薦舉可爲縣之人而授之，有功同賞，有罪同罰。斯民庶有息肩之期矣。

不取月椿

江湖等路諸州月椿錢，初無名額，唯取辦於縣道。無所從出，則必取於民。若於常賦外横斂一錢，則監司必按，臺諫必劾，故不免取之獄訟。且如甲與乙競，甲富而乙貧，甲必被罪。何者？欲其出錢以贖罪也。獄訟不得其平，能無怨乎？朝廷不知其如此也，版曹不知其如此也，州郡利其登足而不問也，監司憐其無取而不言也。民之重困，莫〔七〕甚於此。宜罷之。

不廢會子

逆虜〔八〕每以土産之微物，於榷場多方换易銅錢。彼無用也，徒以國家以此爲寶，故欲多藏以困我。今聞會子可以代銅錢，已足以伐其謀矣。願陛下於此更加審訂，使其流通無弊，然後可以爲經久之利。臣謂：若許民間輸納官賦，交易物産，典解出贖，盡用會子，更立法以禁其減價，則會子可以通行矣。若使民間全用會子輸官，則富家將以所蓄之銅錢買會子矣。會子既出，則銅錢必盈溢於官庫。是亦收銅錢之一法也。

校勘記

〔一〕『攘夷狄』，四庫本作『征玁狁』。
〔二〕『攘夷狄』，四庫本作『征玁狁』。
〔三〕『夷狄』，四庫本作『玁狁』。
〔四〕『夷狄』，四庫本作『敵國』。
〔五〕『守』，四庫本作『防』。
〔六〕『藝』，四庫本作『已』。
〔七〕『莫』，四庫本作『最』。
〔八〕『逆虜』，四庫本作『送敵』。

論停減德壽宮官吏兵卒劄子

臣聞孔子曰：『孟莊子之孝也，其他可能也，其不改父之臣與父之政，是難能也。』恭惟陛下天姿純孝，聖性仁厚。致養德壽宮，承顏順色，供奉過於優隆，二十六年間有加無損。此亘古帝王所不能及。今者臣恐廷臣中有不識事體，或進德壽宮官吏、兵卒鐫減、停放之説者。陛下平日從諫如轉圜，若於此聽之，必少累聖德。伏望睿慈堅忍，一切勿聽，且仍舊貫。姑俟三年之後有所去留減罷，亦未爲晚。庶幾寬太母之懷，全陛下萬古冠冕百王之孝。

貼黃：臣竊觀本朝累聖有大臣物故者，尚且憫其存没，聽留生前人從，以至終喪。況今日事體之大乎？

光宗皇帝初即位進封事

准行在尚書吏部牒奉聖旨：『臨御云〔一〕初，方求讜論。惟時舊弼，敢後諮詢？佇聞嘉謀，以補不逮。可令學士院降詔，繼准降到詔書者。』臣恭讀訓詞，不勝畏〔二〕懼。臣聞重華揖遜，文命祗承，面授之規，不踰數語。親傳之妙，夫豈多岐？惟精惟一以執中，惟幾惟康而弼直。直乃人之生也，中亦人皆有之。然喜怒哀樂，方泯乎未發之時；怵惕惻隱，不萌乎乍見之際。豈可以言詮得？豈可以形象求？操捨繫於存亡，休拙分於勞逸。指其大要，名之曰心〔三〕。是故謀國之言，必以正爲心〔四〕主。心是百行之本，心爲萬化之原。天地之災祥，陰陽之舒慘，日星之明晦，禾黍之豐凶，綱紀之弛張，風俗之薄厚，人材之邪正，夷狄〔五〕之從違，雖萬變之差殊，由一心之感召。收之不外方寸，用之彌滿六虚。胸中一不正焉，天下不可爲矣。所以帝舜當倦勤之日，神禹於嗣德之初，首發要言，誠知急務。勿謂書生之末學，俗儒之常談也。洪惟壽皇久御萬邦黎獻之臣，陛下夙正一人元良之位。百祥並〔六〕萃，二紀有餘。燕翼貽謀，龍潛蘊德。過庭承詩禮之訓，至寢問晨暮之安。金口所宣，玉音不閟。精微之理，涵養之方，既已悟於耳聞，又復得之身教。尹京之政，民間盡服神明；參決之機，天下陰蒙福利。此豈師資之善誘，實由父子之密傳。伏諒淵衷，洞昭靈府。瑩如止水之不撓，皎若明鑑之無塵。妍醜攸分，鬚眉莫遁。過此以往，奚必他求？由是而之，莫非此道。故大學曰：『心正而後身修，身修而後家齊，家齊而後國治，國治而後天下平。』董仲舒曰：『正心以正朝廷，正朝廷以正百官，正百官以正萬民，正萬民以正四方。四方正，遠近莫不一於正。』要其極摯〔七〕，義則昭然。宜在睿明講之熟矣。而況壽皇拔尤取穎，俱收英彥之流，端爲陛下遵制揚功、丕闡治安之具。朝廷之上，臺閣之間，輔贊彌縫，論思獻納，一歸之正，以復於君。寧有闕遺，下問閒退。猶且海嶽不厭涓塵之助，綸綍俯逮田野之臣。遂使陳人，亦承清問。耄矣無能爲也，言之得無訒乎？然念飛蜂走蟻之微，尚識尊君之義；食芹負暄之賤，不忘享上之忠。當聖主推誠納諫之秋，無昔人逆耳嬰鱗之懼。臣學誠淺陋，材亦荒唐，雖乏寸長，願殫一得。是敢不量僭越，上瀆威嚴。臣竊謂人之有心，亦如弩之有括。發於此者，不過毫釐之眇；應於彼者，奚啻胡粵之殊？論人主之宅心，與匹夫而異轍。匹夫守之不正，則禍止於一己；人主守之不正，則害及於萬方。夏癸商辛，秦皇隋煬，驕奢暴虐，淫亂荒亡，皆由一念。朕兆於初萌，不得其正。及至百姓蹙額而相告，雖悔何追？是以舜受堯言，禹承舜告，必於曆數在躬之後，特〔八〕揚危微至妙之辭。臣曩塵建邸之具僚，叨輔隆興之初政，抱其所學，得遂逢辰。故非是道而不陳，偶幸斯言之適契。不圖晚歲獲觀德化之成，又值真人出繼離明之照。敢以不移之論，著爲得〔九〕效之方。伏望聰明，特垂采納。蓋以心正則本立，本立而道生，推而行之，末自遂矣。踐祚之始，圖治當先。建官以輔儲宫〔一〇〕，求賢而用吉士，則萬邦以正矣。奬拔取乎静退，抑黜及乎浮華，則群臣以寧矣。精擇守臣，確許久任，則江淮重地，荆襄上游，邊防可修矣。寛給楮幣，下紓版曹，則大江東西，重湖南北，月樁可罷矣。力求正諫，深斥流言，則正人安居，邪黨退聽，習俗可變矣。博選謀臣，次求勇將，則車馬必修，器械必備，恢復可圖矣。迎刃勢如破竹，善刀見無全牛。兹乃土苴緒餘，自然桴鼓響〔一一〕應。蓋本既立矣，末則隨之。當知萬事雖繁，專在一心所運。一心既云克宅，萬事何憂不成？自昔願治之君，率能明見此理。崇高之勢不敢恃，富貴之資不能淫。兢兢無曠庶官，翼翼昭事上帝。若馭六馬，若保赤子，是心也。如臨深淵，如履薄冰，亦是心也。是故不邇聲色，不殖貨利，懼其驕吾心而弗正也；不營土木，不衣綺繡，懼其侈吾心而弗正也；不寶珠玉，不育禽獸，懼其汩吾心而弗正也；不親近倖，不昵佞人，懼其蠱吾心而弗正也；不貪游宴，不務畋獵，懼其蕩吾心而弗正也；不事窮誅，不興大獄，懼其陷吾心而弗正也。所守如是，其應維何？能使上而風雨時，三光全；下而草木茂，五穀熟。甘露屢降，靈芝叢生。麟鳳在郊，龜龍在沼。仁聲洋溢，和氣充盈。四海九州，群黎百姓，如處化國，如登春臺。百工師師，多士濟濟。六服承德，四夷嚮風。極地際天，儲祥隤祉。措皇基於不拔，衍聖壽以無疆。曆祚綿綿，子孫蟄蟄。邈乎億載，不足以爲遠；巍乎六合，不足以爲容也。孰謂一心之正，不可爲王〔一二〕政之權輿乎？惟我國家，用爲矩範。壽皇得之烈祖，陛下得之壽皇。何所更張，惟勤祖述。蓋興衰撥亂，觀時樂天。修文德以服遠人，裕後昆而作家法。此心之正，不約而同。陛下當念念不忘，孜孜求合〔一三〕。先自治以固本，後繼志而廣功〔一四〕。收效虞夏同符，增光日月可冀。如此，則壽皇付託之意，得陛下纂緒〔一五〕之勳成。入躬重闈戲綵之歡，出享萬國垂衣之治。曰壽曰富，兩宮並受於繁禧；以孝以功，千古永彰於絶德。乃知正心於始，果可以平天下而正四方。臣久在田間，不知時務。加之精神已憊，言語無倫。姑誦舊聞，仰奉明詔。退惟狂斐，甘俟刑誅。

校勘記

〔一〕「云」，四庫本作「之」。
〔二〕「畏」，四庫本作「威」。
〔三〕「曰心」，四庫本作「也」。
〔四〕「爲心」，四庫本作「心爲」。
〔五〕「夷狄」，四庫本作「人心」。
〔六〕「並」，四庫本作「以」。
〔七〕「摯」，四庫本作「致」。
〔八〕「特」，四庫本作「始」。
〔九〕「得」，四庫本作「德」。
〔一〇〕「宮」，四庫本作「皇」。

〔一一〕『響』，四庫本作『回』。
〔一二〕『王』，四庫本作『即』。
〔一三〕『合』，四庫本作『策』。
〔一四〕『功』，四庫本作『聲』。
〔一五〕『緒』，四庫本作『隆』。

鄮峰真隱漫録卷十

奏議

回奏宣示御製原道辨

觀韓愈原道，因言佛老之相混，三教之相絀，未有能辨之者。但文繁而理迂，揆聖人之用心，則未昭然矣。何則？釋氏專窮性命，棄外形骸，不染萬相，而於世事了不相關。又何與禮樂仁義哉？然尚猶立五戒，曰不殺、不淫、不盜、不飲酒、不妄語。夫不殺，仁也；不淫，禮也；不盜，義也；不飲酒，智也；不妄語，信也。如此，於仲尼又何遠乎？孔子從容中道，聖人也。聖人之所爲，孰非禮樂？孰非仁義？又烏得而名焉！譬如天地運行，陰陽循環之無端，豈有意爲春夏秋冬之别哉！皆聖人强名之耳。亦猶仁義禮樂之别，聖人所以設教治世，不得不然也。因其强名推而求之，則道也者，仁義禮樂之宗也。仁義禮樂者，固道之用也。彼揚雄以老氏棄仁義，滅禮樂。今迹老子之書，其所寳者三，曰慈、曰儉、曰不敢爲天下先。孔子則曰：『温良恭儉讓。』又曰：『惟仁爲大。』老子之所謂慈，豈非仁之大者耶？曰不敢爲天下先，豈非讓之大者耶？至其言治道，則互見偏舉，所貴者清靜寧一，而與孔聖果相背馳乎？蓋二〔一〕教末流，昧者執之自爲異耳。夫佛老絶念無爲，修一身而已矣。孔子立五教，以治天下者也。特所施不同耳，後世徒紛紛而惑。譬猶以耒耜而織，機杼而耕，固失其理。或曰：當如何哉？曰：以佛修心，以道養生，以儒治世，則可也，又何惑焉？愈之論從其迹而已，不言其所以同者，故作原道辨。

臣今月十六日蚤刻直殿，甘昺傳奉聖旨，宣示御製原道辨一篇。臣百拜展誦，仰見聖學高妙，留神帝王之道，蓋無時頃不在其中。此歷古帝王所甚難得者，臣欽服讚歎，不能名言。臣竊有愚鄙之見，敢因具敘，以裨光明緝熙之盛。臣惟韓愈作是一篇，唐人無不敬服，本朝言道者亦莫之貶。蓋其所主，在帝王傳道之宗。其曰：『堯以是傳之舜，舜以是傳之禹，禹以是傳之湯，湯以是傳之文、武、周公，文、武、周公傳之孔子，孔子傳之孟子〔二〕。』此萬世不易之論。原其意，在於扶世立教，所以人不敢議其後。至於言有瑕疵，則不可掩。人亦以其所主在於扶世立教，故亦從而恕之也。然自唐以來，言道者非不多，獨陛下指其失，如數黑白，如辨一二，昭昭然使人知其非，是〔三〕則陛下聖學可謂日造於高明矣。若夫融會釋老，使之歸於儒宗，則以五戒出於聖人之仁義禮智信，三寶亦出於聖人之温良恭儉讓，是釋老皆在吾聖人度内，不可别而爲三，一出於聖人大學之道也。陛下末章乃欲以佛修心，以道養生，以儒治世。是本欲融會，而自生分别也。蓋大學之道，物格而後知至，知至而後意誠，意誠而後心正，心正而後身修，身修而後家齊，家齊而後國治，國治而後天下平。可以修心〔四〕，可以養生，可以治世，無所處而不當矣，又何假釋老之説耶？陛下此文一出，當與六經並馳於萬世，須占得十分道理，不可使後世之士議陛下，復如陛下之議韓愈也。臣是以拳拳之意欲望陛下稍竄定末章，則善無以加矣。臣狂愚之見，既蒙陛下不鄙宣示，不敢不盡。乞陛下恕其僭越。

貼黄：臣嘗謂唐人未嘗深造道藴，獨韓愈號爲傑然，猶析〔五〕佛老以渾吾儒，他可知已。今陛下心融意解，會三爲一，非有卓然超詣之識，豈能造此？然臣之鄙見，以謂士之處世，爲其道不得行於時，故不得已而後有言。然所以起後世紛紛矛盾〔六〕之論者，因其言也。若聖君達而在上，所行所示無非是道，又何假立言？臣恐陛下此文一出，天下後世有不達釋老之説，而竊其皮膚以欺世誑俗者，將摭陛下之言以爲口實。靡然趨風，勢不可遏。願少加聖思〔七〕，姑緩其傳，尤爲幸甚。臣荷陛下之眷，異於常人，所懷不敢不盡，未知聖意以爲何如〔八〕？

校勘記

〔一〕『二』，四庫本作『三』。

〔二〕『軻』，四庫本作『子』。

〔三〕『是』，四庫本作『者』。
〔四〕『心』，四庫本作『身』。
〔五〕『析』，四庫本作『折』。
〔六〕『紛紛矛盾』，四庫本作『矛盾紛紛』。
〔七〕『思』，四庫本作『恩』。
〔八〕『爲何如』，四庫本作『謂如何』。

論朋黨記所得聖語

淳熙五年五月七日，宰臣史某奏：『臣去國十六年，跧伏山林，絶不與士夫往來。今蒙聖慈，俾再輔政。人材能否，不能周知。雖加訪問，未必能盡。今在堂求差遣者數百人，祗取已經堂除，無過犯，或有薦舉人，先次授之。或有過犯，已復官改正，及已曾經任，未曾堂除人，次之。臣無阿私，唯盡公道，庶無朋黨之弊。惟陛下加察。』上曰：『宰相豈當有朋黨？人主亦不當以朋黨名臣下。既已名其爲黨，彼安得不結爲朋黨？朕但取賢者用之，否則去之。且如葉衡既去，人以王正己爲其黨。朕固留之，以王正己雖衡所引，其人自賢。則知朕不以朋黨待臣下也。』臣浩奏：『陛下此心如止水，如明鏡，賢否皆不得遁，故姦邪不敢名正人以朋黨。漢黨錮，唐白馬之禍，皆人君不明，爲群邪所惑，遂致於此。陛下今日之言，豈不爲萬世社稷無窮之福邪？』

十一日，臣浩等進呈七日宣諭聖語論朋黨事。上曰：『唐文宗有言去河北賊易，去此朋黨難。朕嘗嗤其言何至於此！朋黨本不難去。若人主灼知賢否所在，唯賢是進，惟不肖是退，弗問其他，則黨論自消。漢唐末世，朋黨皆數十年不能解，以至禍亂。朕嘗歎之。其患盡在人君之無學，所以聽納之不明也。若能公是公非，惟理適從，何朋黨之有哉！使胸中有詩書，有古今，則黨論〔一〕何從而起？』臣浩等同奏：『陛下言及此，天下萬世之幸。』臣浩奏：『用人惟論賢否，則自無朋黨。只如唐牛李之事，後之論者〔二〕謂德裕之黨多君子，宗閔之黨多小人。然德裕之黨豈無白敏中之傾險？宗閔之黨豈無周墀之直諒？但於其〔三〕中用賢者，黜不肖者，則其黨自破。聖諭深切，誠古今不易之寶訓。』臣雄奏：『陛下聖謨及此，真萬代人君之丕式。漢唐之禍，皆至亡國。使當時人君能如陛下今日灼見此理，雖至今存可也。』臣成大奏：『前代人主不惟不能去朋黨，往往偏聽生閫，反助成黨論，以階亂〔四〕亡。未有如陛下學力高妙，鑑自聖心，逆折其萌，甚盛德也。漢唐史册所載，無此氣象。當於前日聖語中增入，以詔萬世。』上曰：『漢唐朋黨之論，大抵皆由主聽不明，其原始於時君不好學。』臣浩奏：『說命三篇專論聖學，如始終典學、學於古訓之類，帝王要道，無先於此。』上曰：『善。』

十八日，臣浩等進呈七月十一日聖語。上曰：『前世朋黨之興，盡由人主偏聽。及黨論既成，亦墮其中，混而爲一。朕故推究源流，以立此論。卿等記録詳矣。朕觀漢唐之末，時君心術不明，又偏聽是非，故奸臣得投其隙，以立黨羽〔五〕，遂成禍亂。甚可憐也。朕每讀前代史書至可喜處，則欣慕之至；有不忍觀者，則爲之掩卷太息。』臣浩等同奏：『陛下聖學日躋，一空前古，天下萬世幸甚。』上又曰：『君子群而不黨，和而不同，賢者自然以類聚。雖曰群曰和，然自有不黨不同之處，豈可指以爲朋黨邪？』臣浩奏：『堯舜在位，九官相遜；文武傳國，十亂同心，謂之朋黨可乎？臣等不肖，方相與同心輔政，事有是非可否，往復評議，各無纖芥形迹，庶幾仰稱陛下無偏無黨之治。』臣雄奏：『人主之聽，倘有所偏，即所偏之處，臣下必從而趨附之，則黨與遂成。陛下謂朋黨盡由偏聽，可謂深切著明。』臣成大奏：『陛下聖謨正大，可以頒示臣庶，使皆知天子不以朋黨待天下之士。則孰不精白一心，以承休德？此誠希世之遇。至謂黨論之起，盡由人主偏聽有以致之，則自古敗亂皆人主有以自取，未可悉歸之天。』上曰：『朋黨之論不立，則士大夫可以安心營職，無他顧慮。至於治亂禍福，乃有不可盡言者。蓋國之將興，則有所謂天牖〔六〕其衷，否則有所謂天奪其魄。天人之際，甚可畏哉！』臣淮奏：『連日獲聞史浩等修記聖語，極論近世朋黨之弊，高明〔七〕閎大，當與典謨並傳。臣切自惟前〔八〕三年待罪翰苑，嘗因夜直宣召，面奉玉音。退與學士大夫傳誦，莫不願洗〔九〕心滌慮，以承休德，繼典貢舉，又嘗作爲問目，以策進士，聞者莫不興起。』上曰：『向者與卿嘗及其略，故今樂與宰臣〔一〇〕等論之。』臣淮奏：『仰惟陛下聖學高明，見微知著，故黨論自消。由今觀三年前氣象，固已不同。況屢承面命，夙夜儆勑，何患治道之不進乎？』臣成大奏：『聖學緝熙，可謂日日新，又日新矣。天下幸甚。』

校勘記

〔一〕『黨論』，四庫本作『朋黨』。
〔二〕『論者』，四庫本作『人』。
〔三〕『其』，四庫本作『兩黨』。
〔四〕『亂』，四庫本作『禍』。
〔五〕『羽』，四庫本作『與』。
〔六〕『牖』，四庫本作『祐』。
〔七〕『高明』，四庫本作『深切』。
〔八〕『前』，四庫本作『念』。
〔九〕『洗』，四庫本作『究』。
〔一〇〕『宰臣』，四庫本作『浩』。

回奏宣示御製策士聖訓

朕觀劉光祖答策論科場取士之道，前後論之者多矣，皆未爲切當，今因論此一節，極言其弊，亦激士氣之一端爾。夫近世取士，莫若科場。及至用人，豈可拘此？詩賦、經義，學者皆能爲之，又何足以〔二〕分重輕乎？夫科場之弊，不精考文格之高下，但以分數取之，直幸與不幸爾。至於廷試，未嘗有黜落者，盡以官資命之，才與不才者混矣。是科場取士之本已弊也。夫用人之弊，人君患在乏知人之哲，寡於學而昧於道。況又擇相不審，至於懷奸私，壞紀綱，亂法度。及敗而逐之，不治之事已不可勝言矣。宰相不能擇人，每差一官，則曰：『此人中高第，真好士人也。』終不考其才行何如。孔聖之門猶分四科，人才兼全者自古爲難。今則不然，以高科虛名之士，謂處之無不宜者，何嘗問才之長短乎？夫監司、郡守，係民之休戚，今以資格付之。宰相雖擇其一二，又未皆得其人。及至陛對，既無過人之善，粗無凡猥之容，則又未能極精其選。國朝以來，過於忠厚。宰相而誤國者，大將而敗軍師者，皆未嘗誅戮之。雖三代得天下以仁，而啟誓六卿曰：『不用命，戮於社。』羲和廢職，猶且征之，曰：『以干先王之誅。』況掌邦邑軍師之大事乎？要在人君必審擇相，相必爲官擇人，不失其所長。懋賞立乎前，嚴誅設乎後。人才不出，吾不信也。今朕延登二三柄臣，皆精白一心，盡忠無隱，宜免乎此。更勤夙夜，益凝庶績。豈不休哉！

臣輒貢愚誠，仰干天聽。臣前日恭聞策士登瀛，其間所答未甚痛快，有御筆爲之開明以宣示近僚。臣深欲轉求竊窺聖作。初三日晚，少保曾覿得旨，過臣所居宣示此書。臣百拜跪讀，仰見陛下萬幾之暇，留神翰墨，發爲文章，煥乎日進，以起主威，以勵頹俗，不勝天下之幸。臣嘗觀漢崔寔政論，其言當世之弊，救之之方，無出剛果。蓋自古聖君，莫不以寬大忠厚爲本，而剛明果斷輔之。今日王言之大，雖不敢下比寔論，要其大旨，亦是同歸。誠欲振乾綱於委靡，回既倒之狂瀾，作群臣以趨事赴功也。抑臣觀聖訓，謂將相有不稱職者，欲誅戮之。臣愚無知，敢獻所疑。夫唐虞之朝，四凶極惡，止於流放竄殛。而其三載考績之法，至於三考，不過黜幽陟明而已，未嘗有誅戮之科也。若甘誓、胤征所云，乃爲行師誓衆設爾。蓋誅戮大臣者，秦漢法也。漢之七制，可稱治主，然見爲〔二〕雜霸，不得進於三代者，此其大疵也。我太祖皇帝深以行一不義、殺一不辜爲戒，而得天下，制治以仁，待臣下以禮。列聖傳心，至仁宗而德化隆洽。朝廷之上，至於恥言人過。故本朝之治，獨與三代同風。此則祖宗之家法也。而聖訓則曰：『國朝以來，過於忠厚。』夫忠厚，豈有過乎？周家自后稷、公劉、太王、王季積德累仁，至於文武、成康之盛，而忠厚之風始達於天下，故行葦之詩歌之。夫爲國而底忠厚，豈易得哉！而豈有過者哉！陛下此言垂之後世，臣恐議者以陛下自欲行刻薄之政而歸過祖宗。此不可不審思也。若必欲宣示於外，乞改曰『一於忠厚』，尚庶幾焉。

校勘記

〔一〕『何足以』，清抄本作『以何足』。

〔二〕『爲』，四庫本作『謂』。

從駕幸佑聖觀記所得聖語

淳熙己亥二月初吉，駕朝德壽宮，回鑾幸佑聖觀，即上儲宮也。上御講堂，乃昔講讀之所。皇太子從〔一〕。顧瞻棟宇，初無改造，儼然如新，喜而念舊，有旨召臣。浩既至，上曰：『朕去此十七年，今得與卿等至此，爲豐沛故人之飲，可謂盛事。』因使酌皇太子并臣。浩等固辭，乞先上萬年之觴。上飲釂，舉盃宣示，乃親酌酒次第賜臣等。飲訖，再拜謝。上曰：『元良侍側，保傅從游，朕心甚樂。』上歡甚，諭〔二〕臣浩曰：『舊學甘盤，昔無此作？卿得見今日同享安〔三〕榮，還歡喜否？』臣浩對曰：『臣榮幸，有言莫喻。然商高宗得道於甘盤，是可謂之舊學。臣備員獲事潛藩，爲日雖久，無補聖明，豈敢當舊學之名？』上曰：『經術之明，忠規之切，卿等宣勞。朕自得之學實基於此，固不可與俗人言也。』臣頓首謝。酒數行，上興〔四〕曰：『同至明遠樓。』臣等從至樓下，乃昔燕射之地也。上御坐，命酒賜坐，歡飲復數行。上曰：『此地前有德壽宮，可謂福地，秦檜如何可當？』臣等曰：『興王之地，豈臣下可得而居？』上顧謂皇太子曰：『近日資治通鑑已熟，别讀何書？』對曰：『經史並讀。』上曰：『先以經爲主，史亦不可廢。』臣浩〔五〕曰：『太子天姿英特，更常近儒生，輔之以學問，善無以加矣。此社稷萬世之福也。』

校勘記

〔一〕『皇太子從』，四庫本作『浩從皇太子』。

〔二〕『諭』上四庫本有『宣』字。

〔三〕『安』，四庫本作『歡』。

〔四〕『興』上四庫本有『忽』字。

〔五〕『浩』，四庫本作『某』。

鄭峰真隱漫録卷十一

奏議

進呈故事

唐太宗即位四年，天下大治，蠻夷君長襲衣冠帶刀宿衛，薄海内，南踰嶺外，户不閉，行旅不齎糧，取給於道。帝謂群臣曰：『此魏徵勸我行仁義之效也。惜不令封德彝見之。』

臣聞帝王之興，所遭之時異，宜所立之治異體，要皆胸中自有先定之規模。是故下之所言，上之所納，千變萬化，終莫能易其所守，以規模先定也。二帝三王，不異此道。故曰：『與治同道罔不興。』所謂道，何道也？仁義而已矣。後世功利之説勝，而仁義之治息。非仁義不足用也，不能以仁義存心，而功利之説得以撼之也。夫存心以仁義，治雖未成，一念潛萌，沖和之氣已充塞乎宇宙。由是而之焉，則爲帝王之隆平。存心以功利，事雖未濟，一念潛萌，怨讟之氣已充塞乎宇宙。由是而之焉，則爲戰國之權謀。務先仁義，功利隨之，雍容垂裕，其福無窮。務先功利，權謀隨之，敓斆爭取，其禍有不可勝言者。然則君之所以存心者，可不審哉！此有貴於規模之先定也。唐太宗聽魏徵仁義之言，如石投水，無不〔一〕契合，行之果見其效。説者謂徵詞旨剴切，有以動帝心。殊不知太宗胸中有先定之規模，是以其言易入。彼封倫何爲者哉！力以功利求勝仁義。人主胸中無定論者固易欺也，太宗可欺乎？臣願陛下以仁義爲規模，先定於胸中，凡施爲注措，一以仁義爲本，本立則末自隨。若舍本而從事於末，則殆矣。傳曰：『君仁，莫不仁；君義，莫不義；君正，莫不正。一正君，而國定矣。』夫以〔二〕仁義爲本，治定功成，若此之易，尚奚以權謀爲哉！太宗之治，可謂得其要矣。

唐文宗朝李德裕、李宗閔各有朋黨，互相擠援推排。文宗患之，每歎曰：『破河北賊易，破此朋黨難。』

臣嘗謂：『堯舜當朝，九官相遜；文武傳國，十亂同心，未嘗聞有朋黨之説也。朋黨之説，其起於後世乎！夫人材之衆，不能無賢不肖。方以類聚，物以群分，聲臭之同，有不期合而合者，而謂之朋黨，則乾之『飛龍在天，大人不可以有造』，泰之『拔茅連茹，君子不得而在内』可也。文宗不思化此朋黨，而欲破之，宜乎其固結而不可解也。夫破者，必誅鋤根柢，然後能絶。至於化，則賢者用，使不肖者退聽。不知其爲誰之黨，圓融和會消患於冥冥，此人主御臣下之要道也。且以文宗之世，德裕、宗閔各爲一黨。德裕〔三〕之黨多君子〔四〕，然〔五〕豈無白敏中之傾邪反覆？宗閔之黨多小人〔五〕，豈無周墀之獨立不倚？

吾能於兩黨之中惟擇賢者用之，則休戚不同，進退以道，自然破散，不相爲謀，又焉有朋黨之迹哉！然則化之、破之，其效不同。文宗不知出此，切切然以爲憂，則唐室之不復振宜矣。蓋君子、小人固各有類，然不可名其爲黨。名其爲黨，則君子憙於投合，小人憙於朋比。雖出一時之標榜，不知其能貽萬世之禍也。後之著論，若歐陽脩、司馬光等，皆以爲君子不能無黨。夫既已名君子之類爲黨矣，小人安得不結爲死黨，求以勝君子乎？黨既分矣，於是君子進，則小人退；小人退，則君子進。陰陽消長，否泰乘除，二者若循環，理勢之必然，其不可破必矣。唯不名其爲黨，則泯然無迹，第見賢者用而不肖者斥耳。本朝吕夷簡、范仲淹，蓋嘗有黨矣。吕黨用，則范黨不用；范黨用，則吕黨不用。雖其後二臣交歡解難，然朋黨之論終不能平。至韓琦爲相，乃兩用之，其黨遂消。夫以一韓琦尚能〔七〕化其黨與，使國家蒙萬世之福，況以人主爲之乎？以是益知文宗徒興嗟惋之詞，不得化之之道也。

唐明皇時姚崇嘗於帝前序次郎吏，帝左右顧，不主其語。崇懼，再三言之，卒不答。崇趨出，内侍高力士曰：『陛下新即帝位，宜與大臣裁可否。今崇亟言，陛下不應，非虚懷納誨者。』帝曰：『我任崇以政，大事吾當與決。至用郎吏，崇顧不能重煩我邪？』崇聞乃安，由是進賢退不肖，而天下治。

臣聞古之帝王出而應世，必以輔弼之臣爲腹心。舜之禹、皋陶，湯、武之伊、周，漢高帝之蕭、曹，孝宣之丙、魏，光武之寇、鄧，唐太宗之房、杜是也。蓋人君挈大器，而欲置之治安之地，非一人之力所能辦，必寄之腹心之臣，而自提其綱。譬夫富商之運貨，必使善負者負之而趨，維持保護，則在此而不在彼也。苟欲身自負之，行於夷途則可矣，險阻崎嶇，前有蹶跌，後有遺忘，力或怠焉，左顧右盼，恐無肯任是責者。何者？素無委任之意，其可以一旦責成乎哉！明皇之用姚崇，知此道也。是故委任之意專，而崇乃得盡其腹心，進賢退不肖，了無疑忌之嫌。君臣之間，可謂兩得矣。或曰：『人主當總攬權綱，豈應以權付宰相？』對曰：『若舜、湯、武、高帝、孝宣、光武、太宗，豈不知治而必以權付諸子者？』知宰相之權重，則朝廷之勢尊。朝廷之勢尊，則人主在上，赫然丕冒〔八〕，天下莫不知敬也。然則以權付宰相而總攬其綱，亦人主自尊之道也。明皇曰：『大事吾當與決。』豈非自提其綱乎？至用郎吏，則曰：『崇顧不能重煩我耶？』豈非以權付之乎？總攬之道，明皇得之，宜乎巍巍堂堂處三宗之一也。

別擬

臣聞荀況有言曰：『主好要，則百事詳；主好詳，則百事荒。』夫要者，人主執其綱，而百官有司各盡其職，所以百事詳也。若人主好詳，則百官有司不任其責，而人主日不暇給矣。是以書稱『元首叢脞』，必繼之以『股肱惰，萬事隳』。不謂之荒而何？譬之富商財〔九〕貨山積，欲轉而之他，必使有力者負之。所謂富商者，當徒手在旁，維持覆護。雖負者數百，保其無遺忘矣。若欲身自負之，方且自顧之不暇，焉能使數百人各盡其力哉！何者？不素委之，臨時難以責其效力也。明皇知此道者，故曰『大事吾與決』，豈非能執其綱乎？至用郎吏，必責之崇，況其小小者，斷無好詳之弊矣。開元之治，百度具舉，井井不紊，豈非好要之效歟？太宗嘗謂房玄齡曰：『公爲僕射，當助朕廣耳目，訪賢材。比聞多閱於訟牒，日數百，豈暇求人哉！』乃勅細務屬左右丞，大事關僕射。且玄齡輔人主者耳，太宗猶不欲以細務縈之，則太宗所以自處者爲如何哉！好要之道，太宗得之。此貞觀之治所以巍巍堂堂與三代同風也。太宗而下，惟明皇知此。致〔一〇〕治之美，幾於貞觀，豈無所自而然哉！

漢揚雄法言曰：『於戲！學者審其是而已矣。』或曰：『焉知是而習之。』曰：『視日月而知衆星之蔑也，仰聖人而知衆説之小也。學之爲王者事，其已久矣。堯、舜、禹、湯、文、武汲汲，仲尼皇皇，其已久矣。』

臣嘗謂大學之道，明於帝王之世，不明於漢唐之世。明於帝王之世者，堯以是傳之舜，舜以是傳之禹，禹以是傳之湯，湯以是傳之文、武、周公，文、武、周公以是傳之孔子，孔子以是傳之孟軻。其不明於漢唐之世者，軻之死，不得其傳。夫大學之道，何道也？正心、誠意而已矣。蓋自正心、誠意而學焉，推而至於修身、齊家、治國、平天下，無所處而不當矣。是道也，堯、舜、禹、湯得之，謂之傳而不謂之學，蓋其心心相授，出乎自然。高宗恭默，得於甘盤天命。傳説發明其説，高宗獨能領解。於是學之一字始大彰明，周公、孔、孟乃專以是爲設教之門。故楊雄有見於此，而宣言之曰：『堯、舜、禹、湯、文、武汲汲，仲尼皇皇。學之爲王者事，其已久矣。』嗚呼！使周公、孔子、孟軻之教得行於中國，後世聖明之王不恥於學者，傅説倡之於前，楊雄衍之於後。其有助於吾道不爲小矣，其開導於後世可謂切矣。後世猶有自用之君矜其智力而不肯學，自聖之君痼其鄙陋而不能學。夫惟自用，則惡忠言；自聖，則忌勝己。其奔走先後，皆讒諂面諛之人爾。此帝王、周、孔、孟軻之道所以不明於漢唐之世也。其治雖亦〔一一〕間有可喜，要不純於正心、誠意之學也。故韓愈號於世曰：『軻之死，不得其傳。』斯言亦可悲矣。恭惟太祖皇帝得天下如堯、舜，平禍亂如湯、武，文化如文王、周公、孔、孟。是以聖聖相傳，心心相授，皆出此道，故能挈漢唐淺陋之習置之帝王、周公、孔、孟大學之道也。嗚呼盛矣！太上皇帝得道，在躬於干戈搶攘中，崇儒右文，繼統大學，振乾綱於弛紐，回既倒之狂瀾，始克以此道傳之聖子。陛下以天縱多能之聖，緝熙光明之學，承太上口授心傳之妙，無一念不出於正心、誠意。是故以之事天，則三光順〔一二〕，寒暑平；以之事地，則草木茂，五穀熟；以之事祖廟，則神靈悦〔一三〕；以之事兩宮，則慈孝〔一四〕昭明；以之感夷狄，則向風慕義〔一五〕；以之感人心，則天下和平。此正心、誠意之明效大驗也。臣愚猶覬〔一六〕陛下研磨此學，不倦以終之，使其道高出堯舜之上，以符孔子之所望。夫學而至於堯舜，至矣盡矣。而孔子語博施濟衆之事，修己以安百姓，皆曰『堯舜其猶病諸』，誠懼後世聖人學至堯舜而止也。於是而進焉，大學之道也。大學曰：『德日新，日日新。』新新不窮，陛下之道將高出堯舜之上矣。亦臣區區之願也。

唐太宗正觀三年十二月壬午〔一七〕，靺鞨遣使入貢。上曰：『靺鞨遠來，突厥已服之故也。昔人謂禦戎無上策，今治安中國，而四夷自服，豈非上策乎？』

臣嘗讀周宣王復古之詩，其序曰：『宣王能内修政事，外攘夷狄。』内則修政事，外則攘夷狄，臣獨謂不然。蓋修政事，所以攘夷狄也。使内修、外攘岐爲二途，天下不既多事乎？夫惟内修，則仁義並行，教化益隆，中國之民安寧富庶，頌聲並作，使鄰國望之若神人然，謳歌思慕，願爲之氓而不可得。如是，則恩信所被，稽首稱藩，干戈所指，壺漿先饋。又何必區區於戰鬭殺伐之間耶？唐太宗得此道矣。方正觀間，際天所覆，荒區之長悉受唐璽纛，蠻琛夷寶踵相逮於廷。人皆謂太宗雄武善用兵，電掃風除之功，殊不知其本蓋在於治安中國之一言也。是故善治夷狄者，不汲汲於外攘，而務自治。嚴賞罰之法，塞僥倖之源，使天下之仕者皆守道而向方，趨事而赴功，紓州縣之費，懲聚斂之吏，使天下之民樂其生而安其業。謹擇將帥，卒乘必練，器械必良，使天下之兵有奮志而無惰心。土地、人民、官吏、士卒皆如故也，法令、品式、紀律、財賦不必益也，一振作勤修之，則内治立矣。

内治既立，敵國將自服。故杜牧獻取山東之策於唐，以爲上策莫如自治。其所謂自治者，特在於制度條章、井閭倉廩、賢才奸惡、搜選廢置之間而已。使文宗能用牧之言，則太宗之功業可尋矣！臣願陛下内修政事，遠法宣王；治安中國，近迹太宗，則復中原如運諸掌，東都之會，韎韐之朝，跬步可待也。

車攻，宣王復古也。宣王能内修政事，外攘夷狄，復文武之境土，修車馬，備器械，會諸侯於東都，因田獵而選車徒焉。

臣嘗聞孟子曰：『雖有智慧，不如乘勢。雖有鎡基，不如待時。』此言深可爲萬世禦夷狄之要法也。觀宣王中興，得此道矣。詩人美之，非美其成功，美其能待時也。方宣王有志復古，既政事修而夷狄攘，車馬修而器械備，使其發號出令，聲言選車徒而北伐，誰曰不可？而宣王殊不欲輕咈玁狁之心，乃因田獵而選車徒。蓋恐敵人因此致疑，必起而拒我，則吾大事去矣。此宣王得待時之策也。及夫事力已强，時既至矣，雖六月興師，有不暇恤，攻其無備，出其不意。此宣王得乘勢之策也。故復古之功，可爲萬世中興之冠。嗚呼！盛矣。非獨此也，臣因究觀後世凡有長慮之君，莫不皆然。越王句踐懷會稽之恥，不忿行成之辱，非不能收殘餘以決一戰，顧乃奉皮幣玉帛春秋不絕，男爲之僕，女爲之妾，不敢輕咈吴人之意，知時有未至也，故其堅忍不動之謀。至二十二年，吴人稱稻蟹不遺種，而後能得志焉，勢可乘也。漢文帝懷高祖白登之危，痛高后嫚罵之辱，非不能勵士卒以決一戰，顧乃卑辭厚禮遣女和親，若養驕子，若奉大國，不敢輕咈匈奴之意，知時有未至也，故其堅忍不動之謀。至宣帝時，值其乖亂，而後能得志焉，勢可乘也。向使越句踐、漢文帝不知待時之道，不忍憤憤，張虛聲以震懾之，彼既爲計以防我，又安得其後各有乘勢之功乎？方今夷狄未服，積恥未雪，一介之士咸知發憤懣、吐忠言以勸陛下北伐。言之可矣，行之在於審也。臣願陛下以宣王之心爲心，飭議論之臣毋欲速，戒邊鄙之臣毋見小利，斂形匿迹，外不暴揚，深機密計，中常惕勵，待其時有可爲，勢可有乘，一舉而成復古之功，使祖宗所責望、太上皇之所付畀者一旦章章焉，則陛下中興與宣王同符，不勝天下幸甚。

漢班固景紀贊曰：『孔子稱：「斯民三代之所以直道而行也。」信哉！周秦之弊，罔密文峻而奸宄不勝。漢興，掃除煩苛，與民休息。至於孝文加之以恭儉，孝景遵業，五六十載之間，至於移風易俗，黎民醇厚。周云成康，漢言文景，美矣！』

臣嘗謂：『周三十七王，莫盛於文、武、成、康。漢十一帝，莫盛於高、文、景、武。』而史臣於周漢之世獨推成康、文景，何哉！蓋創業之初，民方狃亂，不得不以法制整齊之，惠養斯人之政蓋未遑也。及夫亂既去矣，倘仍前轍，何以壽一代之脈乎？四君者深知此理，是故以寬大忠厚惠養斯人，渠渠懇懇，專意撫摩，必使斯民咸登仁壽之塗而後已。譬如人有疾疢，而以砭劑攻之，病雖去而氣亦耗矣。苟不加調養之功，則氣且益耗，安能長久？故良醫於此，必去其藥石而用膏粱，禁其作爲而安佚，然後病者始得康寧如平時。如是而不能保有天年者，鮮矣。然則壽一人之脈者，良醫也。壽一代之脈者，成康、文景也。想當成康、文景之時，在廷之臣豈無進察慧之説、殺伐之説、聚斂之説者？成康、文景之心湛然如止水，皎然如明鏡，照破群邪，堅忍不動，決壽一代之脈，爲子孫萬世之計。然則夏商之後，周八百年，漢四百年，社稷綿遠，政治光明，實由四君寬大忠厚惠養之功有以致此。其後宣王中興，斯民喜於王化復行；光武再造，人見漢官威儀而增喜。人心如是固結而不可解，此豈法制整齊之功所能致哉！惟我仁宗皇帝，即周成康、漢文景也。四十二年之間，其所培養邦本者至矣盡矣。靖康之難，强胡亂華，天下恟恟，太上皇帝獨能紹復大業於干戈搶攘之際。苟非憑藉人心思宋，何能如是速耶？迨夫投戈息馬之後，亦專以寬大忠厚惠養斯人，蓋知其脈之所自也。今陛下遠取成康、文景，近法仁宗、太上，發號出令，一以寬大忠厚爲本。而臣區區之愚猶及於此者，誠願陛下益堅前志，勿惑他説，以成寬大忠厚之俗，使天下禮義廉恥油然而生，刑威誅戮措而不用，和氣仁聲充塞宇宙，誠心德意上動於天。天之所助，吉無不利。鄰國望之，願立於朝，願居於市，願出於途，願耕於野。以此恢復，則簞食壺漿以迎王師，寧有不濟哉！孔子曰：『我戰則克。』蓋得其道矣。陛下幸赦〔一八〕臣愚而力行之。

校勘記

〔一〕『無不』，原作『不無』，據四庫本改。
〔二〕『以』，原作『此』，據四庫本改。
〔三〕『德裕』上四庫本有『説者謂』三字。
〔四〕『君子』下四庫本有『宗閔之黨多小人』七字。
〔五〕『然』下四庫本有『德裕之黨』四字。
〔六〕『多小人』，四庫本無。
〔七〕『能』，四庫本作『然』。
〔八〕『赫然丕冒』，四庫本作『赫赫明明』。
〔九〕『財』，四庫本作『寶』。
〔一〇〕『致』，四庫本作『其』。
〔一一〕『雖亦』，四庫本作『豈無』。
〔一二〕『順』，四庫本作『全』。
〔一三〕『悦』，四庫本作『喜』。
〔一四〕『慈孝』，四庫本作『孝慈』。
〔一五〕『以之感夷狄，則向風慕義』，清抄本無，四庫本『感夷狄』作『柔遠方』。
〔一六〕『覬』，四庫本作『見』。

〔一七〕本節至文末，四庫本無。
〔一八〕『赦』，清抄本作『鑒』。

鄮峰真隱漫録卷十二

表

代林侍郎賀乾龍節表

祥開繞電，式居維夏之辰；情切〔一〕望雲，遥致後天之祝。馳翠嬀而莫及，罄丹悃以輸勤。中賀。恭惟孝慈淵聖皇帝，睿智生知，慈仁天縱。屈萬乘之尊，以全生靈億兆民之衆；衍一人之慶，以續社稷二百年之基。神物護持，夷〔二〕荒拱順。渠搜野外，行歸八駿之游；華〔三〕萼樓前，佇上萬年之壽。臣叨榮禁從，退處宮祠。徒瞻南極之明，莫陪鼇抃；尚徯東朝之闕，得覲龍顏。

校勘記

〔一〕『切』，四庫本作『極』。

〔二〕『夷』，四庫本作『窮』。

〔三〕『華』，四庫本作『花』。

賀天申節表

陽居大夏，式臨誕聖之朝；星拱北辰，咸祝後天之算。懽騰四海，喜溢兩宮。中賀。恭惟尊號太上皇帝，德邁古初，仁均動植。垂衣三紀，孰窺造化之功；脱屣九重，高蹈希夷之妙。降年有永，申命用休。八千歲以爲春，已協莊椿之固；七百年之卜世，更綿周曆之長。臣職奉祠庭，身居里閈。捧觴漢殿，莫陪北闕之班；矯首堯天，第切南山之祝。

二

有王者興，已致昇平之治；爲天子父，式臨誕育之辰。萬乘稱觴，群王會弁。頌聲溢于夷夏，協氣滿乎乾坤。中賀。恭惟尊號太上皇帝，大德動天，至仁格物。自謳歌之歸舜，道得其傳；致壽富之在堯，尊無二上。届昌期於繞電，祝難老於後天。臣頃自下僚，驟蒙顯用。懷恩未報，勤香火以奉祠；歸命尤虔，望雲天而拱極。

三

天開萬福，運應千齡。式臨繞電之辰，用致呼嵩之祝。中賀。恭惟尊號太上皇帝，量包萬有，德合兩儀。澤久浸于綿區，人歌累洽；道忽傳於聖子，世樂重華。玩意太清，潛心衆妙。百王莫及，高風獨揖於陶唐；萬壽無疆，洪祚益過於郟鄏。臣銜恩未報，戀德方深。誦天保之詩，既專祝日；想塗山之會，更切望雲。

四

得吾道而上爲皇，仰〔一〕覩希夷之藴；有天下者尊歸父，誕膺愛戴之誠。敢因載夙之期，躬致無疆之祝。中賀。恭惟尊號太上皇帝，聖神廣運，清淨無爲。麗恩滲漉於綿區，盛治光華於汗簡。寬仁大度，垂漢祖之規模；安樂延年，邁周王之壽考。神人溢喜，夷夏同歸。臣久遠清光，坐縻榮禄。昌期難遇，適符流虹繞電之辰；垂照無私，敢罄就日望雲之意。

校勘記

〔一〕「仰」，四庫本作「眇」。

五

律應蕤賓，方帝舜歌風之日；慶流華渚，實皇穹降聖之期。動喜色於兩宫，溢歡聲於四海。中賀。恭惟尊號太上皇帝，沈潛淵默，燕養希夷。申命自天，睿筭已隆於七秩；大德得壽，景命行僕〔一〕於萬年。適臨載夙之辰，宜享無疆之福。臣奉祠香火，歸老山林。北闕稱觴，莫簉臣工之列；南山祈壽，徒歌天保之篇。

校勘記

〔一〕『僕』，四庫本作『卜』。

六

帝乃誕敷文德，已措國於昇平；天其申命用休，遂延年於晏〔一〕樂。慶臨載育，歡溢群生。中賀。竊以佑民而作君師，修政以攘夷狄〔二〕。兼懷南北，卓冠古今。自膺福報以無窮，故享壽祺而益遠。恭惟尊號太上皇帝，蒼旻饗道，黃屋非心。五百歲春，五百歲秋，閱靈根於南楚；三千年華，三千年實，開皓宴於西池。對茲震夙之辰，宜介簡穰之祉。臣退藏田里，寖遠闕庭。會弁時〔三〕星，莫簉班於鵷鷺；奉觴望日，第馳頌於松椿。

校勘記

〔一〕『晏』，四庫本作『安』。
〔二〕『攘夷狄』，四庫本作『撫億兆』。
〔三〕『時』，四庫本作『如』。

七

皇穹申命，誕垂箕翼之光；薄〔一〕海儲祥，更衍喬松之筭。懿兹殊祉，萃〔二〕爲昌辰。中賀。恭惟尊號太上皇帝，德並兩儀，治高千古。撥亂世以反正，獨致中興；樂成功而不居，躬行内禪。道傳聖嗣，慶溢敷〔三〕天。載戢干戈，六十年華戎兼愛；盡辟農畝，三萬里民物咸熙。陰德既隆，繁禧斯介。幾閱蟠桃之華實，益享大椿之春秋。臣田里退休，雲霄在望。想漢廷之簪紱，競集龍樓；祝堯壽之岡陵，徒深鼇抃。

校勘記

〔一〕『薄』，四庫本作『溥』。
〔二〕『萃』，四庫本作『甫』。
〔三〕『敷』，原作『散』，據四庫本改。

八

天開地闢，篤生神聖之君；治定功成，退慕希夷之道。式臨誕日，彌溢歡聲。中賀。恭惟尊號太上皇帝，德冠帝皇，仁均戎夏。撥亂反正，復境土於雲擾之時；垂拱無爲，措生靈於堵安之地。宜有鴻龎之繁祉，來符震夙之昌辰。臣賦質無堪，蒙恩最渥。已挂冠而歸里，阻搢笏以稱觴。凝睇堯階，既竭華封之祝；服膺周雅，更歌天保之詩。

賀會慶節表

重明合璧，遥聯析木之宫；寶耀環樞，早應猗蘭之殿。歡騰寰寓，喜溢宸闈。中賀。恭惟皇帝陛下，睿智有臨，聖神廣運。日致其孝，刑四海于一家；天覆之仁，子兆民於兩國。兹屬誕彌之慶，茂膺長發之祥。臣秩視宰司，躬逢聖旦。仰瞻漢殿，群〔一〕稱萬壽之觴；願效唐臣，敬上千秋之鑑〔二〕。

校勘記

〔一〕『群』，四庫本作『阻』。

〔二〕『鑑』，四庫本作『録』。

二

會兩曜於析木之津，爰紀誕彌之慶；衍萬壽於華封之祝，茂昭歸美之誠。式届昌辰，惟深善頌。中賀。恭惟皇帝陛下，乾坤毓德，海嶽儲休。躬孝儉於一堂，措昇平於四裔。遂令寰宇，載戢干戈。生齒實繁，孰不知於帝力；年齡益富，更〔一〕以表于〔二〕天心。既躋虞舜之垂衣，永法老萊之戲綵。臣自離魏闕，久卧漳濱。阻陪列辟之聯，稱觴丹陛；惟仰太陽之照，傾藿青霄。

校勘記

〔一〕『更』，四庫本作『於』。
〔二〕『于』，四庫本作『乎』。

三

佑下民而作君，祥開陽月；祝聖人而使壽，情竭華封。敢伸報上之誠，冀動蓋高之聽。中賀。恭惟皇帝陛下，德符乾健，治合離明。下武繼文，暢天威於有截；重華協帝，盡君〔一〕道以無爲。氣屆嚴凝，時當震夙。咸賴一人之有慶，共稱萬壽之無疆。臣喜穀旦之初臨，傾葵心而罙切。阻預臣工之列，同奉羽[二]觴，徒歌天保之篇，仰祈鴻筭。

校勘記

〔一〕『君』，四庫本作『子』。

〔二〕『羽』，四庫本作『稱』。

四

運際中興，吉惟良月。丁[一]是穀旦，篤生聖人。載騰率土之歡，庸介後天之算。中賀。恭惟皇帝陛下，道高萬古，德配兩儀。法堯思之欽[二]明，梀禹躬之勤儉。輯被休祥之祉[三]，來符震夙之辰。瑞紀星躔，燦長明之箕翼；詩歌天保，沸同祝之岡陵。臣職奉外祠，心馳内闕。阻預稱觴之列，第虔傾藿之誠。

校勘記

〔一〕『丁』，四庫本作『訂』。

〔二〕『欽』，四庫本作『聰』。
〔三〕『祉』，四庫本作『證』。

五

天開景命，曆數綿於億萬年；運際中興，聖人生於五百歲。式是載育之旦，咸輸歸美之誠。中賀。恭惟皇帝陛下，離德重明，乾剛至健。嗣堯廣運，恭承濬哲之規；纘禹美功，坐享平成之效。甫當良月，茂届昌辰。璧月珠星，炳光芒而薦祉；冰天桂海，駿奔走以來王。沸北闕之簪紳，歌南山之松柏。臣歸閒故里，恩錫外祠。萬壽稱觴，莫預在廷之列；一心傾藿，惟矢〔一〕拱極之誠。

校勘記

〔一〕『矢』，四庫本作『知』。

六

龍飛得位，一千載以題期；虎拜揚休，九五福而曰壽。仰重明之麗正，屬良月之就盈。敢輸戀闕之忠，敬上後天之祝。中賀。恭惟皇帝陛下，誠參穹壤，慶篤家邦。德業山高而日昇，號令風行而雷動。盡循堯道，禮樂著，法度彰；善繼文謨，弓矢櫜，干戈戢。當雹繞虹流之節，溢嵩呼鼇抃之歡。臣蚤幸依攀〔一〕，晚方閒退。雲霄在遠，阻陪前殿之稱觴；溝壑未填，惟頌南山而報上。

校勘記

〔一〕「攀」，四庫本作「乘」。

七

作之君而作之師，天心有在；必得名而必得壽，帝德罔愆。爰屆昌辰，虔申善頌。中賀。恭惟皇帝陛下，誕膺駿命，奄有綿區。舞干羽于兩階，蠻夷效順；執玉帛者萬國，華夏傾心。既行勝殘去殺之仁，斯得久視長生之道。臣挂冠請老，望闕馳神。誦天保之詩，敢忘歸美；罄華封之祝，少見輸忠。

八

穹壤開祥，天子建中和之極；國家蒙福，聖人綿福壽之期。式丁震夙之辰，敢後升常〔一〕之祝。中賀。恭惟皇帝陛下，道符乾健，治繼離明。冠孝儉於百王，運武文於四海。雲行雨施，巍乎舜德之咸〔二〕寧；日居月諸，皇矣周仁之丕冒。宜鴻休之滋至，介穀旦之初臨。臣卧疾衡廬，馳神楓陛。君門甚遠，第瞻北極以傾心；睿算無疆，更頌南山而歸美。

校勘記

〔一〕『常』，四庫本作『恒』。

〔二〕『咸』，四庫本作『出』。

九

燕謀紹慶，聿〔一〕開衍裕之祥；虹渚流光，爰紀誕彌之瑞。亶惟穀旦，同祝壽祺。中賀。恭惟皇帝陛下，天縱聰明，日躋道德。兼懷南北，致三萬里之昇平；並格高深，享億千年之福祉。臣念昔鳳龍之攀附，惟今鹿豕之交游。想漢殿之稱觴，莫陪就日；效華封而伸喙〔二〕，唯誦後天。

校勘記

〔一〕『聿』，四庫本作『肇』。
〔二〕『伸喙』，四庫本作『申祝』。

十

兩曜會于析木，爰紀誕彌；三呼起于嵩山，是彰錫美。慶均海宇，喜溢宸〔一〕闈。中賀。恭惟皇帝陛下，克紹丕圖，誕膺景命。得堯舜禹湯之純懿，究詩書禮樂之精微。心宅靜淵，閲萬幾有神明之斷；躬行仁義，措一世登晏粲之塗。式臨震夙之辰，宜衍升常〔二〕之算。臣蝸蟠里社，鵠望天墀。鬱鬱葱葱，徒想盈庭之佳氣；穰穰簡簡，第馳擊壤之歡聲。

校勘記

〔一〕『宸』，四庫本作『親』。
〔二〕『常』，四庫本作『恒』。

正旦賀太上皇帝表

日匝經纏，肇兩儀之交泰；帝尊慈極，觀萬宇之回春。慶協神人，歡均華夏。中賀。恭惟尊號太上皇帝，貽謀燕翼，玩意穆清。俯授四時，昔謹堯天之曆象；仰齊七政，今孚舜日之璣衡。甫臨獻歲之辰，茂擁皇穹之佑。臣乞身故里，叨禄内祠。莫隨未央殿之朝，侑稱柏酒；遥下大安宫之拜，祈介椿齡。

二

寶曆紀元，載堯天之欽授；玉卮奉壽，洽漢殿之歡呼。喜動寰瀛，尊歸慈極。中賀。恭惟尊號太上皇帝，詒謀燕翼，契道希夷。閲春秋於八千，植基圖于億萬。氣回暘谷，方班象魏之和；禮舉大安，共上華封之祝。臣夙蒙眷拔，晚遂閒休。歲序告新，莫預稱觴之列；雲霄在望，徒傾戀闕之心。

三

頒曆堯天，喜青陽之應律；奉卮漢殿，祈紫極之齊齡。慶衍兩宫，歡騰萬宇。中賀。恭惟尊號太上皇帝，聖神廣大，道德希夷。問之野，問之朝，咸知帝力；得其名，得其壽，允協民心。順迎開泰之三陽，茂擁維祺之五福。臣卧痾故里，阻覲嚴宸。百辟雲從，莫簉頌椒之列；九重天遠，第深傾藿之誠。

正旦賀皇帝表

斗建璿杓，肇紀萬年之曆；天臨黼座，誕膺四海之圖。慶溢宸闈，歡均寰宇。中賀。恭惟皇帝陛下，乘離繼治，出震握符。道與時行，順陰陽而育物；德侔乾健，體中正以宜民。甫臨獻歲之辰，茂擁皇穹之佑。臣叨分外服，阻覲清光。瞻彼春〔一〕庭，靄非霧非煙之氣；祝吾君壽，賦如山如阜之詩。

校勘記

〔一〕『春』，四庫本作『闕』。

二

歲之朝，月之朝，肇開萬紀；天所助，人所助，咸萃一時〔一〕。百福是遒，四方來賀。中賀。恭惟皇帝陛下，乾坤合德，日月並明。斂福錫民，恩既隆於建極〔二〕；對時育物，道更妙於財成。茲茂履於三陽，宜誕敷於多祉。臣身逢盛旦，職係齋庭。北闕稱觴，雖莫陪凡百執事；南山祝壽，徒能歌於萬斯年。

校勘記

〔一〕『時』，四庫本作『人』。

〔二〕『建極』，四庫本作『左右』。

三

在璿璣以齊七政，肇序三陽；執瑁圭而朝諸侯，斂時五福。尊歸宸極，慶浹寰區〔一〕。中賀。恭惟皇帝陛下，接統循堯，履端行夏。嗣休明於寶曆，頒正朔於路朝。羽葆葳蕤，親奉慈闈之壽；彤〔二〕墀拜舞，歡傳嵩岳之呼。臣遭世承平，乞身閑退。稱觴穀日，莫陪漢殿之儀；向日葵心，惟效華封之祝。

校勘記

〔一〕『區』，四庫本作『瀛』。

〔二〕『彤』，四庫本作『丹』。

四

法嚴五始，仰明聖之體元；序正三陽，慶乾坤之交泰。惟皇建極，歛福錫民。中賀。恭惟皇帝陛下，申命自天，重華協帝。省歲時而不忒，嗣曆服以無疆。燕寢雞鳴，奉親歡於億載；龍墀鷺振〔一〕，藹和氣於千官。臣屏處田閭，逖違軒陛。香飄合殿，莫綴武於槐楓；日近長安，徒傾心於葵藿。

校勘記

〔一〕『鷺振』，原作『振鷺』，據文義改。

冬至賀太上皇帝表

陽氣潛萌於泉，應七日之來復；聖人退藏于密，觀萬物之資生。慶溢慈闈，和薰廣宇。中賀。恭惟尊號太上皇帝，道高〔一〕太極，德冠百王。舜子丕承，爰釋鴻圖之負；堯天難老，載迎鳳曆之長。茲茂對於昌辰，宜倍膺於純嘏。臣領祠京邑，歸築丘〔二〕樊。莫隨漢殿之奉卮，歡呼爲壽；第祝周家之定鼎，安樂延年。

校勘記

〔一〕『道高』，原作『高道』，據四庫本改。

〔二〕『丘』，四庫本作『山』。

二

氣復黃鐘〔一〕，茂對物滋之始；祥開紫殿，寅賓日至之長。中賀。恭惟尊號太上皇帝，措世昇平，凝神清穆。適臨慶旦，翕受繁禧。鳳駕來朝，雲擁充庭之鵷序；獸爐深炷，煙濃滿袖之龍香。臣恩許歸鄉，病難趨闕。莫與稱觴之列，徒懷傾藿之心。

校勘記

〔一〕『鐘』，四庫本作『宮』。

三

魯觀瞻天，式紀五雲之瑞；堯宮望日，喜添一綫之長。運偶明時，尊歸慈極。中賀。恭惟尊號太上皇帝，心游淵默，道契希夷。成功高蹈於羲皇，丕緒親傳於舜子。對新陽之來復，茂景貺之攸崇。壽舉玉卮，慶延寶曆。臣乞身軒陛，謝事丘園。掛神武之衣冠，莫與稱觴之列；仰大安之牆宇，徒深戀闕之誠。

四

叢霄效瑞，彩毫已布於五雲；麗日流空，繡閤〔一〕初添於一綫。既體純乾之剛健，宜膺來復之吉亨。普率騰歡，神祇薦祉。中賀。恭惟尊號太上皇帝，道超古昔，志契希夷。黄屋非心，堯帝欽明而克遜；靈臺在鎬，武王安樂以延年。式丁亞歲之臨，斯衍繁禧之錫。臣屬歸田里，已挂衣冠。漢殿伸儀，莫簉鵷鴻之列；華封請祝，敢輸葵藿之誠。

校勘記

〔一〕『閤』，四庫本作『合』。

冬至賀皇帝表

月吉頒常，位正臨於平朔；陽來協序，氣潛兆於黄鐘。喜溢神人，慶流宗社。中賀。恭惟皇帝陛下，誠參造化，道覆華夷。乾〔一〕德時行，斡三微於天統；神功默運，錫五福於民編。坐迎日至之長，茂擁川增之祉。臣夙叨近列，幸際昌辰。奉萬歲之觴，莫箋金闈之彦；瞻五雲之瑞，遥知玉燭之和。

校勘記

〔一〕『乾』，四庫本作『健』。

二

玉曆頒冬，肇太和於天統；璿杓建子，迎至日於箕躔。萬寶向榮，四方來賀。中賀。恭惟皇帝陛下，德侔乾健，治對離明。體道沖虚，静〔一〕待陰陽之定；觀時消長，默傳天地之心。茂臨復旦之辰，坐擁泰亨之祉。臣夙叨邇列，忻際昌期。嶽抃嵩呼，遥祝萬年之壽；珠連璧合，永觀七政之齊。

校勘記

〔一〕『静』，四庫本作『以』。

三

氣轉洪鈞，應嶰篇而來復；君臨紫極，舒寶曆以迎長。慶洽三靈，歡騰萬宇。中賀。恭惟皇帝陛下，受堯一道，協舜重華。探端天統之微，斡旋妙造；體德乾元之大，發育含生。履茲至日之亨，益茂閎休之對。臣進蒙舊眷，退奉内祠。雖違咫尺天威，身居緑野；唯上千萬歲壽，神詣丹墀。

四

律應黄鍾，登魯臺而紀瑞；祥開紫極，嗣堯曆以迎長。新陽初肇於地中，和氣潛回於宇内。中賀。恭惟皇帝陛下，對時育物，正事承天。當七日來復之期，膺萬壽無疆之祉。鳴鑾夙駕，玉卮前奉於親歡；法座昕朝，金鑑式裒於輿頌。臣屏居田里，待盡桑榆。睠節令之推遷，念江湖之踰遠。職叨三事，莫陪拱北之班；情戀九閽，第切維南之祝。

五

律應陽來，式驗琯灰之動；日行南至，喜添宫綫之長。媚茲一人，斂時五福。中賀。恭惟皇帝陛下，道關百聖，德合二儀。建皇極以錫民，撫庶邦而來享。中嚴黼座，已班垂拱之朝；

前奉玉卮，復上大安之壽。臣位叨三事，身遠九閽。稱觴莫綴於鵷行，戀闕敢伸於燕賀。

六

玉琯飛灰，喜初陽之温厚；銀臺觀祲，見瑞氣之氤氲。作善降祥，以時受祉。凡居生息，罔不忻愉。中賀。恭惟皇帝陛下，道與天通，政由德發。體兩儀之大造，物各得宜；洽四表之歡心，人皆知孝。屆兹亞歲，茂擁殊禧。臣解組歸田，望雲擊壤。千官會弁，想花覆於彤墀；萬壽稱觴，徒心馳於朱〔一〕闕。

校勘記

〔一〕『朱』，四庫本作『華』。

鄮峰真隱漫録卷十三

表

代宰臣等賀雪表

寒籥適中，庶物方希於膏潤；同雲密布，飛霙欻散於遥[一]空。祥發上穹，歡騰率土。中賀。恭惟皇帝陛下，淵源體道，滲漉敷恩。膺寶曆之延鴻，格綿區之泰定。以誠育物，而有生咸遂；以德參天，而無感不通。三登曲軫於清衷，六出遽呈於上瑞。始由霰集，表薦至之珍符；旋使晛消，滋横流之叶氣。盡袪瘴癘，廓示祺祥。臣等贊化徒勤，調元無補。慶豐年之多稌多黍[二]，兹幸有期；誦天保之如岡如陵，第知歸德。

校勘記

〔一〕『遥』，四庫本作『瑶』。

〔二〕『多稌多黍』，四庫本作『多黍多稌』。

賀郊祀大禮慶成表

熙事告成，極〔一〕聖人之能享；靈心允協，表上帝之居歆。霈澤無垠，普天同慶。中賀。恭惟皇帝陛下，紹堯正統，纘禹神功。惟德可以動天，惟誠可以尊祖。乃乘長日之至，遹奉圓丘之禋。四海之助皆來，諸福之物畢至。精誠上達，高厚咸孚。臣屬染沈痾，莫陪顯相。口誦思文之頌，徒仰縟儀；心存天保之歌，敢忘美報。

校勘記

〔一〕「極」，四庫本作「格」。

二

泰壇躬祀，肆覲舉於上儀；爟火告成，用靈承於景貺。福均海宇，慶溢神人。中賀。竊惟自昔聰明齊聖之君，克謹夤畏欽崇之禮。維〔一〕三年大報，於昭享帝之誠；而萬國駿奔，且嚴尊祖之義。靈心允協，胙福無垠。在振古以如斯，于清廟〔二〕而大備。恭惟皇帝陛下，誠參化育，道格堪輿。斂時福以錫民，默膺帝賚；建大中而立極，仰當天心。屬當陽至之辰，虔舉國南之祀。嗚鑾清蹕，紛協氣之鼎來；燔燎昇煙，耀神光之響〔三〕答。精禋上格，聖澤旁〔四〕流。臣叨奉殊庭，阻陪行闕。幸天子親郊之盛，遥想禮〔五〕容；歌昊天成命之詩，第勤善頌。

校勘記

〔一〕『維』，四庫本作『雖』。
〔二〕『廟』，四庫本作『朝』。
〔三〕『響』，四庫本作『饗』。
〔四〕『旁』，四庫本作『滂』。
〔五〕『禮』，四庫本作『禯』。

賀明堂大禮慶成表

奉路寢之明禋，聿成熙事；敷端闈之大號，允答歡心。凡在照臨，舉增忻躍。中賀。伏以天地眷我有宋，曆數在于上躬。九敘帷歌，百神受職。維時宗祀，毖〔一〕自聖心。備〔二〕躅享帝之誠，稽用當郊之歲。神靈感格，有司告牲幣之虔；躔度昭回，太史奏房心之應。功光在昔，燕及無疆。恭惟皇帝陛下，受命溥將，宅心寅畏。卻金芝朱草非常之瑞，惟專意於豐年；抑玉關青海不世之勳，方力修於文德。至於延登耆儁，以共承祀事；親御赦令，以蕩滌疵瑕。豈惟闡皇祐之彌文，于以繼紹興之鴻烈。臣久違晬表，適困沈痾。身在江湖，阻箠駿奔之列；職非岳牧，莫與〔三〕宣布之勞。徒有精神，尚馳夢想。

校勘記

〔一〕『毖』，四庫本作『蔽』。

〔二〕『備』，四庫本作『被』。

〔三〕『與』，四庫本作『踰』。

賀改元表 隆興改乾道

卜郊成禮，已膺帝眷之博臨；霈赦紀元，更合乾陽之行健。命行萬國，風動四夷。凡曰有生，孰不同慶。中賀。恭惟皇帝陛下，惟天合德，與物爲春。符景命以長年，肆隆恩而改號。一新〔一〕觀聽，永底昇平。臣荷寵至深，奉祠在遠。稱觴介壽，莫陪同德之三千；拜手祝君，願過卜年之七百。

校勘記

〔一〕『新』，清抄本作『親』。

册皇后賀皇帝表

景運無疆，徽音有嗣。諏靈辰於太史，授寶册於中宫。廟社益昌，人神胥悦。中賀。臣聞羲皇畫昜，卦始乾坤；孔子删詩，風先周召。蓋夫婦著〔一〕人倫之本，而后妃爲王化之基。不資内助之賢，曷著〔二〕太平之美？恭惟皇帝陛下，治方稽古，法務齊家。念天尊地卑，道貴陰陽之相濟；而日晝月夜，職當内外之兼修。肆因筮筮之祥，肇正軒星之象。豈止奉上皇之志，丕顯孝恭；又將格庶國之心，潛消怨曠。禮成一代，慶衍億齡。臣夙荷厚恩，忻聞盛事。既阻舉觴而稱壽，徒深向日以馳誠。

校勘記

〔一〕『著』，四庫本作『者』。

〔二〕『著』，四庫本作『致』。

册皇后賀太上皇帝表

燕處穆清，堯帝方隆於富壽；儲精蠖濩，虞皇遂享于謳歌。肆因龜筮之祥，肇正椒房之禮。共知盛舉，發自淵衷。慈訓一頒，普天同慶。中賀。臣聞在昔君人之道，率隆王化之基。詩美周南，蓋先正始；書陳嬀汭，實本明倫。矧聖人之當陽，方宸心之廣孝。奉烝嘗於九廟，致温清於兩宫。豈使内朝，尚兹虚席。迺敷綸綍，庸錫禕褕。非繇睿斷之施，孰使縟儀之講？恭惟尊號太上皇帝，道高萬古，勳格三靈。黄屋非心，擴〔一〕離明而繼照；彤闈著德，啟坤順以承天。父父子子，而德教興；夫夫婦婦，而家道正。播之寰海，式是儀刑。臣久荷生成，偶居遠外。逖聞慶事，罙激歡悰。莫陪百爾〔二〕之班，奉觴北闕；虔祝九如〔三〕之壽，獻頌〔四〕南山。

校勘記

〔一〕「擴」，四庫本作「宏」。
〔二〕「爾」，四庫本作「辟」。
〔三〕「如」，四庫本作「重」。
〔四〕「獻頌」，四庫本作「矯首」。

皇后受册禮畢賀皇帝表

乾德光亨，既推恩於四海；坤元效法，爰正位於中宫。册寶備成，華夷胥慶。中賀。臣聞若稽盛世，必始〔一〕齊家。惟兹王化之基，允屬聖朝之舉。恭惟皇帝陛下，德隆萬古，道格三靈。念紹寧於家邦，宜欽承於宗祖。祇服尊親之訓，肆登淑哲之賢。國典既行，母臨斯慶。臣比叨祠禄，適〔二〕遠朝班。阻就列以歡呼，徒馳神而鼓舞。

校勘記

〔一〕『始』，四庫本作『使』。

〔二〕『適』，四庫本作『正』。

皇后受册禮畢賀太上皇帝表

帝尊慈勑，庸建椒房。使奉明綸，榮將寶刻。禮成邃密，慶溢邇遐。中賀。恭惟尊號太上皇帝，德合高穹，心游太古。道傳聖子，既安樂以延年；治本齊家，俾雍容而求配。玉音誕布，海宇咸聞。洎兹册寶之頒，允協蓍龜之吉。臣蚤蒙識擢，迄遂叨踰。天地隆恩，念捐糜而莫報；國家慶事，第鼓舞以增歡。雖阻稱觴，尚期擊壤。

皇孫生賀皇帝表

聖政清明，共仰龍飛之旦；天孫赫奕，肇開熊夢之休。海岳讙呼，華夷鼓舞。中賀。恭惟皇帝陛下，道參三極，仁覆八紘。言擧斯心，胡越等一家之視；既受帝祉，本支延百世之祥。九廟垂休而載寧，兩宮動色以相賀。臣奉祠在遠，旅進無階。披仙源積慶之圖，益增盛大；知帝曆卜年之數，永底靈長。

皇孫生賀太上皇帝表

上德無爲，神方融於妙道；太和所格，慶已肇於皇孫。喜氣浮天，歡聲動地。中賀。恭惟尊號太上皇帝，沈潛淵默，燕養希夷。功成不居，力解萬幾而退佚；德施者博，戲觀四世之儲祥。壯佳氣之鬱鬱葱葱，大靈源之繩繩揖揖。臣奉祠香火，歸老山林。北面稱觴，阻簉鵷行之後；南山祈禱，徒深獸舞之誠。

立皇太子賀皇帝表

誕敭寶册，肇建儲闈。九廟神寧，得震亨之主器；兩宮色喜，見離照之重熙。遐邇攸同，歡愉靡極。中賀。臣聞太微有爛，光賁前星；巨浸方深，波分少海。惟立天下之本，始知帝者之尊。恭惟皇帝陛下，濟衆以仁，悦親有道。際天極地，咸蒙覆育以生全；問寢承顔，兹〔二〕得元良而爲助。慶綿丕祚，澤浸多方。臣叨竊祠廷，跧藏里閈。莫陪簪履，瞻三善於東宫；第指岡陵，祝萬年於北闕。

校勘記

〔一〕『茲』，四庫本作『斯』。

立皇太子賀太上皇帝表

聖主虔尊於慈訓，誕告庭紳；皇孫肇正於儲闈，茂彰國本。歡均海宇，喜溢天顔。中賀。恭惟尊號太上皇帝，順物自然，體天行健。非心黄屋，既隆與子之光；屬意青宫，益顯貽謀之遠。是宜安樂，永介壽祺。臣夙荷生成，逮〔一〕茲閒退。與觀典册，班莫簉於鵷鸞；遥睇雲天，心實傾於葵藿。

校勘記

〔一〕『逮』，原作『建』，據四庫本改。

皇太子受册禮畢賀皇帝表

蓍龜協吉，既備禮於龍廷；金玉其章，遂增光於鶴禁。慶隆宗社，歡洽華夷〔一〕。中賀。竊惟隆盛之朝，必重元良之建〔二〕。承祧貳極，衍列聖之宏休；監國撫軍，係萬方之重望。非由獨斷，曷底慶成。恭惟皇帝陛下，以德行仁，繼天作主。明離普照，上承堯帝之傳；洊震襲亨，下有文王之子。是行縟禮，茂鬯鴻禧〔三〕。臣久荷聖恩，叨居祠禄。馳心〔四〕北闕，莫隨百辟之班；矯首南山，第祝萬年之壽。

校勘記

〔一〕『華夷』，四庫本作『寰區』。
〔二〕『建』，四庫本作『舉』。
〔三〕『禧』，四庫本作『私』。
〔四〕『馳心』，四庫本作『奉觴』。

皇太子受册禮畢賀太上皇帝表

帝遵慈訓，肇啟儲闈；國有徽章，肆頒顯册。禮成邃密，歡動邇遐。中賀。恭惟尊號太上皇帝，德格三靈，道高萬古。位傳聖子，辭〔一〕黄屋而不居；慶衍孫謀，俾青宫之預建。神寧宗社，澤被軍民。共知國本之不摇，率自聖謨之蚤定。舉難逢之盛典，幸親見於熙朝。臣叨奉祠庭，阻趨天闕。卜年卜世，將期過曆於周家；重光重輪，願繼歌詩於漢室。

校勘記

〔一〕『辭』，四庫本作『視』。

加上太上皇帝太上皇后尊號賀皇帝表

鳳曆綿延，申錫慈闈之慶；鴻名昭揭，聿觀鉅典之成。亘隆古以罕聞，罄寰區而交抃。中賀。竊以肅清朝五日之駕，禮具漢皇；奉廣殿萬年之觴，制存唐世。未有天俾〔一〕無疆之算，身都甚盛之稱。縟儀並舉於嚴君，聖治誕敷於率土。雖大德必得名位，式介壽康繇一人。克致愛欽，實昭眷賚。恭惟皇帝陛下，躬行舜孝，思廣文聲。凡視〔二〕膳問安，已篤勤於尊養；謂備道全美，宜曲盡於形容。屬當希有之年，再講惟新之禮。光騰玉册，焕顯號之穹崇；喜入楓庭，想慈顔之怡懌。天人允答，宗社增輝。臣叨奉外祠，欣逢盛際。詔多方，揚明命，一時已播於綸音；合〔三〕四海，奉雙親，萬壽願符於聖制。

校勘記

〔一〕『俾』，四庫本作『畀』。

〔二〕『視』，四庫本作『侍』。

〔三〕『合』，四庫本作『將』。

賀太上皇帝加尊號表

帝齡時億，甫登希有之年；寶册焕揚，申講非常之典。歡騰四海，慶溢兩宫。中賀。恭惟尊號太上皇帝，道契古初，仁均覆燾〔一〕。垂衣蠖濩，治隆三紀之餘；脱屣崇高，妙出群物之表。備極一人之孝養，居全五福之壽康。雖功藏諸用，莫得以名言；而德在於今，自形於歌詠。肆因穀旦，肇顯鴻猷。合十六字之徽稱，爲天子父乃貴耳，罄億兆民之虔祝，使聖人壽何辭焉。祈睿算之益隆，佇曠儀之屢舉。華夷愛戴，宗社尊榮。臣叨奉殊庭，欣逢盛事。誦蕩蕩巍巍之德，已在堯舜先；祝高高厚厚之期，當與天地並。

校勘記

〔一〕『燾』，四庫本作『載』。

太上皇帝太上皇后慶壽禮成賀皇帝表

慈極儲休，慶修齡之希有；春期介壽，覃曠澤之無垠。罄海縣以嵩呼，企雲天而鼇抃〔一〕。中賀。臣聞聖德無加孝，天子必有尊。彼漢宫置酒之辭，止在一堂之上；逮唐殿品嘗之制，徒誇兩膳之間。曾未〔二〕若愛欽曲盡於宸旒，名壽並膺於寶策。既衍嚴君之祉〔三〕，復均率土之歡。在昔未聞，于今創見。恭惟皇帝陛下，道隆堯舜，行過閔曾。方問寢龍樓，三日安而乃喜；雖垂衣黼扆，一舉足而敢忘。老吾老以及人，親其親而錫類。嗣上帝無疆之曆，躋重闈有永之年。茂對新祺，爰敷顯渥。縟儀鉅典，極聖志之尊崇；厚德深恩，霈寰區而浹洽。凡居壽域，悉蔭洪禧。臣叨奉殊庭，欣逢盛旦。九重絳闕，遥瞻佳氣之鬱葱；萬歲玉巵，想見慈顔之怡懌。

校勘記

〔一〕「抃」，清抄本作「忭」。
〔二〕「未」下四庫本有「必」字。
〔三〕「祉」，原作「社」，據四庫本改。

賀太上皇帝慶壽禮成表

萬壽維祺，喜初〔一〕躋於七袠；一人有慶，爰忻奉於兩宫。當青律之始春，適皇家之成禮。恩覃廣宇，歡溢慈顔。中賀。恭惟尊號太上皇帝，玩意希夷，凝神蠖濩。奮少康之一旅，馴致中興；舞虞舜之兩階，實由兼愛。豈惟中原不識兵革，抑使異域咸冒㠎幪。黄屋非心，既燕貽〔二〕而與子；蒼旻降祐，遂安樂以延年。已郁〔三〕寶册之徽稱，宜介玉巵之眉壽。臣生逢盛事，迹阻外祠。瞻絳闕之岧嶢，葱葱鬱鬱；祝青陽〔四〕之衍裕，簡簡穰穰。

校勘記

〔一〕『初』，四庫本作『乃』。

〔二〕『燕貽』，四庫本作『從容』。

〔三〕『郁』，四庫本作『隆』。

〔四〕『陽』，四庫本作『宫』。

册皇后賀皇帝表

涣號揚庭，坤儀正位。自天作合，重配偶於彝章〔一〕；養志承顔，宜進登於淑德。事關國體，慶浹民編。中賀。竊以自昔憂勤願治之君，必求儆戒相成之佐。非特嚴宮中之軌則，蓋將示天下以儀刑。屬我熙朝，克光〔二〕盛典。恭惟皇帝陛下，憲天出治，稽古修文〔三〕。有家〔四〕稟訓於慈闈，内治〔五〕肇開於彤禁。行見人倫之正，益隆王化之基。臣久去軒墀，恭聞綸綍。詠二南之德，徒景行於周詩；上萬年之觴，阻隨班於漢殿。

校勘記

〔一〕『自天作合，重配偶於彝章』，四庫本作『自天立配，雖稽用章』。

〔二〕『光』，四庫本作『修』。

〔三〕『憲天出治，稽古修文』，四庫本作『治方稽古，法務家齊。念天尊地卑，道貴陰陽之相濟；而日晝月夜，職當内外之兼修』。

〔四〕『有家』，四庫本作『爰』。

〔五〕『内治』，四庫本作『俾』。

册皇后賀太上皇帝表

中闈肇建，益隆王化之基；顯册誕敷，實稟慈皇之訓。事關宗社，喜溢人神。中賀。臣聞三代之興，式資内助；二南之化，用正人倫。矧聖子之當陽，推誠心而廣孝。入則謹兩宫之温清，出則嚴九廟之蒸嘗〔一〕。惟兹〔二〕縟典之聿修，共仰紫宸之錫命〔三〕。恭惟尊號太上皇帝，勳高萬古，道配二儀。陳紀立綱〔四〕，垂漢王之制度；齊家治國，表周后之儀刑。遂令海寓之間，均被乾坤之德。臣遜聞慶事，偶奉外祠。百拜稱觴，莫簉〔五〕鵷鴻之列；寸心賀扆，敢馳燕雀之誠。

校勘記

〔一〕『蒸嘗』下四庫本有『豈使内朝，尚兹虚席。爰頒綸綍，用錫褘褕』十六字。

〔二〕『惟兹』，四庫本作『亶惟』。

〔三〕『共仰紫宸之錫命』，四庫本作『悉自淵衷之獨斷』。

〔四〕『綱』，四庫本作『經』。

〔五〕『簉』，四庫本作『造』。

皇后受册禮畢賀皇帝表

乾德當陽，粤〔一〕推恩於四海；坤元效法，爰正位於中宫。慶協蓍龜，光騰册寶。中賀。恭惟皇帝陛下，道隆萬古，德邁三王。謂外順悉本於内和，而家齊可臻於國治。乃遵慈訓，肇建長秋。豈特克正柔儀，化天下以婦道；又將上毗孝治，合萬國之歡心。惟慶禮之告成，溢寰區而交抃。臣夙蒙異眷，嘗玷邇聯。身卧漳濱，莫簉在廷之列；心存魏闕，第馳賀廈之誠。

校勘記

〔一〕『粤』，四庫本作『既』。

皇后受册禮畢賀太上皇帝表

帝遵慈訓，肇起椒房；國有徽章，肆頒玉册。禮行天秩〔一〕，慶溢人倫〔二〕。中賀。恭惟尊號太上皇帝，養志〔三〕希夷，凝神〔四〕淵默。道傳聖子，既安樂以延年；治本齊家，俾雍容而立配。詔音誕布，海宇交欣。迨兹寶刻之成，允協元龜之吉。臣蚉蒙識擢，迄遂叨踰。天地隆恩，念糜捐而莫報；國家慶事，第鼓舞以馳誠。

校勘記

〔一〕『天秩』，四庫本作『邃密』。
〔二〕『人倫』，四庫本作『邇遐』。
〔三〕『養志』，四庫本作『燕養』。
〔四〕『凝神』，四庫本作『沈潛』。

太上皇后慶壽禮成賀皇帝表

致養嚴宸，方介彌高之祉；儲祥慈極，更躋希有之年。慶展九重，恩均萬國。中賀。恭惟皇帝陛下〔一〕，承顔黼座，問寢龍樓〔二〕。適當喜懼之秋，彌謹晨昏之奉。南山柏茂，上皇正衍於億齡；北内椒馨，壽母又臻於七袠。嗣萬世無疆之曆，燕兩宫有永之祺。爰即新春，慶成縟禮。遂令四海咸登仁壽之途，端在一人克盡愛欽之道。歡騰率土，德格皇天。臣猥以負薪，稽於就日。葱葱鬱鬱，望漢殿以輸誠；簡簡穰穰，慶〔三〕華封而致祝。

校勘記

〔一〕「陛下」下四庫本有「道隆堯舜，行過閔曾」八字。

〔二〕「承顔黼座，問寢龍樓」，四庫本作「問寢龍樓，三曰安而乃喜；垂衣黼扆，一舉足而不忘」。

〔三〕「慶」，四庫本作「罄」。

太上皇后慶壽禮成賀太上皇帝表

北内兩宫，茂喬松之偕老；南山萬壽，喜箕翼之交輝。彤闈躋七秩之祥，丹扆富九重之樂。歡均率土，慶溢敷天。中賀。恭惟尊號太上皇帝，道並堪輿，德隆今古。爰非心於黄屋，久玩意於紫清。六十年不試兵戈，實由兼愛；億萬人皆興禮遜，本自移風。陰功既冠於百王，純嘏宜膺於萬歲。遂同椒壺，並介椿齡。涓穀旦於始春，舉縟儀於闊〔一〕典。光華寶册，紀太姒之徽音；瀲灩玉卮，洽上皇之歡意。臣棲身在外，伏枕未瘳。祝獻華封，阻簉鵷鸞之列；頌馳天保，徒懷葵藿之心。

校勘記

〔一〕『闊』，四庫本作『曠』。

太上皇帝慶壽禮成賀皇帝表

太極儲祥，如遇常珍之歲；三朝介祉，更覃綿宇之恩。罄夷夏〔一〕以嵩呼，企雲天而鼇抃。中賀。臣聞二帝之盛，享祚獨高；三王之隆，得年有永。降及中古，迄于當今。允惟太上之至尊，獨備廣成之大道。非心黄屋，玩意紫清。日月緩行，方彭祖十分之一；春秋益富，過莊椿百倍而多。聖算無疆，宸衷以喜。恭惟皇帝陛下，資齊堯舜，行過閔曾。問寢兩宮，克盡南陔之養；均歡四海，又誦蓼蕭之詩。至德上際而下蟠，休聲風行而雷動。臣來〔二〕遵聖訓，快覩縟儀。瀲灩玉卮，慶慈顔之怡懌；岧嶤金闕，靄佳氣之氤氲。普暨蒸黎，同躋仁壽。

校勘記

〔一〕『罄夷夏』，四庫本作『合中外』。

〔二〕『來』，四庫本作『未』。

高宗皇帝加徽號上皇帝表 辛亥十一月

則天蕩蕩，固靡侔於形容；成功巍巍，宜不忘於揚厲。式昭祖武，允屬孫謀。神人悦怡，夷夏鼓舞。中賀。竊惟洪荒之上，聖賢著無謚之文；治古以來，子孫有稱美之義。雖太平無象，難施繪畫之工；而大德得名，實貴光昭之舉。原于歷代，盛在熙朝。恭以高宗徽號皇帝，配天受命，奮一旅以振中微〔一〕；撥亂興衰，敘九疇而建皇極。全功兼創業守成之績，至德盡郊天告廟之誠。斡聖神變化之機，備文武弛張之道。人和致順，蓋止于仁；地察顯靈，實根於孝。皆生知之固有，匪溢美之虚言。肆加十字之徽稱，雅出大君壽皇表云兩宮〔二〕之英斷。典册焜煌於億載，神靈歡喜於九霄。一札初頒，萬方咸服。伏惟皇帝陛下，聰明作后，睿智有臨。重舜之華，惟務悦親而有道；襲堯之爵，故知尊祖以爲先。懿此縟儀，叶于慈抱。泥金檢玉，重增九廟之光；疊矩重規，高掩百王之躅。臣伏阻〔三〕退休田野，莫遑趨慶闕庭。遥慕隆軌，徒馳卑悃〔四〕。

校勘記

〔一〕『振中微』，清抄本『振』作『抍』，四庫本作『極中興』。
〔二〕『壽皇表云兩宫』，原作『云兩宫壽皇表』，據四庫本改。
〔三〕『阻』，四庫本作『限』。
〔四〕『遥慕隆軌，徒馳卑悃』，四庫本作『臣無任云云』。

高宗皇帝加徽號上壽皇聖帝表〔一〕

則天蕩蕩同前。伏惟至尊壽皇聖帝陛下，承帝堯之統，廣文王之聲。措世治安，游心沖漠。雖脱屣於萬乘，猶制服於三年。精誠已底於格天，思念未忘於陟岵。茲涓良日，肇舉縟儀。雖出孫謀，實緊慈訓。泥金檢玉同前。

校勘記

〔一〕此首四庫本無。

浙江文叢

史浩集

〔下册〕

〔宋〕史浩 撰
俞信芳 點校

浙江出版聯合集團
浙江古籍出版社

鄮峰真隱漫録卷三十二

書 記序附

上知紹興府俞閣學乞修黄山橋書

某嘗聞莆陽蔡公端明之守泉南也，旌車首至，詢民疾隱。僚屬有欲裨公之善政者，作而言曰：『爲政之大，無如活人。此邦瀕海，南俯大江，潮汐吞吐，實海之匯。風平浪嬉，過者愕眙。時當秋霆，建劍諸郡山洪競注，驚湍怒瀾拍岸，成屋幢幢，往來載以巨艑，恒患覆溺。生全之計，須駕杠梁以濟〔一〕。』蔡公然之，始度工鳩財，以舉大事。躬巡之，其有骫惰不力者，梟〔二〕首以徇，人始并作。或曰：『作橋將以爲利，今利未成而先殺數百人，可乎？』蔡公從容呼父老曰：『每歲溺者幾？』咸曰：『少至數百人。』蔡公欣然曰：『吾以一歲之溺而成是橋，爲萬歲計，當活幾耶？』於是衆乃歎其不及。橋成，抵今賴之，所活無算。天下始知蔡公之政不爲小補矣。某每得是語於先生長者間，竊歎生後其時，不得斯人而師事之。乃者效官于此，適遇某官閣下師帥一道，愷悌父母，神明智權，不待紀述，籍然萬古。楓宸眷倚，正圖任於老成；槐揆交親，每咨詢於故實。可謂當世之人傑，一時之表儀。蔡公之政，不足進於閣下乎？某於是時一介小吏，竊食支邑，不量猥賤，思如昔人欲裨閣下之善政，乃以境内黄山一橋爲請，已蒙賜許。夫何流俗，健於誣訟，似有掣肘。幸賴恩光燭其無它，使終就是役。此誠蔡公之用心也。夫以蔡公不憚殺數百人以濟其事，今一庸僧擁貲數萬，不肯捐毫毛以償其師之願，至於屢訟，其人可見矣。使破一庸僧之積成是橋，不猶愈於殺數百人乎？況其所出又止萬分之一，宜乎閣下之所不恤也。伏念某資稟不高，行能無取，獨知遠慕古人。即今之〔三〕人，其賢耶，思欲竭盡犬馬，以攀附其鱗翼；其不賢耶，寧緘脣晦迹，自處〔四〕於無用之地。則今日之謀，其心固不待言而喻。向使此橋不就，歲溺百人，萬歲計之，所喪百萬。是百萬人之命，在閣下一可否之間爾。伏惟察其如是，排斥群議，賜以必成。異時輪蹄絡繹，舉足下步〔五〕，獲爲夷塗，實閣下之甘棠。某雖愚陋，豈不能以骫骳之文刻之豐碑，仰頌閣下之盛美耶？噫！子産仕鄭，以其乘輿濟人於溱洧，孟氏以爲惠而不知爲政。然則知爲政者，果不在彼，而在此矣。伏惟幸赦其狂而進之。

校勘記

〔一〕『恒患覆溺生全之計須駕杠梁以濟』，四庫本闕。

〔二〕『大事躬巡之其有骫惰不力者梟』，四庫本闕。

〔三〕『即今之』，四庫本作『印之今』。
〔四〕『處』，四庫本作『取』。
〔五〕『舉足下步』，四庫本作『往來投足』。

上浙東游提舉書

某嘗謂經之不可不明也久矣。學士大夫峨冠博帶，高視闊步，莫不自謂我明經。然而有得於紙上，有得於胸中，二者不可不辨也。夫窮年挾策，皓首無聞，唇腐齒落而僅記其文，秃筆殫墨而粗釋其字。及乎用之修身行己，措之天下國家，鮮不倒行而逆施。此得之紙上，世所謂腐儒者是也。視聖言爲藥石，指書册爲筌蹄，心開意悟而不囿於語言，六通四闢而不膠以形器。及乎用之修身行己，措之天下國家，莫不曲全而超詣。此得之胸中，世所謂通儒者是也。三代之下，通儒常少而腐儒常多，以紙上徒勞而胸中昧也。天佑我宋，篤生鉅公。相視以道而相得以心，堯、舜、禹、湯、文、武、周、孔、孟氏之後，經晦而復明，學絶而復續，先察院尤其傑然者。是故當時一言之出，人爭播傳；一事之施，人爭紀録。抵今炳炳如日星之麗天，草木之華地，愈久而愈光明。又得閣下克世其學故爾。恭惟閣下高明博洽，淳大粹全，過庭受教，親得其妙，而持之以簡古，將之以謹静，天下之士翕然引重，以爲先察院之道不墜矣。今閣下以斯道立朝，受明天子之知，入都省寺，出領外臺，風采聲華，馳達萬里，而先察院之英風不亡矣。豈不偉歟！豈不偉歟！伏念某一介小生，自結髮讀書，竊不喜泥陳於紙上，唯知以心明經。故每見古人有得於胸中者，莫不歸心焉。迺者誦先察院之遺編，遐想其人，恨不生同其時。豈期效官下吏，遭遇閣下持節於此？星軺所届，士爭先覩。某今年〔一〕班上，道周一望，履舄之塵，沖然體貌，温然詞氣，先察院之典刑已瞭然心目間。雖未獲經座側，而其所得已不貲矣。重念某甑石無儲，慈親垂白，孤寒乏蚍蜉之援，臃腫類樗櫟之材，獨知以心明經，幸在節下。儻蒙察其如是，收置陶冶，使通儒之門有如某輩，異時羽翼閣下之道，豈若籍湜之未保其弗畔耶？伏惟幸赦其愚而許之。

校勘記

〔一〕『今年』，四庫本作『既幸』。

再答商解元請解孟子書

某伏辱再書，曲示渠渠之意。詞彩燦爛，若明霞之映日，感服殆不勝言。抑其間有宜辨者，故不敢嘿嘿。夫足下所欲知孟子者，將使爲之訓詁以訓釋其文義耶？抑欲知道之淵源耶？若止求訓釋，則自趙岐而下，歷世不乏，僕亦何所容喙？若求知道，則道不可以言傳，而可以意得。昔者聖人言滿天下無口過，以其隨叩即答，無過〔一〕訓釋其文義，而道之精微出於文義之表者，或未聞也。且以孔孟談經言之，孔子於碩人之詩，則稱繪事後素；孟子於小弁之詩，則敘親親之怨，未嘗專於訓釋，而語與意會，自然高妙。使漢儒談經如許，則古人可以端坐〔二〕而議，後世不鄙漢儒之爲漢儒矣。今僕試因足下之教，操觚擿紙，每事書數十語於其下，亦固不難。直恐後世有愛僕之書者，必曰：『孟氏之意止是爾。』夫聖人之意未易窮盡，隨其所得之淺深，小以成小，大以成大，初無一定之論。而使後世或妄測之，以爲不能過是，則盲天下之目，聾天下之耳者，由僕也。敢不謹哉！齊公讀書於堂上，輪扁斫輪於堂下，宜乎趨捨之不侔。至論聖人之意，則齊公有愧於輪扁者，所主異也。足下儻務明聖人之意，而不區區於文義之間，七篇當無餘藴。不然，則是雷霆震地而不聞，日月中天而不見，雖有充棟汗牛之訓釋，恐亦無補於道也。適方還自村落，偶覩所惠，信筆爲復，不成文理。足下亮之可也。

校勘記

〔一〕『過』，四庫本作『意』。

〔二〕『坐』，四庫本作『拜』。

記

壽鄉記 代作

曜靈在奎，夾鍾入奏。仁風扇而花氣濃，素魄弦而瑞光滿。客有乘雲御風，神游乎八極之表，飄然而至壽鄉。壽鄉去塵世不知其幾千萬里，以樂爲境，以福爲基，以道德爲習俗。其提封之廣袤，又不知其幾千萬里。企而望之，則金霄紫房，玉帝之都；俯而得之，則碧濤翠釜，蓬萊之館。東涉青藜之林，則箕張翼舒，霞光萬丈，亘乎蒼龍之尾。傅説成有商之治，上而君乎此也。西歷蟠桃之島，則瓊臺玉甃〔一〕，銀浪萬頃，極乎金樞之淵。王母感漢后之勤，降宴乎此〔二〕也。南鄰老人之區，光芒燦爛；北接太微之庭，簪弁旁午，皆目力之所不能窮。紺綃絳彩，聳峙以爲門闕；金墉玉阜，周環以爲城郛。仙吹動而鈞天鳴，春光融而雲露暖。旌幢戛擊，環珮丁東。涉其津涯而未至其閫奥者，蓋紛紛然皆是。

麗眉揚而青瞳方，素髮垂而丹臉渥。手策靈壽，足納飛舄。相與入乎不夜之圃，登乎自得之場。拂〔三〕玉户，扣金鏞，俄然有人出而應門。蒼髯竦立，望之蔚然者，曰：『吾五大夫十八公也。』曳九岐之彩綬，垂覆甲之青絲者，曰：『吾清江使者蔡十朋也。』頂煙華之紫冠，被飄蕭之羽服者，曰：『吾華表真人丁令威也』。三人於是止踵門之衆至，獨揖客而進之。履芝〔四〕蹊，度春嶺，逡巡而至乎介眉之堂。上有珠閣萬仞，琪花千層，丹臺紫府，金闕玉京。長生之書森列乎左右，蓋不可得而悉數。望其中，則芝華絳節，侍人如林。羽蓋之下，非〔五〕煙瑞馥，郁郁葱葱，環擁乎玉猊之座。詢之，則曰：『此壽鄉主人之居也。』客曰：『主人爲誰？可得而見否乎？』三人從容而語客曰：『子亦知夫人世有所謂冰雪道貌，錦繡文腸，笑踏月窟，取丹桂之一枝；閑步金閨，壓青錢之萬選，典誥鏘於帝耳，風標聳於道山，登秘殿，憩琳宮，優游難老，以遂其生者乎？實吾鄉之主人也。且其流慶，蓋有興禮樂於搶攘之塗，措生靈於仁壽之域。化日舒而百志寧，春臺熙而民氣樂。其陰功鉅德，上格于天。天實報之長生久視，而吾主人常布武於鳳池，以益〔六〕享無窮之休。計其壽考，則沆瀣浮盃，醉千齡於旦暮；絳紗籠體，閱億載於須臾。向也及門而不入者，尚足以追蹤於老彭，篭迹於喬松。矧宅是居者，宜何如〔七〕耶？』客乃竦然寤，肅然請曰：『向之所述，得非某人乎？』大夫曰：『其幾是矣。其出游人間世，三十〔八〕春矣。歲寒之舊，諒不我遺。吾將率真人之羽駕，拉使者之雲軿，往而從之，以爲逍遥游。客以謂可否乎？』客曰：『夫龍門數仞，虎士群呵。輪蹄萃而紫霧飛，簪履趨而香塵暗。不有爲贄，又何以知諸君之來乎？』三人相視而笑曰：『然哉！然哉！』

於是大夫誦清風之謡，使者賦巢蓮之歌，而真人詠芝田之詩，使客坐聽。客得之，恍然而歸，尚能記其髣髴。翌日乃我公夢熊之辰也，因緣之爲左右獻，且以侑壽觴云。

清風之謡曰：『清都風露非塵寰，颯然不隨〔九〕青蘋間。千春邂逅儻一至，飄飄直上蓬萊山。蓬萊山，在何許，寧似吾鄉鄰帝所。主人試起爲披襟，請向空冥奏宮羽。』

巢蓮之歌曰：『藥沼芙蕖蒼壁柱，有葉田田翠雲縷。不須一嚼藕如船，已覺沈痾蜕輕舉。吾嘗跌宕任真游，巢居此葉千春秋。主人儻可醉霞液，好把吾廬當玉甌。』

芝田之歌曰：『玉腴萬井真神倉，華清挽水滋滄浪。翱翔吾已謝飢渴，飲啄人知非稻粱。九莖噴彩有餘瑞，三秀臨風無奈香。主人聊與一爽口，日月緩轡如吾鄉。』

校勘記

〔一〕『桃之島則瓊臺玉甃』，四庫本闕。

〔二〕『勸降宴乎此』，四庫本闕。

〔三〕『拂』，四庫本作『拄』。

〔四〕『芝』，四庫本作『香』。

〔五〕『非』，四庫本作『祥』。

〔六〕『益』，四庫本作『並』。

〔七〕『何如』，四庫本作『如何』。

〔八〕『十』，四庫本作『千』。

〔九〕『隨』，四庫本作『墮』。

劉忠顯公祠堂記

宣和初，忠顯劉公守會稽。迨〔一〕二年冬，青溪盜大起，遂陷杭、睦。明年春，衢、婺、處亦失守。於是乘鋭四出，直擣會稽。邀集蟻緣，孤堞岌岌。賊怙其衆，意公必嬰城，欲以持久困之。而公迺亟開闢，麾衆出戰。賊遂大潰，死者相枕於野。自是不敢復東。時永嘉、臨海、四明以會稽爲蔽障，卒賴以全。制書策勳，自徽猷閣待制、大中大夫，拜述古殿直學士、正奉大夫。於是天下識與不識皆期公大用。其後雖不幸不至輔相，然守封疆，死國難，忠貫白日，義感異類，哀榮之典，震耀一時。秩宗、奉常考靖康死事之臣足以追配李忠滑者，惟公一人，故謚曰忠顯。某後五十年，來領郡事，實公建功立事之地，獲拜公生祠于圓通精舍。雖棟宇湫隘，混於群衲繪像中，邦人猶能肅恭奉祀，如公尚存；思慕誦説，如公始去。盛德之容，凜然如生，望之足以廉貪而起懦。嗚呼盛哉！某既徙公像于清獻趙公祠宇，又記其事于石，以示後世。惟公無恙時，有生祠二：南惟會稽，北惟真定。皆以禦寇捍難，有大功于是邦也。會稽之祠葺矣，今天子神聖英武，將北復趙魏，廓清中原，則真定之祠行亦汛掃。某雖老矣，尚庶幾見之。

乾道己丑七月望日，句章史氏述〔二〕。

校勘記

〔一〕『迨』，四庫本作『迺』。

〔二〕『乾道己丑七月望日，句章史氏述』，原闕，據嘉泰會稽志卷十三補。

序

送孫季和赴遂安序

子游爲武城，夫子聞其弦歌，嘗戲之曰：『割雞焉用牛刀？』子游以所得於夫子者對，夫子不能奪。蓋有民人社稷，大而天下，小而一邑，皆當以道化也。今季和去爲遂安，其以道化乎？其從事於簿書期會，汲汲征利，以趨目前之急，如俗吏之所爲乎？吾知季和有志於道也。夫道化豈終不享其利乎？儻百里之内，君子愛人，小人易使，利斯在焉。第當優柔涵養，以須其成爾。季和藴蓄操履，著聞於時，巖廊有聖天子，當路皆良有司，不患名之不顯，仕之不達。當以道化爲先，則後世卓魯不得窺其涯矣。將行，序以送之。紹熙辛亥中春朔吉，鄮峰真隱史某序。

送壽居仁序

君臣父子之道，天性也。父子有親，君臣有義，性之情也。佛之教乃欲去君臣，離父子，是忘情也。夫情豈能忘哉！忘情，是土木偶人爾。彼其投身救虎，割肉餌鷹，哀物之飢，豈忘情乎？付囑此道，流傳[一]末世，憫物之迷，豈忘情乎？是故學佛之至者，忘情之中有真情存焉。今世之學佛者，負重名，住大刹，以利物爲心，有纖芥不悦於中，則打包陞座，拂袖便行。去則窮日之力，招然有遑恤我後之意。人以爲達，真情安在哉！此山壽師來住寶奎，未幾倦游欲去，乃力舉所知以爲代。又爲之經理其未備，使繼之者安居，然後逡巡而退。真情發露，和氣藹然。是於忘情之中有真情，真情之中又無我也。其學佛之至者歟？其行也，序以送之。紹熙辛亥二月丙申，鄮峰真隱史某序。

校勘記

〔一〕『流傳』，四庫本作『於後』。

鄮峰真隱漫録卷三十三

贊

會稽先賢祠傳贊上 高尚之士

漢嚴先生

先生字子陵，諱光，一諱遵。會稽餘姚人，少有高名，與光武同游學。及帝即位，乃變姓名，隱而不見。帝思其賢，令物色訪之。齊國言有男子披羊裘釣澤中，帝疑先生，乃備安車玄纁，遣使聘之，三反而後至。車駕幸其館，先生卧不起。帝即其卧所，撫先生腹曰：『咄咄！子陵不可相助爲理耶？』先生良久熟眡曰：『昔唐堯著德，巢父洗耳。士固有志，何至相迫乎？』帝歎息而去。復引先生入，論道故舊，因共偃卧，先生以足加帝腹上。明日，太史奏：『客星犯御座。』帝笑曰：『朕故人嚴子陵共卧耳。』除爲諫議大夫，不屈。乃耕於富春山。後人名其釣處爲嚴陵瀨。年八十，終於家。事載後漢書逸民傳。贊曰：

採芝南山，昔在園綺。國有大疑，投袂而起。羊裘澤中，可止則止。得聖之時，遠希夫子。

漢王先生

先生字仲任，諱充。會稽上虞人也。少孤，鄉里稱孝。後到京師，受業太學，師事扶風班叔皮。好博覽，而不守章句。家貧無書，常游洛陽市肆。閱所賣書，一見輒能誦憶，遂博通衆流百家之言。後居鄉里，屏居教授。仕郡爲功曹，以數諫諍不合去。閉門潛思，絶慶弔之禮，户牖牆壁各置刀筆。著論衡八十五篇，二十餘萬言。友人同郡謝夷吾上書薦先生才學，肅宗特詔公車召，病不行。乃造養性書十六篇，裁節嗜慾，頤神自守。永元中，卒于家。事載後漢書列傳。贊曰：

方寸如何，納五車書。孰知空洞，可包太虛。我觀論衡，經世所須，先生之志，豈曰隱居。

漢袁先生

先生字正甫，諱忠。汝南汝陽人。與范孟博爲友，同陷黨獄。得釋後爲沛相，乘葦車到官，以清亮稱。及天下亂，棄官，客會稽上虞。嘗[一]乘船戴笠蓋詣太守王朗，見[二]朗僮從奢麗，鄙之，即辭疾發而退。事載後漢書袁郃公傳。贊曰：

孟博傑士，千載不朽。欲知若人，請觀其友。奢麗驕矜，正直所醜。尚想先生，掩耳直走。

校勘記

〔一〕『嘗』，原作『常』，據明抄本改。

〔二〕『見』上原有『相』字，據明抄本删。

漢桓先生

先生字文林，諱曅，一諱嚴，又或作儼。沛郡人。克修志介，仕爲郡功曹，後舉孝廉、有道方正茂才，三公並辟，皆不應。初平中，避地會稽，住止山陰縣故魯相鍾離子何舍。太守王朗餉給糧食、布帛，一無所受。臨去之際，屋中尺寸之物悉疏付主人，纖微不漏。移居揚州從事屈豫室中。庭橘實熟，乃以竹藩橘四面，風吹落兩實，以繩繫著橘枝。每當危亡之急，其志彌固。後浮海客交趾，越人化其節，至閭里不爲訟。事載後漢書桓春卿傳。贊曰：

聖哲居齊，嘗辭兼金。先生拒餉，孟氏之心。我後千載，來游山陰。清風律貪，懷哉文林。

魏嵇先生

先生字叔夜，諱康。其先會稽上虞人。有奇才，而土木形骸，不自藻飾，人以爲龍章鳳姿。天質自然，恬靜寡欲。好老莊，常修養性服食之事。彈琴詠詩，自足於懷。著養生論。所與久〔一〕交者，惟陳留阮嗣宗、河内山巨源；豫其流者，河内向子期、沛國劉伯倫、嗣宗兄子仲容、瑯琊王濬仲，遂爲竹林之游，世所謂竹林七賢也。先生嘗〔二〕採藥，游山澤，會其得意，忽焉忘返。汲〔三〕郡山中見孫公和，遂從之游。山巨源將去選官，舉先生自代，先生乃與書告絶。又撰上古以來高士，爲之傳贊，欲友其人於千載也。事載晉書列傳。贊曰：

三〔四〕馬食槽，將同祖龍。中散人傑，以直弗容。採藥山澤，寄懷絲桐。追配首陽，岦乎高風。

校勘記

〔一〕『久』，明抄本作『神』，四庫本作『人』。

〔二〕『嘗』，明抄本作『常』。

〔三〕『汲』上明抄本有『至』字。

〔四〕『三』，四庫本作『五』。

晉孔先生

先生字敬康，諱愉。會稽山陰人。年十三而孤，養祖母以孝聞。與同郡張偉康、丁世康齊名，時人號曰會稽三康。吴平〔一〕，先生遷於洛。惠帝末，東還會稽，入新安山中，改姓孫氏。

以稼穡、讀書爲務，信著鄉里。後忽捨去，皆謂之神人，而爲之立祠。東晉初，仕至會稽内史，封爲餘〔二〕不亭侯。在郡三年，乃營山陰湖南侯山下數畝地爲宅，草屋數間，便棄官居之。送資數百〔三〕萬，悉無所取。事載晉書列傳。贊曰：

我訪遺迹，侯山之陰。竹柏松柟，百畝蕭森。平湖渺然，鳧鷺飛沈。匪濯我纓，實洗我心。

校勘記

〔一〕『吴平』，原作『先生』，據明抄本改。

〔二〕『餘』，原闕，據晉書卷七十八孔愉傳補。

〔三〕『數百』，原作『百數』，據明抄本乙正。

晉虞先生

先生字仲寧，諱喜。會稽餘姚人。少立操行，博學好古。郡察孝廉，舉秀才，司徒辟，皆不就。懷帝即位，公車召拜博士，不就。太寧中，復以博士召，下詔曰：『虞某潔靜其操，歲寒不移，研精墳典，居今行古。志操足以厲俗，博學足以明道。前雖不至，其更以博士召之。』辭疾不就。咸康初，詔以散騎常侍召之，又不就。凡所注述數十萬言，行於世。事載晉書儒林傳。

贊曰：

鳳翔千仞，下覽德輝。公之終隱，世與我違。嗟嗟俗子，突梯脂韋。蕭然遠引，寥廓高飛。

晉阮先生

先生字思曠，諱裕。陳留尉氏人也。以德業知名，咸和初除尚書郎，去職，居會稽剡縣。司徒王茂弘引爲從事中郎，固辭不就。朝廷將欲召之，先生知不得已，乃求爲王處明撫軍長史。處明〔一〕薨，除吏部，不就，即家拜臨海太守。少時去職，詔爲秘書監，以疾辭。復〔二〕除東陽太守，尋召爲侍中，不就。還剡山，有肥遁之志。有以問王逸少，逸少曰：『此公近不驚寵辱，雖古之沈冥，何以過此！』先生嘗以事至京師，事畢便還，諸人追之不及。劉真長歎曰：『我入東，正當泊安石渚下耳，不敢復近思曠傍。』在山東久之，復召爲散騎常侍，領國子祭酒。俄而復以爲金紫光禄大夫，領瑯琊王師。經年敦〔三〕逼，並無所就。先生終日静默，無所修綜，而物自宗焉。事載晉書阮嗣宗傳。贊曰：

王劉勝士，下視一世。獨於先生，斂衽知畏。静默沖虚，超然無累。尚友蜀莊，其又奚愧。

校勘記

〔一〕『求爲王處明撫軍長史』，原作『勉爲王處明』，據明抄本改；四庫本作『求爲王舒長史舒』。

〔二〕『復』，明抄本作『後』。

〔三〕『敦』，明抄本作『光宗廟諱』小字。

晉王先生

先生字逸少，諱羲之。琅琊人，司徒茂弘之從子也。少有美譽，朝廷公卿皆愛其才器。爲右軍將軍、會稽内史。雅好服食養性，不樂在京師。初渡浙江，便有終焉之志。會稽有佳山水，名士多居之，謝安石未仕時亦居焉。孫興公、李弘度、許掾、支道林等皆以文義冠世，並築室東土，與先生同好。嘗與同志宴集於會稽山陰之蘭亭，先生自爲之序，以申其志。後稱病去郡，於父母墓前自誓不仕。與東土人士盡山水之游，弋釣爲娱。又與道士許叔玄共修服食，採藥石不遠千里，徧遊東中諸郡，窮諸名山，泛滄海。歎曰：『我卒當以樂死。』終身不復起。事載晉書列傳。贊曰：

先生棄官，如視土芥。人亦有言，孤竹之隘。我獨知之，大易之介。不俟終日，於是乎在。

晉謝先生

先生字安石，諱安。陽夏人，寓居會稽，與王逸少、許掾、支道林遊處。出則漁弋山水，入則言詠屬文，無處〔一〕世意。揚州刺史康季堅以先生有重名，必欲致之。不得已赴召，月餘求歸。復除尚書、瑯琊王友，並不起。吏部尚書范玄平舉先生爲吏部郎，先生以書拒絶之。有司奏先生被召歷年不至，禁錮終身。遂棲遲東土，常往臨安山中，坐石室，臨濬谷，悠然歎曰：『此去〔二〕伯夷何遠？』後仕至太保。雖受朝寄，然東山之志始末不渝，每形於顔色。及鎮新城，盡室而行。造汎海之裝〔三〕，欲須經略粗定，自江道還東，雅志未就而卒。事載晉書列傳。贊曰：

先生在東，若將終身。晚乃强起，談笑經綸。酒盃弈局，坐清胡〔四〕塵。我觀東山，匪渭即莘。

校勘記

〔一〕『處』，四庫本作『出』。

〔二〕『去』，原作『亦』，據晉書卷七十九謝安傳改；四庫本作『與』。

〔三〕『裝』，原作『莊』，據晉書卷七十九謝安傳改。

〔四〕『胡』，四庫本作『煙』。

晉謝先生

先生字慶緒，諱敷。會稽人也。性澄靜寡欲，入太平山十餘年，辟命皆不就。初，月犯少微，一名處士星，占者以隱士當之。譙國戴安道有美才，時人憂之，俄而先生死。故會稽人士以嘲吴人云：『吴中高士，求死不得死。』事載晉書隱逸傳。贊曰：

先生避世，考盤林泉。身老且窮，厥聲殷然。史占少微，有變在躔。齎志何憾，知我者天。

校勘記

〔一〕『殷』，四庫本作『隱』。

晉戴先生

先生字安道，諱逵。譙國人。少博學好談論，善屬文。能鼓琴，工書畫。其餘工藝，靡不畢綜。太宰武陵王晞聞其善鼓琴，使人召之。先生對使者破琴曰：『戴安道不爲王門伶人。』居會稽之剡縣。性高潔，常以禮度自處，深以放達爲非。孝武帝時，以散騎侍郎、國子博士累召辟〔一〕，以〔二〕疾不就。郡縣敦〔三〕逼不已，乃逃于吴。會稽内史謝幼度慮先生遠遁不反，乃上疏請絶其召命〔四〕，帝許之，先生復還剡。後召之，復不至。事載晉書隱逸傳。贊曰：

魏晉俗壞，以放濟荒。滔滔欺世，託名老莊。先生隆禮，將砭世肓。義氣英發，破琴之剛。

校勘記

〔一〕『辟』，四庫本作『辭』。

〔二〕『以』下明抄本有『父』字。

〔三〕『敦』，明抄本作『光宗廟諱』小字。

〔四〕『命』，明抄本作『明』。

宋孔先生

先生字彦〔一〕深，諱淳之。魯人，居剡。性好山水，每有所遊，必〔二〕窮幽峻，或旬日忘歸。與徵士戴仲若、王弘之及王敬弘等，共爲方外之游。會稽太守謝方明苦要之，不能致，使謂曰：『苟不入吾郡，何爲入吾郭？』先生笑曰：『潛游者不識其水，巢栖者不辨其林。飛沈所至，何問其主？』終不肯往。茅室蓬户，草庭蕪徑，唯床上有數帙書。宋元嘉初，召爲散騎侍郎，乃逃于上虞界中，家人莫知所在。事載南史隱逸傳。贊曰：

先生居剡，其徒自魯。世雖莫考，殆出宣父。聖蓋歷聘，公則窮處。是豈不同，或默或語。

校勘記

〔一〕『彦』，原作『産』，據四庫本改。

〔二〕「必」下四庫本有「獨」字。

宋戴先生

先生字仲若，諱顒。安道子也。會稽剡縣多名山，故世居剡下。與兄並受琴於父，父殁，所傳之聲不忍復奏。各造新弄，兄制五部，先生制十五部。先生又制長弄一部，並傳於世。桐廬縣多名山，兄弟復共游之，因留居止〔一〕。兄卒，先生以桐廬僻遠，難以養疾，乃出居吳下。士人共爲築室，聚石引水，植林開澗。少時繁密，有若自然。乃述莊周大旨著逍遥論，注〔二〕禮記中庸篇。元嘉中召，不就。又止京口黄鵠〔三〕山山北竹林精舍。宋文帝每欲見之，常謂黄門侍郎張敷曰：「吾東巡之日，當宴戴公山下也。」事載南史隱逸傳。贊曰：

二戴之禮，著於西京。先生父子，家學〔四〕揚名。中庸奥旨，發揮誠明。聖道得傳，軒冕何輕。

校勘記

〔一〕「止」，原作「山」，據明抄本改。

〔二〕「注」，原闕，據宋書卷九十三戴顒傳補。

〔三〕「鵠」，四庫本作「鶴」。

〔四〕『學』，四庫本作『樂』。

宋朱先生

先生史失其字，諱百年。會稽〔一〕人。少有高情，攜妻孔氏入會稽南山，伐樵採箬爲業。以樵箬置道傍，輒爲行人所取，明旦已復如此。人稍怪之，積久方知是朱隱士所賣。須者隨其所堪多少，留錢取樵箬而去。或遇寒雪，樵箬不售，無以自資，輒自榜船送妻還孔氏，天晴迎之。先生好飲酒，遇醉或失之。頗言玄理，時爲詩詠，有高勝之言。隱迹避人，惟與同縣孔顗友善。顗亦嗜酒，相得輒酬對盡歡。顔竣〔二〕爲東揚州，餉先生米五百斛，不受。後卒山中，蔡興宗爲會稽太守，餉先生妻米百斛，先生妻遣婢詣郡門奉辭固讓。時人美之，以比梁鴻妻。事載南史隱逸傳。贊曰：

夷齊去周，採薇食之。禦寇辭粟，彼非我知。顔竣之餉，可卻〔三〕不疑。清哉先生，百世之師。

校勘記

〔一〕『稽』下四庫本有『山陰』二字。

〔二〕『竣』，原作『峻』，據明抄本改。下同。

〔三〕『卻』，明抄本作『欲』。

宋孔先生

先生史失其字，諱祐。敬康曾孫也。至行通神，隱于會稽四明山。嘗見山谷中有數百斛錢，視之如瓦石不異，採樵者競取，入手即成沙礫。曾有鹿中箭來投，先生爲之養創，愈然後去。太守王僧虔欲引爲主簿，不可屈。先生子道徽，與杜景齊友善。少厲高行，能世其家風。隱居南山，終身不窺都邑。齊豫章王嶷爲揚州，辟西曹書佐，不至。鄉里宗族慕之。道徽兄子總，有操行。遇饑寒不可得衣食，縣令丘仲孚薦之，除竟陵王侍郎，竟不至。事載南史隱逸傳。

贊曰：

貪夫徇利，或死懷璧。公不動心，視同瓦礫。素風薰陶，猶〔一〕子絶識。一門清節，迺祖遺德。

校勘記

〔一〕『猶』，四庫本作『厥』。

齊褚先生

先生字元璩，諱伯玉。錢塘人。少有隱操，寡嗜慾。年十八，父爲之婚，婦入前門，先生從後門出。遂往剡，居瀑布山。性耐寒暑，三十餘年，隔絶人物。王僧達爲吴郡，以〔一〕禮致之。先生不得已，停郡信宿，纔交數言而退。宋孝建二年，召聘，不就。齊高帝即位，手詔吴越〔二〕二郡以禮迎遣，又辭疾。上不欲違其志，勑於剡白石山立太平館舍之。卒，年八十六。先生常居〔三〕樓上，仍葬樓所。事載南史隱逸傳。贊曰：

先生高潔，脱身辭昏。樂道無悶，卒老丘園。邦君請交，贈以數言。視彼温伯，我則已煩。

校勘記

〔一〕『以』，明抄本作『苦』。

〔二〕『越』，四庫本作『會』。

〔三〕『居』下明抄本有『一』字。

梁何先生

先生字子季，諱胤。廬江灊人。師事劉子珪，受易及禮記、毛詩，又入鍾〔一〕山定林寺聽内典，其業皆通。仕至中書令。雖貴顯，常懷止足。建武初，已築室郊外，常與學徒游處其內。既而，遂〔二〕賣園宅，欲入東，乃拜表解職。不待報，輒去，有詔許之。以會稽山多靈異，往游焉，居若耶山雲門寺。初，先生二兄子有、子晳並棲遁，子有先卒。至是，先生又隱。世號子晳爲大山，先生爲小山，亦曰東山。世謂何氏三高。梁武帝踐祚，詔爲特進，不起。有勑給白衣尚書禄，固辭。又勑山陰庫錢月給五萬，又不受。乃勑何子朗、孔壽等六人於山東受學，先生以若耶勢迫隘，不容學徒，乃遷秦望山。山有飛泉，乃起學舍，即林成簷，因巖爲堵。別爲小閣室，寢處其中，躬自起〔三〕閉，僮仆無得至者。事載南史何彦德傳。贊曰：

秦望之山，煙雨岑岑。其下若耶，清見百尋。尚覬後人，來憇雲林。登山臨淵，宛見吾心。

校勘記

〔一〕『鍾』，原作『中』，據明抄本改。

〔二〕『山東』，四庫本作『東山』。

〔三〕『起』，明抄本作『啟』。

唐秦先生

先生字公緒，諱系。越州會稽人。北都留守薛兼訓奏爲右衛率府倉曹參軍，不就。客泉州南安九日山，大松百餘，結廬其上。穴石爲硯，注老子，彌年不出。刺史薛播數往見之，歲時致羊酒，未嘗至城門。張建封聞其不可致，請就加校書郎。其後東度秣陵，年八十餘卒。南安人思之，號其山爲高士峰。事載唐書隱逸傳。贊曰：

先生卜築，松陰蔽廬。清風滿室〔一〕，琴瑟笙竽。下視塵世，蚊雷汙渠〔二〕。我知其心，游物之初。

校勘記

〔一〕『室』，四庫本作『空』。

〔二〕『汙渠』，四庫本作『渠汙』。

唐張先生

先生字子同，諱志和。金華人，居江湖，自稱煙波釣徒。著書號玄真子，亦以自號。兄鶴齡恐其遁世，爲築室越州東郭。茨以生草，椽棟不施斤斧，豹席椶屩〔一〕。每垂釣，不設餌，志不在魚也。觀察使陳少游往見，爲終日留表，其居曰玄真坊。以門隘，爲買地，大其閎，號回軒巷。先生善圖山水，或擊鼓吹笛，舐筆輒成。嘗誦漁歌，憲宗圖真求其歌，不能致。李文饒稱先生隱而有名，顯而無事，不窮不達，嚴子陵之比云。事載唐書隱逸傳。贊曰：

玄真築室，椽楝不斵。千騎從之，扣户剥啄。素隱孤標，九原孰作。英英子陵，擬之無怍。

校勘記

〔一〕『屩』，四庫本作『屨』。

鄮峯真隱漫録卷三十四

贊

會稽先賢祠傳贊下 列仙之儒

越相范公

越相字少伯，諱蠡。事周，師太公望，好飲桂水〔一〕。爲越大夫，佐越王破吳後，乘輕舟入海，變名姓。適齊，爲鴟夷子皮。之陶，爲朱公。朱公財累億萬，號陶朱公。復棄之蘭陵賣藥，後人〔二〕有見之云〔三〕。事見劉子政列仙傳。贊曰：

水幾於道，隨器圓方。公既霸越，歸復富强。游戲萬事，無用弗臧。真得道者，死而不亡。

校勘記

〔一〕『飲桂水』，明抄本作『食桂飲水』，四庫本作『食飲桂水』。

〔二〕『人』，四庫本無。
〔三〕『云』，四庫本作『者』。

漢南昌尉梅公

梅公字子真，諱福。九江壽春人也。少學長安，明尚書、穀梁春秋。爲郡文學，補南昌尉。後去官，歸壽春。數因縣道上言變事，求假軺傳詣行在所條對急政，輒報罷。時成帝委任王鳳，專勢擅朝。京兆尹王章素忠直，譏刺鳳，爲鳳所誅。王氏寖盛，災異數見，群〔一〕下莫敢正言。公復上書，力陳〔二〕誅章之過，以譏切王氏，然不見納。又上言宜封孔子後，以奉湯祀。公居家，常讀書養性爲事。至元始中，王莽顓政，公一朝棄妻子去九江。至今傳以爲仙。其後人有見公於會稽者，變名姓爲吴市門卒云。今山陰之地有山曰梅山，有鄉曰梅里〔三〕。有里曰梅墅〔四〕。圖經載會稽記云吴〔五〕市門，即此也。事載前漢書列傳并圖經。贊曰：

會稽在漢，地兼吴越。公隱市門，或游禹穴。野鶴孤雲，孰能羈絏。百世之風，尚馳忠烈。

校勘記

〔一〕『群』，四庫本作『臣』。
〔二〕『陳』，四庫本作『言』。

〔三〕『里』，明抄本、四庫本作『市』。
〔四〕『墅』，明抄本無，四庫本作『里』。
〔五〕『吳』，明抄本作『爲』。

漢太尉鄭公

太尉字巨君，諱弘。會稽山陰人。世傳會稽射的山南有白鶴山，此鶴爲仙人取箭。太尉嘗採薪得一〔一〕遺箭，頃有人覓，太尉還之，問何所欲。太尉識其神〔二〕人也，曰：『常患若耶溪載薪爲難，願旦南風，暮北風。』後果然。故若耶溪風，至今猶然呼爲鄭公風也。後仕至太尉。以劾奏竇憲、楊光不宜處位，因乞骸骨歸，未許。病篤，上書陳謝，并言竇憲之短。臨没，悉還賜物，勅妻子：褐巾、布衣、素棺殯殮，以還鄉里。事載後漢書列傳。贊曰：

射的萬仞，藤蘿絡之。仙靈所止，可信不疑。樵風適意，飄飄水湄。千載之下，敬仰遺祠。

校勘記

〔一〕『一』，明抄本作『一』。
〔二〕『神』，四庫本作『非』。

漢魏先生

先生諱伯陽，或以爲字。會稽上虞人，高門之子。性好道術，不肯仕，修真潛默，養志虚玄，博贍文詞，通諸緯候。入山，將弟子三人作神丹。丹成，知弟子心不盡，乃試之曰：『丹今雖成，當先服之，入口即死。』獨有一弟子曰：『吾師非凡人也，服此而死，將有意耳。』乃亦〔一〕服丹，即復死。餘弟子不服，乃共出山爲求棺木。先生即起，將服丹弟子而去。因逢人入山伐木，故作書於鄉里寄謝二弟子。作參同契、五相類，凡三卷。其説似解周易，實假爻象以論作丹之意。事載葛稚川神仙傳。贊曰：

藏室萬卷，充溢棟宇。孰如參同，可究脈縷。允蹈其〔二〕詮，飄然輕舉。稽首琅函，丹經之祖。

校勘記

〔一〕『乃亦』，明抄本作『亦乃』。

〔二〕『其』，明抄本作『真』。

漢薊[一]先生

先生諱子訓。不知所由來，建安中客在濟陰宛句。有神異之道，流名京師，士大夫乘風向慕之，乃駕驢車詣許下。既到，公卿以下候之者，座上常數百人，皆爲設酒脯，終日不匱。後因遁去，遂不知所止。去之日，惟見白雲騰起。從旦至暮，如是數十處。時有百歲翁自說：童兒時，見先生賣藥於會稽市，顔色不異於今。後復於長安東霸城見之，與一老公摩挲銅人，相謂曰：『適見鑄此，已近五百歲矣。』顧視見人而去，猶駕昔所乘驢車也。見者呼之曰：『薊先生少住。』並[二]應之，若遲徐，而走馬不及，於是而絶。事載後漢書方術傳。贊曰：

至人得道，八極飛騰。徜徉塵世，驢車是乘。半千年間，谷或爲陵。摩挲銅狄，幾閲廢興。

校勘記

〔一〕『薊』，原作『蘇』，據四庫本改。下同。

〔二〕『住並』，原作『並住』，據四庫本乙正。

吴上虞令劉公

令君字伯經，諱綱。下邳人也。初居四明山，後爲上虞令。師事白君，受道歷年。道成，邀親故會别。飲食畢，登大皂莢木上，去地十餘丈，舉手而别，忽然飛入雲中而去。妻樊夫人，亦有道術，俱昇天。今白水觀乃其遺迹云。事載葛稚川神仙傳及白水觀碑。贊曰：

天地〔一〕幾何，同寄一塵。士局耳目，分妄與真。劉公登天，如適其鄰。以水投水，同則相親。

校勘記

〔一〕『地』，四庫本作『人』。

吴介先生

先生字元則，諱象。會稽人也。學通春秋，博覽百家之書。陰修道法〔二〕，入東嶽，授氣禁之術於山中。見一女子，蓋仙人也，先生即叩頭乞長生，以丹方一首授之，告曰：『得此便仙，勿他爲也。』吴先主召至武昌，甚敬重之，稱爲介君。爲起第宅，以御帳給之。先生求去，不許。自言某月日病，先主使左右以一梨賜之，先生便死。先主殯埋之，發視其棺無尸。以所住屋爲廟，時時往祭之。常有白鵠來集座上，良久乃去。後弟子見先生在蓋竹山中。事載葛稚川神仙傳及三國志趙達傳。贊曰：

先生之學，志在春秋。抗情物表，躡空遠遊。巢父辭堯，而況仲謀。供張何物，乃欲吾留。

校勘記

〔一〕『法』，明抄本作『去』。

吴趙先生

先生諱廣信。陽城人，魏末渡江之〔一〕剡小白山，受禮〔二〕法，成服氣法。又受師左君，守玄中之道，内見五藏徹視法。如此〔三〕七八十年，周〔四〕於郡國。或賣藥出入人間，人莫知也。多來都下市井，作九華丹。丹成，遂乘雲駕龍，白日登天。事載真誥。贊曰：

真人登天，丹爲階梯。公煉九華，壽與天齊。世或疑謗，彼哉醯雞。安得人人，乞與刀圭。

校勘記

〔一〕『之』，明抄本作『入』。

〔二〕『禮』，明抄本作『李』。

〔三〕『此』下四庫本有『凡』字。

〔四〕『周』下四庫本有『旋』字。

吳虞先生

先生諱翁生。會稽人，受仙人介君食日精法。以吳時隱狼伍山，兼行雲〔一〕氣回形之道，精思積久，形體更少如童子。後乘雲昇天。事載真誥。贊曰：

餐日之效，沆瀣莫肩。咀嚥絳津，九芒森然。公能行之，羽翮蹁躚。乘雲清都，何千萬年。

校勘記

〔一〕『雲』，原作『運』，據四庫本改。

晉夏先生

先生字仲御，諱統。會稽永興人。嘗詣洛中市藥，會三月上巳，洛中王公以下並至浮橋，士女車服屬路。先生在船中曝藥，並不之顧。太尉賈充怪而問之，徐答曰：『會稽夏仲御也。』充耀以文武、鹵簿、鼓吹、車乘，又使妓女匝繞其船。先生危坐如故，若無所聞。充等各散曰：『此吳兒，木人石心也。』先生歸會稽，不知所終。事載晉書隱逸傳。贊曰：

賈氏巨猾，實斫晉室。高人視之，何啻鬼魊。淫聲亂色，耳目之賊。謂予不見，我心匪石。

晉葛仙公

仙公字孝先，諱玄。丹陽句容人。從左元放受九丹金液仙經，常服餌求長生，能絶穀，連年不飢。曾游會稽，有賈人從海中還，過神廟，神〔一〕使主簿語賈人曰：『今欲因寄一書與葛仙公，可爲致之〔二〕。』主簿因以函書擲賈人船頭，如釘著板，拔不可得。還達會稽，輒以報仙公。仙公自往取之，即得也。語弟子張恭曰：『吾不得治作大藥，今當作尸解去。八月十二日中〔三〕時當發。』至期，衣冠入室而卧，氣色不變。弟子焚香守〔四〕三日三夜。夜半中，忽大風起，發屋折木，聲響如雷。燭滅，良久風止。然燭，失仙公所在。但見衣在，而帶不解。以其學道得仙，故號曰葛仙公。今會稽有仙公釣磯及煉丹井，具在。事載葛稚川神仙傳及晉書并〔五〕圖經。贊曰：

先生丹術，咫尺雲路。治鍊弗時，蟬蜕而去。苔磯碧井，今有遺處。風静月明，倘一回顧。

校勘記

〔一〕『神』，四庫本作『廟』。

〔二〕『主簿語賈人曰今欲因寄一書與葛仙公可爲致之』，四庫本無。

〔三〕『中』，四庫本作『申』。

〔四〕『守』下明抄本有『之』字。

〔五〕『并』，四庫本作『葛稚川傳及』。

晉抱朴子葛公

抱朴子字稚川，諱洪〔一〕。仙公從孫。以儒學知名。性寡慾，不好榮利。閉門卻掃，究覽經籍，尤好神仙導養之法。初，仙公以鍊丹秘術授弟子鄭君，稚川就鄭君悉得其法。咸和初，選爲散騎常侍，固辭不就。聞交阯〔二〕出丹砂〔三〕，求爲句漏令，乃止羅浮山鍊丹。在山積年，優游閑養，著述不輟。著内、外篇，凡一百一十六篇。自號抱朴子，因以名書。年八十一卒，顔色如生。體柔軟，舉尸入棺，輕如空衣，世以爲尸解得仙。輿地志云：『上虞縣蘭芎山，葛稚川所棲隱也。』今會稽有仙公遺迹至〔四〕多。據此，稚川蓋亦嘗至焉。事載晉書列傳及圖經。贊曰：

蘭芎之顛，石盎甘泉。霪雨不溢，旱亦泓然。是一勺水，坐閲千年。我挹我酌，如見稚川。

校勘記

〔一〕『洪』下四庫本有『本作弘』三小字。

〔二〕『阯』，明抄本作『趾』。

〔三〕『砂』，四庫本無。

〔四〕『至』，四庫本作『志』。

晉長史許公

長史字思玄，諱謐。少知名，儒雅清素，博學有才章。簡文皇帝久垂俗表之顧，與時賢多所儔結。少仕郡主簿、功曹史。王茂弘、蔡道明辟從事，不赴。選補太學博士，出爲餘姚令，入爲尚書郎、郡中正、護軍長史，雖外混俗務，而内修真學，密授教記，遵行上道，挺分所得，乃爲上清真人。少子靜泰，久居會稽禹井山，頗遵承家法，傳授經書云。事載真誥。贊曰：

逸少棄官，自誓甚確。先生從仕，乃修真學。丹鳳高翔，野鶴俛啄。迹雖不同，同是超卓。

齊顧先生

先生字景怡，一字玄平，諱歡。鹽官人。家貧，鄉中有學舍，無以受業，於舍壁後倚聽，無遺忘者。夕則然松節讀書，或然糠自照。及長，篤志不倦。聞吳興東遷邵玄之能傳五經文句，假爲書史〔一〕，從之受業。年二十餘，更從豫章雷仲倫諮〔二〕玄、儒諸義。遂隱不仕，於剡天台山開館聚徒，受業者常近百人。山陰白石村多邪病，村人告訴哀求〔三〕。先生往村中爲講老子，病者皆愈。又有病邪者問先生，先生曰：『家有何書？』答曰：『惟有孝經而已。』先生曰：『可取仲尼居置病人枕邊恭敬之，自差也。』而被〔四〕病者果愈。齊高帝輔政，徵爲揚州主簿。及踐阼，乃至，稱山谷臣。進政綱一卷，優詔稱美。東歸，賜麈尾、素琴。年六十歲〔五〕，卒於剡山，身體香軟，道家謂之屍解仙化〔六〕焉。事載南史隱逸傳。贊曰：

萬法惟心，邪不奸正。老子孝經，亦能已病。我知先生，中有依證。咨爾後來，其毋不敬。

校勘記

〔一〕『史』，四庫本『師』。

〔二〕『諮』，原作『譯』，據明抄本改；四庫本作『懿通』。

〔三〕『哀求』，四庫本作『求哀』。

〔四〕『被』，四庫本作『後』。

〔五〕『歲』，明抄本作『四』。

〔六〕『化』，原作『人』，據四庫本改。

齊光禄大夫孔公

光禄，史失其字，諱靈産。會稽山陰人。宋泰始中，罷晉安太守。有隱遁之志，於禹井山立館，事道精篤。元徽中，爲中散大夫。頗解星文術數。齊高帝輔政，沈攸之起兵，光禄白高帝曰：『攸之兵雖强，以天時冥數而觀，無能爲也。』高帝驗其言，擢遷光禄大夫，餉以白羽扇、素隱几，曰：『君有古人之〔一〕風，故贈君古人之服。』當世榮之。於是守志山阿，懷道畢世。後解形潛蜕云。事載南史孔德璋傳及龍瑞山記。贊曰：

其善者機，星緯之傳。孰知光禄，一念〔二〕通天。眇視辭〔三〕世，泉石終焉。勿以方伎，浼此大賢。

校勘記

〔一〕『人之』，原作『之人』，據四庫本改。

〔二〕『念』，明抄本作『會』。

〔三〕『辭』，四庫本作『汙』。

齊杜先生

先生字景齊，諱京産。吴郡錢塘人也。少恬静，絶意榮宦。頗涉文義，專修黄老。會稽孔覬清剛有峻節，一見而爲款交。永明十年，召爲奉朝請，不至。於會稽日〔一〕門山聚徒教授。建武初，召爲員外散騎侍郎。先生曰：『莊生持釣，豈爲白璧所回？』辭疾不就。事載南史隱逸傳。贊曰：

黄帝之學，演爲聃周。清淨無爲，道家者流。公獨修之，不改久幽。騎省雖貴，其亦犧牛。

校勘記

〔一〕「日」，四庫本作「石」。

梁貞白陶先生

先生字通明，諱弘景。丹陽秣陵人。十歲得葛稚川神仙傳，晝夜研尋，便有養生之志。齊高帝作相，引爲諸王侍讀。永明中，脱朝冠挂神武門，上表辭禄，許之。敕所在月給伏苓五斤、白蜜二升，以供服餌。止于句容之曲山立館，號華陽隱居。仙書云：「眼方者，壽千歲。」先生晚年一眼有時而方。梁大同二年卒，年八十五，顔色不變，香氣累日。謚貞白先生。案内傳，言先生嘗遐遁東邁，改名氏曰王整宫〔一〕，稱外兵。會〔二〕稽陶宴嶺有先生遺迹，嶺由此得名。又上虞縣釣臺山，夏侯曾地志言先生嘗乘槎釣於山下潭中。事載南史隱逸傳及内傳并〔三〕圖經。

贊曰：

公來山陰，史氏弗傳。遐遁東邁，蓋見内篇。青嶂碧潭，遺迹粲然。翔鸞舞鶴，來往翩翩。

校勘記

〔一〕「宫」，明抄本作「官」。

〔二〕『會』上明抄本有『今』字。

〔三〕『并』，四庫本作『及』。

唐秘書監賀公

秘書監字季真，諱知章。會稽永興人。性曠夷，善譚説。與族姑子陸象先善。象先嘗謂人曰：『季真清淡〔一〕風流，吾一日不見，則鄙吝生矣。』擢進士超拔群類科，仕至秘書監。晚自號四明狂客。每醉，輒屬辭，筆不停書，咸有可觀。天寶初，病，夢游帝居，數日寤，乃請爲道士還鄉里，詔許之。以宅爲千秋觀而居，又乞周官湖數頃爲放生池。有許鼎者，撰通和先生祖貫碑云：『賀監得攝生之妙，負笈賣藥，數百年不死。後於天台昇仙。當元和間，通和嘗遇之，授斷穀丹經云。』事載唐書隱逸傳及高道傳。贊曰：

天寶諸公，衮衮臺省。黄冠告歸，奚止官冷。鏡湖之宫，煙水千頃。尚想先生，月落酒醒。

校勘記

〔一〕『淡』，明抄本作『譚』。

唐宗玄吳先生

先生字貞〔一〕節，諱筠。華陰人。性高鯁，不耐沈浮於時，去居南陽倚帝山。天寶初，召至京師，請隸道士籍。乃入嵩山，南游天台，觀滄海，與有名士相娛樂。文辭傳京師，明皇遣使召見大同殿，與語甚説，獻玄綱三篇。帝嘗問道，對曰：『深於道者，無如老子五千文，其餘徒喪紙札耳。』復問神仙治鍊法，對曰：『此野人事，積歲月〔二〕求之，非人主宜留意。』先生每開陳皆名教世務，天子重之，詔爲立道館。安禄山欲稱兵，乃還茅山，因東入會稽剡中。卒，弟子私謚爲宗玄先生。事載唐書隱逸傳。贊曰：

漢魏之間，道書雲集。下逮〔三〕隋唐，更益攟拾。公障頹波，砥柱屹立。獨尊老氏，盡空蘂笈。

校勘記

〔一〕『貞』，原作『真』，據新唐書卷一九六改。

〔二〕『月』，四庫本無。

〔三〕『逮』，明抄本作『迨』。

嚴先生

先生，諱青。會稽人也。遇神仙，授素書一卷，曰：『汝骨應得長生。』先生言：『我不識書，當奈何？』神人曰：『不須讀也，但以潔器盛之，置高處耳。』并教服石髓法，先生受之。無他佳器，惟有飲壺，乃用以盛所授書，即便見其左右常有數十人侍之。治病救患，但以所授書到其人家，所病便愈，百〔一〕姓尊奉之。後斷穀不食一年，入小霍山仙矣。事載葛稚川神仙傳，不著時代。贊曰：

素書眇然，信則如神。雖有文字，其惟天真。彼讀萬卷，行或病民。我祠先生，用愧斯人。

校勘記

〔一〕『百』，原作『智』，據四庫本改。

鄮峰真隱漫録卷三十五

贊

四明十二先生贊

蓬萊黄公先生　姓崔，名夷，字少通，齊人。隱居夏里，故號夏黄公。

商於六里，肥遁四賢。公居其間，美行卓然。時乎一出，羽翼翩翩。漢祚四百，由兹卜年。

大梅梅公先生　字子真

堂堂伊人，漢世之傑。方時昏昏，上書剴切。退伏市門，或來明越。我游大梅，尚想忠烈。

石臺葛公先生　字稚川

公游宇内，蹤跡殆徧。一月千江，無處不見。大隱石臺，波光如練。山巔丹井，清可覿面。

石窗賀公先生 字季真

道既不逢，去當勇決。野服黄冠，孰能羈紲。鄞水煙波，鏡湖風月。高標凜凜，濯世熱〔一〕熱。

校勘記

〔一〕『熱』，四庫本作『炎』。

大隱楊公先生 諱適，字韓道。

道契皇王，德參天地。俯仰窺察，出處一致。三聘及門，疾驅遠避。齊魯大夫〔一〕，公其無一。

校勘記

〔一〕『夫』，明抄本作『臣』。

慈谿杜公先生 諱醇

伊歟高高，抱道弗違。下視流俗，突梯脂韋。荆國之請，叩其玄微。九原可作，非公誰歸。

甬水王公先生 諱説，字應求。

生負大材，棲于甬水。雖有聲名，且無生理。陋巷簞瓢，王公知己。百世聞風，莫不興起。

西湖樓公先生 諱郁，字子文。

翁臨西蜀，衮化南閩。公以是教，作成吾鄞。逮今士子，儒學彬彬。收功貽厥，世有顯人。

桃源王公先生

公修隱德，約處桃源。文肩李杜，行踵淵騫。教育千里，執經滿門。天之報施，煌煌後昆。

望春王公先生

使者入境，金橘是求。公責以義，彼實懷羞。晚使作邑，投劾歸休。鄧城彭澤，千載同流。

湖西周公先生 諱師厚

宦遊寡偶，不如投閑。言之孔易，行則惟艱。公乎勇退，雙鬢未班。蕖月蘋風，誰復追攀。

奉化孫公先生

朱梁僭竊，公懷憤恥。仕還民服，年著甲子。寥寥唐末，有兹義士。遺編雖存，惜無信史。

真隱居士自贊

道服仙巾，盤陁燕坐。觀者欣然，謂即是我。於此可求，靈珠一顆。何以知之，石中有火。

其二 爲彌堅書

貌雖寒薄，少病長年。心雖鄙野，樂善好賢。施恩不責報效，受敵卻反矜憐。進則彰我后之德，退斯遠當世之權〔一〕。無乃不求媚於人，而求媚於天者乎。達識於此，見道大全。知其不可以貌取，而可以心傳。則此尺素，吾無取焉。

校勘記

〔一〕『權』，四庫本作『笐』。

其三　爲女淨真書

仙巾鹿裘，燕坐優游。茹芝玩世，竹石是儔。不知裏許，卻有陽秋。寄言具眼者，莫向筆端求。

其四　爲女妙音書

仙冠道服，鶴髮童顏。寂然不動，風靜雲閑。滄溟萬頃，著在中間。若能會得，何必觀瀾。

其五　爲女妙勝書

内秉靈臺之夷坦，外彰道貌之沖融。和氣既歸於橐籥，正音斯洽於絲桐。友千齡之龜鶴，理三徑之菊松。鴻冥冥而高舉，笑弋者之彎弓。

其六　爲女孫妙雲書

足躡坦途，身倚〔一〕白鹿。貌既蕭散，心無局促。鼓雲和之虚暢，來微風之清穆。其誰知之，伯牙一曲。

校勘記

〔一〕「倚」，四庫本作「騎」。

其七 爲潘恭叔戲書

道與之貌，天與之形。畫史具眼，運筆不停。若其空洞，萬頃滄溟。只恐畫史，徒費丹青。

其八

官身乞得自由身，不著峨冠只葛巾。若也於斯能薦得，始知天地有閑人。

其九

漚在海中，起滅無迹。畫史窺見一班，是以具兹形色。在吾旁者，貌行行而心翼翼。不然，吾〔一〕以寶吾陋影，而求吾真迹邪。

校勘記

〔一〕『吾』，四庫本作『何』。

竹院曇少雲得古畫雲龍垂之堂上坐間似覺風雨晦冥迫而視之鱗鬣頭角蜿蜒翔舞有葛陂仙去之象求贊於真隱居士走筆爲書

神龍窟宅，依憑太空。升潛有道，變化無窮。固非一體，可得形容。誰將尺素，幻此靈通。滃然雲霧，不見其蹤。我欲乘之，上篴〔一〕蒼穹。作爲雷雨，滲漉華戎。令彼旱歲，咸歌屢豐。卻歸環堵，藏一粟中。驚奔還走，回笑葉公。

校勘記

〔一〕『篴』，四庫本作『造』。

永嘉前〔一〕住長蘆心聞賁師真贊

清清冷冷〔二〕，如風過耳。灑灑落落，如月在水。其孤標逸韻，真可廉貪而律鄙。若夫道之在天，下歷千古而不死。又何必視幻影於斷縑，鑽遺言於故紙。嗚呼！是爲長靈之孫，無示之嗣。後學之師，心聞老子。

校勘記

〔一〕『前』，四庫本作『長』。
〔二〕『泠泠』，明抄本作『泠泠』。

衆請贊劉毌真士繪像

高垂一幅生綃，月滿雲收寥廓。到得形神俱妙，畫師摸索不著。

故内相北海先生綦公之姪孫更生〔一〕奉遺像求贊

堂堂綦公，人中之龍。獨步一世，鬱爲文宗。遂令學者，霧集雲從。凡百君子，式是德容。

校勘記

〔一〕『更生』，明抄本作小字。

南湖法智大師像贊〔一〕

靈山一席，儼在天台。後〔二〕十三葉，復生奇材。倡道四明，講肆宏開。薄海聲聞，訟訟雲雷。章聖在御，中使鼎來。得法大旨，皇皇恢恢。錫號法智，宸章昭回。抵今後學，咸〔三〕仰崔嵬。蘭馨菊芳，本一根荄。嗚呼！是爲法宇之柱石，教鼎之鹽梅。宜茲幻影，歷千古而無塵埃。

校勘記

〔一〕四明尊者教行録卷七亦收此贊，題作延慶始祖法智大師畫像贊，自注：『予昔與覺雲連公游，因綴其語爲法智大師贊，歲久不能記。今爲延慶詢師得之。乾道壬辰中元，東湖真隱齋浩。』

〔二〕『後』，原作『從』，據佛祖統紀卷五十改。

〔三〕『咸』，原作『感』，據佛祖統紀卷五十改。

洪都道士傅得一求贊淳熙改元四月吉日三山郡齋書〔一〕

誰把丹青，獨露堂堂。彼何人斯，亦在吾傍。熟視不語，其音琅琅。凡有所相，冰融太陽。

校勘記

〔一〕此首明抄本、四庫本置於本卷卷首。

鄮峰真隱漫録卷三十六

題跋

跋御筆賜母咸安太夫人酒果

臣某隆興改元，備位參知政事。臣母咸安郡太夫人洪氏，年且八十，就養執政府。皇帝陛下聖性純孝，知臣粗謹事親，臣母生朝歲歲賚以金器、繒綵、薰茗之屬以爲常。每進對，必蒙勞問甚寵。乃因元日，詔錫上尊珍果，俾爲私庭之壽。既而臣除右僕射，正謝之日，再降御札以賜臣母。母子相顧，感泣下拜。距今二十有三年，臣不忠不孝，老病且死，終無秋毫上酬主恩，下爲親顯。惟是伏念陛下所以寵光私門，蓋將勸天下之爲人臣爲人子者。臣既已弗稱，若又使聖君錫類之意不克布宣，臣罪滋大。是敢摹刻堅珉，與天下臣子共之。倘繼此竭忠效節、立身揚名之士爲時而出，則臣區區之願塞矣。淳熙十二年正月望日，具位臣史某恭書。

跋御筆奬諭詔

皇帝陛下踐阼之初，勵〔一〕精圖治，思與天下更始，驟擢臣自庶官，再閲月而爲執政。恃臣爲腹心，倚臣爲股肱，手詔寵頒，期望過甚。臣朝夕思念，惟懼無以稱塞。凡陛下内而孝兩宫，友恩平，臣不敢不讚美；外而修百度，恤民隱，臣不敢不將順。獨於用兵，不〔二〕敢輕議。督府謀山東，臣則曰：『昔句踐報吳，二十餘年乃克遂志。若取山東，雖至青、鄆，虜〔三〕巢未必可窺。倘兩淮無備，一郡失守，則二浙騷然，不可不慮。今姑可練士卒，積資糧，以固吾圉，不宜彰虚聲以致敵。俟養威蓄力，十年之後可議恢復矣。』西師守德順，臣則曰：『昔諸葛亮常攻今鳳翔之地，以進則得長安，而天下可圖也。姜維代之，乃西取隴右，每取一郡，則分兵以守，關隘無備，鄧艾得以亡蜀。若取德順，雖至熙原，虜地〔四〕固無甚損。倘分兵以守，一有窺伺〔五〕，則西蜀騷然，不可不慮。今姑可選將帥，備器械，以觀其釁，不宜疲人費財以餌敵。十年之後，東南兵舉，可爲〔六〕掎角矣。』方陛下一新庶政，咸思奮起以赴功名之會，故不喜此迂緩之謀，反以此訾臣，不知臣實不忍欺陛下也。蓋臣受委任，異於稠人，其敢崇虚名、抗高論以爲己謀哉！至於納降，臣亦弗敢。當邊鄙〔七〕擾蕩之後，創痍未泯，調度益繁，誠不欲以有限之租斂，飽無用之流亡。謂宜休養民力，俟家給人足，乃可爲之。既而臣以建議不同，丐歸之後，用兵則卒無成效，使士馬器械遺亡殆盡；納降則終不得用，徒困於廩給，財計未充。幸賴陛下仁慈恭儉，勤勤積累，然而恢復之舉未能仰稱聖意。蓋以臣望輕德淺，不足以服衆心；材拙謀踈，不足以回衆論，十年之約，遂成空談。臣罪當萬死。故因敬刻詔旨，併狀臣罪，亦以明前日群臣失謀之誤，非陛下之素志也。淳熙十一年歲在甲辰九月丙戌朔，具位臣史某拜手稽首恭書。

校勘記

〔一〕『勵』，明抄本作『厲』。
〔二〕『不』，明抄本作『弗』。
〔三〕『虜』，四庫本作『敵』。
〔四〕『虜地』，四庫本作『敵境』。
〔五〕『伺』，四庫本作『測』。
〔六〕『爲』，四庫本作『謂』。
〔七〕『郵』，明抄本作『垂』。

跋御書聖主得賢臣頌

紹興庚辰，光堯壽聖憲天體道太上皇帝不以臣不肖，擢爲司封員外郎、今上皇帝潛府直講。臣恭覩聖質元良，尊嚴簡默，講學之隙，無他嗜好，惟翰墨是〔一〕娱，取前言往訓有裨於治道者，親灑宸〔二〕毫，連編插架，無有厭斁。一日，出漢臣王褒聖主得賢臣頌，獨以畀臣，且曰：『聖主在上，求賢才如弗及，故有是贈。』臣再拜受而藏之。歲在壬午，陛下龍飛大寳，臣待罪右輔，竊思所賜軸末實有御名，而一介微臣，蒙以字呼，堂陛之分未肅，非所以風示天下，請歸之御府，聖恩未許。乃乾道壬辰，臣承乏假守七閩，且奏事闕下，洎一再對，從容宴侍，躬進此書。越明年九月，上遣使即臣治所賜御書二軸，其一則再書褒所作頌也。臣瞻企九重，蹈舞下拜，炷香伏讀，天日開明，雲煙飛動，震耀心目。臣謹拜手稽首言曰：『惟聖與賢，天地遼絶。自昔帝王欲立非常之功者，雖其智勇不世出，亦必求賢以自輔。其未得之，如飢渴之於飲食。既得之，則精神聚會，歡然交欣。禁止令行，治功日起。巨魚縱壑，鴻毛遇風，誠非過諭。然則君臣相須，理固然也。仰惟陛下洞明此理，雖聖神文武出於天縱，猶且當饋遐想，慨然有感於斯文。顧臣何人，兩拜兹寵。内揆無庸，莫知稱塞。栗栗震懼，無地自容。方今忠良俊乂布滿朝列，惟陛下委任而責成之，則中興盛烈，日月可覬。臣雖老矣，尚庶幾見之。謹奉宸藻鋟諸樂石，以傳無窮，俾萬邦黎獻咸知聖天子樂於賢臣之心云。淳熙甲午七月望日，具位臣史某恭書。

校勘記

〔一〕『是』，四庫本作『自』。

〔二〕『宸』，明抄本作『神』。

跋御製曲宴澄碧殿詩

皇帝陛下踐位之十六載，臣蒙恩再侍經幄，間〔一〕賜召見，眷禮益隆。乃九月丙辰，錫宴澄碧殿。酒半，陛下舉玉趾臨清激〔二〕，臣獲從游。山光水聲，互相發越，恍然如在蓬萊、方丈間。從〔三〕容談道，賜盃無筭。抵暮〔四〕，詔宿玉堂之直廬，顧謂臣：『此會不可以無紀。』臣欽承睿命，斐然成詩，敘所以感遇之意以進。陛下繼錫宸章，俯同其韻。日星昭回，下賁蕪纇，華袞之寵，奚啻〔五〕一言，皆非臣不肖所宜蒙也。臣下拜跪誦，仰見聖學高明，文章焕發，旋乾轉〔六〕坤，工極造化，一篇之中，屢致志焉。曰：『治道貴清靜〔七〕，聖言有深旨。』又曰：『躋民期仁壽，詎肯中道止？』此則有志於自治也。曰：『東都會諸侯，宣王昔於是。』又曰：『都護萬年觴，何當至庭所？』此則有志於服遠也。夫內而自治，外而服遠，二者不本之從諫，未有能致之者。曰：『虛心欲受人，忠言資逆耳。』又曰：『期爾罄嘉謀，使我勳業起。』大哉言乎！臣於此乃知陛下深得致斯二者之本也。昔傅説告高宗曰：『惟〔八〕木從繩則正，后從諫則聖。』高宗聽之，遂能克鬼方，隆商祚。是知自古聖君立志有爲，未〔九〕嘗不以從諫爲先務。今陛下既已明示厥旨，豈惟臣愚願殫一得，仰報毫分？抑中外濟濟之士，或謀猷之已告，或策畫之欲陳〔一〇〕，莫不益思展盡，以輔成聖志。則陛下是詩之作，其功用不既大矣乎？中興跂〔一一〕可俟也。直筆以記，臣雖衰老，尚幸見之。謹奉聖製〔一二〕勒之樂石，垂訓萬代。又刻臣鄙句於下方，庶昭宸章之工，侈非常之賜云。淳熙四年歲在丁酉十月丁卯朔吉，具位臣史某拜手稽首〔一三〕恭書。

校勘記

〔一〕『間』，原闕，據明抄本補。
〔二〕『清激』，四庫本作『澄碧』。
〔三〕『從』，明抄本作『舂』。
〔四〕『暮』，明抄本作『莫』。
〔五〕『啻』，明抄本作『翅』。
〔六〕『乾轉』，四庫本作『轉乾』。
〔七〕『靜』，四庫本作『淨』。
〔八〕『惟』上明抄本有『未』字。
〔九〕『未』上四庫本有『亦』字。
〔一〇〕『陳』，四庫本作『成』。
〔一一〕『跂』，四庫本作『跬』。
〔一二〕『製』，四庫本作『旨』。
〔一三〕『拜手稽首』，明抄本作『稽首拜手』，四庫本無。

跋御製長春花詩

臣恭惟皇帝陛下仁參造化，道極範圍，與物爲春之心，雖遊宴賦詠之間，曾不少置。頃者以臣乞還田里，屢詔不許，乃御製長春花詩，遣中人即臣賜第宣示，以見聖志。雲漢昭回，高出風雅，固非臣所能窺測。臣下拜跪〔一〕誦，惟深感激。竊不自揆，昧死賡續。方俯伏愧恐，而鴻私曲被。既不加譴，乃復用初韻以賜，姑取其無妨賢嫉能之微誠，而貸其久竊寵禄，不能少贊天地化育之大罪。臣羸老即死，何地論報？惟知虔奉宸章，勒之樂石，以傳無窮，且附臣鄙拙之辭於下方，使天下後世仰知聖主片言必録，所以保子孫黎民於億萬年之久者，實由此心。則臣歸美之報，尚庶幾焉。淳熙十一年十月望日，具位臣史某拜手稽首謹誌。

校勘記

〔一〕『跪』，明抄本作『跽』。

跋高宗皇帝御筆賜香茶送行

臣某伏以淳熙八年夏五月，蒙皇帝憫其衰疾，許以東歸，具奏德壽宮乞陛辭。乃八月癸丑，恭被光堯聖壽憲天體道性仁誠德經武緯文太上皇帝陛下親詔免朝，仍賜御香龍茶以華其歸。重念臣策名委質，實在紹興偶階奬知，獲事嗣聖。遂以譾薄待罪群臣之右，夙夜慄慄，懼干大刑。善貸曲成，以迄今日。又獲奉身以退，出處粗全。仰惟兩宫天地父母覆載顧復之恩至深至廣如此，而一介孤臣待盡〔一〕閭巷，無復可圖犬馬之報，徒能摹勒宸翰，刻之金石，以昭示天下後世。昔漢之綺園，非拔尤於高帝；唐之房杜，特見遇於太宗。以今視昔，臣竊有榮耀焉。然前無羽翼調護之功，後無輔相彌縫之益。兹榮也，祇所以爲愧歟？淳熙九年正月癸未，具位臣史某拜手稽首謹書。

校勘記

〔一〕『盡』，四庫本作『罪』。

跋御製東歸送行詩

臣某伏以淳熙八年五月壬寅，蒙恩以臣累牘請老，進拜少師，食内祠禄，歸守先墓，又詔俟秋乃發。越八月乙巳，既有行日，蒙賜宴秘殿，宣勸賸錫，恩意隆渥，且賜御書御製〔二〕詩一首，以寵其行。臣惶懼跪捧，再拜稱謝，繼以涕泣。伏念臣昔侍潛藩，遂躋近弼，迨今二十餘年。

同時際會之臣淪謝略盡，臣疾憊支離，巋然獨存，獲假餘息，親見盛際。然而再當鈞軸，三備經幄，卒無秋毫補報，罪宜萬死。陛下任人圖舊，置相惟終，使保首領，以從先臣於地下，固已幸甚。又況異數明恩，胥〔二〕由聖志，奎文羲畫，申賁晚途，曠數十百年，無與爲比。臣伏見在太宗皇帝、神宗皇帝時，有若韓王趙普、潞公文彦博之將退也，皆嘗賜御詩，而不聞出於宸翰。在仁宗皇帝時，有若許公呂夷簡、鄧公張士遜之告老也，皆嘗賜御書，而未嘗形於聖作。豈緊具臣，績用勿昭，顧乃蒙被恩榮，超冠古昔。震悸隕越，不遑夙夜。竊不自揆，敢昧死用普、彦博、夷簡、士遜前比，摹刻琬琰，傳示無極。庶幾萬邦黎獻〔三〕咸知聖主眷禮臣下如此，惟動丕應徯志，以訖太平嵬嵬之功，則臣尚足以贖空餐非據之罪於司敗也。臣不勝大願。淳熙九年正月癸未，具位臣史某拜手稽首謹書。

校勘記

〔一〕『御製』，原作『製御』，據四庫本乙正。

〔二〕『胥』，四庫本作『蔽』。

〔三〕『獻』，四庫本作『民』。

跋御製入謝送行詩

臣某以淳熙癸卯冬得請謝事，旋有旨：『用故事入謝。』明年春被旨趣行，以三月對，四月辭。自對至辭，恩數隆赫。臣某悉皇恐懇避，多獲聽許。於是賜御製詩一首，以寵其歸。倬乎雲漢，不足以爲光；鏘乎咸韶，不足以爲美。臣百拜以謝，三沐以觀，什襲以藏，猶以爲不克稱恩遇也。躬自摹勒，刻之琬琰，且拜手稽首，對揚王休，曰：『前席之咨，及於衰朽，陛下之好賢也。推此心，則奇材碩德將接迹於朝路矣。忠讜之求，逮於閑退，陛下之納諫也。廣此志，則嘉言明謨將日沃於黈〔一〕聰矣。願陛下無忘所以假寵老臣者，以均被多士而致太平。臣雖待盡畎畝，以是爲報，其尚庶幾乎！淳熙十一年十月日，具位臣史某拜手稽首謹書。

校勘記

〔一〕『黈』，四庫本作『宸』。

跋御書明良慶會之閣

臣伏自皇帝陛下毓德潛藩，以經入侍，遭際興運，代匱近司，二十年間，致位公保。所賜手詔、聖製，充溢私篋。年運而往，侵尋遲暮。誠懼〔一〕一旦先狗馬填溝壑，銜恩弗報，齎恨及泉。遂以禄賜所積，建閣於私第之東北阡〔二〕，用謹宸奎之藏。不先以聞，罪當萬死。不謂乃蒙聖恩，賜臣御書『明良慶會之閣』六大字，及申命中使馳賜上方所製扁榜，所以假寵臣者至深至厚。臣竊惟恩畀閣名，雖存故事，然隆興以來，輔相被賜，則自臣始。鏤金塗碧，嵬嵬煌煌，炳焕九霄，震曜萬寓，與滎河温洛之秘異世同符。衰瘁老臣，死且不朽。謹摹勒琬琰，仍以墨本上之御府，副在有司，以待制詔頒付史官，傳信後世。臣不勝大願。淳熙十二年正月望日，具位臣史某拜手稽首謹書。

校勘記

〔一〕『誠懼』，四庫本無。

〔二〕『阡』，明抄本作『隅』。

跋御草書舊學二字

淳熙戊戌四月朔吉，臣待罪右丞相，上遣使至都堂傳宣，賜臣御書『舊學』二字。臣下拜跪〔一〕受，同列敬瞻羨歎，咸謂臣曰：『自古依光日月，際會風雲，未有如今日之盛者。請鑱諸堅珉，永爲都堂榮觀。』臣曰：『不可。昔商高宗嘗學於甘盤，甘盤，得道之士也，授受之際，必有一言深相感發，故雖久而念之不忘。舊學之名，甘盤受之則無愧。如臣愚陋，曩玷執經之列，曾無絲髮上裨光明，何可輒當此名？矧敢揭諸政事之堂乎？第當什襲謹藏，爲家至寶。』暨告歸田里，私竊自念，雖臣孱瑣不足以仰承大〔二〕賜，然使聖主所以寵嘉愚臣之意不白於天下後世，臣之罪大矣。於是命工刻之，以爲子孫不朽之傳。若夫草聖之精，體備八法，群目聳觀，龍蛇蜿蜒，雲煙飛動，則竭臣骫骳之文，不能形容萬分之一，姑敘拜賜之歲月云。歲在辛丑十月望日，具官臣史某拜手稽首恭書。

校勘記

〔一〕『跪』，明抄本作『跽』。

〔二〕『大』，明抄本作『天』。

跋御真書舊學二字

淳熙戊申夏六月辛卯，皇帝遣使再賜臣以『舊學』二字，仍宣諭曰：『曩所賜字筆畫微草，今易以楷。』奎壁之光薦燭蓬蓽，縉紳聳瞻，歎未曾有。臣下拜登受，仰戴隆恩，未知報所。臣竊〔一〕自思，歲在戊戌，再塵右輔，嘗蒙此賜，迨今十稔，復拜珍貺，從天而降，罔測厥繇。仰惟陛下孝德純篤，冠冕百王，不取漢景從父之令，躬執通喪；覬收商宗夢弼之祥，共凝至治。念昔商宗之恭默，蓋思甘盤所傳之道，天監精誠，賚以傅説，故方宅憂，軫記微臣，有〔二〕及於此。臣夙以淺陋獲事初潛，執經佔俾，譬之爝火熒光，不足上裨日月之華耀，安敢仰當甘盤舊學之名？臣知陛下市腐骨，將以致絶足也。然臣觀今日〔三〕股肱大臣朝夕納誨，百僚庶尹俊乂如林，則光輔中興，伐鬼方，朝諸侯，以成嘉靖之功，如運之掌。固不俟形諸夢寐，訪諸巖野，而聖心猶惓惓若此，豈非德日又新，尚賢不已，以至於斯乎？在易大有上九之辭曰：『自天祐之，吉無不利。』繫辭謂：『履信思順，又以尚賢，是以獲兹利也。』臣謹奉宸章，勒之樂石，昭示億世，使咸知聖主享天之祐於萬斯年，實又以尚賢之效。此臣區區歸美之志也。具官臣史某拜手稽首恭書。

校勘記

〔一〕『竊』下明抄本有『伏』字，四庫本有『念』字。

〔二〕『有』，明抄本無。

〔三〕『觀今日』，四庫本作『今日觀』。

跋徐明叔爲張達權篆正心誠意樂天知命八字

右八字，刑部徐公爲錢塘張君達權作。初，刑部遊鄞，達權乃求榜其池臺館宇，而以是請。士之爲致知格物、無方無體之學者，往往聞而喜之。今又取石他山，深刻以傳遠。後之覽者能推原本旨，信〔一〕有所得，俾不爲屋壁長物，乃其志也。

校勘記

〔一〕『信』，四庫本作『確』。

跋趙宗正詩

曩讀公詩，歎其雄深幽遠，有魏晉間一種風味，殆非後世詩流。晚從公之孫樂善遊，出公所爲行狀，自言嗜詩，齊宋而下弗好。於是益知前者非過論也。紹興庚午臘日〔二〕，四明史某書於真隱齋。

校勘記

〔一〕『日』，四庫本作『月』。

跋趙恭夫所藏焦公路帖

頃聞焦公路先生，山東一布衣，聲稱滿朝，丞相趙公元鎮欲薦不可，尊禮之甚隆〔一〕，心深慕焉。洎公路寓四明大涵山之麓，人頗籍籍道：『公路家居修容，妻子不見少懈。出與物接，規矩古朴〔二〕，往往見笑於世俗夷俟倨肆者，不校〔三〕也。於是始得一見，望之儼然，即之温然，則心已服。及聆其言，接其意，乃有大過人〔四〕。信乎名下無虚士也。』今公路雖往，一時從學尚遵禮法，如公路無恙時。去而仕官，反鄉曲，人之見之，不問皆知其爲焦公弟子。玉牒恭夫，尤其上列，出此帖以求跋。三復斯文，如見公路。紹興辛巳元夕後二日，四明史某跋。

校勘記

〔一〕『隆』，原闕，據四庫本補；明抄本作『寵』。

〔二〕『朴』，四庫本作『禮』。

〔三〕『校』，四庫本作『變』。

〔四〕『人』下四庫本有『者』字。

跋李季可百説

季可百説，如蜂房醖蜜，中邊皆甜。食者能知其採擷衆芳，飄泊乎風煙雨露之變，得之勤而成之不易，庶乎旨其餘味。季可洛人，居錢塘城中，一室空〔一〕無有，惟作書史活計，即之似無意於世者。至語用兵、理財、治劇之方，亹亹有緒，乃知季可不爲無用之學。使得行其學，百説殆其善者機也。紹興辛巳六月吉日，四明史某跋〔二〕。

校勘記

〔一〕『空』，四庫本作『空空』。

〔二〕『跋』，四庫本作『書』。

跋胡元高之父撰宣聖編年

余頃得此書於大學，不知誰所爲，嘗跋其後曰：『釋家者流，能以佛之終始作爲成道記。吾中國聖人堂堂言行，著在六籍百家，學者不能萃爲一書，以貽後世，視之寧無愧？今此書殆是補亡，深合鄙志，爲之擊節。雖然，聖人之道施諸父子之仁、君臣之義、夫婦之别、長幼之序、朋友之信，涵浸斯民，歷千萬世，民之飲食起居無日不與聖人接，尚何待窺陳迹於方册間耶？余於此，取其顛末貫穿，該括無遺。其愛慕聖人，與子貢築室獨居之心無以異也。乾道癸巳，余爲福州，京西漕使胡君仰遣价求跋於某，始知此書乃其先君子作。於是敬述前語以遺之。秋七月望日，鄮峰真隱史某跋。

跋淮寧趙史君檄張邦昌書稿

靖康之難，公以宗英之傑，貽尺紙，引大義，使僭僞縮手，逡巡退聽，神器有歸，卒成恢復。算計見效，不在平、勃、李、郭下。其與朱虚侯，蓋異日同道也。劉歆輩而在，或見此書，必當羞死。淳熙辛丑閏月吉日，四明史某敬書。

跋趙伯山從駕詩

承平時，乘輿享原廟，必因宫觀，謂之帶過。靖康初政，軍旅事叢，罷之。此詩蓋作於宣和間，故都全盛氣象，與夫一時風流人物之勝，猶可想也。淳熙辛丑〔一〕中元，真隱居士史某跋。

校勘記

〔一〕『丑』，明抄本作『巳』，非。

跋米元章帖

元章字畫，見之石刻〔一〕，猶欲飛動。恨生晚，不及觀其落筆縱横於淮山樓上也。淳熙八年秋七月望日〔二〕，真隱居士史某跋。

校勘記

〔一〕『石刻』，四庫本作『刻石』。

〔二〕『日』，明抄本無。

跋陳忠肅公謝表稿

紹聖、元符間，京、卞方用事，卞嘗取其外舅荆國王公日録潤色以傅會國是。其中多詆誣神祖，識者憤之，而不敢言。忠肅陳公懼後世信然，乃奮不顧，爲書數萬言，力闢其非，是名尊堯集。雖流離竄逐，不利其身，而抵排攘斥，不絶諸口，卒使群陰解散，神祖之功德嵬嵬昭若日月。其視孟氏辨楊墨，韓氏黜佛老，殆無以異。某生恨晚，不及識公，然逮事先祖太師，備聞公之貶四明也。嘗與游從，幽居南藍，裘葛不足蔽體，簞瓢不能繼日，人不堪其憂，而公温然盛德之容，了無愠色，笑談舒愉，若被文繡而飽膏粱者。暨再〔一〕謫台〔二〕城，欣然就道，臨岐摻袂，猶以京、卞爲憂。非其所存介然不渝，安能甘此？此正特立獨行，窮天地、亘萬世而不顧者也。蔣君如晦，四明佳士，自其先世與公有舊，得公手染謝表藏之，筆畫遒勁，言辭懇惻。某再拜以視〔三〕，如覿公面。喜幸之餘，輒附名卷末。淳熙甲辰初伏，具位〔四〕史某敬書。

校勘記

〔一〕『再』，四庫本作『並』。

〔二〕『台』，原作『臺』，據四庫本改。

〔三〕『視』，明抄本作『覿』。

〔四〕『位』下四庫本有『臣』字。

跋張功父詩

綸言褒予正遭逢，底事思歸作蠹蟲。未信夏畦三日雨，能勝秋浦一絲風。英英尊府分符譽，燁燁先曾衛社功。寄語夫君當勉勵，不耕何以望時豐。淳熙丁未開爐日，予過竹院，曇師方摘紙爲和章，以勉臨安通守張君功父。予亦戲筆擬作示曇，發一笑擲去。後數日，鄉友張以道貽書，寄似〔一〕功父詩求予跋。予方病未能也，乃索前稿附之卷尾。真隱居士史某跋〔二〕。

校勘記

〔一〕『似』，四庫本作『以』。

〔二〕『史某跋』，明抄本作『史某』，四庫本作『跋』。

跋閑樂先生論金陵日曆〔一〕

尊君，人臣之忠；責善，朋友〔二〕之義。閑樂先生此書，可謂兩盡。淳熙戊申上巳，先生孫昌年爲明之録參，不鄙〔三〕獲垂示，再拜一觀，悚然敬慕。昔〔四〕夷惠清和，百世聞風，尚皆興起，矧親目忠義之言耶？

校勘記

〔一〕『曆』下四庫本有『書』字。

〔二〕『朋友』，四庫本作『友朋』。

〔三〕『鄙』，明抄本作『彼』。

〔四〕『昔』，四庫本作『其在於昔』。

跋楊廷秀秘監張魏公配享議

予觀此書敷敘條暢，有作者關鍵。世方寶其文章，予獨取其節概。古人於知己，漆身吞炭。後世往往不然，縱未彎弓下石，其不面譽背毀者幾希。此孟子語智之於賢者，必歸之命也。忠獻張公亡久矣，今日忽有一國士報者，可謂鳳鳴朝陽。夫張之知楊，不過吹噓獎進，猶報之如許。使國家而用斯人，肯負吾君乎？此予所以重其節概也。予平生受無垢先生張公之知，至今寢飯不忘。然猶未知報所，因有感於斯文，故書。

跋修法師釋氏通紀

浮屠德修少從仙林洪濟聽慈恩法，已而更衣學禪。辨道之餘，能以筆墨誌其祖之始卒，與夫先世傳授、後業〔一〕紹承，編年類事。凡華言梵語書籍所載，碑刻所存，無不蒐獵。十年成書，目曰釋氏通紀，求跋於予。予問曰：『無褒貶否？』對曰：『無之。』予嘉其不敢僭〔二〕越，擅史氏褒貶，故爲之過目焉。夫修，佛之徒也，能集其祖之緒，期不墜將來，由周迄今，幾世幾年，使觀者如指諸掌，其用心亦勤矣。吾儒學聖人道，貫穿古今，固不乏人。其間綴緝章句，第取青紫，問先聖之始卒、後學之傳紹，往往有不知者，得無愧於斯乎？予非譽修，蓋欲勉吾徒之弗逮者。淳熙己酉重陽日，真隱居士史某書。

校勘記

〔一〕『業』，明抄本作『葉』。

〔二〕『僭』，原作『佔』，據明抄本改。

跋易道士贈育王光老頌

遠陸相遇，目擊道存。茲雖善頌，須〔一〕是饒舌。然不如是，又何以發淵明一笑耶？淳熙己酉下元日，鄮峰真隱因過寶奎偶見，戲書其後。

校勘記

〔一〕『須』，明抄本作『要』。

鄮峰真隱漫録卷三十七

致語

天申節錫宴當筵致語 甲子明州初開樂〔一〕

天開萬世之福，聖應千齡之期。瑞感虹光，慶綿火德。奏蕤賓於舜律，風入五絃；玩寶曆於堯階，蓂餘九莢。需雲皓宴，始自嚴〔二〕宸；湛露洪恩，普沾寰海。舉一十七年未舉之縟典，逢數千百歲難逢之令辰。矧我名藩，奠兹南服。簪纓畢萃，歌頌載揚。莫不瞻帝所於中天，伸臣儀於北極。某官，望隆八座，治洽四明。和通兩國之歡，節旄具在；寵極一時之盛，相印須提。來法從於琳宮，星辰燦若；會嘉賓於綺席，金玉鏘然。觴舉流霞，一一華封之祝；心馳魏闕，人人天保〔三〕之詩〔四〕。某等叨預伶倫，敢呈口號：

帝眷炎圖億萬秋，真人秉籙御神州。和通〔五〕鄰壤邊聲息，仁浹群生協氣流。一札鳳飛瓊苑詔，千官花擁醉鄉遊。江城今日騰嘉頌，遥認中天絳闕浮。

校勘記

〔一〕『甲子明州初開樂』，四庫本無。

〔二〕『嚴』，明抄本作『言』。

〔三〕『寶』，明抄本作『保』。

〔四〕『時』，明抄本作『詩』。

〔五〕『和通』，四庫本作『通和』。

二　昌國

雷社分封，均視子男之秩；天光遠矚，率依君父之仁。當景命有僕之辰，伸萬壽無疆之祝。式頒宴〔一〕喜，庸錫臣鄰〔二〕。某官，江左夷吾，關中孔〔三〕子。他年槐路，定推一日之長；今日琴堂，聊闡雙鳧之化。嘉與正笏垂紳之侶，同爲醉酒飽德之人。列坐賓朋，同時僚佐。半刺有全〔四〕家之忠孝，五湖高紹祖之功名。枳棘棲鸞〔五〕，踵英聲於減〔六〕竈；鹽車引驥，蘊素節於伏蒲。或種出山東，才高吏部；或群空冀北，志並延陵。或拯弊於隄防，或嚴軍於刁斗。更有文星武宿，莫非儀鳳祥麟。觴舉流霞，一一瑤臺之集；心存就日，人人嵩岳之呼。得不環羅綺而動歡聲，奏笙歌而聞麗曲。某等〔七〕叨居樂部，濫廁伶倫。不揆荒蕪，敢呈口號：

邑近蓬萊萃列真，曉看簪履望堯雲。三呼請祝〔八〕聖人壽，億載長爲天下君。荷柄飛香浮碧罕，榴花照座舞紅裙〔九〕。更聽既醉昇平雅，始信宸恩浹海垠。

校勘記

〔一〕『宴』，四庫本作『燕』。
〔二〕『鄰』，明抄本作『群』。
〔三〕『孔』，四庫本作『孝』。
〔四〕『全』，明抄本作『傳』。
〔五〕『樓鸞』，原作『鸞樓』，據四庫本改。
〔六〕『減』，四庫本作『踰』。
〔七〕『等』，四庫本無。
〔八〕『祝』，明抄本作『使』。
〔九〕『裙』，原作『裾』，據四庫本改。

天申節望闕祝聖致語

乾爲父而坤稱母，篤生堯舜之君；岳修貢而川效珍，茂底成康之治。屬流虹之紀瑞，爰湛露以頒恩。凡在臣群〔一〕，式沾宴喜。恭惟皇帝陛下，孝光四海，道協〔二〕群心。得賢立太平之基，復古振中興之業。帝乃誕敷文德，既躋夷夏之安；天其申命用休，遂格神明之佑〔三〕。懽騰率土，慶萃斯辰。雖富壽多男，靡俟華封之祝；而升常〔四〕報上，敢忘天保之詩。臣等幸際聖朝，叨塵樂部。傾丹誠於葵藿，採輿頌於芻蕘。不揆才荒，敢呈口號：

簪纓萬國拱堯雲，遥認非〔五〕煙靄帝閽。始聽嵩呼徧夷夏，便知孝治感乾坤。鳳飛一札蟠桃宴，花覆千官湛露恩。曆數在躬無紀極，垂衣請頌有虞尊。

校勘記

〔一〕『臣群』，四庫本作『群臣』。

〔二〕『協』，四庫本作『用』。

〔三〕『佑』，明抄本作『祐』。

〔四〕『常』，四庫本作『恒』。

〔五〕『非』，四庫本作『霏』。

二　庚午餘姚

虹流華渚，適丁震夙之期；鳳出層霄，爰錫邇遐之宴。沸嵩呼於率土，祝椿算於後天。恭惟皇帝陛下，天覆堯仁，日躋湯聖。孝格毳罽卉裳之遠，恩覃草木昆蟲之微。遂底三登，咸歸一德。徵〔一〕招作相悅之樂，驩動八紘；天保歌歸美之詩，聲齊萬壽。但臣等謬居樂部，幸際聖朝。不揆才荒，敢進口號：

萬國星聯拱北辰，曉看簪履拜堯雲。三多首〔二〕祝聖人壽，一統〔三〕長爲天下君。樂奏廣庭聲縹緲，香騰寰海瑞氤氳。太平今日非無象，花覆千官玉臉薰。

校勘記

〔一〕『徵』，明抄本作『祉』。

〔二〕『多首』，四庫本作『呼請』。

〔三〕『一統』，四庫本作『億載』。

上明良慶會閣牌〔一〕致語

天開萬世之真主，相得一代之宗臣。風虎雲龍，自然交感；水魚膠漆，不約同符。恭惟皇帝陛下，睿哲當陽，忠賢作輔。幸遇靡勞於獵卜，相逢偶在於儲潛。行孔孟仁義之言，聿新初政；躬唐虞孝弟之道，藹著兩宮。帝德既彰，皇心益眷。雖丘園之歸老，亦簪履之弗遺。故錫華名，以標傑閣。翔鸞舞鳳，褒嘉忽覩於宸毫；塗碧填金，摹刻更從於御府。改觀四明之風〔二〕月，增輝百葉之子孫。神靈彌久以護持，香火敢忘於崇奉。臣某等叨居樂部，獲覩榮光。不揆才荒，奏〔三〕陳口號：

綿綿寶曆與天長，興運重光屬我皇。德洽化隆超漢晉，父慈子孝協虞唐。三階順軌時方泰，萬國歸心道益昌。一自皋陶賡載後，于今始得頌明良。

校勘記

〔一〕『碑』，明抄本作『牌』。

〔二〕『風』，明抄本作『煙』。

〔三〕『奏』，四庫本作『敢』。

叔父知縣慶宅并章服致語 癸亥〔一〕

樂具四并，萃珠履瑶簪之會；壽祈五福，捧瓊波玉液之觴。銀章綰而里社榮，畫棟成而燕雀賀。矧紅桃徑底，流鶯囀求友之簧；緑野堤邊，飛絮作舞空之雪。集兹佳致，用贊清懽。恭惟某官，學海鯨鯢，詞林鸑鷟。妙齡秀發，三魁領袖於賢關；清節藹聞，八課楷模〔二〕於仕路。而高門新峙，表一時斷獄之功；治服初頒，壯百里臨民之寄。行飛旌於日下，即持橐於禁中。而某人婦道蘭馨，母儀冰潔。早擅肥家之譽，齊當得意之秋。嶷嶷鳳雛，一夔足矣；温温玉潤，二妙居之。率因琴瑟之和鳴，遂享衣冠之盛事。珠簾鴛瓦，頓還昔日之風光；象版霞冠，共挹今辰之樽俎。加以錦堂仙眷，綺席賢賓。來王母於西臺，見老人於南極。藍綬初香蟾窟桂，紫袍新翦魏家枝。帽檐皆閬苑之花，蓮步盡蘂宫之侣。得不祥凝鳳蠟，瑞靄猊金。環霧縠〔三〕而動懽聲，奏笙歌而聞麗曲。某叨居樂部，幸對慶筵。不揆荒蕪，上呈口號：

簪纓濟濟珮鏘鏘，競集華堂獻壽觴。朱紱始聞〔四〕新命誥，青氈俄覩舊門牆。梁闈琴瑟聲俱妙，謝砌芝蘇氣倍香。爛醉莫嫌歡未徹，從今三萬六千場。

校勘記

〔一〕『癸亥』，四庫本無。

〔二〕『楷模』，明抄本作『模楷』。

〔三〕『霧縠』，四庫本作『羅綺』。

〔四〕『聞』，明抄本作『開』。

代人納壻親會致語　戊辰〔一〕

太守風流，雅有謝宣城之標韻；仙郎俊邁，隱然李太白之才華。爰當遴選之秋，式契好逑之意。金龜印就，南州既重賢諸侯；孔雀屏開，東榻又得真佳壻。一時盛會，千里懽謡。恭惟某官，文海鯨鯢，士林楨〔二〕榦。四門曾是魁群彦，一鶚先驚横素秋。文筆生花，縹緲仙人之夢；詩囊佩錦，雍容公子之遊。纔過璧水蘭宫，即是玉堂金馬。既蘊潛心之業，宜膺坦腹之求。某官，江左儒宗，山東相種。蚤擅賢關之譽，鬱爲仕路之光。自持槖於九閽，爰領麾於三郡。朱旛耀彩，起隨步之春風；畫戟凝香，浮滿城之和氣。行參鼎鼐，迭和塤篪。乃卜良宵，式開皓宴。會此冰清玉潤，表其川泳雲飛。加以列席嘉賓，星辰燦若；滿堂貴集〔三〕，金玉鏘然。得不環羅綺而奉歡顔，奏管絃〔四〕而聞麗曲。某叨居樂部，幸預伶官。不揆荒蕪，敢呈口號：

人物宣城妙九州，乘龍果是屬清流。相逢解賦澄江練，選〔五〕勝都歸疊嶂樓。畫戟林中銀漏迴，香梅影底玉盃浮。洞房咫尺笙歌沸，誰道華胥祇夢遊。

校勘記

〔一〕『戊辰』，四庫本無。

〔二〕『楨』，四庫本作『楝』。

〔三〕『集』，四庫本作『客』。

〔四〕『管絃』，四庫本作『笙歌』。

〔五〕『選』，四庫本作『上』。

叔父監簿慶宅致語 己巳〔一〕

殖之五畝，專爲養老之資；處以一區，止作草玄之計。歷觀今事，度越前聞。畫棟干雲，挹四明之嘉〔二〕麗；紅旌卷月，浮三島之神仙。掃荆棘瓦礫之場〔三〕，成錦繡笙簧之地。宜陳雅宴，用副歡謡。恭惟某官，節稟松筠，志同〔四〕冰玉。彈冠入仕，不汲汲以圖名；問舍謀生，恥孜孜而爲利。上雖識拔，中自靜恬。職爲國子先生，人道關西夫子。某人，龜鶴齊踰於耳順，金蘭久著於心同。既克肥家，遂能考室。風簾霜瓦，當年適困於狼煙；翠幌朱〔五〕楹，兹日復張於玳席。得不嘉客萃滿堂之簪珥，群姻藹盈砌之蘭芝〔六〕。潤同九里之洪河，壽上一巵之芳酒。某叨居樂部，幸綴伶倫。不揆荒蕪，敢呈口號：

清曉簪裾碾畫輪，更循玉砌擁蘭蓀。定知廣廈新遺址，來向華堂上壽樽。歌遏錦雲聲縹緲，舞攢星蠟影翩翻。賸須拚卻如泥醉，顯拜行符駟馬門。

校勘記

〔一〕『己巳』，四庫本無。
〔二〕『嘉』，四庫本作『佳』。
〔三〕『場』，四庫本作『牆』。
〔四〕『同』，四庫本作『全』。

〔五〕「朱」，四庫本作「珠」。
〔六〕「蘭芝」，明抄本作「芝蘭」。

餘姚待縣官致語

三年有成，令尹既彰於茂績；百里之内，群僚悉萃於清流。爰愷悌以同心，宜昇平而共樂。式開雅宴，用洽清歡。恭惟知縣，於道有聞，與時無忤。政既稱於父母，仕必至於公卿。方臻群雉之馴，共惜雙鳧之去。知丞，人推直亮，世襲忠嘉。佗時迹篮於鵷鴻，今日膽寒於雁鶩。曾下車之未久，已奠枕而無爲。屈兹宏博之材，默衍榷征之利。監務，職惟修舉，學更優長。革弊事，紛若蝟興；開利源，速於泉湧。主簿，鸞棲棘木，詩滿錦囊。裔雖本於王孫，名乃聯於高士。縣尉，官方泥滓，志則雲霄。聊陳宴俎之勤，用表德星之聚。休取歌妍舞妙，所欣川泳雲飛。霞液交酬，玉山頻〔一〕倒。某叨居樂部，幸預伶倫。不揆才荒，敢呈口號：

浙右風煙屬舜亭，幾年纔此萃群英。棠敷美蔭連天闊，湖泛恩波徹底清。醉吸霞光金盞窄，笑扶花影玉山傾。定知太史先占瑞，天外祥星一處明。

校勘記

〔一〕『頻』，四庫本作『傾』。

餘姚待新宰致語

雷社分封，恩視子男之貴；棠蔭展治，政施〔一〕父母之仁。漁樵始藹於歡謡，賓佐宜伸於宴喜〔二〕。恭惟知縣，詞林老匠，桂籍真仙。憲章明習如馬周，絃歌閑暇若言偃。下車未久，盈階已底於雉馴；推轂有期，當路佇飛於鶚薦。暫屈浚儀之風雅，將期卓茂之功名。知丞，佐邑惟勤，於丞不負。凜凜古諍臣之氣，堂堂直漢相之容。滿席賓僚，一時賢德。無毫髮敢奸於政事，有胸襟可助於設施。共欣萍梗之飄浮，得此風雲之際會。得〔三〕不歌環皓齒，舞轉纖腰。停牙板以劇談，舉金荷而滿〔四〕飲。某叨居樂部，幸預伶倫。不揆才荒，敢呈口號：

清朝出宰是郎星，牛刃恢恢正發硎。賓佐雍容心盡赤，盃盤酬對眼全青。政平況是庭無訟，俗易還聞户不扃。贏得通宵恣歡讌〔五〕，看看聯翩上朝廷。

校勘記

〔一〕『施』，明抄本作『使』。

〔二〕『喜』，明抄本作『嘉』。
〔三〕『得』，四庫本作『莫』。
〔四〕『滿』，明抄本作『痛』。
〔五〕『讌』，四庫本作『謔』。

代新餘姚高宰燕交代〔一〕致語

政績有成，方喜及瓜之代；交情未洽，遽爲折柳之行。宜觴豆以備陳，表金蘭之合契。恭惟某官，美如曲逆，行若太丘。宦遊豈爲三徑資，器局蓋是萬夫望。棠蔭靜晝，麥隴登秋。三年而歌，有東里子産之惠；舊政必告，得令尹子文之忠。出祖筵開，去思情切。畫橈東指，聊攬勝於鄞江；紫驛星〔二〕馳，佇登瀛於魏闕。某官，文園杞梓，仕路驊騮。繼爲父母之官，爰敘子孫之好。第知卓魯，邂逅此時；豈識臯夔，翱翔異日。得不霞觥汎喜，牙板敲歡。恣偎紅倚翠之遊，寄卧轍攀轅之戀。但某〔三〕叨居樂部，幸綴伶倫。不揆才荒，敢呈口號：

鬱葱光〔四〕氣擁兹辰，兩見姚江得主人。報最已聞歌滿道，告新還喜政如神。詞傳綺席鶯聲滑，酒吸紅波玉臉春。休向陽關惜分袂，他年接武侍嚴宸。

校勘記

〔一〕『交代』，四庫本作『友』。

〔二〕『驛星』，明抄本作『駟西』。

〔三〕『某』下四庫本有『等』字。

〔四〕『光』，四庫本作『佳』。

代餘姚高宰燕〔一〕侍郎以下致語

陽子之居晉鄙，邑人薰而善良；相如之會臨邛，坐客傾其閑雅。一時引重，千載流芳。兹皓宴之攸開，與前賢而濟美。恭惟侍郎，蜚英文囿，韞德賢關。蚤由人望之隆，自結主知之厚。星軺攬轡，寶殿持荷。已成裕國之勳，俄起請祠之典〔二〕。東山雖好，其如天下之蒼生；北闕非遥，佇拜日邊之丹詔。判院，時推儒雅，世載忠嘉。人物品流，取驊騮於冀北；文章聲價，傳衣鉢於江西。方欣風月以平分，遽擁煙霞而高卧。佇看芝檢，即侍楓宸。知丞，有道清芬，汾陽華裔。值〔三〕二松於崔砌，飽聽吟哦；被一鶚於禰章，行當識拔。知縣，琴堂訟簡，棠蔭人稀。飛碧篇河朔之觴，會紫禁琳宫之客。莫不坐環陰雪，襟敞雄風。舞翻弱柳之纖腰，歌囀編犀之皓齒。但某等叨居樂部，幸奉台顔。不揆才荒，敢呈口號：

舜亭風化儼當年，人物猶追元凱賢。持槖有功先計相，題輿出治亦儒先〔四〕。相看尹貳俱冰雪，消得盃盤列管絃。欲識他時風虎變，疑丞輔弼拱中天。

校勘記

〔一〕『燕』，四庫本無。
〔二〕『典』，四庫本作『興』。
〔三〕『值』，明抄本作『殖』。
〔四〕『先』，明抄本作『仙』。

餘姚縣燕貢士致語

三歲而興賢能，雅重聖朝之舉；十室而有忠信，鬱爲吾邑之光。宜陳觴豆之清歡，用慶衣冠之盛集。恭惟舊舉某人，月評望重，風鑒才高。久淬礪於文鋒，玆翱翔於上國。新舉某人，共推飽學，俱在妙齡。或蜚英於璧水漕臺，或馳譽於鄉舉里選。晝戟門中貴公子，錦囊社里賢王孫。行追雁塔之諸儒，同上龍門之三級。某官，政先儒雅，氣合賓僚。式邀桂苑之群仙，來作琴堂之重客。光芒書劍，相將紫府之遊；雜遝笙歌，看取玉山之倒。某等叨居樂部，幸對芳筵。不揆才荒，敢呈口號：

玉京才子宴瑤池，雪壓梅梢春近時。盡道舜江登舜牧，卻歸堯殿侍堯咨。鵬摶看即掀雙翼，鯨飲何辭醉〔一〕百卮。好是嫦娥倚丹桂，擬教人折一枝枝。

校勘記

〔一〕『醉』，四庫本作『酒』。

代新〔一〕餘姚李宰燕交代〔二〕致語

二賢接踵，方敦〔三〕篤於交情；百里騰〔四〕歌，將流傳於政績。既金蘭之講契，宜觴豆之肅陳。恭惟某官，朝野蓍龜，士夫領袖。妙齡秀發，折丹桂於堂東；壯歲英蜚，哦二松於浙右。承流出宰，篤志愛民。强禦不能屈其剛，巨蠹安能移其守。始終無撓，清白有聞。三年而歌，得東里子産之惠；舊政必告，有令尹子文之忠。行看鳧舄之朝，即拜筍班之寵。某官，文園杞梓，仕路驊騮。繼爲父母之官，爰敘子孫之契。永言此日卓魯〔五〕相逢，將見他時皋夔並列。但某〔六〕叨居樂部，幸對芳筵。不揆荒蕪，敢呈口號：

鬱葱佳瑞藹姚州，令尹聯聯〔七〕得勝流。報最已聞騰茂績，告新行復著芳猷。歌傳白雪歡聲洽，酒挹青樽喜氣浮。莫惜通宵恣談謔，他年接武侍宸游。

校勘記

〔一〕『新』，四庫本無。
〔二〕『代』，四庫本無。
〔三〕『敦』，明抄本作『光宗廟諱』小字，四庫本作『惇』。
〔四〕『騰』，四庫本作『歡』。
〔五〕『卓魯』，四庫本作『早暮』。
〔六〕『某』下明抄本有『等』字。
〔七〕『聯』，四庫本作『翩』。

代趙倅燕廣德守錢郎中致語

化明柯嶺，偕爲入幕之賓；瑞藹桐川，共理專城之寄。眷今守貳，乃昔寀寮。既修好於綈袍，宜追歡於綺席。恭惟某官，文園直榦，學海洪瀾。蚤馳譽於賢關，旋登榮於桂籍。妙齡求偶，東床力拒於權門；列舍含香，南省遂揚於要職。遭時隆盛，被寵蕃宣。芝泥已具於金鑾，鵷鷺佇聯於玉筍。某官，金蘭夙契，冰雪交輝。兹惟視印之初，式啟飛觴之會。談揮犀麈，共欣歲稔以時和；醉倒玉山，雅見情投而氣合。某叨居樂部，幸預伶官。不揆才荒，敢呈口號：

清朝登用是儒宗，尤喜桐川協氣濃。畫戟林中今長貳，紅蓮幕裏昔游從。雲飛共慶情方洽，鯨飲何妨量有容。且向山城足歡謔，他年接武亞夔龍。

代寄居餞明守王侍郎致語 會亭道，紹興二十四年六月到任，二十五年五月除侍郎〔一〕。

黄堂治最，方騰東國之懽謡；紫檢恩隆，又指西清之歸路。忠存魏闕，喜動江城。惟三人受傾蓋之知，與千里共攀轅之戀。式開宴豆，用洽交情。恭惟某官，豈弟吏師，典刑人望。自蜚英於法從，爰共理於侯藩。汎苕水之〔二〕恩波，擁郿川之佳氣。公平聽斷，攬回六邑之陽和；灑落文章，改觀十洲之風月。未幾〔三〕報政，指日敷綸。既資〔四〕啟沃之嘉謨，宜輟蕃宣之寵寄。雖光榮衮服，拜麻將繼於青氈；而蔽芾棠陰，卧轍競留於紅旆。某官，誠傾三益，喜餞貳卿。惟兹祖帳之開，用表德星之聚。對歌妍而舞妙，欣川泳以雲飛。幸未語離，且休惜醉。某叨居樂部，獲奉台筵。不揆荒蕪，敢呈口號：

芝封一札燕泥香，祖帳雍容綺席張。坐上共知環鮑謝，人間爭欲借龔黄。旌旜影裏傳金罼，衮繡光中拜玉皇。他日回頭東海岸，定應遺愛滿甘棠。

校勘記

〔一〕『會亭道』至『侍郎』，四庫本無。

〔二〕『之』，四庫本作『於』。

〔三〕『幾』，明抄本作『期』。
〔四〕『資』，明抄本作『咨』。

寄居爲諸學職慶壽致語

年彌高而德彌邵，雍容雅重於老成；行益顯而名益彰，惇〔一〕尚是繫於先達。萃群公而宴喜，承故事以流傳。式當稀有之年，咸介既多之祉〔二〕。某人，錦囊文傑，絳帳經師。雖淹庠序之虀鹽，實是鄉閭之領袖。未嫌雪髮，共餐商嶺之芝；將見蒲輪，並起渭濱之釣。某官，誠存貴老，志在移風。昔爲同隊之魚，今作還家之鶴。爰開雅會，用慶遐年。歌遏行雲，盡是騷壇之珠玉；談欺霏〔三〕屑，莫非仙里之衣冠。況皆鯨吸於百川，何惜山頹於四座。某叨居樂部，獲奉名筵。不揆荒蕪，敢呈口號：

朝來太史上宸廷，爲説東鄞集壽星。已把湖山供笑樂，更催歌舞看娉婷。藍田有玉〔四〕應千歲，韋室專門祇〔五〕六經。接武定應成福禄，介眉何惜醉修齡。

校勘記

〔一〕『惇』，明抄本作『光宗廟諱』小字。

〔二〕「祉」，明抄本作「禖」。

〔三〕「霏」，四庫本作「吐」。

〔四〕「玉」，明抄本作「鶴」。

〔五〕「衹」，原作「紙」，據四庫本改。

鄮峰真隱漫録卷三十八

致語

寄居爲諸鄉老慶壽致語 就吳舍人宅〔一〕

年彌高而德彌卲，吾鄉雅重於耆儒；少者懷而老者安，此道蓋〔二〕敦〔三〕於先達。爰敞紫薇之三徑，共邀黄髮之群仙。樂〔四〕宴一開，歡謡四起。恭惟某官某人，楓宸獻對，芹頖蜚聲。曳蘭佩於禮義之途，采芝茹於修潔之圃。日月爲之緩轡，松椿宜爾長齡。肩隨多絳縣之人，袂屬皆渭川之老。當年竹馬，何殊同隊之魚；異日蒲輪，將效來儀之鳳。嘉此一時之盛，允爲百世之傳。合席朝簪，滿門儒服。謂希有者人之齒，喜見諸公；而難得者俗之淳，樂爲是禮。豈獨成壽鄉之故事，抑亦見仁里之高風。觴舉流霞，秩芳筵於百拜；詞翻白雪，度麗曲於千秋。既此肯來，且休惜醉。某叨居樂部，幸奉壽筵。不揆荒蕪，敢呈口號：

海宇熙熙壽域中，耆儒最盛甬句東。共開樽俎爲高會，尤喜鄉閭有義風。九老未應〔五〕多白傅，四明何止一黄公。行看聯璧安車上，盡是當筵鶴髮翁。

校勘記

〔一〕『就吴舍人宅』，原闕，據四庫本補。
〔二〕『蓋』，四庫本作『益』。
〔三〕『敦』，明抄本作『光宗廟諱』小字。
〔四〕『樂』，四庫本作『皓』。
〔五〕『應』，明抄本作『能』。

四明尊老會致語

癸巳，趙伯圭以顯謨閣學士知明州，同郡六邑七十歲以上〔一〕。

熒煌玳席，萃鶴髮之群仙；縹緲獸煙，祝龜齡之千歲。懿兹雅宴，宜有懽謡。恭惟合郡耆英，滿筵碩望，或縉紳賢君子，或場屋老先生。學成行尊，則周公其人也；年高德邵，是孔氏之徒歟。綏乘豹隱之安車，來作龍門之重客。開府相公，榮歸故里，相娱〔二〕少效於二疏；判府閣學，治最此邦，敬老尤高於九牧。喜是賓朋之集，共推德齒之尊。觴舉流霞，偏上松椿之壽；舞翻回雪，克諧絲竹之音。千古美談，一時盛事。但某等叨居樂部，忝屬伶倫。不揆荒蕪，敢呈口號：

東閣初開瑞靄凝，曉催簪履慶修齡。風回秀髮扶疏緑，喜入方瞳的皪青。紗帽著花春不老，玉盃浮雪酒微醒。今朝太史占鄞鄮，無限文星作壽星。

校勘記

〔一〕『趙伯圭』至『以上』，四庫本無。

〔二〕『娱』，四庫本作『晤』。

又 象山昌國

居近蓬壺，雖有涉海登陸之異；地均梓里，初無此疆爾界之殊。矧邀鶴髪之群仙，以介龜齡之千歲。宜開宴席，用洽歡謠。恭惟闔邑英游，滿筵耆俊，天隨甫里，名高翰墨之場；安期羨門，身箎煙霞之侶。逖惟豹隱，渺隔鯨波。杖屨來歟，掛席無煩於浪舶；笙歌作矣，連〔一〕裾悉上於琴堂。開府相公，慶是高年，爲會以相娱樂；知縣朝議，成其雅志，開懷而盡春容。千里同風，一時盛集。酒行北海，莫非文舉之樽罍；花滿河陽，本是安仁之桃李。但某等叨居樂部，幸備伶倫。不揆荒蕪，敢呈口號：

山在虚無縹緲間，相望同是一鄉關。欲尊德齒成高會，故〔二〕遣樽罍悦壽顔。歌罷青絲回雪髪，舞餘文錦繞雲鬟。先生沆瀣嘉賓〔三〕醉，貴老行看一札頒。

校勘記

〔一〕『連』，明抄本作『聯』。
〔二〕『故』，四庫本作『且』。
〔三〕『先生沆瀣嘉賓』，清抄本作『勝拚今日花前』，四庫本闕。

諸親慶賜第復會致語

輪奂承恩〔一〕，未返柳陰之三徑；桑蓬誕日，聿來梓里之群仙。舟車遠篚〔二〕於帝城，尊俎先勤於主〔三〕禮。慶今賜第，萃此英游。爰開酬酢之筵，用款團欒之集。恭惟塤篪伯季，冠蓋賓朋，飄飄閬苑之麗人，藹藹皇〔四〕家之吉士。作福既云相似，敘情尤覺多歡。上國觀光，已覩龍顔之穆穆；良辰聚首，更歌燕廈之潭潭。厚意所將，澆風可變。北關真隱，東道主人，念間闊之屢年，思游從之舊日，適諧情話，頓釋離懷。兹也花擎鳳蠟以熒煌，獸吐龍涎而馥郁。聊具瓊漿玉液，盡邀珠履玳簪。既幸四并〔五〕，何辭一醉。人物況皆瀟落，畫圖真可流傳。某等身處聖朝，名參樂部。輒陳斐語，用洽懽聲：

鶴髮星星退急流，昔年兩作鳳池游。挂冠未許田間去，錫第還爲帝所留。賸喜親朋千里集，聊持歌舞一觥酬。莫辭醉席梅花地，嘉話歸傳古鄮州。

校勘記

〔一〕『輪奂承恩』，明抄本作『松菊名園』，四庫本闕。

〔二〕『篕』，四庫本作『逮』。

〔三〕『主』，四庫本作『王』。

〔四〕『皇』，四庫本作『王』。

〔五〕『并』，原作『屏』，據四庫本改。

諸親慶彌正彌遠及貝叔懷恩命復會致語

金爐〔一〕縹緲噴檀煙，玳席熒煌開錦幄。惟〔二〕是賓朋〔三〕昆玉，來陳燕豆壺觴。式昭厚意之殷勤，宜〔四〕展初筵之酬酢。恭惟一時俊彦，滿座耆英，萃世間圭璧之姿〔五〕，作相閥星辰之眷。彈冠仕版，已馳驥步於雲衢；射〔六〕策文場，行折桂枝於月窟。曲敦〔七〕姻契，來舉慶觴。東道諸賢〔八〕。貴從宅相，或榮登於星省，或新拜於綸恩。聊洽情〔九〕歡，仰彰先施。某等叨居樂部，幸對寵光。不揆荒蕪，敢呈骩骳：

都城賜第起祥雲，知是君王貴老人。羅綺叢中喧鼓吹，樓臺影裏聚簪紳。賸添風月非錢買，贏得樽罍到手頻。他日華堂重此會，主賓朱紫耀青春。

校勘記

〔一〕『金爐』，明抄本『金』作『獸』，四庫本闕。
〔二〕『惟』，四庫本作『曾』。
〔三〕『朋』，四庫本作『鴻』。
〔四〕『壺觴式昭厚意之殷勤宜』，明抄本『壺觴式昭』作『霞觥既承』，四庫本闕。
〔五〕『耆英萃世間圭璧之姿』，明抄本作『英標鍾鄮川山水之靈』，四庫本闕。
〔六〕『射』，四庫本闕。
〔七〕『敦』，明抄本作『光宗廟諱』小字。
〔八〕『賢』下四庫本有『學有家傳』四字。
〔九〕『情』，四庫本作『清』。

復明守謝直閣會致語〔一〕師稷務本，八年四月到任。

袴襦歌洽，方欣治最於黄堂；衮繡光濃，適慶榮還於緑野。主賓相得，燕樂諧歡。恭惟判府某官，康樂風流，東山經濟。清約足以勵風俗，公忠久此服縉紳。許國固出生知，愛民尤資天性。使軺屢擁，七閩高澄按之功；郡紱再紆，三輔播循良之譽。行膺芝檢，即簉筍班。少師，夙以金蘭，式依桑梓。念平生之從宦，方返故鄉；喜交舊〔二〕之相逢，乃開雅燕。舞翻回雪，歌囀流鶯。既金罍之屢傳，宜玉山之頻倒。某等叨居樂部，幸際芳筵。不揆荒蕪，敢呈口號：

鄮水鄞江喜氣浮，祇應共理得賢侯。千帆過海欣無警，九穀登場慶有秋。聖主正思黄霸入，仙翁方伴赤松遊。一盃相遇何妨醉，春在西湖月在樓。

校勘記

〔一〕此首題目明抄本剜去，四庫本無下小注。

〔二〕『交舊』，明抄本作『舊交』，四庫本作『舊友』。

待魏丞相汪尚書趙侍郎致語

一曲煙波，逸老歸榮於故隱；四筵簪履，德星聚宴於高堂。方幸息肩，宜先會友。恭惟丞相，清朝碩輔，間世耆英。措坏冶于一陶，活生靈於兩國。已淹閒適，當再登庸。尚書，忠許一人，身兼數器。久鬱經綸之業，行施康濟之功。侍郎，紫橐論思，朱轓愷悌。深結聖神之眷，宜膺公輔之榮。少師，鶴返遼東，珠還合浦。喜〔一〕吾鄉里〔二〕，燕樂〔三〕嘉賓。恣今宵鯨飲之歡，道昔日雞窗之舊。某等欣逢盛集，幸與伶倫。不揆荒蕪，敢呈口號：

燕集西湖錦繡圍，花迎晴曉露方晞。把盃且共尋前約，握手何須悟昨非。已喜一翁歸緑野，更看三傑上黄扉。雲臺指日標鴻烈，應許嚴陵老釣磯。

校勘記

〔一〕『喜』，明抄本作『嘉』。
〔二〕『吾鄉里』，四庫本作『見吾鄉我里』。
〔三〕『樂』下四庫本有『忠臣』二字。

餞明守謝殿撰赴召致語 師稷，淳熙八年四月到任，九年十月赴召〔一〕。

釋星傳之繡衣，來飛皂蓋；拜絳車之芝檢，笑指彤墀。式陳祖帳之歡，用表攀轅之意。恭惟判府某官，閩南挺特，江左風流。夙資康濟之才，久勵清高之節。數道咸高於剌舉，雄藩屢布於中和。千里仁聲，飽譙門之晝角；萬家美蔭，敷白晝之甘棠。方懷借寇之思，忽聽召黄之命。廛氓結戀，國士知崇。少師，歸憩陶居，欣逢邵父。歲適周於灰琯，情已洽於金蘭。兹屆啟行，良深惜别。羽觴交錯，樂鐘鼓之清時；錦舸光華，指雲霄之去路。但某等叨居樂部，幸遇離筵。不揆荒蕪，敢呈口號：

玉砌芝蘭慶有餘，藹然英譽走雲衢。澄清攬轡多持節，愷悌宜民屢剖符。聖主出綸催上道，邦人卧轍蔽行途。一卮聽取臨岐語，賸吐精忠作帝謨。

校勘記

〔一〕『師稷』至『赴召』，四庫本無。

待明守楊少卿致語 獬正伯，淳熙九年十一月到任〔一〕。

紅旆碧幢，方喜元侯之戾止；赤松緑野，適當逸老之歸歟。觀光既久於朝班，敘舊宜開於宴席。恭惟判府某官，愛人以〔二〕德，激貪以清。學優思踵於關西，名〔三〕盛恥居於王後。昔藩昭武，飽聞畫角之仁聲；今涖鄞川，復廣甘棠之美蔭。已聯維月，行遂持荷。少師，早賦歸田，爲氓受地。始就松筠之三徑，聊同風月之一觴。文字劇談，笙歌間奏。某〔四〕等叨居樂部，幸際芳筵。不揆荒蕪，敢呈口號：

鄮城鬱鬱藹〔五〕祥煙，何幸分符得大賢。散利士知廉律己，救荒民得〔六〕食爲天。仁風行見周千里，雅俗俱欣受一廛。正恐最聞須召入，介眉今日且樽前。

校勘記

〔一〕『獬正伯』至『到任』，四庫本無。
〔二〕『以』，四庫本作『用』。
〔三〕『名』，明抄本作『明』。

〔四〕『某』上四庫本有『但』字。

〔五〕『藹』，明抄本作『靄』。

〔六〕『得』，四庫本作『仰』。

復明守楊少卿會致語

恭惟〔一〕知鎮，冀北駿材，山東相種。蚤擅克家之譽，兹膺坦腹之求。將躡要津，以攄素學。教授，文推雅健，志藴經綸。已看丹桂之敷榮，更陟巍科之宏博。式因儐〔二〕相，獲遂春容。致政太保，得請休閒，屬情婚嫁。雖卧痾於里閈，猶盡禮於賓親。懿嘉耦之並逢，肆芳筵而共樂。迭奏柳腰鶯舌，競傳玉斝瓊盃。既幸團欒，何辭酩酊。某等叨居樂部，喜遇良辰。不揆荒蕪，敢呈口號：

春入西湖繞岸花，十洲三島倍芳華。桃夭〔三〕來自神明胄，玉潤生從宰輔家。男室得時諧鳳侣，孫枝有客泛星槎。盍簪此日成高會，盛事他年梓里誇。

校勘記

〔一〕『恭惟』，四庫本作『職行』。

〔二〕『儐』，四庫本作『擯』。

〔三〕『桃天』，四庫本作『夭桃』。

復趙倅會致語 師禹〔一〕

金枝秀發，方託契於葭莩；玳席熒煌，荷持觴於樽俎。既衍室家之慶，更增里閈之光。用秩芳筵，以酬厚意。恭惟判府〔二〕，梁園杞梓，謝砌芝蘭。暫淹驥足於吳門，平分風月；行侍龍顏於魏闕，擺落囂塵。不嫌鯨浪之修途，虔奉鯉庭之慈訓。爰將女弟，克佐仙郎。而況兩院魚軒，同辭藻館。夙明姆教，來締姻聯。懿風義之相交〔三〕，致歡娛之周洽。致政太保，倦游朝著，退隱鄉關。尋勝事於家山，日思屏迹；慕高標於閥閱，已遂攀鱗。嘉賓既展於恩勤，東道宜輸於款密。式歌且舞，賞景物之長春；不醉無歸，喜光陰之難老。某等叨居樂部，幸預〔四〕良時。不揆荒蕪，敢呈口號：

寶緒光華是似賢，遠移仙馭締姻聯。高情已篤金蘭契，盛禮還開錦繡筵。小奉盃盤圖報答，謄陳絲竹且留連。細看四座神仙客，始信西湖即洞天。

校勘記

〔一〕『師禹』，四庫本無。

〔二〕『判府』，明抄本作『府判』。

〔三〕『相交』，明抄本作『交相』。

〔四〕『預』，明抄本作『遇』。

納孫婦錢氏親會致語 定之〔一〕

芳傳吳越，夙欽忠孝之家；境接台明，思締〔二〕婚姻之好。幸金蘭之託契，宜蘿蔦之相依。雅宴斯開，驩謠是洽。恭惟推官，系隆將相，學富詩書。暫參幕府之紅蓮，行擁禁途之紫橐。雙鴛並駕，所欣夫倡而婦隨；淑女有行，式副冰清而玉潤。致政太保，晚歸緑野，深慕赤松。眷子舍之皆賢，喜孫枝之得偶。既荷高軒之過，聊茲綺席之張。歌遏行雲，縹緲未饒於鶯舌；舞翻回雪，輕盈不羨於柳腰。莫辭醮甲之瓊腴，請緩出花之銀漏。某等叨居樂部，偶際良辰。不揆荒蕪，敢呈口號：

夾路紅榴取次芳，三槐嫩緑影交相。解裝初憩簪纓客，肆席爰開衮繡堂。西子帷〔三〕車騰懿德，東床擇壻得仙郎。一卮何止千秋祝，更佇鳴騶下帝鄉。

校勘記

〔一〕『定之』，四庫本無。

〔二〕『締』，明抄本作『歸』。

〔三〕『帷』，四庫本作『隨』。

待明守趙殿撰致語

師夔汝一，淳熙十一年十月到任〔一〕。

門巷清閑，方侶十洲之猿鶴；旌麾赫奕，忽來千騎之貔貅。矧託襟期，復聯婚好。宜宏開於燕席，用大洽於驩謡。恭惟判府某官，璇極鍾靈，銀潢擢秀。蚤擅出群之譽，雅推是似之賢。三擁使軺，兩紆郡紱。鯉庭詩禮，熟聞慈訓之餘音；竹馬兒童，又牧嚴君之舊治。爰益敷於善化，祈仰繼於前芳。畫角譙門，仁聲千里；甘棠喬木，美蔭萬家。既平瀚海之狂瀾，行作玉皇之近侍。致政太保，松筠三徑，觴詠一丘。豈期遲暮以受廛，乃獲安恬而擊壤。相逢今夕，不醉何時。某等叨預伶倫，幸供樂事。輒陳俚語，上侑歌聲：

潭潭大府坐真王，有子於今擁碧幢。羽扇仁風揮〔二〕霅水，熊幡和氣滿鄞江。舞翻回雪隨清吹，歌遏行雲度美腔。玉斝莫辭良夜飲，佇看聚耀慶〔三〕吾邦。

校勘記

〔一〕『師夔』至『到任』，四庫本無。

〔二〕『揮』，四庫本作『辭』。

〔三〕『聚耀慶』，四庫本作『星聚首』。

壻王肅之就成親會致語

王橚，字肅之，王丞相淮末子，金華人〔一〕。

銀罌翠琯，方承〔二〕臘賜於九霄；繡幕羅帷，忽藹春風於四座。爰擁洞房之花燭，式邀〔三〕潭府之神仙。宜有驩謡，上資雅宴。恭惟直閣，山東相種，江右名家。黄閣過庭，夙推高於是似；緇衣流詠，行擅美於並爲。乃攜華棣之賢，來作乘龍之客。學士，蘭陔挺秀，璧水蜚英。德日又新，久著服膺之譽；卜云其吉，遂諧坦腹之求。佇聆琴瑟之和鳴，永慶鸞凰之偕老。致政太保，春容桑梓，蕭散林泉。眷言玉女之歸，果得金閨之彥。既成嘉偶〔四〕，斯秩芳筵。莫辭醉〔五〕斝頻行，且聽笙歌競奏。某等叨居樂部，幸遇良辰。不揆荒蕪，敢呈口號：

太宰巖巖正拱辰，笑看雙鳳度〔六〕東津。蘭馨〔七〕愛弟爲佳壻，玉立難兄處上賓。火毓鵲爐香藹藹，月穿梅影酒粼粼。主人賸喜機雲集，唯祝聯鑣侍紫宸。

校勘記

〔一〕『王𣊍』至『金華人』，四庫本無。

〔二〕『承』，明抄本作『成』。

〔三〕『邀』，四庫本作『邀』。

〔四〕『偶』，四庫本作『耦』。

〔五〕『醉』，四庫本作『醆』。

〔六〕『度』，明抄本作『渡』。

〔七〕『蘭馨』，四庫本作『冰清』。

待王十六監岳致語

青旂風軟，繡屏陡覺〔一〕寒輕；綠野泉香，玉甕更聽〔二〕酒熟。爰伸樂豈，以敘情親。茲重客之俯臨，須長謡之上贊。恭惟直閣，高材烏巷，藹譽白眉。詞章已紹於箕裘，事業可傳於衣鉢。克篤友于之義，來盟宴爾之歡。乃因簪組之相逢，亟奉豆觴之先饋。致政太保，幸從閒適，喜締姻聯。既承厚意之臨，斯秩芳筵之報。舞翻回雪，歌遏行雲。莫辭卜夜之游，且洽忘年之好。某等叨居樂部，幸遇良辰。不揆荒蕪，敢呈口號：

東皇旌旆到人寰，漏泄春工露一斑。已向江村訪梅萼，卻來燈市賞鼇山。主賓冰玉歡無盡，伯季塤篪興不慳。欲識魯公須拜後，微黃一點見眉間。

校勘記

〔一〕『覺』下四庫本有『於』字。

〔二〕『聽』下四庫本有『於』字。

代彌堅就趙府作會致語

香濃粧閣，温温已綻於宫梅；瑞藹煙堤，濯濯初看於官柳。率是東君之陶冶，宜開北海之樽罍。爰有歡謡，用資高會。恭惟少保郡王，天潢巨浸，學圃喬林。文筆生葩，縹緲翰林之夢；詩囊佩錦，雍容長吉之游。自持稾以分符，迄建旄而胙土。力行謙德，簡〔一〕在宸衷。佇須睿命之頒，即慶真王之拜。已藹門闌之喜色，更欣琴瑟之和鳴。華席團欒，慈顔悦懌。當此良辰淑景，集兹重客嘉賓。恭惟闔座簪纓，滿朝朱紫，或澄清而攬轡，或愷悌以開藩。凡生珠玉之淵，悉是星辰之眷。來臨燕豈，共樂清〔二〕寧。兹也支鹽〔三〕，飽趨〔四〕庭詩禮之聞，藉親闈金蘭之契。坦腹既逢於知己，齊眉將底於宜家。羅綺叢中，笙歌聲裏。舞翔鸞之六翮，介春酒之一卮。幸適雅懷，莫辭沈醉。某等〔五〕叨居樂部，獲隸伶倫。不揆荒蕪，敢呈口號：

巍巍潭〔六〕府坐真王，中有神仙聚畫堂。玉潤聯姻〔七〕韻琴瑟，冰清初喜見鸞凰。扶輿和氣笙歌沸，馥郁春風錦繡光。他日諸孫成宅相，頷頭休羡郭汾陽。

校勘記

〔一〕『簡』，明抄本作『柬』。

〔二〕『清』，四庫本作『歸』。

〔三〕『也支鹽』，四庫本作『文監』。

〔四〕『趨』，四庫本作『私』。

〔五〕『等』，四庫本無。

〔六〕『巍巍潭』，四庫本作『潭潭大』。

〔七〕『聯姻』，四庫本作『曾聞』。

諸親慶壽致語

松椿林裏，喬木成陰；箕翼躔中，老人聚耀。可謂作福相似，皆由善氣〔一〕所薰。燕喜初開，歡謡斯洽。恭惟判府某官，天潢毓瑞，台鼎蟠基。兩擁星軺，備著澄清之譽；三分符竹，大揚愷悌之風。遂令託契之葭莩，皆侶〔二〕修齡之龜鶴。潁川太宜人，慈容淑德，華髪秀眉。已登耋耄之春秋，將衍期頤之算數。致政太傅，晝遊袞〔三〕繡，日盛簪纓。適當非熊應卜之時，復届維岳降神之旦。知府監簿，知府安人，鴛儔偕老，暢琴瑟以和鳴；百九學士，百十通判，雁序聯芳，藹芝蘭而耐久。以至宣城大〔四〕孺，清河秘書，外黨懿親，吾鄉美行，共此難逢〔五〕之集，俱過稀有之年。莫不吸沆瀣之仙醪，賞芙蓉之秋色。笙歌雜遝，羅綺繽紛。合四座以團欒，沸千春而祝頌。某等叨居樂部，幸對華筵。不揆荒蕪，敢呈口號：

鬱葱佳氣擁叢霄，又見端門遣使軺。觴豆兼金真璀璨，茗香膐馥更飄飖。雙旌容與留千騎，三族耆龐聚一朝。正是瑶池八仙會，介眉何必羨松喬。知府德翁，學士持翁，通判仁翁〔六〕。

校勘記

〔一〕『氣』，四庫本作『政』。
〔二〕『侶』，四庫本作『似』。
〔三〕『袞』，四庫本作『錦』。
〔四〕『大』，四庫本作『太』。
〔五〕『逢』，明抄本作『並』，四庫本作『老』。
〔六〕『知府』至『仁翁』，四庫本無。

鄮峰真隱漫録卷三十九

致語 上梁撒帳等文附

六老會致語

鶴圃龜田，渺渺壽鄉之境界；桃源蓬島，遲遲春日之風光。惟同生積善之家，斯並享長年之慶。團欒匝座，豈樂騰歡。恭惟太宜人，慈儉母師，和柔婦則。夙謹蘋蘩之職，遂揚閨閫之休。致政太保，知府通判，監埸省幹，酥酪齊名，塤篪迭和。有燎鬚之友愛，無鬩牆之嫌疑。仕路聯鑣，俱擅白眉之譽；雲衢接武，行膺黄髮之詢。雁序雍雍，棣華韡韡。已繪丹青爲六老，更陳樽俎於一筵。莫不香靄沈檀，捧玉爐而獻頌；光生朱紫，環芝砌以承顔。可謂舉世難儔，豈非作福相似。某等優伶在列，盛事親逢。不揆荒蕪，敢呈口號：

六人四百四十歲，好似同資一氣生。王母蟠桃三度熟，竇家仙桂五枝榮。蓬壺影裹環嘉客，衮繡堂中溢頌聲。太史占祥應入奏，光躔南斗壽星明。

五老會致語

化日舒長，益衍松椿之算；清時豈樂，宜繁鐘鼓之音。慶逢五老之尊，來萃一筵之上。輒伸善頌，用洽多歡。恭惟衮繡主人，簪纓重客，英姿玉立，崇論風生〔一〕。昔嘗爲同隊之魚，今並作還家之鶴。當此良辰美景，何妨妙舞妍歌。霞液浮香，擁三春之麗色；金猊靄瑞，祝千歲之遐齡。某等叨預伶倫，幸逢芳宴。敢呈口號，上奉鈞顏：

昔日翔〔二〕翔藝圃中，詞鋒凜凜各爭雄。倦飛雅遂鴻冥志，良集皆成鶴髮翁。休問功名千古後，且欣花月一樽同。明朝太史應馳奏，壽象聯珠見甬東。

校勘記

〔一〕『生』下四庫本有『位貴而身愈謙，則周公其人也；年高而德彌劭，是孔子之徒歟』二十四字。

〔二〕『翔』，四庫本作『翺』。

待權明州延提刑致語

璽，淳熙十三年十月以提點刑獄兼權，十二月回司〔一〕。

緑野儒翁，已薦辭於相印；繡衣膚使，兹就領於州麾。既幸相逢，何妨道舊。宜開燕喜，以洽歡謡。恭惟權府某官，學海修鱗，士林茂幹。昔居禁籞，獨高頗牧之稱；今擁軺車，兼著韞黄之譽。將視儀於揆路，益敦念於交情。致政太傅，欣同千里之氓〔二〕，重託二天之芘。式歌且舞，雖慚柳腰鶯舌〔三〕之妍；不醉無歸，且樂月榭風亭之勝。某等〔四〕叨居樂部，幸預伶倫。不揆蕪才，敢呈拙句：

山水東鄞本自佳，使星臨照愈光華。甘棠美蔭踰千里，畫角仁聲度萬家。正喜泉香浮竹葉，更看盃影浸梅花。最聞便有芝封到，莫惜連宵暈臉霞。

校勘記

〔一〕『璽』至『回司』，四庫本無。

〔二〕『氓』，四庫本作『盟』。

〔三〕『柳腰鶯舌』，四庫本作『鶯舌柳腰』。

〔四〕『等』，四庫本無。

待胡少張王叔舉二孫壻致語 胡綱，乃彌大壻；王友元，乃彌正壻〔一〕。

南國多賢，夙著塤篪之譽；東床擇壻，俱成琴瑟之和。輒罄歡謠，以華雅燕。恭惟安定學士，琅邪學士，才猷世濟，詩禮家傳。當俊敏之妙齡，蘊功名之壯志。未見其止，何施不宜。儒雅自將，笑孫策周瑜之雜霸；清明有裕，無南容公冶之微瑕。同登袞繡之高堂，用集門闌之喜色。致政太傅，慶二孫之嘉耦，陳百里之芳筵。環列綺羅，兼爲文字〔二〕之飲；鼎新絲管，益侈安樂之音。某不揆荒蕪，敢呈拙句：

鬱葱佳氣靄鄞川，賸説侯門得二賢。天下中庸追遠躅，江東儁秀踵遺編。歌喉睍睆鶯同麗，舞袖翩翻蝶共妍。行看聯名登虎牓，親聞歸侍綵衣鮮。

校勘記

〔一〕『胡綱』至『壻』，四庫本無。

〔二〕『字』，四庫本作『學』。

姊加封太宜人慶會致語

九重貴老，尊金母於瑤池；一札疏封，賁素〔一〕娥於月窟。慶珠履玳簪之集，侈錦標鈿軸之榮。不有歡謡，曷成雅宴。恭惟太宜人，賦資柔淑，持己靜專。勤儉爲先，世仰治家之法；詩書是好，人推教子之方。再被寵光，益彰懿德。豈唯輝華於里社，抑知歆豔於縉紳。得不親戚團欒，笙歌雜遝。金爐毓火，焚百和以拜〔二〕恩；玉斝飜波，指千春而祝壽。某等叨居樂部，幸遇芳筵。不揆荒蕪，敢呈口號：

鄮山鄮水百祥開，一軸絲綸天上來。應爲教忠登仕籍，遂膺錫類到蘭陔。笙簧叢裏歌新闋，錦繡光中薦寶盃。從此芝封須疊至，長教壽母宴春臺。

校勘記

〔一〕『素』，四庫本作『嫦』。

〔二〕『拜』，四庫本作『謝』。

德翁弟轉員郎慶會致語

洪範五福一曰壽，適當釣渭之年；宗伯九儀六命官，更喜登廊之選。宜陳燕席，用洽歡謡。恭惟知府監簿，古鄮偉人，澄江賢牧。出仕即膺於帝眷，蜚英每在於王畿。皂蓋朱轓，洋溢袴襦之詠；紅顔緑髪，雍容龜鶴之姿。兹寵拜於明綸，獲榮陞於美秩。行契維師之什，以光貴老之朝。致政太傅，滿座簪纓，闔門珠蘂。俱預捧觴之集，率懷賀廈之私。莫不祝雲路之九遷，指蟠桃之三熟。某等叨居樂部，幸遇芳筵。不揆荒蕪，敢呈口號：

洋洋〔二〕鄮水百祥臻，天祐龍門萃達尊。又見常珍登耄齒，更欣華秩亞星垣。龔黄政美褒宜重，箕翼光騰福正繁。他日老更興盛舉，會看兄弟迭承恩。

校勘記

〔一〕「洋洋」，四庫本作「鄮山」。

燕新第鄉人致語 淳熙十四年，明州一十三人，王容榜：彌遠、彌忠、彌愈、袁韶、趙希言、姚、羅、李、吳〔一〕。

鸑鷟鵷鶵，必同棲於丹穴；驊騮騄駬，斯畢萃於玉關。繄我四明，實生多士。即宸墀而射策，指仕路以彈冠。爰秩芳筵，用揚善頌。恭惟某官等，熙朝俊造，間世英豪。或推梓里之良，或擢銀潢之秀。過庭詩禮，家有義方；比屋夔龍，人無異行。洎奉承於大對，乃力進於危言。喜動冕旒，榮頒組綬。茲功名之發軔，宜燕衎之加籩。致政太傅，適在耄齡，欣逢盛事。此時雁塔，既容子姪之聯名；佗日雲衢，將見友朋之引類。得不笙歌雜遝，語笑繽紛。展醉席於梅花，拚頹山於蕉葉。但某等叨居樂部，幸簉鈞階。不揆荒蕪，敢呈口號：

鄮嵒鍾秀地靈〔二〕開，多士相將〔三〕謝草萊。戛玉鏘金俱傑出，紆青拖紫正朋來。未饒衛國多君子，何獨山東有相材。富貴功名隨步武，清時鐘鼓且銜盃。

校勘記

〔一〕『淳熙』至『李吳』，四庫本無。

〔二〕『嵒鍾秀地靈』，四庫本作『山鄞水百祥』。

〔三〕『多士相將』，四庫本作『壯士昂頭』。

復諸親慶會致語

伏以衣繡思歸故鄉，雅意友朋姻戚。賞心喜並樂事，寓情俎豆壺觴。式因主禮之先施，斯乃賓筵之初秩。是爲高會，宜有歡謡。恭惟滿座懿親，同時重客，或塤篪並奏，或鸞鳳于飛。雲臻簪笏之團欒，環擁芝蘭之間錯。曲昭眷誼，併示恩勤。勿嫌仙侶〔一〕之蝸蟠，將見亨衢之驥展。致政太師，欣陪情話，聊集英標。莫不泉石增輝，煙霞互映。紫萸黄菊，未衰昨日之馨香；白鶴青松，共醉修齡之光景。某等叨居樂部，幸遇華筵。不揆荒蕪，敢呈口號：

潭府今朝雅宴開，郁紛佳氣靄蓬萊。笙歌叢裏環珠履，衮繡光中泛〔二〕玉盃。已喜群仙來閬苑，更須三熟獻瑶臺。料應太史占乾象，星斗森羅擁上台。

校勘記

〔一〕『侶』，四庫本作『里』。

〔二〕『泛』，四庫本作『薦』。

寄居慶汪中嘉尚書年登七秩會致語 大猷適齋〔一〕

伏以年曆從心，眉壽已臻於黃髮；仕躋聽履，華資又復於青氈。疊慶事於熙辰，沸歡謠於宴席。恭惟觀使閣學尚書，孔顏奥學，稷契良臣。摛文錦繡裏肝腸，待物江河韜度量。自蜚英於雁塔，即擅譽於鵷行。持紫橐以處從班，久罄論思之職；擁碧幢而臨帥閫，薦揚愷悌之風。勇退急流，燕居仙里。訪老人於南極，鶴返遼東；起學士於西清，珠還合浦。是宜賀客，俱集適齋。致政太師，闔郡貴遊，同門勝侶。喜修恭於桑梓，恣樂飲於觥觴。莫不絲竹聲和，綺羅香煖。四座山頹於醉玉，兩行春媚於奇葩。某等叨預伶倫，欣逢樂事。輒陳口號，上侑芳筵：

四明山水畫圖開〔二〕，天佑神仙間世來。賸喜千齡纔七秩，更祈八座上三台。簫韶聲裏翻紅袖，組綬〔三〕光中釂玉盃。每閱十期成再會，方瞳丹臉永如孩。

校勘記

〔一〕『大猷適齋』，四庫本作無。
〔二〕『四明山水畫圖開』，四庫本作『鄮山鄞水百祥開』。
〔三〕『組綬』，四庫本作『衮繡』。

宴明守林郎中致語

伏以松菊未荒，故老歸安於三徑；壺觴略具，賢侯來駐於雙旌。賓主欣臭味之均，園林暢風煙之美。恭惟判府制置，焕章郎中，熙朝碩望，間世真儒。發軔道山，見群英之避席；揚鑣星省，致同舍之依仁。把麾馳愷悌君子之風，攬轡有澄清天下之志。適膺褒札，榮鎮雄藩。方敷條教以下車，已底姦宄之落膽。一言寬大，坐回六邑之陽和；千里阜康，行紀四明之德政。會飛芝檢，趣侍楓宸。致政太師，夙慕聲猷，兹披雲霧。非絲非竹，樂追共飲之歡；載笑載言，各恨相逢之晚。小遲花漏，頻倒玉山。但某等獲奉芳筵，慚無麗思。輒陳口號，上贊襟期：

春融緑野日遲遲，五馬相從燕喜時。濕翠峰前揮玉麈，香梅影底引瑶卮。適聞聖主詢黄髮，將趣文翁上赤墀。且趁好天同一醉，陶陶莫問夜何其。

宴奉使楊御藥致語

伏以隱隱星軺，擁紫霄之近侍；熒熒鳳檢，起黄髮之師臣。即緑野以逢迎，開綺筵而燕喜。宜申善頌，用洽歡謡。恭惟奉使御藥太尉，德義素彰，忠嘉備具〔一〕。受三朝之毗倚，作中禁之表儀。兹奉明綸，來駐光華之節；行歸内闕，進登峻異之班。致政太師相公，夙仰賢名，欣瞻英表。西湖風月，正當景物之芳菲；北海樽罍，聊盡主賓之繾綣。得不鵲爐煙煖，龍笛聲和。舞飜回雪之輕盈，歌遏行雲之縹緲。良辰既得，沈醉何辭。某等幸預伶倫，叨居樂部。敢呈口號，上侑多歡：

神聖相承樂太平，尊賢貴老有真情。煌煌鳳翮飛丹檢，赫赫軺車下紫清。觴豆交酬當美景，笙竽合樂起新聲。客星今喜使星聚，乾象森羅〔二〕徹曉明。

校勘記

〔一〕『具』，四庫本作『慶』。

〔二〕『羅』，原闕，據四庫本補。

寄居慶汪中嘉尚書致語

伏以晝錦而歸故鄉，已符雅志；春酒以介眉壽，更慶修齡。輒奉歡謡，用資燕樂。恭惟致政閣學尚書，德尊道妙，學富材優。自登鴈塔以揚鑣，旋簉龍庭而持橐。論思獻納，屢膺睿奬之絲綸；愷悌中和，薦領帥權之戲鉞。誠而接物，惠以濟人。惟桃李之方繁，致松椿之益茂。甘泉聽履，久欣閲歲之舒長；神武挂冠，又喜及身之彊健。行見乞言而成福禄，豈唯頷首以視雲仍。致政太師，闔郡貴游，滿座〔一〕重客。式因誕日，同款適齋。陳北海之清樽，祝南箕〔二〕之洪筭。莫不光凝袞繡，歡洽笙簫。一堂環擁於嬌紅，四座山頹於醉玉。某等叨居樂部，幸預伶倫。不揆荒蕪，敢呈口號：

賸喜群仙集四明，年踰七帙慶耆英。三章快遂歸田志，八座爭看衣錦榮。笑捧一卮龜鶴壽，歡騰六樂鳳鸞鳴。舉頭莫道長安遠，會見臨軒拜老更。

校勘記

〔一〕『座』，四庫本作『筵』。

〔二〕『筭』，四庫本作『極』。

餞明守林郎中致語 紹興二年十月除知福州〔一〕

伏以東鄮號今三輔，制閫方隆；南閩總昔十連，帥藩尤重。矧屬維桑之地，何殊衣錦之游。小駐行麾，薄陳祖席。恭惟判府某官，疏通智略，灑落文章。聞一善言，如以石而投水；見不平事，若有物之鯁喉。直氣英聲，表望於搢紳；崇論宏議，結知於旒扆。澄清攬轡，聳風采於百城；愷悌字民，暢陽和於六邑。陟書報最，延閣陞華。雖植纛建旓，寵數愈光於他鎮；而攀轅卧轍，去思彌切於吾鄉。佇奉芝封，趨歸絳闕。致政太師，受廛託芘，傾蓋逢知。方戀戀以依仁，遽忽忽而言别。難留行色，西風飽十幅之帆；少敘離情，陽關釂一盃之酒。某等叨居樂部，幸奉芳筵。不揆才荒，敢呈口號：

聖主留神惠兆民，循良奉詔莫辭頻。纔聞五袴喧三輔，又擁雙旗鎮七閩。摻袂不須成作惡，舉觴方喜上通津。日邊正擬登黄霸，會見槐庭衮繡新。

校勘記

〔一〕『紹興』至『福州』，四庫本無。

待明州權府提刑虞察院致語 儔，紹熙二年十二月初二日到任，二十九日回司〔二〕。

伏以攬轡外臺，方播澄清之譽；把麾輔郡，更揚愷悌之風。宜有歡謠，用資雅宴。恭惟權府某官，風姿玉立，文彩金聲。直節横秋，挺凜凜虹霓之氣；忠誠貫日，稱峨峨獬豸之冠。爰擁星軺，就憑熊軾。下車未久，俄騰襦袴之歌；暖席不容，行趣綵綸之召。致政太師，受廛託芘，傾蓋蒙知。喜兹王佐之材，暫領民師之寄。盃盤草草，雖無多品之供；笑語雍雍，誠有通宵之樂。某等伶倫末技，樂府賤工。不揆才荒，敢呈口號：

小春纔過氣紓徐，門外旌麾正塞途。賸喜二天臨制閫，卻來三徑訪耆儒。酒浮沆瀣盃中滿〔二〕，茗瀹槍旗椀面腴。且趁良宵拚一醉，賜環行即上亨衢。

校勘記

〔一〕『儔』至『回司』，四庫本無。

〔二〕『滿』，四庫本作『液』。

宴明守高大卿致語 夔，紹興二年十二月到任〔一〕。

伏以紅旆碧幢，分閫偏儀於南楚；朱轓皂蓋，部符復鎮於東鄞。既密拱於皇都，將逕躋於政地。宜伸燕喜，用洽歡謠。恭惟判府某官，才掞國華，望隆人傑。希〔二〕蹤尚父，避紂而歸文王；比跡茂弘〔三〕，渡江而得管仲。不因介紹，自結簡知。輟從卿寺之聯，旋領民師之任。薦陞方伯，益壯聖朝。矧我四明，實今三輔。治先教化，陽和開〔四〕六邑之春臺〔五〕；威讋姦兇，風采靜七州之瀚海。行趨鳳詔，即簉龍墀。致政太師相公，欣秩初筵，敬邀五馬。非絲非竹，繁音悉〔六〕屏於倡優；以樂以衎，式燕〔七〕何妨於文字。某等幸逢清集，不揆微材。嘉與樂工，同呈口號：

東風昨夜到林塘，千騎初臨緑野堂。樂里何煩絲管〔八〕韻，坐間自有雪梅芳。民安竟夜户猶闢〔九〕，海靜無波帆穩張。趁此清平同一醉，金甌已覆潁川黄。

校勘記

〔一〕『夔』至『到任』，四庫本無。
〔二〕『希』，四庫本作『晞』。
〔三〕『弘』，原作『洪』，據四庫本改。
〔四〕『開』，四庫本作『回』。
〔五〕『春臺』，四庫本作『歡聲』。
〔六〕『悉』，四庫本作『已』。
〔七〕『以樂以衎式燕』，四庫本作『載笑載言樂飲』。
〔八〕『管』，四庫本作『竹』。
〔九〕『猶闢』，四庫本作『不閉』。

上梁文

四明新第上梁文 戊戌十二月二十五日〔一〕

伏以四明一湖，適瀦郭内；十洲三島，俱峙水中。風月雙清，煙霞互映。波光摇〔二〕而珠璧碎，岸影移而錦繡張。宜有高人，得兹勝地。真隱居士，蚤從龍躍，兩到鳳池。不矜〔三〕赫赫之功名，每盡拳拳之忠赤。更懷止足，能避寵榮。望神武以挂冠，未容告老；即長安而賜第，猥荷眷留。瞻彼松楸，恭惟桑梓。葺揚子雲一區之宅，備丁令威千年之歸。爰舉修梁，式陳善頌：

兒郎偉，抛梁東，鄮峰倒映〔四〕碧江中。好是瓣香同祝處，無邊窣堵梵王宫。

兒郎偉，抛梁西，賜居千柱與雲齊。香風苒苒吹紅雨，卻喜仙鄉路不迷。

兒郎偉，抛梁南，甬水迢迢色似藍。雄跨兩橋煙柳暗，粉垣深處府潭潭。

兒郎偉，抛梁北，紛郁堯雲輝五色。丹〔五〕衷一點爛如星，夜夜朝朝拱璇極。

兒郎偉，抛梁上，不必曉猿驚蕙帳。山人今已買扁舟，兩處何妨任來往。

兒郎偉，抛梁下，自喜平生無問舍。暮途得屋可容安，一在皇都一鄉社。

伏願上梁之後，天清地靜，國泰民康。嘉與罷癃，同躋仁壽。及身强健，因得爲千巖萬壑之游；適意往來，豈復憚七堰三江之遠。

校勘記

〔一〕『戊戌』至『五日』，四庫本無。

〔二〕『摇』，四庫本作『動』。

〔三〕『不矜』，四庫本作『雖微』。
〔四〕『映』，四庫本作『影』。
〔五〕『丹』，四庫本作『孤』。

明良慶會閣上梁文

伏以天地泰通，適際明昌之運；君臣道合，載賡喜起〔一〕之歌。儲兩宮藻翰宸章，建千尺龍樓鳳閣。爰諏勝日，用舉修梁。恭惟觀使少師相公，蚤以忠誠，疊膺聖眷。清途發軔，依上皇日月之明；潛邸扶輪，契聖主風雲之會。洊居揆路，三入經帷。富藏奎璧之光華，久賴鬼神之守護。乃新層棟，將奉寶函。莫不杞梓呈〔二〕材，般輸獻力。觚棱金碧，既上聳於星辰；榱桷丹青，更交輝於海嶽。宜伸善頌，以助群工：

兒郎偉，抛梁東，對峙森羅紫極宮。好是璇霄澄霽色，交敷瑞靄繚晴空。

兒郎偉，抛梁西，花倚莓牆柳映堤。下瞰銀濤千頃闊，仰瞻畫棟五雲齊。

兒郎偉，抛梁南，朱楹碧瓦正潭潭。只有圖書供玩好，更〔三〕無珠翠侑沈酣。

兒郎偉，抛梁北，夜夜朝朝拱宸極。岧嶤華闕擁祥煙，芬郁穠薰酬帝力。

兒郎偉，抛梁上，舉首蒼旻爲斗帳。雕欄亘匝走驪龍，飛旆飄飆環纛仗。

兒郎偉，抛梁下，移得天宫來里社。龍珍海藏富莊嚴，嶽鎮山靈〔四〕有憑藉。

伏願上梁之後，清寧奠位，遐邇鄉風。彼民此民，同享三登之樂；北内南内，俱膺萬壽之祺。一家綿忠孝之風，百世襲榮華之慶。晨昏寅奉，幽顯護持。確乎金櫃之堅牢，稱此木天之雄壯。

校勘記

〔一〕『喜起』，原作『起喜』，據四庫本改。

〔二〕『呈』，四庫本作『成』。

〔三〕『更』，四庫本作『且』。

〔四〕『靈』，四庫本作『君』。

竹院上梁文

伏以蕭森門徑，占數畝之竹陰；灑落胸襟，愛兩椽之茅屋。爰諏穀旦，用舉虹梁。曇公長老，斷岸幽芳，空林老榦。頃將三昧手，久住四明山。棟宇一新，聲名大震。捫參歷井，而言旋蜀道；泛梗飄萍，而復至浙東。野鶴孤雲，誰能羈絏。好風良月，到處逍遥。選甚胡來漢來，只圖休去歇去。適逢大士，歸葺小園。剥啄扣門，道舊共談於妙理；舂容挂錫，探懷更出於新篇。不居曹相之正堂，聊住謝公之别墅。爰開竹院，暫憩雲蹤。宜有長謡，用揚佳致：

兒郎偉，抛梁東，赫赫宸奎出兩宫。傑閣邃嚴藏藥笈，四圍呵護集天龍。

兒郎偉，抛梁西，萬頃銀濤漲碧堤。桃花流出真消息，黄葉何須更上蹄。

兒郎偉，抛梁南，朱楹碧瓦府潭潭。中有毗耶老居士，環列兒孫夜小參。

兒郎偉，抛梁北，儼恪〔一〕靈祠長廟食。恰如李愿在盤中，呵禁不祥藉神力。

兒郎偉，抛梁上，星宿森羅垂斗帳。蒲團入定〔二〕夜光寒，一炷爐薰周萬象。

兒郎偉，抛梁下，山河大地皆虚假。但將四境作西方，不結白蓮清淨社。

伏願上梁之後，乾坤清泰，民物阜安〔三〕。庖傳不空，飽香積醍醐之供；園林足樂，稔平泉鐘鼓之音。更將西竺之一乘，上祝南山之萬壽。

校勘記

〔一〕「恪」，四庫本作「若」。

〔二〕「入定」，四庫本作「定起」。

〔三〕「乾坤清泰，民物阜安」，四庫本作「天清地靜，國泰民安」。

撒帳文

綺羅叢裏，寶蠟千枝；簫鼓聲中，金釵幾隊〔一〕。神女深居紫府，仙郎穩下青霄。彼人此人，好是相看冰雪；今夕何夕，將期結約松筠。未移緩步之金蓮，先啟漫空之斗帳。敢持珍果，作濺雨之明珠；少薦蕪詞，間遏雲之雅唱：

撒帳東，光生滿幄繡芙蓉。仙姿未許分明見，知在巫山第幾峰。

撒帳西，香風匝地瑞雲低。夭桃夾岸飛紅雨，始信秦〔二〕源路不迷。

撒帳南，珠宫直在府潭潭。千花綽約籠西子，今夕青鸞試許驂。

撒帳北，傅粉初來人不識。紅圍緑繞護芳塵，笑揭香巾拜瑶席。

撒帳中，鴛鴦枕穩睡方濃。麝煤不斷熏金鴨，休問日高花影重。

伏願撒帳之後，鸞鳳偕老，琴瑟和鳴。恩光浮閬苑之春，美態壓瑶池之侶。畫眉粧閣，攜手雲衢。歲歲年年，同上翁婆〔三〕之壽；孫孫子子，永彰門閥之榮。

校勘記

〔一〕『隊』，四庫本作『行』。

〔二〕『秦』，四庫本作『桃』。

〔三〕『婆』，四庫本作『姑』。

划船致語

伏以神聖當陽，朝廷有道。嵩呼鼇抃，共欣睿算之穹崇；樵唱漁歌，更喜時風之快樂。宜修競渡，用洽歡謡。恭惟紫府真仙，金章貴客，口吸西江水，胸吞雲〔一〕夢陂。爲賞重湖，來乘綵舫。風亭月榭，莫辭草草盃盤；鳳笛龍旗，共看翩翩舟楫。波光翻日彩〔二〕，岸影動龍文〔三〕。群玉山頹，英詞鶯囀。豈獨發揮清泚，且不辜負昇平。但某等天際鳴榔，煙中釣月。已喜膾珍得醉，更來鼓棹騰歌。不揆荒蕪，敢呈詩句：

鄮城中有水晶宫，佳景偏供漁舍翁。酒船撐開萬山緑，醉帽插破千花紅。魚龍浪捲空中雪，羅綺香生水面風。俗樂時豐君賜予，人人舉手祝蒼穹。

校勘記

〔一〕『雲』，四庫本作『九』。
〔二〕『翻日彩』，四庫本作『動而珠璧碎』。
〔三〕『動龍文』，四庫本作『移而錦繡開』。

又

伏以鄞有西湖，古稱洞府。蔽空花卉，四時之錦繡鮮明；極目煙波，萬頃之琉璃瑩滑。好飜桂槳，快引龍舟。喧喧畫鼓驚雷，隱隱朱旗拂電。錦標奪去，價珍萬兩黄金；玉醑傾來，光印一輪明月。用開宴集，以樂昇平。恭惟東道主盟，南州重客，坐環冰玉，面揖湖山。俱爲珠蘂之神仙，來作煙霞之伴侶。痛拚劇飲，爛賞良辰。但某等素習櫂歌，老居漁舍。覩風光之明媚，樂樽俎之雍容。不揆荒蕪，敢呈口號：

十里平湖一鑑開，群山聳髻入粧臺。最宜縹緲蒼煙際，遥見翩翻畫槳來。簾捲玉鈎春映水，標爭繡段鼓鳴雷。莫辭醉席梅花地，報答風光是酒盃。

鄮峰真隱漫録卷四十

銘 頌偈雜著附

李長源求墨銘

煙滅灰飛，知白守黑。旂常竹帛，得是而勒〔一〕。蓋其英采，亘乎百粤之南而馳乎窮髮〔二〕之北。嗚呼，是爲吾友松滋侯之德。

校勘記

〔一〕『勒』，四庫本作『章』。

真隱園銘 有序

予生賦魚鳥之性，雖服先訓出從宦游，而江湖山藪之思未嘗少間〔二〕，故隨所寓處號曰真隱。太上皇帝知之，賜以宸翰，百拜跪受。即有志闢芳園，揭扁榜，以對揚休命。萍梗南北，未遑也。已而際會龍飛，兩承相乏，丐閑得請。今上皇帝燕餞内殿，親灑宸章，光其歸路。賜西湖一曲，以成其志；斥白金萬兩，以竟其役。而皇太子又大書『四明洞天』，并以珠玉妙作爲贐。於是始得累石爲山，引泉爲池。取皮、陸四明山九詠，彷佛其亭榭動植之形容，而園遂落成。又即園之左建大閣，以藏兩宫墨寶。琅函層上〔三〕金碧交相，翊以龍神，見者知敬。既即塵囂闤闠中立此清淨境界，固當體聖主好生之心，守家世止殺之戒，期傳永永，無有染涴。所以嚴宸奎之奉，而實洞天之名也。或者難曰：『園林窮勝事，鐘鼓樂清時。未聞以止殺爲戒也。』予曰：『我欲有鐘鼓園林之樂，而使鱗介羽毛常被鋌刃鼎鑊之苦，此豈仁人之用心也哉！』或又曰：『脯醢已具，無割烹以動吾不忍之心，亦何爲而不可？』予曰：『作法於貪，弊將若何？杜漸防微，必并是絶之。采芝擷果，陳藥苗，列山蔬，顧不足侑一醉耶？』覬我後人善保此意，守而勿失。有不然者，明神監之，俾竟其身無有樂事。銘曰：

真隱名園，地偏境勝。既曰洞天，貴在清淨。藹藹遊人，仰睇奎文。必恭敬止，實爲尊君。仙真是明，毋糅腥穢。子孫儻賢，呵禁敢廢。咨爾攢峰，列嶽之靈。守護億載，勿寒斯盟。

校勘記

〔一〕『少間』，四庫本作『間斷』。
〔二〕『上』，四庫本作『出』。

退居座右二銘

尊生銘

洗眼揩牙，摩腰熨腹。常須忌口，間或濯足。載寢載興，無思無欲。百疾不生，是汝之福。

解曰：身爲親之支，知者重如寶。但使吾身安，國家斯可保。何〔一〕言身本無，夢幻匪堅好。若還無此身，從何而得道。

校勘記

〔一〕『何』，四庫本作『人』。

益己銘

人生有過，苦不自知。怨汝詈汝，當省其私。言之而是，愛之重之。求全責備，是汝之師。解曰：怒火起毫末，縱之能燎原。唯持忍一字，久久德彌尊。昧者失此理，動欲開諍[一]門。應時不撲滅，萬古成冤魂。

校勘記

〔一〕「諍」，四庫本作「爭」。

不欺堂銘 有序

曾甥種學方進而未止，榜其室曰不欺，足以知其中之所存。乞銘，因作數語廣其志。淳熙戊申元夕，書於四明里舍之清涼境界。

惟人有己，妙在中扃。一念不欺，表裏相應。天地奠位，日月炳明。鬼神叶吉，寒暑有經。以此許國，忠無不形。以此盡孝，親胡不寧。蔽以一言，命之曰誠。苟或背此，是爲頑冥。末如之何，終身不靈。咨爾後學，其警吾銘。

尊勝庵鐘銘　有序

真隱居士作屋數十楹，在鄮城之東。乃以錢銀、山檥易護聖院之荒地，將建寶閣，專一崇奉太上皇帝御書。已蒙儲皇賜名尊勝庵，親筆扁榜，光耀林泉。住持清文又能市銅於官，作鐘以警昏旦。爲之銘曰：

鳧氏製器，其名曰鐘。諧和衆樂，清廟辟廱。降及後世，徧滿梵宮。危樓百尺，萬鈞在鎔。一冶而就，厥聲孔洪。假爾衆手，破天下聾。人生冥冥，昏曉無窮。忽然震發，有耳皆聰。度垣驚遠，擊散群蒙。及乎無作，復歸於空。清淨之體，實與道同。盡未來際，悉悟圓通。

雜　説

孟　子

同　道

聖人之道，體常盡變。故禹、稷、顏回易地皆然，其道同也。孟子言此，深闢乎楊墨。楊墨亦附〔一〕聖人者也，然所以卒至於無父無君，以其執一不能變也。一者何也？兩端之謂也。

楊子執其一端曰：『吾守聖人之義。』墨氏執其一端曰：『吾守聖人之仁。』概之聖人，迹相似矣。彼獨居陋巷，有似乎不肯拔一毫；三過門而不入，有似乎摩頂放踵。然而禹、稷、顔子於道固能變，楊墨執一固不能變，孟子所以深闢之也。

校勘記

〔一〕『附』，四庫本作『務』。

可　欲

世之可欲者，皆善；不可欲者，皆不善，自然之理也。今夫盜賊，是甘心於爲不善也，是已陷溺其良心而不可救也。然而有人焉，指之曰盜賊，則必怫然而怒；目之以仁義，則必𩕄然而喜，是其可欲之心本在也。人能充本在之心，反身而誠，則知其不自外〔一〕鑠，而信其有諸己矣。擴而充之，何所不至？

校勘記

〔一〕『外』，四庫本作『我』。

荀子

性惡

荀卿性惡之論謂：『不待習而能者，性也；待習而後能者，僞也。』故以桀紂爲是，而堯舜爲非。夫性者，善惡俱泯之謂也。以桀紂爲性，是猶指田之禾黍待殖而生，稂莠不待殖而生，遂以田爲專毓稂莠，過矣。胡不自二者未生時觀之？今人乍見孺子將入於井，非納交要譽之心，怵惕惻隱，油然而生一念之善。夫豈待習而能乎？雖然，人雖無不〔一〕善，若謂善即是性，則是指禾黍以爲田，其失與卿等也。

校勘記

〔一〕『無不』，四庫本作『本』。

文中子

存我

人臣事君，當國爾忘家，君爾忘身〔一〕。而仲淹贊周公，乃曰：『外不屑天下之謗，而私其迹曰：「必使我子孫相承而宗祀不絶。」内實達天下之道，而公其心曰：「必使我君臣相安而禍亂不作。」深乎！深乎！固家所以寧社稷，存我所以厚蒼生。』嗚呼，仲淹真知周公哉！今夫人臣至於以身徇國，必其身不勝其國而至於忘〔二〕也。若夫周公，知天下之道傳於我，天下之治繫於我，期有以厚蒼生也。孟子曰：『萬物皆備於我。』則我者，真萬物之根本也。聖人能存一我，則天高地厚，萬物散殊，舉由我一身而治，可不重乎？

校勘記

〔一〕『君爾忘身』，四庫本無。

〔二〕『忘』，四庫本作『亡』。

春秋

文中子曰：『春秋，一國之書也；玄經，天下之書也。』夫聖人雖約魯史而修春秋，其實非一國之書也。所以懼作春秋，豈非爲天子之事乎？百王之道，萬世之法，粹然大備。十二公二百四十二年之間，增之則爲贅，損之則爲闕。知我者，其惟春秋乎？聖人之門，游夏在文學之科，而於春秋不能贊〔一〕一辭。非不能也，彼親覩其道之大、法〔二〕之備，不敢贅一辭以蝕聖人之經也。仲淹出數百歲後，乃以玄經續之，則其以春秋爲一國之書也宜矣。

校勘記

〔一〕『贊』，四庫本作『措』。

〔二〕『法』上四庫本有『其』字。

韓子

受福

韓子言儒墨同道，乃以夫子祭則受福爲類乎墨氏之明鬼。且夫子之道貫通幽明，方且與鬼神合其吉凶，故其祭也，不徼福而福自至。使其得邦家，則神〔一〕祇祖考安樂之。無他，得其道故也。而韓子乃以比墨氏之明鬼，異哉！或者謂此文非韓子作，誠有是理。蓋儒墨之判久矣，韓子既有意乎尊道，乃退佛老而進墨翟，非其類也，讀者宜精思之。

校勘記

〔一〕『神』上四庫本有『當』字。

頌

聞家中被盜作三頌勉之

年饑穀踴〔一〕困群耕，盜賊都從此輩生。料得欲偷偷既得，從今改惡不宵行。

幾年補破得遮寒，今日空餘赤肉團。從此便知元不有，莫〔二〕書詞理枉經官。

孟光衣服合山居，煙褐明青休著渠。欲得此曹心不動，只將荊布在冠裾。

校勘記

〔一〕『年饑穀踴』，四庫本作『年饒穀擁』。

〔二〕『莫』，四庫本作『細』。

羽客熊葉二師言歸鐵柱以五十六言餞之

喜見洪都二散人，直疑吳許是前身。看梅始識林和靖，載酒還尋賀季真。鐵柱擎天龍已蟄，星壇近斗月爲鄰。思歸卻有他年約，來慶吾登九十春。

偈

次韻賁長老

露地當年說白牛，反令後學莫能由。足行香陌無窮轍，家在清江欲盡頭。罣礙頓除猶是病，因緣未了且長〔二〕流。此山日夕浮佳氣，見則何煩蠟屐游。

校勘記

〔一〕『長』，四庫本作『乘』。

適過寶奎壽居仁師出示王〔一〕判院偈真隱老子走筆次韻

壽師嚴冷面如鐵，背負真乘腰不折。有時禪定出塵表，兀坐蒲團頭滿雪。平生俗物不掛目，終日翻經聊自足。不離當處常湛然，波澄倒影千山緑。邇來邂逅文中虎，一幅冰藤爲下語。我今欲贊没因由，只把茶甌對趙〔二〕州。見了黄梅留一宿，此風久矣無人續。相逢誰許問寒暄，箇中且自龜藏六。

校勘記

〔一〕『王』，原作『五』，據四庫本改。

〔二〕『對趙』，原作『趙對』，據四庫本乙正。

雜　著

書地宫

天錫史氏，演慶鄞川。子孫百世，忠孝兩全。門闌烜奕，簪組蟬聯。與國同休，亘千萬年。

養生戒

書

人生疾痛，皆從口得。生冷果蔬，非徒無益。羹汁酒漿，助成飲癖。鹹酸醯醢，不可多〔一〕喫。蟹蛤魚蝦，何如肉食。申後〔二〕下咽，化爲痰積。戒之戒之，康寧無極。

校勘記

〔一〕『不可多』，四庫本作『斷不可』。

〔二〕『後』，四庫本作『喉』。

夜

老氏有言，少思寡慾。思之爲害，心氣馳逐〔一〕。氣乏形枯，神魂耗促。慾之爲害，精去不復。浸淫不已，速其傾覆。所以古人，虚心實腹。戒之戒之，爲汝之福。

校勘記

〔一〕『逐』，四庫本作『騖』。

鄮峰真隱漫録卷四十一

騷〔一〕辭

葬五世祖衣冠招魂辭

維蒼姬之建僚兮，目載筆曰太史。册祝册誥光明於汗青兮，衮榮撻辱蓋權輿乎此。或揭揚崔杼之逆節兮，或形容魯僖之壽祉。或考絳老之修齡兮，或號遺直而如矢。列國各有柱下之官兮，職在非非而是是。其中必有一人兮，褒貶脗符於天理。天乃錫予時君兮，俾因官而命之氏。既因典籍而得姓兮，後當以文而暢厥緒。逮嬴顛而劉奮兮，有樂陵安侯之二子。武陽尤其拔萃兮，伏青蒲而定國嗣。羽翼叱咤而成兮，亶追蹤於園綺。嗟東都之叔暮兮，黨錮之獄忽起。跨郡國之棋布兮，網羅密而不弛。壯哉平原之相兮，力拒大索之使。指謂吾境内之獨無兮，迄並逭於殊死。活千人者必封兮，今所活不知其幾。懿二賢之相望兮，培根荄於元始。本益固而不拔兮，榦亭亭而葉嶷嶷。歷三國六朝之寂寥兮，慶復鍾於仙李。掄〔二〕一相於女主之朝兮，勳烈或遺而弗紀。更五季之齷齪兮，人物無惑乎頹圮。惟穹旻之有意兮，醞釀停蓄而未止。迨天開於大〔三〕宋兮，英淑之氣尚蟠乎千祀。

自杜陵而侯溧陽兮，捨溧陽而遷徙。既遊宦於東南兮，遂卜蔭鄞之桑梓。方躬耕於農畝兮，故韜晦而弗仕。憫孤弱而賑窮苦兮，唯勤勤乎積累。暨吾五世之祖兮，始著令名於州里。鄮〔四〕刀筆如蕭曹兮，踵于公之業履。斷以法而從恕兮，每哀矜而弗喜。遺高祖以清白兮，立里門而高峙。濬清源於兩世兮，蓋接夫前修之派委。茲濫觴於涓流兮，遂〔五〕泓澄而演迤。故我曾祖之擢秀兮，篤孝恭於髫稺。甫弱冠而府辟〔六〕兮，勵廉勤而從事。郡有西湖之勝絶兮，十洲三島錯乎城之趾〔七〕。臥雙虹於澄碧兮，危亭翼然於中沚。紛〔八〕競渡於波間兮，游艦舳艫相銜尾。挽姻友以出遨兮，彼莫能承親之志。祖〔九〕獨揮金而治具兮，列瓊羞而行桂醑。慈顔悦懌而夷猶兮，不惜蘭枻之頻艤。大吏恚其不告兮，竟蕭條於任使。氣怫鬱而短折兮，哀痛淪於骨髓。

曾妣惸惸於笄歲兮，幸遺腹之孕瑞。父母欲奪而嫁兮，情實憫其貧寠。誓弗許而守義兮，撫孤嬰而獨處。欲吾飽他姓之粟兮，寧爲史氏之餒鬼。乃返尤其怙恃兮，誚之曰不諒人只。意天欲衍吾宗之修系兮，乃特畀夫烈女。祚節義之超卓兮，實神祇之所與。享耄期而康寧兮，簪裾雜遝而歡聚。瞳點漆而顔渥丹兮，揚厖眉而啟兒齒。比談笑以考終兮，五福人推其全備。

祖考憑藉其餘休兮，起攀孔顔之逸軌。映雪囊螢而精勤兮，蓋乏膏油之繼晷。雍容閒雅而甚都兮，孝悌忠信莫之比。叢八行於一躬兮，播仁聲於遐邇。屬在位之推轂兮，升鶚書於當宁。卒辭聘而弗至兮，若陽城之居晉鄙。祖妣竭力以事姑兮，甘脆之嘗每斥於簪珥。鬻蘋蘩而勤縫紉兮，蓋旁無助〔一〇〕於娣姒。收遺孤而字育兮，男有立而女歸於賢士。通六經而口授兮，五男訖臻於肖似。聞詩禮於過庭兮，又奚慚乎孔鯉。

皇考七歲而能詩兮，應聲揮毫而落紙。出健句以驚人兮，坐客不敢以孩視。踰志學而篋橋門兮，文甚工而貌甚偉。世僉期以超詣兮，謂王公可以翹俟。當宣和之全盛兮，風俗窮奢而極侈。立州橋而睇岧嶤兮，不覺欷歔而流涕。乃拂袖而出關兮，歸即謀於避地。衆方駭其無倫兮，曰盛極亂危之必至。及胡〔一一〕馬之南牧兮，中原群盜如蜂蟻。人始服其先見兮，竟以憂國而賫志〔一二〕。勿傷乎秀而不實兮，將蓄地力而穫秬秠。妣氏盛年而嫠居兮，泣血幾眯於雙眥。靡芳珍以饋尊章兮，躬和柔而化妯娌。叔季析産而遜田兮，吾不瘠衆而腴己。卓行見稱於宗黨兮，欣怒不形於臧婢。享上壽而封大國兮，富貴哀榮之莫儗。

仲父決科而結綬兮，藹聲華之煒煒。時皆矜式其靜退兮，帝忽獎拔而睠倚。陟西樞而運籌〔一三〕兮，國威振而寇〔一四〕弭。圖〔一五〕施設而未究兮，大其後而可擬。季父服義方之訓兮，幼已見其材諝。幹蠱初裕於一家兮，擒文兩登於鄉舉。人爭覩其犇逸兮，倏如有物以相柅〔一六〕。彬彬二叔之肩隨兮，行藝均表於庠序。儻天假三人以年兮，夫豈布韋而但已。

匱良金而韞美玉兮，坯璞盤盂與符璽。顧瑣質之叨塵兮，躡彤墀而面丹扆。一言偶悟於宸衷兮，迅涉龍潛之淵涘。執遺編而侍席兮，蒙真人之傾耳。扶日轂而升黃道兮，感風雲於尺偲。廁紫微而逕玉堂兮，兩承乏於端揆。雨露涵濡於姻族兮，燦盈門之青紫。謂余有瑰傑之文兮，文實慚於骫骳。謂余有卓異之行兮，行實嫌於委靡。然則曷爲而致茲兮，豈非詒厥爲之基址。

荷睿主之錫類兮，寵吾先而降旨。建家廟於私第兮，獲祠五世之考妣。乃敷陳其幄帟兮，乃饋薦其芳芷。恭惟五世祖考接遐系而起身兮，妣淑柔而儷美。高祖考負修能而世濟兮，妣繼踵同功而比義。向非〔一七〕種德之深厚兮，何以衍裕昌熾之如許。乃無蓬顆以託兮，誠爲後裔之深恥。爰即耆老而咨詢兮，謂吾家振迹於耒耜。凡厥親之云亡兮，用浮屠之法而燔燬。奉靈骼於佛刹兮，擁香花而窆諸水。痛馬鬣之未封兮〔一八〕，敬具衣冠招魂以葬爾。乃招曰：

魂兮歸來，煙嵐縹緲，氣鬱葱些。幢幡葳蕤，旆瓏璁些。虯螭蜿蜒以載路，鸞鶴婉孌而翔空些。仙祇導從於先後，擁雲軿而離梵宮些。靈洋洋而至止，咸憑依於像容些。慨幾年之飄泊，茲有宅於湖之東些。合夫婦以同穴，樂洩洩以融融些。遵先王之禮法，復中土之儒風些。歸來兮，受福無窮些。

魂兮歸來，東方不可以託宿些。黄潦漲乎滄溟，銀浪駭而成屋些。洶湧澎湃，不可以停足些。妖豚惡鰐，利牙爪呑巨艑而入其腹些。歸來兮，恐遂罹其毒些。

魂兮歸來，南方不可以謀安些。封狐雄虺，瘴煙蠱毒之相奸些。淫巫非族，膾人之肝些。作禍得食，牲酒瘠酸些。歸來兮，彼多賊姦些。

魂兮歸來，西方不可以求處些。流沙不毛，荒瘠斥鹵些。黑水幽杳，鬚眉莫覩些。弱水渙散，一芥不負些。金風淒急，敗葉屯聚些。歸來兮，去孰與侶些。

魂兮歸來，北方不可以卜居些。朔吹震地，層冰塞衢些。陰雪皚皚，逐馬隨〔一九〕車些。跣則墮趾，袒則裂膚些。鷙禽獰獸，凍餒夭殂些。歸來兮，往彼何圖些。

魂兮歸來，莫趍天上些。剛風迢遥，迷雲翳障些。彗孛欃槍，妖魔跌宕些。忽九關之洞啟，神戈揮霍而震〔二〇〕蕩些。歸來兮，兹不可嚮些。

魂兮歸來，請勿思返於下方些。沈泉凝沍，白骨如霜些。積薪居上，覆壓成岡些。歲久不腐，徒隱痛而盡傷些。追惟曩日，寂寞備嘗些。歸來兮，不可復當些。

魂兮歸來，入佳城些。氤氳紛郁，和氣蒸些。清飈習習，度綺櫺些。彩雲容與，縈簷楹些。萬象森羅，垂清冥些。璧月注射，穿簾旌些。衣衾棺槨，必信必誠些。石麟羊虎，班幽庭些。金雞玉犬，昕夜鳴些。魂兮歸來，合禮經些。

天地四方，多艱虞些。唯此宅兆，當奥區些。攢峰沓障，翠羽敷些。澄陂練淨，湘簟鋪些。木潤山輝，韞璠璵些。回〔二一〕波媚川，崖不枯些。潺湲〔二二〕爽塏，神明扶些。鬱然深秀，發此膏腴些。造化融結，從古初些。魂兮歸來，奠靈輿些。

楩楠豫章，蔽高厚些。檜柏篔簹，掃塵垢些。風過聲清，琴瑟奏些。月明影動，龍蛇走些。桃杏拒霜，摛組繡些。薝蔔梅英，刻瓊玖些。來禽海棠，炫春晝些。丹桂飄香，滿巖竇些。衆芳姿媚，松楸茂些。魂兮歸來，據岡阜些。

東風芳草，生池塘些。秋月荻花，凝雪霜些。蕙蘭芬馥，菊蘂芳些。芙蕖出水，勻靚粧些。酴醿金沙，蜀錦張些。芍藥千畝，環花王些。喓喋鬚蘂，鶯燕忙些。採掇粉膩，蜂蝶狂些。連阡累陌，春不藏些。魂兮歸來，宅幽堂些。

鶴歸華表，語千齡些。鳩呼屋角，雨新晴些。啼月杜宇，喉舌清些。舞風振鷺，飄雲霙些。西疇鶗鳩，催春耕些。支尼朝噪，虛窗明些。塤篪迭和，鴻雁征些。靈鳳登岡，簫韶聲些。萬籟鼓動，俱和鳴些。魂兮歸來，樂泉扃些。

牛羊被野，風塵絶些。豺狼遠遁，妖狐滅些。猿狖攀躋，韻清越些。空林豹吼，聲激烈些。騏驥追風，汗成血些。白鹿銜花，曜春雪些。朱雀玄武，山嵺嶱些。青龍白虎，勢巀嶭些。爭隨四獸，森其在列些。魂兮歸來，寧吉穴些。

長鯨吸川，興遒豪些。赬鯉化龍，崩浪高些。荷飜珠露，白龜巢些。荇綫牽風，錦鱗跳些。鰌鱣同隊，挾長蛟些。蓬島贔屭，駕巨鼇些。蚌螺蟶蛤，類蝍螬些。時出光怪，浮波濤些。珠宮貝闕，繚周遭些。魂兮歸來，鎮神皋些。

麥飜碧穗，禾青秧些。彌望沃若，栽柔桑些。秋刈黃雲，秔秫香些。春盆雪繭，繅絲長些。萬家比比，居冢傍些。豐濃口腹，饒衣裳些。咸知榮辱，人善良些。衆心成城，勝堵牆些。世世守衛，呵不祥些。魂兮歸來，安厥藏些。

芙蓉爲裳，薜荔衣些。紉荃佩蕙，光陸離些。鷓鴣金縷，羅帶垂些。孔雀鸜鵒，周屏帷些。鮫綃蟬翼，夏暑宜些。鸞氈狨毯，冬熙熙些。步障卌〔二三〕里，香風隨些。魂兮歸來，錦繡圍些。溪山擊鼓，助雷驚些。春釀醇醲，麴米成些。石鐺蟹眼，松風鳴些。沆瀣醅浮，竹葉清些。睡魔紛紜，槍旗征些。酒兵賈勇，療愁城些。三盃滌慮，消春冰些。七椀未啜，兩腋風生些。稱賢樂聖，通仙靈些。魂兮歸來，惟醉醒些。

蓮房芡實，水所綻些。棗栗榛榛〔二四〕，日以暵些。陳梨孫瓜，剖銀瓣些。盧橘温柑，累金彈些。楊梅全白，玉璀璨些。頳柿萬株，紅葉滿些。櫻桃累累，珠可貫些。荔子初丹，風帆走獻些。加籩之實，多益辦些。魂兮歸來，歆德產些。

紫芥緑菘，擷芳圃些。芹韭菁葅，配醢醢些。蕈瑩冰絲，鱸玉縷些。間以章舉，馬甲柱些。鰕魁蟹螯，海錯聚些。炰羊擊鮮，悉堪下筯些。百珍餖飣，升豆俎些。駢集馨香，侑稷黍些。禴祠烝嘗，惟所取些。魂兮歸來，其勿吐些。

惟人魂氣，必上升些。體魄歸地，或相纏縈些。久依梵唄，囿禪扃些。貴賤雜糅，熏蕕并些。子孫悠悠，貪利名些。誰曾著意，哀幽冥些。一朝擺脱，來仙塋些。堯舜文武〔二五〕，路砥平些。逃墨歸儒，道愈明些。魂兮歸來，合禮經些。

亂曰：

層臺業岌兮一簣先，大浸渺瀰兮繇滌源。人本乎祖兮胡可後，英靈儼然兮如在左右。一念感通兮來奠居，九原可作兮嗚呼在兹。雲馭逍遥兮翠旍舞，時節遐征兮朝帝所。友日月兮朋列星，昭回潛德兮交相發明。佑我後人兮綿百億，魂乎歸來兮慶無極。

校勘記

〔一〕『騷』，四庫本作『楚』。
〔二〕『掄』，四庫本作『論』。
〔三〕『大』，四庫本作『巨』。
〔四〕『鄙』，四庫本作『富』。
〔五〕『遂』，四庫本作『遲』。
〔六〕『府辟』，四庫本作『襲役』。
〔七〕『趾』，四庫本作『裏』。
〔八〕『紛』，四庫本作『分』。
〔九〕『祖』，四庫本作『余』。
〔一〇〕『旁無助』，四庫本作『無資』。
〔一一〕『胡』，四庫本作『塞』。
〔一二〕『齎志』，四庫本作『亡矣』。
〔一三〕『運籌』，四庫本作『籌謀』。

〔一四〕「寇」，四庫本作「兵」。
〔一五〕「圖」，原作「啚」，據四庫本改。
〔一六〕「以相柅」，四庫本作「尼其趾」。
〔一七〕「非」下四庫本有「五人」二字。
〔一八〕「痛馬鬣之未封兮」，四庫本作「今既無策以救藥兮」。
〔一九〕「隨」，四庫本作「垂」。
〔二〇〕「震」，四庫本作「掃」。
〔二一〕「回」，四庫本作「圓」。
〔二二〕「潺湲」，四庫本作「孱顔」。
〔二三〕「卌」，四庫本作「數」。
〔二四〕「榇」，四庫本作「蓀」。
〔二五〕「武」，四庫本作「王」。

鄧峰真隱漫録卷四十二

祝文

祈雨文

旱既太甚，苗則槁矣。惟曰怨咨，末由也已。我徂東山，坐看雲起。龍乘是氣，震驚百里。三日以往，霡霂既優。勃然興之，乃亦有秋。農夫之慶，迄可小休。神之聽之，無作神羞。

赴餘姚尉辭先墓祝文

仰惟祖宗修身謹行，内無諂曲，真古之遺直也；孝義藹聞，不克顯用，真古之遺逸也。天實佑之，俾裕厥後。不嬰殘弱，本夫祖宗有全生救難之心，得保其遺體也；不逢夭折，本夫祖宗有愛人利物之心，得藉其遺休也；不遭窮窶，本夫祖宗有周急普濟之心，得承其遺德也；不墜衣冠，本夫祖宗有樂善好賢之心，得奉其遺訓也。嗚呼！祖宗奕世積累，不越乎方寸之内，而使子孫憑藉如許。退顧微躬無一毫之善，其何以得此？是以夙興夜寐，未嘗不感念祖宗之遺蔭也。兹始效官，得尉劇邑，以視姚虞之遺黎也。瓜時已及，涓日啟行，期無悔尤，永底寧謐，不無賴於祖宗之遺烈也。尚冀鑒臨，錫以如欲。誓當謹飭，以廉易貪，以孝移忠，庶紹祖宗之遺風也。

祭窑神祝文

比者憲臺有命，埏埴是營。鳩工彌月，巧曆必呈。惟是火齊，造化杳冥。端圓縹碧，乃氣之精。兹匪人力，實緊神明。是用奔走，來輸其誠。有酒既旨，有肴既馨。惟神克享，大侈厥靈。山川韞秀〔一〕，日月降晶。俾無苦窳，以迄有成。

校勘記

〔一〕『秀』，四庫本作『瑞』。

倉王祠成設祭祝文

上古結繩，未造典籍。天開聖人，遠取鳥跡。肇興斯文，作萬世式。翥鳳翔鸞，奔泉快石。充棟汗牛，層見疊出。推原本始，實緊神力。功烈焜煌，覆被今昔。矧此司宗，圖書是職。貌象弗崇，祠宇弗飾。官吏過之，孰不愧惕。乃鳩厥工，有事兹役。迄月而成，焕發金碧。揭虔妥靈，侑以馨苾。神其鑒歆，益衍丕德。佑我天子，閲歲萬億。流慶〔一〕繁昌，垂光赫奕。玉牒所書，斯無紀極。恃神之休，永安廟食。

校勘記

〔一〕『流慶』，四庫本作『慶裔』。

考冥忌設祭祝文

少遭閔凶，遽失所天。先考即世，實在盛年。雖有誕日，莫展慶筵。今已五紀，木拱層巔。敢陳宴俎，追記生前。尊魂有知，尚鑒精虔。

妣喪大祥設祭祝文

某等罪逆不孝，禍不自滅。上延先妣，日月迅速。遽及大祥，曾事死之未周，乃禫除之斯届。哀心不盡，禮制有終。追慕既深，攀號莫及。敢資芳苾，少薦悃誠。伏惟英魂，俯垂歆鑒。

重陽祭神祝文

惟神正直聰明，世享時祀。兹因重陽，致此薄奠。神庶歆之，恪勤厥職。俾我閥閲，永底安樂。

奉安西塘鄭先生神像祝文

某自幼學與閩士大夫游，熟知諸先生姓氏。恨居不同里，生不同時，無以究考德問業之誠。垂老此來，始獲瞻謁列像。而寸心慕用，猶恐或有遺逸〔一〕。訪之鄉彦，乃聞鄭〔二〕公之餘風。當時〔三〕抗論不屈，雖流離嶺海，陸沈下僚，其氣與文〔四〕雄豪勁正，卒〔五〕不少讓，世〔六〕罕有知之者。是用寄之丹青，嚴以香火。若節春秋，俎豆諸先生之列。非惟補先祠之闕，抑使邦之學者咸知有公，起敬起慕，於風化爲有助焉。祇款之始，薄酹揭虔。伏惟凜然若存，實鑒臨之。

校勘記

〔一〕『遺逸』，四庫本作『逸遺』。

〔二〕『鄭』，四庫本無。

〔三〕『時』，四庫本無。

〔四〕『文』下四庫本有『猶』字。

〔五〕『卒』，四庫本作『率』。
〔六〕『世』下四庫本有『亦』字。

奉安鄭先生神像告先賢文

伊惟群賢，圭璧琳琅。世之相後，萃此一堂。坐無寓公〔一〕，屬我西塘。爰求貌像，得自家藏。祗安於序，均奉享嘗。英資儼列，玉立交光。諒我群賢，死而不亡。雲龍風虎，相得益彰。高標所激，興起一方。蕆事伊始，敬酹此觴。

校勘記

〔一〕『寓公』，四庫本作『公車』。

夏至家祭告門丞户尉文

守閽鍵，呵不祥，神之職也。某以節届夏至，將蕆事於家廟。顧飆馭之來格〔一〕，仰瞻閥閲，何莫由斯？敢先以告，冀神鑒歆。俾我祖宗來燕來寧，毋有所畏而弗至，則神之惠也。庶幾祖宗克綏厥福，以裕我老稚，俾奠厥居，以永雍衎衎之風。惟神亦享，無窮之樂。

校勘記

〔一〕『格』，四庫本無。

妻冥忌設祭祝文

某少也數奇，家道貧窶，攻苦食淡，有人所不堪者。夫人備嘗之而不憾，惟一意以奉吾〔一〕慈親。故於夫人誕日，未嘗得以一盃爲慶，意謂異時偕老爲之未晚也。迨予暮年，遭遇盛世，致身榮顯〔二〕，而夫人竟不及見。每一念之，痛心如割。今者復值夫人冥忌之辰，某適奉祠還里，冒涉修途。又不敢以是廢禮，謹與兒女等就州孝順鎮太平寺營辦菲食，以寓追思之誠。惟靈其鑒歆之。

校勘記

〔一〕『吾』，四庫本無。
〔二〕『榮顯』，四庫本作『顯榮』。

立西塘鄭先生祠預告諸先生文

某職在宣化，曷使俗移。道以刑政，德禮或虧。合求前修，風勵一時。廉貪起懦，庶其在兹。惟西塘公，卓行可師。微官落拓，世所罕知。仰止高山，莫立〔一〕先祠。用涓良日，敬奉表儀。列之像繪，以時享之。邦人交贊，先生無遺。有核在俎，有酒在卮。敢以預告，尚鑒我私。

校勘記

〔一〕『立』，四庫本作『不』。

福州諸廟謝晴祝文

吏治無術，無以惠民。曰雨曰霽，輒號于神。陰雲四收，淫雨旋止。惟神之功，吏則知愧〔一〕。嘉穀滿野，神賜則豐。清醴匪報，惟以告衷。

校勘記

〔一〕『愧』，四庫本作『恥』。

新造器皿祭神祝文

器皿乃長物之累，盃觴爲狂藥之媒。雖已知非，未能免俗。敢同蘋蘩，藴藻先薦。鬼神王公，庶幾受用而安，固匪徼福而作。伏惟如在，俯賜來歆。

謁曹娥廟祝文

某自罷相東歸，幾十五年。每過祠下，非擁旌麾，即趨召節。聖恩深厚，皆神力有以佽助之。是用躬致款謁，以謝神休。惟神敷佑，益畀丕澤。使異時功烈之成，掛冠歸老，全璧無瑕，則始終大賜，其敢弭忘。

重陽祭宅神祝文

惟神正直聰明，世享時祀。今兹秋報，上巳云：『春祈式届。』疇敢不虔。庶幾歆之，恪勤厥職。俾我閥閲，永底安榮。

男彌遠受官告祖先文

某奮自寒素，遭世盛明。日〔一〕者聯班孤傳，賜第寓京。子弟亦受國恩寵，通籍金閨。此一門之榮，已極通顯矣。今天子有事合宫，恩及臣下〔二〕。三男彌遠，復被榮秩。某竊惟一介之士，自束髮讀書，幸而掇取儒科，官不過末品。其得預京秩者，是惟集英第一之選，三年而僅有耳。今彌遠年未幾冠，起家而安有之。此非祖宗厚德，畀遺後人，何以及此？雖然，某之所期望於彌遠者，當思所以稱其恩光，不願其志效一官而自足也。繼自今方從師親傳，日長月益，庶幾其遠者大者。惟祖宗之靈陰騭默佑之，俾之自幼學至於壯行，由小成進於大成，卓然有立，無忝我祖。此則某暮年之幸，亦吾祖宗所賴於子孫世其家聲者也。祇命之始，于以揭虔，敢告。

校勘記

〔一〕『日』，四庫本作『今』。

〔二〕『下』下四庫本有『某等』二字。

妻弟貝叔懷以外弟受官告妻文

某起自單微，置身通顯。慨念糟糠之偶，艱苦同遭。逮今可以安佚，而夫人既往。雖大國屢封，而報之之心猶未既也。追念昔年夫人卧病，而夫人弟待舉，實躬湯劑之奉，夙夜不懈。

屬纊之時，命我曰：『君苟富貴，無忘吾弟。』音容雖遠，歲月雖深，言猶在耳，不敢忘去。今歲季秋，天子蕆事於明堂。凡在搢紳，以顯秩得薦其子孫中表。是用以異姓之恩，授之待舉。兹因拜命，敢告。

冬至謁先聖祝文

先聖道德之言，垂於六籍；仁義之教，覃及萬代。生民獲處禮樂之鄉，仁義之域，繄吾先聖是賴。臣起身布韋，致位將相，豈不知所自耶？是用嚴恭廟像，奠於家塾。屈致賢師，奉宣微言。將使子子孫孫孝悌忠信，德行道藝萃於一門，以行先聖之道。今兹陽至，敢薦苾芬，以彰歸恩報德之意。

入賜第謁先聖祝文

先聖之道無往而不在，則先聖之神無在而不形。神無在而不形，立像以求之。非謂神專在是也，蓋欲接之於目而著之於心爾。某荷上異恩，賜第都下。兹涓吉旦，絜家來居。欲子孫無一日忘先聖之道，故欲子孫無一日不存先聖之神。謹即家塾恭迎聖像，爰及群賢。敬薦觴豆，神其妥之，以默裁我子孫之文行。

建新第奉安四明山王并謝遺塵先生神像文

某常聞之孫綽曰：『涉海則有方丈、蓬萊，登陸則有四明、天台。』皆塵外之窟宅，神仙之所憩息者也。某生長四明，自謂方丈、蓬萊與夫天台固難即到，四明在吾桑梓咫尺，不知其所，可乎？是故遊雪竇，登杖錫，訪四明之真境，人莫之知也。意者墮於荒唐，其實無有。晚觀松陵集，見皮、陸所紀謝先生之祠，始知四明真有是境，第無仙風道骨不能到也。然心常念之不忘。去歲秋八月，得請東歸。今儲皇賜以『四明洞天』四字，始有意於爲圃。揭是扁榜，作爲林泉，以彷彿四明之真境，日游息其間。四海名士，方外知識，時款吾居，與之共譚名理，且約不以腥穢涴吾勝地。今將落成，命工塑四明山王與先生之像以奉安焉。庶幾英靈時一至止，以壽我此山。視方丈、蓬萊、天台，相與不磨滅也。千秋萬祀，永錫我後。香火之奉，罔敢寂寥。

迎奉城隍并惠濟王祝文

鄮山蟠英，甬水揚清。鍾靈毓秀，入於鄞城。中有吉地，背負州治。波環四圍，久〔一〕聚佳氣。昔爲驛亭，以舍使星。既遭虜〔二〕火，酒壚是名。喧喧沽肆，糟丘漸漬。一旦天恩，舉足以賜。其賜伊誰，實某東歸。玲瓏高峰，瀲灩深池。蜿蜒樓閣，風煙灑落。咄嗟以就，深宜行樂。懿歟〔三〕吾家，得是光華。傳之後裔，綿及無涯。天造地設，幾經歲月。忽蒙皇慈，廣此閥閱。

恭惟大王，閟厥土疆。專以遺我，作爲寶坊。願移威力，護持泉石。鐘鼓園林，子孫千億。令此一方，安富久長。錫我史氏，享兹繁昌。直下萬世，忠孝相繼。期王香火，永永弗替。

校勘記

〔一〕『久』，四庫本作『火』。

〔二〕『虜』，四庫本作『兵』。

〔三〕『懿歟』，四庫本作『伊維』。

焚妻贈黄祝文

某踰冠受室，即與夫人約曰：『某不天，先考即世已久，慈親在堂。與兄弟五人，某實居長，承顔順色，理合率先。』故日供定省，夜則抱衾以待，未嘗處於内也。夫人安之。復戒之曰：『吾家四壁，汝貲囊雖薄，不可少靳。毋使今日有違而異時有悔，則予汝宜。』夫人聽之。於是罄竭以備甘旨、裘葛。至其自奉，澣〔一〕濯麤糲，幾無以充其口體。宗族稱孝焉。意者積德既豐，必生享厚報。曁某遭際聖主，恩寵隆特，而夫人没已數年，不及見也。每一念之，酸鼻流涕。粤自紹興三十一年至淳熙元年，某備數宗正少卿，乃封恭人。及爲侍從，爲執政，爲尚書左〔二〕僕射，爲觀文殿大學士，爲節度使，爲開府儀同三司、提舉臨安府洞霄宫，遇郊祀大禮，追封邠國夫人。淳熙四年三月，某除少保、觀文殿大學士、充醴泉觀使、侍讀、永國公，妻追封鎮國夫人。淳熙五年三月，某除右丞相、衛國公，妻追封蜀國夫人。淳熙五年十一月，某解罷機政，除少傅、保寧軍節度使、充醴泉觀使、兼侍讀，賜第于行都，妻再封蜀國夫人。淳熙六年九月，某遇明堂大禮，妻追封魏國夫人。淳熙八年五月，某除少師，依前保寧軍節度使、充醴泉觀使、魯國公，妻再封魏國夫人。淳熙九年九月，某遇明堂大禮，妻再封魏國夫人。淳熙十年十月，某除太保，依前保寧軍節度使，改封魏國公致仕，妻再封魏國夫人。八加敷錫，未曾恭款松楸。薦此異數，是用精擇吉辰，以淳熙十一年十月望日，躬率諸子若孫若曾孫，與諸親姻迎奉贈告，展禮燔黄，副以衣章，告于幽域。恭惟夫人艱難貧悴雖備歷於生前，顯赫寵榮實有光於身後，英魂可無憾矣，予心尚庶幾焉。伏冀鑒歆，祇服睿訓。滋繁遺澤，克祐本支。覬此光榮，繼繼承承，益加隆厚。雲仍百代，忠孝不渝，是爲餘慶。使積善之效取驗吾家，不勝大願。

校勘記

〔一〕『瀚』上四庫本有『則』字。

〔二〕『左』，四庫本作『右』。

葬五祖衣冠招魂祝文

某少遭閔凶，備嘗孤苦。壯依陰德，獲塵仕路。爰從初階，至於右輔。歲時祀先，三廟鼎俎。原所自出，每懷悲慕。淳熙戊戌，聖主錫予。許立家廟，祀五世祖。時方罷政，賜第在所。越三四年，請歸鄉土。乃克興工，作新棟宇。敷陳幄次，以奉神主。惟五世祖，高祖父母。二代五人，實無墳墓。春秋汛掃，哀無所寓。子孫相視，顙泚色沮。遂諏吉壤，以圖安厝。棺槨衣冠，既周而具。像形如生，招魂合祔。東湖之東，下水之塢。峨峨仙塋，松楸繁蕪。肆涓良日，西望城府。迎致英靈，歸歟安處。祈招之辭，載之别楮。靈其來兮，旌旗掀舉。既宅斯藏，妥寧千古。祐我後人〔一〕，益昌厥緒。蠲潔致告，奠兹肴醑。惟靈歆之，悉如辭語。

校勘記

〔一〕『後人』，四庫本作『億載』。

鄭峰真隱漫録卷四十三

祭　文

祭八十叔父文

嗚呼！仁者不必壽，壽者不必有仁。天曷憗予衰族，俄遽奪之善人。嗟我季父，孝于父母。入躬定省，出當幹蠱。知無不爲，親始裕如。闔門千指，由之不知。嗟我季父，友于昆弟。我父云没，實賴以濟。上水之阡，松楸蓊然。説者或謂，後益綿綿。嗟我季父，信於州里。急人之急，奮不謀己。物來能名，一以至誠。隨彼巨細，各得其情。嗟我季父，耽於典籍。志窮精微，不墮塵跡。探仁義於皇王，究治亂於家邦。孰謂蘊荆山之美玉，而竟不得發其光。嗟我季父，美於詞翰。氣飄飄而凌雲，自謂所得在於西漢。文光萬丈，筆力千鈞。喬松戛空撼風雨，鷙鳥舉翮連青雲。嗚呼！備此數德，不堦〔一〕貴位。兩上禮闈，事左不利。命〔二〕也如何，公實知之。不愠於懷，惟日嬉嬉。王公貴勢，蚊飛燕逝。世俗炎涼，曾不蔕芥〔三〕。今歲始春，虜騎〔四〕破鄞。公奉嚴親，奔於海垠。曰姊妹姑，五族以趨。不問疏戚，通其有無。盗〔五〕將壓境，俄有歸令。公以一身，活百人命。謂當百歲，福禄是遒。胡爲一疾〔六〕，止於四十有四之春秋。方公病亟，祖喪三日。尚未帶〔七〕經，哀號而卒。有以見終始於孝道，周旋於禮律者也。昔者曾子，正而斃焉。死生之際，公獨比肩。嗚呼哀哉！公今去矣，有子童稚。尚期遺德，一日千里。窀穸是臨，敢奠薄菲。拊棺一慟，痛〔八〕淪骨髓。

校勘記

〔一〕『堦』，四庫本作『偕』。
〔二〕『命』，原作『名』，據四庫本改。
〔三〕『蔕芥』，四庫本作『芥蔕』。
〔四〕『虜騎』，四庫本作『金兵』。
〔五〕『盜』，四庫本作『敵』。
〔六〕『疾』，四庫本作『病』。
〔七〕『帶』，四庫本作『絰』。
〔八〕『痛』，四庫本作『慟』。

祭妹夫朱辨之文

嗚呼！蒼蒼者天，其可問否耶。造化之權，其亦有掣肘耶。嗟嗟辨之，不得其壽，而徒得其孝謹忠厚。不畀以貴，而徒畀以淵源師友。家富於財，不遂享其安逸，而徒遺少妻弱子於其身後。嗚呼！蒼蒼其果可問否耶，造化其真有掣肘耶。自我女弟，來嬪於君。數年相從，得君爲人。三同場屋，得君爲文。意君壽可黄髮，而貴必青雲。胡爲坎止，三十四春。去冬日至，余妻抱疾。竭來城居，朝不謀夕。聞君病革，既不獲問疾於床。俄以訃至，又不獲往臨其喪。今兹窀穸，復當西去而裹糧。慨音容之邈矣，始來奠於一觴。嗚呼！其知者謂余多故而若此，其不知者謂余與辨之遽以相忘。嗟嗟辨之，死而不忘。英靈如在，庶幾鑒余之衷腸。

祭滕子駿文

嗚呼！洪範五福，壽爲稱首。好德考終，以壽克究。嗟嗟子駿，百行具有。天實畀之，於壽則否。君之學問，可以鍼左氏之膏肓，發公羊之墨守。君之文章，可以齊李杜之光焰，埒度尚之虀臼。君之識見，可以漸游夏之淵源，窺孔孟之户牖。君之議論，可以敵屑玉〔一〕之高談，屈雌黄之衆口。君之氣宇，可以激天池之三千，吞雲夢之八九。天胡不仁，獨嗇其壽。使此數長，無一獲售。頃在賢關，謂宜成就。四方英傑，爭先師友。洎丁秋闈，弗克論秀。嗟嗟子駿，嗇者何薄，而畀者何厚。念我昔年，謀生掣肘。世情炎涼，如飜覆手。君時毅然，絜提左右。群嘲聚誚，君亦安受。仰兹鉅德，泰山北斗。意其身致〔二〕青雲，而壽斯黄耇。豈伊一疾，遽以不救。天曷其極，先喪厥偶。不踰旬時，堂列二柩。西圃悠然，南挹群岫。昔以賓朋，飛觴燕豆。今爲同穴，松楸岡阜。弔者盈門，誰不悲疚。幸君有子，芝蘭瓊玖。異時騰奮，實大君後。君其瞑目，死當不朽。嗚呼！方君之喪，我適卧病於林藪。及君之葬，我復裹糧而西走。嗟泣奠之無從，徒凝哀而莫剖。溯東風以寓文，尚來歆於卮酒。

校勘記

〔一〕『屑玉』，四庫本作『吐屑』。

〔二〕『身致』，四庫本作『貴必』。

祭叔母齊安郡夫人孫氏 爲母氏作

惟靈幽閨玉潔兮，塵壼蘭芳。笄字來嬪兮，媚于尊章。相夫子而贊鈞衡兮，闡化源于中堂。寶繒金鈿兮，拜寵渥之熒煌。實天介其遐報兮，視黄岡而啟疆。方嬉娱而宴喜兮，暢偕老而色康。臻修景之希有兮，樂化日之舒長。俄夜壑之舟移兮，慨薤露之晞陽。嗚呼哀哉！我爲冢婦，靈實介兮，方相得而益彰。蒼顏鶴髮，年相若兮，孰謂靈遽返於仙鄉。聽鼓盆於黼帳兮，聞嬰慕而悲傷。幸佳城〔一〕之兆吉兮，將襄奉於東岡。心旌摇兮遠望，身匏繫兮莫遑。盻靈輀之啟道兮，紛雨淚而滂滂。寓哀情於寸紙兮，陳菲儀於一觴。靈而有知兮，擁珠葆而來嘗。

校勘記

〔一〕「城」，原作「域」，據四庫本改。

祭諸葛機宜文

惟靈生長東嘉，月評所推。文采可觀，德義可師。晚登上第，世與我違。閉門卻掃，不求聞知。交游勸勉，結綬王畿。得官長樂，枳棘卑飛。我帥七閩，一見奇之。絜置幕府，機密是咨。叩之汪〔一〕然，如萬頃陂。即之飄然，如千里騅。剡奏九閽，將究設施。胡爲一疾，竟喪大期。方君臥枕，我即命醫。君曰病渴，泉溺無時。使人染指，其甘如飴。是殆將死，其又奚疑。語未信宿，俄以訃馳。使我怛焉，咨嗟涕洟。問其所親，屬纊何詞。答云治命，神色怡怡。疊紙數幅，援筆一揮。貽書故人，俾訓吾兒。有田二頃，可以無飢。裂其强半，爲姊妹貲。乃祝母氏，善保壽祺。某也不孝，莫侍庭闈。惟弟與妹，尚克扶持。乃告室人，吾其訣〔二〕離。死婦人手，丈夫弗爲。汝宜亟去，勿過傷悲。言訖奄然，舉體如遺。伊君篤行，出於天姿。行年五十，冰玉無疵。死生之際，不挂一絲。賢者易簀，哲人其萎。君今掉鞅，與之同歸。嗚呼！我得君重，君方我依。今其往矣，助我者誰。弔以斯文，莫寫哀思。魂其來兮，歆此一巵。

校勘記

〔一〕『汪』，四庫本作『凝』。

〔二〕『訣』，四庫本作『語』。

祭汪聖錫端明文

惟公爲善不期於近名，而令聞廣譽，若形影之必隨。輸忠不期於自衒，而危言讜論，若星日之昭垂。至如文爲世範，政擅吏師。則又天下以爲不可企及，而公之所優爲。備此數德，皆世表儀。獨於濟時行道，則若有物尼其足而不得馳。此易簀之日，學士大夫，識與不識，莫不咨嗟而涕洟。某生有幸，會與公同時。道山數月，飽承風規。外温而厲，中曠而夷。使人叩之無弗獲，即之不忍離。而況酒酣握手，各以器業而相期。概之古人，允謂己知。兹焉聞訃，倍切哀思。想公英爽，御風騎氣，已徜徉於八極之表，與造物者同歸。回視舊遊，真若蚊雷之在汙池。儻未忘情，歆我一巵。

祭曾原伯大卿文

伊昔東魯，秀萃山川。萊蕪郕伯，奕葉生賢。跨漢歷唐，寂寥千年。迄於我宋，衣鉢始傳。惟公有尊，道德純全。文傑昭代，炳炳遺編。公爲冡嗣，風烈隱然。忠孝藴蓄，亦輩淵騫。出擁星軺，主意備宣。歸聯月寺，讞議無冤。謂宜持橐，亟上甘泉。力以所學，陳於王前。云胡小疾，醫莫能痊。仁者不壽，孰詰彼天。尤可念者，庭方殖萱。想公齎志，此恨綿綿。幸今棣蕚，闊步英躔。晨昏定省，得奉周旋。公其瞑目，脱屣塵緣。逍遥世表，造物差肩。顧我與公，雅相知憐。兹聆訃音，中實怛然。匍匐往救，膂力既愆。寓哀一奠，心折涕漣。

祭湖心廣福院魏王祠文

洪惟昭代，克生賢王。王出爲郡，我還故鄉。邂逅相遇，念舊不忘。或陪燕俎，或和詩章。間得共醉，樂未渠央。我忽環召，再坐廟堂。王猶符竹，謷謁龔黄。遂加牧伯，寵命煌煌。謂宜三錫，入覲吾皇。蘭陔戲綵，密侍清光。九重注想，指日治裝。夫何屬疾，趣駕莫遑。及我告歸，王已穴藏。巋然壇壝，廟食此方。顧瞻貌像，寧不盡傷。惟王陰德，蔭美甘棠。雖云往矣，死而不亡。必與造物，八極翱翔。今兹寓奠，肴茗馨香。王其來兮，歆此一觴。

祭陳丞相文

惟公德尊一代，忠結兩朝。身翔丹禁，步穩青霄。恭惟初政，方撫弊凋。惟時督府，願翦天驕〔一〕。衆口應和，鹽梅莫調。上乃命公，入幕爲寮。公陳自治，用抑其議。既不可遏，卒至敗事。人皆謂公，緩頰詞費。觀兵非時，豈公本志。暨公歸班，上益注意。進長群材，登庸政地。乾坤清寧，三光昭明。水旱不作，萬國昇平。赫赫真主，商宗周成。是宜康輔，億載萬齡。乃退急流，鴻飛冥冥。雍容緑野，爲世耆英。方祈壽祉，遽隨逝水。天不憖遺，人失依倚。云亡之歎，情曷能已。我昔定交，更相知己。挽公上道，逸駕同軌。迄如所期，歡好終始。歲晚江湖，絡繹音書。渠渠問勞，風義凜如。問以詩筒，健句起予。龍蛇飛動，筆力豐腴。老當益壯，古語非虚。今其長往，使我嗟吁。幸哉有子，召公是似。他年閥閲，世濟其美。公在九原，可無憾矣。載瞻素旐，邈數千里。雪涕遣介，奠兹薄菲。靈其來兮，鑒我心悱〔二〕。

校勘記

〔一〕『願翦天驕』，四庫本作『欲奮旌旄』。

〔二〕『悱』，四庫本作『膂』。

姊太宜人安厝祭文

嗚呼！我生膝下，少姊二春。姊在髫齔，已如成人。惟祖父母，及吾二親。凡有疾苦，色憂涕洵。爲粥爲藥，靡懈昏晨。迄於良已，始克欣欣。我自提孩，瘡痏滿身。膿潰涴染，展轉嚬呻。姊於是時，便能撫循。焚膏繼晷，澣濯縫紉。暨於諸弟，友悌惟均。伊其稟賦，實自天真。故我祖母，撫姊而云。汝之敬愛，迥然不群。知誰婦汝，必有嘉姻。長適陳門，事姑恂恂。姑亦祝姊，受福無垠。是故報施，率由穹旻。身享上壽，三拜恩綸。子女盡孝，室家蓁蓁。考終之日，宗黨歸仁。遺德在後，踵武簪紳。人生具此，豈曰無因。某掛冠歸老，卜築湖濱。與姊居室，相望爲鄰。良辰聚首，豈樂斯頻。謂當期頤，同此燕申。胡爲小疾，遽以沈淪。使我暮途，觸景悲辛。玆焉窀穸，奠以芳醇。病阻臨穴，慟泣霑巾。

祭表弟貝叔懷省幹文

惟靈學足裕身，材能幹蠱。刻意儒業，思紹父祖。場屋失利，生計益窶。出贅異縣，期立門户。攻苦食淡，銖積寸累。迄于有成，居列倉庾。我實中表，常加存撫。晚薦於朝，遂縈簪組。捧檄丹丘，榷酤是處。廉介自將，一毫不取。意其遠大，亨衢闊步。豈伊微疾，遽終官所。嗚呼哀哉！他人有命，蔭子封婦。他人有家，歌童舞女。惟吾叔懷，儉約如故。憂歷丘山，樂無絲縷。年踰上壽，竟亡羈旅。此鄉党親戚所以悼其晏暮有貲而不享，憐其平生徒勞而無補也。二子奔喪，靈輿克舉。尚祈肖似，以昌厥緒。我欲往弔，江山修阻。寓哀〔一〕薄奠，有淚如雨。

校勘記

〔一〕『哀』，四庫本作『衷』。

祭潘德鄜經略文

惟靈仕踵名宦，學傳聖謨。孝悌忠信兮訓諸子弟，睦婣任恤兮表諸鄉閭。文章兮士爭嗜如膾炙，翰墨兮人珍藏若金珠。三畿甸兮持節，兩帥閫兮分符。布宣上德兮風行列郡，撫育吾民兮謦滿寰區。壽皇倦勤兮遜寶位，聖主嗣德兮御蘿〔一〕圖。亟下絲綸兮召爲宰椽〔二〕，力輸悃愊兮願息田廬。茂松菊兮三徑，佳山水兮五夫。上貪賢兮猶煩共理，畀舊職兮遲次當塗。明目兮視千鍾爲燕雀，高懷兮渺一世於錙銖。彼突梯脂韋兮老乎行役，甘卑陬齷齪兮大耋嗟吁。以吾止足兮較彼奔競，其相去兮何啻清溝與汙渠。方徜徉於雲外兮享人間之清福，宜得壽於無窮兮與彭聃而爲徒。俄嬰疾兮腹有河魚之變，正而終兮又何羡於首丘之狐。搢紳嚬蹙兮爲之傷蠹，族屬〔三〕慘慘兮爲之號呼。念我平生兮投分甚密，晚聯姻好兮愛女遣妻於吾雛。雖相望於異縣兮一潮汐而可至，將杖屨之過從兮命肴醑於盤盂。豈伊今日兮白玉樓成於天上，宿約乖違兮乃遽奠於生芻。顧愆筋力兮未獲拊棺而一慟，寓哀於辭兮徒涕泣以冰鬚。

校勘記

〔一〕『蘿』，四庫本作『皇』。

〔二〕『椽』，四庫本作『柱』。

〔三〕『族屬』，四庫本無。

祭王季海丞相文

惟公生遭興運，少負奇材。金閨紫微，演卿雲黼黻之詞藻；玉堂黄閣，陳禹皋都俞之謀謨。周旋半世之〔一〕有餘，敭歷兩地而幾徧。不離京輦，卒踐鼎司。直道公心，何恤風波之洶湧；竭力盡瘁，惟期日月之照臨。撓不濁而澄不清，柔不茹而剛不吐。難與流俗言也，當於古人求之。屬萱堂起故鄉之思，歸相印遂真祠之請。樂林泉而未久，悵風木以纏悲。創巨奚堪，痛深致毀。病惟啜粥，食不御葷。氣血漸羸，精神亦耗。雖醫巫之並用，奈藥石之無功。曾不終喪，迄成長往。會時逢於揖遜，慶治洽於雍熙。當宁隆念舊之恩，指日馳〔二〕奪情之命。方芝封之欲草，俄薤露之先晞。一旦訃聞，兩宮痛悼。始陞孤棘，薦贈公槐。肆典册之哀榮，播寰區而聳動。嗚呼！論臣子之大戒，惟忠孝之二途。公忠以事君，誠而弗僞；孝以事母，死且不渝。此實萬世之楷模，豈特一時之矜式。宜乎高門陰德，報在子孫；蓋代洪勳，銘諸彝鼎。有識共贊，不約同辭。念我生平，與公友善。題名雁塔，猥預聯鑣；簉迹鳳池，居慚揚粃。矧吾幼女，得壻賢郎。既事〔三〕契之綢繆，故恩情之款密。云亡之亟，賓涕何窮。慨筋力之衰遲，怯江山之修阻。凝睇千里，寓哀一觴。靈其有知，鑒此精意。

校勘記

〔一〕『之』，四庫本作『以』。

〔二〕『馳』，四庫本作『遲』。

〔三〕『事』，四庫本作『姻』。

祭無垢先生張公侍郎文

惟公學承正宗，文肩前輩。卓行珠玉，淨無瑕纇。射策廣庭，英俊如蝟。公以萬言，奉當大對。臚唱哀然，名喧海内。持橐從班，表率在位。退食私室，門多旌旆。一世人龍，孰不愛畏。晚守永嘉，吏課推最。不施刑威，專用教誨。力敘彝倫，俾俗純粹。某掌郡庠，時適相值。傾蓋忘年，雅同聲氣。乃以旦日，衣冠畢萃。端笏趨隅，薦牘見遺。公云舉詞，深有旨味。識超幾先，意傳經外。惟此八字，三宵不寐。思而得之，實録無愧。佩服華衮，銘在心志。子壻宰邑，拜公墓隧。命掃松楸，常加葺治。報以峻事，老懷良慰。幽潛重光，山明水媚。九原可作，嗚呼兹地。惟公生有盛德，没爲神類。與造物遊，間須一至。千里寓奠，酒醪牲饌。追念知己，臨風墮淚。

祭沈叔晦國録文

嗚呼！叔晦淳真，資稟不群。試舉大略，可悉其人。以言其道，得師深造。優優〔一〕聖域，能窺閫奥。以言其材，知悟心開。何患事物，紛至沓來。以言其學，正而不駁。因流知源，横渠伊洛。以言其文，傑出橋門。兩優上第，名亞省元。以言其狀，修髯廣顙。鶴立雞群，咸知敬仰。以言其言，時然後宣。齒牙餘論，學者爭傳。嗚呼！人有一善，必膺世選。君兼數者，乃不通顯。遲次佐州，效〔二〕未及收。遽以淪没，命不爲謀。嗚呼！上不獲終養於母氏，下不逮延賞於諸子。此意蕭條，可哀也已。有酒既清，有肴既馨。寓兹一奠，心折涕零。

校勘記

〔一〕『優』，四庫本作『入』。

〔二〕『效』，四庫本作『獲』。

鄮峰真隱漫録卷四十四 闕

行狀

陸中散行狀

汪顯謨行狀

墓誌銘

義烏縣丞豐君之進墓誌銘

福唐陳君時可墓誌銘

簽判沈君公權墓誌銘

朝議樓公叔韞墓誌銘

鄮峰真隱漫録卷四十五

大曲

採蓮 壽鄉詞

延遍

霞霄上有壽鄉，廣袤無際。東極滄海，縹渺虚無，蓬萊弱水。風生屋〔一〕浪，鼓楫揚舲，不許凡人得至。甚幽邃。試右望金樞外，西母樓閣，玉闕瑶池，萬頃琉璃。雙成倩巧，方朔恢諧。來往徜徉，霓裳飄飄寶砌。更希奇。

校勘記

〔一〕『屋』，四庫本作『舞』。

擷遍

南鄰丹幄宮，赤伏顯符記。朱陵曜綺繡，箕翼炯，瑞光騰起。每歲秋分老人見，表皇家，襲慶迎祺〔一〕。天子當膺，無疆萬歲。北窺玄冥，魁杓擁佳氣。長拱極，終古無移。論南北東西，相直何啻千萬里，信難計。

校勘記

〔一〕「祺」，四庫本作「禧」。

入破

璇穹層雲上覆，光景如梭逝。惟此過隙緩征轡，垂象森列昭回。碧落卓然纏度，炳曜更騰輝。永永清光曄煒，綿四野，金璧爲地。蘂珠館，瓊玖室，俱高峙。千〔二〕種奇葩，松椿可比。暗香幽馥，歲歲長春，陽烏何曾西委。

校勘記

〔一〕『千』下四庫本有『百』字。

衮遍

徧此境，人樂康，挾難老術，悟長生理。盡阿僧祇劫，赤松王令安期。彭籛盛矣，尚爲嬰稚。鶴算龜齡，絳老休誇甲子。鮐背聳，黄髮垂髫。更童顔，長鼓腹，同遊戲。真是華胥，行有歌，坐有樂，獻笑都是神仙，時見群翁啟齒。

實催

露華霞液，雲漿椒醑，恣玉斝金罍。交酬成雅會，拚〔一〕沈醉。中山千日，未有長久，今此陶陶一飲，動經萬祀。　陳果蓏，皆是奇異。似瓜如斗盡備，三千歲，一熟珍味。飣坐中，瑩似玉，爽口流涎，三偷不枉，西真指議。

校勘記

〔一〕『拚』，四庫本作『拌』。

衮〔一〕

有珍饌，時時饋，滑甘豐膩。紫芝熒煌，嫩菊秀媚。貯〔二〕碼瑙琥珀精器，延年益壽莫儗。人間烹飪徒費，休説龍肝鳳髓。動妙樂，仙音鼎沸。玉簫清，瑶瑟美，龍笛脆。雜遝飛鸞，花裀上，趁拍紅牙，餘韻悠颺，竟海變桑田未止。

校勘記

〔一〕『衮』下四庫本有『遍』字。

〔二〕『貯』，四庫本作『實』。

歇拍

其間有洞天侶，思遊塵世。珠葆摇曳，華表真人，清江使者，相從密議。此老遨嬉，我輩應須隨侍。正舉步，忽思同類。十八公，方聳壑，宜邀致。夙駕星言，人爭圖繪。朅來鄞山甬水，因此崇成，四明里第。

煞衮

吾皇喜，光寵無貳，玉帶金魚榮貴。或者疑之，豈識聖明曾主斯鄉，常相與盡繾綣，膠漆何可相離。今日風雲合契，此實天意。吾皇聖壽無極，享晏粲千載相逢，我翁亦昌熾，永作昇平上瑞。

採蓮舞

五人一字對廳立，竹竿子勾念：

伏以濃陰緩轡，化國之日舒以長；清奏當筵，治世之音安以樂。霞舒絳綵，玉照鉛華。玲瓏環珮之聲，綽約神仙之伍。朝回金闕，宴集瑶池。將陳倚棹之歌，式侑回風之舞。宜邀勝伴，用合仙音。女伴相將，採蓮入隊。

勾念了，後行吹雙頭蓮令，舞上分作五方，竹竿子又勾念：

伏以波涵碧玉，摇萬頃之寒光；風動青蘋，聽數聲之幽韻。芝華雜遝，羽幰飄颻。疑紫府之群英，集綺筵之雅宴。更憑樂部，齊迓來音。

勾念了，後行吹採蓮令。舞轉作一直了，衆唱採蓮令：

練光浮，煙斂澄波渺。燕脂濕，靚妝初了。緑雲鬟上露滚滚，的皪真珠小。籠嬌媚，輕盈佇眺。無言不見仙娥，凝望蓬島。　玉闕忽忽〔一〕，鎮鎖佳麗春難老。銀潢急，星槎飛到。暫離金砌，爲愛此，極目香紅遶。倚蘭棹，清歌縹渺。隔花初見，楚楚風流年少。

唱了，後行吹採蓮令，舞分〔二〕作五方，竹竿子勾念：

伏以遏雲妙響，初容與於波間；回雪奇容，乍婆娑於澤畔。愛芙蕖之豔冶，有蘭芷之芳馨。躞蝶凌波，洛浦未饒於獨步；雍容解佩，漢皋諒得以齊驅。宜到堦前，分明祗對。

花心出，念：

但兒等玉京侍席，久陟仙堦；雲路馳驂，乍遊塵世。喜聖明之際會，臻夷夏之清寧。聊尋澤國之芳，雅寄丹臺之曲。不〔三〕慚鄙俚，少頌昇平。未敢自專，伏候處分。

竹竿子問念：

既有清歌妙舞，何不獻呈？

花心答問：

舊樂何在？

竹竿子再問念：

一部儼然。

花心答念：

再韻前來。

念了，後行吹採蓮曲破，五人衆舞。到入破，先兩人舞出，舞到裀上，住當立處。訖，又二人舞，又住當立處。然後花心舞徹，竹竿子念：

伏以仙裾摇曳，擁雲羅霧縠之奇；紅袖翩翻，極鸞翮鳳翰之妙。再呈獻〔四〕瑞，一洗凡容。已奏新詞，更留雅詠。

念了，花心念詩：

我本清都侍玉皇，乘雲馭鶴到仙鄉。輕舠一葉煙波闊，嗜此秋潭萬斛香。

念了，後行吹漁家傲，花心舞上。折花了，唱漁家傲：

蘂沼清冷涓滴水，迢迢煙浪三千里。微孕青房包繡綺。薰風裏，幽芳洗盡閑桃李。羽氅飄蕭塵外侶，相呼短棹輕〔五〕偎倚。一片清歌天際起。聲尤美，雙雙驚起鴛鴦睡。

唱了，後行吹漁家傲，五人舞。换座，當花心立人念詩：

我昔瑶池飽宴遊，朅來樂國已三秋。水晶宫裏尋幽伴，菡萏香中蕩小舟。

念了，後行吹漁家傲，花心舞上。折花了，唱漁家傲：

翠蓋參差森玉柄，迎風浥露香無定。不著塵沙真體淨。蘆花徑，酒侵酥臉霞相映。棹撥〔六〕木蘭煙水暝，月華如練秋空靜。一曲悠颺沙鷺聽。牽清興，香紅已滿蒹葭艇。

唱了，後行吹漁家傲，五人舞。换座，當花心立人念詩：

我弄雲和萬古聲，至今江上數峰青。幽泉一曲今憑棹，楚客還應著耳聽。

念了，後行吹漁家傲，花心舞上。折花了，唱漁家傲：
草軟沙平風掠岸，青蓑一釣煙江畔。荷葉爲裀花作幔。知誰伴，醇醪只把鱸魚换。
盤縷銀絲盃自暖，篷窗醉著無人唤。逗得醒來横脆管。清歌緩，彩鸞飛去紅雲亂。
唱了，後行吹漁家傲，五人舞。换座，當花心立人念詩：
我是天孫織錦工，龍梭一擲度晴空。蘭橈不逐仙槎去，貪擷芙蕖萬朵紅。
念了，後行吹漁家傲，花心舞上。折花了，唱漁家傲：
太華峰頭冰玉沼，開花十丈干雲杪。風散天香聞四表。知多少，亭亭碧葉何曾老。
試問霏煙登鳥道，丹崖步步祥光繞。折得一枝歸月嶠。蓬萊島，霞裾侍女爭言好。
唱了，後行吹漁家傲，五人舞。换座，當花心立人念詩：
我入桃源避世紛，太平纔出報君恩。白龜已閱千千歲，卻把蓮巢作酒樽。
念了，後行吹漁家傲，花心舞上。折花了，唱漁家傲：
珠露溥溥清玉宇，霞標婥約消煩暑。時馭清風之帝所。尋舊〔七〕侣，三千仙〔八〕仗臨煙渚。
舴艋飄飄來復去，漁翁問我居何處。笑把紅蕖呼鶴馭。回頭語，壺中自有朝天路。
唱了，後行吹漁家傲，五人舞。换座如初，竹竿子勾念：
伏以珍符薦至，朝廷之道格高深；年穀屢豐，郡邑之和薰遐邇。式均驩燕，用樂清時。感游女於仙衢，詠奇葩於水國。折來和月，露浥霞腮；舞處隨風，香盈翠袖。既徜徉於玉砌，宜宛轉於雕梁。爰有佳賓，冀聞清唱。

念了，衆唱畫堂春：

彤霞出水弄幽姿，娉婷玉面相宜。棹歌先得一枝枝，波上畫鯨飛。　向此畫堂高會，幽馥散，堪引瑶巵。幸然逢此太平時，不醉可無歸。

唱了，後行吹畫堂春，衆舞。舞了，衆又唱河傳：

蘂宫閬苑，聽鈞天帝樂，知他幾遍。爭似人間，一曲採蓮新傳。柳腰輕，鶯舌囀。　逍遥煙浪誰羈絆，無奈天階，早已催班轉。卻駕彩鸞，笑握芙蓉〔九〕斜盼。願年年，陪此宴。

唱了，後行吹河傳，衆舞。舞了，竹竿子念遣隊：

浣沙一曲媚江城，雅合鳧鷗醉太平。楚澤清秋餘白浪，芳枝今已屬飛瓊。歌舞既闌，相〔一〇〕將好去。

念了，後行吹雙頭蓮令，五人舞。轉作一行，對廳杖鼓出場。

校勘記

〔一〕『忽忽』，四庫本作『怱怱』。

〔二〕『行吹採蓮令舞分』，四庫本作『打吹分』。

〔三〕『不』，四庫本作『居』。

〔四〕『獻』，四庫本作『慶』。
〔五〕『輕』，四庫本作『頻』。
〔六〕『撥』，四庫本作『發』。
〔七〕『舊』，四庫本作『仙』。
〔八〕『仙』，四庫本作『侶』。
〔九〕『握芙蓉』，四庫本作『容』。
〔一〇〕『相』，四庫本無。

太清舞

後行吹道引曲子，迎五人上，對廳一直立。樂住，竹竿子勾念：

洞天門闕鎖煙蘿，瓊室瑶臺瑞氣多。欲識仙凡光景異，歡謡須聽太清歌。

花心念：

伏以獸爐縹緲噴祥煙，玳席熒煌開邃幄。諦視人間之景物，何殊洞府之風光。恭惟衮繡主人，簪纓貴客，或碧瞳漆髮，或緑鬢童顔。雄辯風生，英姿玉立。曾向蘂宫貝闕，爲逍遥遊；俱膺丹篆玉書，作神仙伴。故今此會，式契前蹤。但兒等偶到塵寰，欣逢雅宴。欲陳末藝，上助清歡。未敢自專，伏候處分。

竹竿子問念：

既有清歌妙舞，何不獻呈？

花心答念：

舊樂何在？

竹竿子問念：

一部儼然。

花心答念：

再韻前來。

念了，後行吹太清歌，衆舞。訖，衆唱：

武陵自古神仙府，有漁人迷路。洞户迸寒泉，泛桃花容與。　尋花迤邐見靈光，捨扁舟，飄然入去。注目渺紅霞，有人家無數。

唱了，後行吹太清歌，衆舞。舞訖，花心唱：

須臾卻有人相顧，把肴漿來聚。禮數既雍容，更衣冠淳古。　漁人方問此方鄉，衆顰眉，皆能深訴。元是避嬴秦，共擕家來住。

唱了，後行吹太清歌，衆舞。換座，當花心一人唱：

當時脱得長城苦，但熙熙朝暮。上帝錫長生，任跳丸烏兔。　種桃千萬已成陰，望家鄉，杳然何處。從此與〔一〕凡人，隔雲霄煙雨。

唱了，後行吹太清歌，衆舞。換座，當花心一人唱：

漁舟之子來何所，盡相猜相語。夜宿玉堂空，見火輪飛舞。　凡心有慮尚依然，復歸指，維舟沙浦。回首已茫茫，歎愚迷不悟。

唱了，後行吹太清歌，衆舞。換座，當花心一人唱：

我今來訪煙霞侶，沸華堂簫鼓。疑是奏鈞天，燕瑤池金母。　卻將桃種散階除，俾華實，須看三度。方記古人言，信有緣相遇。

唱了，後行吹太清歌，衆舞。換座，當花心一人唱：

雲軿羽幰仙風舉，指丹霄煙霧。行作玉京朝，趁兩班鴛鷺。　玲瓏環珮擁霓裳，卻自有，簫韶隨步。含笑囑芳筵，後會須來赴。

唱了，後行吹太清歌，衆舞。舞訖，竹竿子念：

欣聽嘉音，備詳仙迹。固知玉步，欲返雲程。宜少駐於香車，佇再聞於雅詠。

念了，花心念：

但兒等暫離仙島，來止洞天。屬當嘉節之臨，行有清都之覲。芝華羽葆，已雜遝於青冥；玉女仙童，正逢迎於黃道。既承嘉命，聊具新篇。

篇曰：

仙家日月如天遠，人世光陰若電飛。絶唱已聞驚列座，他年同步太清歸。

念了，衆唱破子：

遊塵世，到〔二〕仙鄉。喜君王，躋治虞唐。文德格遐荒，四裔盡來王。干戈偃息歲豐穰，三萬里農桑。歸去告穹蒼，錫聖壽無疆。

唱了，後行吹步虛子，四人舞上，勸花心酒。花心復勸。勸訖，衆舞。列作一字行，竹竿子念遣隊：

仙音縹緲，麗句清新。既歸美於皇家，復激昂於坐客。桃源歸路，鶴馭迎風。抃手階前，相將好去。

念了，後行吹步虛子，出場。

校勘記

〔一〕『與』，四庫本作『世』。

〔二〕『到』，四庫本作『列』。

柘枝舞

五人對廳一直立，竹竿子勾念：

伏以瑞日重光，清風應候。金石絲竹，間六律以皆調；儋侏兜離，賞四夷之率伏。請翻妙舞，來奉多歡。鼓吹連催，柘枝入隊。

念了，後行吹引子半段，入場。連吹柘枝令，分作五方舞。舞了，竹竿子又念：

適見金鈴錯落，錦帽蹁躚。芳年玉貌之英童，翠袂紅綃之麗服。雅擅西戎之舞，似非中國之人。宜到階前，分明祗對。

念了，花心出念：

但兒等名參樂府，幼習舞容。當芳宴以宏開，屬雅音而合奏。敢呈末技，用贊清歌。未敢自專，伏候處分。

念了，竹竿子問念：

既有清歌妙舞，何不獻呈？

花心答念：

舊樂何在？

竹竿問念：

一部儼然。

花心答念：

再韻前來。

念了，後行吹三臺一遍，五人舞。拜起舞〔一〕，後行再吹射雕遍連歌頭。舞了，衆唱歌頭：
□人奉聖□□朝□□□主□□□□□□留伊。得荷雲戲，幸遇文明。堯階上，太平時。
□□□□何不罷歲□征舞柘枝。
唱了，後行吹朵肩遍。吹了，連吹撲胡蝶遍，又吹畫眉遍。舞轉謝酒了，衆唱柘枝令：
我是柘枝嬌女□□多風措□□□□□住深妙學得柘枝舞。□□頭戴鳳冠，□□□纖腰束素。□□遍體錦衣裝，來獻呈〔二〕柘枝歌舞。
又唱：
回頭卻望塵寰去，喧畫堂簫鼓。整雲鬟，摇曳青〔三〕霄，愛一曲柘枝舞。好趁華封盛祝，笑共指南山煙霧。蟠桃仙酒醉昇平，望鳳樓歸路。
唱了，後行吹柘枝令。衆舞了，竹竿子念遣隊：
雅音震作，既呈儀鳳之吟〔四〕；妙舞佪翔，巧著飛鸞之態。已洽歡娛綺席，暫歸縹渺仙都。再拜階前，相〔五〕將好去。
念了〔六〕，後行唱柘枝令，出隊。

校勘記

〔一〕『拜起舞』，四庫本作『舞罷』。

〔二〕『獻呈』，四庫本作『呈柘枝』。
〔三〕『摇曳青』，四庫本作『處曳□』。
〔四〕『儀鳳之吟』，四庫本作『吟鳳之儀』。
〔五〕『相』，四庫本無。
〔六〕『念了』，四庫本無。

鄮峰真隱漫録卷四十六

大曲

花舞

兩人對廳立，自勾念：

伏以騷賦九章，靈草喻如君子；詩人十詠，奇花命以佳名。因其有香，尊之爲客。欲知標格，請觀一字之褒；爰藉品題，遂作群英之冠。適當麗景，用集仙姿。玉質輕盈，共慶一時之會；金樽瀲灩，式均四座之歡。女伴相將，折花入隊。

念了，後行吹折花三臺，舞〔二〕取花瓶。又舞上，對客放瓶，念牡丹花詩：

花是牡丹推上首，天家侍燕爲賓友。料應雨露久承恩，貴客之名從此有。

念了，舞唱蝶戀花。侍女持酒果上，勸客飲酒：

貴客之名從此有，多謝風流飛馭陪樽酒。持此一卮同勸後，願花長在人間壽。

舞唱了，後行吹三臺，舞轉換花瓶。又舞上，次對客放瓶，念瑞香花詩：

花是瑞香初擢秀，達人鼻觀通廬阜。遂令聲價滿寰區，嘉客之名從此有。

念了，舞唱蝶戀花。侍女持酒果上，勸客飲酒：

嘉客之名從此有，多謝風流飛馭陪樽酒。持此一卮同勸後，願花長在人長壽。

舞唱了，後行吹三臺，舞轉換花瓶。又舞上，次對客放瓶，念丁香花〔二〕詩：

花是丁香花未剖，青枝碧葉藏瓊玖。如居翠幄道家妝，素客之名從此有。

念了，舞唱蝶戀花。侍女持酒果上，勸客飲酒：

素客之名從此有，多謝風流飛馭陪樽酒。持此一卮同勸後，願花長在人長壽。

舞唱了，後行吹三臺，舞轉換花瓶。又舞上，次對客放瓶，念春蘭花詩：

花是春蘭栖遠岫，竹風松露爲交舊。仙家劍珮〔三〕羽霓裳，幽客之名從此有。

念了，舞唱蝶戀花。侍女持酒果上，勸客飲酒：

幽客之名從此有，多謝風流飛馭陪樽酒。持此一卮同勸後，願花長在人長壽。

舞唱了，後行吹三臺，舞轉換花瓶。又舞上，次對客放瓶，念薔薇花詩：

花是薔薇如綺繡，春風滿架暉晴晝。爲多規刺少拘攣，野客之名從此有。

念了，舞唱蝶戀花。侍女持酒果上，勸客飲酒：

野客之名從此有，多謝風流飛馭陪樽酒。持此一卮同勸後，願花長在人長壽。

舞唱了，後行吹三臺，舞轉換花瓶。又舞上，次對客放瓶，念酴醾詩：

花是酴醾紆翠袖，釀泉曾入真珠溜。更無塵氣到盃盤，雅客之名從此有。

念了，舞唱蝶戀花。侍女持酒果上，勸客飲酒：

雅客之名從此有，多謝風流飛馭陪樽酒。持此一巵同勸後，願花長在人長壽。

舞唱了，後行吹三臺，舞轉換花瓶。又舞上，次對客放瓶，念荷花詩：

花是芙蕖冰玉潄，人間暑氣何曾受。本來泥滓不相關，淨客之名從此有。

念了，舞唱蝶戀花。侍女持酒果上，勸客飲酒：

淨客之名從此有，多謝風流飛馭陪樽酒。持此一巵同勸後，願花長在人長壽。

舞唱了，後行吹三臺，舞轉換花瓶。又舞上，次對客放瓶，念秋香〔四〕詩：

花是秋香偏鬱茂，姮娥月裏親栽就。一枝平地合登瀛，仙客之名從此有。

念了，舞唱蝶戀花。侍女持酒果上，勸客飲酒：

仙客之名從此有，多謝風流飛馭陪樽酒。持此一巵同勸後，願花長在人長壽。

舞唱了，後行吹三臺，舞轉換花瓶。又舞上。次對客放瓶，念菊花詩：

花是菊英真耐久，長年只看〔五〕臨風嗅。東籬況乃〔六〕見南山，壽客之名從此有。

念了，舞唱蝶戀花。侍女持酒果上，勸客飲酒：

壽客之名從此有，多謝風流飛馭陪樽酒。持此一巵同勸後，願花長在人長壽。

舞唱了，後行吹三臺，舞轉換花瓶。又舞上，次對客放瓶，念梅花詩：

花是寒梅先節候，調羹須待青如豆。爲於雪底倍精神，清客之名從此有。

念了，舞唱蝶戀花。侍女持酒果上，勸客飲酒：

清客之名從此有，多謝風流飛馭陪樽酒。持此一卮同勸後，願花長在人長壽。

舞唱了，後行吹三臺，舞轉換花瓶。又舞上，次對客放瓶，念芍藥〔七〕詩：

芍藥來陪群客後，矜其末至當居右。奇姿獨許侍花王，近客之名從此有。

念了，舞唱蝶戀花。侍女持酒果上，勸客飲酒：

近客之名從此有，多謝風流飛馭陪樽酒。持此一卮同勸後，願花長在人長壽。

舞唱了，後行吹三臺，舞轉換〔八〕花瓶。又舞上花裀，背花對坐，唱折花三臺：

笲仙家，真巧妙，能使衆芳長繡組。羽軿芝葆，曾〔九〕到世間，誰〔一〇〕共凡花爲伍。　桃李謾誇豔陽，百卉又無香可取。歲歲年年長是春，何用芳菲分四序。

又唱：

對芳辰，成良聚，珠服龍粧環燕俎。我御清風，來此縱觀，還須折枝歸去。　歸去蘂珠繞頭，一一是東君爲主。隱隱青冥怯路遥，且向臺中尋伴侣。

唱了，起舞。後行吹折花三臺一遍，舞訖，相對坐。取盆中花插頭上，又唱：

歎塵寰，烏兔走，花謝花開能幾許。十分春色，一半遺愁，那堪飄零風雨。　爭似此花自然，悄不待根生下土。花既無〔一一〕凋春又〔一二〕長，好帶花枝傾壽醑。

又唱：

是非場，名利海，得喪炎涼徒自苦。至樂陶陶，唯有醉鄉，誰〔一三〕向此間知趣。花下一盃一盃，且莫把光陰虛度。八極神遊長壽仙，蜾蠃螟蛉休更覷。

唱了，侍女持酒果置裀上舞〔一四〕，相對自飲。飲訖，起舞三臺一遍，自念遣隊：

伏以仙家日月，物外風煙。能令四季之奇葩，會作一筵之重客。莫不香浮綺席，影覆瑤階。森然群玉之林，宛在列真之府。相逢今日，不醉何時。敢持萬斛之流霞，用介千春之眉壽。歡騰絲竹，喜溢湖山。觀者雖多，歎未曾有。更願九重萬壽，四海一家。屢臻年穀之豐登，永錫田廬之快樂。于時〔一五〕花驄嘶晚，絳蠟迎霄。飲散瑤池，春在烏紗帽上；醉歸蘂館，香分白玉釵頭。式因天上之芳容，流作人間之嘉話。尚期再集，益侈遐齡。歌舞既終，相將好去。

念了〔一六〕，後行吹三臺，出隊。

校勘記

〔一〕『舞』下四庫本有『上』字。

〔二〕『香花』，原作『花香』，據四庫本乙正。

〔三〕『劍珮』，四庫本作『珮劍』。

〔四〕『香』下四庫本有『花』字。
〔五〕『看』，四庫本作『有』。
〔六〕『乃』，四庫本作『是』。
〔七〕『藥』下四庫本有『花』字。
〔八〕『換』，四庫本作『放』。
〔九〕『曾』，四庫本作『不』。
〔一〇〕『誰』下四庫本有『曾』字。
〔一一〕『無』，四庫本無。
〔一二〕『又』，原闕，據四庫本補。
〔一三〕『誰』下四庫本有『人』字。
〔一四〕『舞』，四庫本無。
〔一五〕『時』，四庫本作『是』。
〔一六〕『念了』，四庫本無。

劍舞

二舞者對舞〔一〕，對廳立裀上，竹竿子勾念：

伏以玳席歡濃，金樽興逸。聽歌聲之融〔一〕曳，思舞態之飄飖。爰有仙童，能開寶匣。佩干將莫耶之利器，擅龍泉秋水之嘉名。鼓三尺之熒熒，雲間閃電；横七星之凜凜，掌上生風。宜到芳筵，同翻雅戲。

二舞者自念：

伏以五行擢秀，百鍊呈功。炭熾紅爐，光噴星日；研新雪刃，氣貫虹霓。斗牛間紫氣浮游，波濤裏蒼龍締合。久因佩服，粗習徊翔。兹聞閬苑之群仙，來會瑶池之重客。輒持薄技，上侑清歡。未敢自專，伏候處分。

竹竿子問：

既有清歌妙舞，何不獻呈？

二舞者答：

舊樂何在？

竹竿子再問：

一部儼然。

二舞者答：

再韻前來。

樂部唱劍器曲破，作舞一段了，二舞者同唱霜天曉角：

熒熒巨闕，左右凝霜雪。且向玉階掀舞，終當有，用時節。唱徹，人盡說，寶此剛不〔三〕折。內使姦雄落膽，外須遣，豺狼滅。

樂部唱曲子，作舞劍器曲破一段，舞罷，二人分立兩邊。別兩人漢裝者出，對坐，卓上設酒果。竹竿子念：

伏以斷蛇大澤，逐鹿中原。佩赤帝之真符，接蒼姬之正統。皇威既振，天命有歸。量〔四〕勢雖盛於重瞳，德難勝於隆準。鴻門設會，亞父輸謀。徒於起舞之雄姿，厥有解紛之壯士。想當時之賈勇，激烈飛揚；宜後世之效顰，回旋宛轉。雙鸞奏技，四座騰歡。

樂部唱曲子，舞劍器曲破一段，一人左立者上舞裀，有欲刺右坐漢裝者〔五〕之勢，又一人舞進前翼蔽之。舞罷，兩舞者並退，漢裝者亦退。復有兩人唐裝者出，對坐，卓上設筆硯紙。舞者〔六〕一人換婦人裝，立〔七〕裀上。竹竿子念：

伏以雲鬟聳蒼壁，霧縠罩香肌。袖翻素霓以連軒，手握青蛇而的皪。花影下，游龍自躍；錦裀上，蹌鳳來儀。軼態橫生，瑰姿譎起。傾此入神之技，誠爲駭目之觀。巴女心驚，燕姬色沮。豈唯張長史草書大進，抑亦杜〔八〕工部麗句新成。稱妙一時，流芳萬古。宜呈雅態，以洽濃歡。

樂部唱曲子，舞劍器曲破一段，作龍蛇蜿蜒曼舞之勢，兩人唐裝者起。二舞者一男一女，對舞結劍器曲破，徹。竹竿子念：

項伯有功扶帝業，大娘馳譽滿文場。合兹二妙甚奇特，堪使佳賓釂一觴。霍如羿射九日落，矯如群帝驂龍翔。來如雷霆收震怒，罷如江海凝晴〔九〕光。歌舞既終，相將好去。

念了，二舞者出隊〔一〇〕。

校勘記

〔一〕『對舞』，四庫本無。

〔二〕『融』，四庫本作『溶』。

〔三〕『剛不』，四庫本作『制無』。

〔四〕『量』，四庫本無。

〔五〕『漢裝者』，四庫本作『客』。

〔六〕『舞者』，四庫本無。

〔七〕『立』上四庫本有『獨』字。

〔八〕『杜』，原作『李』，據四庫本改。

〔九〕『晴』，四庫本作『清』。

〔一〇〕『念了，二舞者出隊』，四庫本無。

漁父舞

四人分作兩行迎上，對筵立，漁父自勾念：

鄮城中有蓬萊島，不是神仙那得到。萬頃澄波舞鏡鸞，千尋疊嶂環旌纛。光天圓玉夜長清，襯地濕紅朝不掃。主賓〔一〕相逢欲盡歡，昇平一曲漁家傲。

勾念了，二人念詩：

渺渺平湖浮碧滿，奇峰四合波光暖。緑蓑青笠鎮相隨，細雨斜風都不管。

念了，齊唱漁家傲，舞〔二〕戴笠子：

細雨斜風都不管，柔藍軟緑煙堤畔。鷗鷺機忘〔三〕爲主伴。無羈絆，等閑莫許金章换。

唱了，後行吹漁家傲，舞。舞了，念詩：

喜見同陰垂匝地，瓊珠簌簌隨風絮。輕絲圓影兩相宜，好景儂家披得去。

念了，齊唱漁家傲，舞披蓑衣：

好景儂家披得去，前村雪屋雲深處。一棹清歌歸晚浦。真佳趣，知誰畫得歸縑素。

唱了，後行吹漁家傲，舞。舞了，念詩：

波面初驚秋葉委，風來又覺船頭起。滔滔平地盡知津，濟涉還渠漁父子。

念了，齊唱漁家傲，舞取楫鼓動：

濟涉還渠漁父子，生涯只在煙波裏。練靜忽然風又起。贏得底，吹來別浦看桃李。

唱了，後行吹漁家傲，舞。舞了，念詩：

碧玉粼粼平似掌，山頭正吐冰輪上。水天一色印寒光，萬斛黄金迷俯仰。

念了，齊唱漁家傲，將取〔四〕楫作摇櫓勢：

萬斛黄金迷俯仰，輕舠不礙飛雙槳。光透碧霄千萬丈。真堪賞，恰如鏡裏人來往。

唱了，後行吹漁家傲，舞。舞了，念詩：

手把絲綸浮短艇，碧潭清泚風初靜。未垂芳餌向滄浪〔五〕，已見白魚翻翠荇。

念了，齊唱漁家傲，取釣竿作釣魚勢：

已見白魚翻翠荇，任公一擲波千頃。不是六鼇休便領。清晝永，悠颺要在神仙境。

唱了，後行吹漁家傲，舞。舞了，念詩：

新月半鈎堪作釣，釣竿直欲干雲表。魚鰕細碎不勝多，一引修鱗吾事了。

念了，齊唱漁家傲，釣出魚：

一引修鱗吾事了，棹船歸去歌聲杳。門俯清灣山更好。眠到曉，鳴榔艇子方雲擾。

唱了，後行吹漁家傲，舞。舞了，念詩：

提取赬鱗歸竹塢，兒孫迎笑交相語。西風滿袖有餘清，試倩霜刀供玉縷。

念了，齊唱漁家傲，取魚在杖頭各放〔六〕，指酒樽：

試倩霜刀供玉縷，銀鱗不忍登盤俎。擲向清波方圉圉。休更取，小槽且聽真珠雨。

唱了，後行吹漁家傲，舞。舞了，念詩：

明月滿船唯載酒，漁家樂事時時有。醉鄉日月與天長，莫惜清樽長在手。

念了，齊唱漁家傲，取酒樽斟酒對飲：

莫惜清樽長在手，聖〔七〕朝化洽民康阜。説與漁家知得否。齊稽首，太平天子無疆壽。起，

外面〔八〕稽首祝聖。

唱了，後行吹漁家傲，舞。舞了，漁父自念遣隊：

湖山佳氣靄紛紛，占得風光日滿門。賓主相陪歡意足，卻横煙笛過前村。歌舞既終，相將好去。

念了，後行〔九〕吹漁家傲，舞，舞者〔一〇〕兩行引退出散。

校勘記

〔一〕『主賓』，四庫本作『賓主』。

〔二〕『舞』，四庫本無。

〔三〕『機忘』，四庫本作『忘機』。

〔四〕『取』，四庫本無。

〔五〕『浪』，四庫本作『溟』。

〔六〕『放』下四庫本有『魚』字。
〔七〕『聖』，四庫本作『清』。
〔八〕『外面』，四庫本作『面外』。
〔九〕『後行』，四庫本作『舞者各』。
〔一〇〕『舞舞者』，四庫本無。

鄮峰真隱漫録卷四十七

詞曲

望海潮　叔父知縣慶宅并章服

煙籠香徑，霞舒花砌，東君纔出芳辰。蝶羽弄晴，鶯聲囀巧，熙熙〔一〕舞態歌脣。綸制出嚴宸，錫〔二〕曜春品服，榮曳〔三〕緋銀。向此華塗要路，顔色倍精神。珠簾碧甃方新，有蘭堂快目，水榭通津。玉斝蘸清〔四〕，金虬竇翠，輪蹄盡集簪紳。偕老指雙椿，望武林咫尺，同上青雲。異日重爲此會，應羡〔五〕鳳池人。

校勘記

〔一〕『熙熙』，四庫本作『嬉嬉』。

〔二〕『錫』，四庫本作『曳』。

〔三〕『曳』，四庫本作『錫』。

〔四〕『清』，四庫本作『醴』。
〔五〕『羨』，四庫本作『作』。

二　汪漕慶壽

煙濃柳徑，霞蒸花砌，春深特地芳辰。蝶侶鬬狂，鶯雛弄巧，雍容舞袖〔一〕歌唇。西圃集簪紳，正桂薰蘭玉，天壽松椿。競捧瑶觥瀲灩，來祝縱懷〔二〕人。　當年輟侍嚴宸，有星軺問俗，熊軾臨民。康阜政成，蕃宣治美，歸休燕處申申。行慶紫泥新，起釣璜國老，東海之濱。屈指重開此宴，應已拜平津。

校勘記

〔一〕『雍容舞袖』，四庫本作『嬉嬉舞態』。
〔二〕『懷』，四庫本作『心』。

三　慶八十

熊羆嘉夢，風雲亨會，磻溪應卜之年。黄菊萃英，丹〔一〕萸釀馥，安排預賞芳筵。環珮擁神仙，向璇題玉宇〔二〕，金縷紅鮮。最好花裀展處，雙鳳舞翩翩。人人競擘香箋，燦珠璣溢目，祝頌無邊。彭祖一分，莊椿十倍，千秋未足多言。日馭且停鞭，把燕閒歡樂，分付壺天。笑享親朋歲歲，春酒慶團圓。

校勘記

〔一〕『丹』，四庫本作『紅』。

〔二〕『璇題玉宇』，四庫本作『粉額兩字』。

感皇恩　叔父慶宅并章服代作

健卒走紅塵，芝封飛到。金縷斜斜印三道。舞鸞翔鳳，猶帶御爐煙裊。茜衣新象笏，銀章好。　對此況當，鶯花繚繞，畫棟翬翬映蓬島。繡簾初卷，共指松椿偕老。皓歌拚爛醉，金樽倒。

二　收燈後會老

風雨攪元宵，收燈方了，深院紅蓮尚圍繞。德星同聚，更有祥光臨〔一〕照。始知真洞府，春長好。　應是化工，偏憐衰老，賸把青藜作榮耀。正須沈醉，拚卻玉山頽倒。寄聲〔二〕更漏子，休催曉。

校勘記

〔一〕『臨』，四庫本作『交』。

〔二〕『聲』，四庫本作『言』。

滿庭芳　叔父慶宅并章服代作

烘錦花堤，鋪錦柳巷，曉來膏雨初晴。畫堂初建，碧沼映朱楹。最好芙蓉繡縟，交輝敞、孔雀金屏。那堪更，華裾滿座，和氣〔一〕動歡聲。　冰清。真美行，棠陰善政，槐市高名。今朝消受得，茜服光榮。況是齊眉並壽，誰云道、樂事難并。相將見，飛舄過闕，除目下彤庭。

校勘記

〔一〕『氣』，四庫本作『風』。

二　立春詞，時方獄空。

愛〔一〕日輕融，陰雲初斂，一番雪意闌珊。柳摇金縷，梅綻玉腮寒。知是東皇翠葆，飛星漢、來止人間。開新宴，笙歌逗曉，和氣滿塵寰。　風光偏舜水，賢侯政美，棠陰多歡。更圜扉草鞠，水索長閒。休向今朝惜醉，紅粧映、群玉頹山。相將見，宜春帖子，清夜寫金鑾。

校勘記

〔一〕『愛』，四庫本作『暖』。

三　次韻姚令威雪消

微霰踈飄，驕雲輕簇，短檠黯淡籠紗。冷禁蘭帳，清曉忽飛花。已是平蕪步闊，那堪更、折竹如蓑。憑欄處，闗心一葉，歸興渺無涯。　休嗟爲瑞少〔一〕，適從狼子，來自龍沙。賴吾皇神武，薄海爲家。盡掃腥〔二〕風殺氣，依然放、紅日光華。回頭看，山蹊水塢，縞帶不隨車。

校勘記

〔一〕『休嗟爲瑞少』，四庫本作『爲瑞已多些』。
〔二〕『腥』，四庫本作『陰』。

四　四明尊老會勸鄉大夫酒

鯨海波澄，棠陰日永，正宜坐嘯雍容。歲豐民樂，無訟到庭中。試數循良自古，龔黄外、誰可追蹤。那堪更，恩均耄壽，良會此宵同。　璇穹。占瑞處，熒煌五馬，璀璨群公。盛笙歌羅綺，共引髯翁。祇恐芝泥趨召，雙旌展、獵獵飛紅。須知道，君王渴見，名久在屏風。

五　勸鄉老衆賓酒

十載江湖，一朝簪組，寵榮曷稱衰容。聖恩不許，歸卧舊廬中。慨念東山伴侣，煙霞外、久闊高〔一〕蹤。今何幸，相逢故里，談笑一樽同。　吾州真幸會，湖邊賀監，海上黄公。勝渭川遺老，絳縣仙翁。縱飲何辭爛醉，臉霞轉、一笑生紅。從今後，婆娑化國，千歲樂皇風。

校勘記

〔一〕『高』，四庫本作『仙』。

六　代鄉大夫報勸

油幕初開，騂旄前導，暫歸梓里春容。致身槐揆，功在鼎彝中。自是襟懷絶俗，今猶記、鉛槧〔一〕陳蹤。張高會，君恩厚賜，樂與故人同。　把麾鄞水上，相看青眼，誰復如公。況親陪樽俎，笑接群翁。座上笑歌屢合，須拚到、曉日酣紅。公今去，恩波四海，桃李盡東風。

校勘記

〔一〕『鉛槧』，四庫本作『筆研』。

七　代鄉老衆賓報勸

玉闕朝回，沙堤煙曉，碧幢光動軍容。虎符熊軾，行指七閩中。假道吾鄉我里，揮金事、思躡前蹤。傾懷處，螢窗雪案，猶說昔年同。　相看俱老大，襟期道義，不爲王公。念兒時聚戲，今已成翁。敢借玉壺美酒，還爲壽、金醆瓢紅。仍頻祝，中書二紀，寰海振淳風。

八　代鄉老衆賓勸鄉大夫

復擁旌麾，重歌襦袴，滿城長是春容。搢紳耆舊，歡溢笑談中。盡道邦君愷悌，逍遥遂、湖海遐蹤。今朝會，公真樂易〔一〕，屈意與人同。　殷〔二〕勤東道主，揮金漢傅，懷綬朱公。引群仙環拱，欲壽吾翁。春甕初澄盎緑，春衫更、輕染香紅。持盃願，歸登絳闕，花萼醉春風。

校勘記

〔一〕『易』，四庫本作『善』。

〔二〕『殷』，四庫本作『恩』。

九　雪

鶴冷風亭，鴻迷煙渚，曉來雪意填空。醸成嘉瑞，端爲兆年豐。況有神媧妙手，調和得、雲彩皆同。樓臺上，鋪瓊綴玉，隨步廣寒宫。　天公。開地軸，八紘混一，莫辨提封。又須教歸禽，狡獸沈蹤。坐見花敷萬木，誰知道、春已輸工。三盃酒，西湖父老，相與話時雍。

慶清朝　梅花

翠竹莖疏，碧溪流淺，綺窗爲爾時開。依稀遠岸，纔見〔一〕一點寒梅。冷定半疑是雪，因風還度暗香來。乘〔二〕清興，瘦策過橋，黄帽清鞋。　繁枝正從〔三〕雨後，似怨人知晚，淚浥冰腮。殷勤百繞，留連踏遍莓〔四〕苔。報道玉人睡覺，菱花初試曉粧臺。攜歸去，粉額㜷人，比並輕擡。

校勘記

〔一〕『見』，四庫本作『看』。
〔二〕『乘』，四庫本作『醉』。
〔三〕『從』，四庫本作『微』。
〔四〕『莓』，四庫本作『梅』。

驀山溪　次韻貝守柔幽居即事

清談無限，林下逢人少。騎馬踏紅塵，恁區區、何時是了。名場利海，畢竟白頭翁，山簇翠，水拖藍，只箇生涯好。　君侯灑落，卜築開冰沼。三徑直危樓，偏巖隈、幽花香草。風勾月引，餘事作詩人，詞歌雪，氣凌雲，寒瘦羞〔一〕郊島。

校勘記

〔一〕『羞』，四庫本作『淪』，彊邨叢書本作『倫』。

青玉案 生日

玉姬曾向瑶池舞，輕擲霓裳忤王母。從此煙霄飛鶴馭。一來人世，有緣相遇，得得爲鴛侶。　年年此際霞觴舉，掞彩筆、香牋染新句。休餌靈砂奔月去。齊眉不老，直須攜手，同上青冥路。

二 用賀方回韻

湧金斜轉青雲路，也逐紛紛玉〔一〕塵去。春色勾牽知幾度。月簾風幌，有人應在，唾綫餘香處。　年來不夢巫山暮，但苦憶、江南斷腸句。一笑怱怱何爾許。客情無奈，夜闌歸去，簌簌花階〔二〕雨。

校勘記

〔一〕『也逐紛紛玉』，四庫本作『每溯衮衮紅』。

〔二〕『階』，四庫本作『空』。

三　爲戴昌言歌姬作

年來減卻風情火，百樣收心待不做。恰恨仙翁停畫舸。雪中把酒，美人頻爲，淺破櫻桃顆。

清歌誰許陽春和，悄不放、遥空片雲過。驚落梁塵渾可可。一聲囀處，故園春近，桃李還知麼。

西江月　即席〔一〕贈官伎〔二〕得我字

紅蓼千堤挺〔三〕蘂，蒼梧一葉辭柯。夜闌清露寫銀河，洗出芙蓉半朵。　解珮〔四〕初開粉面，繞梁還聽珠歌。心期端的在秋波，想得今宵只我。

校勘記

〔一〕『席』，四庫本作『事』。

〔二〕『伎』，四庫本無。

〔三〕『挺』，四庫本作『著』。

〔四〕『珮』，四庫本作『帶』。

喜遷鶯 叔父〔一〕生日

朱旂鳳闕，恰〔二〕弄罷五紘，南薰敲竹。雨糝桃蹊，錢浮荷沼，一瞬染成新緑。曾侍玉皇香案，偶爾〔三〕鶴飛江國。對此際，喜〔四〕丹霄效瑞，非煙郁郁。卜築。陶山曲，風榭月臺，圖畫應難足。緑綺春濃，青蛇星爛，肯便穩棲煙麓。玳筵稱壽，清歌皓齒，霏霏珠玉。競屈指，看芝封紫檢，鳴騶入谷。

校勘記

〔一〕『叔父』，四庫本無。

〔二〕『朱旂鳳闕恰』，四庫本作『鳳闕朱旗展』。

〔三〕『曾侍玉皇香案偶爾』，四庫本作『玉皇香案吏曹是時』。

〔四〕『喜』，四庫本作『每』。

二一 癸酉歲元宵與紹興守曹景游

征鴻回北，正雪洗燒痕，千巖匀緑。魚縱新漪，梅繁斷岸，春到鑑湖一曲。滿目〔一〕繡簾珠幌，暖響聒天絲竹。漸向晚，放芙蕖千頃，交輝華燭。賢牧。棠陰靜，康阜政成，褒詔來黄屋。玉筍光寒，紫荷香潤，人道此裝須趣。且緩催〔二〕花銀漏，恣飲寶觥醽醁。向明歲，看傳柑歸去，腰横金粟。

校勘記

〔一〕『目』，四庫本作『城』。

〔二〕『催』，四庫本作『出』。

三　收燈後會客

纔過元夕，念燕賞未闌，歡娛無極。且莫收燈，仍休止酒，留取鳳笙龍笛。金馬玉堂學士，當此同開華席。最堪愛，是蘭膏光在，金釭連壁。　難覓。交歡處，盃吸百川，雅量皆勍敵。老子衰遲，居然懷感，厚意怎生酬得。況已倦遊客路，一志歸安泉石。但屈指，願諸賢袞繡，聯飛鵬翼。

四　立春

譙門殘月，正畫角曉寒，梅花吹徹。瑞日烘雲，和風解凍，青帝乍臨東闕。暖響土牛簫鼓，夾路珠簾高揭。最好是，看綵幡金勝，釵頭雙結。　奇絕。開宴處，珠履玳簪，俎豆爭羅列。舞袖翩翻，歌聲縹緲，壓倒柳腰鶯舌。勸我應時納祜〔一〕，還把金爐香爇。願歲歲，這一卮春酒，長陪佳節。

校勘記

〔一〕『祜』，四庫本作『祐』。

五　守歲

雪消春淺，聽爆竹送窮，椒花待旦。繫馬合簪，鳴珂〔一〕列炬，幾處玳筵開宴。介我百千眉壽，齊捧玉壺金盞。最奇絕，是小桃新折，爭妍粉面。　女伴。頻〔二〕告語，守歲通宵，莫放笙歌散。酒暈朝霞，寒欺重翠，卻憶鳳屏香煖。笑拂〔三〕滿身花影，遥指珠簾深院。待到了，道一聲穩睡，明年相見。

校勘記

〔一〕『珂』，四庫本作『鴉』。

〔二〕『頻』，四庫本作『同』。

〔三〕『拂』，四庫本作『扶』。

六　四明洞天

憑高寓目，愛屹起四窗，雲南雲北。縹緲煙霞，蕭森松竹，多少洞天巖谷。著向十洲三島，入海何妨登陸。要知處，在皇家新賜，西湖一曲。　林麓。真勝概，樊榭鹿亭，百卉生幽馥。綠綺和融〔一〕，青蛇爍〔二〕爛，隔斷世間塵俗。笑呼羨門儔侶，時引寶觴醽醁。醉和醒，但南山之壽，難忘勤祝。

校勘記

〔一〕『和融』，四庫本作『春濃』。

〔二〕『爍』，四庫本作『星』。

點絳唇

我爲勞生，自憐浪迹天涯遍。如今春换，又是孤萍斷。　誰信年時，老子情非淺。思量見，畫樓天遠，花倚斜陽院。

二

千里歡謡，使君美政高三輔。沸天簫鼓，笑擁軒[一]車去。卧轍攀轅，謾擬雙旌住。還知否，禁林深處，已闢金閨路。

校勘記

〔一〕『軒』，四庫本作『鋒』。

三

翠幄園林，火雲方綻南薰起。玉輪天際[一]，夜色涼如水。況有清歌，勸我樽浮蟻。拚沈醉，萬花叢裏，一枕朦朧睡。

校勘記

〔一〕『際』，四庫本作『外』。

四

曾到蟾宫，玉輪乞得長隨手。數聲輕叩，已自鏘瓊玖。最好清歌[一]，渾不驚秋候。歌闌後，那回辭酒，笑把遮檀口。

校勘記

〔一〕『清歌』，四庫本作『長清』。

木蘭花慢　有序　明守王侍郎生日

伏審帝永蘿圍，天開人傑。乃祖乃父，忠勞久篤於王家；維熊維羆，吉夢是生於男子。彩絢朝陽之鸑鷟，光騰天上之麒麟。豈惟相閥之英，抑亦聖朝之瑞。椒花柏葉，王正初過於三朝；鳳蠟星毬，燈夕匪遥於十日。懿兹盛旦，宜溢歡聲。恭惟某官，昴宿儲神，長庚孕瑞，五百年之名世，王國克生；八千歲而爲春，帝心簡在。繇甘泉之法從，作鄞水之民師。暫離玉立之班，聊踐人生之貴。公平政教，攬回六邑之陽和；灑落文章，改觀十洲之風月。萃其陰德，獲是遐齡。紫府茂萬福之祺，黑頭佇三公之拜。某一廛受地，千指戴天。雖居原憲之貧，實感文翁之化。式逢慶誕，輒獻邑歈。寄調於木蘭花，侑歡於金焦葉。仰祈青矚，少見丹衷。干冒台嚴，不任愧汗。

喜陽和應律，放佳氣，滿寰瀛。正雪洗踈梅，雲浮淡月，昨夜生明。熊羆信占吉夢〔一〕，有當年相閥再蟠英。收拾仙風道韻，萃兹一點台星。　功名。壯歲逢真主，紫稾曜西清。向玉筍光中，瑶林宴裏，來擁雙旌。青氈君〔二〕家舊物，看長參鼎鼐樂昇平。春酹休辭介壽，鶴書已播彤庭。

校勘記

〔一〕『吉夢』，四庫本作『夢好』。

〔二〕『君』，四庫本作『我』。

臨江仙　辛執得旨移庖復會報勸

衮繡蟬聯三重客，朝回曉日曈曨。緑楊門巷擁花驄。喜承天上語，來作主人公。　況值瑶林風露爽，冰輪輾上晴空。桂香和影墮金鍾。莫辭通夕醉，明日是秋中。

爐

二　娟〔一〕人寫字

檻竹敲風初破睡，楚臺夢雨精神。背屏斜映小腰身。山明雙翦水，香滿一釵雲。　爐裊金絲簾窣地，綺窗秋靜無塵。半鈎春筍帶湘筠。蘭亭初寫就，愁殺衛夫人。

校勘記

〔一〕「娟」上四庫本有「贈」字。

三　倚坐

繡幕羅裾〔一〕風苒苒，象床氈幄低垂。獸爐香裊錦屏圍。不貪欹細枕，偏愛倚花枝。　軟玉紅綃輕暖透，温温翠袖扶持。正忺安穩坐移時。雨雲忘峽夢，身境是瑶池。

校勘記

〔一〕「裾」，四庫本作「裙」。

鷓鴣天　李子永見〔一〕贈佳闋走筆次韻

畫角梅花曲未終，霜嚴飛落五更風。誰知林外雞三唱，推出紅輪海上峰。　官一品，禄千鍾，此時分付荷重瞳。更教賜予雲南境，絶勝湖邊九里松。

校勘記

〔一〕『李子永見』，四庫本作『過曇少雲丈室觀李子永欲見』。

二　次韻陸務觀賀東歸

我本飄然出岫雲，挂冠歸去岸綸巾。但教名利休韁鎖，心地何時不是春。　竹葉美，菊花新，百盃且聽遶梁塵。故鄉父老應相賀，林下於今〔一〕見一人。

校勘記

〔一〕『於今』，四庫本作『今方』。

三　祝壽

孔雀雙飛敞畫屏，錦花茵上舞娉婷。紅綃袖暖琉璃滑，金鴨爐香椒桂馨。丹臉渥，秀眉青，平生陰德卜遐齡。如今便好添龜鶴，元是南箕一壽星。

四　送試

曉日重曨花露稀，明光已報敞金扉。三千彩仗翔鸞舞，數百銀袍振鷺飛。開雉扇，正垂衣，奏篇初得上彤墀。臚傳遶殿天顏喜，先折東風第一枝。

蝶戀花　扇鼓

桂影團團光正滿，更似菱花，齊把匀嬌面。非鏡非蟾君細看，元來卻是吳姬扇。一曲陽春猶未偏，驚落梁塵，不數鶯喉囀。好著紅綃籠玉腕，輕敲引入笙歌院。

寶鼎現

昔姑蘇士人繫囹圄，元夕以詞求免。守一見，破械延之上坐。至今樂府多傳之。惜其止敘藩方宴游之盛，而不及皇都，真隱居士用韻以補其遺。

霞霄丹闕，瑞靄佳氣，青葱如綺。纔半月、東君雨露，無限韶華生寶砌。漸向晚、放燭龍掀舞，周匝紅渠紺蘂。況對峙、鼇峰贔屭，不隔蓬萊弱水。聖主偕〔一〕樂昇平意，引芝華、雙輦凝翠。紛萬族〔二〕、歌謠絃管〔三〕，聲混鶯吟喧〔四〕鳳吹。更漏永、正〔五〕冰輪掩映，光接康衢萬里。似移下、一天星斗，粧點都城表裏。　清蹕登樓〔六〕，簇綵仗、錦襦絲履。看柑傳萬〔七〕顆，恩浹王公近侍。酒沾鎬宴〔八〕千官醉，競捧瑶觴起。願歲歲、今宵慶〔九〕賞，春滿山河百二。

校勘記

〔一〕『偕』，四庫本作『有』。

〔二〕『族』，四庫本作『俗』。

〔三〕『絃管』，四庫本作『管絃』。

〔四〕『喧』，四庫本無。

〔五〕『更漏永正』，四庫本作『正漏永更深』。

〔六〕『清蹕登樓』，四庫本作『清警蹕忽登樓』。

〔七〕『萬』，四庫本作『數』。

〔八〕『酒沾鎬宴』，四庫本作『散異卉覆』。

〔九〕『慶』，四庫本作『宴』。

最高樓　鄉老十人〔一〕年八十，淳熙丁酉三月〔二〕作慶勸酒。

當年尚父，一箇便興周。今十倍、更何憂。沖融道貌丹爲臉，扶踈漆髮黑盈頭。世方知，非熊老，聚吾州。　有智略、可從茲日用，有志願、可從茲日酬。天賦我〔三〕、怎教休。瓊漿且共飛千斛，蟠桃應得見三偷。諒吾皇，恢復後，盡封侯。

校勘記

〔一〕『人』下四庫本有『皆』字。

〔二〕『月』下四庫本有『十九日』三字。

〔三〕『我』，四庫本作『予』。

明月逐人來〔一〕　壽某翁

莫嫌春淺，寒威俱斂，陽和至此時方見。木君敷令，把雪霜掃斷。要集德星勝伴。　爲有仙翁，正爾名喧蕃漢，眉壽比聃彭更遠。兼資勳業，已中雙雕〔二〕箭。清步槐庭影滿。

校勘記

〔一〕四庫本題作『壽仙翁』，無下小注。

〔二〕『雕』，四庫本作『鵰』。

踏莎行 鄭開府出示諸公所賦琵琶詞即席次韻

歌舌鶯嬌，舞腰〔一〕蜂細。華堂是處皆頤指。四絃獨擅席中春，移船出塞聲能繼。　慢撚〔二〕幽情，輕攏柔思。其中有口傳心事。主人燈火下樓時，偏渠領略深深意。

校勘記

〔一〕『腰』，四庫本作『臉』。

〔二〕『撚』，四庫本作『然』。

生查子 即席次韻陸務觀

雙蛟畫鼓催，一水銀蟾滿。見奪錦標回，卻倚花枝看。　已擘冷金牋，更釂玻璃椀。歸去詫鄉關，不負平生眼。

江城子

片帆初落甬句東，碧湖空，滿汀風。回首一川，銀浪颭孤篷。且架兩橈〔一〕煙雨裏，凭曲檻，浥空濛。　閒移拄杖上晴峰，莫怱怱，伴冥鴻。笑指家山，蘋葉藕花中。腳力倦時呼小艇，歸棹穩，月朧朧。

校勘記

〔一〕『橈』，四庫本作『椽』。

浪淘沙令〔一〕 祝壽

祝壽祝壽，筵開錦繡。拈起香來玉也似手，拈起盞來金也似酒。祝壽祝壽。　命比乾坤久，長壽長壽。松椿自此碧森森底茂，烏兔從他汨轆轆底走。長壽長壽。

校勘記

〔一〕『令』，四庫本無。

瑞鶴仙 元日朝回

霽光春未曉，擁絳蠟攢星，霜蹄輕裹。皇居聳雲杪，靄祥煙瑞氣，青葱繚繞。金門羽葆，聽臚唱、千官並到。慶三朝、雉扇開時，拜舞仰瞻天表。　榮耀。萬方圖籍，四裔名王，寶〔一〕琛珍寶。椒盤頌好，稱壽斝，祝難老。更傳宣錫坐，鈞天妙樂，聲遏行雲縹緲。逗歸來，酒暈生霞，此恩怎報。

校勘記

〔一〕『寶』，四庫本作『賮』。

水龍吟

翠空縹渺虚無，算唯海上蓬瀛好。瓊瑶宫闕，蘂珠臺榭，玲瓏繚繞。弱水沈冥，瑞雲遮隔，幾人曾到。四明中自有，神仙洞府，煙霞裏、知多少。　堪笑當年狂客，愛休官、何須入道。婆娑緑髮，垂肩著甚，黄冠烏帽。花底金船，月邊玉局，儘能遲老。待丹成九轉，飄然駕鶴，卻游三島。

二　湖山勝概，金沙酴醿同架。

平湖渺渺煙波，是中只許神仙住。人間空愛，夭桃繁李，雪飛紅雨。誰信壺天，靚粧玉貌，春光容與。似佳人才子，青冥步穩，同攜手、成歡聚。　老子時來燕賞，擁笙歌，留連樽俎。烏紗壓倒，香雲篸〔一〕偏，知他幾度。多謝東君，肯教滿架，長情相處。更須拚痛飲，年年此際，作芳菲主。

校勘記

〔一〕『篸』，彊邨叢書本作『簪』。

永遇樂　洞天

鄞有壺天，景傳圖畫，聲著海縣。四面攢峰，皆七十二，各在窗中見。祥雲擁蔽，飛泉繚繞，咫尺似天涯遠。如今向、仙家覓得，挈來十洲東畔。　虛無縹渺，蓬萊方丈，所喜只居隔岸。羽幰垂珠，瓊車織翠，長是陪嘉宴。豺狼遠跡，風波不作，日月御輪須緩。且銜盃、稱賢樂聖，度茲歲晚。

迎仙客　洞天

瑞雲繞，四窗好，何須隔水尋蓬島。日常曉，春不老。玉蘂樓臺，果是無塵到。　没智巧，没華妙，箇中只喜風波少。青樽倒，朱顔笑。回首行人，猶在長安道。

南　浦　洞天

一箭舜絃風，向曉來，輕寒初報麥秀。蝶股歇花鬚，韶光老、鶯聲倦聞呼友。池塘暗緑，數竿粉節天然瘦。對兹美景，愛〔一〕清歌妙曲，千鍾芳酒。　誰知别是壺中，繚畫閣朱欄，煙谷雲岫。三島十洲東，青霄上、神工幻成巖竇。瑶臺閬苑，翠旌羽葆頻相就。世凡洗斷，教烏兔從今，遲遲飛走。

校勘記

〔一〕『愛』，四庫本無。

夜合花　洞天

三島煙霞，十洲風月，四明古號仙鄉。縈紆雉堞，中涵一片湖光。遶岸異卉奇芳，跨虹橋、隱映垂楊。玉樓珠閣，冰簾捲起，無限紅粧。龍舟兩兩飛揚，見標〔一〕飊繡旗，歌雜笙簧。

清樽滿泛，休辭飲到斜陽。直須畫蠟熒煌。況夜深，不阻城隍。且拚沈醉，歸途便教，徹曉何妨。

校勘記

〔一〕『標』，四庫本作『飄』。

人月圓 元宵

夕陽影裏東風軟，驕馬趁香車。看花粧鏡，藏春繡幕，百萬人家。夜闌歸〔一〕去，星繁絳蠟，珠翠鮮華。笙歌不散，踈鍾隱隱，月在梅枒〔二〕。

校勘記

〔一〕『歸』，四庫本作『霧』。

〔二〕『枒』，四庫本作『花』。

二　詠圓子

驕雲不向天邊聚，密雪自飛空。佳人纖手，霎時造化，珠走盤中。　六街燈市，爭圓鬭小，玉盌頻供。香浮蘭麝，寒消齒頰，粉臉生紅。

粉蝶兒　元宵

一箭和風，穠薰許多春意。鬧蛾兒、滿城都是。向深閨，爭翦碎，吳綾蜀綺。點粧成，分明是、粉鬚香翅。　玉容似花，全勝故園桃李。最相宜、鬢雲秋水。怎教他，卻去與莊周同睡。願年年，伴星毬，爛游燈市。

二　詠圓子

玉屑輕盈，鮫綃霎時鋪徧。看仙娥、騁些神變。咄嗟間，如撒下，真珠一串。火方燃，湯初滾〔一〕盡浮鍋面。　歌樓酒壚，今宵任伊索喚。那佳人、怎生得見。更添糖，拚折本供他幾椀。浪兒門，得成全〔二〕、這些方便。

校勘記

〔一〕『初滚』，四庫本作『衮』。

〔二〕『成全』，四庫本作『我』。

教池回　競渡

雲淡天低，踈雨乍霽，桃溪嫩緑蒙茸。珠簾映畫轂，金勒耀花驄。遶湖上，羅綺隘香風，擘波雙引蛟龍。尋奇處，高標錦段，各騁英雄。　縹渺初登綵舫，簫鼓沸，群仙玉佩丁東。夕陽低〔一〕，拚一飲千鍾。看看見，璧月穿林杪，十洲三島春容。醉歸去，雙旌摇曳，夾路金籠。

校勘記

〔一〕『低』，四庫本作『中』。

如夢令　酴醾金沙同架

小院春風不老，鵲碧霓裳縹緲。雪臉間朱顔，各自一般輕妙。忒棹。忒棹。真箇一雙兩好。

洞仙歌 茉莉花

瓊肌太白，淺著鵝黄罩。金縷擅心更天巧。算同時、雖有似火紅榴，爭比得、伊家淡粧〔一〕輕妙。　興來清賞處，無限真香，可惜生〔二〕教生閫嶠。這消息、縱使移向蒸沈，終不似、凭欄披襟一笑。若歸去、長安詫標容〔三〕，單道勝〔四〕、酴醿水仙風貌。

校勘記

〔一〕『伊家淡粧』，彊邨叢書本作『淡粧伊家』。

〔二〕『生』，四庫本作『只』。

〔三〕『容』，四庫本作『客』。

〔四〕『勝』，原闕，據四庫本補。

醉蓬萊 擬人賀生日

紀今辰高會，屈指三朝，便逢重九。珠履瑶簪，聚一天星斗。菊蘂含芳，桂花籠豔，有奇姿〔二〕爭秀。衮繡堂中，蓬壺影裏，異〔二〕香噴獸。　況是清朝，太平真主，治亨雍熙，眷深耆舊。恩錫兼金，遣星軺東走。咫尺威光，下拜歸美，願我皇眉壽。自此重裁，謝牋千紙，年年回奏。

校勘記

〔一〕『奇姿』，四庫本作『美容』。

〔二〕『異』，四庫本無。

聲聲慢　喜雪錫宴

風收淅瀝，霧隱森羅。群山萬玉嵳峨。禁街車馬，銀盃縞帶相過。胥濤晚來息怒，練光浮、都不揚波。最好處，是漁翁歸去，鼓棹披蓑。　況是東堂錫宴，龍墀騄、貂璫宣勸金荷。慶此嘉瑞，明歲黍稌應多。天家預知混一，把瓊瑤、鋪徧山河。這醵〔一〕飲，罄華戎、同醉泰和。

校勘記

〔一〕『醵』，四庫本作『宴』。

秋蘂香 生日

玉露瀼瀼，秋色似畫，東堂燕席初開。紅萸泛壽斝，紫菊上熙〔一〕臺。倚欄見、新雁已南來，落霞孤鶩徘徊。最佳〔二〕處，重陽將近〔三〕，涼滿襟懷。　蕭灑秀眉華髮，丹臉映雙〔四〕瞳，的皪如孩。擘香牋、聽麗句新裁。瑤〔五〕池上、三紀〔六〕蟠桃熟，玉纖時〔七〕捧瓊杯〔八〕。但願得〔九〕，年年此會花〔一〇〕滿蓬萊〔一一〕。

校勘記

〔一〕『熙』，四庫本作『粧』。
〔二〕『佳』，四庫本作『奇』。
〔三〕『近』，四庫本作『起』。
〔四〕『雙』，四庫本無。
〔五〕『瑤』，四庫本無。
〔六〕『紀』，四庫本作『回』。
〔七〕『時』，四庫本作『猶』。
〔八〕『杯』，四庫本作『林』。
〔九〕『得』，四庫本無。

〔一〇〕『花』，四庫本無。

〔一一〕『萊』下四庫本有『繞對晴空麗日，金籠畫蠟，觥籌舉，連昏曉。最堪羨，主人雅好聚群工，亟成天巧。一篙穩送，忘機所至，不驚鷗鳥。若也營求，巨川通濟，爲華妙。恣斑衣豈樂，浮家沈宅，永娛椿老』六十六字。

漁家傲　留別孫表才

春恨不禁聽杜宇，買舟忽覓東鄞路。一笑輕帆同野渡。頻回顧，吳山越岫俱媚嫵。

何事忽忽分袂去，夫君小隱臨煙渚。明夜月華來竹塢。相思處，還應夢屬清江櫓。

鄮峰真隱漫録卷四十八

詞曲

花心動 競渡

遲日輕陰，雨初〔一〕收、花枝濕紅猶滴。玉鐙繡韉，纔得新晴，柳岸往來如織。畫樓幾處珠簾捲，風光徧、神仙瑶席。萃佳景，分明管領，一陂澄碧。　忽見波濤噀激，蒼煙際、雙龍起爲勍敵。桂楫撥雲，鼉鼓轟雷，競奪龍標千尺。恁時綵艦虹橋畔，春容引、寶觥霞液。興濃處、笙歌又還竟夕。

校勘記

〔一〕『雨初』，四庫本作『初雨』。

水龍吟 次韻彌大梅詞

雪中蓓蕾嫣然，美人莫恨春容少。化工消息，只須些子，陽和便了。文杏徒繁，牡丹雖貴，敢誇妍妙。看冰肌玉骨，詩家謾道，銀蟾瑩、白駒皎。　樓上角聲催曉，是東皇、絲綸新草。青旗蒼輅，欲臨東闕，遣伊先到。排斥風霜，掃除氛霧，直教聞早。算功高調鼎，不如竹外，一枝斜好。

瑞鶴仙

是花堪愛惜，謝天教花信，添花顔色。花紅襯花碧，燦朝陽花露，鮫珠頻滴。花光的皪，映花下、花裀百尺。趁花時、手撚花枝，飽嗅此花消息。　常恐一番花褪，失了花容，怎生尋覓。花神〔一〕效力，將花貌，儘留得。更移花並植，仙家玉圃，不許花陰過隙。向花前、長把蕉花，爲花主席。

校勘記

〔一〕『花神』，原作『神花』，據四庫本乙改。

喜遷鶯 清明

三春正美，是霽景融和，韶華如綺。夾岸香紅，登牆粉白，開徧故園桃李。畫舸繡簾高捲，錦轂朱軒低倚。對此際，向池臺好處，爭傾緑蟻。　醉裏。須醒悟，些子芳菲，造物都謾你。一瞬光陰，霎時蜂蝶，還付落花流水。我有大丹九轉，真箇長春不死。待得了，把高歌清賞，隨緣而已。

菩薩蠻 清明

提壺謾欲尋芳去，桃紅柳緑年年事。唯有列仙翁，清明本在躬。　何須從外討，皮裏陽和[1]好。堪羨箇中人，無時不是春。

校勘記

〔一〕『和』，彊邨叢書本作『秋』。

南　浦 四月八日

天氣正清和，慶西乾，釋迦如來出世。毓質向金盆，祥雲布、層霄九龍噴水。東傳震旦，正今此日人人記。露盤百卉，擁金容香湯，爭來拂洗。　誰知這箇因緣，化衆生令求，塵埃脱離。一點本昭昭，當須向、兹時便知瞥地。何煩費手，自然作箇惺惺底。若猶未悟，且管領師僧，八分〔一〕十二。

校勘記

〔一〕『分』，四庫本作『文』。

青玉案　入梅用賀方回韻

銀濤漸溢江南路，泛短棹、輕帆去。破塊跳珠知幾度。竹窗新粉，藕池香碧，應在雲深處。　蕭蕭鶴髮雖云暮，曾得神仙悟真句。久視長生親見許〔一〕。離愁掃盡，更無慵困，怕甚黄梅雨。

校勘記

〔一〕『許』，彊邨叢書本作『語』。

花心動 端午

槐夏陰濃，筍成竿、紅榴正堪攀折。菖歜碎瓊，角黍堆金，又賞一年佳節。寶觥交勸殷勤處[一]，把玉腕、綵絲雙結。最好是，龍舟競奪，錦標方徹。　此意憑誰向説，紛兩岸、遊人强生區別。勝負既分，些箇悲歡，過眼盡歸休歇。到頭都是强陽氣，初不悟、本無生滅。見破底、何須更求指訣。

校勘記

[一]『許』，彊邨叢書本作『語』。

卜算子 端午

符籙玉搔頭，艾虎青絲鬢。一曲清歌倒酒蓮，尚有香蒲暈。　角簟碧紗廚，揮扇消煩悶。唯有先生心地涼，不怕炎曦近。

永遇樂 夏至

日永繡工，減卻一綫，節臨短至。幸有盃盤，隨宜燕飲[二]，樂得醺醺醉。尋思塵世，寒來暑往，凍極又還熱熾。恰如箇、脾家瘧疾，比著略長些子。　人生百歲，一年一發，且是不通醫治。兩鬢青絲，皆伊染就，今已星星地。除非爐內，龍盤虎繞，養得大丹神水。卻從他、陰陽自變，卦分泰否。

校勘記

〔一〕『宜燕飲』，四庫本作『分快』。

鵲橋仙　七夕

金烏玉兔，時當幾望，只是光明相與。天孫河鼓事應同，又豈比、人間男女。　精神契合，風雲交際，不在一宵歡聚。乘槎曾得問星津，爲我說、因緣如此。

瑞鶴仙　七夕

霽天風露好，乍暑退西郊，涼生秋早。銀潢炯雲杪，擁香車鵲翅，凌波初到。清歌縹渺，凭危閣、新蟾吐曜。酒盈樽〔二〕、蛛絲鈿合，拜舞競分天巧。　堪笑。世間癡絕，不識人中，拙是珍寶。多愁易老，都緣是，不聞道。騁些兒機智，遭他驅使，畢竟辛勤到了。又何如、百事無成〔二〕，是非較少。

校勘記

〔一〕『酒盈樽』，四庫本作『有盈樽美酒』。

〔二〕『成』，彊邨叢書本作『能』。

念奴嬌　中秋

碧天似水，看嫦娥擎出，一輪寒璧。桂魄扶踈光照曜，塵界都成銀色。萬象森羅，羞明卷彩，黯淡唯今夕。風高露重，井梧濕翠時滴。　誰信鶴髮婆娑，鄮峰真隱，對影爲三益。虎繞龍蟠丹就後，一顆清輝的皪。不養銀蟾，不關玉兔，到處無虧蝕。三千行滿，也能飛上璇極。

芰荷香　中秋

過横塘，見紅粧翠蓋，柄柄擎〔一〕香。月娥有意，暮靄收盡銀潢。一輪高掛，且放同、千里清光。秋中爽氣天涼，露凝玉臂，風拂雲裳。　老子通宵不忍睡，把青樽小酌，仍更思量。自家活計，幸有無限珍藏。大千世界，靜極後、普現十方。圓明不損毫芒，精神會處，獨坐胡床。

校勘記

〔一〕『擎』，四庫本作『檠』。

清平樂　李漕生日

池臺非霧，縹渺雙溪路。家在江南佳麗處，看取謝公風度。蟠桃九醖千秋，金蕉欲上遲留。笑待錦花裀上，雙鸞舞徹梁州。

二　同前

翠蛾雪柳，鬢影春風透。燈火千門輝綺繡，移下一天星斗。賸拚連夜歡遊，金波欲上遲留。且看香梅影底，雙鸞舞徹梁州。

三　遊石頭城

石頭虎踞，驕虜〔一〕何能渡。曾是六朝雄勝處，瑞遶碧江雲路〔二〕。當時霸國多賢，風流只解遺鞭。便好揚舲比北伐，舉頭即見長安。

校勘記

〔一〕『驕虜』，四庫本作『戎馬』。

〔二〕『路』，四庫本作『露』。

四 樞密叔父生日

萬花如繡，淑景薰晴晝。一曲齊稱千歲壽，歡擁兩行紅袖。當年西府橫翔，急流穩上仙鄉。笑閱磻溪日月，行看尚父鷹揚。

五 代宰執勸趙丞相酒

槐庭元老，四海真師表。曲爲故人敦〔一〕久要，陋巷不嫌時到。虛堂已入涼飇，一觥爲壽何辭〔二〕。看即關河恢復，千秋永輔淳熙。

校勘記

〔一〕『敦』，四庫本作『光宗廟諱』小字。

〔二〕『辭』，四庫本作『詞』。

六　勸王樞使

當年桂籍，同展摩雲翼。位冠洪樞情似昔，肯共一樽瑶席。　經綸素藴胸中，籌帷小試成功。已殄潢池小醜，行收沙漠膚公。

七　勸陳參政〔一〕

吾皇睿哲，廷有真三傑。同向清時揚茂烈，掩迹皋陶夔契。　聯鑣忽訪山樊，涼生花底清樽。太史明朝日奏，台星皆聚柴門。

校勘記

〔一〕『勸陳參政』，四庫本無。

八　待使相勸酒

南陽賓友，道舊須樽酒。一曲爲公千歲壽，絃索〔一〕春風纖手。　忠謀黼黻明昌，英詞錦繡肝腸。帝所盛推頗牧，人間尤重班揚。

校勘記

〔一〕『絃索』，原作『索絃』，據四庫本乙正。

朝中措　雪

凍雲著地静無風，簌簌墜遥空。無限人間險穢，一時爲爾包容。　凭高試望，樓臺改觀，山徑迷蹤。唯有碧江千里，依然不住流東。

七娘子　重陽

東籬壽菊金猶淺，對南山、把酒開新宴。絳闕叢霄，玉書丹篆，坐間俱是神仙伴。　童顔緑髮何曾變，喜嬰兒、姹女交相戀。寄語詩翁，茱萸重看，明年此會人人健。

惜黄花　重陽

秋光將老，黄花開早。浥清露，攢萬疊、金錢〔一〕猶小。篸〔二〕偏碧雲鬟，壓倒烏紗帽，更把來、玉觴同釂。　過〔三〕添爐鼎，朱顏愈少。壯道骨，長仙風、養成靈寶。今日去登高，謾説龍山好，悄不如、自家蓬島。

校勘記

〔一〕『浥清露攢萬疊金錢』，四庫本作『露浥清曉金錢萬疊』。

〔二〕『篸』，彊邨叢書本作『簪』。

〔三〕『過』下原有一空圍，據彊邨叢書本删。

浣溪紗

翠館銀罌下紫清，内家聞説慶嘉平。柳條萱草眼偏明。　小閣數盃成酩酊，醒來不愛珮環聲。爲通幽夢到蓬瀛〔一〕。

校勘記

〔一〕『蓬瀛』，四庫本作『玉京』。

臨江仙　除夜

臘月正當三十夜，幾人到此惺惺。一輪明月本團明。朗然無罣礙，何用問前程。　況有長生真秘〔一〕訣，歲華雖換休驚。但將飲〔二〕酒樂昇平。塵緣如未了，明日賀新正。

校勘記

〔一〕『秘』，四庫本作『妙』。

〔二〕『飲』，四庫本作『歌』。

感皇恩　除夜

結柳送窮文，驅儺嚇鬼。爆火薰天謾兒戲。自家爐鼎，又〔一〕卻冷清清地。臘月三十日，如何避。　且與做些，神仙活計。鉛汞抽〔二〕添結靈水。跳圓〔三〕日月，一任東生西委。玉顏長向此，迎新歲。

校勘記

〔一〕『又』，彊邨叢書本作『有』。
〔二〕『抽』，彊邨叢書本作『收』。
〔三〕『圓』，彊邨叢書本作『丸』。

滿庭芳　立春

梅萼冰融，柳絲金淺，緒風還報初春。木君青旆，獵獵下蒼旻。親奉虚皇妙旨，將枯朽、咸與維新。須臾見，芳郊樂圃，生氣偏無垠。　青絲行白玉，一盃介壽，紅浪粼粼。便安排歌舞，蝶翅鶯唇。別有神仙窟宅，乾坤内、充滿氤氲。功成處，花開不老，酒熟鎮甘醇。

撲蝴蝶　勸酒

光陰轉指，百歲知能幾。兒時童稚，老來將耄矣。就中些子强壯，又被浮名牽繫。良辰盡成輕棄，此何理。　若有惺惺活底，必解自爲計。青樽在手，且須拚爛醉，醉鄉不涉風波地。睡到花陰正午，笙歌又還催起。

蝶戀花 勸酒

玉甕新醅翻緑蟻，滴滴真珠，便有香浮鼻。欲把盈樽成雅會，更須尋箇無愁地。况是賞心多樂事，美景良辰，又復來相值。料得天家深有意，教人長壽花前醉。

臨江仙 勸酒

自古聖賢皆寂寞，祇教飲者留名。萬花〔一〕叢裏酒如澠。池臺仍舊貫，歌管有新聲。欲識醉鄉真樂地，全勝方丈蓬瀛。是非榮辱不關情。百盃須痛飲，一枕拚春醒。

校勘記

〔一〕『花』，四庫本作『物』。

粉蝶兒 勸酒

一盞陽和，分明至珍無價。解教人、囉哩哩囉。把胸中，些磊塊〔一〕，一時鎔化。悟從前，恁區區、總成虛假。何妨竟夕，交酬玉觴金斝。更休辭、迷〔二〕眠花下。待明朝，紅日上三竿方罷。引笙歌，擁珠璣、笑扶〔三〕歸馬。

校勘記

〔一〕『塊』，四庫本作『魂』。
〔二〕『迷』，四庫本作『醉』。
〔三〕『扶』，原闕，據四庫本補。

瑞鶴仙　勸酒

瑞煙籠繡幕，正玳席言歡〔一〕，觥籌交錯。高情動寥廓，恣清談雄辯，珠璣頻落。鏘鏘妙樂，且贏取、昇平快樂。又何辭、醉玉頹山，是處有人扶著。　追念搏風微利，畫餅浮名，久成離索。輸忠素約，没材具，謾擔閣。悵良辰美景，花前月下，空把春〔二〕遊蹉卻。到如今、對酒當歌，怎休領略。

校勘記

〔一〕『言歡』，四庫本作『歡燕』。
〔二〕『春』，四庫本作『歡』。

永遇樂

桃李繁華，芰荷清淨，景物相繼。霜後橙黄，雪中梅綻，迤邐春還至。尋思天氣，寒暄涼燠，各有一時樂地。如何被、浮名牽役，此歡遂成抛棄。　如今醒也，扁舟短棹，更有籃輿胡倚。到處爲家，山肴社酒，野老爲賓侶。三盃之後，吳歌楚舞，忘卻曳金穿履。雖逢箇、清朝貴客，共〔一〕來一醉。

校勘記

〔一〕『共』上四庫本有『也須』二字。

青玉案　勸酒

閑忙兩字無多子，歎舉世、皆由此。逐利爭名忙者事。塵中得喪，仕中寵辱，無恨非和是。　誰人解識閒中趣，雪月煙雲自能致。世態只如風過耳。三盃兩盞，眼朦朧地，長向花前醉。

滿庭芳 遊湖

和靖重湖，知章一曲，浙江左右爲鄰。繡韉綵艦，只許日尋春。正好厭厭夜飲，都寂靜、没箇遊人。夫何故，歡闌興阻，只爲隔城闉。　堪嘉唯甬水，回環雉堞，中峙三神。更樓臺繚岸，花柳迷津。不惜頻添畫燭，更深看、舞上華裀。拚沈醉，從他吚喔，金距報凌晨。

二 茆舍

柴作疎籬，茅編小屋，遶堤苦竹黄蘆。老翁蝸處，卻自樂清虚。理釣何妨鈎直，居〔一〕琴又、不管絃無。逍遥處，都捐世慮，忘我亦忘渠。　雨餘。添美景，眉横山嫵，臉媚花腴。笑凡間粉黛，濃抹輕塗。客至三盃薄酒，欲眠後、一枕蘧蘧。起來見，龜翻鶴舞，卻似〔二〕壽星圖。

校勘記

〔一〕『居』，彊邨叢書本作『據』。

〔二〕『似』，彊邨叢書本作『是』。

臨江仙　戲綵堂立石，名曰瑞雪，彌大作詞，因用其韻。

曾向泗濱浮玉質，也居十二峰前。飛來蘇髮尚如卷〔一〕。郁紛因出岫〔二〕，巧鏤是誰鐫。

挈榼凭欄成勝賞，老夫亦自頹然。坐疑靄靄上瑶天。已爲蘇旱雨，卻放老龍眠。

校勘記

〔一〕『卷』，彊邨叢書本作『拳』。

〔二〕『出岫』，四庫本作『岫出』。

好事近　梅花

欹枕不成眠，得句十分清絶。一夜酸風閣雨〔一〕，醖江天飛雪。　曉來的皪看〔二〕枝頭，老蚌剖明月。帝所待調〔三〕金鼎，莫教人輕折。

校勘記

〔一〕『雨』，彊邨叢書本作『花』。

〔二〕『看』下四庫本有『花』字。
〔三〕『調』下四庫本有『羹』字。

二　次韻彌大梅花

對竹襞吟箋，正是賞梅時節。便把這些清致，作東湖三絶。　帝家金鼎待調羹，何似且休折。卻愛玉樓清弄，褪霏霏香雪。

念奴嬌　次韻商築叟秋香

銀潢耿耿，正露零仙掌，塵空天幕。碧玉扶踈攢〔一〕萬朵，偏稱水村山郭。巧醞檀英，密包金粟，只待清秋著。三春桃李，自應東在高閣。　好是月窟奇標，東堂幽韻，不管西風惡。獨立芳庭〔二〕回首笑，白葦丹楓索索。折向冰壺，莫教紗帽，醉裏輕簪卻。濃分長在，卻〔三〕疑身到雲壑。

校勘記

〔一〕『攢』，四庫本作『開』。

〔二〕『芳庭』，四庫本作『盈盈』。
〔三〕『卻』，四庫本作『目』。

二　所親雪中得一婢名念奴〔一〕

枝頭蓓蕾，褪紅綃微露，江南春色。多謝東風吹半朵，來入騷人瑶席。粉臉輕紅，芳心羞吐，別有真消息。粧臺簾捲，壽陽著意留得。　好是雪滿群山，玉纖頻撚，泛清波文鷁。深院相逢人盡道，標格都從天錫。夢蝶徒勞，霜禽休妬，爭奈伊憐惜。高樓誰倚，寄言休弄〔二〕横笛。

校勘記

〔一〕『所親雪中一婢名念奴』，四庫本作『親情拾得一婢念奴，雪中來歸』。
〔二〕『弄』，四庫本作『爲』。

三　次韻樓友〔一〕觀潮

錢塘江上，展絞綃初見，長天一色。風拭菱花光照眼，誰許紅塵輕積。轉盼馮夷，奔雲起電，兩岸驚濤拍。振〔二〕空摇〔三〕地，水龍爭噴吟笛。客有步屧江干，胸吞奇觀，寄英詞元白。素壁淋浪翻醉墨，飄灑神仙蹤跡。好待波匀，横飛小艇，快引香篘碧。煙銷月出，不眠拚了通昔〔四〕。

校勘記

〔一〕『友』，四庫本作『夷』。

〔二〕『振』，四庫本作『眼』。

〔三〕『摇』，四庫本作『破』。

〔四〕『昔』，彊邨叢書本作『夕』。

白苧　次韻真書記梅花

臘天寒，曉風勁，幽香頻吐。精神婥約，誰羨姑射若〔一〕處。向〔二〕江南、探春獨步恨無侶。微語。又誰管，有〔三〕雪勢霜威埋妬。且圖少陵，東閣作詩刻〔四〕苦。更〔五〕擬煩、玉纖輕拗寧相許。

惜取。欄竿遍倚，月淡黄昏，水邊清〔六〕淺，不放紅塵染汙。似名〔七〕手丹青，罷施湘〔八〕素。不隨豔卉，媚〔九〕韶光一瞬，飄蕩無據。祇恐金門，寶鼎方調，時時來〔一〇〕覷。便把枝頭，豆顆朝天去。

校勘記

〔一〕『若』，彊邨叢書本作『居』。

〔二〕『向』，四庫本無。

〔三〕『有』，四庫本無。

〔四〕『刻』，四庫本無。

〔五〕『更』，四庫本無。

〔六〕『清』，四庫本無。

〔七〕『似名』，四庫本作『名畫』。

〔八〕『湘』，四庫本作『緗』。

〔九〕『媚』上四庫本有『强』字。

〔一〇〕『來』，四庫本作『未』。

浣溪紗　即席次韻王正之覓遷哥鞋

一扼〔一〕鈎兒能幾何，弓彎〔二〕珠蹙杏紅羅。即時分惠謝奴哥。　香壓幽蘭蘭尚淺，樣窺初月月仍多。祇堪掌上泛〔三〕瓊波。

校勘記

〔一〕『扼』，四庫本作『抳』，彊邨叢書本作『握』。

〔二〕『彎』，四庫本作『弓』。

〔三〕『泛』，四庫本作『壓』。

二　夜飲詠足即席

珠履三千巧鬬妍，就中弓窄只遷遷。惱伊剗韈轉堪憐。舞罷有香留繡褥，步餘無跡在金蓮。好隨雲雨楚峰前。

三

濕翠湖山收晚煙，月華如練水如天。興來催上釣魚船。青篛一樽汀草畔，霜筠數曲渚花邊。更於何處覓神仙。

四

梁武憨癡達摩獃，箇中消息豈容猜。九年面壁口慵開。隻履卻尋歸路去〔一〕，一花元不是君栽。這回枉了一遭來。

校勘記

〔一〕『去』，彊邨叢書本作『止』。

五

索得玄珠也是獃，人人有分莫胡猜。頂門一眼鎮長開。路斷玉關無輒跡，雪埋葱嶺没根栽。只稱〔一〕達摩不曾來。

校勘記

〔一〕『只稱』，四庫本作『始得』。

六

勝概朱楹俯碧湖，蕭蕭風月一塵無。只堪緑蟻滿樽浮。況是小春天正爽，杖藜相與探梅初。半皴枝上未成珠。

七

遠岫數堆蒼玉髻，平湖千頃碧琉璃。笙歌催我上船時。載月有如浮寶鑑，採蓮還復擁胭脂。更於何處覓瑶池。

武陵春　戴昌言家姬供春盤

報道東皇初弭節，芳思滿淩晨。爭看釵頭綵勝新，金字寫宜春。四座行盤堆白玉，纖手自和匀。恰似蟾宫妙麗人，將月出浮雲。

千秋歲　戴丈夫婦慶八十

吾鄉我里，偕老真無比。燕席展，歡聲起。蘂宫仙子繞，玉砌萊衣戲。稱賀處，眉心競指朱書字。憶昔西周吕，年紀雖相似。獨自箇，誰爲侶。如今雙鳳老，堪引同螺醉。彭祖壽，十分方一從頭紀〔一〕。

校勘記

〔一〕『從頭紀』，四庫本作『那裏暨』。

新荷葉

真隱先生，家居近在東湖。茅屋三椽，自有一種清虚。秫來釀酒，便無後、也解賒沽。只愁客至，不能拚此芳壺。　且樂天真，醉鄉〔一〕無限歡娱。時倚花枝，困來著枕蘧蘧。回觀昨夢，徒然使、心剿形臞。始知今日，得閑卻是良圖。

校勘記

〔一〕『鄉』下四庫本有『裏』字。

醉蓬萊　勸酒

喜泉通碧甃，秫刈黄雲，釀成芳酎。瑞靄凝香，更陽和鍾秀。曉甕寒光，夜槽清響，聽頷珠頻溜。晝錦堂深，聚星筵啟，一觴爲壽。　況此神仙，蘂宮儔侶，玉殿英游，盡皆親舊。贏得開懷，對良辰握手。醉席淋漓，慇懃笑語，任滴〔一〕殘更漏。繡幕春風，輕絲美韻，明朝還又。

校勘記

〔一〕『慇懃笑語任滴』，四庫本作『笑語都不問欲』。

瑶臺第一層

寥廓澄清，人正在、瑶臺第一層。瑞靄深處，蘂宮掩映，金碧觚稜。異花非世種，靄賸馥、紫霧飛騰。有仙駕，過吾廬環堵，少駐雲軿。　俄驚。重壺疊巘，頓然蕭灑俗〔一〕塵清。珮環聲裏，寶觴瀲灩，舞態娉婷。祝言千歲壽，仍更予、五福川增。返蓬瀛，問今朝茲會，昔日誰曾。

校勘記

〔一〕『俗』，四庫本作『倍』。

如夢令 勸婦人酒。後同。

摘索衣裳宫樣，生得臉兒福相。容止忒精神，一似觀音形像。歸向。歸向。見者擎拳合掌。

二

粉臉霞生一縷，掩映緑雲秋水。言語更雍容，具足十分嬌美。無比。無比。要比除非鏡裏。

三

紅杏白〔一〕梨肌理，時樣新粧淡綺〔二〕。真箇似觀音，少箇楊枝淨水。歡喜。歡喜。盡此一鍾醇美。

校勘記

〔一〕『杏白』，四庫本作『白杏』。

〔二〕『綺』，四庫本作『佇』。

四

羅韈半鈎新月，更把鳳鞋珠結。步步著金蓮，行得輕輕瞥瞥。難説。難説。真是世間奇絶。

五

試把珠簾低捲，宛見梅粧粉面。緑遶更紅圍，齊捧瑶巵來勸。堪羡。堪羡。此是神仙閬苑。

六

一笑樽前相語，莫遣良辰虚度。飲興正濃時，兔盌聊分春露。留住。留住。催辦後筵歌舞。

南歌子　熟水

藻澗蟾光動，松風蟹眼鳴。濃熏沈麝入金鉼〔一〕。瀉出温温一盞，滌煩膺。　爽繼雲龍餅，香無芝术名。主人襟韻有餘清。不向今宵忘了，淡交情。

校勘記

〔一〕『餅』，四庫本作『餠』。

畫堂春　茶詞

小槽春釀壓香紅，良辰飛蓋相從。主人著意在金鍾，茗椀作先容。　欲到醉鄉深處，應須仗、兩腋清〔一〕風。獻酬高興渺無窮，歸騎莫怱怱。

校勘記

〔一〕『清』，四庫本作『香』。

鄮峰真隱漫録卷四十九

童丱須知

予起身寒微，頗安儉素。非官至，未嘗陳觴豆。退處率多暇日，間口占數語以訓兒孫，使知事君事親、修身行己之要，録之幾百篇，目曰童丱須知。不敢以示作者，姑藏於〔一〕家。欲其易曉，故鄙俚不文。然比之嘲風弄月，則有間矣。留心義方者，有取於斯焉。淳熙辛丑下浣〔二〕，真隱居士書於清涼境界。

校勘記

〔一〕『於』，四庫本作『其』。
〔二〕『浣』，四庫本作『元』。

君臣篇

渾沌判天地，高卑未相親。三才欲通貫，中間須有人。人最靈於物，民至愚而神。天地寄聰明，動靜必相因。飽食無用心，蚩蚩禽獸均。逸居苟不教，焉能敘彝倫。天地憫此類，是故立君臣。君以聖居上，發政先施仁。臣以賢作輔，法度期持循。聖賢適際會，利澤漸無垠。君或肆酷虐，百姓皆顰呻。君或用忠恕，四海熙如春。臣或進諂諛，頗〔一〕僻正路堙。臣或善諫諍，君子之道伸。所以委質者，恭敬日恂恂。權倖不敢附，賄賂不足珍。窮達自有命，烏可毀天真。挺然秉中正，于以奉咨詢。言必稱堯舜，孟氏醇乎醇。從容引當道，納誨每諄諄。君如語好貨，公劉道可遵。居行有積裹，王業肇於豳。君如語好色，太王愛妃嬪。當時無怨曠，後效應騶麟。見牛未見羊，王政此問津。今樂猶古樂，樂在同乎民。卒令歸正道，何必批逆鱗。拳拳愛主心，曾莫懈昏晨。謀猷入以告，歸美法君陳。善則君所有，過思己自新。況乃有幾事，不密則失身。但能持此戒，何愧古臣鄰。漢唐德既衰，風俗愈不淳。上下懷猜貳，相視如越秦。上固好自用，下亦非同寅。充員苟爵位，責效蔑涓塵。朝居廊廟上，暮不齒簪紳。嗚呼君臣間，何乃如參辰。恭惟我清朝，一德格穹旻。起喜歌聲洽，恩覃率土濱。

校勘記

〔一〕「頗」，四庫本作「陂」。

父子篇

太易本空空，空中有太極。太極判二儀，萬物斯生植。天地爲父母，萬物爲子息。人居萬物群，最曰具靈識。兩家各生子，匪媒其可得。禮合〔一〕成夫妻，相共孕英特。方當姙娠初，疾嘔不納食。妻既日呻吟，夫亦日憂惻。辛勤彌十月，存亡未可測。暨及震夙時，痛楚千萬億。稍或失調護，淪胥在頃刻。幸爾見嬰兒，歡喜動顏色。乳哺更攜持，幾年先用力。母實鍾愛憐，父亦思誨飭。資稟尚凡庸，視之如岐嶷。驕慢不率教，巧計爲藏匿。一語或中理，誇揚其肯默。葆養覬成人，庶幾供子職。提孩知愛親，此情何可抑。冬温而夏清，未足酬其德。昏定而晨省，未足酬其德。三牲滋美味，未足酬其德。四序紉華衣，未足酬其德。竭身至老死，未足酬其德。碎身如糜粉，未足酬其德。男仕女有行，豈〔二〕常在親側。悠然父母心，相望長相憶。問訊與饋遺，來往當如織。口體所供奉，無問一錢直。親苟未沾嘗，享之寧敢即。其有不安節，歸省恨不亟。母分嫡與繼，存心何間忒。雖或不我愛，其敢忘翼翼。王祥躍冰魚，薛包戀門閾。馭車騫忍寒，耕田舜引慝。於此堅至行，青史斯刊勒。切勿使偏親，索處萱堂北。富貴未解憂，天倫乃物則。不應中道廢，失性甘狂惑。嗚呼霄壤間，孰有無親國。女子遠外家，間隙成荆棘。男子聽婦言，偏愛滋貨殖。禮容故背違，言辭苦凌逼。於義或參商，於物或吝嗇。劬勞保抱恩，總不存悃愊。親老力已衰，欲競知何克。歆泣更包羞，煩冤滿胸臆。父子情既離，萬世恩之賊。上帝實監臨，天禍陰誅殛。世事每好還，子孫必兇愎。嗟哉宇内人，身處禮義域。忍將君子行，輕以私意蝕。受報方知改，岵屺嗟空陟。生徒伍禽獸，死則墮鬼蜮。一念能回光，悖逆頓可熄。吾言雖鄙俚，萬古爲矜式。

校勘記

〔一〕『禮合』，四庫本作『合禮』。

〔二〕『豈』，四庫本作『其』。

夫婦篇

天地生萬物，陰陽相配偶。兩家因媒妁，是以爲夫婦。男貴有器識，不問財薄厚。女貴有賢行，不問色妍醜。二者既相值，家肥得長久。二者儻不然，舉動多掣肘。夫無婦承順，何以事父母。婦無夫應援，何以事姑舅。外或專放蕩，薄游酗樽酒。内或資悍厲，爭競恣紛糾。儻信牝雞晨，長舌肆讒口。離間骨肉親，敗亂廉潔守。居官鮮德操，居家失孝友。漸漬不覺知，頓使初心負。故須礪剛方，循循常善誘。使其良心生，悔恨自能〔二〕咎。若也縱沈迷，一切俱聽受。冥然在世間，禽獸而牝牡。堂堂六尺軀，方足俱圓首。聰明不下人，何乃畏仇偶。子孫則象之，餘殃貽厥後。吾言誠伐病，宜以銘座右。

校勘記

〔一〕『自能』，四庫本作『能自』。

長幼篇

父母有男女，兄良必弟悌。天性所稟賦，初不煩法制。如何中道間，鬩牆成背戾。蓋由結婚姻，異姓以女妻。妻不閑教訓，夫不恤苗裔。怨隙由愛惜，紛爭爲財計。浸潤日已久，同惡遂相濟。昆季若仇敵，長幼絶交際。孤然離索身，何以異狗彘。當思父母心，喜得賢子繼。爲彼慵懦兒，清陰均映蔽。如何我自賢，了不念同蔕。宜罄友于情，塤篪〔一〕彰夙契。推心更及遠，落地皆魯衛。祥覽何人哉，高風馳萬世。俚言雖不文，將以助棠棣。

校勘記

〔一〕『塤篪』，四庫本作『金蘭』。

朋友篇

先王德澤深，士民皆修睦。琢磨貴取友，爲學不應獨。樂善忘〔一〕君臣，嚴光蹴帝腹。人君尚擇交，況乃爲臣僕。仕宦同恩榮，庠序同誦讀。萍蓬偶邂逅，里閈頻追逐。握手出肺肝，勤渠敘寒燠。一旦臨利害，獰然遂返目。朱博先著鞭，索居歎蕭育。不見管夷吾，全交有鮑叔。蘇張太不情，恩讎在隔宿。不見庾公斯，孺子生可卜。嗟哉世間人，雲雨徒翻覆。得喪自有天，人豈能禍福。險心懷五兵，壽命多短促。君子坦蕩蕩，爲之歌伐木。

校勘記

〔一〕『樂善忘』，四庫本作『分寧非』。

祭祀篇

文王御家邦，風化必自邇。采蘩夫人職，專言奉祭祀。洪惟祖先心，貴得賢後嗣。匪取一時孝，覬其能事死。蓋自平生來，功行勤積累。防範不敢違，貽厥作基址。子孫洎有室，懵不知此理。燕飲恣歡謔，口腹縱奢靡。霜降雨露濡，愴惕昧所履。故其臨祭時，倦色或跛倚。酣歌或笑呼，憤怒或笞捶。不恤祭如在，大似不得已。祖先必吐之，豈復錫繁祉。我勸世間人，於此莫輕視。春秋祭享嚴〔一〕，齋戒先恭己。憂思動哀慕，虔謹具芳美。時物堪薦新，當如奉甘旨。餖飣手自供，焉可使奴婢。掃除蠲穢雜，滌灌去塵滓。馨香出釜甑，滋味登簠簋。勿爲貧過〔二〕約，勿爲富故侈。豐儉或有常，不可變其軌。以此奉吾先，神靈必歡喜。綿綿百世後，餘慶何能弭。

校勘記

〔一〕「嚴」，四庫本作「間」。

〔二〕「過」，四庫本作「故」。

舅姑篇

女子年既笄，出適乃從夫。從夫始曰婦，將以事舅姑。舅姑生男兒，鼓舞更忻愉。稟受胚胎成，身體洎髮膚。玩之如美玉，寶之如明珠。覬其能立身，孝養勤朝晡。豈知壯有室，卻使失歡娛。婦既恣狼戾，夫亦與之俱。翁嫗有憎惡，導夫起嗟吁。叔妹有異胞，俾夫肆欺誣。及其享富貴，卻云夫自圖。珍異私帑積，資産別籍拘。不念翁與嫗，生爾夫之軀。不念叔與妹，爾夫當友于。動輒生離間，豈不負心乎。天殃或人禍，捨爾其誰誅。我有爲婦法，爾其聽而乎。凡事舅姑禮，與事親無殊。唯當輔君子，相勉以相須。定省問安否，溫凊視衣襦。俎豆奉燕樂，幾杖供持扶。出因侍坐席，入則臨庖廚。親意或欲與，承命惟所需。不作曾元養，問有乃〔一〕曰無。親意所愛敬，率行不敢渝。當以内則篇，終身爲範模。其有疾病時，憂惶問醫巫。不眠衣帶緻，不食形容枯。藥餌必自試，寧敢離須臾。以至復初後，吾身方得蘇。其有貧困時，四壁立家徒。夫既日負米，不憚涉崎嶇。婦亦憫其勞，推食盈盤盂。質貸如已盡，素手居窮途。每務寬慈抱，何嘗使向隅。以其所以養，麤糲成甘腴。親怒我勿怨，親肥我獨臞。忘饑日反哺，豈不見慈烏。親既感爾孝，祝爾多英雛。佗日爾有婦，復與爾同符。因知婦行孝，乃自立根株。出爾反乎爾，曾不差錙銖。當時奉翁嫗，後效收桑榆。時哉不可失，作詩勸踟躕。

校勘記

〔一〕『乃』，四庫本作『必』。

叔妹篇

婦欲事舅姑，先當和叔妹。叔妹不我和，舅姑生怨懟。伯叔貴依義，崇恩胡可廢。晨昏同問安，致敬斂身退。語笑不妄發，正色絶冶態。夜行必以燭，相遇毋盼睞。女妹貴親暱，唯當盡恩愛。椸枷混衣裳，粧奩同粉黛。威儀俾閑習，紉縫勤教誨。其間有過差，識性須忍耐。伯叔各生子，嬉戲魚同隊。切勿分彼己，愛猶我兒輩。姊妹或歸寧，親戚無阻礙。童稚既撫存，僕妾亦下逮。彼於父母前，豈不知欣戴。遂使高堂言，吾子得賢配。推此厚族黨，睦媚周内外〔一〕。心期在陰德，施惠每韜晦。喪葬乏資財，男女未婚對。稱家之有無，彼必懷感佩。歲時饋壺漿，燕享盍簪藹〔二〕。貧富與貴賤，待之宜一概。猗歟行此行，婦德無瑕纇。萬口併一談，可貽彤管載。

校勘記

〔一〕『周内外』，四庫本作『居外内』。

〔二〕『藹』，四庫本作『玳』。

娣姒篇

兄弟各授室，擇婦資内助〔一〕。是爲叔伯姒，異姓始相聚。習氣或冰炭，安可一塗取。故當專和柔，順適無違拒。彼有妬嫉心，作意相狎侮。惟知以善誘，不異魚相與。彼有狼戾心，凌轢猛如虎。惟知以理遣，茹剛宜勿吐。奴媵工譏譖，間諜多簧鼓。嬰孩群戲弄，呌號負冤苦。恩怨霎時間，信之誠無補。見境勿動懷，表吾中有主。子姪無分别，一意思存撫。不見北平王，貓尚能相乳。財物通有無，寒温均帛縷。不見柳河東，數世同門户。今人有女兒，不教以規矩。唯與婢妾群，曾不師保姆。一旦入夫門，驕横不足數。長舌爲厲階，牝雞晨風雨。夫既無剛腸，間言遂旁午。兄弟若仇讎，有面不相覩。異爨或索居，分財或析土。同胞謂慈親，同氣謂嚴父。一旦因汝來，各使失依怙。我故作是詩，爲世開朦瞽。

校勘記

〔一〕『擇婦資内助』，四庫本作『爰歸事夫祖』。

臧獲篇

人生貴適意，安佚固有以。寬平〔一〕足使令，臧獲皆率俾。婢實居深閨，奴當立階戺。内外儻致嚴，家法斯盡理。怙勢以作威，招權自豐己。奴或有是人，刑罰不可弛。含怨〔二〕恣狠傲，妬寵專負恃。婢〔三〕或有是人，斥逐其可已。處衆能包容，見得思廉恥。守分每知足，愛主常歸美。忠謹輩行服，和柔内外〔四〕喜。爲之有室家，周旋表終始。其或小瑕疵，過誤非姦宄。

第當明戒飭，勿遽施鞭捶。其或肆讒間，作意生荆杞。第當親骨肉，不可黨奴婢。骨肉長聚頭，奴婢安可儗。凡百御下人，讀此味其旨。

校勘記

〔一〕『寬平』，四庫本作『便嬖』。
〔二〕『含怨』，四庫本作『銜冤』。
〔三〕『婢』，四庫本作『奴』。
〔四〕『内外』，四庫本作『姊妹』。

鄧峰真隱漫録卷五十

童丱須知

敬天篇

古者明良會，君臣必敬天。小心常翼翼，終日自乾乾。雷電彰威怒，星辰適〔一〕變遷。凌競懷〔二〕寅畏，上帝必垂憐。

校勘記

〔一〕『適』，四庫本作『是』。

〔二〕『懷』，四庫本作『每』。

傳道篇

帝王學有源，執中以傳道。塞路排楊墨，逃親鄙釋老。大學吾所行，中庸吾所保。直下肯承當，後人斯有考。

修德篇

生身天地間，所貴在修德。衆善既奉行，諸惡當屏息。美利世同霑，陰功人不識。冥心契上天，享祐無紀極。

恤民篇

主聖臣賢日，勤政在恤民。差徭唯務息，賦斂直須均。但使人皆〔一〕富，何憂上〔二〕卻貧。孟公仁義説，不取利吾身。

校勘記

〔一〕『人皆』，四庫本作『皆當』。
〔二〕『上』，四庫本作『富』。

措刑篇

堯舜雍熙治，成功在措刑。哀矜行法令，欽恤愛生靈。若使殺無罪，寧教失不經。于公尚陰德，何況是朝廷。

聲樂篇

樂聲表至和，在乎民共樂。百姓或怨咨，八音徒振作。朝歌商紂擒，煖響秦嬰縛。四海得歡心，全勝聽絃索。

忠恕篇

君子行忠恕，報恩不報仇。恩者人善意，一飯亦當酬。仇者被迷誤，事過何足尤。持之久不倦，其心乃休休。

疏財篇

人生貴疏財，富厚〔一〕誠多事。愚固益其過，賢亦損其志。指廩憫人窮，揮金侈上賜。萬古播清名，誰云能敗類。

校勘記

〔一〕『富厚』，四庫本作『過富』。

見道〔一〕篇

凡人在世間，不曉乘除理。非義或得財，捫心未可喜。慕〔二〕禄卻蕭條，子孫仍委靡。更有禍隨身，陰譴何時已。

校勘記

〔一〕『道』，四庫本作『德』。

習尚篇

習尚從何來，影響由先世。好禮必温恭，收書乃文藝。初心儻不衷〔一〕，後弊必難制。古人約其身，所以裕苗裔。

校勘記

〔一〕『衷』，四庫本作『思』。

宮室八篇

茅茨不翦階三尺，自古唐虞是聖人。萬樂阿房歌舞地，只消一炬化爲塵。

大禹卑宫自一身，能令四海敘彝倫。雕牆峻宇垂丕訓，更有遺風暨〔一〕後人。

相國當年茸未央，欲將壯麗奉高皇。誰知後裔求增廣，萬户千門起建章。

榱題數尺聳高堂，得志吾人正未遑。若有賢名并德行，茅茨之下亦風光。

廣廈須增千萬間，普令寒士盡歡顔。少陵自處知何所，低小茅簷燕往還。

數間破屋洛城中，卻有高名振古風。寄語紛紛營〔二〕宅者，安居寧不愧盧同。

結廬休與梓人評，此輩唯知侈棟楹。身在地方歸未得，歸來卻始悔高明。

乞身閑退本何圖，賜第俄然處帝都。報德未忘三捷奏，祈天且辦一熏爐。

校勘記

〔一〕『暨』，四庫本作『及』。

〔二〕『營』，四庫本作『美』。

輿馬八篇

吾皇多暇只觀書，田獵游盤一事無。北伐日行三十里，何曾異域市名駒。

爲國先須班馬政，蓄儲專以備兵戎。近來貴室豪家子，金勒雕鞍縱侈風。

文帝卻回千里馬，項王獨愛一名騅。烏江不渡騅難逝，細柳徐行馬不馳。

車如流水馬如龍，從此諸郎不得封。無限外家多敗類，獨餘馬氏著謙恭。

輜車乘馬君王賜，不賞邊功即予賢。外物何須勤覬望，惟於事業每加鞭。

婦人自處只閨房，車馬寧須侈鬧裝。莫與他人爭富貴，從來儉素足輝光。

少時常是出無輿，徒步徐行亦當車。近日堪嗟隨俗變，便無人與也騎驢。

衰殘無似一臞儒，聖主恩容帝里居。每到傳宣陪燕侍，東華門裏賜肩輿。

張設八篇

簾帷聊欲障堂皇，有德何須錦繡光。西漢孝文真誼主，殿中只集上書囊。

晉帝當時自不君，卻將步障助驕臣。石崇不爲緑珠死，天譴窮奢故殞〔一〕身。

嗜慾煎熬豈有窮，羅屏繡幕圍香風。更添錦綺爲華飾，不念寒家四壁空。

蝸涎苔蘚不能除，覓得碑文當壁衣。富貴一朝還自恣，盡將錦繡繚牆圍。

庶人屋壁施文繡，賈誼言之太息時。不獨庶人須禁止，有官君子亦當知。
帷幕時間奉此身，當知流轉會成塵。隨緣且用遮空壁，莫較敷陳舊與新。
絹帛鮮華由染工，紅花紫草遂收功。若教明眼人參〔二〕破，始信浮生色是空。
平時敗壁舊泥空，蘆席將來謾禦風。不是君恩令仕進，何因滿眼掛青紅。

校勘記

〔一〕『殞』，四庫本作『殯』。
〔二〕『參』，四庫本作『猜』。

衾褥八篇

錦縠綾羅不足貪，無過紫紺與紅藍。仁宗一味黄紬被，萬古傳揚作美談。
貴家獸炭擁紅爐，衾褥重重綺繡鋪。當念蓬窗寒女手〔一〕，一鍼一縷用工夫。
自古賢人起細微，王章涕泣卧牛衣。若還遇主居温燠，勿忘當時處布韋。
貧家何事苦勞心，終歲經營一布衾。男女夫妻同蓋覆，依然冰冷過更深。
女子生來享富華，安知門外有寒家。風嚴雪滿多僵死，只爲無錢買苧麻。

被衣不要太温然，腠理開舒易感寒。譬似簷隈生草木，不禁霜雪便彫殘。
我生自幼識艱難，枕席雖温敢自安。安得衾裯無限數，普令天下不憂寒。
夢幻浮華有此身，青氈已舊不須新。百年撒手成歸計，多少衣衾屬别人。

校勘記

〔一〕『寒女手』，四庫本作『飢寒女』。

玩好八篇

聖主中扃日湛然，白珩不重只尊賢。更於老氏求三寶，慈儉每爲天下先。
異物叢珍品最高，此心不可動纖毫。西戎慕義陳方物，太保猶先作旅獒。
德產精微徧海隅，誰知寸寶可亡虞。果聞晉國成功後，垂棘還同合浦珠。
六國精英輦運來，粧成舞殿與歌臺。金塊珠礫今何在，但見阿房滿地灰。
文帝勤勞養慶源，力行恭儉爲元元。後王猶聽奸臣奏，獨爲青驄伐大宛。
内家嗜好淡無營，天下方知仰聖明。唐帝若無倪若水，南方黔首怨鵁鶄。
人鬼幽明兩不關，人生只畏鬼爲姦。欲知古器從何得，盡出丘陵冢墓間。

穀粟桑麻不可無，賸求珍玩欲何如。道人家具唯清淨，不用巾箱巧貯儲。

衣服八篇

葛覃專美后妃賢，浣濯衣裳是所先。若使身無恭儉德，金珠綃〔一〕繪謾新鮮。

巧把真珠縷作襦，爭奇鬭好盡功夫。漢文〔二〕海内多絲帛，只爲夫人曳地無。

織者何人衣者誰，越溪寒女漢宫妃。宫妃莫道無青史，馬后先傳大練衣。

人君風化匪虚文，舉動常令天下聞。唐帝宫中三浣濯，未如晉武雉裘焚。

柔桑春繭未登盆，催税公文已在門。一口無辜繫囚獄，全家號泣動鄉村。

官中催税急如絃，納中還須陪費錢。若有紕疎并糊藥，忍看捧血滿庭鮮。

千梭札札未成端，織了先須納縣官。請得卻資泥土用，不知機上忍飢寒。

蠟屐平生能幾兩，衣裘粗足莫貪多。愚哉富室千箱積，回禄穿窬汝奈何。

校勘記

〔一〕「綃」，四庫本作「鏤」。

〔二〕「漢文」，四庫本作「文皇」。

酒醴八篇

歡欣歌飲皆從欠，樂極悲哀自此生。不見古人成禮處，主賓百拜只三行。

越主投醪仇可報，商家沈酗自相攻。的知此物難多飲，只爲邦家作禮容。

爲子爲臣孝與〔一〕忠，夫妻和睦弟恭兄。如何卻致彝倫斁，只爲貪他酒味醲。

平日恂恂號古人，三盃纔飲亂天真。精神憒憒如癡夢，贏得時時病在身。

酒可忘憂更養神，直須少飲始爲貞〔二〕。君看阮籍劉伶輩，終爲沈酣喪此身。

女子親傍禮法拘，合移孝道事翁姑。若還徑醉鮮儀則〔三〕，亦自無心相厥夫。

居家姆教〔四〕未曾成，纔及笄年便有行。中饋既然先〔五〕酩酊，兒孫婢僕盡縱横。

休説私酤趁得錢，官場警捕致憂煎。錐刀未必成家計，家計因兹卻蕩然。

校勘記

〔一〕『爲臣孝與』，四庫本作『孫順爲臣』。

〔二〕『貞』，四庫本作『趁』。

〔三〕『鮮儀則』，四庫本作『無醒日』。

〔四〕『教』，四庫本作『傅』。

〔五〕『先』，四庫本作『長』。

膳羞八篇

聖主勤勤欲措刑，何嘗黷武愛興兵。四方罷貢傷生物，愈見仁思浹有情。

設牧端因饗鬼神，大烹亦爲養賢人。掄材祈福緣何事，只爲蒼生不爲身。

滹沱麥飯出怱怱，禁臠天廚未必豐。若使平安能念此，鍘羹土瑠古人同。

嗟見時人大侈生，八珍同聚一盃羹。若知過口成汙穢，何用留心事割烹。

物因相勝還相啖，弱者多爲强者烹。勿謂天教充食類，斯人豈爲虎狼生。

二膳朝朝飽即休，何須嗜殺苦營求。魚鰕蟹蛤皆微細，數百方能滿一甌。

飛潛蠕動盡貪生，就死無辜或駭[一]鳴。只可爲親甘旨具，自家口腹莫頻烹。

戒殺當知有數端，聞聲見死敢加餐。居家自作專因我，雖美還應下筯難。古語曰：『見殺則不食，聞殺則不食，家所自殺則不食，專爲我殺則不食。』

校勘記

〔一〕『駭』，四庫本作『自』。

梳粧八篇

隨宜首飾莫留情，珠翠雖多未是榮。不見孟光居儉約，荆釵卻立萬年名。

南蕃有鳥翠葳蕤，千百爲群自在飛。負痛銜冤無罪死，將來貴室縷冠衣。

貴家所好若無偏，翠羽真珠不直錢。簪珥一求難得貨，窮山深海盡騷然。

生靈膏血是緡錢，買得珍珠顆顆圓。痛惜鮫人在深海，風潮沈溺幾多船。

北珠天產在戎蕃，不定還看走玉盤。鉅萬費錢收拾得，到頭終不救飢寒。

繡草鋪茸玉作冠，四時花樣幾千般。當思蓬首寒窗女，終歲無油兩鬢乾。

倡優卑賤起淫風，塗澤唯知特地濃。珍重賢門貞潔女，不施朱粉自雍容。

常須默坐悟前因，爲愛鉛華墮女身。若也於斯能改悔，來生定免落風塵。

稻粱八篇

后稷星光燦混儀，天教墮地作農師。牛羊腓字寒冰暖，自有神明默護持。

方册嘗觀無逸書，更於七月誦豳詩。周公愛主真深切，稼穡艱難先使知。

能述先王播殖功，伯禽之後有僖公。故雖牧養駉駉盛，務惜吾農不起戎。

文帝年年下璽書，唯憂農畝不豐餘。匈奴嫚侮吾甘忍，所喜千倉飽貯儲。

武帝征誅不厭頻，太倉無復有陳陳。末年户口多虚耗，卻始封侯欲富民。

古者四民今六民，爲添釋老不耕耘。三農重困皆因此，况有張頣百萬軍。

勿嫌糠粃勿嫌陳，當念農家種苦辛。輸得逋租盈廩廥，卻歸耕隴作飢民。

代耕有禄及嬰孩，飲啄當知所自來。若也食焉無怠事，庶於報國有涓埃。

附録一

詩文補遺

盡心堂

曲士懷軒裳，銖寸較得失。紛紜戰寵辱，矛盾相撞抶。大方惟達人，天游寄虛堂。捲舒儻由己，出處必無心。時來作砭針，一起當瘵疾。時去收龍蛇，夭矯自超逸。隱見了無礙，妙迹那可詰。我公天人姿，宿有補天術。心宜盡心理，心靜與天一。當年風雨會，黄道賓出入。乾坤方瘡痍，塗炭入憂恤。神鋒指幽燕，酋領將斧鑕。世數有長消，匆匆謝簪紱。歸來卧林藪，道自無伸屈。慶堂示餘彦，親灑銀筆述。聊遺郢人斤，千載斵妙質。定應山水觀，中與胸趣匹。仰看微雲飛，雲靜山崒嵂。俯眄湘流水，舟楫空蕩潏。可憐天東北，浪煙暗鬱律。神州見蒼莽，悲風爲蕭瑟。再拜願有期，經綸勿韜鬱。天心酌民言，公再調鼎實。風霆驅八荒，遊戲須一出。

永樂大典卷七二四〇

再次胡仲方賞丹桂之什韻

鄮峰老子雙瞳碧，已悟人間空是色。群花四季作芳菲，一笑觀之如不識。有時斗酒沽十千，狂歌爛醉群花前。紅紅白白自妖豔，誰曾著口論媸妍。惟聞丹桂藏青蒨，清芬已滿姮娥殿。卻思一見無由緣，但寫奇標在團扇。忽朝移本下吾鄉，此願端知合得償。園工玉斧與換骨，坐使凡種皆天香。先皇得之植禁地，飫賞鈞天動僊吹。高燒鳳蠟類星繁，正恐夜深花或睡。於今哀戚徧幽明，鼎湖仙駕超塵氛。遺髯注想文王囿，玉蘭佳氣徒氤氳。胡君真材一二數，他日補天慕媧女。正欲攀枝效郄詵，會看聲名飛海宇。雄篇擲地如鏘金，俊逸清新洗我心。怪底斯人掉頭不肯住，明年射策君門去。

寶慶四明志卷二十一象山縣志敘產

題墨梅

元功初刻翦，妙處極玄玄。醉墨誰家筆，於今合自然。

永樂大典卷五八四〇

嚴子陵墓

玉匣蛟龍已艸萊，一丘馬鬣尚封培。雲臺若也表姓名，千古誰知有釣臺。

嘉靖餘姚縣志卷九典祀記

贈傅得一

試問此行何所止，烏有鄉中無住里。醉時不覺醒時癡，世人誰識顛道士。

又

相識三十年，身顛心不顛。有人還會得，即是地行仙。

元趙道一歷世真仙體道通鑑續編卷四

訪混朴吳尊師

何年隱四明，與世絶逢迎。聖主方虚席，先生不入城。風雷隨地起，宫殿自天成。近喜籃輿穩，寧憂白髮生。

元曾堅四明洞天丹山圖詠集

東錢湖

行李蕭蕭一擔秋，浪頭始得見漁舟。晚煙籠樹鴉還集，碧水連天鷗自浮。十字港通霞嶼寺，二靈山對月波樓。於今幸遂歸湖願，長憶當年賀監游。

元陳世隆宋詩拾遺卷十九

張浚兵敗上表 隆興元年六月

張浚忠義有餘，今此小挫，出於不度彼己。然其心惓惓，忠於爲國。古人不以一眚掩大德，陛下若拔拭用之，責其後效，自此必詳諦熟審，不敢妄發也。

寶慶四明志卷九

措置諸暨湖田利害疏 乾道四年八月七日

比蒙聖恩，物遣中使到臣屬州訪問水澇去處，已即時具奏去訖。臣爲郡無狀，使旱澇失常，上貽聖慮，不勝惶懼。臣比差官檢視，惟諸暨湖田被水，民間禾稻皆以淹没，至有拆屋宇，出賣家具，欲爲逃亡之計者。蓋恐將來税賦，有司或不加恤，不得不出此也。臣遂急差觀察使趙公遇星夜前去覆視，仍出榜盡蠲全税。其被水之家，借支義倉振恤，使不至於流移。伏乞稍寬顧憂。臣所領州爲縣有八，其他七縣皆大稔，惟諸暨聚天台、四明、寶婺數百里山谷之水，止有錢清一江以泄之。古人於縣之四旁立七十二湖以儲此水，故無泛溢之患。歲久，所謂七十二湖者，人皆占以爲田。遇雨皆歸七十二湖，侵損所種之苗。然則非水爲害，民間不合以湖爲田也。是故諸暨爲縣，雖四方大稔，時和歲豐，常有流離餓莩之憂，深可憫憐。今湖田不可復，諸暨湖田之民歲歲懷憂，人人受害，不敢不以告。

光緒諸暨縣志卷四

諸暨湖田又疏 乾道五年七月二十五日

諸暨爲縣，當台、婺之末流，每歲秋潦，水必泛濫。古人于湖之四旁立湖七十二處，以受此水。歲久湮廢，人占爲田。昨因經界法行，官吏無恤民之心，盡將湖田作籍田打量，計二十三萬五百二十二畝有奇，苗水總計八千八百七十石有奇，夏税紬綿本色折帛錢共計一萬六百四十六貫有奇。今若將前項夏税紬絹折變改作苗，以中色價計，紐米三千二百七十石二斗七升五合，并添入元管苗米八千八百七十石九斗八升六合五勺，二項共一萬二千八十八石二斗六升一合九勺，於上供物帛即無虧損。乞降會户部許令紐折施行。

宋會要輯稿食貨十

乞免從駕 淳熙元年五月

被旨令臣合班處於宰臣之東一行歇空立班，從駕日在少保水陽郡王居廣之東行，並在執政官之上。臣竊以執政大臣實佐出令，非歸班奉祠之比，使居上列，臣所未安。欲援少傅、嗣濮王士輵例，特免從駕；其立班，乞只於執政一行近東別作一班。

宋會要輯稿禮五九

進科場規畫 淳熙四年七月二十九日

恭覩邸報臣僚論科場之弊，得旨申嚴行之。臣守福州嘗爲規畫數十事，宿弊既去，場屋整齊，試者二萬人，無一諠譁。臣當時措置曉示編類成書，似與今來指揮符合。謹以上進禮部國子監看詳，乞下臨安府雕板印造成册遍諸州。

宋史全文卷二十六上

緣姚穎係臣親戚實有妨嫌不敢擬進欲望聖慈許姚穎依舊注寧國軍簽判待闕 淳熙五年四月十一日

以殿試第一名姚穎合得差遣，具前舉詹騤例奏陳，擬承事郎、簽書寧國軍節度判官廳公事。蒙宣諭不欲令其待闕，併前三名皆與添差。續奉御筆添『仍釐務』三字。緣姚穎係臣親戚，實有妨嫌，不敢擬進。欲望聖慈許姚穎依舊注寧國軍簽判，待闕。其餘第二、第三名，若在部受闕，卻待遠次，欲依已得指揮，特與添差。

宋會要輯稿選舉二

乞賜家廟祭器 淳熙五年十二月十一日

臣隨宦南北，遷從不常，先臣祖考未有祠祀之地。今蒙聖恩賜第都下，既有定止。揆之禮經：『凡家，造宗廟爲先。』欲望依前輩諸臣例，許建家廟，以奉先祀。所有祭器，乞下有司量行製造，並以賜臣。

宋會要輯稿禮十二

進讀三朝寶訓終編 淳熙七年五月四日

臣等竊惟學於古訓，監於成憲，傅説所以告高宗也。學有緝熙於光明，群臣所以戒成王也。二君當即位之初，故其臣以是入告。今陛下久臨大寶，歷年方永，不待進言，益勤典學。湯之盤銘曰：『苟日新，日日新。』陛下其得之矣。欲望宣付史館。

皇朝中興兩朝聖政卷五十八

講易徹章乞宣付史館 淳熙八年四月二十九日

淳熙七年五月乙卯，經筵三朝寶訓徹章，臣等上奏請繼讀何書。翌日，有旨：『真宗皇帝正説藏在秘閣，宜以進讀。』經史及祖宗謨訓已屢終篇，緝熙光明，愈久不倦。惟易一經，實爲六藝之原，政治之成法也。乃辛丑歲九月甲申得旨，令侍講、説書專講是經。每遇進講，玉音發揚，隨義折衷。聖言宏奥，固已載之記注，以詔萬世。臣等竊謂易之爲書，廣大悉備。然其大旨，不過推原陰陽消長之理，以明治亂興衰，以辨君子小人而已。伏覩陛下嘗因講泰卦之九二，玉音有曰：『君子以其類進而爲善，小人以其類進而爲惡，未有無助者也。』講萃之上六，玉音有曰：『盛極則衰，亂極生治。』三復聖旨，皆以深得大易之旨。若此之類，不一而足。是以見之事業，措之天下，皆易之用也。近者又蒙宣諭日講兩卦。今遇徹章，臣等慶幸之餘，不勝拳拳歸美之意。乞宣付史館。

宋會要輯稿崇儒七

讀真宗正説記所得聖語 淳熙八年四月二十九日

昨經筵讀三朝寶訓徹章，臣等奏請繼讀何書。翌日，詔：『真宗正説宜以進讀。』自是，間日退朝，必御崇政，非休假，未嘗暫止。臣浩嘗讀正心篇，論黄帝無爲天下治，上曰：『所謂無爲者，豈宴安無所事事之謂乎？』臣浩又讀剛斷篇，論漢武帝知郭解能使將軍爲言其家不貧，上曰：『武帝如此，可謂洞照事情。』臣浩又讀大中篇，論爲政之道本乎大中，上曰：『勿渾渾而濁，勿察察而明，即此理也。』臣等竊窺聖意，罔不推見淵微，固將耳受躬行，追咸平、景德之盛。自昔人主臨御日久，非内惑聲色，則外事畋遊，其蔽則至於溺浮圖、求神仙。今陛下天縱聰明，日躋睿智。歲時甫浹，篇帙再周。帝王之汲汲，孔子之皇皇，不是過也。伏乞宣付史館。

宋史全文卷二十七上

賀壽皇聖帝遜位表 淳熙十六年二月

伏覩詔書，今月二日至尊壽皇聖帝御重華宫者。接千歲之統，親畀儲皇；受五日之朝，尊居太極。規圖宏遠，典禮光華。中賀。聞一日萬幾之繁，不特憂勤於當代；四海九州之大，蓋將付託於無窮。雖猷爲已示於躬行，而傳授必嚴於面命。保民道備，爲國慮周。恭惟至尊壽皇聖帝陛下，威德兼隆，英明獨斷。怡顔順色，全至養於始終；飭己厲精，措中興於宵旰。樞機密而品式具，風雨節而寒暑時。社稷敉寧，戎夷賓服。委治于緒餘土苴，非心于富貴崇高。以仁得仁，既廣堯帝如天之覆；以聖繼聖，益昭夏王與子之公。超軼兩儀之先，傲睨萬物之表。成功不有，妙用難窺。臣屬屏鄉閭，欽聞詔旨。望鬱鬱葱葱之所，莫篴庭班；誦穰穰簡簡之詩，切祈睿算。臣云云。

五百家播芳大全文粹卷一上

乞免趨庭闕 紹熙元年六月十日

蒙薦賜宣召，臣以老病未瘳，嘗三具辭免，准詔不得更有陳請。臣幽棲田里，人所不顧，獨倚兩宮軫記疇昔，不忘舊物，俾趨庭闕。綸言三錫，恩意鼎來。又蒙親灑宸翰，有曰：『至尊壽皇聖帝深念舊學之臣，見於慈訓。』而陛下亦以違去之久，每懷注想。今臣宜體眷渥，亟爲此來。誠以抱病行及半年，未有生理，正恐當此隆暑，跋履三江，隕命中途。乞降敕旨許免此行，容臣一意調養。

宋會要輯稿禮五九

乞將俸賜止依致仕祿格支破吏卒悉從罷遣 紹熙二年四月三日

昨自引年休致，伏蒙至尊壽皇聖帝憫臣爲係攀附舊臣，再曾入相，許給全祿，請給、人從、恩數等並依前任少保至少師日已得指揮。臣既爲閑人，不管職事，乞將俸賜止依致仕祿格支破，吏卒悉從罷遣。

宋會要輯稿禮五九

請瑩講師住寶雲疏

右伏以昔寶雲有大弟子，如渥窪出雙馬駒；自天台熏正見知，若猗蘭脱衆蕭艾。當後世寂寥之際，如阿師付授之難。共惟新命寶雲瑩公講師，既以心傳，不爲塵累。徧歷雨華之肆，親出烹金之爐。鶴髮霜眉，受道人卒歲之託；晨香夕火，致居士華封之誠。衆所歸依，公無退轉。謹疏。

寶雲振祖集

抱痾帖

浩不奉誨藥，忽忽許時，馳系不懈。伏拜珍札，欣承燕處超然，神物呵擁，台候萬福。浩抱痾山樊，幸侍親無恙，荷芘之及。第懶惰，輔以衰茶，百念冰寒。城府咫尺，無從一到，寖疏門下。然此心不如是也。蒙來諭期許過當，非所敢當。此意更蕭條矣。未卜承請，伏乞惠序節宣，倚須圖任之寵，用副狠狠。右謹具呈。十月日，浩劄子。

上海博物館藏

霜天帖

浩伏以霜天勁凛，恭惟觀使大觀文丞相，玲館靖夷，神明扶祐，鈞候動止萬福。浩衰老請掛冠，已荷聖恩垂允，而叨冒過分，實不遑寧。自非疇昔吹獎有素，何以得之？感佩殆不容言。未由面謝，臨風惘然。尚幾惠時倍萬保厚，以遲再入之寵，不任懇懇之劇。右僅具呈。太保、保寧軍節度使魏國公致仕史浩劄子。

三希堂法帖第十七册

與撫幹國録劄子

某伏以即日毒暑在候，正君子齋戒之時。共惟撫幹國録，盛德在躬，默有神相，台候動止，倍介繁福。某歸老山林，一念不動，殊覺强健，不足云者。蒙示張公行狀，可發一笑。識者觀之，必有公論。建炎以來，錙積寸累，車馬器甲，符離一掃無孑遺，東南膏血，竭於叛亡。目今州郡窮匱，皆由當時不卹國計，以償功名之心。某所不忍爲也。某此心，天實知之，主上實知之，不卹後世之無聞也。吾人以謂如何？竹洲所寓什物無恙，幸置慮。他覬韜養，以前光大，異時横蜚，慰區區之所期待。幸甚！幸甚！五月日，太傅、保寧軍節度使致仕、魏國公史浩劄子。

元袁桷清容居士集卷五十跋外高祖史越王尺牘

蚤作帖

浩再拜上覆。辱教，伏審蚤作，尊候萬福。示諭，若詢之在渠，想無不可者。萬一求之不得，無如之何，不可不問也。是亦一機會，幸裁之。紙札不精，望恕之。浩再拜上覆周丈秘省賢友座前。

岳珂寶真齋法書贊卷二十五

潮音洞題記 紹興十八年三月

紹興戊辰三月望，鄱陽程休甫、四明史浩由沈家門泛舟，遇風掛席，俄頃至此。翼蚤，恭詣潮音洞頂禮觀音大士，至則寂無所覩。炷香煮茶，但碗面浮花而已。歸寺食訖，與長瀾公論文殊簡圓通童子入法界事。晡時，再至洞前，俯伏苔磴，凝睇嶔空，惟亂石纍纍。興盡欲返，有比丘指曰：『巖頂有竇，可以下瞰。』攀緣而上，瞻顧之際，瑞相忽見，金色照耀，眉目瞭然。二人所見不異，惟浩更覩雙齒潔白如玉。於是咸懷慶快，作禮而退。既而治舟返甬東，懼此話無傳，用書於壁，庶幾來者觀此無疲厭心，不以一至不見而遂已也。

大德昌國州志卷七寺院

客星庵記 隆興七年十二月

昔李守以讖數之術器光武，而道之以律令；先生于衰微之际識光武，而啟之以仁義。汝南之游，尚書之説，先生之所以相光武者多矣。天生先生，不偶然也。變姓名，披羊裘，釣澤中，三徵而後至，不屈而歸。先生之出處，亦非偶然也。君臣、朋友之大義，廓然立一代紀綱，殆天之所以相光武也。偃卧之間，上動星象，又奚足怪哉！議者惜光武篤信讖緯之術，而仁義之士目爲狂奴，使先生之學不得霖雨天下，而客星炳宇宙，千古如一日，若光武負先生乎？雖然，或顯或隱，各全其正，亦天也。紹興二十一年辛未仲春，予以尉職祀舜廟於歷山，回車而南過先生之故里，登嚴公山，廟圮不治。石壁峭然，勒蘇學士題『嚴公山』三大字，遒古可鑒。踰嶺而南又十里許，是爲客星山。亂石數拳之中，先生墓在焉。漢晉名公碑石皆毁，止得唐顧況碑，亦殘闕。有司雖修歲事，而風物蕭條，已可慨矣。裔孫桐廬尉嚴康朝，故少宰至道公有通家之雅，相與談昔悼變，歔欷者久之。予時即欲爲飭治，盡復其故物，兵戈倥偬，未能也。越今又二十載矣，未聞有議及此者。予以其意告縣令蔡憲，建客星庵，墓於下十二楹，辟蕪田二十畝，召僧如悟居守之。其費皆出公帑，不煩民力。董其役者餘姚尉沈焕，落成則今秋八月己未日也。今尉懼其易廢，請記其事于石。乃爲之銘曰：

墓山青，墓石平。客星庵成，永妥先生之靈。

宋隆興七年辛卯冬十二月，知紹興府、前尚書右僕射、同平章事、兼樞密使鄞縣史浩撰，邑人虞佀良書。

姚江下河嚴氏支譜卷二

廣壽慧雲禪寺之記 紹熙元年二月

紹熙元年春二月辛丑，故循王之曾孫宣義郎、直秘閣、前通判臨安軍事張鎡請於朝曰：『願以城東北新宅一區，效前賢舍爲佛寺，仍割田六十頃有奇贍其徒。薰修植福，以伸歸美報上之志。』上曰：『可。』賜額廣壽慧雲禪寺。張君勳門佳裔，自幼刻苦問學，年未强仕，澹然無意於榮途。閒居遠聲色，薄滋味，終日矻矻攻爲詩文，自處不異布衣臞儒，人所難能。兹又捐所重以創精藍，尤難能者。既得請，乃一意崇飾，以侈上賜。徹堂爲殿，凡佛屋之未備者，悉力經營。土木堅好，金碧焕發，隱然叢林，爲寓都壯觀，見者起敬焉。落成，以書禱予爲記。予每歎世人苟富若貴，必思廣其居，務極雄麗，以貽厥後而誇無窮。然歷世未幾，生息繁衍，宏敞化爲湫隘。又從而分裂之，蜂房蟻垤，各開户牖，無復前日耽耽氣象。矧或不競，求售他人，一再過而爲墟者有之。固不若釋吝驕，齊物我，推己所有，與衆共之，爲長且久也。異時寢處宴游之地，千載儼然。子孫登覽，企想風烈，必有慷慨激昂，思濟其美者。世人識慮及此，已足爲達。而張君之志，則又過之。蓋自其先王受國隆恩，河潤澤及，迄兹涵浸，一身渺然，圖報無所，故爲是舉，以紓厥忠，匪直爲其私也。若夫鐘魚震動，雲水鼎來，演上乘而祝帝齡，錫餘福以佑黎民，兹念一興，亘千萬禩不能磨滅，如佛氏所謂願力者。張君之忠寧有既耶？予嘉其志，故爲之書。太師、保寧軍節度使致仕、魏國公史浩撰。中大夫、權吏部尚書、兼直學士院、兼實録院修撰、兼侍讀樓鑰書并題額。

知不足齋叢書本張鎡南湖集附録

會稽先賢祠傳贊序 乾道五年三月

會稽，共建國也。自山陰南走剡，東走上虞、餘姚之間，江山皆奇麗清遠。煙雲濃淡，樓觀出没，有詩人畫工所不能模寫者。故漢晉以來，全德高行之士多萃於是，而方外臞仙絶俗遺世者往往出焉。予蒙恩來守是邦，得勝地湖中，用道家法築宫以祈雨。宫成，因即其兩廡，左祠高士，右奉列仙。皆作贊刻石，以備會稽故事。或謂鴟夷子皮之決，賀季真之高，不得名高士，何也？於乎，予是豈無意哉！夫貴於士者，進退不失禮義。彼子皮之遺言，有人臣所不忍，而季真阿附時好，黄冠東歸，又使李林甫輩祖餞賦詩，予見其辱，未見榮也。夫二公之賢，吾輩所當敬仰。然使子皮居子陵之上，季真置張子同之列，則有不可者。故具述之，覬來者知予之不敢苟，而高士尤可貴也。乾道己丑上巳，句章史浩序。

説郛卷二十引浩然齋意抄

吳中史氏譜序 乾道八年十月

歲在辛卯，予刻越中派譜成。明年壬辰，族弟亨亦刻其所修吳中派譜，請予曰：『行葦之誼，不可不敦也。宗族之好，遠而益篤也，敬祈一言以志之。』予惟夫家之有譜，猶國之有史也。史所以紀興廢、詳刺譏，使君若臣覽之以探至治之原，而譜者所以序昭穆、彰勸戒，使子若孫觀之以爲從善之本。故譜牒之作有關於家道人倫匪渺小也。吾宗以保育分茅，破賊錫土，屏藩帝室，黼黻皇猷，歷古及今，蔚大聞人矣。今子亨按源據委，復修而刻之，蓋使祖德宗功並炳若日星河漢，且勉子孫以從善，以永水木本源歟。予實有同心也，於是乎書。乾道壬辰冬十月，三十五世史浩序。

鄞東上水橫街史氏支譜卷十五

周禮講議序

唐虞稽古，建官惟百。夏商官倍，亦克用義。至於有周，六卿分職，各率其屬，總計之三百有六十。官各有守，治各有職，銖分毫舉，若綱在綱。上集唐虞夏商之大成，迄於後世，無以復加。數百歲尊爲六籍，莫之少貶焉者。以文武周公之用心，與天運行，雖亘萬世爲之，不磨也。惟鄭康成獨林孝行述曰：『續亂不驗之書。』何休亦曰：『六國陰謀之書。』是皆不知周官者。

明其爲周公致太平之迹，且曰：『囊括大典，網羅衆家者，在於此書。』則周官之顯明于後世，康成之力居多也。雖然，續周官者多矣，徒知其職之所掌，汩汩於物儀事數之間，而不知周公之意者亦多也。周公之意，不曰以民爲極乎？蓋極，中也，民受中以生，苟非人君設官分職以治之，使之抑其過而勉其不及，則紛紛冠履之，相望廩餼之，徒何爲也哉？周之盛時，六卿皆賢，能體王意，使民不失其中，而國以大治。故周公於六官之首皆致此念。學者當以念會，無徒從事於物儀事數之末，庶足以見成王、周公矣。

永樂大典卷一〇四六〇毛應龍周官集傳周禮傳授訓詁引

周禮講義佚文五則 附

周禮天官宮正：『大喪，則授廬舍，辨其親疏貴賤之居。』史浩曰：『禁殺亂而別嫌疑也。』

讀禮通考卷五十五引

寺人：『凡内人弔臨於外，則帥而往，立於其前而詔相之。』史浩曰：『内人弔臨於外，非寺人帥之而往誰歟？監臨立於前，而詔相之衆安敢不肅？』

讀禮通考卷五十八引

地官大司徒：『若國有大故，則致萬民於王門，令無節者不行於天下。』史浩曰：『致民於王門，備不虞也。』

讀禮通考卷六十七引

媒氏：『禁遷葬者與嫁殤者。』史浩曰：『遷葬者，謂以死者求婦；嫁殤者，謂以死者求夫，皆不經之甚者。』

讀禮通考卷八十七引

甸師：『喪事代王受眚烖。』史浩曰：『人過曰眚，天降曰烖。國有眚烖，王當祇畏以修德，引咎以歸己，故曰受。』

讀禮通考卷六十七引

義田序

義田之設，專以勸廉恥。蓋賢士大夫從官者，居官之日少，退閒之日多，清節自持，不肯效貪汙以取富貴，沽敗名以自卑；爲士者，生事素薄，食指愈衆，專意學業，不善營生，介潔自持，不肯爲屠沽之計、干攖之態者。使各有義田在身後，不至晚年憂家計之蕭條、男女之失所，遂至折節，汩喪修潔。故以此爲勸，使其終爲賢者。凡爲士大夫，當知立義田之本意。

延祐四明志卷十四

覺雲智連法師像贊

瞻彼連師，色粹而温。禮義是習，詩書是敦。雖精止觀，實祖儒門。鶴飛寥廓，蟬蜕塵氛。遂令聽者，去縛解紛。五住大刹，藉藉有聞。晚居延慶，其道彌尊。伊惟台教，垂裕後昆。前有法智，後有覺雲。意此幻影，與法常存。

佛祖統紀卷十六

明州寶雲四祖贊

天台智者禪師

庖羲畫易，朕兆太極。一陰一陽，已墜形迹。瞿曇説法，身心泯寂。三止三觀，忽漏消息。箇中至妙，杳冥昏默。何假言詮，焉庸訓釋。猗歟智者，生稟岐嶷。八彩重瞳，人固莫識。南嶽一見，頓明宿昔。悟旋陀羅，既非他得。云胡止觀，紛紛藉藉。蓋以慈緣，憫世迷惑。作是筌罤，如援嫂溺。豈期目學，紙上尋覓。文字猥繁，道益薄蝕。精義入神，蟬蜕筆墨。不離當處，靈山一席。師之本願，於是乎塞。祠宇巍然，遺容殊特。凡百君子，過之必式。

寶雲通公法師

止觀宗旨，鼎盛于隋。末法不競，遂將堙微。通師崛起，三韓之湄。風帆萬里，舍筏從師。得道已竟，言歸有期。四明檀越，顧氏承微。捐宅爲寺，盡禮邀祈。名曰寶雲，金刹巍巍。師既戾止，學徒影隨。户外屨滿，聲走天涯。台山墜緒，接通興衰。有二神足，真師子兒。慈雲法智，疊和塤篪。人皆謂師，蟠英孕奇。植根堅固，獨幹雙枝。花開五葉，異轍同歸。抵今禪教，遂得並馳。續佛壽命，師其以之。

四明法智尊者

靈山之會，龍象雲蒸。羊鹿牛車，同歸一乘。雨勝法雨，普潤有情。逮及後世，止觀爰興。慈鋒慧劍，摧墮疑城。誰其嗣之，粤有四明。講席雄峙，淵默雷聲。天台正統，於焉繼承。章聖在御，使馹馳星。問佛大旨，得其精英。宸恩載錫，法智鴻名。是爲釋子，萬古光榮。

天竺慈雲法師

英英式師，文中之虎。口角珠璣，筆端繡組。王侯欽承，聖君眷與。慈雲錫號，天竺是處。法智爲兄，通公爲父。濟濟一門，龍掀鳳翥。積功累行，知幾寒暑。四衆即止，如子依母。梵音洋洋，周浹寰宇。凡曰禮文，悉由纂敘。普賢願力，金手摩撫。盡未來際，作懺悔主。

寶雲振祖集

題靈芝照律師塔碑陰 紹興十二年

儒以儒縛，律以律縛，學者之大病。唯師三千威儀，八行細行，具足無玷，而每蟬蜕於定慧之表，毗尼藏中真法主子，故能奮數百歲後，直與南山比肩，功實倍之。嚮使師身不披緇，必爲儒宗，物立超詣。惜哉！師没後二十六年，遺馨不泯，朝廷錫號大智律師，塔曰戒光。以賜謚之寵不及載劉公之文，因書於後。

人天寶鑒

題南湖集卷十二後 淳熙十六年

桂隱林泉，在錢塘爲最勝，張子卜築。池臺館宇，門牆道路，凡經行宴息處，悉命以佳名，而各有詩。予固未嘗歷其地，乃因鄰友張以道東歸，惠然寄示，總八十餘絶，讀之灑然，如與其人岸冠散衹，徜徉於煙蘿香靄間，可勝欣快！因爲一絶題其後：桂隱神仙宅，平生足未登。新詩中有畫，一一見觚棱。淳熙己酉中秋，鄮峰真隱史浩書。

知不足齋叢書本張鎡南湖集附録

跋皇宋明州新修保恩院記 紹興二十六年二月

四明法智尊者與天竺慈雲法師二子青藍冰水，能廣其師之道，大興天台一宗，直與智者並駕爭馳。一時名士如楊文公、王冀公、曾魯公，相爲師友，可謂盛矣。惟法智主明之保恩院，其後錫名爲延慶。乃請於朝，永爲天台教肆。所被勅文與保恩院記，舊有石刻。昨更兵火，掃地不存。今住持覺雲連公，道行高卓，希蹤往軌，力訪遺本得之，俾學徒戒夫再刊諸石。工訖，來丐數語取信後世。余嘉其能不没前人之蹟也，乃遂其請。紹興丙子二月初吉，真隱居士史浩跋。

四明尊者教行録卷六

酬法平偈

團團璧月印寒潭，時時清風掃碧嵐。照見山人方隱几，灑然無物自沈酣。

又

白鷺棲煙一點明，皎然壓倒語全清。莫言後代無人繼，杖錫行將擅此名。

寶慶四明志卷九敘人

喻彌陀偈

攪翻十里西湖水，化作四方八德池。淨洗衆生煩惱垢，人人見自性阿彌。

明吳之鯨《武林梵寺志》卷四

士大夫施食文

我此飲食，不爲商販，不爲工作，不爲農耕，不爲緇黄之受施，何所從來？何所從得？當知此乃天地鬼神發生護助之功，君相祖先化育卑遺之德。蓋天地不發生，鬼神不護助，則陰陽愆伏，旱澇頻仍；君相不化育，則征誅困迫，盜賊敓斁，廩粟不繼；祖先不卑遺，則吾安得有此尺寸之土？又安得有吾身而食此土哉？此四者，飲食之根本，不可不知也。又況食方萌蘖，畢歲始成，耕耨乃苗，收穫乃稻，簸揚乃穀，磨礱乃米。於是臼杵去糠粃，淘汰蠲砂礫，始得以登庖；僮仆供樵蘇，婢媵勤炊煮，始得以登器。嗚呼，此食之至吾前，不知勞者幾何人耶！是故吾之一飽，未嘗不思報天地鬼神、君相祖先之功德，又未嘗不思念下人之勞苦。今舉斯心，普伸愧謝。願從今日，不限華夷，同躋豐樂，無有飢羸莩餓、菜色愁歎之人。然後以此清滌香秔之薦，敢用致告山川陵谷、城邑郊墟有祀無祀之威靈、有知無知之魂魄。冀聞斯語，享於克誠。或耆飲以求前，宜雍容而就列。斟酌飽滿，求離迷津；正直聰明，永依聖道。某年某月謹告。

吾儒飲食必祭，與浮圖施食同義。然浮圖有文，世已盛行，吾儒此法，或未盡用。豈爲無文以表出之耶？余雖以是補其遺，蓋不敢覬人之必信。後有君子從事於終食無違者，當有取於斯焉。鄮峰真隱史浩書。

施食通覽

建家廟祭祖文　淳熙五年十二月

維淳熙五年歲次戊戌十二月庚子朔，越二十三日辛酉，少傅、保寧軍節度使、丞相、衛國公、食邑一萬五千三百户嗣孫史浩與闔家弟姪等，謹以清酌之奠，致祭于祖考太師、齊國公小四公，祖妣齊國夫人徐氏廿四娘子。恭維名尊學校，行顯清廟。志務典墳，教成諸文。賑恤貧苦，陰德彌隆；裕及子孫，儒風益盛。一時媲美，百世騰光。先是，先叔樞密首贈祖考太子少師，祖妣太守郡夫人。逮浩遭際享會，叨冒參知政事，追崇之典，上及三代。初贈祖考太子太師，祖妣永嘉郡夫人。浩繼參相位屢贈，益因郊禮五贈祖考至太師，又十贈，追封齊國公，祖妣十贈至齊國夫人，皆已躬造塋域焚致贈黄。天子洪恩，奉勅建廟。簠簋以具，敬卜吉日，蠲潔一心，敬伸焚告。伏冀英靈如在，對揚天休，以光九泉，以昌後裔，使百千禩，清白相傳，以顯我家積善高門，不勝大願。尚饗！

鄞東上水横街史氏支譜

祭足庵智鑒禪師文 紹熙三年八月

維紹熙三年太歲壬子八月辛丑朔，十一日辛亥，太師、保寧軍節度使致仕、魏國公、食邑一萬九千一百户、食封八千一百户史浩，謹呈以香茗庶羞之奠，致祭於圓寂前雪竇足庵鑒公禪師之靈。惟師了悟圓通，如觀音大士。隨緣化俗，如善導和尚。世之獨善自利者，或以爲不然。而師安行自若，不以爲歉。此非内有所得，何以傲然不顧？如此倘或因人而改節，是可奪也。我嘗以是，重師之特操。聞之佛氏，身心不動，入於無量義三昧，未嘗有言也。至於五時九會、四辨八音，又未嘗不言。則知師之化俗，亦當言而言爾。今師亡矣，想見一念超然，無復繫念。前日之言，猶在人耳。必有高弟紀其緒餘，識者必自品題，予不復云。炷香瀹茗，師其歆之。尚饗！

雪竇寺志卷六下祭文

福唐陳君時可墓表

重和元年二月，進士陳君諱一鳴字時可，年四十一，以疾終於寢。宣和二年正月，葬于其鄉福州侯官縣董平山祖塋之側。紹興二十八年十一月，上郊圓丘，男謂通籍於朝，始贈君右承事郎。于時，謂持左迪功郎、南劍州司户參軍黄謙狀來請識，將以石表於墓下。予與謂嘗同僚，義不可辭，則以狀敘次之。

謹按：君曾祖象，累贈金紫光禄大夫，祖褒，父萬夫，皆隱德弗仕。自君叔祖侍讀、樞密直學士襄，以正直鯁亮受裕陵知。時大臣既更新法，嗜進者合一辭和之。學士公首言青苗不便，及薦司馬温公等三十三人，皆弗合大臣意，官用不大顯。其後所薦三十三人者相繼登宰輔，或爲名卿士大夫，人曰陳公之舉不凡矣。今天子即位，得其薦疏遺稿，乃告天下舉士，其以陳爲法。由是福唐之陳益以鼎鼐〔一〕甲天下，承光藉潤，實始有君。

君於是生六十日而孤，自幼已自立，不與俗説浮沈。崇寧、大觀間，用事者方以老莊清談放蕩之説表裏王氏新義，至春秋聖人之作反禁不用。君慨然即讀舊居安德之僧舍，葺讀書堂，取五經及春秋諸傳、百家子史，日誦吟不絶口，久之盡通其義。出從多士，輒巍然居上游。然率用所學背時，不在甲乙第。議者謂君與侍讀公雖出處殊，至所向不苟合，實若符契云。安知君得志，風烈議論不隱然與前人齊而尚止於斯乎？

君娶郡夫人吴氏，千里之曾孫，思之孫，介夫之女。笄而拜舅〔二〕于廟，奉其姑于堂，烝嘗脆甘，孔禮且時。凡君之行著于鄉，聞于家人，親戚故舊乏者得所濟，而後生者得所矜式，皆吴氏之助。吴氏得年四十八，後公七年宣和六年正月卒，靖康元年十二月十二四日從君之兆。以謂故，贈孺人。生男一，謂也。女四人，適許昌、黄俊民、連景先，幼爲尼。三孫男：翰、幹、朝。三孫女，皆幼。君之初殁也，待讀公之子中散某，悼念不忘，有命以遺表恩奏。謂今爲右通直郎、新通判興化軍事，所至有能聲。

予知陳氏之積其來有原，其後有承，而其興也未有既也。寵靈薦至，將拱而可待。若夫族系之所來，載之待讀公之譜之傳，且有公家集在，得不復云。

永樂大典卷三一四八

校勘記

〔一〕『鼐』，原作『鼎』，據全宋文卷四四一八改。

〔二〕『舅』，原作『舊』，據全宋文卷四四一八改。

杏花天

夢魂飛過屏山曲，見依舊、如花如玉。天寥翠袖依修竹，兩點春山鬬緑。　披衣起、閑愁萬斛，正月淡、梅花照屋。重温繡被薰清馥，不管明燒畫燭。

陽春白雪卷三

臨江仙

憶昔來時雙髻小，如今雲鬢堆鴉。緑窗冉冉度年華。秋波嬌殢酒，春笥慣分茶。

居士近來心緒懶，不堪老眼看花。畫堂明月隔天涯。春風吹柳絮，知是落誰家。陽春白雪卷三

二　題道隆觀

試憑欄干春欲暮，桃花點點胭脂。故山凝望水雲迷。數堆蒼玉髻，千頃碧琉璃。

我本清都閑散客，蓬萊未是幽奇。明朝歸去鶴齊飛。三山乘縹緲，海運到天池。大德昌國州圖志卷七

家　訓 紹熙二年四月

吾家自漢唐以來，祖宗積德深厚，於是世不乏人。逮今聖朝，枝葉蕃衍，青紫盈門。及至吾爵崇禄重，得歸安老，皆荷祖蔭，復賴曾祖妣冀國夫人葉氏之大節遺德所致也。昭著傳譜，此不復書。吾得禄不私，歸則頒惠宗族、鄉戚，及設義廩、藥局周恤貧難。汝曹慎勿席吾名勢，簡疏驕傲，自恃妄爲。當以禮先及人，温恭遜讓，忍辱受諫，掩惡揚善，濟人利物，慎言敏行，忠君孝親，敬長慈幼，信友和鄰，睦族儉家，謹身勤業，經營稼穡。厥後子弟名諱次第，皆如譜。毋以金玉綵帛飾諸童幼。毋耽嗜酒色。毋肆意衣食，群朋游蕩。毋攻異端，當就嚴師益友，篤習道義。況吾家每由儒業以興，而忠孝世傳，毋自懈怠。吾雖老矣，手不釋卷，所撰文集五十

卷、外集二十卷、尚書講義、論語口義、周禮天官地官講義等書傳世，姑遺示于來昆。

我曾祖妣冀國夫人嫠居貧窘，以組績而嚴教祖考讀書業儒，嘗誡之曰：『縱觀聖賢而操筆作語，爲士者孰不能？要當慕古人之德行爲貴耳。』於是克承母訓，八行純備，鄉舉於朝，得分大國，乃流慶於今日也。汝等愈宜刻勵，凡事無大小，悉咨稟于家長，慎毋擅爲。内助妯娌，恪執婦道，躬親内事，毋治私腆，毋事外務。嫁娶必擇清白良善、家法嚴肅及壻婦之性行，毋以名勢、貧富爲議。患病必委醫藥，毋爲巫覡諂禱所惑。凡冠昏喪祭，與奢寧儉，衣衾棺槨，隨其所常。祖塋家廟，毋有改易，惟盡禮盡哀而已矣。慎勿從浮屠妄炫華飾外情，要求名譽。吾甚疾此事。得友相處，切磋琢磨，忠告善道，毋始順終逆，毋苟利欲以害義。其閭閻囂詐、薄俗鄙黨，絶於相接。仕則當世竭忠節，以圖尺寸。故書是訓，爾等銘心戒慎，而授諸來昆，敬之毋怠。

紹熙二年歲在辛亥孟夏朔旦，太師、右丞相、保寧軍節度使、魏國公、兼觀文殿大學士、醴泉觀使、食邑一萬九千五百户、實封八千一百户浩識。

鄞東上水横街史氏支譜卷十一祖訓録六世伯忠王家訓

附録二

碑銘傳記

純誠厚德元老之碑 奉勑撰　標題一作太師保寧軍節度使致仕魏國公謚文惠追封會稽郡王史公神道碑。據篇中親灑宸翰云云，則此爲當日原題。

樓鑰

高宗皇帝以孝宗君德日就，將屬以社稷，妙選天下學行端粹之士以輔導之。紹興二十有九年，太師、會稽郡王史浩以國子博士奏事殿中，高宗一見契合，屬目送之，諭大臣曰：『浩今日有用之才也。』除秘書省秘書郎。粵五日，兼普安郡王府教授。受知高宗，被遇孝宗，實昉於此。明年，孝宗封建王，遷司封員外郎、兼直講。又明年，爲宗正少卿。三十二年五月，立皇太子，擢起居郎、兼左庶子。六月，孝宗受内禪，遷中書舍人、兼侍讀。十日，爲翰林學士、知制誥。八月，參知政事。明年正月，拜尚書右僕射、同中書門下平章事、兼樞密使。未幾，罷政，再典巨藩。淳熙四年春，召爲侍讀。五年三月，復拜右丞相。十一月，罷，仍侍經筵。八年，告歸得請。一再召見，恩賚宊渥，每以老先生呼之。孝宗移御重華宫，以宴處清閒，思見舊學。

太上皇爲頒詔諭，賜御劄。明年，遣幹辦御藥院楊舜卿撫問趣行，命守臣以禮津發。既入覲，孝宗顧公曰：『卿輔朕初潛，親遇朕建朱邸，陞儲宮，登大寶，兩居相位，三入經幃，逮今三十餘年。君臣相得，殆非他人比也。』

五年四月五日，公薨於里第之正寢。訃聞，孝宗上皇震悼，賻贈有加。有旨：以公身居極品，又爲壽皇潛藩舊學，贈恤之典宜從優異，可特追封。自餘賻葬恩數，並如陳康伯例。今皇帝登極，賜謚文惠，親灑宸翰，書『純誠厚德元老之碑』以賜焉，且命臣鑰爲之文。臣以末學待罪北門，乃得對揚明命，敷述盛美，以詔不朽。臣雖甚陋，何敢辭！竊伏思自古君臣以遇合爲難，而篤眷不替，善始以終，殆千載而不一遇也。方孝宗以藝祖統系之遠，承高廟付託之重，時公以所學糾正贊弼，自其緝熙光明，推而至於事親以孝，事天以誠，兵不輕用，刑不妄施，人才盛多，夷夏乂肅。孝宗繼志述事之功，承顔順色之愛，刑于四海，光于萬世，而又惠顧帝師日篤日親，胙我太師，福慶流衍，光大顯休，追媲典謨。孝宗奄棄慈極，公先六旬以遺表聞。嗚呼，豈偶然哉！

公諱浩，字直翁，世爲慶元之鄞人。曾祖簡，祖詔，父師仲，俱贈太師、冀國公。曾祖妣葉氏，祖妣徐氏，妣洪氏，俱贈冀國夫人。曾祖蚤卒，母葉夫人有遺腹，指天自誓：『願得子以續史氏之祧。』是生公祖，教之甚嚴，以八行薦於朝，積德垂佑，寖大其家。仲子才，紹興二十三年爲簽書樞密院事，公又繼登揆路，衣冠盛事莫尚焉。公性穎異，記誦絕人。少孤，自力於學，貫穿經史，理致超詣，措詞持論，出人意表。年四十始登進士科，授左迪功郎、紹興府餘姚縣尉。尋爲温州州學教授。郡守張九成有重名，待以國士，諸生推崇之。以中書舍人吴秉信薦，除太學正。遷博士，改宣教郎。自此六年以至相位，近世未有也。公智慮深長，臨機輒斷。平居若不勝衣，而剸裁勇決，毅然不可回。推究經旨，多先儒所未發。引經處事，動中要領。

完顔亮南牧，邊廷用兵。建王抗疏請爲前驅，誓不與賊俱生。公方以疾移告，聞之，亟往問：『孰爲大王計？誤矣！國步方艱，父子豈可須臾離！使唐肅宗能隨明皇幸蜀，安得有靈武事。』建王大悔，立俾公草奏，請扈蹕以供子職，辭意懇到。高宗聞議出於公，歎曰：『真王府官也。』廟堂方議以建王督師，由是不果。遂從視師之行，而内禪之意決矣。

高宗將過德壽宮，公議嗣皇當乘馬扶輦。高宗諭公曰：『執鞚前導，不足爲法。』公對曰：『臣于肅宗何取！父行而子隨，萬世不易之道也。』孝宗竟用公議。高宗數遣使邀還，出皇城門而止。既參大政，召宴禁中。公奏：『臣頃在翰苑，雖暮夜宣召可也。今居政地，非有中使，不敢前。若恃恩奔命，非大臣體。』孝宗深然之。嘗問：『當今施設，何先？』公曰：『莫如保邊境，收人才。』前言辛次膺、張燾人望所屬，即日召還。又薦周葵、任古、胡銓、張戒、王十朋等，以次收用。公平時咨問天下人物，有所聞，密疏其實，且識言者，録爲一編，皆於此乎取。又得金安節、王大寶、周必大等三十五人，各書所長以聞，並爲時用。

嘗對德壽宮，高宗曰：『皇帝誠孝，卿輔導之效居多。今又得卿佐之，朕心亦安。』又曰：

『卿爲皇帝親臣，凡有規正，不可回忌，賴卿悉力調護。』公既推謝，次日又因奏事言之。上封事者多乞減任子，公請歲一試，且損其額，試者必習所業以應詔，既不傷恩，足以激厲。孝宗顧左相陳康伯議合，公因奏。凡有所陳，皆先與丞相議而後言。自是臣僚奏請更改政令，必先以示公，然後施行。嘗因諫擊鞠事，張燾共政，退而曰：『相公愛君至矣。』燾又嘗語人曰：『參政今之賢輔，不可妄議。向來柄臣得君，多以威嚴脅人。史則不然，事多迎刃而解。志于寬厚，上前别白是非甚明。宰相器也。』康伯乞罷政，孝宗批問：『恩禮已盡，當與何職？』意蓋屬公也。高公即奏：『康伯前朝老臣，不可不留以爲重。若其請未已，必得德壽聖諭，可安其意。』是日，高宗賜以御筆，康伯乃安職。尋密詔公曰：『朕粗勤庶政，然軍務、民事未得其要。若礦金璞玉，方以卿爲良工，其毋怠焉。』公既相，益思所以報上者。首言：『前宰相趙鼎、參政李光之無罪，大將岳飛之久冤，宜復其官爵，録其子孫。凡坐廢者，次第昭雪。』悉從之。

時外建都督府，歸正人及諜者日衆。公雖憂之，而深察其能否。故拔皇甫倜於境外，官胡昉于書生，皆賴其用。有滕忠信等八人，還自山東，自言：『已結集萬五千人，可爲内應。』公詰問再三，皆無其實，語塞汗下而退。初已借閤門宣贊舍人，遂令赴督府。張浚亦以其無證，僅補承信郎而已。燕人劉藴古該通古今，談辯如流。一日，濠州奏募到北方遊手僅萬人，欲以營田。藴古力請以抗敵，時欲許之。公獨謂：『此必姦人，姑欲藉以反其國耳。』因詰之曰：『樊噲欲以十萬横行匈奴，季布猶以爲可斬。君得萬人，何以成功？』藴古錯愕不知所對，曰：『此皆無家，必不爲朝廷留，不如乘其未定而用之。』公曰：『其家不來，宜無固志。不知君家何在？』蘊古曰：『老幼皆在幽燕。』自知失言，戰灼久之。後因刺探事宜，私遣僕歸燕。僕以告，遂伏誅。

吴璘以兵取德順，捷至，方議行賞。公奏：『諸葛亮出師，必攻陳倉及郿，即今之鳳翔。得之，則可窺長安。高祖出漢中，正此道也。姜維舍此而多出隴西、狄道、臨洮，得之無益。今乃蹈維覆轍，臣恐遂失蜀矣。宜勉諭其歸。』登命公即選德殿廬作詔，令徹戍班師，專保蜀口，以俟大舉。斯須而就，詞旨明暢。孝宗閲之，曰：『他人必不能道朕意，奇才也。』既而吴拱、王彦奏：『敵已扼璘歸路，方募人往報。』璘亦勢迫，間道以歸。

袁孚罷右正言，公曰：『初政而遽去諫官，何耶？』孝宗曰：『妄言德壽宫有私酤。』公曰：『陛下事親，可謂曲盡。然宫中左右皆閹官，有何知識？若非言路時以正論折其萌，則將有甚此者。』上怒少霽。又奏：『諫官無故而罷，天下必以爲疑。若暴其罪，恐啟兩宫之間。願少須之，使其引去。』尋除直秘閣、知温州，自是益無纖芥之隙。

張浚屢奏欲取山東，公曰：『宿師於外，守備先虚。我能出兵山東以牽制川陜，彼獨不知警動兩淮、荆襄以解山東之急耶？惟當固守要害，爲不勝之計。必俟兩淮無致敵之慮，然後可前。若乃順諸將之鋭氣，收無用之空城，寇去則論賞於朝，寇至，則僅保山寨，顧何益乎？』繼而大將李顯忠、邵宏淵奏乞進兵，公又奏：『二將輒乞戰，豈督府之命令不行耶！』浚繼請入覲，乞即日降詔幸建康。孝宗以問公，公陳三説，謂：『若下詔親征，則無故招致敵兵寇邊，何以應之？若巡邊犒師，則德壽去年一出，州縣供億重費之外，朝廷自用緡錢千四百萬，今何以繼？若曰移蹕，欲奉德壽以行，則未有行宫。若陛下自行，萬一敵人有一騎衝突，則都城騒動，何以處之？』孝宗感悟，曰：『都督先往臨邊，俟有功緒，朕亦不憚一行。』浚言：『陛下當以馬上成功，豈可懷安以失事機？』公執不可。退又以詰公，公曰：『帝王之兵，當出萬全，豈可嘗試而圖僥倖？主上承二百年基業之託，漢高祖起于亭長敗亡之餘，烏可比也！』尋復論辯於殿上，浚曰：『中原久陷，今不取，豪傑必起而收之。』公曰：『中原決無豪傑，若有之，何不起而亡金？』浚曰：『彼民間無寸鐵，不能自起，待我兵至而爲内應。』公曰：『勝廣能以鉏耰棘矜亡秦，彼必待我兵至，非豪傑矣。若有豪傑而不能起，則是彼猶有法制維持之，未可以遽取也。今不審思，將貽後悔。』又上疏力諫曰：『靖康之禍，臣子孰不痛心疾首，思欲蹀血北廷，以雪大恥。恭想宸衷寢膳不忘。然邇安則可以服遠，若大臣未附，百姓不信，而遽爲此舉，安保其必勝？浚老臣，慮宜及此，而溺於幕下新進之謀，眩於北人誑惑之語，是以有請耳。德壽豈無報敵之心，時張、韓、劉、岳各擁大兵，皆西北勇士，燕薊良馬，猶不能進。今欲以顯忠之輕率、宏淵之寡謀，而取全勝，可乎？惟當練士卒，備器械，固邊圉，蓄財賦，寬民力，十年而後用之，則進有辟國復讎之功，退無勞師費財之患。此臣區區素志，實天下之至計也。』督府乏用，欲取之民。公曰：『未施德於民，遽重征之。恐外賊未必至，民貧將自爲盜。』康伯與公相顧，同奏曰：『必欲取於民，臣等皆當丐退。』上爲之給虛告五百道以庚費。浚又奏：『歸正人當優待之。』公以爲不可。浚、康伯俱曰：『彼以善心至，安可拒乎？』公又兩入奏，其一曰：『敵日爲姦謀以撓我，縱流民以困我，而沿邊方以招徠爲功。數年之後，蠶食既多，國用益乏，彼將反有怨悔之心，可不遠慮乎？固不可絶其内向之意，其有至者，當諭之使安土以俟恢復。彼且無所歸怨，而敵亦知國之有人。豈應先爲自蹙之計？』其二曰：『棄實而務名，捨近而謀遠，見利而忘害。願棄名取實，以集大勳；先近後遠，以安邊鄙；見利思害，以杜亂萌。』言甚切至。又與浚言：『平時願執鞭而不可得，幸同事任，而數日議論不同，不惟爲社稷生靈計，亦爲相公計。相公養成名望，一旦失利，豈不有損威重？』浚曰：『公言良是，但浚老矣。』公曰：『杜預輩有平吳之功，而晉歸功於羊祜。以祜立規模，而預竟其功。相公若先立規模，後使人藉是有成，亦相公之功也，何必身自爲之？』浚因内引奏曰：『史浩意不可回，恐失機會，乞出英斷。』既而省中忽得宏淵出兵知稟狀，始知不由三省，徑檄諸將。公語康伯曰：『吾屬俱兼右府，而出兵不得預聞，則焉用相哉！』由是求去不已，孝宗曰：『何苦至是？』公對曰：『道德元老，無如陳康伯；忠義慷慨，無如張浚。臣與之議論，俱不合。諸將出兵，而臣不知；近習積憾，而臣不去，尚何待乎？』因又言：『康伯欲納歸正人，臣恐他日必爲陛下子孫之憂。浚鋭意用兵，若一失之後，恐陛下終不得復望中原。臣即日去國，遂遠清光。然惓惓之忠，不容緘默。』言訖，拜辭而退。遂以觀文殿大學士知紹興府，公力辭，提舉臨安府洞霄宮以歸。未及月，而宿州失利，喪士馬甚衆，軍資器械不可計，人心沮喪。上降詔罪己，而浚亦自劾去位矣。初，浚措置萬弩營及他所建請，公應之如響。或問之，公曰：『事力未備，故止其進兵。若邊防捍禦，安可不從？』公既去，其所奏請多不以時報，浚亦悔之。嗚呼！公本欲修政固圉，裕民練兵，雖不求近功，而規模甚遠。議者不察，以爲獨無意於事功。惟知之者，乃信其非苟爲異也。

公卜居東湖之麓，徜徉山水勝絶之地，以奉親歡。歲時賀表外，不以一字至行在所。後除四川制置使、知成都府，以親老辭。月餘，改知紹興府、兩浙東路安撫使。孝宗見公，首曰：『卿前所奏陳如龜兆，數計無一不驗。』從容賜坐，訪以治道，公以『求治太速，聽言太雜』爲對。至鎮，爲民興利除害，不可縷舉，越人至今德之。進檢校少傅，領保寧軍節度使。會洪夫人屬疾思歸，力丐祠。不允，乃許謁告迎侍。未幾，罹内艱。公性至孝，平日奉母甚周，孝宗素知之。在王府時，得上方珍饌，必以分遺。登位之後，間問動静，以正旦賜酒肴使爲壽，特于洪夫人生朝拜公爲相。又嘗以御筆徑賜之，曰：『丞相今日正謝，賜酒果爲太夫人之慶。』其歸自帥閫，旌旄行前，公擁版輿於後，人子之榮極矣。至是悲毁骨立，忍哀舉葬，纖悉周備，世所難及。前即吉數日，除知福州、兼福建路安撫使。避魏王同鎮，改崇信軍節度。入對，賜宴内庭，勞問加優。後三日，除開府儀同三司。公自言：『臣何功德，叨此眷寵。』孝宗指心而言曰：『于此甚有功。朕學力堅固，心術明正，皆卿之力也。』初過越，老稚迎拜擁道，有垂泣者。時方滋爲帥，謂公曰：『公去此時有緡錢十六萬，米斛四萬。漕司取充羨餘，遂爲歲例，奈何？』公奏除之。至閩，鵉山路七百餘里，葬旅櫬以千萬計，辟官舍以益貢闈。每事立規，四方傳以爲式。建劍四州多不舉子，臧獲則取於福與漳泉間。公置田爲莊，貧婦孕育，月有所給，既使生齒益繁，又免誘略之害。

淳熙元年秋，丐祠，提舉洞霄宫。後三年，孝宗問執政：『久不見史浩，無他否？』遂除少保、觀文殿大學士、充醴泉觀使、兼侍讀。頗聞有尼之者，至兩降親批，三遣金字牌，又取尚書省移文封以付公，不得已而後起。抵都城，聞輔臣謫英州，及見，奏曰：『陛下未嘗以大臣投嶺南，實國家忠厚之意。此門恐不可開。』孝宗唯唯。他日，語近臣曰：『史浩厚德人，蓋深知前日事也。』三朝寶訓及真宗正説事關治體及當法祖宗者，必委曲援引，開廣上心。嘗宴澄碧殿，酒數行，步到清激觀機泉，宣勸無算。到二鼓，孝宗攜手登橋，又賜三爵，命宿玉堂。夜參半，引雙蓮燈以送，且曰：『此遊不可無紀。』是夕，公進古詩三十韻，孝宗和答之。引陳襄故事，薦石斗文等五人，皆赴闕。

既而再相，孝宗曰：『自葉衡罷，虚席以待丞相久矣。』與執政入謝德壽宫，高宗曰：『卿再入相，天下之幸也。』公以士夫留滯旅寓者凡八百人，各隨其分處之，爲之一清。初相時，蜀帥以緡錢獻，公謂：『宜以儉德風天下，請以賜蜀郡復二税。』是年，紹興所獻復倍此。孝宗曰：『卻之必有散失，姑令封樁如何？』公對曰：『郡方困於和買丁錢，願以代輸其半。』孝宗欣然從之。是年，金曆以八月晦爲九月朔。或言會慶節使人將先一日入境，請治曆官。公曰：『天道難測，未知孰是。而遽治曆官，是自彰其失也。但當諭接伴使：若使人渡江，則當語以晦朔尚可議，皇帝生辰則不可改。先一日乃是藝祖忌後，若欲行慶禮，當如舊期。』孝宗以爲當，後皆如公之言。車駕既幸太學，公因請幸秘書省，三衙皆與坐。乃奏閤門舍人方以比館職，亦當列於西廡。崇儒矯弊，皆有深意。孝宗謂：『公視文武如一，爲得大體。』

十月，諸軍以多闕額，又有逃亡，請得自招捕，許之。而並緣强取被掠者，或至斷指以求免，都下洶洶。公飛奏盡釋所捕。又禽爲首者送棘寺，宣宰輔及樞密都承旨議罪，欲取兵民各一人梟首以徇。公謂：『未得其平，兵士可斬，百姓陸慶童當坐流罪。』上怒，不以爲然。公曰：『陛下恐軍人有語，而百姓爲可欺耶？豈不聞：「等死，死國可乎？」此豈是軍人語？』上愈怒曰：『是比朕爲秦二世也。』同列相顧失色。公徐進曰：『如「時日害喪，予及汝偕亡」，豈二世事？』聞者縮頸，而公不爲動。議罪既如初，遂日求去位。除少傅、保寧軍節度使、醴泉觀使、兼侍讀。後有言慶童之冤者，孝宗曰：『史浩蓋嘗力爭，坐此求去，至今悔之。』賜第城中，出御製長春花詩，酬和至再，以示眷留之意。又薦薛叔似而下十五人。叔似召用，餘以次收擢。

佑聖觀，故建邸也。孝宗嘗自北宫臨幸，語曰：『去此十七年，今得與卿爲豐沛故人之飲，可謂盛事，甘盤無此樂也。』公屢求歸，時陳俊卿已奉祠。八年二月，除判建康府。公奏：『俊卿年未及七十而去，臣以七十有六而往，豈不愧見吏民耶？』孝宗嘗自擬館職策，極言取士用人之弊，大要謂『國朝過于忠厚』，以示公。公讀畢，奏曰：『太祖不忍殺一不辜，以得天下。累朝仁德，至仁宗而大備。夫忠厚豈有過耶？乞改曰「一于忠厚」。』孝宗曰：『非卿不能爲此言。』五月始許歸，除少師，留至八月。陛辭，猶進八事。十年，請老，除太保致仕。公嘗歷永、衛、魯三國公，於是進封于魏，仍如曾公亮例入謝。明年，先降旨：候至國門，百官郊迎，見畢，對御賜宴，用文彦博故事。道中具辭。再三奉俞音，乃絶江。

公晚治第西湖之左，裒兩朝所賜御書，建閣以奉之。因奏聞，孝宗書『明良慶會之閣』以賜。公謝不敢當，孝宗曰：『古人願爲良臣，卿輔朕之久，日聞忠言，深悟朕心，尚何慊乎？』勅後苑造扁榜，命中使馳賜之。上嘗以『舊學』二字即政事堂賜公，同列咸曰：『自古際遇，莫盛於此。請鑱諸石，爲省中榮觀。』公又謝不敢。既歸，以名其堂。歲遇誕日，錫以金器者十四年。年八十，又加器寶，兩宫使命相望。高宗再舉慶典，詔公隨班上壽。進太傅，賜玉帶、金魚，踰月乃東。上皇御極，進太師。降詔求言，首及故老。公上封事數千言，皆當世要務。重華之召，引辭甚切。孝宗誥曰：『今與卿皆閒人，當衣褐見，何必求免耶？』詔乘肩輿入隔門，仍命孫定之扶掖，特改京官。朝退，次詣重華，孝宗從容謂公曰：『與卿復得相見，既無嫌疑，足可爲度暑計，毋亟言歸。』因奏：『陛下躬行三年之喪，復見堯舜三代之盛。』孝宗曰：『此皆卿平昔所以語朕者，今日得以行之。正如滕文公盡哀戚之情，而弔者大悦，實自然友反命之一言。』蓋公平時專以忠孝二者發明聖學，謂：『父子天倫，雖自有至性，亦宜先意承志，曲盡誠心。』後又屢奏：『欲報莫大之恩，惟應尊事不倦，使慈孝兩盡，爲萬古父子之懿範，垂之子孫，永永無極。』故孝宗不忘此言。再對，奏：『陛下召臣，非徒使霑被寵光，亦恐有一得之愚，少裨繼明之治。敢爲四説以獻。』曰：『立天下之大本，平天下之隱難，收天下之人望，伸天下之直氣。』謂：『教皇子，備夷狄，舉人才，受盡言』也。太上垂聽，慰奬再三。

既歸之次年，長子彌大以疾不起。公起居寖衰，後感疾危甚，呼諸子及孫戒曰：『吾受國厚恩，欲報無所。汝等惟當世竭忠節，以圖尺寸。』命左右取手稿、遺表，曰：『吾且死，其以是進。』遂瞑，享年八十有九。娶貝氏，追封魏國夫人，先三十九年卒。子四人：彌大，故通奉大夫、充敷文閣待制、新知寧國軍府事，贈銀青光禄大夫；彌正，朝奉大夫、復直秘閣、主管華州雲臺觀；彌遠，朝奉郎、主管建寧府武夷山沖佑觀；彌堅，通直郎、兩浙路轉運司主管文字。彌大、彌遠皆登進士第，彌正、彌堅亦累舉春官，人以是服公之教子也。女五人：長適朝請郎新權發遣永州軍州事陸杞，次適從事郎、充江淮荆浙福建廣南路都大提點坑冶鑄錢司檢踏官豐謙，次適朝請郎、前通判湖州軍州事李友直，次適迪功郎、新荆湖北路提舉茶鹽司幹辦公事夏鼎，次適承議郎、簽書寧海軍節度判官廳公事王槱。孫十二人：宗之，通直郎、改添差沿海制置司幹辦公事；宜之，宣教郎、知臨安府富陽縣丞；定之，宣議郎、新知婺州蘭溪縣；守之，承事郎、前監平江府糧料院；安之，迪功郎、温州瑞安縣主簿；實之，修職郎、監紹興府和旨酒庫；宣之，憲之，寯之，寬之，宻之，賓之。孫女十五人：長適奉議郎、新知建康府上元縣方叔恭，次適通直郎、新知明州鄞縣丞吳樸，次適宣教郎、前知湖州武康縣丞秦鉅，次適宣義郎、新監臨安府仁和縣臨平鎮稅胡綱，次適修職郎、新秀州華亭縣支鹽官王友元，餘未行。曾孫八人：唐卿、虞卿、文卿、夏卿、商卿、周卿、漢卿、顯卿。曾孫女十人，皆幼。以其年十二月庚申葬公於鄞縣翔鳳鄉吉祥安樂山，合魏國之兆。

公盛德絶人，備福無比。蓋嘗竊窺其大者：性本至孝，有不可解於心，故爲士時，惟見其事親事長，篤朋友鄉黨之義。及出而事君，則盡其忠；謀國，則竭其慮；接物，則極其寬；臨事，則務於恕。匹夫孺子，不失其懽心。而義有不可，不以死生禍福少變。率自孝道發之。君臣道合，脗然無間。蓋近古人主躬行通喪自孝宗始，而公又以此事之。其能不膠漆而固，豈無所自哉！孝宗嘗謂公曰：『卿所薦用人，其間有負卿者，亦知之乎？』公頓首曰：『此臣所以報陛下也。臣所薦，未嘗以語人，亦不受其私謝，故人人自以爲得上意。薦賢者，臣之責；用賢者，君之恩也。』嘗擬知湖州陳之茂進職知平江，孝宗知之茂嘗毁公，曰：『卿豈以德報怨耶？』對曰：『臣不知有怨。若以爲怨，而以德報之，是有心也。』莫濟作詹事王十朋行狀，詆毁尤甚，公薦濟掌内制，孝宗曰：『濟非議卿者乎？』公曰：『臣不敢以私害公。』遂除中書舍人、兼直學士院，待之如初。蓋公之寬厚類此。人雖有不悦，然無物可以忤意。古人所謂澄之不清，淆之不濁，雷霆破柱而神色不動者，猶未足道也。公既極貴，處鄉曲一如布衣時，每以事親爲未足。又推本史氏積德累行之原，自爲之文，時節誦於家廟，上以報祖考之施，下以勵子孫之習，其用意篤矣。事物之來，不問劇易，雖至難甚冗，或連日夜廢寢食，而精神酬應益有餘裕。考其克勤小物，凡事精密，園館器用，動出新意。其在富貴中，望之如神人，而謙虚退然，若無與者。野服蕭散，皆不足以累其中。此如萬斛之舟，容物有餘，不見其多。而經濟之業，則用之猶未盡也。而又居權之日少，安佚之日長，故舉世無怨無惡，惟以鉅公大度推之。生榮死哀，無可憾者。公屬文多立就，雖老，表章猶自爲之。有文集五十卷、外集二十卷、論語口義、尚書講義、周禮天官地官講義傳於世。餘皆公之細也，不勝書。銘曰：

於皇高宗，天開中興。肇宋基業，思永繼承。藝祖七世，有孫神武。是用付託，纘宋之緒。高宗曰嘻，帝命不易。我儀圖之，謹厥輔翼。孝宗武文，實惟承之。雍雍太師，實維成之。帝咨臣弼，一本於學。緝熙光明，德修罔覺。兩輔予政，毋輕黷兵。毋過取民，毋濫用刑。言如蓍龜，靡有差忒。旁招多士，寧我王國。天地清夷，中外晏然。繼志述事，二十八年。兩宮燕娱，天壽平格。三奉玉卮，四登寶册。召對德壽，嘉帝之孝。又曰太師，輔翼之效。帝謂聖父，教誨之功。臣亦歸美，媚于高宗。天用昌之，蓍艾康寧。帝用休之，福禄寵榮。孝宗乘雲，太師騎箕。君臣始終，雖恨莫追。有赫景命，湯孫是纂。顧瞻遺烈，於以追遠。錫之篆碑，孝宗有臣。報我天子，詔爾後人。

宋樓鑰攻媿集卷九十三

寶慶四明志

史浩傳

史浩字直翁，鄞人。祖父詔，以孝、友、睦、婣、任、恤、中、和之行舉於朝，不就。浩少卓犖有大志，敏悟絶人，力學至忘飢渴寒暑。叔父木優於學，浩以爲師，朝夕質問疑義，反復切到。讀書一經目，終身不忘。自經史百家，至浮圖、老子之書，靡不通貫。

年四十，登紹興十五年進士第，爲餘姚尉。有黠賊聚黨剽劫，出没不常。監司名捕之，六年弗獲。浩設計，擒其魁黨九人詣縣。令怪其不言親獲，浩曰：『捕盜，職也。彼戮而我受賞，吾心安乎？』令歎曰：『處心如此，其不待舉主，改官必矣。』任滿，詣行在。時仲父才爲右諫議大夫，給事中林一飛來致宰相秦檜意，言：『已留國子監書庫官擬令姪矣。』浩白仲父曰：『秦似難與同處。且浩以省試前十名，於法令當受教官。可不安分乎？』明年，檜薨。又明年，仲父罷簽書樞密院事。

又明年，浩以中書舍人吴秉信薦，自温州教授召爲太學正，再遷國子博士。輪對，高宗皇帝器之。温顔訪問，浩乃言曰：『小臣敢冒萬死畢愚忠。聞兩郡王皆聰明，臣謂宜取其最賢者寢别異之，以繫人望。』上頷首。兩王者，普安王孝宗皇帝及恩平王璩也。上方遴選輔翼之人，遂遷秘書郎。間三日，命兼二王府教授。大臣奏：『王府教授，必召對乃除。』上曰：『朕已見其人矣。』浩常力勉二王以孝。每詣府講書，普安王必召三王子入閣側聽。長莊文太子愭，次魏惠憲王愷，季光宗皇帝。上書蘭亭序二本賜二王，批其後曰：『依此進五百本。』浩曰：『此趙鞅書訓戒之辭之意也。』謂二王：『君父之命，不可不敬從。』數日，問普安王，曰：『見書。』浩曰：『能溢其數，尤見順承之意。』又以問恩平王，曰：『未暇。』浩驚曰：『郡王朝參之外，何日非暇而至違命乎？』已而普安王書七百本上之，璩卒無進。一日，上賜二王宮女各十人。浩又謂二王曰：『是皆平日供事上前者，以庶母之禮禮之，不亦善乎？』月餘，浩問普安王，曰：『如教授言。』又問恩平王，不應。上尋召諸宮人入，具言普安王加禮如此，恩平王無不昵之者。上由是益賢普安王，詔立爲皇子，封建王，以浩爲司封員外郎、建王府直講。建王以內知客龍大淵、曾覿善飲酒，多置酒會之。浩因講周官酒正，曰：『周官一書大抵於財無不會者，獨於膳羞曰：「惟王及后、世子不會。」及酒則曰：「惟王及后不會。」不言世子。蓋世子之飲亦在所會也。何者？酒所以爲禮，亦所以爲禍。世子奉君則當忠，奉親則當孝。苟以狂藥動蕩其心，於忠、孝能勿愆乎？彼方求其主鬯以奉宗廟，元良以正四方。酒正于此安得不節之以數而會之於歲終也？』建王瞿然起曰：『謹受教。』自此節飲。大淵、覿由是銜怒。上以浩輔導皇子裨益良多，特遷宗正少卿。

完顏亮寇淮，上議親征。建王上奏：『請將兵爲前驅。』浩方疾作，聞之驚起，亟具衣冠趨府，取左氏春秋里克論申生及漢書四皓論孝惠將兵事，爲建王讀之。且舉唐肅宗事言：『艱難之時，父子豈可跬步相捨？』建王大感悟，即使草奏痛咎前失，又以劄子上皇后。上大喜，語大臣曰：『史浩真王府官也。』未幾，亮死，上幸江上視師，建王從行，浩與之俱。駕還，建王爲太子，浩遷起居郎、兼太子右庶子。高宗尋下内禪詔，孝宗踐阼。四日，遷浩中書舍人。又六日，兼侍讀。上問：『今設施何先？』浩對：『莫如保固邊鄙，收拾人才。頃秦檜輔政，妬賢嫉能，所廢黜多名士。今以禮召之，士氣必伸，而得其用，治斯舉矣。張浚已召，張燾、辛次膺皆執政材也。』上從之。浩又言：『周葵、任古、胡銓、張戒、王十朋，請悉召之。』尋遷浩翰林學士。張浚以召至。浚位特進，爵和國公，上將以爲江淮宣撫使，拜少保。浩曰：『浚名重當世，久爲秦檜所抑。既大用之，恩禮宜加厚。』乃進少傅，升魏國公。於是，上有經略中原之意。浩草浚制云：『誦宣王任賢使能之詩，朕喜得將明之助；鑒光武略地屠城之戒，公宜以安集爲先。』意欲令先固邊疆，無浪戰也。上語浩：『中外臣僚，朕不能徧識。卿疏其所長，以待選用。』浩疏三十四人。後上每有除授，皆於是乎取，多至宰相、執政、侍從。

岳飛忤秦檜，死於棘寺，槀葬牆角。浩請追復元官，以禮改葬，録用其後。又奏：『趙鼎、李光，前朝望臣，以無罪竄貶而卒。請盡復職名，且官厥後。』上悉從之。

浩參知政事，上皇使内侍召至賜食，諭曰：『卿在皇帝潛藩，備殫忠力。皇帝孝愛，卿輔導之功也。今得卿爲輔弼，吾亦安心。』又曰：『卿皇帝親臣，凡事宜直前規正，不可回忌。』尚書户部員外郎馮方見浩，曰：『上命修玉津園。』浩即坐作奏：『恐損恭儉之德。』上即批賜：『已令臨安府不得修造。』方猶在坐，共歎上從諫之美。方曰：『以方所見，此等小事，且放過無害。』

恐久必厭倦。』浩曰：『人君一嚬一笑，繫天下休戚。子必待天下進花石如宣政間乎？浩則不然。若信吾説，無小無大，不貳此心。苟不見信，一旦逐去，予心無憾矣。』

江淮沿邊諸郡競招誘山東人，皆高其官爵，厚其錢粟以來之。朝廷竟日爲之换授官資，撥給禄賜，無已時。浩上奏，大略謂：『湯文得天下之心，非謂天下之民先歸湯文之國也。使民先歸其國，則七十里之亳，百里之豐，何以容四方之人？而亳與豐之地方且疲於贍養，日益窮蹙，又何暇修文德以格遠人哉！今北虜日爲姦謀以撓我，日縱流民以困我。沿邊守臣由之不知，日以招來爲事。自去冬用兵以來，歸正之官已滿五百，皆高官大爵，動欲添差現闕。歸正之民不知其數，皆竭民膏血，惟恐廩之不至。駸駸不已，布滿東南。蠶食既多，國用益乏。已來者不獲優恤，必有悔心；方來者待之苟薄，必有怨心，終亦何所濟？今説者必曰：「不如是，不足以繫中原人心。」夫内修政事，教化既明，風俗既厚，百姓家給人足，使彼之士民願立於朝、願爲之氓而不可得。然後一旦興師，恢復土宇，皆爲王臣，則其心乃大悦，如湯之后來其蘇，武王之一怒而安也。苟吾之政化未施，財力先屈，國尚未可保，安能繫中原之心乎？臣聞棄實而務名，捨近而謀遠，見利而忘害，此三者天下之大弊，古今之至戒也。夫自淮泗之北，燕趙以南，幅員萬里，皆我故疆。乘中原愛戴之心，一舉而取之，天下孰敢以爲非？今既未能，乃區區招集逋逃之人，以爲繫中原人心。此臣所謂棄實而務名，一弊也。自去歲賊亮入寇之後，兩淮蕩然，驅逐殺戮不可勝計，慟哭之聲至今未已。此皆當如飢渴，如焚溺，日夜圖之者。今未見大有措畫，而廟堂之上率嘗以大半日力整會歸正人，宣撫司沿邊諸軍帥司、州郡又可知矣。此臣所謂捨近而謀遠，二弊也。北人初來，扶老攜幼，莫不皆言去虎狼，歸父母，嗚咽流涕，以手加額。不知者觀之，真若可喜。然廩給禄賞少不厭其無涯之心，則怨詈並作，未必不刺取國事歸報敵境，況其間往往本心有爲間探而來者。此臣所謂見利而忘害，三弊也。願陛下密飭沿邊守臣，其有至者，諭以久遠之計曰：「國家議戰與和，皆爲汝輩久此陷没，欲圖拯濟。若爲戰計，則他日得我故地，汝皆吾民，又何必捨墳墓、棄親戚而來？若爲和計，則干戈既緝，汝等無戰爭徭役之苦，四海一家，往來無礙。朝廷亦豈遂忘汝等？宜各安本土，以俟議定。」則彼將無所怨，而虜聞之，亦知我國有人矣。自是葺藩籬，保形勢，寬民力以固邦本，募勇士以益軍籍，政修而教興，國富而兵强，機會之來，豈有窮已？一舉而得中原，大開明堂受朝賀，此成湯文王已試之明效也。』

浩之在翰林也，議於瓜洲、宣化、采石爲城塢堡塞，以防虜騎衝突。置軍人妻女於塢中，屯戰艦其下，使事急有勢援，賊不得遽窺大江。既參政事，復伸前説。且爲轉般倉，上以馮方爲提舉修築之。浩又議：『開運渠，自瓜洲通揚州，自采石通和州，皆以其土積北旁，植榆柳以障敵騎，他日可以運糧。』又議：『於沿江淮及上游荆襄久任守臣，以山水寨總首爲兵官，各扞禦一郡。凡有要害，併力設險以守之。各舉所親之有材勇者，以爲異日用。且徙其家城中，以僕御爲防守，不假有司資糧，惟每歲春秋大閱，厚加賞賜。仍許以他日有警，止守一州，不必出境臨戰，庶幾固守藩籬。藩籬既固，乃遣王師攻討，四出爲犄角之勢，首尾相應。則我諸軍出戰，如蛟龍乘虛空而上。苟不如欲，則退居所築城堡，如九重之淵。』上深然之，命方就治其事。既而張浚辟方爲督府參議官，事遂寢。

浚奏請進兵取山東，浩兼知樞密院，力陳不可，事少止。隆興元年正月，拜尚書右僕射、同中書門下平章事、兼樞密使。浚以樞密使都督江淮軍馬，復有山東之請。浩以兵力未盛，民力未蘇，財力未足，遽捨内以事外，未見其利，宜徐召張浚來議。上從之。四月，浚至。乙亥，與陳康伯及浩俱在上前，浚請上即日降詔幸建康。上顧康伯，康伯無語。乃顧浩，浩曰：『萬乘一動，有名則可。以臣觀之，其動有三：一曰親征，二曰勞軍，三曰移蹕。臣謂今日皆未可也。名曰親征，則虜必以大軍應。我無故而招致數十萬人寇邊，何以應之？謂之勞軍，則用度當如上皇時。上皇曩歲之行，帑藏耗費，郡縣供億，諸司諸軍往來饋遺，蓋費緡錢數百千萬。姑計内藏一庫所出，已千四百萬緡，他可知已。今復爲是，六軍聞之必喜。苟所賜不能盡如前日之數，必皆怨望。是可已而不已者。若曰移蹕，其於進取固爲順便。第在今日，則又有未安者，更須熟議。』上不悦，曰：『移蹕只是移蹕，又復何議？』浩曰：『未審陛下自與六宫往，亦奉上皇以俱。若奉上皇，則建康未有德壽行宫。又未知上皇行止之意若何？臣料上皇未必肯行也。上皇不行，陛下安得與六宫往？儻陛下自行，乃是親征，非移蹕也。若今親征，俟有功乃回乎？不待有功而即歸乎？必俟有功，功不可必，則卒未有回鑾之期。苟無功而還，則與上皇視師之行無以異，亦復何益？以是思之，三者皆未可也。抑臣聞之古人，不以賊遺君父。今必俟上臨陣乃能成功，安用都督哉！況留上皇於此，而陛下遠適千里之外，不得朝夕侍左右。虜以一騎犯淮，則此間騷然。少有奔竄，上皇能不動心乎？陛下父子慈孝如此，今日豈可跬步相離？』上始悟，謂浚曰：『都督姑先臨邊，俟有功緒，朕何敢憚行？今未須下詔。』浚曰：『陛下當以馬上成功，豈可懷安以失事機？』浩曰：『今日陛下事體，與漢祖以匹夫創業之時不同。』既退，浚問：『何謂不同？』浩曰：『漢高帝崛起草野以圖帝業，得之則爲天子，失之則爲匹夫，何顧藉之有？上皇以祖宗二百年天下授之上，當出萬全，豈可嘗試而圖徼倖，欲爲漢高輕易之舉？一有蹉跌，悔何及哉！』間六日，浚奏欲取山東，浩問浚曰：『不知江上之兵今有幾何？』曰：『二十萬。』浩曰：『以幾人守江淮？以幾人之山東？』浚曰：『留其半，以其半行。』浩曰：『陸行乎？舟行乎？』浚曰：『用舟。』浩曰：『若捨舟遵陸，必棄其舟。苟不棄舟，須兵守之，當幾人乎？』浚曰：『一二萬。』浩曰：『因糧於敵乎？使人運糧乎？』浚曰：『運糧。』浩曰：『舟既不可棄，運糧之人復當幾何？』浚曰：『一二萬。』浩曰：『如是，則攻伐之師止六萬人，虜必不以爲恐。且淄、青、齊、鄆等州，雖盡取之，未傷於虜。虜若犯兩淮、荆襄爲牽制，則江上之危如累卵矣。都督是時在山東乎？在江上乎？警急應援所用何人？若無其人，則雖留十萬之衆，亦無益也。』明日，復奏對，未決。又明日，浚奏督府乏用，浩問：『頃日何以取辦？』浚曰：『第取之民間，如燕山錢、免夫錢之類，皆舊例也。可令長吏諭之：「爾曹不捐財助邊，虜至皆爲所有。不如以與國家，還以保庇爾民。」民見利害，豈得不從？』康伯與浩同奏曰：『必欲取於民，臣等皆當丐退。』上知不可，乃給空名告身五百，俾之鬻爵。自是，連日奏對。一日，浩與浚對坐待漏院幕次，康伯以病告不至，浩謂浚曰：『今日銳意欲用兵，豈非以祖宗大讎未復，必欲一舉空朔庭，以洗中外積年之憤？然而醫人之國，當觀其時，審其勢。方今上新即位，内政未立，而遽動干戈於邊鄙，則財用必竭，人心易揺。是徒慕復讎之名，初無其實也。莫若先爲不可勝，以待敵之可勝。』浚曰：『此言良是，但浚老矣。』浩曰：『晉滅吴，杜預之功也，而當時歸功於羊太傅。以叔子立規模，而元凱成其功也。相公若爲後人立規模，使後人藉是以有成，則亦相公之功。何必身自爲之？』及奏對，浚不復言邊事。尋内引朝辭，乃力請於上曰：『臣早間再與史浩議，其意已不可回。恐失機會，惟陛下英斷。』上由是不由三省、樞密院，徑以金書牌自命諸將出兵，外廷莫之知也，浚乃還建康。上一日謂浩曰：『兵當以義爲先。今朕爲二聖不共戴天之讎而舉，義莫大於此者，當無不克。』浩曰：『爲此舉兵，誰不曰義？然以臣愚見，當更兼德與力言之。譬有人焉，鄰家侵奪其先人之田廬。爲子若孫，義固當復。然彼得之者益富，我失之益弱。而吾之德既未盛，力又不强，苟欲取之，不惟無成，恐復有損爾。泰誓有云：「同力度德，同德度義。」蓋力同始可度德，德同始可度義。左傳謂：「犯五不韙而伐人，爲喪師之宜。」實以不度德、不量力爲首。然則又焉能克哉！故雖文王，猶曰：「大邦畏力，小邦懷德。」況其餘乎？今虜於德、義固不足，力則有餘，故敗盟犯順如此。

我若以不共戴天之故，不暇益厥德，不待壯其力，而冒昧以往，誓不俱生。此匹夫之報仇也。』五月戊戌，浩得邵宏淵狀，言：『准御前金字牌，奉聖旨擇日進兵，謹具知稟事。』大驚，始知是月甲午師已渡淮矣，以示康伯曰：『國之大事，在祀與戎。今出兵已數日，吾人俱以宰相兼樞密事而不得與聞，將焉用相？』乃見上求罷政，力請再三，不從。先是，龍大淵、曾覿積怒於浩，金安節、周必大又繳其知閤門事詞頭，二人皆浩所薦，大淵、覿愈憾。浩以情告，上始有允意，問曰：『丞相每言不可用兵，兵固不可用乎？』對曰：『非不可也，乃未可耳。自紹興和戎，天下咸謂假和以爲戰計耳。然日觀朝廷之上凡所施爲、有制禮作樂、文飾太平之事，無枕戈嘗膽、圖報大讎之心。二十年間，苟且度日，内外宴安，上下逸樂，遂成徒和矣。將何以上回天意，下感人心乎？今陛下新立，奈何亦無所施設，遽欲成不世之大功於一旦哉！臣料今日之師必不克也。』上默然，浩乃拜辭而退。又三上表，乃除觀文殿大學士、知紹興府。又辭，得提舉洞霄宫。浩罷十有四日，符離失利，大軍十三萬人一夕奔潰，死者不可勝數，資糧器械委棄殆盡。六月，浚上表自劾，上哀痛之，降詔罪己。浩上表：『張浚忠義有餘，今此小挫，出於不度彼己。然其心惓惓，忠於爲國。古人不以一眚掩大德，陛下若拔拭用之，責其後效，自此必詳諦熟審，不敢妄發也。』

乾道四年，除浩知紹興府。六年，丐祠，丁太夫人憂。八年，判福州。淳熙元年，丐祠。四年，召爲侍讀。上在位寖久，多閲士大夫論奏，往往熟爛疏漏，少當上心者。近習窺指，益毁儒生，因勸上以右武，浩獨深言其不可。於是進讀三朝寶訓。一日，讀至『太祖皇帝開寶五年，命侯陟、董淳、周渭、劉商英往京東、京西四路相度田稼，檢察公事。四人者小臣，皆儒士，故太祖特舉而用之』，浩因奏曰：『五代惟專用武，朝無儒者，故相尚爲威虐，敗亂接踵。及太祖皇帝英武開國，獨降意屈於儒士。夫二帝三王之道，固不寄于長槍大劍之人，必講于圓冠方屨之士。自戰國、秦漢，聖人之道不傳，而治道益卑。千有餘年，然後道術復明，文治熙洽。實我太祖崇儒重道之力。』上自是不復有厭薄儒者之意矣。開府儀同三司曾覿、鄭藻輩頗爲縉紳所指目，遂漸興朋黨之説。浩極論：『姦邪欲陷正人，不爲朋黨之説，則無以盡逐之。人主於聽納之際，不可不察。』上大悟，黨論遂沮。浩常言：『吾無以報國，獨知薦賢耳。』在經筵，援故樞密直學士陳襄爲講官薦士故事，舉石憝、陳仲諤、汪義端、石斗文、沈銖等，皆疏遠下士。上皆召用之。

五年三月，拜右丞相。故事，大臣每進擬得旨，退即批付諸曹施行。自龔茂良罷政，曾覿言其進熟，多挾私以脱取上旨。上乃令以所得旨審奏，事多留滯。浩曰：『此非祖宗舊規，是明示天下以不信大臣爾。大臣不足用，何不退斥？而直爲此形迹也！』上然之，免審奏。於是，四方士大夫待除授求見者八百人。浩日見百客，八日而畢。不兩月，八百人皆去。十月，樞密院以殿前司軍籍闕，請使自招人三千以充之。由是諸軍競掠人於市，人皆奔竄，行都騷然，被掠者往往斷指以示不可用。會百官以會慶節詣明慶寺祝壽，市人遮道言者數千。浩奏：『已掠者請悉縱遣。』衆乃散。而北關之郊掠人猶未已，軍人秦忠、楊忠因聚衆擅入民家劫取財物，民既爭護，又有奪軍人旗桿者，得之送大理寺。明日，上命軍中勿復招人。棘寺迎合樞密院意，以爲市人陸慶童者非被掠，而助百姓謝三六毆軍人。十一月，上欲以秦忠、楊忠，陸慶童皆從軍法處斬。浩曰：『諸軍掠人而奪其財，故至於鬨。則起此釁者軍人也，固當以軍法施行。若陸慶童者，特抵拒之人耳，可同罰乎？況百姓自有常刑，豈可一旦律之以軍法？必欲重其罪，流之其猶庶幾也。』上大怒不可，浩曰：『陛下惟恐諸軍有怨言，故必欲兩平其罪，以安其心。不思百姓不得其平，其出怨言，亦可畏也。陳勝、吳廣言：「等死，死國可乎？」此豈軍人語？』上變色震怒，厲聲曰：『如是，則以朕比秦二世也。』浩曰：『自古百姓怨其君者非一，如「時日曷喪，予及汝皆亡」，豈特秦二世爲然？』上拂袖起入，徑降旨密院施行。浩力求去位，復以醴泉觀使兼侍讀。其後有言慶童之寃者，上亦悟曰：『史浩當時力爭，朕不用其言，甚悔之。』八年八月，罷侍讀辭歸，上燕之内殿。浩因言時務八事，又露章薦鄞縣主簿薛叔似等十五人。十年八月，以太保、魏國公致仕。

浩再罷相，在經帷嘗書車攻詩序，陳述孟軻乘勢待時之説，以贊恢復之圖。又書唐太宗語『治安中國而四夷自服，豈非上策』，復陳其説：『願以治安中國爲本，則復中原如運諸掌。』既歸，有示以張浚行狀者，浩曰：『此心天實知之，主上實知之，不恤後世之無聞也。』光宗即位，進位太師。紹熙五年薨，謚文惠。寧宗即位，追封會稽郡王。以其子彌遠實贊更化，又兩追封越王，更謚忠定，配享孝宗廟庭。長子彌大，字方叔，登乾道五年進士第，賢肖其父，終禮部侍郎。次彌正，字端叔，終浙東提刑。今丞相彌遠字同叔，寶文閣學士彌堅字固叔，其第三、第四子也。

木字繼道，與薦書貢辟廱。建炎三年，金寇至，木載其姑、姊妹凡五族百餘口逃於海，傾資給之，悉免於難。平陽縣主簿王敏著陰騭記，浩爲立石。其後取科第，登仕版，駸駸方盛云。

署宋鈔本寶慶四明志卷九郡志九叙人中先賢事迹下

史浩傳

延祐四明志

史浩，字直翁。祖父詔，善居閭里，民有鬬訟，嘗從詔求直，不復訟官府。以八行科徵於朝，不應。浩以南省前行當得教官，浩願習民事，初補餘姚縣尉。後沈煥、袁燮以舍法辭教官，繇浩始。爲國子博士，召對，高宗目送之。時建普安、恩平二王府，即除秘書郎、兼普安郡王府教授。上嘗命普安王書蘭亭序五百本以進，浩曰：『此趙鞅訓戒之旨。』王溢其數以進。上復賜宮女十人以侍王，浩曰：『當以庶母禮事之。』王如其言。高宗益賢普安，遂爲皇子，封建王，浩之力也。完顏亮逼江，上將親征，建王上奏請將兵爲前驅。浩時在告，力疾詣府啟王曰：『昔唐肅宗能從明皇幸蜀，靈武事安有？』王大驚，亟具奏謝罪，遂從高宗視師以歸。由是立爲太子。普安即位，是爲孝宗，浩遷中書舍人。十日，爲翰林學士。踰三月，參知政事。明年，拜尚書右僕射、同中書門下平章事、兼樞密使。孝宗鋭意恢復，張魏公浚屢奏取山東，開都督府，請上幸建康。浩曰：『太上倦勤，禪位陛下。若奉以行，太上寧能肯與俱往都城？一有警動，陛下何以處太上？』孝宗悟其言。後竟由禁中命邵宏淵等出兵。公語僕射陳康伯曰：『吾屬兼樞密，兵出不與聞，所宜去。』遂見上丐罷。浩歸甫十四日，符離師潰，凡一十三萬人。浚上表自劾，復勸上速議和。後知紹興府，復判福州。淳熙五年，拜右丞相，在相位七月即罷。浩再相時，朱熹教授生徒于建寧山中，浩力挽之，由是出守南康。雅度涵蓄，凡議毀浩者，浩悉獎引之。善薦士，陸游賜進士出身，由浩力。在經筵嘗薦薛叔似、陸九淵、葉適等十五人，又薦金安節、汪應辰三十四人，後皆顯達。兩授節鉞，遍歷三公。壽八十九以終，始謚文惠，後更忠定，追封越王。歷官表奏，皆手屬稿，耄歲猶不倦。文集五十卷，號真隱漫録，論語口義二十卷，尚書講義二十二卷，周官講義十四卷。長子彌大，終禮部侍郎，力學勵行，著衍極樸語，謚獻文；彌正，敷文閣待制；彌遠別傳；彌堅別傳。

延祐四明志卷五人物考中先賢

史浩傳

宋史

史浩字直翁，明州鄞縣人。紹興十四年，登進士第，調紹興餘姚縣尉。歷温州教授，郡守張九成器之。

秩滿，除太學正，升國子博士。因轉對，言：『普安、恩平二王，宜擇其一以繫天下望。』高宗頷之。翌日，語大臣曰：『浩有用才也。』除秘書省校書郎、兼二王府教授。三十年，普安郡王爲皇子，進封建王，除浩權建王府教授。詔建王府置直講、贊讀各一員，浩守司封郎官兼直講。一日講周禮，言：『膳夫膳羞之事，歲終則會。惟王及后，世子之膳羞不會。至酒正掌飲酒之事，歲終則會，惟王及後之飲酒不會，世子不與焉。以是知世子膳羞可以不會，世子飲酒不可以無節也。』王作而謝曰：『敢不佩斯訓。』

三十一年，遷宗正少卿。會金主亮犯邊，下詔親征。時兩淮失守，廷臣爭陳退避計，建王抗疏請率師爲前驅。浩爲王力言：『太子不可將兵，以晉申生、唐肅宗靈武之事爲戒。』王大感悟，立俾浩草奏，請扈蹕以供子職，辭意懇到。高宗方怒，覽奏，意頓釋。知奏出於浩，語大臣曰：『真王府官也。』既而殿中侍御史吳芾乞以皇子爲元帥，先視師。浩復遺大臣書，言：『建王生深宮中，未嘗與諸將接，安能辦此？』或謂使王居守，浩復以爲不可。上亦欲令王徧識諸將，遂扈蹕如建康。

三十二年，上還臨安，立建王爲皇太子，浩除起居郎、兼太子右庶子。孝宗受禪，遂以中書舍人遷翰林學士、知制誥。張浚宣撫江淮，將圖恢復。浩與之異議，欲城瓜洲，採石。浚奏：『不守兩淮而守江，不若城泗州。』除參知政事。有詔議應敵定論，洪遵、金安節、唐文若等相繼論列，宰執獨無奏。上以問浩，浩奏：『先爲備禦，是謂良規。儻聽淺謀之士，興不教之師，寇去則論賞以邀功，寇至則斂兵而遁迹，謂之恢復得乎？』薦樞密院編修官陸游、尹穡，召對，並賜出身。隆興元年，拜尚書右仆射。首言趙鼎、李光之無罪，岳飛之久冤，宜復其官爵，禄其子孫。悉從之。

李顯忠、邵宏淵奏乞引兵進取，浩奏：『二將輒乞戰，豈督府命令有不行耶？』浚請入覲，乞即日降詔幸建康。上以問浩，浩陳三説不可。退，又以詰浚曰：『帝王之兵，當出萬全，豈可嘗試以圖僥倖？』復辯論於殿上，浚曰：『中原久陷，今不取，豪傑必起而收之。』浩曰：『中原決無豪傑，若有之，何不起而亡金？』浚曰：『彼民間無寸鐵，不能自起，待我兵至爲内應。』浩曰：『勝、廣以鉏耰棘矜亡秦。必待我兵，非豪傑矣。』浚因内引奏：『浩意不可回，恐失幾會，乞出英斷。』省中忽得宏淵出兵狀，始知不由三省，徑檄諸將。浩語陳康伯曰：『吾屬俱兼右府，而出兵不與聞，焉用相哉！不去尚何待乎？』因又言：『康伯欲納歸正人，臣恐他日必爲陛下子孫憂。浚鋭意用兵，若一失之後，恐陛下終不得復望中原。』御史王十朋論之，出知紹興。

先是，浩因城瓜洲，白遣太府丞史正志往視之，正志與浚論辯。十朋亦疏史正志朋比，併及浩，遂與祠，自是不召者十二年。起知紹興府、浙東安撫使，持母喪歸。服闋，知福州。

淳熙初，上問執政：『久不見史浩，無他否？』遂除少保、觀文殿大學士、醴泉觀使、兼侍讀。五年，復爲右丞相。上曰：『自葉衡罷，虚席以待卿久矣。』浩奏：『蒙恩再相，唯盡公道，庶無朋黨之弊。』上曰：『宰相豈當有黨？人主亦不當以朋黨名臣下。朕但取賢者用之，否則去之。』

樞密都承旨王抃建議以殿、步二司軍多虛額，請各募三千人充之。已而殿前司輒捕市人，市城騷動，被掠者多斷指示不可用。軍人怙衆，因奪民財。浩奏：『盡釋所捕，而禽軍民首讙呶者送獄。』獄成議罪，欲取兵民各一人梟首以徇。浩曰：『諸軍掠人奪貨至於鬨，則始釁者軍人也，軍法從事固當。若市人陸慶童，特與抗鬭爾，可同罰乎？陛下恐軍人有語，故一其罪以安之。夫民不得其平，言亦可畏。「等死，死國可乎？」是豈軍人語？』上怒曰：『是比朕爲秦二世也。』浩徐進曰：『自古民怨其上者多矣。「時日曷喪？予及汝皆亡。」豈二世事？』尋求去，拜少傅、保寧軍節度使、充醴泉觀使、兼侍讀。後有言慶童之冤者，上曰：『史浩嘗力爭，坐此求去，至今悔之。』

趙雄嘗薦劉光祖試館職，光祖答策論科場取士之道，進入，上親批其後，略曰：『用人之弊，人君乏知人之哲，宰相不能擇人。國朝以來，過於忠厚。宰相而誤國，大將而敗軍，未嘗誅戮。要在人君必審擇相，相必當爲官擇人。懋賞立乎前，誅戮設乎後，人才不出，吾不信也。』手詔既出，中外大聳。議者謂曾覿視草，爲光祖甲科發也。上遣覿持示浩，浩奏：『唐虞之世，四凶極惡，止於流竄，三考之法，不過黜陟，未嘗有誅戮之科。誅戮大臣，秦漢法也。太祖制治以仁，待臣下以禮，列聖傳心，迨仁宗而德化隆洽。本朝之治，與三代同風。此祖宗家法也。

聖訓則曰：「過於忠厚。」夫爲國而底于忠厚，豈有所謂過哉！臣恐議者以陛下自欲行刻薄之政，歸過祖宗，不可不審也。』

及自經筵將告歸，乃於小官中薦江浙之士十五人，有旨令陞擢，皆一時選也。如薛叔似、楊簡、陸九淵、石宗昭、陳謙、葉適、袁燮、趙靜之、張子智，後皆擢用，不至通顯者六人而已。

十年，請老，除太保致仕，封魏國公。晚治第鄞之西湖上，建閣奉兩朝賜書，又作堂，上爲書『明良慶會』名其閣，『舊學』名其堂。光宗御極，進太師。紹熙五年薨，年八十九，封會稽郡王。寧宗登極，賜謚文惠，御書『純誠厚德元老之碑』賜焉。嘉定十四年，追封越王，改謚忠定，配享孝宗廟庭。

浩喜薦人才，嘗擬陳之茂進職與郡，上知之茂嘗毀浩，曰：『卿豈以德報怨耶？』浩曰：『臣不知有怨。若以爲怨而以德報之，是有心也。』莫濟狀王十朋行事，詆浩尤甚，浩薦濟掌内制，上曰：『濟非議卿者乎？』浩曰：『臣不敢以私害公。』遂除中書舍人、兼直學士院，待之如初。蓋其寬厚類此。子彌大、彌正、彌遠、彌堅。彌遠嘉定初爲右丞相，有傳。

宋史卷三百九十六

史浩傳

太師、丞相、保寧軍節度使越國忠定王諱浩，字直翁，號真隱，第七四，生於崇寧五年丙戌九月六日。太師越國公長子也。少卓犖有大志。登紹興十五年進士第，调餘姚尉，年已四旬。二十七年，秦檜擬國子書庫，不就。遷太學博士，高宗有見晚之歎。二十九年，遷秘書郎、兼普安恩平二王教授。孝宗踐祚，遷翰林學士，尋除參知政事。隆興元年，拜尚書右僕射，首言趙鼎、李光無罪竄卒，岳飛久冤，宜復其爵，録其子孫。上悉從之。後與張魏公出師不合，領祠歸里奉親。淳熙五年三月，復拜右丞相。上指心曰：『朕學堅心正，皆公之力也。』舉朱文公知南康。文公遺書曰：『某讀公階辭薦賢之章，有以仰識明公愛君憂國之心也。』十一月，罷相，拜少傅，領保寧軍節度使。八年，乞歸。十二年，預太上皇慶壽，進太傅，賜玉帶、金魚。十六年，進太師。紹熙五年四月五日薨於位，年八十有九。遺表聞，兩宫震悼，天子輟朝，勑葬鄞之凰翔卿金家嶼，高宗御書名其山曰吉祥安樂。慶元二年，樹隧碑，寧宗御書純诚厚德元老之碑額。嘉定十四年，封越王，謚忠定，配享孝宗皇帝廟亭。著述行於世者，尚書周禮講議、論語口義、真隱漫録等書。配貝氏，贈魏、越國夫人。建報國寺崇奉祭祀香火。

寧波江東區檔案局藏史家祖宗畫像傳記及題跋

附録三

序跋提要

鄮峰真隱漫録提要

四庫館臣

臣等謹按：鄮峰真隱漫録五十卷，宋史浩撰。浩有尚書講義，已著録。其集見於陳振孫書録解題、宋史藝文志者皆五十卷，此本卷數並合。浩事孝宗于潛邸，隆興、淳熙中兩爲宰揆，没後至配享廟廷。其推轂善類，寬厚不爭，亦頗爲世所稱許。當孝宗任張浚，鋭意用兵，浩獨以爲不然，遂以論劾罷去。元代史臣作浩傳贊，亦頗詆其不能贊襄恢復之謀。今考集中如論山東未可用兵、論歸正人、論未可北伐、回奏條具弊事諸劄子，皆極言李顯忠、邵宏淵之輕鋭寡謀，不宜輕舉，而欲練士卒，積資糧，以蓄力於十年之後。既而淮西奔潰，其言竟驗若蓍龜，不可謂非老成謀國之見。雖厥後再秉國政，亦未能收富强之效以自踐其言，而量力知難，其初説固有未可深議者。至本傳稱浩因轉對請于普安、恩平二王内擇立一人爲皇子，高宗亟稱爲有用之才。而集中輪對有司不能推廣恩意劄子下注云：『見知高宗只因此劄。』此事乃當在請定繼嗣之先，而本傳顧未之及。集爲門弟子編排，所言當必有據，是亦足與史相參考也。集凡詩五卷，雜文三十九卷，詞、曲四卷。末二卷爲童丱須知，分三十章，所言皆治家修身之道，而諧以韻語，乃録之家塾以訓子孫者。自署辛丑，爲淳熙八年，蓋其罷官以少傅侍經筵時所著云。乾隆四十六年三月恭校上。總纂官臣紀昀、臣陸錫熊、臣孫士毅，總校官臣陸費墀。

四庫全書本鄮峰真隱漫録卷首

鄮峰真隱漫録題詞

全祖望

史忠定王鄮峰真隱漫録五十卷，天一閣范氏藏本也。是在諸儲藏家俱未之有，至予始鈔而傳之。吾鄉宋人之集，由忠定以前亦皆無傳，當以是集爲首座矣。

忠定深於經學，所著尚書、周禮、論語諸種，予皆從永樂大典中鈔之，而惜其不完也，獨是集無恙。至其直翁外集，則不可得矣。忠定最受横浦先生之知，故其淵源不謬。其爲相，自屬賢者，特以阻規恢之議，遂與張魏公參辰。然忠定蓄力而動，不欲浪舉，不特非湯思退、沈該之徒，亦與趙雄之妬南軒者不同。而梅溪劾之，其言有稍過者。不然，忠定首請褒録中興將相之爲秦氏所陷者，而乃自蹈之乎？

至其有昌明理學之功，實爲南宋培國脈，而惜乎舊史不能闡也。忠定再相，謂此行本非素志，但以朱元晦未見用，故勉强一出耳。既出而力薦之，併東萊、象山、止齋、慈湖一輩盡入啟事。乾淳諸老其連茹而起者，皆忠定力也。其於文人，則薦放翁。其家居，則遣其諸子從慈湖、絜齋講學，又延定川之弟季文於家以課諸子。故其諸子率多有學行可觀者，其不馴者止同叔、子申耳。吾攷嗣是而後宰輔之能下士者，留公正、趙公汝愚、周公必大、王公藺皆稱知人，而忠定實開其首。忠定之功大矣。彼夫王淮之徒，以私昵阻正人，刱爲學禁，貽慶元以後之禍。等量而觀，豈不相去懸絶歟？

今讀忠定之集，其資善堂諸文字，所以啟沃孝宗於潛藩者也；其兩府文字，則即吹噓諸老不遺餘力者也；其歸田以後文字，所以優游林下、舉行鄉飲酒禮、建置義田者也。中興宰輔如忠定者，蓋亦完人也已。其詩文舂容大雅，有承平之餘風，所謂廟堂鐘吕之音也。

鄮峰真隱者，忠定家居時所署。因築觀於月湖之南，最稱佳勝，即竹洲也。明中葉後始廢，先宫詹以爲别業，去吾家不百步耳。然則是集又吾湖上之文獻也。

清全祖望結埼亭集外編卷二十三

刻鄮峰真隱漫録序

史鴻義

典籍感人，遺書爲甚。片楮有傳，音容如見，曠世猶一日也。矧夫文章謨訓之昭垂，懸之日月，尤足仰餘徽而動追遠之思。吾先子端士公志存紹述，篤念先猷，往事傳聞，勤於稱誦。居恒課讀之暇，時取譜牒，指示源流，開陳統緒，俾無忘先世之德，鴻義謹識之於心。顧念生於京邸，南瞻鄉邑，弗克遄歸一上祖宗墳壠，松楸遺蔭，徒夢寐依之。且觀譜中所載先代著作甚夥，標目燦然，今求其書，而百無一焉，尤用爲隱憾。

歲乙未，始得拜讀吾三十五世祖鄮峰府君遺集，蓋創覩也。府君名德，昭回有宋。吾史氏自杜陵而溧陽，而四明，至府君而益大。吾宗支之徙會稽，越在數傳後。而府君先以故相知紹興軍，惠澤宏深，勅建彰德廟於蕺山之陽，迄今祀事維虔。有司復以祀典，春秋具犧牲薦於宗祀。所謂盛德宜百世祀，是固然矣。文集五十卷，誌乘僅存其名。於今乃克快覩，猶之先祖重器久而失傳，一旦得奉持什襲之，其爲忭慰何如？使吾先子而及見焉，其爲鄭重寶貴更何如？是集之復出也，浙江撫軍采之天乙閣鈔本，轉謄而入四庫館。字經數寫，魚魯滋多，爰與萊庭兄暨樵陽師、柘溪姪共相校讎，欲其傳於永久也。登諸梨棗，頒之同宗，俾各家藏以爲世守。庶幾遺編具存，前徽可接。先德之感，視譜牒而加深。凡屬子孫，恍在舊學庭前，聽聽府君之彝訓，則鴻義之至願也。

時乾隆四十二年歲次丁酉仲夏吉旦，裔孫鴻義薰沐謹識。

清乾隆刻本鄮峰真隱漫録卷首

序

史　和

和束髮受書，先君子手檢先忠定真蹟授和，命藏弆之，曰：『此我家世寶也。』及長，讀宋史至公傳，竊歎公老成碩畫，與同時鑿枘。史臣病公不能相君成恢復之謀，亦未能推見情事也。丙申歲，族弟益三延余至京邸爲其仲子授句讀。時天子方編四庫，徵集四方典籍。浙中丞進范氏天一閣所藏公遺集抄本五十卷，因得録其副，魯魚亥豕不可勝紀。益三弟謀付剞劂，因與樵陽廣文、柘溪禮部且讀且校，得卒業焉。凡古今體詩五卷，表劄奏疏十七卷，雜文二十八卷，曰鄮峰真隱漫録，昭其舊也。今更定爲忠定王遺集。

公在孝宗朝，以藩邸舊僚，不踰年躋仕兩府。隆興初政，天下拭目想治。以與張浚用兵議左，乞歸。其後上思公言如龜兆數計，屢詔公起。久之乃赴闕，復右相。未幾歸，時年七十有八。後十餘年薨，配享孝宗廟庭，追封越王，謚忠定，嘉定之十四年也。方浚鋭意用兵，公請先務内治，章三上，累數千言，且廷諍之曰：『陛下一失之後，中原不可復望矣。』不聽。浚内引對，遽出師。公歎淺謀之將僨事也，兼右府而出兵不與聞也，謂陳康伯曰：『吾屬可去矣。』公去未幾，而符離之敗聞。是役也，喪師數萬，軍資器械略盡。自是，終孝宗之世不敢復言兵。譬之大病者，元氣既耗，外侮易乘，善醫者必先以中和調攝之劑固其本原，然後病可得而療也。不善醫者輒投以疎泄快利之藥，冀取效一時，其不至拔本而蹙之死與幾。公老謀持重，期以十年恢復，意固若斯乎！至今讀公之書，可想見公之用心。公因事納誨，敷陳剴切，尤孜孜以汲引人材、培養國脈爲心。獨以用兵異議，見誣史臣之曲筆。此猶和柎治病製方，病者不服其藥，庸醫殺之，論者不議殺人之罪，而轉咎和柎處方之未善，不亦傎乎？余故因校次之暇，輒論敘之如此，凡以明公之志也。

和爲公同懷弟萬十七公後世，居餘姚。茲何幸數千里外得與斯役，附名簡端。竊欲奉公明訓，思自勵於末路也。是則予小子之厚幸也夫。

時强圉作噩陬月穀日，姚江閏二支裔孫和薰沐敬書。

清乾隆刻本鄭峰真隱漫録卷首

史積容

序

於戲！我三十五世祖忠定越王歷仕南宋孝光兩朝三十餘年，其學與行載在正史詳矣。積容嘗讀我宗人璞庵公所緝譜録合編，載公漫録五十卷、外集二十五卷及論語口義、尚書天官講議諸書名目。顧以世次寥闊，積容三世以來播遷南北，罔有定居。常歎爲人裔孫，不能盡讀其先世之書爲憾事。

乾隆癸巳，天子稽古右文，博求群籍，勅詞臣出翰林院所貯永樂大典，摭録其遺文，益以四方之所購取，彙爲一書，命曰四庫全書。于是天下藏書之家莫不爭獻其秘藏之本，而鄭峰漫録五十卷，中缺四四卷者，則寧波范氏天乙閣所藏，而浙江書局所徵上也。既而又得尚書講議於大典中。積容並乞假諸館中寫得其副，族叔父益三將刻之木以廣其傳，召族之人萊庭伯、樵陽兄相與校訂訛誤，重加繕録，先刻漫録五十卷，俾積容獲與名檢字之末，而記其刻書之緣起。

積容因念昔之子孫刻其先世有名之書，而序之者或不數數見。唐孔穎達疏先世安國之書傳曰正義而序之，宋岳忠武王金陀粹編，其孫珂所部次而序之，爲正、續二編。積容檮昧，寡學無能，自附于穎達與珂之後，而輒敢序我先忠定之書哉！

竊以自宋迄今五百餘年，中間閲二十餘世，而忠定之漫録間存於他氏，繕寫之餘，竟上内府，編在四庫。其裔孫積容乃今獲序其書，殆天幸也。忠定之行與學不待後之人詳言之，然史所書纍多曼辭，不若漫録一言一動忠定自録之爲得其實也。且後之讀漫録者，固可與史互考見也。然則漫録之刻，其功又豈尠小耶？謹以此復我族叔父，而序之如此。

乾隆四十二年歲在丁酉五月天中節，禮部儀制司額外主事裔孫積容薰沐謹序。

清乾隆刻本鄮峰真隱漫録卷首

跋

史積璟

璟乙未入都，益三叔氏方繕謄鄮峰真隱漫録於四庫全書中，將校而鐫之。蓋譜所稱府君手著與昌國遺藁，並成於八十二齡者也。宋東南人文之盛，吾族策名於朝者數百人，往往著述以垂後。易代之際，兵燹劇於望姓，一時蕩然，且向之聚族明州者類多避地而四出，於是遺書之存焉者蓋寡。以府君之至行纘先，大德昌後，而所謂周禮天官地官講義十四卷、尚書講義二十卷、論語口義二十卷、六書外集并雜著二十卷，與夫文集、遺稿之類，後嗣概無傳焉。即康熙間修輯譜録，蒐羅參攷，夙稱明備，亦未及訪天乙閣而發此鈔藏之本。斷簡陳編，不絶如綫，歷世子孫耳目所不能到，一旦曠著發矇，豈其神物之呵護，有時而興耶！抑府君之盛德感召，久而自彰，積晦多年而必不容湮没耶！

府君窮則仁施鄉里，達而澤庇生民，以至遺黎銜德，當宁錫祠矣。張浚違三不可之説，符離喪數十年之資，帝思先見之明，悔失萬全之策矣。初相於隆興元年之正月，甫五月而廷議不合去；再相於淳熙五年之三月，至十一月而以力爭冤獄去，忠讜不屈於時，定論旋昭於後矣。凡此家乘紀實，國史同文，宜必覶縷於集中，而有著揚之意、昂激之辭。茲受而讀焉，而一切無是。夫乃歎世情淺見，非所以測高深。其不矜也，不知可矜也。其不愠也，不見可愠也。德盛則入焉則化，量廣則泯於無形。慶隆身後，澤衍來茲，良有以也。讀是集而有得焉，可以識造物之宏，可以返人心之厚。此則府君啟佑後人，永永無極，而叔氏之敬付剞劂，意在斯乎！意在斯乎！

集凡五十卷，原本缺第四十四卷，餘亦間有脱落。蓋柘溪弟鈔自四庫館，而萊庭叔考訂之，以璟之與襄事也，謹附名於後。尚書講義相繼並出，則録而藏之於家，俟續鐫焉。

乾隆四十二年歲次丁酉五月下浣，僊居學教諭、舉班截取知縣裔孫積璟薰沐謹跋。

清乾隆刻本鄭峰真隱漫録卷尾

史浩神道碑考（代後記）

俞信芳

關於史浩的神道碑，拙撰帝師丞相史浩跋嘗云：

二〇〇二年，史美露女士自費編印了一部四明史氏，刊入了部分民國癸亥重修舊學堂史氏家譜，還附有畫册。這些基本資料，對史氏文化之研究大有裨益。雖然還不夠完備，同部份史氏研究者一樣，尚未接觸到樓鑰的攻媿集純誠厚德元老之碑及史浩本人的著作鄮峰真隱漫録。但她的舉措，應該寫入史浩及史氏家族研究的史册之中。同年三月三十日，就史美露女士四明史氏，寧波市社會科學界聯合會舉行座談會，筆者應一直在支持著的市社聯秘書長宋光炎先生之邀出席。下午考察東錢湖史氏墓道，在上水横街附近看到一方巨碑，此碑在二三年前爲一位文物管理工作者與兩位業餘愛好者發現，前者出資百元，清除浮土及種植在上面的青菜，得出『來頭不小』之結論以外，没有認定『身份』。筆者以殘碑有『舊學』、『高宗』、『未幾罷政』及末尾之『孝宗有臣□□天子詔爾後人』等五十餘字可以識讀，遂斷定爲史浩的神道碑。碑額爲宋寧宗御書『純誠厚德元老之碑』，碑文出自甬上樓鑰之手，全文刊在攻媿集九十三卷。早年讀太平廣記，看到一則故事，説的是兩位青年晚上在野外行走，遇到一塊石碑，於是一位青年站到另一位的背上，用手摸一遍上部文字，接著又摸一遍中部文字，後摸一遍下部文字，就説是某某碑。對此讚歎不已，感到太神了。今天遇到殘碑，以少量的文字，推而得知其全文，解決了一樁疑案，且是多年所關心的史浩神道碑，個中原因，在於平時之積累。

此碑據樓鑰所撰全文有六九六五字并殘存文字推算，右起行字數分别是：一〇一、一〇四、九七、九九、一〇二、九六字。行字數少的原因是遇到該擡頭前之空格，約有七十行。其可見文字與攻媿集文基本一致。

二〇一三年十二月四日，鄞州區政協召開文史座談會，筆者應邀出席。會上遇到李本侹君，鄞州文史第十六輯（二〇一三年）上有其所作阿育王寺宸奎閣碑銘二題。與之商談，言喜歡拓碑。筆者提到没有得到天一閣明州碑林集録而遺憾，説：『有些書可有可無，有些書有不如没有好。此書則是文史愛好者必備的。』稱讚章君之編撰遠勝於某些人多年之抄綴。李遂即答稱：『我或可提供。』不久即郵寄過來，並附有其所作沙孟海研究開通鄞大咸鄉金山山道捐款碑考。此考以沙氏可以認定之字符拓片，來論證這通没有款識之沙氏上石之手跡，感歎：『可畏者，後生也。』嘗打過三次他的電話，一次説『正要出去』，一次説『我在外面』，此其在搜羅野外之散碑也。如此紮實之研究，必有更將深入之作品。另一次是傍晚，商量造訪事宜。那天，李君展示其所拓之純誠厚德元老之碑殘片，並指出在碑石花邊中藏有鎸刻者之暗記，道：『未經搥拓，是看不出的。』在敬重之餘，商請把該拓片附入拙作鄮峰真隱漫録點校本之中，李君欣然答應。十二月二六日，李君果然把三件拓片攝影通過電子郵件發送過來。在感激之餘，遂在拓片空隙處用剛在寧波老年大學學到的知識，填上所需之文字。

不久李君又有史浩神道碑介紹發送過來，略云：

> 史浩神道碑，又名純誠厚德元老之碑，位於浙江省寧波市東錢湖度假區横街村以南的吉祥安樂山腳，與史浩墓道石拱橋隔公路相對。原碑早已仆地，碑文朝上。上世紀七十年代，農人見碑身平正，在碑上燒草灰以作肥料，致使碑面爆裂，今殘存碑左下及右下局部文字。又碑文前另有二列，首列殘存『開國男食邑三百户賜紫金』數字，次列殘存『邑三百户賜紫金』數字。此二列文字攻媿集未刊，疑爲樓鑰及書丹者爵位，惜已殘。碑文四周圍以回紋及團龍紋等，在碑文左下角與花紋間綫框内殘存『臣陳奇臣陳□臣陳□臣陳頤模刻』，應爲刻碑者姓名。據章國慶先生考證，陳氏一族爲南宋時期寧波刻碑世家。而在其姓名前刻『臣』字，獨見此碑（按：有御書碑額之故）。碑額斷爲二塊没於土中，近年被發現。碑額天宫尚殘留『純』、『元』兩字及『老』字上部，由此推斷，宋寧宗所親書『純誠厚德元老之碑』即分二列刻於天宫之中。天宫四周圍以雙龍戲珠紋，兩側各刻一條雲龍紋，龍頭朝下。鼇座由三塊巨石雕刻拼接而成，總長約三米，高約一米，碑座位於鼇座中部。據現狀測算，神道碑爲寧波地區所産梅園石所刻。原爲鼇座圓頭碑，連座高約五米，爲南宋少見巨碑。

按：『首列殘存「開國男食邑三百户賜紫金」』，據樓鑰范氏復義宅記（吳都文粹卷四），落款作『顯謨閣直學士、大中大夫、提舉江州太平興國宫、奉化縣開國男、食邑三百户樓鑰記并書』，前略同，後補上『魚袋樓鑰撰』，近是。